当代文学的力量

时代的声音

尚书房

2015年~2016年重点优秀作品

命悬一丝

2015～2016中国中短篇小说精选

尤凤伟 迟子建等 著
北京文学月刊社 主编

图书在版编目（CIP）数据

命悬一丝／北京文学月刊社主编．—北京：中国书籍出版社，2017.7
ISBN 978-7-5068-6299-8

Ⅰ．①命…　Ⅱ．①北…　Ⅲ．①中篇小说－小说集－中国－当代
Ⅳ．① I247.7

中国版本图书馆 CIP 数据核字（2017）第 154360 号

命悬一丝

北京文学月刊社　主编

责任编辑：吴化强
责任印制：孙马飞　马　芝
封面设计：吕宜昌
出版发行：中国书籍出版社
地　　址：北京市丰台区三路居路 97 号（邮编：100073）
电　　话：（010）52257143（总编室）　（010）52257140（发行部）
电子邮箱：eo@chianbp.com.cn
经　　销：全国新华书店
印　　刷：北京一鑫印务有限公司
开　　本：710mm×1000mm　1/16
字　　数：426 千字
印　　张：27.75
版　　次：2017 年 9 月第 1 版　2017 年 9 月第 1 次印刷
书　　号：ISBN 978-7-5068-6299-8
定　　价：68.00 元

版权所有　翻印必究

目 录

中篇小说　　扶桑馆／叶广芩　　　　　　　　　　　3

　　　　　　　　空色林澡屋／迟子建　　　　　　　　37

　　　　　　　　命悬一丝／尤凤伟　　　　　　　　　72

　　　　　　　　狐步杀／张　欣　　　　　　　　　113

　　　　　　　　附 体／田　耳　　　　　　　　　231

短篇小说　　欢笑夏侯／陈世旭　　　　　　　　　277

　　　　　　　　献给克里斯蒂的一支歌／黄咏梅　　　297

　　　　　　　　万家亲友团／黄蓓佳　　　　　　　　313

　　　　　　　　我们聚会吧／范小青　　　　　　　　324

　　　　　　　　蔡屋围／吴　君　　　　　　　　　336

新人新作　　扶　正／张　奇　　　　　　　　　357

　　　　　　　　伙　伴／单丹丹　　　　　　　　　391

　　　　　　　　幸福村8号／张　岩　　　　　　　　411

中篇
小说

扶桑馆 |叶广芩|

原载《北京文学》(精彩阅读) 2015 年第 5 期

一

狸被我踹了一脚，扁脸抵在地上，屁股撅得老高，嘴里发出呜呜的声响，那块顶着红玫瑰花的蛋糕被压在身底下，成了模糊的一团。

我们哈哈地笑，苏惠抓了一把土撒在狸身上，使狸的面目更加不清爽。苏惠是个安静平和的孩子，不似我，属于"淘得没边儿的"（我妈的评价），苏惠对狸这样做，已经超出了她的行为规范。

狸是杂种，他妈是日本人，带着他妹妹住在横滨。横滨离北京有多远，我们不关注，我们关注的是狸的奇怪长相和傻乎乎的性情，以及他手里常常变换的美食。狸不亏嘴，他爸宠着他，百依百顺，他手里有时是艾窝窝，有时是冰激凌，有时是镶着豆沙的大糖葫芦，甚至还有装在铁盒子里的鱼皮花生，都是我们很向往又很难得到的东西。狸喜欢把这些东西拿到街门外，坐在台阶上，在太阳底下独自慢慢享用，吃得认真又夸张，这是狸之所以没人缘的所在。胡同的孩子家境一般，平日别说奶油蛋糕，就是回民铺子的早点油炸糕，半年也难得吃上一回。我的条件相对优越，知道不能拿着好吃的到外头去显摆，那样会让别人难堪。妈说过，别人吃东西不许在旁边瞅嘴，看人吃东西很掉价，很丢人现眼。但是我知道，看狸吃东西不在"丢人现眼"之列，只要看见狸在台阶上坐着，鬼使神差，我们便会自觉不自觉地凑过去，先是揶揄、调侃，紧接着把他手里的东西打掉，欣赏狸那欲哭无泪的模样。这是我们的恶作剧。小孩子没有不喜欢搞恶作剧的，要不就不是小孩子了，不打架不闹事我们就会精神不爽。

　　狸的眼睛很小，距离很宽，嘴巴大，牙朝外龇，要哭的时候头一仰嘴一歪，俩眼珠向鼻梁集中，那斗鸡眼的模样不是谁都能做出来的。我们这群人当中，能做出斗鸡眼的只有小四儿。我曾经对着镜子练习斗鸡眼，妈问我在干什么，我说在学狸。妈告诉我不要欺负狸，说狸是个可怜的孩子，身边没有妈妈护着，自个儿又不健全，我们再整治他是伤天害理，是造孽。可是我管不住自己，见了狸就打，见了狸就打。胡同里的孩子都这样，一个群体，总得有个被欺负的小菜碟儿。所谓"小菜碟儿"是北京人饭桌上不值钱的、不上台面的小菜，通常是炒雪里蕻、小酱萝卜一类，谁的筷子头都能往碟里戳，没人在乎。这似乎是习惯，一帮孩子里得找一个"小菜碟儿"才算完整。

　　狸傻，但是他能准确叫出我们每一个人的名字，这也是我讨厌他的地方，特别是从他那张拢不严的嘴里喊出"王八丫丫"的时候，我总是遏制不住扇他大嘴巴子的冲动。我的小名叫丫丫，我爸常在丫丫前面冠以"王八"二字，我脾气倔而拧，像王八一样。据说王八一旦咬着东西绝不会轻易撒嘴，除非听到驴叫唤。这跟我的性情有所接近，由此我就被划入了王八系列。胡同里的伙伴们也"王八丫丫""王八丫丫"地叫，谁都有小名，比起兔儿爷、小臭臭、二丫头、蝲蝲蛄，我这个"王八"还是挺有气势的。

　　别人可以叫，唯独狸不能叫，狸在我们当中是入不了群的另类。狸叫一回"王八丫丫"，我揍他一回，叫一回我揍一回，他为这个挨了我不知多少打。我认为，从另类嘴里叫出的"王八"带有贬低的色彩。其实狸一点儿也没贬低的意思，他对我很崇敬。

　　狸是一种动物，城里见不着的动物，我们谁也不知道真正的狸是什么模样。我的三哥爱抽外国烟，外国烟的烟盒里装有画片，我们叫洋画儿，十张是一套，凑齐了一套可以去换一盒烟。我的爱好是攒洋画儿，不是为了换烟，是喜欢那些美丽的画面。手里头已经攒了好几套，有法兰西美人的，有欧罗巴洋楼的，有大洋洲花卉的，也有美利坚动物的。动物里头有张狸的图像，白肚尖嘴黑眼圈，毛色棕红像狐狸，比狐狸腿短，腰身肥胖，模样挺滑稽。我管三哥叫老三，随着我爸爸叫，老三很反感，向我妈告状，说我把他烟拆了。妈说，拆就拆了呗，反正你也得抽。

老三说，这只王八把一条烟都拆开啦，烟卷都成干柴火了！

妈说，干了你就别抽，我烦你们哥儿几个抽烟。

老三说妈惯着我，说妈偏心眼儿，说妈不是他亲妈。妈当下脸一吊，说，老三的话说多了。老三再不敢吭声。

妈的确不是老三的亲妈，老三的妈死了，我妈是他的继母。

我把画片拿给爸看，让他确认画上的动物是不是狸。爸说，是狸，很珍贵的动物，山里才有。我问狸平时吃什么。爸说狸吃蚯蚓，吃小虫子，也吃果子，中国人习惯叫果子狸。我说，老唐的傻儿子就是这个东西，叫元宝啊，叫大顺啊，叫什么不好，偏叫个吃虫子的狸，不知老唐怎么挑的。爸说，狸的母亲是日本人，狸是日本人崇尚的动物，叫"他奴ki"，日本人好多家门口都蹲着一只陶瓷的"他奴ki"。"他奴ki"是招财进宝的吉祥物，商家最看重，唐先生岳丈家是有钱人，管外孙叫狸没什么不正常。

狸的日语发音轻柔好听，有昵称的感觉，比我的"王八丫丫"可爱多了。我问爸日语"王八"叫什么，爸说叫"卡妹"。我说，"卡妹"比"王八"好听，以后我改名"卡妹丫丫"了。爸笑笑说，还真是。

妈也说这个名字改得好。

可是"卡妹丫丫"在我们家硬是叫不起来，好听归好听，没人认可。

我把狸的画片和信息传递给胡同的伙伴，于是大家知道了狸的来龙去脉。7号的兔儿爷和大芳端详着画片说，跟唐家的狸长得还真有点儿像，特别是那双眼睛。

狸是个记吃不记打的主儿，挨过打没两天又举着块萨其马出现在了门口台阶上。吧唧着嘴，流着哈喇子，一脸点心渣，模样丑陋。我正在胡同里看卖小金鱼儿的。卖金鱼的汉子挑着两个木盆，正拿着纱网子给赵老太太捞小鱼儿，鲜红的鱼儿在水里灵动无比，在网子下钻来绕去，就是捞不上老太太要的那条脑袋上顶黑斑的。我看得心急，学着我们家的猫黄黄儿朝盆里伸进手去，鱼儿们立刻惊恐四散，乱成了一锅粥。卖鱼的急了说，丫头，不带这样的啊！你们家大人哪？

挨了呲嗒有些无趣，远远看见狸出来，就溜达过去，轻声问，狸，吃什么哪？

扶桑馆　　　　　　　　　　　　　　　　　　　　　　　　　5

我的态度和蔼又亲切，像是狸的好友。狸没看出我黄鼠狼给鸡拜年的假模假式，咬着萨其马说，……马……马，大马……

我问他，萨其马好吃吗？

狸笑眯眯地说，王八丫丫。

我蹲在狸对面，作出了扇他的准备。

狸见我对他好，高兴得大鼻涕泡儿都冒出来了，把那块萨其马更使劲地咬了一大块，仰着脑袋肆无忌惮地嚼着，吃相像我们家的狗玛丽。我张开巴掌，正要朝那张幸福无比的扁脸拍过去，狸的爸爸老唐从街门里走出来，老唐见了我说，七格格跟狸玩哪！

胡同的街坊里，只有老唐叫我七格格，我们家在旗，女孩里我是老七，最小，属于垫窝儿的。妈四十多了才生我，说我是拉秧的瓜，没长熟，黄毛小眼，嘴碎手贱，是我们家女孩里最不成功的一个。没人叫我格格，也没人把我当格格，我也没认为自己是什么格格，我没那么娇贵。

老唐叫我七格格那是尊称，是看在我爸爸的份儿上才这么叫的。他管我爸爸叫四爷，有时候叫"先辈"，因为他们都在日本东京帝国大学念过书，都是国家派去的留学生。我爸爸是民国初年回来的，老唐是抗战全面爆发第二年回来的，差着20年呢。

当着老唐的面，张开的手掌不好立即收回，我说，我正教狸数手指头认数呢！

随机应变，自然得体，我编瞎话的能力相当了得，我妈管我叫"瞎话篓子"，说我一天无数的话语中，能有两成是真的就很让人吃惊了。的确，我思维的想象力、延伸力、组织力、变通力是金家的佼佼者，有时候能把我爸爸那个大学教授哄得一愣一愣。我说下午后院树上落过一只鹦鹉，雪白的，黄嘴，脚上还戴着金属链子。爸就以为真落过鹦鹉，说八成是南边傅家的那只大白飞过来了。其实呢，是只黑老鸹。老鸹和鹦鹉都是鸟类，我也没胡说，顶多认错了而已，至于黑的、白的，可以忽略不计，干吗那么较真儿？我编瞎话顺嘴而来，脱口而出，脸不变色心不跳，刚说过就忘了，一遍跟一遍不一样，但有时候让我多重复几遍就成了真的，赌咒发誓，煞有介事，地老天荒地再不会更改，甚至成了记忆。这也是为什么金家十几个孩子，只有我后来成了作家的原因。至今我坚信，感受力、创造力和表达力是作家的基本功力，尤其是创造力，缺了这个不行。

老唐看着我的巴掌说，狸认数，不用教，他能从一数到一百呢。

狸一听，马上点着脑袋，晃着身子，一二三四五地数起来，拦也拦不住。

狸姓唐，住在3号。我们家住2号，形成直角，戏楼胡同在这儿窝成了一个长方形的大院，从2号到9号，都在方形的场子内，10号以后就甩出去了，这几个院门的街坊相对就走得近，彼此知根知底儿。老唐的媳妇长得白皙漂亮，梳着大包头，说话细声细语，不似小四儿的妈，一嗓子"小四儿回家吃饭了"，半条胡同都能听见。也不似兔儿爷他妈，一天到晚蓬头垢面的，穿着大裤衩子就敢坐在门墩上抢芭蕉扇。老唐媳妇属于老派人，她嫁给老唐就随着老唐姓，像小四儿的奶奶，官面上称呼是"赵门刘氏"，其实人家娘家姓刘，嫁给了姓赵的。高家老太太是"高门隋氏"，都把夫家的姓顶在头里。老唐的媳妇姓吉田，不叫"唐门吉田氏"而是叫唐和子，她虽然姓吉田，但本人叫和子，户籍簿上记录的是"唐和子"，我们都管她叫"糖盒子"。兔儿爷遗憾地说，可惜老唐姓唐，他要是像日本人一样姓两个字儿，比如"王八"，那么糖盒子就是"王八盒子"了，听着更像日本人。

小四儿说，他爷爷早先在河北乡下见过王八盒子，半自动手枪，日本人造的，大而扁，汉奸用得比较多。兔儿爷说，要是抗日的人使用就得拴上一条红绸子。枪是同一种枪，有了绸子就不可同日而语了。

小四儿说他比较看好"鸡腿撸子"，撸子个小，也是日本造的，能别在腰里，威风有派，不像"王八盒子"，斜挎在屁股后头，一看就是碎催模样。"碎催"是北京话，跟班的意思，小四儿说兔儿爷就是他的碎催。

男孩们都喜欢枪，于是有关王八盒子的讨论延续了一个上午。我们研讨的话题随意性很大，谁也无法控制。

老唐是天津人，在留学期间娶了日本媳妇吉田和子，听说糖盒子她爹是制糖业的大老板。按吉田家的意愿是让老唐入赘，老唐说，如果唐家有哥儿两个，他入赘可以；可是他们唐家只有他一个，他是独子，这个问题就不能考虑了。婚后的糖盒子跟丈夫回到中国，难改日本生活习惯，把3号的房子作了大改造，屋内地面被抬得很高，进屋先上一层台阶，地面铺了草席一样的榻榻米，给人的感觉是进门就脱鞋上炕。窗户又开得很低，坐在屋地上能看见院里跑的猫。屋里的隔断是推拉的，糊着纸，没有床，晚上一家人睡觉就躺在榻榻米上。依我的想象，睡醒了一睁眼，满目是桌子、椅子腿儿，视觉角度变成了耗子，真够别扭的。因为房子多，他们一家住不过来，就租出去一部分，也都是租给日本人，那时候北平正让日本人占领着。3号门口常停着东洋车，下来些宽袍大袖、留着小黑胡子的日本人，日本人管3号叫"扶桑馆"。中国街坊当面也称"扶桑馆"，背后却叫"鬼子馆"，就跟胡同东边的南馆、北馆似的。南北馆是俄国东正教的地盘，住的都是金发碧眼的老毛子，建筑是尖顶子，圆拱门，长条窗户，很是各色。我认为洋人待的地方一般称作"馆"，把这个观点和爸作为学术问题探讨。爸说不一定，中国叫馆的地方也很多，比如朝廷的同文馆，颐和园的听鹂馆，府右街的图书馆，他们大学的资料馆，都和洋人没关系，我的论题不能成立。我说，北京的洋人不少，赵大爷说过，东交民巷一带，洋人多，馆也多，老百姓不待见洋人，把东交民巷改叫"切洋鸡巴巷"。

妈在旁边插嘴，这可不是姑娘家说的话啊！

我说，不是我说的，是赵大爷说的。

妈说，赵大爷说的你也不能学。

我问，为什么？妈说，什么也不为。

3号叫作扶桑馆还有一个原因，唐家正屋墙上挂着个镜框，白纸黑字，写着"扶桑馆"三个字。字写得不怎么样，没有格局，比较率性，有些信马由缰。这块匾，我姑且把它叫匾吧，"文革"的时候还在唐家高高地挂着，没有被触动。爸说，唐家那块"扶桑馆"是个大人物写的，原本是写给老唐的老丈人的，糖盒子来中国，就把它带来了，作为家乡的一个念想。我问，大人物有多大，比地下管道局的局长还大么？我没见过大官，见过最大的官就是管北京下水道的局长。局长派头很大，戴着白手套，把汽车停在马路的窨井口，让手下把井盖掀开，让那些人拿着长竹片往里探。大热天，那些小碎催们整得满头大汗，烂脏腥臭，局长则让人打着黑阳伞很悠闲地坐在旁边喝茶。可见局长是大人物，当官当成这样，那才是值！

爸最终也没告诉我"扶桑馆"是谁写的，他有点儿讳莫如深。

听妈说，以前糖盒子出门，常穿和服，花枝招展，五光十色，发髻绾得很高，脸擦得很白，穿着木屐，嘀嘀哒哒，像一只大花蛾子，吸引着胡同集体的眼球，连正在院里打袼褙的赵奶奶也扎着一手糨子跑出来观看。有好事的街坊问糖盒子，后背上背的小包袱里头装的什么？糖盒子听不懂，弯着腰叽里咕噜说了一通日本话，这边自然也听不明白。有"内行"翻译说，小包袱里装的是她们祖上的骨灰，把祖先背在脊梁后头，走哪儿都带着，省得买坟地了。后来经老唐解释才知道，就是一个宽带子，在后腰上绕了两道弯罢了。中国人还是不能理解，穿成这样，累赘不累赘啊！

日本一投降，除了唐家以外，扶桑馆的日本人全撤了，他们走得很匆忙，许多手使的东西堆在街门口，上面写着"自由持取"的白条子。"自由持取"是日本话，用咱们的话说就是"随便拿"。整条胡同的人都来"捡洋落儿"，小四儿家捡了一摞写着"有田烧"的大盘子。"有田烧"是日本有名的瓷窑，就跟中国的景德镇似的，几十年来，那些华丽的瓷器在小四儿家一直充任着盛炒萝卜条、炒疙瘩丝和凉拌黄瓜的功能，尽职尽责。兔儿爷他妈发现"自由持取"最早，推走了一辆自行车。这辆车兔儿爷他爸爸从东城国子监到西城白石桥，上下班都骑它，每天几十公里，风雨无阻，一直骑到解放以后，要不是轮胎配不上，还能骑呢。大芳他们家"持取"了两把理发的推子，嚓嚓嚓，推起头发很快，不夹头发，以致大芳的哥哥由踩着平板小车捡烂纸改行做了理发匠。两把推子改变了一个少年的命运，这样的事儿还真不多。给我们家做饭的老王捡了一个大号带沿的铁锅，生铁的，挺沉，挺深，他到底也没弄明白怎么用这个锅做饭，后来卖给了背着柳条筐沿街收破烂的孙婆子，换了两包洋取灯。洋取灯就是火柴，一包12盒，相对铁锅来说还比较实用。高老太太是小脚，来得晚，挑了半天，抱回去一个小和尚石雕，原本是个摆设，老太太拿回去没用，放炕上拴孙子，拿根裤腰带，一头系在孙子腰里，一头套在日本和尚脖子上，裤腰带范围之内，是孩子的活动天地。高家几个孩子，都是日本和尚看大的……

二

街坊们这样收获抗战胜利品的时候，我和小四儿等人大部分还在娘的肚子里，所以我们没有机会看到漂亮的穿和服的糖盒子和那些白捡白拿的欢乐场面。我记事的时候已经到新中国成立了。

50年代初期的糖盒子穿着厚厚的棉袄棉裤，头上包着格子围巾，走路低着脑袋，背上背着狸的小妹妹，一个细眉细眼，动辄便咧嘴哭的小丫头片子。我估计，这小东西长大了也注定是个挨揍的货色，不会有多大出息。我很想看看穿和服的糖盒子，但是她一回也没穿过。可不，日本投降好几年了，哪个日本侨民还敢在北京地面上张扬，他们收敛得比小菜碟儿还小菜碟儿。

原先在崇文门外古玩店上班的老唐两年前改为走街串巷，专门收购旧货的"打小鼓儿的"。这个职业在民国和解放初期很普遍，小鼓儿茶盅盖大小，扁扁的，鲨鱼皮蒙面，攥在左手，右手用一根细竹棍，棍头裹着胶皮，梆梆地敲击，鼓声响亮清脆，在幽深的胡同里能传得很远。人们在家里一听到鼓声就知道收古玩旧货的老唐来了。老唐可以直接进到卖主的家里，在卖主的桌上、炕上审看物品。有时候老唐不等人招呼也进屋，脸上堆着笑，亲切地说，老没见了，怪想您的，这些日子您一准儿找着了不少好东西，让我开开眼。

如果主家正想用钱，就会装作很不经意，顺水推舟地从腕子上撸下镯子，让老唐估成色，论价钱。

还有级别稍次，属于收废品的，敲的是软鼓，嘭嘭嘭，嘭嘭嘭，三下，用特有的沉闷短促嗓音吆喝，"有旧衣裳、旧家具——我买！有旧书本、洋瓶子——我买！"这类人可以进入住家院落，但是绝不能登堂入室，卖家买家都恪守着这个规矩。最次一等是收破烂的，多是上了年纪的妇女，她们来自城郊，早出晚归，跟城里、跟乡村有着千丝万缕的联系。白天，以上午居多，背着大筐沿街叫唤"有破烂儿——我买！"声音拉得很长，像唱歌。婆子们收购的多是破衣裳烂袜子，她们身后的大筐里有洋火，也有鸡蛋、绿豆什么的乡下土产，若是要现钱，她们给出个两毛、三毛顶天了，通常是以物换物。有一回，我妈用老三穿剩的一件拾掇不起来的线衣以及乱七八糟的东西，跟孙婆子给我换了一双农村男孩的靸鞋。鞋当然是新鞋，方口蓝布面，鞋头包着黑土布，用针线密密地缉着，硬邦邦的不跟脚。我说：妈，鞋大着呢，大半个拳头。

妈说，穿穿就不大了，你的脚还长呢。

我说，鞋帮子太硬，硌脚。

妈说，你看人家这针脚缉得多齐整，多细密，乡下人实诚，这双鞋比老三的皮鞋还结实，穿个三五年没问题！

　　从妈嘴里我知道了"缉"这个词儿，从这双大靸鞋上我了解了"缉"的作用，就是一针顶着一针缝，硬把布片缝成铁皮。我穿着这双用烂线衣换来的新鞋，只半个时辰，后脚跟就磨破了；跳皮筋，一抬腿，鞋就上了房顶。妈让老三把鞋勾下来，给鞋缝了根带子，这双能踢死驴的鞋从此跟定了我，再也无法摆脱。我恨死了收破烂的孙婆子，有时候学孙婆子吆喝"有破烂儿——我买"，学得惟妙惟肖，可以乱真。妈拍着我的屁股说，学什么不好，将来你还真要当收破烂的！

　　想想看吧，一个城里的小丫丫，穿着一双农村野小子的大靸鞋在胡同里走来走去，自信心受到了何等挫折。不敢对妈表示不满，但是只要一看见孙婆子，我就让小四儿们用绷弓子绷她，把老婆子整得想骂也找不着人，后来干脆不到这条胡同来了。不来就不来，谁稀罕！

　　胡同的孩子没有上幼儿园一说，用现在的话说是：放野羊一样地散养着。家家都好几个孩子，大的带小的，不宠不惯，我们成长得都很自觉，也很自由。一帮孩子，拽包、跳间、弹球、拍洋画，没有滑梯，没有跷跷板，当然也没有秋千和沙坑，我们只能在胡同大院里玩，跟门口的大槐树较劲，自己跟自己作（zuō），欺负杂种狸就成了我们的主要乐趣。

　　狸会唱歌，他有音乐天赋，唱得很动听，他唱得最好的是《麻雀教算术》："七八、七八、七八八，小麻雀要当先生啦，一个一个数过来，七八八，七八八……"歌是他妈教的，用日语演唱。我们听不懂，只能明白"七八八"，一听到"七八八"就过去揍他。

　　打小鼓儿的老唐生意不错。新中国提倡"劳动光荣"，但是一些过去的显贵们放不下架儿，宅门的哥儿也不想出门挣钱，便典当家私，维持着场面。碍于脸皮和身份，这些人不便经常出入寄卖商店（解放后典当行业改成寄卖商店），走街串巷的老唐就成了受他们欢迎的人物。家里有什么古玩玉器，书画法帖，细软皮货的，都喜欢卖给老唐。老唐出身古玩铺，懂行，不会走眼，给价也公道，又住在附近，做买卖不会太离谱。

　　打小鼓儿的虽然也属收旧行业，但是视野宽阔，精于鉴定，跟三六九等的人都能搭上话。打小鼓儿的老唐穿着长衫，腋下夹着包袱皮，细高的身材，儒雅模样，很是招人待见。老唐收旧物的包袱皮来自日本，绿地白萱草的图案，颜色鲜亮，跟老唐的灰大褂相搭，很是和谐，这怕也是老唐区别于其他打小鼓儿之处。老唐衣着齐整，戴着呢子礼帽，脚上是锃亮的皮鞋，不像是收旧货的，倒像是学校教书的先生。老唐收旧货有自己的区域，南至东四头条，北至北小街炮局，三天串一个来回，不胡走，不过界，摸着老唐的规律就能逮着他的行踪。旧官宦府邸，殷实宅门是老唐的重点对象。有时候不为收东西，就为进去串串门，聊聊天，联络一下感情，很多意想不到的好东西就是在他联络之中到手的。

他到我们家来，多是在爸下了班，吃完晚饭以后，那时候的爸闲适而轻松，心情一般也很好，想找件什么事儿解解闷儿，这时候老唐来了。老唐进门先打千儿问候，礼数十分周到，像个世家子弟，谦恭得像是后辈对学长的仰慕和尊敬，让爸的心里十分舒坦。爸说，看唐先生这么高兴，一定是发了财了。老唐说，发多大的财在四爷眼里也是个小手指头，四爷祖上进出紫禁城，什么好东西家里没有，什么宝贝没见过啊。

爸让老唐坐，老唐偏着半个屁股坐在茶几旁边的椅子上，不往八仙桌旁边的太师椅上坐。老唐是个挺懂规矩的人。

胡同的街坊包括我在内，大家都是老唐、老唐地叫，一个沿街打小鼓儿的，值不得另眼相看。但是只有我爸，嘴里一直叫他"唐先生"，当面是唐先生，背后还是唐先生，从来没改过口。爸问老唐最近生意如何，老唐说：干这行不容易，前几年在砖塔胡同有个打鼓儿的被歹人抢了，刚收的吴昌硕四条屏血本无归。现在是没人抢了，但是人们把好东西都抬（藏）起来了，不愿露富。现今这是普遍心态。

爸说，你们这行，三年不开张，开张吃三年，逮着真货就大赚了。

老唐说，四爷说得没错，比起四爷旱涝保收的教员生涯，我这儿还是担着风险。宅门里都是熟人，只能实打实地做买卖，不敢亏人。

妈要去沏茶，老唐从大褂里摸出一个小包来，让妈沏他带来的，说是日本静冈煎茶，这茶四爷可能有日子没尝了。

煎茶沏上来，黄绿颜色，满屋飘香，浓厚的茶味儿之外夹杂着海藻的青气。妈尝了一口，说味道太怪，绿得也不正经。

爸说，这就是玉露了，日本第一茶。

妈说，煎茶怎是这股青涩味儿？爸说，是日本茶特有的味道，他们的茶叶和海带、干鱼在一块儿卖。

妈摇摇头，不能理解。我也不能想象吴裕泰茶庄带卖海带、黄花鱼的荒唐。

爸和老唐喝着煎茶，脸上显出相知极深的表情和以心传心的会意。他们说了许多东京帝大的旧事，说到了帝大校园里的那棵巨大桧树和对门卖串烧的小铺。到最后竟然换了频道，说开了日语，玛斯、玛斯的，让人听着怪诞又好笑。我后来才知道，那些"玛斯"是敬语，爸和老唐两人彼此都敬着呢。

妈说，都是煎茶闹的！

老唐来也不是光喝茶，在适当的时候他打开包袱皮，亮出里边两本磨了边的旧书，对爸说，是日本永井荷风的《江户艺术论》，想必其中的"浮世绘之鉴赏"对教美术的爸有用。爸大概是不便拂逆老唐的美意，人家从收购的旧书里翻出这个特意给你送来，足见心里还想着你，朋友能做到这个份儿上也就够可以了，还能怎么着呢？爸的几个儿子倒是亲生，可谁也没想起给爸淘换一本什么荷风、江户来。

爸给了老唐6块钱，直说书的珍贵和难得，老唐推让了一下把钱收了。老唐走后，妈说，这么两本发黄的书，6块！够半个月的嚼谷了。这样的书，收报纸洋瓶子的论斤约，两分钱一斤。

爸说，心意是不能用钱称的。

话是这么说，那本"江户"被爸搁在书柜顶上，到死也没动过。

我认为，这是老唐做生意的精明之处。

有一天，老唐领着糖盒子上我们家来了。糖盒子破例穿了和服，还擦了薄薄的粉。藏蓝的带小碎花的衣服，散发着樟木箱子的味道。拦腰的铁锈红衣带朴素典雅，配以白布棉袜和木屐，有点儿不食人间烟火的遥远。我追着糖盒子看，很没规矩地跟着他们走进堂屋，站在爸的身后，不顾妈的几次暗示，不想离开。我想看看他们要干什么，如此郑重其事。

糖盒子将一个紫包袱交给妈，说是中元节到了，做了些点心让妈尝尝。依着北京人的习俗，客人送了礼，主家客套一番后会放在一边，表现出不是那么"迫不及待的小家子气"，免得让人看着好像没见过什么似的。妈接过包袱，顺手就要往茶几上放，爸接过来说，咱们得看看都是些什么好东西，唐家"欧枯桑"（夫人）的手艺应该是不错的。

爸当着老唐和他媳妇的面，把包袱皮打开，是一个精致的木头盒子，打开盒盖，里面蒙着一层柔软的绵纸，掀开绵纸看见盒子里站着五个樱花形状的点心，黄蕊粉瓣，娇嫩无比，爸称赞道，真精致！

爸拿了一个，递到我手里，我高兴极了，张嘴要咬，妈说，先别往嘴里填，看够了再吃！

只好把那"樱花"在手里托着。

日本人每年中元和岁暮要给至亲好友送节礼，这些年跟唐家街里街坊地住着，也没见糖盒子做什么"樱花"送过来，这回不知是怎么了，竟然正式隆重，送礼来了。爸是照着日本人习惯，凡是送礼，必得立即开包，当着人面大赞特赞一番，表现出惊喜和稀罕，让送礼者心情舒畅，得到极大满足。

我托着点心出了房门，小狗玛丽立即扑上来，摇着尾巴示好，黄猫也在屋瓦上探着身子喵喵叫唤。我把手举得高高的，玛丽蹦了好几回没够着，我跑进自己屋里，用脚勾上门，一口把"樱花"塞进嘴里。原来就是糖，除了甜，什么味道也没有，能把人甜齁死。

糖盒子的娘家不愧是做糖的。

我后来知道，那天糖盒子是来告别的，她要回到日本去了，那边有她年迈的父母，她是独女，要回去尽孝。女儿她带走，儿子给老唐留下。她来，是拜托我父母多关照老唐，说新中国成立了，将来两国之间来来往往会很方便的。

糖盒子是在一个早晨走的，时间很早，太阳还没照到西屋的屋脊，喇叭花还闭着嘴没有张开。糖盒子走的时候，我的父母特意早起，到门口去送。大院的街坊们都还没开街门，胡同里静悄悄的，泛着一股凉意。分手的时候，爸没有说"撒呦那拉"，"撒呦那拉"我懂，是再见的意思。爸对糖盒子说的是"依待依拉下依"，这是日本人对出门亲人的叮咛，是"等着您回来"的意思。糖盒子不停地鞠躬，泪流满面。

糖盒子用布带兜着小丫头片子，拴在胸前，臂弯挎着包袱走出了大院。老唐提着皮箱子跟在后面，狸大概知道妈妈要走了，紧紧抓着糖盒子的衣襟，一步不落地跟着妈小跑。

老唐要把媳妇送到天津，在塘沽送上到日本横滨的轮船，再自己带着狸回来。

我说，糖盒子到底是走了，这个日本鬼子。我还想说"非我族类必有异心"这样很有水平的话。这句话是从赵大爷那儿才趸来的，想了想，终是没说，在爸跟前说这样文绉绉的话是班门弄斧，费力不讨好。跟妈说可以，能吓唬她，跟爸不行。

爸拍拍我的脑袋说，唐和子的父亲是日本有名的人物，吉田先生在横滨，为中国捐了不少钱，支持辛亥革命。唐先生抗战一爆发就毅然回了中国，不与侵略者共处，是好人哪。

我说，您不是也回来了么？

爸说，我怎能跟唐先生比，我回来是孙中山革了皇上的命，朝廷倒了，旗人的俸禄没了，我不回来一家大小吃什么？充其量我是为了一个家。人家唐先生是反对日本侵略中国，民族的气节在，1938年坐"皇后"号轮船回了中国，当时那条船上还有郭沫若，一大船的中国留学生都回来了。唐先生带着老婆孩子，把自个儿从日本连根拔了，相当不错的人哪！

我抬头再看，唐家人的身影已经消失在胡同拐弯处。

看不见了。

三

我在家里被认为是个不让人省心的孩子，最大的毛病是"不听话"。让我往东偏往西，让我打狗偏抓鸡，我比较固执，有自个儿的主意，总认为谁的认识也不如我到位，包括我的父母。比如爸让我画素描，我就想，凭什么听你的？齐白石他爸没让他画素描，人家照样是大画家。妈说只要工夫深，铁杵磨成针。我说铁杵永远磨不成针，上铺子里去买针，一分钱十根，省多少工夫！语文课上，老师教古文《愚公移山》，"太行王屋二山，方七百里，高万仞，本在冀州之南，河阳之北。北山愚公者，年且九十……"老师提问，让我回答该文的中心思想。我说，愚公，傻老头，跟教室后头坐着的傻狸一样。傻老头九十了，要挖山，不但自己挖，还要把孩子们都搭进去挖，子子孙孙无穷尽也！以致他的后代不能干别的，只能每天挖山不止，冤不冤哪！要是我，我不干，我这一辈子要干的事情还多着哪。至于山挡路,你搬家呀,大山千百万年就坐落在那儿了,凭什么挖人家,得有个先来后到吧,傻老头从山北搬到山南不就结了?

老师说,你坐下吧。2分。

狸坐在最后的角落里,听了我的回答使劲鼓掌。他绝听不懂"搬家"的话,只要我站起答问题,他就高兴,就支持。老师让狸注意课堂纪律,说,课堂上不允许有这样的举动,就是旁听生也不允许。老师让苏惠回答,苏惠小嘴叭叭的,响亮地说,愚公移山是一种比喻,它教给了我们一种锲而不舍、齐心合力的精神,我们要发扬这种精神,团结起来,干大事情。

老师说,请坐。5分。

我回答错了么?我认为没有,现实和精神是两码事,精神不能当饭吃,我最反感那些看不见、摸不着的话语,这怕也是我成不了理论家的原因,只能当个写小说的。

心里这个委屈啊,无缘无故又给我妈挣了个不及格,亏不亏啊我。我对学习越发反感!

这样虚幻的话语,狸当然也不明白,他不知道什么是"精神",也不理解"锲而不舍"是个怎样的物件。狸作为旁听,是他爸爸跟学校反复交涉的结果。学校请示了上级,说只要不影响学生上课,可以来试试看。狸把上学看得很认真,书本文具一样不少,铁铅笔盒上有"木兰从军"的图案,铅笔削得又细又尖,课本折了一个角也要认真展平。旁听了两年,只是一本注音字母的语文和 $1+1=2$ 的算术,从头到尾只认了几个字:"火车、飞机、轮船"。

我想,那个时候我可能进入了叛逆阶段。谁在成长过程中都有过叛逆期,这个时期的孩子最难管教,时刻跟任何人呈对着干的态势。每天玩得花样翻新,跟着一帮高年级的男生到安定门外鬼子坟挖墓。鬼子坟是俄国教会的墓地,坟上都有石雕,我们看哪个雕刻漂亮挖哪个。碰翻了学校门口小贩的凉粉车子,醋蒜芝麻酱洒了一地,香气扑鼻,卖凉粉的抓着我脖领子找到家来要求赔钱。小贩走了,我挨了一顿打。我不服,强调那辆车是独轮的,谁碰上都得翻车。不爱上珠算课,我把珠算老师骗回家去而让全班放假。体育课上,我把铅球推进了厕所茅坑,屎尿溅得上了房顶。把庆祝"六一"儿童节黑板报上所有的少年儿童都添上了胡子和眼镜……离经叛道，全盘恶搞，以致我上学，我妈在家心里打鼓，不知在外头又搞出什么"精彩内容"，诸如屎尿上房之类。在家里我和七哥互不理睬，老七大我二十三，画画儿的，本不是一个档次的人，却天天要在一个饭桌上吃饭。他嫌我说话不靠谱，嗔着我动他的作品（送人了），他说他画一幅工笔"鹩哥"得一个月，还没落款，眨眼就没了！在爸跟前，他点着我的鼻子说，真不知她的这些邪恶想法是从哪里来的！

我说，天生的哪！天生的就是天才。

老七狠狠瞪了我一眼，再不说话。

爸只是笑。

五年级以后，我最大的爱好是看电影，看苏联的，这场看完买下场的票，同一部电影一天看两场，为的是记住那拗口的人名和经典的台词。为看电影要时常逃学，这些都瞒着家里，也瞒着学校。跟老师请假，不是说我姥姥眼睛看不见了，就是说我奶奶摔了，其实二位老者几十年前就入土了，埋在哪儿我都不知道。在老师眼里，我们家的老人特别多，事儿也特别多。老师也不去追究，他懒得理我。

看电影能上瘾，就像现在的网络，成为许多孩子的钟爱，成为许多家长的胆战心惊。几十年后，我半夜提拉着我儿子的耳朵把他从网吧里揪出来的情景，大概和我母亲当年在东四蟾宫电影院门口花几个小时堵截我，有异曲同工之妙。

一个人看电影没劲儿，必须有伴，以便观后研讨。这个伴儿通常是小四儿和大芳。小四儿属于胡同里的问题少年，爹妈管教疏松，思想活跃，跟我一样，天马行空，想到哪儿就说到哪儿，比电影编剧还能编。比如他说，苏联电影《白痴》里漂亮的女主角娜斯塔爱上了梅斯金公爵却又不跟他结婚，把别人娶她的一捆捆钞票都扔进了火炉里，这是败笔。嫁给想嫁又有钱的公爵是多么好的事儿，好好过日子，夫妻恩爱，生一大堆孩子，煮一大锅片儿汤，电灯底下热热乎乎地围在一块儿吃多幸福，偏偏那么矫情，烧钱玩儿！我说把钱烧了才有看头，让人的心揪着，这正是电影好看的地方。大芳说，要是我，我也不烧钱，把钱烧了，傻×呀！

由电影我找到了小说，陀思妥耶夫斯基写的《白痴》比电影更好看。《第十二夜》《攻克柏林》《上尉的女儿》等等，都是那个时候看的，里面的对话，至今记忆犹新，没有忘却。大芳也爱看电影，但是她喜欢国产的，比如《铁道游击队》《沙漠追匪记》《羊城暗哨》《桃花扇》等等。大芳学习极差，脑筋不往书本里头走，光记些电影里的才子佳人，谁谁谁长得好看，谁谁谁穿的衣裳式样不错等等。大芳最喜欢的演员是冯喆，逢有冯喆的片子看十遍也不过瘾。为了骗她能陪我看电影，有时候谎称苏联电影《白夜》里也有冯喆出镜，看过以后她大呼上当。大芳毫不害臊地说，嫁人就要嫁给冯喆这样的美男，清秀舒朗，中国几百年也出不来一个。

小四儿说，照镜子看看你那夜叉模样吧，还嫁冯喆呢，冯喆听了这话得吓得翻俩跟头！

我很自觉，往后缩了缩，我知道，我的长相比大芳还差了一截子。

看电影需要钱，学生场只有周日早场才有，我们等不到周日，而平时没有学生票，电影院的成人票价对我们来说不便宜。更何况我还有小四儿和大芳的负担，他们俩的经济条件很难跟着我这么一场一场地看。小四儿的爸是北京机械厂的工人，大芳的爸是万牲园打扫卫生的。万牲园是老早的叫法，我们上学的时候已经改名动物园，但是大芳她爸还是依着老话儿叫万牲园。

苏惠和兔儿爷基本不参与我们的活动，他们是"三好学生"，逃课看电影对他们来说是大逆不道。但是他们很忠实地为我们保着密，苏惠甚至还为我代做作业，她仿我的字仿得很像。坏学生、好学生拧麻花一样地拧在一起，这就是我们这些"半大猫"的高小生活。

说小四儿是问题少年应该没错，与其说他问题多，不如说他主意多。他每次让我买两张票，我和大芳先进去，然后让大芳拿着两张票出来，他和大芳进去，他再拿着两张票出来，在电影院门口卖掉一张，这样我们仨只买一张就行了。他们俩看哪儿有空位往哪儿坐，让人轰起来再换个地方，电影院全满座的时候不多。

时间长了就显得钱紧，妈给的零花钱有限，不够看两场的，从别处弄不来钱，胡同的孩子都在家吃早点，想从嘴里抠更没门。我们常常处于焦虑状态，为了那些好看的电影。东四电影院在上映苏联彩色舞蹈片《冰上芭蕾》，我们都想看，并非对舞蹈有什么兴趣，主要是听小四儿说芭蕾舞是不穿裤子，光腿光胳膊的舞蹈，大腿一撩连小裤衩都能看到。至于男的，索性连裤衩也不穿……

这样难得的电影能不看吗？一定得看！

我和小四儿、大芳坐在门槛上，为《冰上芭蕾》而纠结。

大芳说，冯喆也在里面跳吗？

小四儿说，那是当然。

大芳遗憾地看着我说，可惜咱们没钱了。

小四儿低声问我，你真的没钱了？

我说，真没了，这个月咱们已经看了九场，我跟老七那个大抠门儿要过两回钱了，跟老三也要过，不能再张嘴了，我妈对我频频要钱开始警惕了。

我们三个蹲在槐树底下很无奈，这棵树前几天被政府用栏杆圈起来了，还钉上了牌子，说是北京名贵树木。我们也不知它名贵在哪儿，每天爬上爬下好几回，它就是比别的树粗点大点罢了。一大拨老鸹从头顶飞过去，能听见翅膀沙沙扇动的声音，它们从野外找食吃回城了。小四儿抬头看了一会儿老鸹，用脚使劲踹了一下栏杆说，操！

狸在他们家台阶上坐着，一遍一遍地唱着"七八、七八、七八八……"单调而凄凉。

西天的晚霞已经落尽，路灯亮起来了，老唐回到大院。老唐大概是累了，动作有些缓慢，灰大褂换了蓝布制服，日本包袱皮还在腋下夹着，鲨鱼皮的小鼓儿依旧在使用。大芳不错眼珠地看着老唐，说才发现老唐长得像冯喆。

小四儿说，冯喆才不会打小鼓儿。冯喆要是打小鼓儿，咱们这条胡同的老娘儿们包括你在内都得疯了，连晚上盖的被卧都得拿出来卖了。

坐在台阶上的狸看见他爹回来，三步两步跑过来，仰着那张扁脸看着老唐，伸手在老唐兜里掏。老唐弯下身摸儿子的脸，发现儿子哭过。其实这时候我们已经不打狸了，我们已经长得人高马大，高小马上毕业了，可狸还是那么小，依旧是坊家胡同小学四年级旁听生。狸不长个儿也不长心眼儿，还是七八岁的样子，谁还好意思欺负一个残疾儿童呢！

看着疲惫的老唐和他儿子，我想起了电影《白夜》涅瓦河边凛冽的风和孤独的女孩纳斯金卡，夜幕下无休止地充满希望的等待……是啊，糖盒子一去不复返，连信也没有，她把老唐爷儿俩彻底扔了，自己当资本家小姐去了，我们都替老唐不平，替没妈的狸难过。秋天的时候，妈建议老唐

扶桑馆　　　　　　　　　　　　　　　　　　　　　　　　　　　19

再娶一个，说，苏惠的妈就很合适，长期单身一人，身边一个懂事的苏惠，她本人脾气好、心肠好、模样好、人缘好，跟老唐很般配。我们也都盼着苏惠妈嫁给老唐，这样扶桑馆的唐家就有了做饭的，狸也不至于每天坐在台阶上啃萨其马等他爸爸。可是老唐没答应，他说，狸的母亲还在，他不能停妻再娶，他娶和子，两人是在神社里宣过誓，跟神打过招呼的，不能轻易反悔。爸嫌妈多事，说，唐先生留学东洋，是帝国大学毕业，哪能看得上给街道工厂锁扣眼的苏惠妈。妈说，他再帝国毕业也得过日子不是！

狸抓着他爸爸的手，一蹿一跳很高兴地往家走。老唐边走边问狸晚上想吃什么。狸说，吃"馎饦"！

我们仨面面相视，谁也不知道"馎饦"是什么东西，那大概是日本饭。

看着老唐的背影，小四儿说他有办法了，说我们可以找些东西跟老唐换钱，打小鼓儿的老唐手里应该有钱。大芳说这主意不错，她小时候的一条裙子可以跟老唐换，反正也是小了，还有她们家的笊篱，铜的，应该也值不少钱！小四儿说大芳，你以为老唐是收破烂的孙婆子吗？我看，我奶奶的烟袋锅子成，那个嘴儿是翡翠的。

大芳说，你奶奶要抽烟怎么办哪？

小四儿说，让她满世界找去呗，老太太记性差，见天儿找东西，每天就在找东西中过日子。

我让他们都别张罗了，这件事交给我来办。大芳说，得快啊，要不然《冰上芭蕾》就演过去了。

我说，那是当然。

回家让妈也给我做"馎饦"，妈不知"馎饦"是什么饭，爸说，给丫儿做锅焓锅片儿汤！

敢情"馎饦"就是日本儿片汤。爸说，日本山梨县的美食。

四

老三娶妻搬出另过，爸去上班，老七钻在后院自己的屋里画画，妈在忙她自己的事情，偌大四合院进进出出只有我一个人。白天，在这个家里我想干什么就能干什么。

我堂而皇之地进了爸的书房，还记得老唐卖给爸两本"江户"之类的破书，卷边少页的要了6块钱，我爸爸的书卖给他，也应该给不少。书房里的书浩如烟海，神不知鬼不觉地抽一本，沧海一粟，谁要知道才怪！黄猫蹲在南窗台上盯着我使劲看，我才觉得这只猫是这么诡异讨厌，朝它一跺脚，滚！

黄猫喵了一声，伸了个懒腰，掉了屁股又卧下了，窗台上的太阳正好。

我蹲下来，在书架底层右首最后边掏出一本沾满灰尘的旧书，想必这是爸不常用的。爸的书太多了，书架的内里横着躺一排书，外面再竖着站立一排，里边横着的多是极少翻动的，抽出一本不显山不露水，爸发现不了，妈更发现不了。

手里的旧书已发黄，线装，软塌塌的，几乎要散架的模样。书皮上有《二如亭》几个字，翻了几页，根本看不懂，也没有图画，不敢再翻，怕书碎了，这样的书籍卖出去最好，就像老三那件破线衣似的，值不得留恋。把书揣进怀里，掀开竹帘走出北屋，看见妈正在廊下拿着我使剩下的铅笔头，一笔一画地描扫盲课本上的字。妈是个大文盲，没上过一天学，街道上成立了扫盲班，妈参加了，每天晚上去学俩钟头，比我认真。妈见了我说，你怎么这么早就放学了？我还以为你在学校呢。

我说，老师请假了。

妈问老师为什么请假，我说病了呗。妈说，老师病了可你们没病啊。

我说，可也是呢，学校让我们回家自己看书。

妈哦了一声，再没多想。

都是瞎话。

溜进扶桑馆，老唐还没有出门，他的傻儿子狸今天发烧，正在榻榻米上躺着，见我进来，狸高兴得手脚乱动，像只底儿朝天的大蟑螂。狸的头顶上就挂着那块"扶桑馆"的匾，认真看了半天，真看不出那字有什么好，我在大字课上写的毛笔字回回能得好几个红圈，有时候还被贴到教室后头展览，那些课堂练习，哪张都比这个写得好。

唐家的火炉上坐着砂锅，里面沸腾着满满一锅中药，不知是老唐自己喝的还是给狸喝的。屋里东西有些凌乱，狸的袜子扔在窗台上，枕边散落着啃得乱七八糟的米花球，锅里残留着一些面目不清的东西，大概就是日本山梨有名的"馎饦"了。给人的感觉是这个家缺少女人的操持，缺少母亲的细腻。由此更感到了糖盒子的可恶，把男人和孩子扔在中国，自己跑了，一个极不负责任的妈妈！

老唐光着脚站在榻榻米上，对我的造访感到突兀。我从怀里掏出那本《二如亭》，问老唐收不收这个。老唐把书轻轻翻了翻说，……这应该是一套。

我后悔没有再仔细翻找，便顺口说，我们家就这一本，是我妈夹绣花线的。书烂了，嫌搁线笸箩里碍事。

我的瞎话来路之快，连我自己也吃惊。

老唐一边翻书一边说，……是吗？

我说，嗯哪。

老唐把书撂在桌上，撂在那锅宝贝儿"馎饦"旁边，问我，卖书四爷知道？

我坦白说，我爸不知道，这样的破书您有的是，不在乎。

老唐点了点头，哦了一声。停了一会儿问我，你要卖多少？

我说，你看着给，多少是个意思就行，我估摸着卖给收破烂的孙婆子，她连一盒洋火也不会换给我，所以我来找你。

老唐笑笑说，你算计着我给的比一盒洋火多？

我说，你有文化，懂书，自然不会亏了我。

老唐说，四爷才懂书，他在日本专门学的是古典文化学科，搞的是版本学。我是外行……

在老唐的思索间隙，我觉得对狸说点儿什么，来点儿缓冲。我问狸想不想妈妈，狸手脚停止了舞动，指着墙上的"扶桑馆"说，妈妈！

我问，你妈什么时候回来？

狸说，明天。

……

一本破书，老唐给了我5块钱，5块钱，够我们看十几场电影的，赚大发了！当时我们几个都非常激动，小四儿说，老唐跟你爸爸是朋友，他不好意思给少了，否则会显得不够交情。

大芳说，这事儿你爸要知道了怎么办？

我想起了那个积满尘土的书架说，我爸永远不会知道。

从老唐那儿找到了来钱的办法，于我如同开了一条宽阔的财路，家里小小不言的物件真被我偷偷倒腾出去不少，爸的书柜里摆着七个小陶人，花里胡哨各作姿态，热热闹闹站成一排。挑一个拿出去卖了爸不会知道，他不会天天来数数儿。卖哪个呢？下手的时候还真让我为难，七个小人里只有一个女的，身抱琵琶，美艳惊人，这个太显眼，不能动；背着大口袋，弥勒佛一样的胖子在小人队里也很突出，也不能动；白胡子、白眉毛的老寿星是里边爷爷辈儿的长者，把爷爷卖了不合适；金盔金甲，手持宝塔的武将长相凶恶，单独去卖可能卖不上价。挑来挑去，于是一个戴黑帽子的作了牺牲，拿到老唐那儿换了一块钱。后来金盔金甲也过去作伴了……七个人变成了五个，从原来的挤挤挨挨变得舒展宽敞，很有距离感，各自的艺术魅力得到了充分展示。

没多久，老七的石头印章、书桌上的小摆件、老三扔在家里驯鹰的皮套子、狗玛丽脖子上的小银铃、死了的大姐票戏用过的头面……统统进了扶桑馆。

我拿东西绝对是有挑选，经过深思熟虑的。妈妈的东西我基本不动，妈是个仔细人，你动她一根针她也知道，把她的东西挪个地方她都会跟你计较。相反，爸和老七却是稀里糊涂，老七的石头印章一大盒子，画完了画该用章了也就那么几块，大部分章子都是闲置，少一方他察觉不出。书桌上的摆件有只竹子编的小鸭子，是他的女朋友柳四咪送他的。俩人分手七八年了，柳四咪早嫁了别人，他留着这个摆那儿徒自伤情，不如送到老唐那儿去，也让他断了念想。我们家后院有个小堆房，里面破烂儿多得浩如烟海，老祖母留下的花盆底绣花鞋、老祖官帽上的顶戴花翎、跟人私奔了的二姐扔下的一套套衣裳、早夭的老六留下的一堆玩意儿，破桌子烂板凳、旧隔扇花屏风……蛛网尘封，无人翻动，成为了我取之不尽用之不竭的宝藏。

我的生活得到了极大改善，苏联电影已经不能满足我的欲望而改为看戏了，看戏比看电影过瘾。戏有日场和夜场，不敢看夜场，只能看白天的。白天名角少，价钱便宜，最常去的是圆恩寺的人民剧院，坛口的群众剧院和广和剧院。东单的实验剧院和灯市口的北京人艺也是经常光顾的地方。我已经是中学生了，在西城读书，学校古色古香，在故宫西华门和中南海西苑之间，据说是太监李莲英的宅邸，李莲英就住在宫门外头，跟皇上、太后都近，随叫随到。李莲英离皇宫近了，我可是离家远了，从东城到西城，过北新桥穿地安门，我得倒两回车，买月票是必需的，这也是我挑选中学的心计。月票是好东西，有月票，想上哪儿就上哪儿，逃出了妈的掌控，如同给幸福生活插上了驰骋的翅膀，把我舒坦得只想大声喊幸福哇，幸福！我到哪儿去已不需要小四儿和大芳陪伴，那两个人早已成了我的累赘，用历史老师的话总结是"尾大不掉"，汉朝政治的重要问题。我不能像汉景帝似的任着藩镇拖累，那两个大尾巴当断则断。

什么事情都是两方面的，自由的我也有担心，我最怕的事情是老唐把我盗卖家私的事儿告诉我爸爸。虽然是小打小闹，可是性质有个"盗"在其中。我爸还好说，妈知道了那一顿打是轻不了的，更何况还有一个脸面的因素在其中。

我很关注老唐的动向，有时候看见他和爸站在街门口说话我都紧张，怕他把我出卖了。就算不是有心，不经意说露了嘴也很麻烦。

让我欣慰的是这样的事一直没有发生，老唐对我的行径守口如瓶。这是老唐做人的厚道之处。

为此我对狸格外地好，下学了常买些果丹皮、花生蘸什么的送给他。狸认为我喜欢他，看见我回家，早早地张着胳膊跑过来，像迎接他爸爸老唐一样地迎接我，嘴里不住地念叨着"……王八……丫儿"。看着狸的那张真挚的扁脸，很多时候我的鼻子会发酸，狸是个孤独少爱的孩子，我们每个人都有理想，有前程，狸的前程又是什么？老唐老去，他将何如？

1960年以后，打小鼓儿的职业在北京消失，老唐成了废品回收公司的一员，为了照顾狸，他在就近的东门仓废品站上班，所打交道者废铜烂铁、破玻璃烂报纸，收入有限。

五

糖盒子这只日本蛾子飞走了，十几年音信皆无。

困难时期，狸再无零食可吃，每天托着腮帮子在门口枯坐，眼珠随着过往的人转。有人过去拍拍他脑袋，叹口气，更多的人则无视扶桑馆门口这道风景，成了司空见惯。我礼拜天在废品站见过老唐，他拿着一杆钩秤在称废电线，脏乱繁杂的废品中，面如冯喆的他一副心静如水的模样。还是那身蓝布制服，不同的是臂上多了一副套袖，脑袋上多了一顶布帽。老唐每天做饭，一式两份，自己带一份给儿子留一份，天冷的时候拜托苏惠的妈帮忙给儿子热一下。其实很多时候狸就在苏惠家吃，在我们家吃，在胡同里的任何一家吃。赵奶奶胡噜着狸的脑袋伤感地说，被妈扔了的小可怜儿……弃猫儿……命苦哇——

狸的扁脑袋就使劲往赵奶奶怀里扎，真像只弃猫一样。

寒假里的某一天，接到学校联络网的口信，第二天要开返校会。联络网是中学在假期传递信息的一个手段，那时候没有电话，更谈不上网络，学校有事召集靠的是一个接一个的传递，记住你的上家和下家，接到信息传下去就是了。

返校日那天，冒着大风大雪赶到学校。假期工友放假，大礼堂里没火，把我们冻得跺脚流清鼻涕，巴不得快点把我们放了。返校会紧急传达了一个与我们毫无关系的文件《在全国城乡开展社会主义教育运动的通知》，说是要搞"四清"。运动中，各单位要"清思想、清政治、清组织、清经济"，具体到乡下要"清账目、清仓库、清财务、清工分"。我们听得都很游离，无论清哪个，都跟我们不搭界，大家你看我我看你，呈莫名其妙状态。末了，学校将我、大芳和几个同学留下，单独给我们讲话，说我们几个是"基层骨干分子"，是运动的先锋，是党组织依靠的对象。一听这话我很激动，长这么大，头回有人这么夸我，头回成了"急先锋"，就凭我这个瞎话篓子，凭我旷课逃学的口碑，我还真闹不明白自己"先锋"在哪儿。老师鼓励我们积极参加运动，争取早日加入共青团。具体说是给我们一个重要任务，成立剧社，仿照中国评剧院演出的评戏《夺印》，复制出自己演的《夺印》来，参加中学生文艺汇演。

原来是唱戏啊，这个我喜欢。

只要不让我念书，唱一辈子戏都成。

那个寒假，看了好几场《夺印》，过够了戏瘾。看戏不用买票，坐在第一排，凭的是负责剧社的冯老师和剧院的内部关系。冯老师本人是个评戏迷，我估计要是允许教师演出，他早自个儿上台了，哪里还轮得上我们这些傻棒槌现蒸现卖。《夺印》是反映"四清"题材的红戏，说的是小陈庄的印把子掌握在反革命分子陈景宜手中，新来的村支书何文进与其进行了一番较量，把印把子夺了过来的故事。人物很简单，情节也很直接。我被分配的角色是演坏分子老婆烂菜花，给书记送元宵，拉拢干部下水。本来这个角色是分配给大芳的，大芳不干，嫌太丑，自己宁愿去干剧务，轮来轮去才轮到我。我倒是不在乎，演什么都是演。冯老师说，只有角色挑演员，没有演员挑角色的。我长得像坏人，演烂菜花很合适。

回家练习唱段，给妈阐释烂菜花的角色特点，野、坏、骚、烂，爸笑着说，就是个彩旦么！

妈说，你够五毒俱全了，再加上一个"骚"，想出类拔萃吗？不许演！

老七说，这角色挑得很准。老师有眼光！

尽管杂音很多，阻力很大，我还是尽心尽力演好自己的角色，天生的演戏才能让我没费多大劲儿就把烂菜花搞定了。惟妙惟肖，淋漓尽致，入木三分，"刻画准确，拿捏到位"，这是冯老师给我的评价。

狸到我们家来热饭，吃完了不走，要听我唱戏。我托着狸的饭碗，扭着小腰送着胯，站在金鱼缸前唱道：

　　从东庄到西庄，我到处把您找哇，
　　找了这么大半天，我才把您找着。
　　您看我的两只脚都磨起了泡，
　　我的衣衫都湿透了，我的周身汗水浇。
　　哎哟哟我的何书记，哎哟哟我的书记哟，
　　干这么重的活儿您怎么能够吃得消哇？
　　吃不消呀，吃不消呀，我给您做了一碗元宵。
　　擦擦汗您就歇一会儿吧，您看看这是一碗
　　滴溜溜的圆哪，团团转哪，
　　江米面的，白糖馅儿的，大个元宵啊——

我估计我唱得很精彩，妈端着半盆水站在廊下竟然半天没泼出去，听入神了。狸高兴得又翻了车，倒在地上四脚朝天乱踢腾。含混地说，江米面，白糖馅，大元宵……

妈说，让你念书真是亏了你！

妈是夸我哪！

在学校里我收获了一个艺名——筱烂菜花。这个"筱"不是"大小"的"小"，是"筱白玉霜"的"筱"，他们说我的唱腔里有白派韵味。当然，筱白玉霜很多时候也叫小白玉霜，那又是另外一码事儿了。

在当筱烂菜花的一段时光里，我表现得很积极，努力靠拢组织，热情要求上进，编瞎话等劣迹收敛不少，每天都做好事情，比如扫厕所，给大家打热水，帮大芳熨戏服等。入团申请书写过两份，却如石沉大海，没有动静，也没有任何人关注过我。相反演何支书的，演贫农李有财的相继进入了团组织，每次谢幕他们都留在最后，享受观众的热烈掌声，而我在第一拨就被刷了下去。不是我演得不好，是我的角色没选好，演得越像，人们越把我和烂菜花等同起来，我冤大发了！我找团支书谈话（请注意，不是团支书找我谈话），询问为何团组织老不发展我。支书是高三的大同学，回答也很直接，她说，你们的戏演得是很好，但是组织不能先吸收落后分子烂菜花而让党的代表何支书后捎着。再说，你对"四清"运动的理解还很含糊，人家演李有财的一个月写了三份思想汇报，你呢？

我想起我的语文作业还没有交。

为了表现我对"四清"认识的深度，我在自己的熟悉范围内搜肠刮肚，寻找"四不清干部"，却是没有。我不认识任何"干部"，也不知谁有什么"四不清"问题，我脑子里阶级斗争的弦一次也没有被拨响过。

在一次《夺印》演出的间隙，我看"贫农李有财"正趴在化妆桌前写东西，大概又是思想汇报吧，他总有许多可以汇报的思想。我却一点儿也找不出，脑子里空空的，用妈的话说是"干什么都不走脑子"。因为"不走脑子"，我甚至都不知道什么是思想，就像当年学《愚公移山》似的，来实际的可以，让我空对空谈意义绝对砸锅。"贫农李有财"看我走过来，把字纸用手遮了，不想让我看到。我说，甭遮挡了，你那狗爬的字绝拿不到台面上去，跟我们街坊老唐家那块扶桑馆的匾很有一拼。

"李有财"说他对扶桑馆很有兴趣，听着很日本。我说就是从日本拿回来的。他问为什么挂在中国人屋里。我说因为中国人有日本老婆。我还答应哪天闲了带他去看扶桑馆。

六

　　天越发地冷了，大槐树上的叶子已经落光，夏日树上垂下的滴里搭拉的"吊死鬼儿"，那些可怕的肉虫子早已不知死哪儿去了。透过繁茂干枯的枝丫，可以看见天上微弱的星光。正是大寒时节。

　　下晚自习回家，刚走到树底下，就听到了狸的"……七八、七八、七八八……"，歌声一遍遍重复，带着哭腔，在寒风中，在空旷的胡同里显得凄凉悠远。赵奶奶在街门口站着，见我过来，指着坐在台阶上的狸说，唱了一晚上了，任怎么劝也不进屋。老唐到这会儿还不回来，妈不管了，爹也不管了……

　　我过去对狸说，狸，你爸爸呢？

　　狸说，江米面儿的白糖馅儿的大元宵。

　　狸是饿了。

　　我叫出了小四儿，让他跟着我一块儿去废品站找老唐。小四儿说，这会儿废品站早没人了，找鬼去呀！

　　我说，老唐就是变了鬼也得找来呀，他儿子撂这儿谁管？

　　小四儿现在是北京机械厂技校的学生，我们是同龄人，他学级却比我低两级，主要是因为蹲班，光是初一就念了三回。赵奶奶也鼓动我们去找，说街里街坊地住着，大冬天不能让孩子凄惶无靠。

　　我和小四儿拉着狸到东门仓废品站找他爸爸。在胡同口想给狸买个火烧，谁也没带粮票，十分遗憾。最失望的是狸，眼神就离不开火烧了。卖火烧的娘儿们脸定得平平地看着狸一步三回头地离开烧饼炉子，绝不通融。走过墙拐角，小四儿从兜里变出一个刚出炉、冒着热气的火烧给了狸，我知道肯定是来路不正，也不去计较了。

　　天空上有个弯弯的月牙儿，羞怯怯的，柔弱而凄冷。路面结了冰，走一步滑一步，接近城墙豁口，风变得猛烈起来，右边明清时代留下的仓廒高大威严，在深蓝的天幕下衬出凝重的剪影。东门仓是有皇上那会儿藏粮食的地方，京杭大运河通过漕运运来南边的粮食，就近放在东城的几个粮仓，东门仓附近还有海运仓、北门仓、北新仓等等。海运仓被中医院和解放军招待所占据，北门仓成了街道小工厂，东门仓十几座仓廒分成几块，以百货公司仓库为主,废品站在仓库南边,是低矮土墙圈起的一片空地。

狸冰凉的小手紧紧拽着我,喉咙里还在一阵阵抽泣。我说,狸,咱们不怕。

细想,狸年龄比我还大。

废品站在仓墙的阴影里,虽是破破烂烂一大堆,竟然还有门,门是几块破木头临时钉的,上着锁。狸来过这里,见到废品站,撒开我,使劲拍门,大声喊爸爸。空旷的院里黑洞洞的,除了呜呜的风,没有活动的物件。我要回去,狸又开始哭了,蹲在破门前不肯走开。小四儿隔着门缝朝里头望,跟我说,有门儿!

小四儿说门锁是从里头锁上的,说明院里有人,我们不是白来。说完他三下两下蹬着门板就翻了过去,动作十分轻便利落,即刻里面传出了废铜烂铁的踢里哐啷,他在制造响动。果然,角落的一间小屋灯亮了,半天出来个披着棉大衣的老头,大概是晚上的看守了。我们问老唐哪儿去了。老头说他不管什么老唐,他下午6点来接班,白天的事儿不知道。小四儿问老头接班时见没见到老唐。老头说他不知道谁是老唐,废品站的耗子他倒是能数出一二三四。老头嗔怪小四儿翻墙,说废品站也是国家公司的一级机构,哪能胡乱践踏。小四儿说老头拿着鸡毛当令箭,屎壳郎趴铁轨,愣冲大铆钉。哪天叫几个弟兄来,砸了这鬼地方。老头说,废品站还怕砸?想过砸瘾来这儿是找对了地方。

双方说话都有点儿呛,末了小四儿让老头开门,老头不给开,让小四儿从哪儿进来从哪儿出去。小四儿二话不说,抄起个大铁圈噌地蹿上墙,跳下来,把铁圈拽在门上。老头不得已打开门,骂骂咧咧把废铁捡了回去。

三个人照原路往回走,狸这时候也不哭了,低着脑袋走路。小四儿说,狸,你爸爸玩失踪呢,他真要里通外国上了日本,你就像崇祯皇上一样在胡同的槐树上吊死,以谢国恩。

我说,哪儿跟哪儿啊!

小四儿说,中国街坊照顾了他这么些年,难道他不该谢谢?

我说,小四儿你住嘴!

狸在旁边一言不发。

第二天得到消息,老唐是被单位提走交代问题了,听说是"扶桑馆"的事连带着政治问题。"清组织,清政治,清思想……"老唐得老老实实向组织坦白。

说老唐的背后有一只又大又粗的黑手。

听着都很可怕!

"四清"清到老唐头上了。

在剧社排演时听大芳跟大伙谈论老唐的事,"贫农李有财"说,"社教"针对的就是老唐这样的人,目前阶级斗争仍旧十分尖锐,地富反坏右分子活动仍旧十分猖獗,帝国主义亡我之心不死,我们得随时提高警惕。

"李有财"说着朝我瞄了一眼,这一眼瞄得我浑身一哆嗦。

"何支书"说,老唐虽然算不上领导干部,但他的上属是废品回收公司,他是公司的职工,就凭他走街串巷打小鼓,就凭他屋墙上的"扶桑馆",就凭他那不见踪影的外国媳妇,问题就很复杂,是该清清的时候了。

大芳附和着说,电影《羊城暗哨》里的冯喆就是卧底,卧得那么自然那么好。老唐这个冯喆也来历不凡,凭他的长相,就是一个卧底的长相。

风起青蘋之末,我隐隐约约地感到我就是那起风的源头。没有我对"扶桑馆"的推介,恐怕也没有老唐"夜不归家"的麻烦。进了水的脑子,无遮拦的嘴,我是没事找事啊!

妈常说我没心倒肺,细想想,我确实是没心倒肺,在这方面我甚至不如在台阶上啃萨其马的狸!我在戏台的边幕一个人偷偷掉了半天眼泪。

老唐带出话儿来,让苏惠妈照料几天狸,说他没事儿,两三天就会回来。老唐果然不到一个礼拜就回来了,虽然眼睛乌青,手上有血痕,也没见他说什么,每天照旧上班,照旧带饭,狸照旧在苏惠家热饭……老唐没说为什么被叫去交代,也没说被叫去以后的情况。赵大爷拦住他问,老唐,真没事啦?

老唐说,没事,赵大爷。

赵大爷说,我总是不放心。

老唐笑笑,给赵大爷鞠了一躬。

我心里愧对老唐,有时候对面碰上了,也不敢拿正眼看人家,总想找个机会跟他细细说说这件事情。老唐倒不在乎,照旧跟我说话,照旧叫我七格格。我心里明白,我已经不是他眼里简单的七格格了,我是在暗地里坑他的人。

"文革"时候，我们胡同里抓出了不少"坏人"，34 号的"保安队长"白瘌子、李立子那个美丽的名角妈妈、后罩楼皇家的珍格格，包括苏惠的妈，大芳的爸爸和我的父母，都受到了冲击，这时候的"坏人"比"好人"多。

老唐原本应该是风口浪尖上的人物，此时反倒无人理会了。老唐很忙，社会上到处在破"四旧"，外边不破各家也自己破，免得让造反派查出来招灾惹祸。清出的旧东西大多送了废品收购站，父亲的不少珍贵版本和名人字画全到了东门仓，真正的两分钱一斤，上大秤称！四平板车"旧纸"，卖了一百多块钱，60 年代的一百多块啊！现在想想，只是心痛。

在胡同口见到老唐，可以察觉到他微微地朝你点了一下头，那个细小的动作只有当事者才能心领神会，轻微得别人几乎看不出。在那动辄得咎的年代，老唐在尽力地保护自己，保护别人，每个人都过得谨小慎微，如履薄冰。

1969 年我上山下乡，去了陕北，一走几十年。小四儿技校毕业顺理成章进了工厂，在铸造车间当翻砂工。兔儿爷参了军，到东北边境，听说还当了小排长，是个少尉。苏惠到内蒙古军垦种向日葵，大芳去云南种橡胶……一拨小伙伴散了。

我记得离开北京那天是个上午，艳阳高照，天空很蓝，欢送知青上山下乡的锣鼓声响彻整条胡同。我穿着笨拙的新棉袄，胸前戴着大红花，被簇拥着走出家门。户口被注销了，行李已经装上了车，我知道自己再不属于北京，像抡铁饼一样，我被甩出去了，没有回头一说。脸上在笑，心里却往下沉，内里与外表的分裂竟然让人如此不堪，如此纠结。

走出大院最后一次回头，看到狸站在扶桑馆门口依恋的眼神。

听说他的爸爸又进了学习班。

七

白驹过隙，时光倏忽而去，40 年后我们再聚"扶桑馆"。

此"扶桑馆"非彼"扶桑馆"，它是一家日本料理店，开张有几年了，在餐饮业风生水起，很是红火。

聚会的召集人是扶桑馆经理赵俊生，即当年的不良少年小四儿。小四儿电话里叮嘱我一定要到，大芳他们几个先后都办回了北京，只有我一个人还在外地，说见我一次不容易，他们都想我呢。兔儿爷在网上给我发了详细路线图，坐地铁几号线，在哪儿倒几号线，最终在哪个口出来都交代得清清楚楚，把我当成了外地来的，找不着北的大妈。

我提前半个钟头到了"扶桑馆"，内里的装修很日本化，都是单间，进门脱鞋上"炕"，和纸的推拉隔扇和脚下的榻榻米，让我依稀想起了老唐的家。

小四儿迎过来，西装革履，一副经理装扮，胖了，发福了，已经寻不到当年的狡黠和灵动。彼此一个大大的拥抱，展示了我们友谊的地久天长。

小四儿把我领进一间大房，说这是全店最考究的房子，四十八叠面积，可以举办重要聚会，可以和日本横滨大宾馆的"兰间"媲美。大芳和兔儿爷都到了，先是从矮桌后面直起身子，愣愣地看着我，紧接着连滚带爬地扑过来，拉住我的胳膊使劲摇晃。嘴里喊着，几十年了，你到哪儿去了！

眼里都有泪花在闪烁。

百感交集，我们都已面目皆非，走在街上面对面也是路人。大芳肥臃胖硕，银发满头，成了三个孙子的奶奶，一口京腔依然未变，喷出的还是胡同串子语言。她说她早晨先去南馆晨练，跳一通大妈舞，再送孙子上学，而后早市上买菜，午饭后闷一小觉，然后参加评剧班的活动，最后去学校门口等孙子，跟北京所有的老太太一样，日子安详快乐，简单充实。兔儿爷八年前从机关退休，喜欢上了古玩收藏，是潘家园的常客。每日关注的除了玉石字画以外，还有谍战电视剧，有卧底、策反内容的必看，抗日的也看，比如手撕鬼子一类的，不到电视上板不罢休。

小四儿说他20年前就单干了，倒腾过钢材，卖过医疗器械，干过传销，开过猫狗美容店，折腾过房地产，全赔！

大家都说，只有我还显得年轻。我告诉他们，其实也老了，头发是染的，牙齿是假的，眼睛原本近视，老了正常了，为了装斯文，戴个平光的……刨去假象，是个白发无齿老妪。

大家哈哈大笑，好像一下回到了过去。

小四儿说苏惠没有联系上，她家里人说是在南方某座庙里修行，当居士了。

每个人都惊叹对方的变化，40年，老了一代人。

我注意到包间的重要位置悬挂着"扶桑馆"的真迹，我们都变化了，只有它还是旧时模样。黑红的镜框，很率性的字，竟然安然无恙。

我问小四儿"扶桑馆"的匾怎么在这里。小四儿说，你猜。

我说，一定和唐家有关。

小四儿说，今天邀你们来，是糖盒子和狸的邀请。糖盒子是"扶桑馆"的股东，日本的说法是代表取缔役，我不过是个打工的。

我们几个面面相视，有世界真奇妙的感觉。

我说，狸还活着？

小四儿说，我们不也活着？

兔儿爷说，糖盒子，那个操蛋日本娘儿们……还有脸回来？

小四儿说，日本欧巴桑，很随和的一个人。

大芳说，把冯喆一样的老唐闪了一辈子。冯喆"文革"的时候在四川大邑自杀了，老唐最后结局大概也不妙。

小四儿说，你错了，老唐结局很妙，"文革"结束，他被调进出版社当了日语的译审，人家真正是按干部退休的。

大芳说，怪了，连演员冯喆都自杀了，老唐能安然无恙，这也算是奇迹了。

大芳说这话的时候，有意无意地看了我一眼，我的脸立刻窘得通红，连自己也纳闷，几十年的走南闯北，不说是身经百战也是历练无数，脸皮厚得近乎无耻，偏偏在此刻还会脸红……赶紧喝了口茶作为掩饰。

大芳朝我微微一笑。

我扭过脸去装傻。

兔儿爷认为老唐是有背景的人，帝国大学毕业的留学生，日本企业家的乘龙快婿，回国心甘情愿打小鼓儿，收废品，若没有精神支撑，没有组织支持，怕是难以做到。扶桑馆，在沦陷时期应该是搜集敌伪情报的中心。

大芳说兔儿爷是《潜伏》一类电视剧看多了，以后谍战编剧可以请他去作策划，保准异想天开得让人瞠目结舌。

小四儿也说，编电视剧还就得兔儿爷这样的人。

我半天没说话，想着那个儒雅安静的老唐，搜集情报也罢，打小鼓儿也罢，关键他是狸的父亲，自谦、内敛、低调、平和是他人生的基本。他或许有背景，或许没背景，无论有与无，他的学识和修养，他不显山露水的作派都是值得我推崇和尊敬的。

让人惊奇的是老唐还健在，96岁高龄了，头脑还清晰。小四儿说，中日友协年年来给他送花，文物部门常请他鉴定东西，出版社日语词典编辑定期来请教问题……虽然坐了轮椅，行动不便了，还是很忙。

正说着，门开了，狸和他的妈妈出现在门口。狸还是过去的小孩子模样，8岁，抑或是9岁，他的病为他留住了童年，我们当中"永葆青春"的应该是他和墙上那块匾。

小四儿朝狸招招手，亲切地叫着"他诺ki"，小四儿地道的日语，发音柔和亲昵，他不再叫那个小孩子"狸"。

在我眼里，狸还是过去的狸，记吃不记打的狸。

狸清楚地喊出了我们每个人的名字，他的容貌在我们眼里定格，我们的名字在他的心里定格，彼此都还记得。狸拉住了我的手，软软的小手让我想起了东门仓深沉的夜色和那个让人失望的废品站。狸抬起了扁脸目不转睛地看着我，看得我泪水夺眶而出。狸踮起脚将我的泪水抹去，嘴里说，江米面，白糖馅……

眼泪更加汹涌。

糖盒子穿着当年藏蓝底小碎花的和服走过来，樟木箱子的味道依然，看来是有意为之。我们对她都有些冷，让我不解的是岁月为什么丝毫没有改变她的容颜，这个糖盒子几十年保养之好，让人匪夷所思。小四儿看出我们的疑惑，解释说，这位是"他诺ki"的妹妹鹤子，唐鹤子。

我们听来还是"糖盒子"。

对面站立的女人就是当年糖盒子胸前用布带兜着的小丫头片子，她与她的母亲酷似得如同一个人，让人不得不承认基因遗传的绝对稳定性。问及唐和子，唐鹤子说她的母亲在1955年去世，死前一直惦念她的父亲和哥哥，嘱咐她长大一定回到中国，回到父亲身边，她是唐家的长女，也是唯一健康的孩子，父亲和哥哥狸需要她。

就是说糖盒子回到日本没几年就故去了，中日之间直到1972年才恢复邦交，至于民间的正式往来当然更晚。

一段故事，听得人有些心酸。

唐鹤子对我说，我猜您是七格格，我父亲常常提起您，今天他让狸给您带了些东西。

狸把一个绿地白萱草的包袱交给我，里面鼓鼓囊囊不知包了些什么。这个包袱皮似曾相识的熟稔，猛然想起是老唐打小鼓儿时日日夹在腋下的物件，它来自日本，是吉田家的老物。还记得爸教给我，接受日本人送的礼要当面打开给予称赞的教诲，我把绿皮包袱打开来，小四儿、大芳们也围过来看。

灯光下，包袱皮里的物件让我一阵眩晕，许久失神。那些物件之上是一本蓝布面小折子，展开折子，里面墨笔直书——

金家七格格舜铭所存之物：

壹、《二如亭》一册，明版汲古阁校刻，嘉靖年间白棉纸本，白口欧字，此书应一套，此第三册。

壹、竹编黑鸭，高四公分，长六公分，江南民间物件。

壹、日本名窑"九谷烧"七福神中大黑天及毗沙门天二神，均为六公分高。

壹、小银铃，二公分，上有"吉市口张权"字样，系朝外大街吉市口张权银铺打造，四爷屋内小狗脖上物件。

壹、鸡血石"景福阁"随形闲章一枚，高十公分，阔三公分。

壹、面人张果老骑驴，白云观庙会某氏所制，人高五公分，驴长十二公分（已虫蚀，用油纸包裹）。

壹、古冥器陶猪，高三公分，长七公分，猪底有四爷墨笔小注：唐陕西蒲城乔陵出土。

壹、花露水玻璃空瓶，上海"双妹牌"，底圆细颈高十五公分，1943年前后产品。

壹、"枇杷飞鼠"扇面，工笔，金家七少爷金舜铨作品。

壹、京剧旦角点翠头面，翠羽粘贴"顶花大凤"，长宽各十公分。

壹、驯鹰黄牛皮护臂，长二十五公分，宽二十公分，配以牛鼻紫铜扣环。

壹、民国1936年画报，国民党主席胡汉民出殡专辑。

壹、线书《粤寇起事纪实》同治十三年刊，撰者不详。

壹、康熙年官窑，青花山水鸟食罐，高四公分，直径三点五公分。

……

兔儿爷惊呼，前些日子一套明版书在香港拍卖，卖到了100万，天哪，丫丫你这是发啦！

大芳说，连狗脖子上的铃铛都卖了，你真够可以的！

小四儿说，跟我一样，不是个省油的灯。

我什么也没说，我说不出来了！唐先生，我父亲一直叫您先生，您真是先生，大先生！

视线再次落在"扶桑馆"上，我问唐鹤子，那几个字到底是谁写的？唐鹤子说，孙文，孙中山。

兔儿爷说，其实我早就猜出来了，可惜没有落款。

空色林澡屋 |迟子建|

原载《北京文学》（精彩阅读）2016年第8期

去年花开时节，我率领着一支森林勘察小分队，自察卡杨北上，来到中国北部的乌玛山区。我们此行的目的，是对停伐五年后的乌玛山区的自然状况，作实地勘察。看看休养生息后的森林，野生动物是否多了，消失的溪流是否如闪电一样，依然给大地撕开最美丽的裂缝。

因为要穿越大片的无人区，风餐露宿，猛兽、不可预知的自然灾害、匮乏的野外生存经验，对我们来说都是一道道看不见的网，构成威胁。我们托当地林业局的同志，帮我们请了一位山民向导，并为他配备了一杆猎枪。

他叫关长河，戴一顶有帽遮的鹿皮小帽，个子矮矮，罗圈腿，黝黑的扁平脸，塌鼻子，看人时喜欢眯起一只眼，眉毛疏淡得像田垄上长势不佳的禾苗，额头有两道深深的横纹，像并行的车轨，那额头就给人站台的感觉。但这样的站台，注定是空空荡荡的了。他不用嘴时，嘴唇也鱼嘴似的翕动着，好像在咀嚼空气。他牵来一匹鄂伦春马，驮运帐篷等物资。

进山第一天，他牵着马在前引路，不时嘟嘟囔囔地骂着什么，让人好生奇怪。晚上宿营时，我们才明白他嫌子弹配备多了，三十发——这分明是对他的枪法不信任嘛。他说非到万不得已，自己是不会动枪的。要是滥杀动物，乌玛山区的各路神仙，就会把他变成瘫子！

他带了一箱塑封的散装土酒，半斤装的。傍晚支起帐篷，燃起篝火，他就取出一袋，用牙齿在一角咬出豁口，将酒倒进一个漆面斑驳的搪瓷缸，随便倚着篝火附近的一棵树或是树桩（若倚着树桩，他头顶戴着一截黑黢骏的东西，便像旧时披枷戴锁的犯人了），耷拉着眼皮，十分享受地喝起酒来。他喜欢空口喝上小半缸，再凑过来吃饭。我们带了不少肉食罐头，他闻了总是蹙眉，宁愿吃他带的马鹿肉干，它们看上去像切断的棕绳，干硬干硬的，我们的牙齿对付不了，他却像嚼松脂油，毫不费力。我们带来的食物，他唯有对挂面情有独钟，他会把顺路采的野菜，水芹菜呀，柳蒿芽呀，或是蕨菜，在河中晃荡几下，算是洗了，也不用开水焯，更不用刀切，直接拌在面里。所以他碗里的面条总是绿白相间，像是一丛镶嵌着阳光的绿柳。

出发的第一周，我们发现几处落叶松林，有被盗伐的迹象。树墩横切面现出的白茬，还是新鲜的。关长河告诉我们，所谓停伐，只是不大规模采伐了，林场的场长们，各踞山头，还是偷着砍木头，运出卖掉，以饱私囊。怕劣迹暴露而被追究责任，狡诈的林场主，将盗伐的林子放上一把火，烧个光秃秃，就说是雷击火引起的，瞒天过海。但是一周之后，当我们深入到密林深处，离公路铁路越来越遥远，连山间小路都难得一见的时候，我们如愿看到了繁茂的树，看到了在溪畔喝水的马鹿，看到了在柞木林中追赶山兔的野猪。我们还看到了硕大的野鸡——这森林中飘曳的彩虹，当它掠过树梢时，那泛着幽光的五彩翎毛，简直就是给绸缎庄做广告的，让人惊艳。

森林中最可怕的野兽不是狼和熊，毕竟遭遇它们的几率小，再说有关长河和他的猎枪护卫着。比野兽更凶猛的，是拂之不去的蚊子和小咬。尤其是不出太阳的日子，森林缺了阳光这味药，它们就猖狂起来了，抱团飞旋，跟着你走，将我们的脸叮咬得到处是包——它们恨我们侵入它们的领地吧，在我们的脸埋下地雷。所以宿营的时候，我们总是先笼火熏蚊子，再支帐篷。我们还在篝火旁撒尿，不然裤带一解开，蚊子小咬有如发现了乐园，一拥而上。关长河对我们在篝火旁撒尿很鄙视，说火神会怪罪的。他不怕蚊子小咬，有时还伸出舌头，舔几只吃。晚上他独自睡一顶帐篷，月亮好的夜晚，我们起夜时，不止一次看见他酒后站在泛着幽蓝光泽的林中，朝着月亮张开双臂，手掌向上，像是要接住什么的样子。我们当中有人按捺不住好奇，问他夜半那姿态是干吗？他说，月亮太明亮了，怕是天也难容，万一月亮被推下来，我还能救它一命。不然月亮的脸破碎了，夜晚就没亮儿啦。他那郑重的语气，让人不敢发笑。

　　一路上我们只吃了两次野味。一次是我们发现一只折断了翅膀的大雁，匍匐在沼泽地上，关长河说失去了天空的飞鸟，生不如死，开枪射杀了它，这也是他此行开的第一枪。当晚我们将大雁拔毛，烤了吃了。另一次是从猎人下的套中，获得一只死狍子。我们逢着它时，它的身子还没凉透，嗅觉灵敏的鹰隼闻风而动，盘桓在上空，准备饱餐一顿。关长河先是责骂给狍子下套的猎人，所选择的树下没青草，让被缚的狍子失去口粮，活活饿死。之后他低头念了几句咒语，掏出猎刀，熟练地肢解了狍子。那晚在营地的篝火旁，我们用吊锅煮狍子肉。关长河采了一把野韭菜，掺着盐切碎了，狍子肉蘸野韭菜的味道，美妙极了。关长河没少吃肉，也没少喝酒。我们问他有老婆吗？他说老婆是天上的云，不能要。我们笑，又问他有情人吗？他说情人是地上的霜，千万不能踏。我们笑翻了，问他真没碰过女人吗？他很认真地说，碰过，女人给我洗澡。我们问，是城里洗浴中心的小姐吗？他摇摇头，说给他洗澡的是个老太婆。我们只当他胡说，不再追问。

　　关长河第二次开枪，是因为行程的最后几天，一条狼总是在黄昏时，跟在我们身后。它的气息扰得鄂伦春马心烦意乱，走不稳路，一会儿吊锅从马背掉下来了，一会儿盐袋落下来了，一会儿测量仪器又滑下来了，马背仿佛成了滑坡事故现场了，他不得不开枪吓跑狼。关长河不瞄准它，说是孤狼都有一肚子的心事，得留它一命。不过当晚到了营地后，他就自责带上弓箭好了，它完全能呵退狼，不该浪费那颗子弹。他还赌气地冲他的马说，一队人跟着，狼又吃不了你，瞧你慌张的，好像丢了屁，真没出息啊！马摇晃了一下脑袋，屙下一堆圆鼓鼓的粪球，像是无数只愤怒的眼，在瞪着他。关长河无奈地笑了，拍着马屁股说，我一说你，你就拿这一招对付我啊！

　　我们走出森林的前夜，考察接近尾声了，大家都很感激关长河，白天时特意在一条小河上，用石头垒坝，憋了十几条半大不大的鱼，傍晚宿营时，燃起篝火烤鱼，轮番给他敬酒。关长河对鱼没什么兴趣，只吃了半条鲶鱼。他对酒倒是热情万丈，来者不拒。他对我们说，明天出了山，会看到一个只有三户人家的小驿站，那里有个澡屋，叫空色林，是个老太婆经营的，她一天只烧一锅水，给一人洗澡，而她给人洗澡不收钱，只收吃食。

空色林澡屋

其实那锅的直径，少说也有半丈吧，一锅热水洗两人绰绰有余。但如果真是两个人去了，都想洗，另一人就得等着，第二天再享受。

我们问关长河，你说的给你洗过澡的女人，就是她啦？

关长河眯起一只眼，点了点头。

她多大年纪了？

她开这澡屋，快二十年了吧。多少岁数，她不说，咱也不问，我估摸着，少说也有七十几了。她原来挺高的，现在一年比一年矮了，人一抽抽儿，就是老啦！

她只给男人洗澡吗？

关长河说，南来北往跑运输的，哪个不是男人？再说了，女人哪有男人风尘多！

那你是完全脱光了，让她洗吗？

关长河翻了一下眼珠，反问一句，你们见过在水里穿裤衩的鱼吗？

我们大笑起来。

关长河说陪我们走了一路，分别之际，他没什么好送的，就送这个老婆子的故事给我们听。

我们知道这该是个很长的故事，纷纷起身，有给篝火添湿枝丫的（这样它能燃烧得长久些）；有去小解的（听精彩的故事，最怕憋尿）；还有加衣的（森林夜露浓重，月亮给加的衣服，毕竟太薄了）。我们为了迎接关长河送的别致礼物，作好了准备。

在乌玛山区，冬天时老天是昏庸懒政的皇上，天门晏开早闭，几不理朝；夏天则改朝换代了，一派勤政之气，天门洞开，有点夜不闭户的意思。太阳落山了，西边天上，还浮游着丝丝缕缕的晚霞。它们是仙女们准备的金丝线吧，预备着缝补月亮。而那晚的月亮，确实缺了一角。

关长河故事的主人公，是一个女人，三个男人，和一条叫白蹄的狗。

这女人是旺河人，她来到乌玛山区时，还是个少妇。她带着儿子，投奔在翠岭林场的丈夫。那时乌玛山区刚开发，她男人是首批进驻的工人，带家属的男人少而又少。

他们的婚姻是父母包办的，男方并不想娶她。因为这男人生得俊朗，女人却很丑。她高个子，身材也匀称，就是脸面与常人不同。别人的鼻子，是脸颊的中界线，可她的鼻子，偏袒一方，致使左脸辽阔，右脸一派失地气象，狭窄逼仄。脸不对称，就给人扭曲之感，她不得不梳一缕长长的刘海，遮住半个左脸，削弱它的势力范围。但麻烦又来了，她的眼睛不歪不斜，这缕浓密的刘海，常让左眼失陷，使她看上去像是独眼女人。据说她丈夫只身来到艰苦的乌玛山区，就是想摆脱她。不料她跟过来，并在此扎根。

这女人在家属队干活，夏季种菜，冬天拉雪爬犁运粮油。她力气大，好脾气，乐于助人，所以人缘不错。女人们尤其喜欢她，因为所有的女人在她面前，都是美人了。她说话有个特点，但凡说到自己，不是以"我"或"俺"自称，而是"咱"，好像谁和她都是一体的。自打她来了翠岭林场，她男人就没气顺过，常跟她找茬儿。她受了委屈无处哭诉，就在吃食上为难男人，做夹生饭，将菜炖得齁咸，把玉米饼子贴得跟石板一样坚硬，折磨得她男人胃痛，他怕坐下病，就收敛些。

她有两大嗜好，洗澡和喝酒。那时还没水井，他们吃水靠的是河。春夏秋季倒好说，河水是活的，灌到桶里，担回就是。冬天河冻住了，就得用冰钎凿冰，将冰块装进麻袋背回家，像柴草那样堆在户外，随用随取。即便取水困难，她冬天照例每周洗一回澡。她一洗澡，她男人就挖苦她：你还能把自己给洗俊了？女人噙着泪花说，除了这张脸，你说咱身上哪点对不住你？也是，她夏季下河洗澡时，不止一个女人，看过她光着身子的样子。她肤色微黑，但皮肤细腻，双腿修长结实，腹部无赘肉，双乳坚挺，屁股圆润而微翘，的确是完美的身躯。只可惜造化弄人，把她的妙处都藏起来了，而把她最没风光的地方，一览无余地展现给了世人。有次她喝多了酒，有个好事的妇女逗弄她，问她男人和她同房时，是不是得用布遮着她的脸？毫无城府的她"啊呀——"大叫了一声，瞪着乌溜溜的黑眼睛，说，你咋知道的？每回他都用枕巾蒙着咱的脸，好像咱是驴！他还想从后面来，咱一屁股把他顶到地上了，咱又不是狗，凭啥那样？这番话传遍了翠岭林场，爱开玩笑的男人见了她就说，跟咱睡吧，不蒙你的脸，让你当褥子在咱身下！她撩开那绺长刘海，扒开眼皮，露出白眼仁，龇着牙，做出狰狞的样子，气呼呼地说，你跟咱睡，那你得让你家女人预备着针线，好缝你被咱吓破的胆儿！

这个女人成了翠岭林场的名女人。她婚姻的解体，源于一个瞎眼的算命先生。

那是个夏天的傍晚，一个穿灰布褂的男人，一手拄棍儿，一手打着竹板，来到了翠岭林场。这儿的人，对这类走江湖的人并不陌生。锯猪的，算命的，磨刀的，打家具的，崩爆米花的，甚至是说媒的，在那个年代走村串镇，都能混上口饭。这算命的看来道行浅，他来的那晚，林场绝大多数人，都到附近的雪岭林场看露天电影去了，留在家里的没几人。那女人没去看电影，是想趁着林场的人走空后，在月夜独享那条河流，把它当成自己的大澡盆，痛快洗个澡。谁想她洗完澡上岸，清清爽爽地回家时，在路上遇见了算命先生。他叫了多户门，都没打开，倒让一户人家的看家狗，给咬了一口。那女人遇见他时，他正坐在场部大松树下的石头上，用唾沫擦拭腿上的伤口。

那女人看他可怜，就把算命先生带回家，点燃蜡烛，帮他清理伤口。听他肚子饿得咕咕叫，还给他做了半锅疙瘩汤。算命先生感激不尽，坐在女人家窗下的矮脚方凳上，让她报上家人的生辰八字，给他们无偿算命。他舞动着手指，翻着眼珠，把她家人的命，掐算得天花乱坠。最离谱的是说她母亲，明明老人家过世了，可他说她能活到九十六岁。他还说歪鼻子的她花容月貌，十七岁时，就有三个男人争相娶她。女人苦笑一声，意味深长地说，看来你真是看不见啊。她知道这瞎眼先生为了糊口，只是顺情说好话。被算的命没了曲折，一派阳光灿烂，听着也没趣儿。她乏了，可看电影的人还没回来，她也没处打发这算命的，想着他两眼一抹黑，没甚威胁，就吹了蜡，瞎编了几个生辰八字报给他，由他胡说，自己悄悄去炕上歇着了。

她是在睡梦中被男人给揪起来的，他揪的是她遮脸的那绺刘海。男人带着儿子看电影回家，见屋里没亮儿，就打开了随身携带的手电筒。往炕上一照，发现她身边躺着个男人，火冒三丈，恨不能拿菜刀把他们一块儿剁了。男人唤儿子点起蜡烛，自己则挥舞着手电筒，朝向那算命的，把他打得嗷嗷叫。

那时候他们住的家属房是四家一幢，间壁墙不隔音，同样看电影归来的邻居们，听到他家闹得沸反盈天的，以为夫妻干仗，怕出人命，纷纷过来劝架，谁想到中间夹着一个瞎眼的算命先生呢！

男人骂女人，说她趁他和孩子不在家，和狗男人偷情。女人赌咒发誓地说没有，她不过是乏了，想眯一会儿，谁想睡过去了。瞎子也说自己是被冤枉的，他根本没碰女人。他算着算着命，听见女人的呼噜声，便摸到炕上，也想歇歇。谁知一躺下就睡着了，他太累了。当事者都说没想睡，却睡过去了，愈发让男主人怒不可遏。他扔掉手电筒，从园田的豆角蔓间抽出一根柳条，当鞭子使，抽得那瞎子陀螺似的转圈，爹一声妈一声地惨叫。男人边打边骂，说，他们蜡也不点，肯定干了不正经的事情！女人说，在一个瞎子面前，点蜡不是白费亮儿吗？咱还不是为了给家里省截蜡！女人还说，他一个瞎子，腿还让狗咬了，能干啥呀！男人瞪着眼珠说，他上面瞎，下面不瞎！他快活起来，哪还顾得上疼！男人不依不饶，打完瞎子，又打老婆，边打边说女人的身子是臭水沟了，他不能再碰了，当着众人，说要和她离婚。据当年在场的知情人回忆，这女人听到"离婚"二字，像下完蛋的母鸡似的，张着双臂，"咯咯咯——"地叫了半晌，然后跌坐在地上，凄凉地对她男人说，咱再丑，一铺炕也滚了十来年了，这事你都不信咱了，那就离吧。咱啥都不要，把儿子留下就行。没等男人说不可，孩子很干脆地表态，说他不跟妈妈，要随着爸爸。女人眼含热泪地看着儿子，说，你也嫌咱丑是吧？孩子不吭气，女人便对他们父子说，从此后你走你们的阳关道，咱走咱的独木桥，两不相干。记着，有一天咱就是快饿死了冻死了，路过你们门口，咱也不会吃你一粒米，喝你一口热水！女人取了剪子，一低头，把那绺遮脸的刘海攥在手中，"咔嚓——"一声铰掉。她脸上的那面为丈夫而竖的旗帜，就此倒了。

　　他们离婚后，翠岭林场的人背后都议论，说那男人其实知道老婆是清白的，只不过他一直嫌弃她，而今找到一个好借口，趁此休掉了她而已。离了婚的女人，并没像人们想的那样离开翠岭林场，回她的老家去。林场边上，有一座筑路工人住过的废弃的小黄房子，她把行李搬进去，抹了墙泥，为房顶苫了油毡纸，将歪斜的门窗修正了，盘了炉子，开始新生活。她家里的家具炊具，大都是同情她的女人们送的。她们的同情心也很有限，把残次的东西送给她，豁了嘴的海碗，裂了纹的盘子，掉了儿的木椅，失了耳朵的耳锅。不过她也不介意，能凑合着使就行。她独立门户，有声有色地过起了日子。端午节时，她将门楣插上艾蒿和葫芦；元宵节时，她挂出火红的灯笼。人们以为除夕对她来说最难熬，这屋子会传出哭声，可是没有，她一个人照旧贴春联，放鞭炮，包饺子，喝酒。只是她思念儿子，常在林场学校的围栏外转悠，期待着课间休息时，能远远看一眼在操场上的儿子。

她哭没哭过呢？大家听见的只有一回。小孩子长个儿快，她发现儿子穿的棉裤，裤腿短了，她怕寒风吹着孩子的脚脖子，就拿着省下的棉花票和布票，去供销社买新棉花，扯了二尺蓝布，做了一条棉裤，天黑透时送到她以前的家。守夜的老狗仍认她为女主人，见了她热情地打转，闻裤脚。她没有敲门进去，而是把棉裤放在柈子垛上，想着第二天早晨前夫出来抱柴生火，一看就明白是她做的，顺手拿进屋了。谁知那天深夜狂风暴雪，冻得瑟瑟发抖的老狗，跟她不见外吧，打起这条棉裤的主意。它蹿上柈子垛，把棉裤叼进窝，撕个稀烂，给自己絮了个暖暖和和的窝。女人观察几天，见儿子没穿上自己做的棉裤，又见那条游荡的老狗，身上沾着白花花的棉絮，要把自己变成白狗的模样，她明白老狗糟蹋了她的心意。她回到自己的小黄房子后，放声大哭，路过的女人听见哭声，进来劝她，这才知道棉裤的事情，不由得跟着唏嘘。也就是这件事，让她前夫下决心远离她。他找到领导，说离异的夫妻在一个林场生活，都受煎熬，希望把他调到别处。那年冬天过后，女人的男人带着儿子和老狗，离开了翠岭林场。不久，传来了他再婚的消息。据说他娶了个离异的不能生养的女人，她模样周正，性情温顺，待孩子特别好，当亲生的养着。前夫和孩子过得好，这女人也不吃醋，时常跟人说，人这一辈子，跟谁不是过呢？人家找着了比咱好的人，该为人家高兴啊。只是她说这话时，眼神是凄凉的，语气是落寞的。

关长河讲完女人和第一个男人的故事时，抬眼望了望天。月亮刚好被一缕云遮了半个脸。他叹息一声说，你又不丑，咋也整绺刘海遮脸呢？我们笑了，抢着给他添酒，夸他会讲故事。我们指责那男人，还说那个不认亲娘的孩子是白眼狼。关长河抿了一口酒，说，男人骂别人都理直气壮的，轮到自己时，也未必比那男人强。他问我们，你们说说，这么丑的女人，你们乐意跟她过一辈子吗？大家面面相觑，有人说可以给她做整形美容，把鼻子给拉回正路上来；有人说可以让她戴纱巾，朦胧的纱巾背后，哪有丑女人呢？关长河再抿了一口酒，将我们挨个瞟了一眼，说，人可真是怪物啊，歪脖垂腰的杨柳，龇牙咧嘴的花儿，奇形怪状的石头，曲里拐弯的河，都说美，轮到人呢，就不一样了，可见人多是没良心的！他用一根桦树枝，捅了一下篝火。一簇火星飞旋而起，篝火上空立刻就有了星空的气象。

关长河的脸在火星的映衬下，就像一尊雕塑，庄严而华美。他知道我们对这故事入迷了，接着讲下去。

这女人与她生命中的第二个男人，是镜子牵的线。

女人因为貌丑，素来不照镜子，她家里也从不摆一块镜子。别的女人去供销社买东西，店员总会推荐摆上柜台的最新式样的镜子，而见到她，则有意识地用身子遮挡，免得她不快。

这男人是个跑船的汉子，靠青龙河吃饭的。有人说他是赫哲人，还有人说是达斡尔人，谁知道呢。

青龙河是乌玛山区最长的河流，支流多，流域广。每到开河时节，这人就驾着独木船，开始他的营生了。他的小船，是用整根松木砍凿而成的，长不过两丈，中间的舱口能容一人坐下，船两头起翘，像一条贴着水面飞的大鱼。这人把船叫威呼，他用威呼打鱼，也用它盛小百货，拿到沿岸的村屯去卖，兼做货郎，这一带的人因此叫他威呼郎。

威呼郎正当壮年，他中等个，黑瘦黑瘦的，刀条脸，头发微卷，眼睛有点凹陷，一只鼻孔豁了，说是他年轻时打鱼，让鱼钩给挂烂的。威呼郎卖货时，会将小船停靠在岸边，挑担上岸。他去的大都是离岸不远的村屯，超过二三十里路的，他极少去。因为他的货好出手，沿岸转一两个村屯，基本就卖光了。

翠岭林场离青龙河有三十多里路，威呼郎只去过两回。头回去是为了收取猎户手中的熊胆，女人那时还没来翠岭林场呢。第二回去是卖货，女人倒是来了，但那是采山时节，穿花衣服的人都在山里转（他们自是无缘见面），威呼郎的货无人搭理，几乎是整担挑回来的，所以他发誓不再去了。

威呼郎是怎么认识的女人呢？这事说来蹊跷。这女人的前夫不是离了婚，又娶了一个吗？虽说后妈待自己的孩子不错，可女人心里还是无限牵念，时常梦见他。如果梦里孩子欢蹦乱跳，面目洁净，穿的衣服不露肉，一派阳光，她醒来心情就很好。可有时她做的是噩梦，孩子让驴踢了，让马蜂蜇了，或是爬树摔了下来，她就闷闷不乐。

有一天夜里，她又做了噩梦。她梦见一个面目不清的女人，坐在幽蓝的山坳里，张着大嘴，"咔嚓咔嚓——"地啃着什么。她问，你吃什么吃得这般香？女人头也不抬地说，兜兜的手指，比新拔出来的胡萝卜还脆生啊！女人醒来一身冷汗，她的儿子小名就叫兜兜。女人早饭也没吃，带着两个凉窝头，一块芥菜咸菜，就上路了。

　　女人去前夫所在的林场，要到青龙河中游的一个小镇乘船，她一路疾行，到了青龙河畔时，衬衫已被汗水打湿。合该他们有事，她沿着青龙河奔向船站时，威呼郎驾着小船飘忽而下。他见一个女人孤零零走在岸上，就朝她吆喝：哎，买点什么吗？见她不语，他拿出一面拳头般大的圆镜子，晃她，说，这镜子是新出的样式，背面有牡丹喜鹊图，可以便宜卖给你！这女人看到镜子，就像看到千古仇人，停下脚步，怒气冲冲地说，你干脆骂咱得了，拿镜子寒碜咱，有你这么损人的吗？威呼郎放下镜子，将小船划向岸边，终于看清了女人的脸，他非但没被吓着，反而夸她英气逼人，非一般女人可比。他说她的鼻子是匹谁也驯服不了的野马，想踏哪片疆土就踏哪片。女人哪有不爱听好话的？那条船和船上的人，在她眼里是此生见过的最美的水上风景了。威呼郎问她去哪儿，女人告诉了他。再问：去那儿干啥？她说，儿子的后妈，把咱儿子的手指当胡萝卜啃着吃，我要去教训她！威呼郎先是骂那当后妈的蛇蝎心肠，之后靠岸，拉她上船，说要把她送到那儿，帮她收拾那人。女人上了船，等于踏上了一个漂泊的家。据说船行了一半，威呼郎跟女人仔细一聊，才明白她不过是做了一个关于儿子的噩梦。看着阳光下她丰满的胸部，看着她红通通脸上那抹动人的忧伤，威呼郎动了心，他将船泊在一片茂盛的柳树丛，把女人拽上岸，抱她入怀，说他能终止她的噩梦。女人不知道，一个噩梦结束了，另一个噩梦却开始了。她依恋上威呼郎，开始跟着他在青龙河上跑船，打鱼，挑起货担上岸卖杂货，俨然是他老婆了。

　　但威呼郎有老婆孩子，不能娶她，所以女人只有半年跟着他。冰雪覆盖了大地，河水结冻了，威呼郎收船上岸回家，他们之间的鹊桥也就断了。

　　女人孤零零地回到翠岭林场时，总是带着女人们喜爱的货品，头绳、发卡、钩针、丝线、鞋垫、脖套、假领子、松紧带、梳子篦子等。这些货品，她得比供销社卖得便宜，且花色和质量要更胜一筹。女人们来她的小黄房子买东西时，爱问她威呼郎对她好不好。她总是平静地说，啥好不好的，他不嫌弃咱,咱就跟他在水上过半年日子呗。女人们说,既然他那么相中你,干脆让他跟老婆离了,娶你得了。她苦笑一声说,咱不能作那个孽,人家把男人半年的筋骨都给了咱!女人们便取笑她,问,啥是筋骨哇?她红了脸,说,筋骨就是筋骨,你们懂啥!

最初几年,她归岸后脸颊是红润的,爱与人交往,眼睛弥散着淡淡的幸福,安然度着漫漫长冬,春节时独自守岁,把那小小的黄房子装扮得喜气洋洋的。她恪守着与威呼郎之间的私下协定,从不去找他,他也不来。可自从她流掉和威呼郎的孩子后,她瘦了下来,眼里透出凄凉的神色了。

那年深秋她上岸后,看上去分外疲惫,走路拖沓,呵欠连天,说话声也低了下去。她说这一季鱼少,他们的网快把青龙河撒遍了,但收获平平,把她累坏了。她勉强撑持着,腌了一缸酸菜,溜了窗缝,便闭门不出了。女人们敲她的门来买小百货,看到的多半是她睡眼惺忪的模样。天冷了,雪来了,她馋酸的馋疯了。以前放在抽屉里的五盒山楂大药丸,被她翻出,吃个精光,她还把没腌透的酸菜,吃掉了大半缸。她发现腿肿了,肚子微微凸起,明白自己这是怀孕了。她不想给威呼郎找麻烦,开不出证明,不能名正言顺去城里医院做流产,她只好自行解决。她家不缺烧的,可她扛起斧头,拉着雪爬犁进山了。她将斧头疯狂地抡向各色树墩,尤其是难砍的老榆树墩,将它们劈成柴拉回家,垛在院子里。第四天的时候,人们看见她步履沉重地拖着满满一爬犁劈柴回来了,她的刘海和睫毛挂满霜雪,眼里泪光闪烁。她身后的雪地上,除了两条爬犁的印痕,还有一道星星点点的血迹。她的院子堆满了柴,而她失去了孩子。那个冬天她很少出门,过年也没挂灯笼,但她家的烟囱炊烟依旧,人们知道她还过着日子。

往年一进三月,她就盼春天了。屋顶积雪融化后,会传来滴水声,那是她最喜欢听的声音了。外出归来的人,若是告诉她,青龙河的积雪薄了,冰面有裂纹了,她就掩饰不住地笑,说咱的好日子要来了!可自打流产后,她就没那么盼春天了。那年开河后,威呼郎来接她,她见着他呜呜哭了,说,咱的孩子没了,你可害死咱了!委屈归委屈,她还是跟着他跑船去了,而且半年后回来,脚步又轻快了,面色又好看了。

他们就这样风风雨雨地又过了几年,直到有一天,威呼郎突发脑溢血,他们才彻底分开。疾病像一张看不见的网,把威呼郎打捞上岸。他保住了

空色林澡屋

命,但是瘫在床上,再也不能到青龙河寻生计了,只能留在老婆孩子身边。这时女人才后悔,她捶着胸口跟人说,原来跟着不属于咱的人,咱最后想伺候人家都不行啊!

她大病一场后,人瘦了许多,头发也花白了许多。她出了趟远门,想把她和威呼郎一起生活的那条船弄回来。他发病时,船就近泊在青龙河中游的一个小村,拴在村边的一棵松树下。可她去了那儿,船却没影了。有人说它被人劈了烧火了。有人说孩子们好奇这船,把它推下水,它像一条大鱼,游向远方了。最让女人不能接受的说法是,船是被威呼郎的老婆给弄走了,说她取船的那天叼着烟袋,哼着小曲,穿一件银光闪烁的袍子,说她男人不能跑船了,威呼不能闲着,拿回家当马槽使。

女人没取回船,回来歇息一日,便带着干粮,朝人借了匹马,进山去了。她转悠了两天,选中一棵粗壮挺直的松树,用弯把锯放倒,截取中断,让马给拖回来。那一年里,她家里不断传来斧凿声。转年春天,她做出一条小船。看来她没白跟威呼郎跑船,把他造船的技艺学来了。

这条船比一般船要小许多,只能坐下一人。船头宽,有个横板;船尾尖,无桨无舱,看上去像只小脚老太穿的鞋。她用这条怪里怪气的船做啥呢?洗澡。她把它横在小屋的中央,当成澡盆。人们说她这么做,是忘不掉威呼郎,她仍幻想着在他怀里。

她又过起了一个人的日子,开荒种地,饲养鸡鸭。她还学会了造肥皂,自己琢磨着,用碱、猪油和各种花草熬制肥皂。有两种肥皂最为人们喜爱,一种是松露皂,一种是玫瑰皂。她在松露皂中,加了樟子松的松脂,这样做出的肥皂凝脂般细腻,淡黄色,像一片大好月色。而她在造玫瑰皂时,在寻常的制皂原料中,加了野玫瑰的浆汁,还兑了蜂蜜,这种玫瑰皂晶莹剔透,散发着香气,朝霞般鲜润。靠着这两种肥皂,她赚来了油盐酱醋的钱。因为她的肥皂有了声名,人们就此称她为皂娘了。

关长河讲到这儿,望了望升高的月亮。无云遮蔽,它的面庞是如此明净,月亮里好像也点着篝火,而且十分旺盛。关长河收回目光时,告诉我们,他躺倒的时候,常分不清天上人间。有时觉得大地是天空,绿草是云朵,花朵就是星星。而天空就是大地,太阳是做饭的大火炉,月亮是人住的屋子,星星是禾苗。我们当中有人开玩笑,说此刻的月亮更像茅屋。他不高兴了,"霍——"地一下站起来,撂下喝酒的搪瓷缸,说把月亮当茅屋的人,满脑子的屎尿,不配听他的故事。我们赶紧说,月亮是美好的,它像他说的屋子,也像柴垛、粮仓、湖泊,最不济的,也该像皂娘用的澡盆吧。关长河这才不生气了。他转身撒了泡尿,去溪畔洗了手,回来后给马喂了块豆饼,这才舒坦地坐下,接着讲故事。

皂娘一天天老下去啦。人老了跟现在河老了一样,一年年显瘦喽!这时上头来了新令,各林场都不许采伐了,林场转产撤并,搞旅游开发和绿色种植了。城里在造一个模子的房子,就是那种长方形的棺材似的矮楼,把人往里赶。翠岭林场是撤并的林场之一,所有人要搬迁到青龙河下游的安东林业局去。人们大都喜欢去安东,那里有暖气,有煤气灶,不用烧柴取暖做饭了。而且它热闹呀,饭馆、旅社、网吧、书店、发廊、干洗房、珠宝店、点心铺子、农贸市场、服装店、鞋铺,只要有了钱,真是想要啥就有啥。可老人们过惯了山里的日子,就不愿意进城。但儿女们要走,他们只得跟着。城里没有菜园子,没有猪圈羊圈和鸡窝狗窝。那段日子,翠岭林场的家家户户,杀猪勒狗,宰鸡宰鹅,过大年似的日日开荤,吃得人满面油光。

皂娘住在林场边上,跟威呼郎跑了多年船,大家也不大把她当林场人看待了,所以她选择留下,就算是与她还有走动的女人,顶多劝说两句,说一个人留下除了寂寞,遇到难处谁来帮忙呢,不如随大流进城吧。皂娘说,人活着不就是受苦么,咱没享福的命,不怕。女人们也就不管她了。林场的人搬空了,水电自然切断了。不过这对她没啥影响,她的小屋这么多年来,因为跟威呼郎跑船时错过了,始终没有通电和自来水。

她也不是一个人,她有个伴儿,就是白蹄。

翠岭林场的人搬迁前,不是对饲养的家畜大开杀戒吗?王喜山家有一条母狗,通身黑色,但四蹄雪白,所以名叫白蹄。它才两岁,却是林场里的名狗。

白蹄为什么有名呢?不为它漂亮,而是它四处捣乱,常做些惹人发笑的事情。

比如它跟着主人去参加婚礼,在典礼现场,竟然用嘴撩开新娘的花裙子,那理直气壮的样子,仿佛它是新郎。它知道自家的女主人哭时,喜欢拿块手绢擦泪,它在一个葬礼上,见棺材前挂孝的人哭得稀里哗啦的,手上却什么也没拿,就去人家的灶房,叼来一块脏兮兮的抹布,歪着脑袋,满怀同情地送到那泪流满面的人面前,让吊丧的人哭笑不得。

白蹄还爱管闲事,它一岁时看见公鸡掐架,就去拉架,试图分开它们,谁知两只公鸡把矛头转向它,一起掐它,倒弄它个鼻青脸肿。有回它路过一户人家,透过栅栏的缝隙,看见这家的猪,趁主人都不在,在偷吃园田里的菠菜。它进不了门,想从栅栏钻入,可惜缝隙太小,心急火燎的它便用蹄子刨坑,试图将栅栏弄翻。结果猪主人回家,看见白蹄刨坑,非常生气,说,你咒我死啊,咋不在你家刨坑呢?操起一根木棒打它,让它滚回老窝。这一幕恰巧被邻人看见,说,你先别打白蹄,看看你家的猪在干啥呢?主人一望,知道白蹄是想阻止不良的猪,转而去教训猪。

白蹄受了冤枉也不长记性,有回它跟着男主人去别人家打麻将,发现这家的猫在偷吃碗柜上的鱼,就去叼猫主人的裤脚。人家正摸得一手好牌,在兴头上,哪顾得上其他,踢开它照旧摸牌。白蹄一着急,蹿上牌桌,把牌给搅乱了,气得那人直说白蹄是主人带出的老千,专挖他墙脚的,两个男人还因此闹了不愉快。

最可笑的还不是这些,而是白蹄对性的无知。它一岁半时,见一只公狗骑在母狗身上,就冲上去,拽公狗的尾巴,试图把它拖下来。它也因此惹恼了其他狗吧,那以后它们见了白蹄都不理睬,尽管它常热情洋溢地奔向它们。

翠岭林场的场长有个开金矿的发小,钱没少挣,却得了严重的抑郁症,整天琢磨自杀的事情。场长知道白蹄能给人带来快乐,跟王喜山商量了,给了他两箱高粱烧酒,带走白蹄,送与朋友逗乐。结果白蹄去了一周,就被送回来了。它不但没给那抑郁症患者带去快乐,反而是苦恼。它不会上楼里的洗手间,把屎尿遗在沙发床下;它见电视里的鬣狗围攻棕熊,便想助棕熊一臂之力,扑向画面,把电视机掀翻在地;它不习惯在阳台守夜,楼下一有汽车经过它就叫,搞得一家人彻夜难眠。那人本想把它送到狗肉馆,但见它一双湿漉漉的眼睛满怀好奇,还看不够这世界的样子,起了恻隐之心,亲自驾车把它送回。

人们因着搬迁而烹鸡煨鸭、篜猪炖狗时,白蹄失踪了,王喜山知道它是畏惧死亡而逃走了。他其实并不舍得勒死它，想把它带进城，送给哪个单位做看门狗，这样还能时常看看它。可直到他离开，寻遍了白蹄可能去的地方，都没能找到它。

翠岭林场人搬走后的第二天早晨，皂娘一推开门，就发现了白蹄。它趴在她家的窗根下，瘦得皮包骨了。那些天它去了哪儿，无人知晓。皂娘后来跟人说，估计它逃进了深山，因为发现它时，白蹄被蚊虫叮咬得眼睛和嘴巴都肿了，毛发里夹杂着松针。幸好那是秋天，山中还能寻到浆果和蘑菇，不然它早饿死了。

皂娘有了伴儿，就不寂寞了。她带着它拉柴，挑水，打鱼，采山，种田，制皂，形影不离。白蹄出落得愈发漂亮了，它个头高了，力气大了，毛发有光泽了。但它天真未改，依然做些可笑的事情。皂娘制酒，将用糯米做的酒曲子放在搪瓷盆里，摆在屋外晾晒。白蹄以为皂娘给它换了一个狗食盆，将酒曲子吃了，醉得它呼呼睡了一天。皂娘去小溪刷鞋，先将鞋子浸在水中，因为浸透了好刷。怕鞋子被水流冲走，皂娘在鞋窠压上小石头。白蹄在水边看见鞋子不在主人手上，而是在水里，以为它们会漂走，冲向小溪，把鞋子叼上岸，再把鞋窠的小石头悉数掏出，令皂娘无可奈何。

白蹄最让皂娘生气的事儿，是有一回她攀着梯子，去房顶晒干菜，没等她下来，它却给撤了梯子。那天皂娘上梯子时，白蹄正追逐菜圃中一只美丽的蝴蝶。蝴蝶飞向窝瓜花，它也奔向那里，把窝瓜花给打落了；蝴蝶飞向院子的窗户，它就扑向窗户。谁料蝴蝶一转身上了梯子，白蹄没头没脑地扑过去，蝴蝶飞了，梯子倒了。刚上了房顶的皂娘傻眼了，白蹄也傻眼了。皂娘骂它是条蠢狗，说它想害死主人。白蹄顾不得蝴蝶了，它后悔地叫着，用嘴叼，用爪挠，试图把梯子给竖起来。可它使出浑身解数，梯子还是死尸似的打横，没有起立的意思，白蹄快急疯了，在房根下围着梯子团团转。皂娘在房顶等了两个多钟头，看着梯子是扶不起来了，便脱下裤子，把它撕扯成宽布条，连接在一起，拴在烟囱上。可惜一条裤子接成的绳子，长度不够，皂娘拽着绳子向下滑时，绳子端头离地还有半丈，她只能撒手跳下来。皂娘毁了一条裤子不说，还伤了脚踝，所以她再用梯子时，就把白蹄拴上，免得愣头愣脑的它闯祸。

这个爱给人添乱的白蹄，有年冬天从山里，给主人带回一个男人，这是皂娘生命中的第三个男人。

乌玛山区的冬天实在太漫长了。这样的日子对一个孤身女人来说，就像跟在身后的一条饿狼，难缠得很。皂娘在冬天就特别爱喝酒，酒能消磨长夜，还能省下劈柴。你喝得浑身燥热时，是不需要炉火的。

这天中午皂娘喝多了酒，特别想跟谁说说话。没人对话，她就唤白蹄进屋，让它坐在窗下。皂娘说，白蹄啊，你是个姑娘呀，这林场就剩你一条狗了，咱想把你许配给谁，难喽！要不等着开春了，咱领你去有人家的村子，相相亲去？你跟咱说说，你得意啥样的？喜欢长腿的还是短腿的？喜欢眼大的还是眼小的？喜欢黑色的还是白色的？喜欢爱翘尾巴的还是耷拉尾巴的？喜欢性子烈倔的还是温顺的？白蹄不语，它站起来，只是摇摇尾巴。先前皂娘把喝剩的半缸酒，放在了窗台上。窗台矮矮的，白蹄摇尾巴时，把盛酒的缸子扫了下来。白蹄没回应皂娘，还弄洒了她的酒，皂娘好不扫兴，她用鸡毛掸子敲了一下它的狗头，赶它出门。

皂娘酣睡了一场，天将黑时来到院子。以往她一出屋门，白蹄就奔过来，叼她的裤脚。皂娘没见白蹄，以为它生气了，就召唤几声。未见动静，她就房前屋后地找，还是没踪影，皂娘慌了，她走到院外，看到柴垛后有一行新鲜的蹄印，指向山里，她赶紧进屋穿戴暖和了，沿着它留在雪地的蹄印，一直寻到刀锋岭下。落日正红，皂娘终于看见了白蹄。它像个得胜的猎人，雄赳赳地走在前，身后跟着它的猎物，一个又矮又瘦的老头！他黑袄黑裤，戴一顶狗皮帽子，衣帽都是簇新的，眉毛胡须被霜雪染白，但鼻头和嘴唇红通通的。他见着皂娘咧嘴乐了，将紧捏在棉手套里的一封信，递给皂娘，眼泪汪汪地说：你是尚天家的吧，有你家的信！

皂娘接过那封信，等于接过了他这个人。

他姓曲，家在离翠岭林场百里之遥的县城。老曲很不幸，他中年丧妻，一人拉扯大独子，未再娶妻。老曲干了大半辈子的邮递员，快退休时邮局裁员，他被迫买断工龄，提前回家。老曲整日郁闷，精神终于失常了。他最爱倒腾街头的垃圾桶，只要翻出废信封，就如获至宝，也不管多脏，抓在手里，四处敲住户的门，要把信投给人家。老曲的儿子小曲无奈，只得给他买了一箱信封，装上裁好的废报纸，用胶水封上，再在收信人一栏，随便填上地址和姓名，由他去投。他把信拿到手里，发现没邮票和邮戳，就跟儿子急了，说这些信来路不明，不能投。小曲无奈，只得买了邮票，又私刻了一枚邮戳，将信封贴上邮票，盖上邮戳，老曲这才满意地去投信了。老曲病后认人恍惚，但他还认得字。小曲编的名字，有的过于寻常，比如张亮、刘刚、王彩霞、刘桂芝之类的，那城里有叫这名字的人，所以信偶尔也能投出去。小城不大，老曲终日在街上游荡，很少有不熟识他的，所以老曲把信投给谁，谁都接着，表达谢意，老曲这天回家就很高兴，能多吃一碗饭。

小曲是孝子，待父甚好，可他媳妇却对一个疯癫的公公，厌恶至极。小曲在刨花板厂下岗后，靠卖大糙粥，赡养父亲，供儿子读大学。他凌晨4点钟就起来煮粥，这样早晨6点左右，能携着热气腾腾的大糙粥，现身早市。小曲的媳妇是县公安局的勤杂工，岗位不起眼，挣得也不多，但因为在一个显赫的单位工作，总觉得自己比小曲高出一等，在家颐指气使。她挣的钱，都花在了自己身上。她追逐时髦，讲究穿戴，上班时一件蓝袍子，下班后则花红柳绿的。小曲因为辛劳，头发过早白了，腰也弯了。他媳妇倒是滋润，他们同岁，可她看上去小他一旬的样子。

这年夏天，小曲觉得身体不适，他消瘦，乏力，面色灰黄，有一天早晨他蹬着三轮车去卖大糙粥，晕倒在路上。他进当地医院作了初级检查，医生怀疑他得了胰腺癌，建议他尽快去大城市确诊。小曲没钱，只好求助于民间医生，用土法治疗。然而奇迹并没像他期待的那样出现，雪花飘舞的时候，他病情加重，腹部疼痛难忍，别说卖粥了，连行走都困难了。小曲想着自己死后，媳妇能对儿子好（毕竟那是她身上掉下的肉），可对父亲，她不会孝顺的。因为在他眼皮子底下，她还敢把剩饭剩菜端给公公，从来不把他的衣服和家人的衣服放在洗衣机混洗，说公公身上有细菌。一旦家里缺钱了，她就骂小曲，说他把钱都给老东西买邮票贴信封了，老的和小的都是祸害精！

小曲不想让父亲在他死后，过地狱般的日子，他想趁自己还能动弹，先送走父亲。他去棉活店，给老曲做了棉袄棉裤，又买了顶狗皮帽子和一双翻毛大头鞋。上路那天，小曲带着父亲，先去澡堂子泡澡。老曲满身风尘，难得洗回澡，那池温热的洗澡水，把他洗得婴儿似的，浑身红通通。他们父子俩在热气缭绕的澡堂子里，各自流泪。老曲是美哭的，小曲则是因为

空色林澡屋

愧疚，多年来他忙于生计，很少带父亲来澡堂子了。洗完澡是近午时分了，小曲给父亲穿戴一新后，带他去了饭馆，点了老曲爱吃的酱猪蹄和红烧大鹅，还给他要了瓶好酒，让他畅快吃喝了一场，然后驾驶着一辆从朋友那儿借来的破吉普，载着父亲上路。

他们出了城，一路向西。小曲年轻时学会的开车，并无驾照。多年不摸车，他把车开得醉鬼似的，常常跑偏。好在往来的车辆少，错车时有惊无险。老曲喝了酒的缘故吧，一路上非常快活，看见车窗外的白桦树，就喊"娘子——"看见乌鸦就叫"剑客"。他还哼哼唧唧地唱歌，旋律滑稽，歌词只一句"儿子啊儿子——"听得小曲心痛。看着父亲满面天真的模样，他几乎要掉转车头，把父亲带回烟火人间。但他想自己不在后，父亲会流落街头，没人在意他的冷暖，小曲噙着泪花，加大油门，呼啸着向前。快到刀锋岭时，他停下车，将事先准备好的一封信交给父亲，说前方有片林子，叫空色林，那里有一户姓尚的人家，这封信是投给他家的。老曲下了车，鼓起眼睛，仔细看了看那封信。收信人地址一栏写的是：乌玛山区空色林，收信人的名字是"尚天"，寄信人地址是老曲所生活的小城的邮局。老曲举着这封信，按儿子所指下了公路，乐颠颠地向深山走去。小曲跪下，对着父亲的背影，给他磕了三个响头，号啕大哭。

刀锋岭是乌玛山区著名的迷路岭。那座山岭高耸入云，像一把锋利的刀壁立着。从乌玛山区开发时起，无论是森林勘探队、伐木队，还是生产队、知青队，都有在此迷路的人员。人们说这座山岭是旋转的磨盘，经过它的人，变成了蒙眼的驴子，只能围着它转圈。据说飞鸟经过它上空，也会迷路，所以刀锋岭上空，鸟儿总是盘桓不休。因为它强大的威慑力，无论是打猎的、采药的，还是拉柴的，都不愿去那里，所以刀锋岭的植被未遭破坏，动植物丰富。人们常见狍子从里面没头没脑地跑出来，看见刀锋岭外的松鼠在断粮的时候，去那儿寻松子。

小曲遗弃了父亲，从刀锋岭回返时，有种杀人的感觉，浑身冰凉，手脚哆嗦。他满脑子是父亲最后的影像，他拿着一封信，那么坚信不疑地奔向深山。刀锋岭是不是有狼？想着父亲可能成为狼的大餐，小曲心慌气短，吉普车在他身下也就成了野马，难以驾驭，左冲右突，不走正道，在一个转弯处掉到沟里。事故不大，小曲只是胳膊擦破了皮，吉普车也只是轻微刷蹭。他试图将车从沟里弄出，可他开足马力，它却纹丝不动，仍赖在那里。小曲只得上了公路，求助过往车辆。隆冬时分，公路极少有车辆经过。他在寒风中等了一个小时，才遇见两辆车。一辆是运煤卡车，司机停下车，问他有没有棕绳，可以帮他把车拖上来。小曲说没有，司机说他得赶路，撂下小曲走了。第二辆车是个轿车，车主远远见一辆吉普车掉进沟里，不想惹麻烦，所以加大油门，呼啸着从招手的小曲身边急速掠过。小曲冻得瑟瑟发抖，觉得自己这是遭了报应，不如跟父亲一起死了算了。他没有朝回城的路走，而是奔向刀锋岭。想着父亲在那里，他腿上有了力气。晚上八九点钟，他看见了远方公路的一处灯火，他犹疑着接近那座院落。一只狗汪汪叫着扑来，屋门随之打开了。小曲初见皂娘那张扭曲的脸，以为撞见了鬼，他想这是阎王爷派来收拾他的。谁想进得屋里，见父亲坐在烛光闪烁的餐桌前，正吃着热气腾腾的汤面。老曲见着小曲，抽了一下鼻涕，打着饱嗝说：儿子，可找着空色林的人家了！

皂娘从那封信和老人癫狂的精神状态上，知道他是遭遗弃了。至于被谁遗弃，她想收留了老人后，再作打探，谁知小曲当夜就现身了呢。老曲见着小曲说的第一句话，皂娘一切都明白了。她并没急于谴责他，而是让他烤火，然后给他盛了一碗面，看着他吃完，这才对小曲说，再不济的，他是你爹，咱咋能干出这种事哩。小曲哭了，把心中的苦衷讲给她听。皂娘听了后说，你怕他在你死后受罪，也不能把他往狼嘴里塞啊，要不是白蹄，你就再也见不着爹了！你放心吧，咱家白蹄把他带来了，他就跟咱有缘，不管你将来是死是活，你爹都是咱的人啦！咱会好好待他，不让他受罪。小曲感泪涕零，跪下给皂娘磕头，叫了一声"妈——"。他告诉她父亲做了大半辈子的邮递员，对信最有感情。只要他发病了，塞给他一封信，让他送信去，他就听话了。

小曲回城后，病情迅速恶化。腊月时他强撑着，租了辆车，最后一次探望父亲。他送来了父亲留在家里的衣物，还有一纸箱伪装的信件。小曲勉强过了年，正月一出，人就没了。从此以后，再没谁来探望老曲了。

皂娘收留了老曲，除了白蹄，又多了个伴儿。那时乌玛山区东部发现了金矿，开矿的来了，再加上旅游开发，过往的车辆多了，常有车主在经过她的黄房子时，朝她讨水喝。皂娘觉得这是好商机，便把家改造成小店。

热茶、家常菜、自酿的烧酒，使她的小店热闹起来了。客人们进屋后，发现有个船形澡盆，吃饱喝足了，不特别赶路的，就让她烧锅热水泡个澡，松快松快。皂娘年岁大了，男人们也不避讳她，常光着身子，唤她搓澡。皂娘看他们喜欢泡澡，就在屋子东南角，隔出间澡屋，将她打造的那个船形大澡盆搬进去。

　　从翠岭林场迁走的人，听说皂娘开了小店，赚着钱了，有两户眼热，也回来开起客店。这样，这个本该荒疏下去的地方，因这三户人家，渐渐成了驿站。那两户人家抢了皂娘的生意，她也不恼，因为老曲拿着信在翠岭林场废弃的老房子转悠时，没敲开过任何家门，他们的归来，至少让老曲有了送信之所。为免纷争，皂娘后来干脆不经营饭食了，专给客人洗澡，兼卖手工皂。她用榆木做了一块长方形的匾，将都柿果捣烂，用它靛蓝的浆汁，自上而下，写上"空色林澡屋"五个字，竖立在院外。从此以后，小曲信封上那个虚妄的地名，就有了人气了。

　　故事讲到这里，关长河再次起身，嚷着喂马。我们说，你先前不是喂过了吗？关长河说，刚才是豆饼，现在得给它点草吃。我们说马拴在草地上，它一低头不就吃草了吗？关长河"咳——"了一声，说，你们懂啥？草里也有坏草。好草跟好人一样，不多，你得去找，好马得用好草养！关长河借着月亮光，去寻他说的好草了。大概半小时后，他回来了，身上果然携带着一股不寻常的草香。不过他湿了一只鞋子，原来他在溪边滑了一跤，一只脚掉进溪里了。他脱下那只湿鞋，放在篝火上，当咸鱼来烤，而它的确散发出咸鱼特有的味道。

　　不等我们催他，关长河一边烤鞋，一边把故事讲下去。

　　皂娘给客人洗澡，总是带着老曲，而且无论白天黑夜，澡屋都得点根蜡烛，不然老曲会不安。

　　客人进了澡盆，先泡上个十分二十分钟的，皂娘这才带老曲进去。为方便给客人服务，皂娘坐在澡盆旁的一只四脚矮凳上，老曲则与她平行着，坐在一把高背椅上。老曲手里攥块肥皂，目不转睛地盯着客人，像警察瞄着小偷。

　　皂娘给人洗澡，是从脚开始的。她让客人仰躺着，先洗正面。她会把客人的脚趾掰开，轻揉轻洗，好像每个脚趾都是花骨朵，得格外爱惜，不然就被碰落了，这时的她就是个花匠。洗过脚后，她变身为琴师了。她纤细苍老的十指，会将客人的腿认作竖琴，在上面轻轻弹拨，抖掉风尘。男人们腿间的私物（皂娘称之为"淘气包"），她也不避讳，她耐心而轻柔地清洗它们，就像对待婴儿一样。而洗到客人的胸腹部，她就像要为盛宴中的菜肴，找一张光亮的桌子来摆置，反反复复地擦拭，这时的皂娘就是厨娘了。洗过胸腹，她会拎起人的胳膊，把腋窝当鸡窝来打扫。有的人害痒，会呵呵笑起来。客人一笑，老曲也笑，"哗啦哗啦——"的洗澡声，也像是在没完没了地笑。而皂娘是不笑的，她洗过胳膊，会让客人翻身，俯卧澡盆，洗客人的反面——搓背。她先是灌溉农田似的，把温水撩到人的肩背上，然后从尾骨开始向上搓，手指如翻转的浪花，层层推进，一直到后脖颈。她不断重复这个动作，不断加力，清理陈年旧账似的，将脊背的尘垢一扫而光，让它成为朝霞映照的湖面，明媚鲜润。之后她洗他们的臀部，她苍老的手就像受伤的鹰，在努力爬过高山。待到攀至峰顶，她会擂鼓庆祝似的，朝着屁股，快意地"啪啪——"拍打几下，这也是让他们回转身的指令。

客人回到正面后，澡盆的水多半浑浊了。这时皂娘会起身，端来一盆温热的清水，放在她坐的矮凳上，让客人侧身，而她屈身站着，为他们洗头。她洗头很费心思，先是揉捏太阳穴和耳蜗，然后才浸湿头发，从老曲手里取过肥皂（也许是玫瑰皂，也许是松露皂，这得依据客人的喜好了），将头发均匀地打上肥皂，让头发与皂液先亲密接触着，将手移至眉毛，用指甲理顺它们，然后再修剪树木似的，仔细清理了胡须，这才去洗头发。此时的发丝经过皂液的滋润，非常好洗。皂娘洗头的时候，手会淹没在雪白的泡沫里。老曲看不见皂娘的手了，会紧张得跳起来，呜哇喊叫，急出泪来。皂娘就得抽出手，晃晃给他看。沾在皂娘手上的肥皂泡出水后，如绽放的爆竹，"噼啪——噼啪——"地破灭。老曲见皂娘的手在皂花开放后，完好无损，这才坐回去。皂娘洗完客人的头，会把洗头水泼掉，再往澡盆加上几瓢热水，撒上晒干的野菊花瓣，丢下一条干爽的毛巾，让客人独自静默地再泡上一刻，出浴后自行擦干身体，然后她带着老曲，轻轻关上澡屋的门（如果是白天，她会先把蜡烛吹灭了），出去饮酒了。她每给客人洗完澡，都要用一盅酒来慰劳自己。

起先来洗澡的客人们，出浴后会给皂娘留下三四十块钱，后来因为来的人多，价钱自动涨到五六十块了。皂娘带着老曲受羁绊，进城采买不容易，就跟客人说在山里花钱麻烦。有心的客人便问她想买啥，可以给她捎来。皂娘说，人活着最要紧的是打点肚子，吃喝最重要了。皂娘的话传扬开来，客人们再去空色林澡屋，付给她的就是吃食了。鸡鸭鱼肉，烟酒糖茶，大米白面，腊肠豆干，挂面粉丝，瓜果梨桃，油盐酱醋，甚至姜葱蒜，真是要啥有啥。

老曲跟了皂娘，就是掉进福堆了。他胖了，气色好看了，说话声音也洪亮了。他一旦发病，皂娘就往他手里塞上一封信，让他去投。怕他走丢，她会让白蹄带着他。那两户回到林场开客店的人家，不知收了多少信。他们心疼皂娘，信攒了一沓后，又悄悄给她送回来。白蹄有时想撒欢儿，就不把老曲往客店带，而是领进山里。有窟窿的树桩，在老曲眼里就是邮筒吧，他会把信投进那里。皂娘是怎么发现这个秘密的呢？有回她为了得到烧柴，扛着斧子去劈树桩，结果劈出一封信来。

皂娘知道老曲有时连人和邮筒都分不清了，对他更加体贴。白酒要给他温过，茶水绝不让他喝凉的。老曲喜欢吃带馅的东西，包子饺子和馄饨，就是她家灶上的主角。过年时皂娘一身旧衣裳，可她会在腊月带着老曲进城，给他买新衣新帽。她还会给他糊上一盏红灯笼，除夕夜往他衣兜揣上花生瓜子，让他提着灯笼出去转。

皂娘和老曲睡一铺炕，但不是一个被窝。因为老曲来后，她添置了一套铺盖，被褥枕头，一应俱全。他们洗澡时，总是老曲在先，皂娘在后。人们说起他们的事儿，无不哀叹，说要是时光倒流三十年多好啊，皂娘和老曲就能搂在一起睡了。

老曲闲下来时，爱摆弄皂娘的鼻子，他老想做英雄，把它拯救到正路上来。他揪着她的鼻子，执拗地拽向脸颊中央，就像牵一匹不听话的烈马。有好多次，鼻子仿佛是归于正位了，可他一松手，它又回根据地了，让他好不沮丧。皂娘常被他弄疼鼻子，也是烦了，又留起长刘海，遮着那半张脸，这样老曲就放过她的鼻子了。

又过了几年，皂娘把那绺长刘海再次铰掉了，不说你们也明白的，老曲死了！

他是怎么没的呢？说是那年夏天有个客人洗完澡，出了澡屋，掏出一个巴掌大的游戏机，边玩边喝茶。老曲凑过去，见好几只骷髅头在动，大叫一声"捉鬼"，之后一个跟头栽倒在地，瞪着一双惊恐的眼睛，走了。

皂娘把老曲埋葬在黄房子西侧的松林中，逢年过节，不忘了带供品去看看他。每逢吃饺子，还习惯给他留一碗，搁在桌上。看着烛光下的饺子热气散尽，筷子没人碰，她会长叹一声，连喝几盅酒，把凉透的饺子吞掉，然后睡上一场。

皂娘依然给客人洗澡，不过带的不是老曲，而是白蹄了。她白天去澡屋，也不用点蜡了。白蹄坐在老曲坐过的地方（当然把他的高背椅挪开了），跟老曲一样机警地盯着客人，只是它手里不能攥着肥皂。谁要是在皂娘给洗胳膊时，手无意间触着了女主人的脸，它就会汪汪叫着抗议。所以入了澡盆的男人，比老曲在世时还规矩，皂娘让怎样就怎样，不敢有丝毫不恭。

白蹄老了，但它生性难改，还是做些可笑的事情。

有个客人洗完澡，做了个抽烟的动作，说要是在澡盆抽上一棵烟多恣啊。白蹄跟皂娘出了澡屋后，就把桌上的半盒香烟叼起，放进澡盆。想想人抽烟得使火，它又去灶台，取了火柴送去。客人眯着眼享受时，听见白蹄"哈哧——哈哧——"进出不停，也没理会。待到他闻到烟丝的味道，睁开眼时，发现了澡盆上漂浮着的香烟和火柴。客人笑了，捞起它们，送到皂娘面前，说，你看那蠢狗干的好事。皂娘把白蹄吆喝过来，说，白蹄啊，你真是狗脑袋啊，烟丝火柴进了水，等于是人绑着石头投了河，不是找死吗？看在你跟咱一样老了的份上，咱就不揍你啦。从此后皂娘把香烟搁在柜顶，把火柴放在调料架上，都是白蹄难够到的地方。不过半年以后，皂娘又把它们放回原位了，她老得胳膊抬不高，取香烟火柴太费劲了。

关于白蹄，流传着的最令人捧腹的一件事，是有个客人吃饱了过来洗澡，洗到一半，放了一连串响屁，白蹄见澡盆"咕嘟嘟——"地冒出一串气泡，来了神了，以为气泡下面有鱼经过（它跟着主人去溪边时，皂娘指点给它冒气泡的水面下，有鱼活动，它因此练就了从水泡下捉鱼的本领），白蹄兴奋地奔向澡盆，张着大嘴准备逮鱼，被皂娘及时呵斥住。客人吓得双手捂住私物，生怕白蹄把他的宝贝当鱼给捕获了。

来空色林澡屋的，谁没点委屈呢。皂娘给他们洗澡时，那些委屈大的，算是找到了宣泄口,会痛快哭上一场。泪水融入散发着他们体味的洗澡水,就像汇入了世俗生活的洪流,他们拔脚出浴时,轻松了许多。

  有个病入膏肓的中年人,怕自己死了再也不见日月,觉也不睡了,昼夜望天,说要多汲取点日月的精华,不然在另一世,会堕入黑暗之中,精神快崩溃了。他听了空色林澡屋的神奇故事后,特意来此洗澡。他是白天来的,但皂娘知道他的事情后,等到天黑才给他洗。她也没点蜡,带着白蹄坐在黑暗中,手指撩着温润的水,就像浇灌久旱的荒山,从他的脚到头,每一寸肌肤都滋润到,揉捏到,爱抚到,让他的每个阻塞的毛孔,都打开天窗。她问他感觉到黑了吗?客人说没有,他感觉全身心沐浴在光里。皂娘说,这就对了,要说黑,心待的地方是最黑的,可它不怕黑。它怎么不怕黑呢?它跳,咚咚咚咚,不停地跳,这样它住的黑屋子就亮了,光也出来了。你不用找光,只要你的心好好地跳,别缩,光就能找你。也怪,洗过澡,这人归于平静,把生死看淡,彻底放下,居然战胜病魔,幸存下来。他每到腊月,会带着鸡鱼猪羊,给皂娘送来年礼。

  皂娘上了岁数后,更加心疼白蹄,她想让它多陪自己几年,所以不吝惜把好吃的分给它一些。每天晚睡前,不管多累,她都要蹒跚着走到院子,跟白蹄打声招呼:咱俩得好好的呀,明早不许不醒来!

  皂娘最怕的就是自己先死,白蹄没了主人,谁还会收留一条垂暮的老狗呢?为此她跟那两户开客店的人家,努力着搞好关系。客人送来的东西吃不了,就分送给他们,只图万一她没了,他们能善待它。两户人家都表示,开客店剩饭剩菜多,养个白蹄不成问题。皂娘再嘱咐他们,万一白蹄做了错事,呵斥它几句就是了,老狗懂人话,千万别踢它,它老了,不经踹了。还有,万一它死了,别吃它的肉,把它埋了。客店主人都撇着嘴说,一条老狗,有啥吃头?埋,肯定埋!皂娘就安心了,回头再取几块她做的肥皂,给他们送去。

  我记得很清楚,当我们还想听空色林澡屋的故事时,关长河抬眼看了下天,长叹一声,说,月亮也是个大澡盆,它用的是银河的水,要是此刻我能飞进月亮,让皂娘给洗个澡多美啊!他那语气和神态,好像皂娘在月宫烧好了一锅洗澡水,正候着他呢。我们意犹未尽,可关长河说时候不早了,该睡了。他起身的时候,朝我们要此行的向导费,说明天就出山了,夜里揣上钱，睡得会踏实。我们没有犹豫，按照事先讲好的，把钱如数给他。他很认真地在月下点过钱，拉长声说"对数——"，跟我们挥挥手，然后指向星辰寥落的东方，有意无意地说，明早朝着那儿走，就能去空色林澡屋泡澡啦。

关长河睡去了，他睡在离马很近的地方，我们在他离开后争论的间隙，还听到过他的鼾声。由于空色林澡屋只收吃食，我们先是在篝火旁，把所剩无几的罐头、干肠和饼干搜罗到一起，然后讨论去空色林澡屋的人选。因为皂娘每天只给一人洗澡，而我们只是路过，不能久留，仅一人有这福气。开始大家都沉默着，没谁主动说去，也没谁说放弃，而沉默总是风暴的前兆。

最先打破沉默的是小李，他从林业大学毕业才一年，这一路他刻意不刮胡子，留起长发，像个落魄的艺术家。也许是在大学熏陶的，他提出了一个AA制洗澡方案。五个人都下澡盆，分别洗头、胸脯、肚子、腿和脚。我们以为他开玩笑，可他认真地说，既然大家都想洗，此分配最为合理，这样每个人都能进澡屋。他说如果大家同意他的方案，他有优先选择权，他要洗脚。因为皂娘给人洗澡，是从脚开始的，那时的洗澡水最干净，而他走了一路，脚疼得很，正需按揉。我们四个比小李年长的人，觉得他这是痴人说梦，异口同声地予以否决。接下来是对领导的话永远言听计从的小许提出的方案，他说应该领导洗。我是此行的队长，那就是说让给我洗。其他人不吭声，我赶紧识时务地说，这可不能搞特权，再说五人当中，有两位比我年长呢，他们应该有优先权。那两位年长我三岁和四岁的人，一个是老孟，一个是老薛。孟薛对望一眼，孟说应该抓阄。薛说拼酒量，把余下的酒喝光，谁没喝倒，就是谁的。老孟的好手气和老薛的好酒量，都是有名的，小李和小许，旗帜鲜明地反对。小李说，抓阄等于绕开了问题实质，张扬中庸之道，应予摒弃。小许说，拼酒量那是野蛮人的做法，极不人道。看大家争执不下，我说，皂娘愿意给风尘大的人洗澡，比一比谁的风尘大，谁就去洗。老薛呵呵笑着说，泥坑的猪风尘最大！我们大笑起来，那一刻气氛是融洽的。最后大家依着我的思路，统一想法，就是敞开心扉，诉说各自的不快，比一比谁的委屈更深，磨难更大，辛酸更多，空色林澡屋就归谁享用。从我开始，按照围坐于篝火的顺时针次序，依次开讲的是：老薛、老孟、小许、小李。

我先说。先说的好处是先声夺人，可把最刺目的痛楚当利剑亮出，让小痛楚在它面前被腰斩。我说，你们看到的我，不是我，而是非我。我自幼喜欢医学，可我那做教授的父亲，认定这地球上最伟大的职业，就是做地质学家，他居然篡改了我的高考志愿，把我送入地质大学。我毕业参加工作后谈了一个女友，是中学音乐老师，可我母亲认为一个搞音乐的妻子，私生活会像五线谱一样混乱，私下约会她，愣说我有相恋多年的女友，两家早就会过亲家了，我爱的女友信以为真，一怒之下离开我。最终我娶的老婆，你们也知道，是父母为我选的图书管理员。她太古板了，一点女人味都没有。我们过了二十几年，我等于在冰窖里活了二十多年哪！那个冷啊，不是一个正常男人过的日子。你们知道吗？我老婆健健康康的，可她说她活着就是为了等死，她厌世得厉害，华服美食，自然美景，音乐美术，男欢女爱，这些能引起人愉悦的事物，她一概没兴趣。我让她去看心理医生，她反说我有精神病。跟你们说真话吧，我受不了她，几年前与初恋女友联系上了。她还当音乐老师，就是日子过得不顺，他丈夫虐待她。为啥呢？不用说你们也猜得出来，她把初次给了我，她男人新婚之夜发现她不是处女，从此酗酒，每次醉酒打她，就逼问破了她处女身的元凶，声言要干掉这家伙。她怕说出我的名字，这男人真会提刀找上门来，所以一直跟他说我得了癌症，早死了！现在你们理解了，为什么我父母相继去世后，我的精神状态反而比以前好了？因为他们再也不能干涉我的生活了！你们说我这半辈子，活得苦不苦？

我以为自己的情感经历，泪迹斑斑，能引起大家同情。谁料先是小李冷笑一声，说，队长看着挺聪明的，没想到是个窝囊废！谁让你当木偶啦？是你愿意啊，不是活该吗？两个人能过就过，不能过就散，你和音乐老师现在也可以重温旧梦呀，这算什么苦呀？接着老孟"哼——"了一声，说，你老婆再冷，这冷宫不是给你孕育了个儿子吗？她要真是冰窟窿，啥种子能发芽啊？这一老一少，戗得我哑口无言。

接下来大倒苦水的是老薛。他像个说书人，清了清嗓子，拍了一下大腿，揉了把脸，说，你们看我这张跟黄土高坡一样的脸，就知道我遭过多少罪吧？我年轻时挖过煤，每天下井的感受你们知道吗？就跟被人抬进棺材一样，随时有被埋掉的危险。为脱离这地狱似的环境，我跟爹娘说，给我半年时间复习吧，让儿子能从地下升到地面，享受到阳光，不然这一生太黑暗了！我家那时穷成啥样呢？房子是漏的，铺盖不够用，米缸常常是空的，肥皂和灯油都使不起，我要是不挖煤，一家人可能会断顿！但爹娘听我这么说，还是咬牙同意了。我不分昼夜地复习，也是争气，当年就考上了大学。我得感谢那时大学为贫困生设立的助学金，没有它，我很难读下来。不瞒你们说，大学时我没添过一件衣裳，吃的是最差的饭菜。大学毕业参加工作后，我挣的钱大都贴补老家的父母了，依然清贫。不怕你们笑话，米面油盐、牙膏厕纸，甚至内裤袜子，无论什么，我都得精打细算，买最便宜的。好在那时单位分了套小房子给我，我才娶上媳妇。就因家庭条件差，媒人给我介绍了四个对象，只有暖瓶厂的一个工人看上我。谁看上我，谁就是我的福音书，我娶了她。接下来的故事你们也知道的，她生的是龙凤胎，对别家而言，这是喜事，可对我们来说，抚养一双儿女成长，天天都得爬坡过日子。后来暖瓶厂黄了，她下岗了，家中用度，全靠我一人了。日子本来过得就难，偏偏我娘得了癌症，把我仅存的一点钱，都烧到手术台上了，娘的命却没保住。我爹受了刺激，高压天天都在200徘徊，最终中风偏瘫，这样我只得把他接进城伺候。因为妹妹嫁了人，我们那里的风俗，女儿是可以不赡养老人的。你们想想吧，一套四十平米的屋子，老少三代挤在一起，是个什么景象！阳台就没晴朗过，天天吊着洗的东西；为了省下买青菜的钱，我家冬天以腌菜为主，本来不大的厨房，摆满了酸菜缸咸菜坛，没个好气味。队长嫌你爹娘干涉太多，给你改了高考志愿，可他们给你遗留了大房子，你再不痛快，也是在大房子里敞敞亮亮的不痛快啊。我呢，伺候生病的老的，还得掂掇这俩孩子上大学的学费，就差卖血啦。说真的，勘察结束，最伤心的是我了，我不愿意回到城里那个小屋子啊！爹在哼哼，媳妇苦巴着脸，我就像在垃圾堆旁找食儿的秃鹫，哪有什么尊严啊。我爱喝两口酒，就想麻醉自己，可我他妈的就是醉不了，心里好像绷着根弦，千万不能倒下。我一倒下，我家就相当于公司破产了。我愿意待在大自然里，这里随处可扎营，我愿意住多大的屋子就住多大的，喝水不用交钱，烧饭不用交煤气费，太阳月亮没有被雾霾遮蔽，黑白都有灯使，电费也省了！老薛说到此时，声音颤抖，用手蒙住脸。他是否哭了？那晚西去的月亮，也许比我们看得更清楚。

轮到老孟说话了，老孟先是对老薛说，管咋的，你还有爹可伺候着。爹是什么？是太阳啊。有爹在，他就是再磨人，相当于乌云遮住了太阳，背后还是亮堂的呀。你们不知道，我是个遗腹子，爹连张相片都没留下，我不知他长啥样。我娘带我改嫁后，继父对我的狠，三天三夜也说不完啊。继父一打我，你们知道我干啥？我就坐在镜子前，对着自己的脸，在作业本的背面画爹。我画完一张，就偷偷给我娘看，我娘一摇头，我就知道画得不像。只是有一回，我拿着画像给娘看，她一看就落泪了，我知道自己画对了，这张画像我一直留着，结婚后把它镶上，除夕在家里的香案摆上相框，给爹磕头拜年。我长大后不止一次问娘,我爹咋死的？娘总是回一句，他寿路到了。直到我娘去世后，我小舅才对我说出实情。饥荒年代，我爹为了给怀孕的娘找吃的，惦记上了盘在村中井壁的一条蛇。他趁晚上井台空荡的时刻，腰间缠了绳子，带着自己用树杈做成的捕蛇器，去了水井。结果爹没捕到蛇，反倒让蛇咬了。爹中了蛇毒，挺了一天，就没气了。那条咬他的蛇，从井壁消失了。村里就这一口井，村人说我爹碰那条蛇，触怒神灵，从此喝这口井水的人都会遭殃，逼我家另打一口井，还不准爹落葬。村中几个瘦得皮包骨的汉子，把我爹抬到山坳，说是惩罚他，让他暴尸荒野，实则把他当成诱饵，打的是捕猎的主意。我小舅说，闹饥荒那会儿，村人把能吃的树都啃秃噜皮了，没啥吃的啦，动物也少，飞禽走兽极难见到。那几个男人在爹身上，设置了各种捕鸟和捕兽的夹子。那段时间，去爹尸首旁等猎物的，接二连三。爹最终为村人猎获了七只乌鸦、两只鹰和一条狼，听说爹最后只剩下几根骨头。村人不能再用我爹作诱饵时，撇下他回村了。我娘生下我后，去山坳寻爹的尸骨，可她一根骨头也没捡着。我小舅说捕获的猎物，让村中濒临死亡的人，活了下来。他们也感念我爹，给我娘分了半只乌鸦。不是这半只乌鸦，我娘都没力气生下我。我不敢想爹的尸首作诱饵的情景。你们没发现吗？这三年来，我头发掉了多半，自打我小舅跟我说了实情后，我整宿地不睡，一闭眼就是乌鸦老鹰的影子。所以你们明白了吗？这一路为啥我听见它们的叫声，就心烦意乱？唉，要是皂娘能给我洗回澡，把憋在心里的委屈洗淡一点，我也不枉在这青山绿水中走一回！

老孟的诉说，应该是打动了在场的每个人。因为大家以哀悼的姿态，低下头来。最终是老薛先抬起头来，叹息一声对老孟说，毕竟都是过去的事了，现在你家过得多好哇，老婆有个好工作，儿子考上了北大，你家的日子，比这团篝火还红火，谁不羡慕啊。老孟说完，拍了一下小许的肩膀，示意该他说啦。

　　小许一张口，还是强调应该让领导洗。如果领导一定让给手下人的话，谁身上的味儿最难闻，谁就去洗。老薛首先反对，说，你小子脚丫最臭谁不知道？老孟也反对，说，别人都讲委屈，你不能绕过，绕过就等于刺探了别人的隐私，把自己深藏起来，这是叛徒的行为。小许被逼无奈，说他此生最大的委屈是入赘。他家在农村，在城里买不起房，只得娶了个有房的城里人。她老婆在京剧团做剧务，有演出的日子，他们就得分床睡。因为她爱舞台上扮相俊朗的小生，演出当晚回到家，她还痴迷着角色，看小许便百般地不顺眼，他就得给她个心理调整期，分居一两天，让她能够从虚幻的舞台，回到柴米油盐的日子。小许说入赘的男人，就是做了战俘，终生不得翻身。

　　最后登场的是小李，他先申明他的委屈，不是个人的，而是一代人的，所以他是在争取一代人洗澡的权利。小李说，不管你们有多大的委屈，你们居有定所，毕业后组织给分配了工作，医疗有保障，手捧铁饭碗。我们这代人呢，赶上了高房价、高物价、高污染空气和水源的时代。像他这种毕业后找到工作，算是幸运的。很多大学生，毕业就等于失业了，成了啃老一族。他们蜗居在父母家中，被苍老的翅膀护卫着，怀揣简历，奔波在路上找工作，在夹缝中求生存。这样的青春岁月，就像在荒漠中跋涉，该是多大的委屈！小李说以他为例，他一个月的工资3600块，去除每月房租1200块，伙食费1000块，水电煤气费300块，上网费电话费200块，看电影、日常生活用品等300块，再加上人情往来，真是属于月光一族了。即便贷款买房，五六万的低首付，对他们来说也是天文数字，不要说成家生孩子了。他大学同学中，毕业后唯一结婚的，是个叫方超的人。方超在城里找不到工作，干脆回乡开了养鸭场。他父母说早知道他回来养鸭，就不让他上大学了。方超找了个开鞋店的姑娘，日子过得挺踏实。小李说得兴味寡然，我们也听得兴味寡然。我对小李说，每个人都讲了各自隐秘的事情，你总得说出一桩，不然月亮都不饶你！小李哈哈笑了，指着滑向西天摇摇欲坠的月亮说，你瞧它困得都要回屋睡了，哪还顾得上咱们这帮说委屈的傻瓜！一定让我说一桩的话，我告诉你们，我的女友大学毕业去西北支教了，原想着两年支教结束，她会回城和我团聚，可是三个月前她突然告诉我，她爱上了当地公安局的一个警察，打算留在那里了。她说凡是支教期满主动留下的教师，当地政府会分给一套两居室的房子。我们好了三年，一想到我爱的女人，一生要经受大西北狂风的吹打，我就心痛！我们同居过，她喜欢吃黄瓜，身上总带着一股清香味，现在我夜里睡不着时，真是奇怪了，总能闻着黄瓜香味儿，真是让人伤心哪。小李说完，脸上浮现出奇怪的笑容。

那晚在场的人都道出了委屈，接下来就是品评谁的委屈可以下澡盆接受洗礼了。我们像是一群在婚宴上抢糖果的孩子，争得面红耳赤，互不相让。最后伤了和气，谁都没进帐篷，散开后各自展开睡袋睡下了。关长河的离开，我们毫无察觉。总之早晨醒来，飞舞着阳光的松林里，关长河和他的马，就像昨夜天空的浮云，踪影皆无了。

我们在失去向导的情况下，向着东方，艰难地走出森林。出山后果然在公路旁见到一个小驿站，那里有两家客店，提供简单的吃食。我们分别向主人打听空色林澡屋，打听皂娘和白蹄，他们一脸迷惑，说不知道。我们不相信，返程途中，只要遇见乌玛山区的人，不管他是放马的、护林的、运煤的，还是采山的、种地的、打草的，都会问空色林澡屋在哪儿？可是无一例外，他们都冲我们摇头。

我们的勘察任务完成得堪称完美，各项数据的获取非常翔实，可是我们离开乌玛山区回城后，莫不垂头丧气。老孟老薛在单位见了我，都躲躲闪闪的。小许则变成了絮叨的老婆子，见了我一遍遍地解释，入赘其实对他来说不算啥委屈，他老婆待他挺温柔。总之，大家都有说出秘密后，那种难言的空虚和后悔。

有一天下午小李来我办公室，送关于乌玛山区水文方面的勘察报告，这是此行他负责的内容。我问他与大西北的女友真的彻底断了吗？如果忘不了她，还是要去争取。因为在青春时代错过爱情，婚姻很容易坠入世俗的泥潭。小李眨着眼笑了，先拱手对我说，领导对不起了，接着告诉我，他与女友间的悲催爱情故事，是被逼无奈，依照报纸上看到的一条消息，

命悬一丝

编排到自己身上的；他还没女友呢。

小李见我惊愕不已，说其实关长河讲的故事，也未必真实，不然他为什么在说完空色林澡屋的故事后，不辞而别呢？因为他无法带我们抵达那里。小李还说，他也不大相信那天大家诉说的委屈。真正的委屈，不是那么轻易道得出来的。而能说出的委屈，因个人处境和地位的不同，自然也作了种种修饰或伪装。

小李的话令我动气，我将那份乌玛山区水文勘察报告甩在办公桌上，冲小李吼，你在怀疑老薛老孟和我编瞎话？小李说，领导息怒，我不是不信任你们，我是不信任那晚的场景，它太像电影了！关长河是个好猎手，更是个高超的导演，他把我们往一个情境里赶，就像把猎物圈在他的围场里，他都不用举枪，我们个个中弹，和他故事中的人物，一起成了演员。

小李是什么时候离开的，我毫无察觉。我在办公室，从下午待坐到黄昏，无论是敲门声还是电话铃声，一概不理。下班后我给老婆打电话，谎称出差，告诉她晚上不回家了。我找了这座城市最偏僻街巷的一家小酒馆，要了油焖河虾、酱焖酥鲫鱼和啤酒，自斟自饮。在小酒馆吃喝的，还有四个出苦力的人，他们显然是进城打工的农民，头发乱蓬蓬，裤子满是灰土，衣裳汗渍斑斑，脚下的绿胶鞋散发着臭烘烘的气味，但他们热情洋溢，高声说笑。他们点的菜比我口味重，麻辣螺蛳和红烧猪大肠是主菜，配菜是花生米和海带丝，一瓶老白干四人均分，一人一海碗米饭。他们连吃带喝，胃口极佳，杯盘碗盏，最终丝毫不剩，光可鉴人，好像刚从洗碗机中出来似的。他们结账，居然采用AA制方式，每人花费32元。他们离席时，其中一人看了我一眼，说，兄弟一人喝酒多没意思呀。我顺势请他们喝啤酒，四人也没忸怩，一人要了一瓶，开瓶后对着瓶嘴，站着一口气喝光，然后快意地谢我。其中有两人还说了祝福语，一个祝我买彩票中奖，一个祝我早日抱上孙子。

我学着那几个民工，把盘中菜吃得光光的，酒也喝得一滴不剩，飘飘忽忽走出酒馆。夜已深了，我去附近的一家快捷酒店登记住宿。一口黄牙的老板娘扫了我一眼，问，就你一个人住？我说是。她诡秘地一笑，压低声说，我知道你们这些男人是来干啥的，我帮你联系小妹吧。你喜欢啥样的？我告诉她，我不喜欢小妹，我喜欢老婆子。有个老婆子叫皂娘，你要是能把她请来，给我洗回澡，我就付她五星级酒店的房费。老板娘把钥匙牌"啪——"的一声摔在柜台上，不再理睬我。

我拎着钥匙，沿着逼仄狭窄的楼梯进了鸽子笼似的房间，一头扑倒在床上。这时手机铃响了，我很想在此时跟谁说说话，按了接听键。电话是个男人打来的，他很客气地自报家门，说他姓邵，是乌玛山区林业局帮我们请向导的人，我们见过一面，下午他给我打过两个电话，我没接听，而他要说的事情紧急，所以占用我休息时间再次打来了。老邵先问我关长河一路用了多少颗子弹？我想都没想，说了个"二"字。他迟疑一下，说，你说的是"二"，还是"十二"？我捋直舌头，强调是"二"。他微妙地叹息一声，再问关长河的猎枪，是在与狼搏斗中损毁的吗？我"霍——"地从床上坐起，说我不知情，因为出山前夜，他撇下我们，和他的马一起消失了。老邵沉吟一下，说，关长河告诉他们，出山前夜勘察队在营地遭遇到狼群袭击，他为了保护我们，独自与狼群奋战，猎枪废了，弃在山中，不能归还，而他总共用掉十二颗子弹，所以行程结束，他只是还回了十八颗子弹。现在需要我们出具一份材料，证明这位向导，在我们勘察过程中协助我们完成了任务，猎枪是因保护我们而损毁的，子弹用掉了十二颗。因为猎枪是从派出所借的，不还回去，当地林业局有责任，而关长河也会因此被视为持枪的危险分子。

我抓住这个机会，问他知道关长河的电话吗？我有事想跟他沟通一下。老邵说，关长河从来不用电话，想找他，得通过他人去寻，他常年在山中游荡。我又问，关长河有家吗？老邵说，他是个弃婴，当年被人扔在山上的鄂伦春营地，所以他是鄂伦春人带大的。至于他是汉人还是鄂伦春人，无人知晓。但从他的体貌特征来看，他应该有鄂伦春血统。他至今未婚。我再问老邵，听说过空色林澡屋和皂娘的故事吗？老邵很干脆地说，没有。末了他嘱咐我尽早把证明材料写好，加盖公章，用特快专递寄来，收件地址他随后用短信发送到我手机上。我一边答应，一边乞求老邵，如果见到关长河，务必把我电话给他，请他回个电话。老邵勉强地说，好吧。

为了给关长河写那纸证明，我们勘察队一行五人又聚集在一起。我转达了老邵的话，希望大家充分发表意见，达成共识后出具证明。小许首先表态，他说，领导怎么办，我都没意见。老孟说，那晚没听见狼嗥，所以猎枪是在与狼搏斗中遭损毁这一条，写时要慎重。老薛也说，关长河显然是在撒谎，即便他遭遇了狼群，他有子弹，只要开枪，驱狼那不是轻而易举吗，何至于把枪当长矛使，与狼短兵相接呢？老薛老孟观点的不谋而合，至少冲淡了归来后，弥漫在大家之间的冷漠情绪。轮到小李，他爽快地说，当地让怎么写，就怎么写呗，毕竟关长河一路上为我们立下了汗马功劳。现在假证明满天飞，又不差这一张。小李还分析说，关长河当初嫌配给他的子弹多了，显然那时他还没有私吞子弹的想法，如果他说用掉了十二颗子弹，只有两种可能，他后来变了主意，想留下猎枪和子弹，所以提前离开我们，对当地立业局虚构了狼群的事情。还有一种可能，就是这一切都是老郜策划的，关长河是他找来的向导，老郜想私藏猎枪和子弹，于是让关长河编瞎话。小李的后一种分析，让我们这些比他年长许多的人，为之侧目，他的判断不是没有道理的。大家多方权衡，反复推敲，最终形成的证明材料中，关于猎枪和子弹的内容，用的是模棱两可的句子：我们在勘察途中几次遭遇野兽袭击，向导关长河用猎枪为我们解除险情，动用了相应数目的子弹。

我将出具的证明材料加盖公章，特快寄出。

三天后我给老郜打了个电话，想问问他是否收到证明，再打听一下关长河。可我拨了几次电话，老郜始终不接听。直到下班时刻，他才简短回复了一条短信：证明收悉，诚致谢意。

这样的回复，就是告别语。我知道通过他寻找关长河，是不可能的了。

我试图让生活回到正轨，或者说是回到平庸中，可是当空色林澡屋的故事像一道奇异的闪电，照亮了人性最暗淡的角落后，我的整个生活就被它撕裂了。我在空洞的光阴中，能感受到它强烈的光明，不禁又寻着这光明而去。我把春节的休假，放了乌玛山区。

这次没有任务在身，我谁也没找，就是一个轻松的背包客，一站一站地行进。越向北走，旅人越少。在路上折腾了两昼一夜，除夕夜我到了乌玛山区。那里正是漫天风雪的时刻，连绵起伏的山峦披挂着白雪，看上去像无尽的白色毡房，很有烟火气的样子，而其实人烟寥落。越往乌玛山区深处走，寒流越强，景色也就越壮美。我每到一处驿站，都要打听空色林澡屋和关长河。很多人知道关长河，都说他很难找到，但没人知道空色林澡屋。我每离开有手机信号的驿站，会把自己的电话号码，留给驿站主人，求他们见到关长河后，请他给我回个电话。

我就这样搭乘各色车辆，与乌玛山区冬天特有的麻雀和乌鸦为伴，在茫茫山林中寻找了六天，经过了多个驿站，直到返程在即，也没有见到关长河，更不要说空色林澡屋了。但我收获了辽阔的天空，清冽的空气，洁白的雪，满天的繁星和每家驿站灶上的热汤，它们胜过最璀璨的城市灯火和最丰盛的年夜饭，是我此生过得最知足的一个年。

离开乌玛山区的前夜，我在一家林场酒馆怅然饮酒，手机突然响了，我迫不及待地接起来。送话器先是传来一阵风声，接着是一个人沉重的喘息，一个苍凉而熟悉的声音随之响起，我立刻听出，他就是我苦苦寻找的关长河！他劝诫我不要找皂娘和白蹄了，谁也找不着空色林澡屋的。我急切地问为什么，关长河沉吟一下，说，其实当时他应该对我们说真话的，皂娘遭人举报，指控她在深山搞色情服务，去年深秋她带着白蹄，乘着那个大澡盆，从青龙河顺流而下，不知漂荡到哪里去了。我万分愤慨，说，一个老太婆怎么可能搞色情服务？关长河深深地叹息了一声，又说也有人告诉他，皂娘是洗不动澡了，所以她带着白蹄，去没人的远山修行了，她什么时候回空色林澡屋，那得跟看流星从夜空划过一样，靠机缘了。也许很快，也许数年。我再问他为什么提前一夜离开我们？他真的遭遇了狼群吗？猎枪和子弹还在他身上吗？关长河只回了一句：咱把那个带帽遮的鹿皮小帽给弄丢了。

我以为他以"咱"自称，会以皂娘的说话方式，跟我多聊一刻，可他似乎厌倦了追问，不再言语。听筒最后传来的只是"呵呵——"的声音，像他的笑声，更像那一刻横贯天地的风声。我的眼前闪现出戴着鹿皮小帽的关长河，他顽皮起来像个少年。而当他眯起一只眼时，他就是在打量你了。

关长河挂断电话后，我赶紧回拨过去，可是无人接听。再拨，接电话的是我途经之地的某个驿站的主人了，他告诉我关长河今日黄昏路过此地，他告诉他，有人在找他和空色林澡屋。关长河说找空色林澡屋的人，一准是喜欢和星星一起过日子的人。驿站主人掏出手机，劝他给我回个话，可他执意不肯。驿站主人为了促成通话，特意陪他喝酒。一瓶酒落肚，关长河面色和悦了，主动抓起手机，出门给我打电话。驿站主人说，关长河还回手机，我们通话的一瞬，他已经骑着鄂伦春马，离开了驿站。

我谢过这个热心的驿站主人，出了酒馆，迎着冷风，仰望银河。银河在夜空正以长剑的姿态，洒下亘古的光明，傲然插在茫茫雪原上，期待它以英雄的名义命名它。

　　不管空色林澡屋是否真实存在，它都像离别之夜的林中月亮，让我在纷扰的尘世，触到它凄美而苍凉的吻。我只身从乌玛山区回城后，生怕自己有一天会因这样那样的原因，淡忘了它，于是用七个夜晚，把这个故事记录下来。因为是复述，故事的情境和人物的对话，难免有语意的微妙差异；而因为一些当事人与我相熟，所以我将他们的真实姓名隐去了。其实真名和假名，如同故事中的青龙河与银河，并无本质区别。因为它们在同一个宇宙中，渡着相似的人。

命悬一丝 |尤凤伟|

原载《北京文学》（精彩阅读）2016年第6期

一

宣判前，汤建又去了一趟成山看守所，提审罪犯嫌疑人庄小伟。说提审并不准确，案件审判程序已成为过去时。作为该案的主审法官，他十分清楚庄小伟的生命就要走到尽头，如果没有特殊情况发生，死是板上钉钉的了。所谓特殊情况，无非是有重大立功表现；家人满足了亡者亲属的赔偿期望，不再死磕。当然，倘若有某权势人物予以干涉，也有可能刀下留人。而从庄小伟的实际情况看，这几条都不现实，他独自作案，没他人可告发，何况关在号子里，想立功也没有机会。再是他的家人，七十有余的养父母，是村里最穷的人家，无力承担高额赔偿款。他曾与法庭为庄指派的陈凯律师一起去村里动员庄的养父母，屋里屋外一打量，便明白说什么都属多余，沮丧而归。至于有贵人搭救，则更是天方夜谭了。

在那间十分熟悉的审讯室，汤建见到了准死人庄小伟。他的心不由得疼了一下。一种微微的战栗从脚后跟往上传遍了全身，作为一名多年从事刑事审判的法官，是不应该有这种非职业条件反射的。不知怎的，这种反射在面对庄小伟时更甚，是因为他太年轻，生得眉清目秀，用时髦的说法可称之为"小鲜肉"？还有，觉得他倒霉，合议庭对其量刑为死缓，却被院里改为立即执行，有些于心不忍？还是……

他看出庄小伟比上次见到时气色要好，精神头也足些，新剃了头，额也变得亮堂了，这种变化更使他心里添了一份沉重。待押解他来的狱警出到门外，他问句：庄小伟，这些日子怎么样？庄小伟回答：报告法官，我很好。

哦？很好？

嗯，很好。

好在哪方面，你讲讲？

报告法官，队长让我吃营养餐了。

你生病了？汤建问。刚才还觉得庄小伟身体状况不错，怎么享受起病号待遇了呢？他知道，这里的病号待遇是每天增加一个鸡蛋、两根黄瓜。他还知道这里的潜规则——某些特殊犯罪嫌疑人也可以得到这种照顾。而庄小伟没资格"被特殊"。

报告法官，我没病。

这毕竟没什么重要，况且与庄小伟打了近一年"交道"的法官，渐渐积累起来的怜悯之情，也愿意看到这将死的人，在走向刑场之前能多点滴享受。

他不再继续这个话题。

但是，下面的谈话该怎样进行，他倒有些茫然了。平常对犯人的程序化审讯，都在院里的审讯室进行，法警从看守所提出人犯，押解到市里。而对一些具体问题的落实，为避免兴师动众，则法官自己跑到看守所，问完便走。问题在于，今天汤建在宣判前赶来，并没有明确目的，该落实的都落实了，属于本院的法律程序已走完，只等择日宣判。如果庄小伟上诉，后面的事就转到上诉法院，与己无关了。就是说，这次来，套用一句俗话就是"有枣没枣打一竿"了。能打到一颗让庄小伟免死的"枣"，就算不虚此行了。说白了，就是想搭救庄小伟。庄小伟抢劫杀人，这种严重罪行，从前是杀无赦的。现在司法改革，尽量减少死刑，这类罪犯只要有从轻的情节，也可考虑不杀。作为对庄案再清楚不过的人，他认为有从轻情节，合议庭其他人也有共识，所以他们的意见是判死缓。而报到院里遭否定，要求改为死刑立即执行。既如此，合议庭使用的从轻情节便清零不存。如若让庄小伟免死，只能另辟蹊径，找到让院里否决不了的理据。

说来说去，还是前面提到的几种"特殊情况"。他来是寻找特殊。这本

命悬一丝　　　　　　　　　　　　　　　　　　　　　　　　　73

来是庄小伟律师的分内之事，可那很喜欢被人称为"诗人"的陈律师自始至终不在状态，对案子不热衷。作为法官，他有看法，却不便说破，只在心里不屑。

庄小伟，这段时间有没有人来探望你呀？汤建看了眼一直低着头的庄小伟。报告法官，没有。庄小伟回答。

汤建看了看瞬间庄小伟抬起的葫芦样光头，以及那双明显带有讨好又迷离、还带有孩子般稚气的眼睛，心沉了一下，说：庄小伟，再回答问题不用先报告。

报……是，是……汤法官。

他没纠正他，心想，那诗人律师连最基本的都没对他说清楚。

他说：庄小伟，这些日子都想些什么？

想……俺害死了人，罪大恶极，服判，不上诉。

哦？汤建惊了一下，问：这想法和律师说过么？

说过。

他怎么说？

他说上诉也是百分之百驳回。

百分之百无良。这姓陈的。汤建心里愤愤。刚要再问，却听庄小伟开口问：汤法官，你说能判我死刑么？

他咬了下牙，没放出声来。他是最有资格回答庄小伟问题的人，但他不能回答，这是职业操守，或者说是纪律。他打了个怔，反问了一句：你自己觉得呢，庄小伟？问过又意识到不妥，这一问不应出自法官之口。

好在庄小伟没有回答，深深埋着头。

他就想，明明可以判死缓，院领导怎么非要判死刑不可呢？不符合新司法精神嘛。参加审判委员会的董庭长回来也表示不解，说：原先认可死缓的分管刑事的郜副院长怎么忽然改了口径呢？舌头一翻一正就是一条人命呐。

他说：庄小伟，怎么判决是法院的事，你首先得认罪悔罪；当然也可以为自己辩护，争取从轻处罚。

是。

想想，还有没有对自己有利的话要对法庭讲吗？他启发说。

俺、俺不是故意杀人，是老奶奶自己从扶梯上滚下来的。还有，俺不是抢，是偷……

这些，他自然是清楚的。庄案不复杂，庄在商场的下行扶梯上，居高临下发现被害人的敞口包里有一个钱包，遂起邪念，行窃，生手不熟练，让被害人发觉，惊慌中一脚踏空，顺扶梯滚下，造成颅骨损伤，经抢救无效死亡。

他说：这个，法庭有你的笔录。再想想，有没有其他方面的情况？他继续启发。

庄小伟用手抱着光头，手指绷紧，努力要从里面挖出东西的样子。他应该清楚，法官在宣判前专程来问询案件之外的事情，足见这对自己生死攸关。

汤建等着，为减轻对方压力，他将目光移开，盯着墙上那幅"坦白从宽，抗拒从严"的标语看，心里想，此时此刻，这标语对庄已无意义了。他迫在眉睫的，就是找到"有利"理据来救自己的命。

汤建还等着，时间一分一秒过去，心中原本尚有的希望一丝一丝消散。

对了！庄小伟叫了一声，同时将抱头的手松开，合抱于胸，犹同已大功告成，从头脑里抓出了一根救命稻草。

说。汤建心中亦生起了希望。

庄小伟望着汤建，说：报告法官，陈律师对俺说……

他说什么？汤建问。

他说有重大立功行为可以从轻处罚，问我有没有。当时没想起来，说没有，可刚才想起来了。

你有立功？汤建问，却不太相信。因为若有这方面情况，狱方会及时告知法庭的，供量刑时考量。

俺救过人。庄小伟进而说。

哦？什么时间？什么地点？汤建有些兴奋。

是北京开奥运会那年，在俺村，那年俺十三岁。庄小伟说。

瞬间汤建被失望淹没，不由自主摇了摇头，有言道：好汉不提当年勇，作为罪犯的庄小伟，往日之功是不能为今日所犯来折罪的。

显然庄小伟并没想到这一点，他是法盲，但凡有这方面知识，当看到

命悬一丝

老太太滚下扶梯时不要跑,那样更能证实自己是偷不是抢,犯案的恶性会减一等。

　　庄小伟还原的当年情况是这样的——天热,他和村里的小伙伴去村东的荷花湾洗澡,凉快了以后又比赛游泳,看谁游的来回多。游着游着,别的孩子逐渐败下阵来,上了岸,他还在继续。这时来了一个到这村走亲戚的城里小孩,都认得,他姥姥管他叫一。一在湾边望着还在游的他,嘲笑地叫:小狗刨儿,小狗刨儿。他不睬,继续游。一又说:小狗刨儿,土死了,瞧我的。说着脱了衣裳,跳进湾里游起来。示范似的游起蛙泳、仰泳、自由泳……陡然,一惨叫一声,头沉入水中,整个人不见了踪影。他晓得一出事了,一个猛子扎进水底,将挣扎着的一拖出水面,拖到岸上……

　　庄小伟说:后来知道他腿抽了筋,没人救就上不来了。

　　见义勇为啊。汤建叹息说。

　　尚法官,这,算是立功吗?庄小伟抬起头,望着他问。

　　汤建一时不知如何回答。答案是有的,当然是立了功,还是一大功,救人一命胜造七级浮屠,问题是那时的功,不管今天的用。

　　庄小伟说:这件事全村人都知道的,都能证明。又问:是不是需要王天一本人……

　　王天一?

　　就是俺救的那个一,他姓王,叫王天一……

　　汤建"哦"了声,心里思忖:王天一……李天一,李天一的案子国人注目,司法界更甚,他和庭里的同事也多次议论过,除了案情,还有"天一"这个名字。小何说:天一,天下第一,从这个名字就能看出不是一般人家的孩子,气势这么大。老曲说:气势就是大嘛,他爹一嗓子喊出去传遍天宇啊。对于如何判决,大家普遍认为,凭他爹的名望,会获轻判。结果正相反,他是同案人中判得最重的一个。这又成为人人议论的一个焦点。后来从网上得知,另几个同案人的背景了得,不用喊,打个喷嚏也能地动山摇,天一与其相比,小巫见大巫。

　　回到王天一,汤建意识到这应该也是一个"不一般"的孩子,由此他另一个思路被打开。问庄小伟:后来见过王天一吗?

　　没有,他姥姥说,去美国念书了。庄小伟回答。

他父母呢？也去美国了？

没有，在北京。

在北京做什么？

他爹开公司当老板，他妈……

哦，标配啊，汤建心里说。不过他感到欣慰，既然是这种情况，出钱帮帮孩子的救命恩人，应该是……

他问：王天一他爹妈知不知道你救他命的事？

庄小伟想想，摇摇头：这个不晓得。

他姥姥是知道的了？

嗯，知道。

有什么表示没有？

表示？

感谢啊。

不用，不用……

我问的是感谢没感谢你？

没。

汤建吁了口气。

看来庄小伟没跟上汤建的思路，仍停留在原点，眼巴巴地望着汤建问道：汤法官，这个，到底能不能算立功啊？

应该算吧。汤建说。这么说是为了减轻庄小伟的心理压力。作为一名刑事法官，他十分痛恨罪犯对常人的残害，第一念头便是严惩不贷，替被害人申冤报仇，为社会除害。然而一旦深入案情，他的心情便渐渐发生变化。比如这个庄小伟，初次阅卷：在扶梯上抢劫，致受害老奶奶滚梯坠亡，照片惨不忍睹，应判死刑。而后信息扩展：该犯刚年满十八岁，穷苦，为买一张回乡的车票行窃，致人死非故意；还有……于是，他有所踌躇，最终意见为死缓。当审委会改判，他找庭长申辩，陈述理据。最后，庭长不得不向他交底：改判是分管院长力主，理由是今年抢劫杀人案频发，对社会造成很大冲击，故应严惩抑之。他反驳说，这不就是法理之外的"杀一儆百"么？庭长说，本案的特殊在于犯人无力赔偿，受害人家属死磕啊。他不为所动，不放弃，才来看守所"有枣没枣打一竿"，侥幸的是，这一竿应是打着了。王天一,庄小伟,一报还一报,理所当然啊。摆在哪里也是合情合理。他又吁了口气,想,有言事在人为,的确如此啊。

至此,汤建觉得已没必要再与庄小伟论究立功不立功的问题,便大体谈了谈自己的想法。又问了一些相关问题,便结束了这次问询。

二

车上,他接到妻子花花的短信:忘了吗?今天是秀秀生日。他会心一笑,看看手机上已下午5点,回去正当时啊。

赶回岳父母家,秀秀在那里,生日自然在那里过。进门,花花和儿子涛涛前后脚到,带去生日蛋糕和秀秀爱吃的糖炒栗子。岳父亲自下厨做秀秀爱吃的红烧肉拌饭。只听岳父母卧室的门"砰砰"地响,岳母说,秀秀闻到香味了,要出来。岳父在灶上说,做好了,请出来吧。涛涛去开门,一只狮子狗从里面走出来,跳到餐桌边自己的专座上,端坐等候,一副贵妇人派头。一家人笑呵呵地围过来,涛涛带头唱起《生日歌》,一家人拍手紧随。欢笑中,秀秀开始大快朵颐,斯文尽失。汤建心想,调教得再好的狗,终归也是畜牲啊。

秀秀吃好了,岳母用餐纸给它擦擦嘴,生日算过完了。全家人开始吃饭,除了提前拨出来的红烧肉外,还有用空气炸锅炸得焦黄的带鱼,这是涛涛最爱吃的。虾仁炒蒜薹,这是花花的菜。猪肉大白菜粉条,这是汤建百吃不厌的家乡菜。为此不断遭到花花的嘲笑,说他是不变的庄稼人的胃口。开始,他很反感;后来认为花花并没有说错。每逢春节,各类上品菜一大桌子,他还忘不了吃这一口。这就是应了那句"橘生淮南则为橘,生于淮北则为枳……水土异也"的话了。花花是生在城里的橘,他是生在乡下的枳。本两不相干,可毕业工作后,经人介绍,橘枳结为连理,不谐便渐渐表露出来。而花花强势,尽管汤建作了顽强的反抗,终是败下阵来。该争的也不与她争了,以沉默应对。日子便平静下来,"沉默是金"在此得到印证。

吃了一会儿,花花放下筷子,笑盈盈说:爸、妈,报告一个好消息,我考到律师证了。

除了涛涛,其他人都怔了一下,一齐望向花花。岳父问:花花,你在安达干财务不是干得好好的么，咋还考律师证？

花花说：转行当律师啊。

岳母说：当律师不错呀。

岳父瞪她一眼，转向汤建问：这事，你知道不？

汤建不知该如何回答。一年前花花与自己说过，要读一个司法班。他明白她的意思，第一个念头便是不可。不知从什么时候起，法官的配偶或家人纷纷进了律师楼，打什么心思昭然若揭。有人调侃说：肥水不流外人田呐。很快便出了问题，最典型的是某区法院院长与在某律师所当主任的老婆东窗事发，双双入狱。他极力反对花花的做法，可花花不听，照考不误。一是无奈，另外，这些年挤这条道的人很多，越来越难考，他不相信她能考出来。可怕什么来什么，她竟然如愿了。

他只能说：知道。

岳父把筷子拍在桌上，吼：你们是好日子过得不耐烦了是不是？

他不吭声。心想，训得好。

花花却不听这套，说：爸，你喊什么？这种情况很多，法律没明文规定不可以。

岳父横了她一眼，说：没明文规定也不行，不想想人家会怎么看。一个判案，一个当一方辩护，无私也有弊啊。

花花辩驳：各人遵循各人的职业道德呗。

岳父说：如今，连人性都不讲了，还讲什么职业道德？有些当官的几百万几千万几个亿地贪，心里有职业道德么？少来这一套。

在汤建眼里，岳父是个极其温良的人，总是笑眯眯，他这么大发雷霆还真没见过。他晓得花花这事办得让他愤怒，难以容忍。

花花不吭声了。

汤建说：爸爸，你这火发得对，有道理，回头我说说花花，这样的夫妻店绝对不能开。

花花哼了声，站起身朝涛涛嚷：走，咱回家！

汤建自然也得走。

刚进门，陈律师来短信：有新作发圈里，请指正。他"腾"地上来了无名火，代理的人要判死刑，你他妈还有心思写狗屁诗。在沙发坐下，他给庭长拨了电话，讲了今天见到庄小伟发现一新情况，待明天上班详细上报。挂了电话，他才上了微信朋友圈，果然最上面有陈发来的诗歌。"放歌"的是一种仙草药膏，诗曰：仙人号曰候庭泉，草药产自滇西南。谱出风云交响乐，写下医疗新诗篇。骨疼忽闻寸草心，病愈下榻步履健。传世良药除顽疾，奇效惊世美名传！

尽管心头有气，居然被陈诗逗笑了。油然想起前些天从网上看到的一则笑话——某女夜遇劫匪，颤抖着说："大哥，我是写小说的，四十多岁了，工资还不到三千，逢年过节连奖金都没人给发，送礼的也没有，你看这是我的中国作家协会会员证。"劫匪闻听痛哭流涕，"姐姐，俺也有这证，写散文的，快三十了无房无车，娶不到老婆才出来做匪的。你走吧。对了，边上那条路千万不要走，更凶险，全是写诗的，都穷疯了！"

陈"穷疯了"才写这种广告诗么？非也，陈是他们律师所合伙人，收入不菲，还是几家单位的法律顾问，固定收入也不低。论究起来，陈当是人们戏称的有"诗歌癖"吧。

他给陈发了短信：明天下午庭里一见，有事协商。

陈即刻回复：明晚如何？老地方。

陈要请吃饭，老套路。

他回：明晚有事，还是下午。

汤大法官赏点面子嘛，是安华老总请客啊。

他知道，陈是安华公司的法律顾问，曾试图在他与安华中间搭桥，他未响应。社会上说中国律师的硬功夫是拉法官下水，多少法官被律师溺亡，下场悲惨。

他不客气了：省省吧。

挂了电话，起身进到书房打开电脑，他想从网上查查各院有关杀人案赔偿数额的情况。

三

在院大门外下了班车，见一辆本院的警车从远处开来，拐到后面的门。他晓得是从看守所提来了犯人。三庭上午开庭，是政法学院同学兼好友何彬审理的案子，嫌疑人是外省落马高官，属异地审理。何彬说这个案子让他焦头烂额，其实不说也想得到。

在庭长室见到董宝川庭长，董庭正在打电话，边讲边示意让他坐。坐下后眼望窗外，干什么吆喝什么，董庭在和人谈案子，似乎是区法院上诉到中院的案子。他也懒得听，只想着自己这案子怎么与庭长讲。

董庭讲完电话，问他：小汤，你说的新情况是什么？能影响量刑么？你是知道的，经审委会定下的判决不会轻易改变。他赶紧说：这个我知道，可这新情况很重要，应该能免庄小伟一死。

董庭摇摇头。

汤建讲了庄小伟当年救了王天一那件事。

听着，董庭打了个哈欠。

他晓得董昨晚喝了酒，董喝酒海量，院里无人拼得过。他自己调侃说：死了泡在水缸里，过几天就是一缸董酒。

说到哪儿了？董庭问。

王天一在水里抽了筋，沉下去了。

是庄小伟把他救上来了，是不是？

是。

那是哪年的事？庄小伟多大？

2008年，他十三岁。

可他犯罪时已经过十八岁了。

汤建意识到董理解错他的意思了，酒精还在他脑袋里起作用。喝了一口茶，他说：我知道，我是说他救人立了功……

董庭寻思一下说：是有功，那时的功，现在顶个屁用？能抵罪？法律上可没有这一条。

汤建说：我知道，我的想法是……

他斟酌着说法：我的想法是，他立这功，受益人应该买单……

受益人买单？

对，现在这个时候，受益人应该出资，替庄小伟赔偿受害人。从目前情况看，恐怕只有这一条能免庄小伟一死。

董庭想想说：应该是这样，能得到受害人家属的谅解很重要，而拿钱才能买谅解。问题是人家能认这笔老账吗？

汤建叹了口气，董庭总算跟上了他的思路，他说：老账也是账啊，应该认的，何况是有钱人。

有钱人？

对，被救小孩的爹是一家大公司老板，钱不是问题。

董庭浅浅一笑，说：这就难讲了，不是有越有钱越抠门一说么？

汤建说：我们可以对他晓之以理动之以情……

董庭：我们？我们法院？这可是律师的工作啊。

他刚要讲院里指派的那个陈律师不给力，又把话咽回去，说：我已经约谈律师，把这事交给他去做。

董庭说，那得快点，否则……

他明白董庭的意思，按惯例春节前要集中"执行"一批死刑犯，便说：一定一定……

四

汤建不想给陈凯口好气，开门见山：陈律师，知道你忙，可人命关天，还是把你请来。我昨天去见了庄小伟。

是吗？他怎么样？陈凯问。

这话应该是我问你呀！陈——律——师——汤建生硬地说。

陈凯：……

汤建说：庄小伟很悲观，说若判死刑将放弃上诉。这，你晓得不？

陈凯迟疑一下说：他倒是对我讲过这想法。

汤建问：作为律师，你给过他什么建议？

陈凯说：这不用说，我对他讲，应该上诉，这是法律赋予的权利。

陈、庄二人口调不一，是哪个说了假话？但他不想纠缠这个，继续说下去：昨天去，庄小伟说了一个新情况，可能会给案子带来转机。

哦？汤建把情况讲了讲，刚讲完，陈凯的手机响了，欲接，看看汤建，似乎又觉不妥，把电话扣死。

汤建说：作为庄小伟的律师，面对这新情况，我想听听你有什么想法。

陈凯沉吟一下，说：也只能死马当活马医了。

汤建觉得这话刺耳，问道：庄小伟是死马？

陈凯苦笑笑，说：汤法官你心里比我清楚，合议庭的死缓意见被审委会否了，定立即执行。这种情况你们合议庭都没辙，律师还能有什么作为？法院啥时候拿律师当盘菜了？

汤建承认陈的牢骚有一定道理。在审判过程中，律师总是处于下风，不被法官正眼看，辩得再好，也不敢保证会被法庭采纳，特别是上面定了调子的案子，想翻案难于上青天。

陈凯继续发牢骚：我就奇了怪了，不偏不倚，庄小伟判死缓属合理量刑，没人辩护也应该这么判，是偷不是抢，只是地点选错了，被害人才滚落致死。另外，他初犯认罪，刚十九岁，还是个孩子……

汤建清楚，事已至此，说这些是梁山泊的军师——无用，赶紧把话头引回，说：许多情况下，还是事在人为，所以要发挥人的主观能动性。

陈凯：也是。

汤建不讲话，看着陈凯，希望他能讲出自己的思路。

陈凯说：汤法官，你干了我的活，谢谢您，下面该我了。

汤建还看着他不讲话。

陈凯说：第一步，找到王天一的爹。

主观能动性是在看到希望的前提下方能发挥作用。三天后，陈凯又来到汤建的办公室报告情况：他驾车行驶300多公里去到庄小伟家乡——沂山脚下的一个小村，见到了王天一的姥姥和姑姑。说到当天王天一被救的事，两人竟一齐否认，他不知是咋回事？就想，是不是庄小伟为了立功编造出来的救人事迹？

不会。汤建断定说。你没问问村里人？他们应该知道的，救人不是件小事啊。

陈凯说：是的，我问了，很多村人都知道有这回事，显然是王天一的姥姥说了谎。可为什么隐瞒事实呢？我觉得她是不想让女儿女婿知道这件事，那会怪她看护不周。我又去找她，告诉她庄小伟犯了法，要判死刑，要是真救了人，算立功，就能免一死。听我这么说，她就说了实情，还说当年小伟救了一一的命，今天也应该救小伟一命。我要王老板电话，她也给了。

汤建问：给王老板打电话了？

陈凯说：还没，电话该怎么打，我得听听你的意见啊。大老板个顶个牛逼，一句话弄拧了，就难拧回来，事就砸了。

想想又说：要不你打吧，法官的话有分量，人家会重视。

汤建无语。

五

晚上回家，根据陈凯提供的信息，他从电脑上查询王天一他爹王老板的相关信息，百度告知：王自然，男，1968年3月出生。北京泰达置业董事长，经营地产、医药、家用电器、化工等产业。有公司地址、网址、电话。自是没有家庭电话及本人手机号码，这不要紧，这些陈凯已提供，只要没飞出地球就能找着他。

花花进屋，他问：宝宝睡了？

花花"嗯"了声，听声调不顺，当还是秀秀过生日那天的底火。果不其然，她问：姥爷给你打电话了没有？他说没有。

花花一直冷着脸，说：我得和你谈谈。

汤建问：什么时候？

花花说：现在。

汤建说：现在不行，有个电话要打。

花花说：不要把工作带回家。

汤建说：没办法，这个电话只能晚上打。

花花问：什么电话只能晚上打？有小三了？

汤建：弱智了不是？有当着老婆的面给小三打电话的？

花花也忍不住笑了：那是啥鬼电话？

真是鬼电话。接着他把庄小伟案子的情况简要对花花讲了，又告诉她这个电话就是打给能救庄小伟一命的老板。把花花惊得直眨眼，说：一条人命就这么飘忽不定，不是生就是死，多可怕呀。

汤建说：什么叫命悬一线？这就是了，所以你要知道，法官、律师不是那么好当的，不是考出证来就大功告成啊。

花花不言声了。

花花退出后，汤建先拨了王老板家庭座机，没人接。他想这个时间段应该是在外应酬的，旋即又拨了手机号码，响铃迟迟不接，直到关断。他想当是防止干扰静音了，就作罢。座机铃响，接起来一听是何彬，心想，这家伙被手头的案子弄得焦头烂额，还有心思闲聊？何彬没任何前奏，说：快看凤凰新闻，那个昌大校长一审判无期。他应了声迅速找到，两则，一是受贿3000余万被判无期的，二是包养20余个情妇的官场花边。他不由得笑起来，电话那边的何彬问句，奇葩吧？他说真奇葩。何彬说：我就怀疑在中国当官当久了，脑子就坏了，不再有正常人的思维。这个校长贪财贪色，理直气壮，没有半点愧疚，说什么男人就要征服世界，就要征服女人，这方显英雄本色。他嘿嘿地笑，问：你那个副省级干部怎么样？认罪么？何彬愤愤地说，非但不认罪，还全面翻供，说先前的口供是逼供信。他说：这样你们就有麻烦了。何彬愤愤地暴粗口：百分之百的王八蛋。

扣死电话，汤建看看墙上的钟已过10点，觉得王的饭局该结束了，便再打过去。照旧，响铃不接。他纳起闷，这怎么回事呢？有钱人的习性总让人摸不透。

算了。

六

中午，汤建、陈凯还有合议庭另一位审判员辜小飞一起，登上赴京的高铁，专程去见王天一的爹——王老板。

晚上睡了一觉，他端的有了新思路：别说电话不好打，我是打通也难以把事讲通，权势人物喜欢一言九鼎，一旦遭他拒绝，就鸭巴子吃筷子，转不过脖来了。所以上班后与合议庭另外两位同事沟通，要想把事情办好，还是去趟北京面见王，就请示了董庭长。董尽管不以为然，还是同意了。事不宜迟，带上陈、辜二人便直奔火车站，买了票上车。

除了春运，平常坐火车是很顺当的。票好买，车跑得快，车窗外景物"唰唰"后退，感觉像飘，车厢内整洁，空荡。汤建心想，若不是带着一桩生死攸关的特殊"任务"，旅行本身是一件很爽的事啊。这么想着，不由得叹了口气。

在公共场合案子是不宜谈的，就你一句我一句瞒天过海地拉扯。很快陈诗人将话题引到诗歌，顿时喜形于色。小辜问陈，怎么写诗的人行状都和常人不一样？陈反问句：一样怎么能成为诗人呢？诗人就是要特立独行。汤建想起了陈凯的广告诗，问：那诗，药厂是要付费的吧？陈凯说：当然，如今哪有干磨指头的事。小辜问给了多少？陈凯说：商业机密。对了，他们还给了一些药，回去我分你们一些。小辜说：不要，谁敢吃？陈凯说：是真药，不是假药。小辜说：你试吃过？陈凯说：没有。小辜说：没吃敢替他们吹？出事是要负责的。陈凯说：我负什么责？那是文学，可以虚构。汤建问：我只知道小说可以虚构，诗也可以？陈凯说：飞流直下三千尺，疑是银河落九天，不是虚构？寂寞嫦娥舒广袖，万里长空且为忠魂舞，不是虚构？小辜说：夸赞与虚构是两个概念吧。

一路闲扯，就到了天津站。陈凯问：到北京我们住哪儿？汤建说：找个离王老板近的地方就行。陈凯说：可以，那里靠西单近，我请你们吃正宗烤鸭。咱那儿的店虽然挂着北京烤鸭的招牌，味道差多了。汤建没接茬，却在心里笑，想：律师个个是美食家。美食作诱饵，在餐桌上摸爬滚打……小辜说：一直没联系上王老板，会不会扑空？陈凯说：大冬天他能跑哪儿？小辜说：要不现在给他打个电话，提前打个招呼，也算礼貌。汤建想想说：好。就掏出手机拨号，手机刚对上耳朵，他"哦"了一声，向陈、辜示意通了，两人一齐屏声。

是谁？雄浑的男京腔。

您是……王总吧？

昨晚你的电话？

是的是的，王总没接。

你是……

我是海城中院……

哦？海城中院？

听声音王老板有些吃惊。

对，我是海城中院。

找我有事么？

是的，有事想和您商量。事有些急，昨天没打通，今天就到北京……火车快到了。

这样啊，可我不在北京。

汤建瞪大了眼，望着陈、辜。什么，不在北京？那在哪儿？

就在你们海城啊。

您什么时候到的？

前天。

什么时候回北京？

得在海城住几天。哎，你们找我有什么事呢？

啊！啊！一句两句说不清，我们返回，回去联系您。对了，王总您住哪家酒店？

香格里拉。

挂了电话，汤建不住地摇头。陈凯、小辜也哭笑不得。

陈凯说，看来这是个别扭的主，昨天要是接了电话，哪用得着咱们跑这趟？

小辜点点头：我估计这事不会顺利。

车进了北京站，出站后接着买票。再进站跳上对开海城的列车，沮丧伴随着整个返程……

见到王老板是第二天下午，约定在香格里拉咖啡吧，请王喝咖啡。反常的是被请的王先到，站起来与汤建、陈凯、辜小飞握手，并自报家门：王自然、王自然。第一印象王是个谦和的人，衣着朴素，没有财大气粗的阔人派头。汤建说：王总不好意思，我们迟到了。王说：不晚不晚，你们路远，我下了电梯便到。对了，喝点酒怎么样？汤建说：工作时间，不能违反纪律。王说：好的，咖啡喝哪种？蓝山、卡布奇诺？

王自然的反客为主让汤建不自然起来，不过倒松了一口气，今天的事已有几分把握。他看看陈、辜，二人也露出欣慰的神情。

从昨天的失之交臂谈起，王连连道歉，说：罪过罪过，令各位空跑一趟北京。昨晚倒真是喝多了，一夜不省人事，一觉到下午，才发现有未接来电。

汤建说：理解，理解。王总不要客气。又问：王总来是生意方面的事么？

王自然说是生意也不是生意，恰切地说是一个朋友遇到了麻烦，过来照应一下,看能不能帮上什么忙。说毕叹息一声：唉,头痛啊。汤建知道不便再问了,便转向陈凯,说：陈律师你说说情况吧。

　　陈凯点点头,然后言简意赅地讲了庄小伟的案子,讲得王自然一头雾水,问：这案子与我有关系么？

　　陈凯说：应该说没有,也可以说有。

　　哦？王自然看看陈凯又看看汤建。

　　陈凯说：本来这案子与王总没有关系的,我们只是觉得那个庄小伟可怜,希望王总能帮帮他,给他一个重新做人的机会。

　　王自然满脸疑惑：让我帮一个死刑犯？可总得给出一个理由吧。

　　陈凯：我也说不上什么理由,只是有一个情况。

　　王自然看着陈凯：什么情况？

　　陈凯却不看他,说：情况是庄小伟曾救过令郎王天一的命。

　　王自然不住地摇头,说：这怎么可能。——六年前就去美国读书了。

　　陈凯说：这事发生在他出国前,奥运会那年,去姥姥家,在湾里洗澡,抽筋了,是庄小伟把他救上来的。这事,王天一回去没讲？

　　王自然继续摇着头,说：没讲。如果发生了这事,他应该会讲的,——是个诚实孩子。

　　陈凯：这可能与诚实无关,如果是出于某种担心顾虑,不愿讲呢？王总你说有没有这种可能性？

　　王自然不语。

　　汤建说：王总,为落实这事,陈律师专程去村里找过你岳母。

　　哦？我岳母怎么讲？

　　汤建：她承认有这回事。还有,村里人都知道的。

　　陈凯：当年在场的一个小伙伴还带我去村东的荷花湾看了看,详细讲了当时的情况。

　　王自然沉吟着,过会儿说：既是这种情况,我相信,不过我还得落实一下,问问——。

　　汤建说：当然。

　　陈凯问：打越洋电话？

　　王自然：还有微信,可那边现在是夜晚……

王自然想想又说：这不妨碍咱们往下谈。权当算是庄小伟救过一一。你们……如果我猜得不错，你们找我是确认庄小伟救过一一，想以功抵过，减轻对他的处罚，免一死？

汤建望着他，摇摇头：此一时彼一时，那时的功不能用来补今天的过。我发现王总是个实在人，我们就不应该对您不实在，得实话实说。眼前的情况，能让庄小伟免死，唯有得到受害人家属的宽恕。可这空口白话不行，下跪磕头也不行，得甩钱，可庄小伟……

陈凯接着说：一无所有啊！

明白，明白。王自然说，咱们喝咖啡，别凉了。

一齐响应，极品蓝山没喝出味道来。都在想，这王，明白了又会怎么样？能认这壶酒钱么？钱，对他不是问题，问题是想不想认。就是说庄小伟是好是歹，全在于王后面的这句话。

王自然站起身，说声：抱歉，我一会儿回来。

望着王自然的背影消失在大厅拐角处，三人交换一下眼色，都没吱声，端起杯一口一口喝咖啡。

没多久，王自然回来了，坐下后说：给姥姥拨了个电话，她说庄小伟是救了一一。请原谅，我不是不相信你们，可也需要落实清楚。这事弄清楚了，后面的事才好办。这样，赔偿款这块我出。

三个人的表情惊且喜，北京一个来回，换来这话也值。

陈凯站起身，与王自然握手，说：谢谢你，王总，我也替我的当事人庄小伟谢谢你。

汤建、小辜也与王握手道谢。

王自然说：感谢的应该是我，不是庄小伟救了一一，我唯一的儿子就没了。要不是你们把这事告诉我，我就是个不仁不义的人啊。

陈凯说，王总明理啊。

王自然说：情理之中，情理之中，无论谁都会这么做。对了，应该赔偿多少呢？

陈凯说：这没有规定数目，有待于与受害人家属协商。

王自然说：我明白，协商好了告诉我。

事情出人意外地圆满。出了香格里拉大门，三人互相看看，长吐了口气。

事至此，还有什么可说的呢？

生活总是会有问题的，这是一外国电视剧女主人公说的话，很透彻。应中国的一句俗语："摁倒葫芦起来瓢"，王自然那里谈好了，受害人家属那边却起了波澜，谈不拢。陈凯带回来的情况，简单说是这样——去世老人的一儿一女，本来对庄小伟的赔偿是抱有很大希望的，后来得知他是个穷光蛋，希望落空，便搞起了内斗，儿子拿走了老人的存折、现金，闺女拿走了老人的首饰，可都觉得吃亏，发生争执。陈凯这回去，正闹得不可开交。一方准备告到法庭，而待这回陈凯来再谈赔偿，便意识到有戏，遂停止内战一致对外，一致就是狮子大开口。

提具体数目了吗？汤建皱着眉头问。

没有，只说低于一个数免谈。陈凯说。

一个数，就是一百万了。汤建说，问题是王自然能不能接受。

我觉得问题不大，王天一的命可不止值这个数啊。陈凯说。

可不能这么说，此一时彼一时啊。如果王天一是此刻掉到水里，只有庄小伟能救，一千万他也肯出。汤建说。

这我相信。陈凯说，对了，他们还有个条件。

什么条件？

一手交钱，一手交谅解书。

操！汤建爆粗口骂道。

下面该怎么弄呢？陈凯问。

汤建叹口气说：还能怎么弄，问问王，对方提的数目认不认可。

陈凯说，要是王肯出，你得和我一块儿去和那家人家谈。

汤建问：为什么？陈凯说：法官的话有分量啊。汤建说：可这是律师职责范围的事，法官出面，怎么说也有些越位。陈凯说：问题是庄小伟的情况特殊，本来这种事家里人最急着张罗，可庄的养父母不管不问。上回我动员他们把镇上买的一处房子卖掉，替庄小伟赔偿，他们连考虑都不考虑，说那是给他们在镇上工作的儿子买的婚房，绝对不行。现在庄小伟有了这次机会，可不能丢失啊。所以……

汤建说：行吧，我的意见是先找受害人家属谈，尽量把数目压低，使王老板容易接受。

陈凯说：对，别把他惹恼了。

七

中午食堂吃水饺，汤建买了一份，端回办公室，上电梯时，何彬匆匆追过来，也端着一碗水饺，问：你那儿有大蒜吗？他说：有，来吧。

七楼是刑庭的地盘，汤建有单独一间办公室，配一张单人床，加班晚了就睡在这儿。这些年刑事犯罪猖獗，刑庭加班是家常便饭，特别是当了主审法官后，有时连续几周回不了家。

边吃边说起各自主审的案子，一是借机对某些拿不准的事征询对方的意见；二是压力大，需以吐槽的方式来释放减压。何彬这回审理的是"大案"，引起各方关注，甚至各种形式的干预。何彬发牢骚说：有言虎死有威，大人物成了阶下囚还威风八面哩。人刚解过来，各路人马便聚拢来，大有要劫狱的架势。

汤建说：劫狱不敢，却是各怀鬼胎，有的是案件相关人，自己或派人跟过来打探消息，以应对自保；还有的是哥们儿帮着前来搭救，运作，不能判无罪，也要最大限度轻判。

何彬说：可不是，现在的官员全部心思是一捞，二藏，三保命。解放初期张子善、刘青山区区几万块钱被判死刑，当被告知时张轻轻说了句，重了，确实是重了。可给出了一个法律尺度，再有人贪，也是小打小闹的。后来随着量刑尺度增大，贪的数额也水涨船高，几十万，几百万，以不被判死为原则。当后来修改刑法，经济犯罪无死刑，官员才长出一口气，能捞多少捞多少，案值几千万几个亿便层出不穷了……

汤建说：官员放下包袱轻装上阵，这是一方面；另一方面是贪者被查出的概率太低，要真像说的那样"伸手必被捉"，也断不会像如今这样大面积贪腐了。

何彬问：汤建，从内心讲，你怎么看贪腐无死罪这个问题？

汤建说：我说不好，很矛盾。

何彬点点头：我也很矛盾。问题在于，连我们当法官的都不能无条件地认可接受的法律条款，本身便很说明问题啊。

如这般务虚，是圈外人难以听到的事。而对于身为法官的他们，最终务虚必然要转为务实。何彬问汤建：你手头的案子怎么样了？

汤建讲了讲近期情况，随之叹了口气。

何彬说：你这么执着，是不是有些感情用事了？庄小伟毕竟置人于死地啊！杀人偿命是中国几千年的信条，院里改判也是可以的。

汤建说：不改判也是可以的，对于一条人命，两可之间应取其生，不是取其死啊。何况庄确有从轻情节。

何彬说：院里也是从大局出发……

汤建打断：从大局出发就应该杀一儆百？当年严打，犯点生活错误，看黄色录像，便拉出去枪毙，造成多少冤案啊，连许多法官心理上都承受不了，得了精神病。

何彬点点头：说得也是，苛法不得人心。

汤建说：苛是观念，实际是不公。就拿庄小伟来讲，他如果能拿出钱摆平受害人家属，就能保命。说明什么，同样的罪，有钱人可以从法网的网眼里钻出去，死里逃生。

何彬说：有钱开路，在监狱里也受到照顾，立功减刑，养尊处优，一老板不是在监狱里负责养花草么？不久就保外就医了。有这么一个传闻——一厅官被判刑入狱，不久保外就医，晚上出来遛弯，恰被一揭发过他的下属看见，以为是见了鬼，鬼找他报仇，吓得落了脏。

大蒜呢？何彬吃完了饺子才想起来的初衷，又解嘲地一笑。

八

新年一天天临近，每年这个时候，法院便不立新案，集中力量清理积案，能结的结，不能结的令其撤诉，过了年重新起诉立案。这有点像脱裤子放屁，可似乎成了惯例，谁都无奈。庄小伟的案子属公诉的重大刑事犯罪，检察院自然不会撤诉，还在当结之列。庭里几次催促合议庭择日宣判，名副其实地"催命"。汤建嘴上答应，却是阳奉阴违，转而催促陈凯加速与受害人家属联系，落实赔偿问题，一旦如愿，便以此向院里提出能复原死缓判决的理由，院里再坚持就没有道理了。

事情在陈凯那里耽误了几天，不早不晚，偏偏这当口他代理的一桩经济案在区法院开庭，他不敢掉以轻心，连日准备上庭材料。汤建只好等，心里却甚是焦躁。庄小伟这边一切均在不测中，拖不起。说起来，他与陈凯间，倒真形成"皇帝不急太监急"的局面。

冬至这天中午，陈凯来电话讲，区院那边的事暂妥，与受害人家属沟通，对方讲冬至是大节，不行，只能明天。汤建说：明天就明天，和他们定死。陈凯说：好。

下班前花花发来短信，两字：披，皮。换别人会一头雾水，汤建不会，他心领神会：是叫他买披萨和饺子皮。不知搭错了哪根神经，涛涛从小拒绝吃水饺，家里包饺子他吵着吃披萨，还没出国留学先练习吃洋食，未雨绸缪啊。

进门见涛涛在哭，一把鼻涕一把泪，很伤心。问了花花，方知是在学校里受了委屈，小组长拉拢全组同学孤立他。涛涛是小组长助理，负责收作业，小组长就让组员不给他，还朝他起哄。涛涛告诉班主任老师，老师也没好气，说他没搞好同学间团结。他更委屈了，回家就哭个不停。

汤建心里闷闷的，问：啥时候当了小组长助理？

花花说：刚上任两天。

汤建用鼻子哼了声：小组长助理？好大的官啊！前些天，花花就在他耳边嘀咕，说涛涛班级里搞竞选，班级干部——班长、班长助理，另有几个委员，下面是小组长、小组长助理。投票结果，涛涛当选一个小组的组长助理，负责收作业，很得意，也很敬业。只因小组长想让另一个同学给他当助手，没成功，便迁怒于涛涛，于是掣肘，让组员与涛涛对抗。

汤建想转移涛涛的情绪，提着披萨盒在他眼前晃。要在往常，涛涛看见披萨会立刻抢过去；可今天，看都不看一眼，依然伤心地哭。他觉得事情有些严重，应过问一下，便问：你告诉老师，老师怎么说的？涛涛抽泣着说：老师说还是我不好，不然怎么会全组反对我？他就来了气，说这是什么话！花花说，什么话，有成见呗。过教师节，我说在贺卡里夹上钱，你反对。后来打听一下，许多家长都送钱了，班干部家长送得更多。他说，不送钱就这样对待？那咱不当这个小组长助理了。涛涛，不干了，辞职。涛涛边哭边摆手：不，不。汤建说：辞了，咱不收作业了，让别人收咱的，更省心。涛涛更大声地哭，更大幅度地摆手，以示坚决反对。他不再说什么，却想起近期院里搞的中层干部调整，不由得叹了口气。

命悬一丝

在沉闷的气氛中，过了冬至节。汤建收拾好厨房（这是他分担的家务之一），到客厅跟在看电视的花花说：咱爹咱妈……花花打断说：是你爹你妈。汤建胸口似被顶了一下，努力压住，说：对，是俺爹俺妈，过几天要上来看病……花花说：来就来吧，我也没说不让来。汤建说：我的意思是商量商量来了怎么住……花花说：来看病，住病房里多方便啊。汤建说：住院也不是马上住得上，总得先落个脚吧。花花说：两间房子，怎么落脚？汤建说：要不和涛涛一起住？花花说：这怎么成，会影响涛涛学习的。汤建说：要不你和涛涛一屋，我和我爹妈住涛涛屋？花花不吭声，汤建就等着她的回答。在他们家，花花是一言九鼎的，凡事没她的许可不成，这也是像他这样的"凤凰男"的共同处境。比方何彬，他爹妈来，媳妇坚决不让进门，在附近的小旅馆租了一间房。何彬恨得牙痒，却也无奈。毕竟是个孝顺孩子，他在一星级宾馆租了个套间，让爹妈住进去。爹妈以为这就是儿子家，高高兴兴回去向乡亲们炫耀儿子当官了，房子阔得狠。

唉。汤建长长叹了口气，从沙发上站起身，向自己的"电脑间"走去，却又被花花止住，说，我联系了一下郑律师，他们所要我，我想先去干着，等熟悉了这一套，便去大所当合伙人，或干脆自己注册……

汤建清楚这个家目前的一个"大题目"回避不了，便坐回沙发，说：上回姥爷姥娘的意见是值得考虑的。我在法院，你当律师，让别人说闲话。

说就说，这年头，就是肥水不流外人田嘛，有什么可避讳的？花花说。

这不妥，十分不妥。汤建连连摇头说。

不妥？那我问你，涛涛长大没房，找不着老婆，妥不妥？

涛涛还小……

乡下人的短视。

不是短视，是鼠目寸光。

对，就是鼠目寸光。花花针锋相对。

好，我不讲了。汤建说，站起来进了电脑房，却没打开电脑。

怔怔地坐着，心里翻江倒海。想，他妈真正鼠目寸光的是女人，是花花这样自以为是却蠢如猪的女人。强势，蛮不讲理，岂不知在制服人之前，先毁了自己的生活。都说男人有钱就变坏，摊上这样的老婆，不变坏对不起她。比如何彬移情别恋，正是基于对强势老婆的反抗。

不平的情绪愈来愈烈,怎么也不能咽下这口气,起身回到客厅,口气生硬地说:你拿了证,也不能当律师!

花花把眼光从电视上移到他身上,盯着问:你是下圣旨么?下圣旨你没这资格,干了快二十年法院,连个副庭长都没干上,还……

你……汤建一时说不出话来,气得嘴唇直哆嗦,这是他的软肋。

一吵架花花就拿这个说事,可这是事实,他难以反驳。年年评先进,可提拔总没他的事。后来他明白,先进是群众评的,提不提拔是领导定,两股道。所以这回院里大张旗鼓选拔中层干部,许多觉得差不多的人忙于做工作,他无动于衷。

他吁出一口气,说:我当不上庭长也是法官,你是法官的老婆,就不可以当律师。

拿出文件看看。花花说。

没这文件,可院里的内部原则——这样的法官不能提拔。

我还没当律师呢,你怎么就得不到提拔?花花顶了句,弄得汤建哑口无言。心里恨恨地想,这娘儿们倒是长了一张律师嘴啊。将来有一天对簿公堂,还真辩不过她呢。

花花把眼光又对向电视,嘴上宣告:律师是一定要当的。你要怕受影响,离婚是条路啊。

汤建没接话,心里却想,若不是看涛涛可怜,十次婚也离了。

这时手机在电脑旁响了,他赶过去接,是陈凯,问明天谁开车。他说:我开。陈凯说:对,法院的车不怒自威啊。

九

在法院门口,陈凯上了汤建的车,小辜坐副驾座。汤建问陈凯:庄小伟写给受害人家属的赎罪信带了吗?陈凯"啊"了声,说:忘了,走得急忘了。小辜讽刺:当官掉了印啊。汤建说:回去拿。陈凯说:拿也是白拿,上回我拿出来人家连看都不看,这东西真没用啊,人家盯着的是钱。小辜说,这倒也是,时间紧,走吧,头儿。汤建没再吱声,踩下油门上路了。

受害人是市郊卜家庄人,村民以农渔为生。这些年,城市向四周扩展,卜家庄就成了城中村,拆迁每户都分得多套住房,将多余的房子出租,就可以坐享其成，不用劳动。受害人的男人早年出海遭遇台风，没能回来，受害人历尽艰辛将一儿一女抚养成人。儿子卜万成曾是村里的民兵连长，现在接近退休年龄。闺女卜万华嫁在本村，如今俩人都是儿孙满堂。

汤建是在庭审时见到卜家兄妹的，他们情绪相对平和，没有过激行动，给汤建留下不错的印象。只是后来死磕庄小伟死刑立即执行，令汤建怏怏。

卜家庄被铲平后，前面建了一个大型商厦，后面建了居民小区，用于安置原村居民及商业出售。周围环境很好，卜家庄人在这里过上了悠闲的日子，用他们自己的说法是天天过年。吃饱喝足还有娱乐的地方，茶楼、棋牌室以及供老年人打扑克的亭子。卜家兄妹住的那座楼靠近一茶楼，协商就在茶楼进行。

快到目的地时，汤建看到那所高耸入天的商厦，二楼的超市便是受害人遇害的地方，换句话说就是庄小伟作案的地方。公安侦查卷给出的情况是：庄小伟逃出商厦后慌不择路，直往东郊奔去，街头"天眼"捕捉到他逃窜的身影。当跑进一片野地，没了录像，人就消失不见。警察就拉网搜查，一无所得，人像钻进了地里。无奈，便采取通常的倒查的方法，寻找到了庄进超市前的录像。以此为起点，往来路以远查看，就查到繁华区一处为楼房加装贴砖保暖层的工地守候，将摸黑回来取行李的庄逮个正着。一床破被子，换来一副锃亮的手铐。人穷志短，马瘦毛长。

陈凯来过这里，指挥汤建把车开到茶楼前面，进入二楼一间茶室，见卜家兄妹已候在那里。与法庭见时，汤建觉得二人神情平和多了，时间确实能改变一切。陈凯作了介绍后，大家握手落座，以东道姿态的陈凯问兄妹喝什么，二人说不喝。陈凯笑说：二位别客气，进来了，想不喝都不成。卜万成说：那就茶。

理所当然由陈凯作开场白，他望望卜万成又望望卜万华说：大爷大姨，上回咱们谈过，我回去向法庭报告了情况，法庭很重视，所以今天汤法官和辜法官亲自来，目的就是取得共识，把问题解决好，争取双赢结果。

服务生递来了茶，放在桌上。小辜说：你忙你的吧，我们自己来。待服务生走后，小辜就担当了服务生角色，为每人斟了茶，放在面前。

喝吧。汤建端杯向卜家兄妹致意，自己轻轻啜了一口，放下杯后说：在法庭上没机会向你们表达对不幸过世老人的哀悼，以及对你们家属的抚慰，今天就用这个机会补上，诚心诚意。十分理解你们的丧亲之痛，也希望你们节哀，生活还要继续，一切向前看。

陈凯附会：对，向前看，向前看。

汤建能听出陈凯的潜台词：不要向钱看。他的心端的沉重起来，恰恰是一个钱字，搅腾得生活那么浑浊，人心那么暗黑。作为一个职业上抄"生活"底的法官，他几乎没遇到过与钱无关的案件。即使对极力想免其一死的庄小伟，他也是心怀憎恨，他想救的不是这个有罪的人，而是一条生命，活鲜的生命。

他说：前面的事情咱们都清楚，在这儿不重复，直接就说赔偿问题吧。本来，这事是谈不到的，想谈也谈不到，因为庄小伟穷，不穷也不会为一张回家的车票铤而走险。当然，我们也可以拿工程队是问，让他们补发欠薪，这不难做到，可就算补发个万儿八千也是杯水车薪，解决不了问题。说白了，你们家属不会答应，是吧？

他顿顿，想等卜家兄妹接话，却没有。二兄妹相互看看，紧闭着嘴巴。

他继续说下去：这是现状，谁都没办法，我们法院也没办法。就是说如果没有转机，庄小伟只有为自己的罪行伏法，过不去这个年。

卜万成按捺不住，说：上回陈律师讲事情有了转机嘛。

他说：对。

他脑袋快速旋转，要不要把"转机"的全部过程讲给他们听？即转机是从庄小伟从前的救人之功转换而来。想想，觉得还是讲出来好，王老板的知恩相报好情怀，也许会"转换"成他们对庄小伟的怜悯，或者说会减低些庄买命的价码。

主意一定，便说了。

卜家兄妹似乎都有些怔，过了许久，卜万成说句：原来是这样的啊。

卜万华说句：那王老板心眼还不坏，不认账谁也没办法啊。

汤建点点头，说：对，有句话叫人心都是肉长的，富人也同样啊。

卜万华点点头。

卜万成说：汤法官，我明白你的意思，你说吧，这事咋办？

汤建心头一喜，说：还是我刚才说的，咱们协商一下，协商出一个可行的赔偿数额。可行，就是王老板能接受。

卜万成打断问：王老板讲没讲他能接受多少？

汤建说：没有。但有一点，你们上回提的百万以上，这数目怕难以接受。

卜万成问：一百万多么？又自己回答：不多，他儿子的命可不止值这个数。

汤建说：没错，不止值这个数。可此一时彼一时，要是现在有人把刀架在他儿子脖子上，向他要一千万、一个亿，只要他有，一定会毫不犹豫地往外掏。

这时，小辜被服务生叫出去，回来塞给汤建一个纸条。汤建扫一眼，上写：卜家老太太有癫痫病。他装进口袋，心中愤愤想，这一对庄小伟有利的情况，陈凯本应调查得到的，有言"群众的眼睛是雪亮的"，而这陈却热衷于写狗屁诗，把该干的忽略了，他不由得瞥了陈凯一眼。

陈凯有所误会，以为汤建让他接着往下说，于是便开口道：卜大爷、卜阿姨，汤法官说的是实情，虽然王老板不是忘恩负义的人，可要是让他觉得你们是在讹他，以有钱人的脾气，一翻脸，一个子儿也不会出，信不信？

卜大爷、卜阿姨没回答信还是不信，只相互看看。

汤建心想：陈凯这话倒是有力。希望卜家兄妹能受到触动，或者说担忧，面对这一现实。

可没有，卜万成黑了脸，恨恨说：他有钱人脾气大，俺平头百姓脾气也不小。还是那话，他出不够数，免谈！

陈凯问：这样吃亏的是谁？是王老板，还是你？他一发脾气，省了一笔；你一发脾气，丢了一笔。

卜万成不吱声了。

卜万华试探地问：那么要多少不能把他要毛了？

陈凯说：这个谁知道呢，看他的心情了。心情顺溜，给你四十万五十万，心情不好呢……

卜万成打断：哈，俺老娘一条命就值个四十万五十万？开什么玩笑？

陈凯说：这是往多处说，要给个二十万三十万呢，你要不要？

卜万成：不要！四十万五十万也不要！

陈凯问：那么他给多少你能要呢？

卜万华说：这个嘛……

卜万成担心妹妹言说有错，连忙说：俺们不是说了么，健健康康一条命，低于一百万免谈。

又回到原点。汤建心里有些窝火，顶了句：真是健健康康的吗？据我们了解，老人家是有病在身的。

胡、胡扯，卜万成有些急，你讲清楚，有啥个病？

癫痫。汤建轻轻说。

卜家二兄妹瞪大了眼，包括陈凯。

卜万成有些急，问道：你们去医院查病历了？

汤建没回答，也无须回答。只是看了陈凯一眼。

陈凯说：法院完全有权力在全市、全省、全国追查事实。

卜万成承认了事实，说：俺妈是有这病，可有病庄小伟就无罪了么？

陈凯说：有罪，但情况就不一样了。

卜万成问：怎么不一样？

陈凯说：这个你问问二位法官吧。

卜家兄妹把眼光转向汤建和小辜。

小辜说：陈律师，你通法律，还是你讲吧。

陈凯说：行，我说就我说。你们的母亲有可能是惊吓中犯了癫痫才滚落下去致死，作为庄小伟的律师，我会向法庭申明。

卜万成说：就算是这样，癫痫也是因为庄小伟的犯罪行为引起的。

陈凯说：这和直接推下去，情况就不一样了。

卜万成问：咋的不一样？

陈凯说：量刑不一样。也就是说，即使你们不给出谅解书，法院依然可以从轻处罚，判死缓甚至无期。

卜万成哑然，验证似的看看汤、辜二法官，后者表情淡淡。

陈凯说：这样，到手的钱你们是要还是不要？

十

苍蝇也是肉，何况这笔钱能买若干吨的肉。最后停留在六十万人民币这个数目上。

卜万成又提出加六万，六十六万，六六大顺。汤建应了。

离开茶楼，小辜开车，汤建迫不及待地给王老板打电话，讲了与受害人家属商定的赔偿数目。王说可以的，让他给个账户，让北京的公司打进去。大家松了口气。

回到院里，汤建立刻找到董庭汇报，董庭用鼻子哼了声，说：算识时务的，不然一分钱也拿不到。又说他会把这新情况向院里汇报，争取……董没再往下说，可他清楚争取的是什么。

回到办公室，汤建有些疲惫，更多的是兴奋，身体与精神脱节，他想到那个从天而降又起了关键作用的字条，不用说是知情人出于对卜家的恶意透露出来的。恶倒生出了善果，也是生活的怪异。小辜没见到这个人，是服务生转交的。没自报家门，只说交给法院的同志。该提供情况应该是真实的，能否起到陈凯吓唬卜家兄妹那种作用还很难讲。好在己与卜家达成了协议，且王老板已认可，这一条就不重要了，只等钱来了去换回庄小伟的救命书。有了这个，院里也就不会坚持原来的意见了。

有电话来，座机，是郑律师，也就是花花欲以投奔的宏程律师所的郑主任，一听是郑的声音，他立即清楚为何事。果然，郑说到花花的要求，并立即向他表态：大哥，我们欢迎嫂子前来加盟，没问题，一点问题没有。

是没问题。哪个律师所不希望有个法官的老婆当卧底？便生硬一笑：郑主任，你没问题，我可有问题啊！对你讲，这事不行。

郑说：大哥我明白你的想法，可你见外了，到老弟这儿还不放心么？

他说：不是放心不放心的事，是原则。

郑说：没原则这一说，这种情况不是很多么？

他说：别人我管不着，我只管自己。

对方不言声了。

他意识到自己的态度有些生硬，和缓些说：小郑，谢谢你的好意，既然你叫我大哥……

郑打断说：你是我永远的大哥。

他说：那就听大哥的。

郑说：我当然听大哥的，可嫂子那边？我已经答应她了。

他说：找个理由，变卦，或者干脆说我坚决反对。

郑说:好,我听大哥的。其实我是好意,你知道的,我欠你老大一个情,一直想……

他说:好了,小郑,别说这桩事了,我还有事,挂了。

中午,在食堂遇见何彬,所谓遇见就是会合,面对面坐一张餐桌,边聊边吃,吃完聊完。都知道他俩是同学兼好友,习以为常。

何彬低声说:倒霉了,倒霉了。

何事惊慌?

小廖那个了。

哪个了?

怀上了。

做了没?

做了。

这不结了?

没这么简单。

简单?莫非你们想生下来?

不是。

那是啥?

让李山山发现了。

哦,这麻烦了。她想咋?

说要找院领导。

早警告过你,这一套不好玩,早晚不利索。

现在说这个没用,没后悔药。有,一定吃。

要我做啥?

请嫂子出出面,她俩好,劝山山别把事闹大。

时机不对。

你俩吵了?

可不。

那咋办?

回去,我见机行事吧。

Ok, Ok

没有 Ok，傍晚下班前董庭把汤建找去，告诉说何彬老婆已在院领导处控告了何彬。汤建在心里喊声：糟！问院里有何处理意见？董说，这种事怎么处理，只能做做表面文章。正好市里让院里出一名党员干部去市郊村里当第一书记，叫他去。汤建心想，院领导高，实在是高，表面看起来是处理了何彬，实际上让他出去避避风头。另外也是对那个强势娘儿们的变相惩罚，瞧不起从农村出来的老公，把他送回农村去，让你单起来，自己带孩子忙家务。他问董庭：那何彬手头的案子呢？董庭说只能换人了。他"哦"了声，想这又对了何彬的心思，他一直抱怨这个"副省"案弄得他焦头烂额，从省城和京城来为其"运作"的人络绎不绝。本来这样的案子应该由领导挂帅担任审判长，以示重视。交到何彬手里，显然领导有意回避难题，这就叫何彬受罪。现在何彬得以解脱，也算是因祸得福了。他问董庭：让何彬撤，谁顶上？董庭说，你。

我？汤建不胜惊讶。

对，你。董庭确认。

可我手头有案子，没法啊。汤建连连推辞。

情况我知道，这两天抓抓紧，结了。结不了也不要紧，两边兼顾。

我……汤建嗫嚅说，无法反驳。一般来说，法官是愿审理重大案件的，一是领导看重你，让你挑重担。另外对自己也是种历练，有利于仕途发展。然而对于汤建，事情就不是这样，多年得不到提拔，心已疲了，没上进心了。更重要的是这些年看透了许多事，法官是一高危职业，尤其是中层以上的领导，手里有左右案子的权力，出事就多。只说近处，本院就有一名副院两名庭长锒铛入狱了嘛。自己在乡下教了一辈子书的老父应是看清了这一点，不赞成他热衷于升迁，树大招风，位置愈高，跌下来愈重，平安是福。

他看着董庭说：庭长，这个案子太大，我怕担不起来。

董庭笑说：没问题的，案大案小一个路数。大案反倒事小，现在经济犯罪，不用死刑，压力小多了。

他说：这样犯罪嫌疑人更难缠，嚣张。何彬说他的副省级干部全盘翻供。

董庭说：铁证如山，还怕他翻供？

他说：董庭有事你得替我顶着啊。

董庭说：这还用说，放心，明天我就让何彬和你交接一下，让他早点下去。

他点头称是，心情却一点也不轻松。

十一

与何彬交接后，汤建开始阅卷，边阅边与合议庭另两位年轻法官交流切磋。这期间，为副省级干部辩护，来自北京的金律师打电话约见，他回答等阅完卷再说。金律师说有重要事情相商，请他屈尊到香格里拉咖啡厅一见。汤建对这一套自然不陌生，生硬地说，不必了，等庭里的电话吧。金还想啰唆，他扣了电话，心想，他刚接此案，金从哪儿得到自己手机号码？当然了，律师的本事正体现在这里。这些年与律师打交道，他的信条是你有千条妙计，我有一定之规，就是不收钱财。有这一条，就能腰上绑扁担——横着走。

看完卷宗，汤建不由得陷入沉思，官员贪腐的案情就像从一本教科书上扒下来的，惊人地相似。这位副省级干部很年轻，60后，出生在农村，背着破书包从乡道上一步一步走进城里的大学校园，然后工作、升迁、结婚生子，算是一个老牌"凤凰男"。其人生轨迹是一条攀山的索道，升上去又滑落下来。一般来讲，看完案卷，法官首先在心里掂量的是刑期，以这副省的案情，以前应是死刑到死缓之间，现在应是死缓到无期之间。由于出现翻供，该案将会经历一个漫长而艰难的过程。因此，他想尽快将庄小伟案终结，以便集中精力投入后案。

说起来，庄小伟案也确如董庭所说只是一个扫尾，只等卜家给出谅解书再向领导汇报。如同中东的"石油换食品"，是赔款换谅解，只有赔偿款到位方会得到谅解书。问题在于达成了协议且已得到王自然老板的认可，过去好几天了，事情没有进展。卜万成一天三遍电话告知没一分钱打进他的卡里，这是怎么回事？是王变卦？不大可能，这点钱对于王可谓九牛一毛，何况还有一个信誉问题。可问题到底出在哪里，他几次想打电话向王询问，又觉不妥，心中忐忑不安，直到第五天王给他打来电话。王先表示歉意，解释说有事回北京一趟，刚回来，他带回一张卡希望由法庭转交卜家，这般更稳妥。汤建的心松弛下来，觉得王自然想得更周到妥帖，便说此般甚好甚好。问他在哪里交接。王说：我还住香格里拉，你过来吧，晚

命悬一丝　　　　103

上咱一块儿吃个饭，叙叙，你这人可交。一听吃饭，汤建不由得皱起眉头，刚想婉拒，王将电话挂了。他想打回去说辞，又觉不妥，旋即给小辜打电话，说了说情况，让他过会儿一块儿去。小辜听了也十分高兴，说这个饭得吃。

冬日天短，下班时天已黑下来，下着小雪，路面在路灯下闪着惨白的光。到了路口，红绿交替的信号灯在眼前呈现出无限的诡异。

小辜突然开口说话：老汤，是不是应该叫上陈凯，律师在场好。

汤建说：我叫了，他说今晚参加朗诵会，不能缺席。

小辜愤愤地说：他应该清楚这是工作，更不能缺席。一直不在状态！

算了。

五星就是五星，永远有泊车的空车位。进了富丽堂皇的大堂，立刻有一服务生上前鞠躬：请问二位是王总请的客人吗？小辜说是。服务生说，王总在房间等候，请跟我来。

果然，王自然已在宴客厅的沙发上吸烟，见他们进来，起身与他们握手，笑道：谢谢赏光，入座吧。

刚坐下，从外面进来一个西装革履的中年男子。王自然为其介绍：这位是汤法官，这位是……

汤建说：辜法官。

小辜伸出手：小辜。

王自然指指中年男子：这位是金律师，在京城大名鼎鼎啊！

金律师：过奖过奖，与王总比……不值一提的。

金律师？汤建在心里沉吟，好像……

王自然并未为他解疑，询问客人吸不吸烟，喝什么酒，喜欢什么菜肴。

汤建一一回答：不吸烟，喝点啤酒，菜随便。

金律师说：这里的法式菜还行，就……

汤建说可以的。

金律师说：法式菜应该配葡萄酒，我带了瓶三十年拉菲。

汤建不愿再啰唆，说句：也行。

寒暄从谈雾霾始，不是时尚也是时尚。王自然说，回去这几天，北京的PM2.5超过了300。赶紧撤，没想到这儿也好不到哪里去。金律师说：可不是，这熊东西跟得紧，让人插翅难逃。网上说若在北京街头站半个小时，吸进肺里的雾霾等于吸了八盒香烟。王自然说：这么讲我一天吸一包烟可以忽略不计了。小辜说：王总这是给自己不戒烟找理由啊。王自然说：有人问大画家黄永玉长寿的秘诀是什么，他讲了三条：喝酒、抽烟、不锻炼。小辜说：王总是自我安慰啊。不过，人有时候就得有点阿Q精神。汤建说：是的，阿Q精神有利于身心健康。若是阿Q不被假洋鬼子砍头，活过百岁是不成问题的。电视台会去采访，问他咋这么能活？小辜说：试想他会怎样回答呢？金律师说：因为心里总是装着革命，别无挂碍，所以才长寿。都笑。小辜说：恰恰正是那无厘头的革命要了他的命，没给他长寿的机会。

说话间酒菜便上了桌，王自然端杯表示欢迎，碰杯后一饮而尽。

汤建、小辜也不失豪爽，一仰脖全喝了。

王自然带头鼓鼓掌，金跟随。

下面，就是王在电话里说的边吃边聊了。

不想王一开口，便让汤建心头一惊，原来是场鸿门宴啊，见过直抒胸臆的，没见过这等直抒胸臆的。

归纳起来，王说了这么几层意思，或者说交了这么几个底：他这次来海城是为"副省"的案子来的，副省是他的好友，也是贵人，为副省他可以两肋插刀，现在副省绊倒在这个坎上，是不能坐视不管的。

金律师同样实话实说：我是当事人的辩护律师……

汤建在心里"啊"了一声，这人给自己打过约见电话的……

金似乎走进了汤建的内心，说：是的，我给汤法官打过电话，汤法官非常自律，回避，我理解。不过，见见其实也没什么……

汤建说：金律师应该清楚，见应该在法庭上的，不可以在别的场合，更不能一起吃大餐。

金一时哑口。王自然赶紧解释，说：汤法官别多心，今天我是东道，是我把他叫来的，为一个共同的目标走到一起来的。哈！咱们干杯！

金：哈，干杯。

汤、辜对视一眼，也端起了杯。

干杯后气氛有些异样，失去话题，一味地喝酒吃菜。心也不在这里，听不见服务生报的菜名，也吃不出什么味道。

还是王自然打破沉寂，依然是不藏不掖，说：是这样，我们知道何法官犯了生活错误，已离职，案子到了汤法官手里。也没什么，就是想问问情况。

汤建问，哪方面情况？

王自然说，到了这一步，自然是量刑了。

汤建想，王自然今天打的是豪放牌。说：能理解王总的心情，人之常情嘛。从进度上看，还不到着眼量刑的阶段。不过案子摆在那里，前有车后有辙，以我所见，应该在死缓与无期之间。

小辜不由得看了汤建一眼。

汤建说，没关系，王总不是外人，可以谈谈个人观点，反正最后一切还是领导定。

金律师：领导定也是在合议庭意见的基础上，所以合议庭或者汤法官的意见至关重要啊。

汤建意识到，他们已经与院里相关领导接触过了，领导能怎么说？也只能这么说，这倒意味着是敷衍，没有帮的意愿。

王自然说：汤法官，这么量刑，重了，太重了。

汤建说：这是现在，从前判死刑也是正常的，这个金律师应该清楚的。

金律师辩驳说：从前这么量刑也是偏重了，经济犯罪，国外没死刑这一说。

小辜插了句：可这是在中国。

王自然像下结论似的重复着：重了，太重了，汤法官！

王领导人般的语气让汤建在心里打了个怔，很快明白过来，王这种反常的说话方式是因为他有底气，他手里有个人质——庄小伟，可以此交换。他出钱保下庄的命，你汤，须对"副省"放一马，从轻量刑。想明白这一点，酒便一齐往脸上涌，气也喘粗了，可恶，王是绑他的架呀。他第一个念头是回击，不能让他牵着鼻子走，对于一个法官，这是奇耻大辱。刚想言声，另一个念头升上心头：如此，庄小伟怎么办？费了这么大的周折，最后功亏一篑。他咋这么倒霉？对于自己，也不甘心。

小辜自不是个迟钝的人，汤建意会到的东西他同样意会得到，他担心汤建完全把事情搞糟，看着王自然说：王总的想法我们是理解的，如何量刑是今后的事，我想我和汤法官会考虑王总的意见的。

汤建附和：是的，是的。

王不依不饶，说：谢谢，谢谢你们给我这么大的面子。不过，我还是想听听你们稍稍具体些的意见。

金附和：对，还是具体说说想法为好。

汤建问：那你们的具体想法是什么？说说，看看我们能不能达到。

王看看金，点点头。

金说：十年，不得超过十二年。

汤建说：知道了，知道了。这个嘛，你们自然希望越轻越好了。

王问：汤法官、辜法官，我想听个准话，到底行还是不行？

简直是讹诈！谁给他这个权力，汤建陡然意识到，他们在录音。自己一旦给了许诺，录音会让自己百口莫辩，陷入极度被动，甚至万劫不复。他清楚谈话只能到此为止，这是条底线，万不可逾越。

他端起酒杯，向王老板敬酒，说，谢谢王总的盛情款待，干杯！

王端起杯，摇了摇头。

告辞时，小辜婉转提醒王自然这次会面的初衷，说明天就带卡去卜家换出谅解书。

王自然似乎没听到小辜的话，打起哈哈，冲金讲，律师替我送送客人。二位，后会有期，后会有期……

回程车上，汤、辜二人一句话没讲，心情坏得无以复加。

十二

回到家，小辜打来电话。这是必然的，他不打自己也会给他打。刚经历的这件事太"他妈妈"的了，谁都咽不下这口气。

一听电话，汤建倒有些意外，他本以为小辜会大骂王自然，却没有，还表示对王理解，说王将"副省"与庄小伟绑在一起，也属无奈之举，他想帮庄小伟是真，帮"副省"也是真，希望合并同类项，双赢。问题在于在他那里可以，在我们这里就不可以。现在需要考虑的是，我们要不要放弃庄小伟，能不能放弃庄小伟？要是能，事情倒简单了。要是不能……

他打断说：就是不能嘛。能，这个案子早就结了……

这时花花走进电脑间,似有话说,他赶紧摆摆手,继续对小辜讲:明天一上班,我就找董庭汇报,如果他能同意给王老板一个许诺……反正我看够呛。

小辜说:够呛不够呛也得这么做,孩哭抱给他娘。

他说:明天咱俩一块儿找董庭。

放下电话,花花问:汤建,你今天跟郑律师说什么了?

汤建说:没有啊,连电话都没通,能说什么?

花花质疑地看着他:这就奇了怪了,怎么讲好的事说变卦就变卦?

汤建依然装糊涂:讲什么事?不行我和他讲讲嘛。

花花哼了声:你有那么好?不砸锅就谢你了。

汤建在心里说:告诉你老花,这锅,老子是砸定了的哟。

董庭的意见很明确,说:和法院来这套,开哪国玩笑?凭昨晚这事就可以把他先抓起来。干扰司法。

小辜说:所以才向你汇报嘛,有这话我们就有底了。

汤建却是另一番心思,说:董庭,庄小伟好不容易得到这么一个机会……

董庭:事到如今就别说这个了,总不能拿原则与他人作交易,这要犯大错误。

汤建说:我知道。要这样,庄小伟是会打上诉的。

董庭说:这是他的权利。哎,不是听说不上诉么?

小辜说:那是本人不抱希望,连律师都告诉他上诉没有用。

董庭问:律师能说这话?

汤建说:对,是庄小伟亲口对我讲的。

董庭愤愤道,还有这样的奇葩律师?他不想吃这碗饭了?

汤建说:确实,他的心思不在这上面。

董庭问:在哪儿?

小辜说:写诗,朗诵。

汤建说:有业余爱好不是问题,问题是忽视了本职工作。要是律师给力,庄小伟的案子也不至于到判死刑的地步。所以我想,一是让庄小伟打上诉,二是换律师。

董庭沉思一下，说：我们是法院，不是他的家属、律师，这样是越俎代庖啊。

汤建说：庭长说得对，可面对明显的不公正，法院是可以干预的。

董庭说：这没错，可你想过没想过，一旦二审打赢，就是对一审的否定，作为一审法官，这可不是好事，会影响一切啊……

汤建说：这个我知道。说来说去，是觉得庄小伟罪不至死。对了，庭长，我想问一句，我们一审的死缓判决，院里是应该认可的。院里领导都算是法学专家，有理论有实践，为什么这回要死磕庄小伟。

小辜说：论究起来，是院里与我们合议庭死磕，也包括庭长你。

董庭不言声了，过会儿说：对你们讲，院里有院里的苦衷。

汤建说：有什么苦衷？能不能对合议庭透透气？

小辜说：庭长说说嘛。

董庭摇摇头，苦着脸说：其实是不好讲的，不讲你们又死磕我。简单说院领导去政法委汇报工作，说到近期频发的抢劫杀人案，也是庄小伟背时，另几个比他的案子大，偏偏没致死人，庄小伟致死人了。领导怒道，像这种恶性犯罪可杀不可留……

领导终于亮出了领导的底牌，原来症结在这里。

汤建说：这属于情绪化语言，不算指示，何况司法是不能听任何人指示的。

董庭叹气：唉，真这样，咱不就成了法制国家了？

汤建有些激动：要这么讲，我们普通法官又有什么必要认真办案呢？领导发话，我们走过场，不就 Ok 了？

董庭又叹口气，说：各有各的难处。唉，不说这个了。庄一审宣判后，可以暗示他二审，律师不给力，也可以换。

小辜：换哪个？哪个愿无偿劳动？

汤建灵光一闪，想起一个人来，郑律师。

十三

回到办公室汤建即刻给郑律师打电话，郑像往常那样嘻嘻哈哈：首长，有什么指示？讲。

当然不能在电话里讲，他说：没指示，晚上请你吃韩国菜。郑律师说：我请你请不动，也不用你请我。是不是嫂子的事？和你闹饥荒了？你想想，好不容易考出来了，不让人家干，能甘心？汤建说：自作聪明，不是这档事。

韩国料理在城东，一条小巷子里。进口牛肉，是肉香不怕巷子深了。郑律师从包里拿出一瓶从台湾带回来的"金门"，配肉正好。房间小，气氛静穆，加上两人相熟，没什么客套，吃就吃，喝就喝。汤建多次受理过郑代理的案子，也是巧了，都是郑胜诉，尤其是一个大诈骗案，郑帮当事方挽回上千万损失，事后送了汤建一张10万元的卡，汤建退回。郑讲欠汤建一个人情，应是指这个。

就说事，反正时间充裕，汤建就一五一十将庄小伟案的前前后后讲给了郑听。

哪个所的律师？郑律师问。

先别问这个，谈谈案子。汤建说，当局者迷，旁观者清，你帮我理理清楚。

郑略加思索，说：重罪不疑，辩护不力，判决正确，干预无理。

汤建说：大实话，这些我清楚，我是问假若打二审，情况会怎样？改判的可能性大不大？

郑说：就本案说改判的可能性有，大不大，不敢说。

讲。

不确定因素太多，也就是人为因素太多。

比如？

比如代理律师的能力，是否认真努力。比如二审法官是否认真阅卷，对法律条款的掌握，甚至人性的善与不善。

人性善与不善？

不错，要是碰到你这样的，庄小伟二审肯定能过关。

嗐，这是什么话，讲过关，我一审就让他过了，倒不是善良不善良的问题。

那是什么？

说不清。

二人干了一杯。

汤建又问：老郑，你说可不可以豁出去，就与王老板妥协？

郑想想说：既然你们庭长不同意，你这么做，可是犯上作乱啊。不可取。

还是让那庄打二审吧。你请我吃饭,不就是打我的主意,给庄当律师么?

汤建没言声,向郑举起酒杯。

干!

十四

世事无常,还真是这么回事。就在要开庭对庄小伟宣判死刑的前几天,郑律师给他打来电话,讲他回去,想想觉得打二审对庄小伟实在是不利,还是争取一审解决为上。便先后去了两趟卜家庄找卜家兄妹协商,看是否能在最后关头放庄小伟一马。头一回没解决,可看出些端倪;第二回去便分头与卜万成、卜万华谈。卜万成仍然油盐不进,卜万华倒有些怜悯庄小伟了,说:这孩子没有一个亲人管,可怜见的。又说这事容她再想想。汤建问后来呢?郑说刚才给他打来电话,说她可以给庄小伟出谅解书。汤建一怔,问:不要赔偿了?郑律师说:对,问要是她自个儿在上面签字管不管用。我告诉她管用。她说那你们来吧,我出证。汤建一拳砸在桌子上,说声:老郑,咱们去。郑说:不过……

汤建的心一沉,问:怎么啦?郑说:她有一个条件,让我们帮她打一个官司。汤建问:她和什么人的官司。郑说:她哥卜万成。汤建"哦"了声。郑问:要不我去你那儿当面说说情况?汤建说:你先在电话里讲讲怎么回事。郑就讲:简单扼要——原本卜家老太太名下有一套房产,自住。后因癫痫病频发,就搬进卜万成家,房子出租,租金作为老太太的生活费由卜万成收取使用,卜万华亦认可。而在老太太遇难后,卜万成并未与妹妹分割租金。卜万华提出异议,卜万成置之不理。也就在前几天,卜万华发现该房产已过户到卜万成名下。她追问,回答是他是卜家唯一的儿子,又一直抚养老太太,房子理应归他。卜万华不认同,决定打官司讨回应由她继承的一半房产。汤建想想说:如今这种官司很多,法律上的规定比较明确,这官司应该好打,你也可以代理。郑说:问题是她要保证能赢。汤建心中一阵不爽,苦笑笑。又是要挟。可谁又能打这个保票?他问:郑律师你能吗?郑说:她不是要律师保证,而是法院。汤建说:开什么玩笑,官司还没开打就让法院出保证?郑说:为了达到我们的目的,也不是不能,只是工作做在前面,与民庭谈谈情况,看看能不能赢。汤建顿了顿,说:先挂了,等我想想再打给你。

想什么呢？他真的有些茫然，苦笑笑。如果面对镜子，他定会发现自己笑得很难看、很无奈。刚才听郑讲，卜万华宽宥了庄小伟，即使是在她已知赔偿无望情况下作出的决定，他依然对她充满尊重与感谢。却不料她后面还有个"附加"，即与王老板同样的"石油换食品"。这让他无限悲戚，世事诡异人心不古，正如人们所讲，生活如同拉满弦的弓，只要发现猎物便万箭齐发，只有"宜将剩勇追穷寇"，没有"退一步海阔天空"。不过与王老板的要挟相比，卜万华的这一要求还好接受一点。正如郑所言，只要从民庭弄清相关法律刻度，如果能打赢，给她个口头保证亦未尝不可，即使有些剑走偏锋。

他用座机拨了民庭小马的手机，小马听明白了事情的过节，笑说：老汤，你问我算问对了，我刚刚审结一桩与你讲的一模一样的房产案，没有老人的有效遗嘱，过户无效，房产平分。他仍不放心，又问小马有没有例外？小马说：没有例外，哪个法官都会这么判。他的情绪顿时高涨起来，谢过了小马，他长长吁了口气，然后拨了郑律师的电话，哆嗦着嘴唇说：老郑，咱们走，去见卜万华，立马！

狐步杀 |张 欣|

原载《北京文学》（精彩阅读）2015年第8期

1

鸳鸯。走糖。

鸳鸯是广式茶餐厅特有的饮品，一半咖啡一半红茶，一半是火焰另一半还是火焰。配合在一起是熊熊燃烧的口感。走糖是不加糖，走盐是不加盐，全走是不加葱姜蒜。全走那还吃个什么劲儿？泡面不放调料包吗？

经济不景气，茶餐厅的老板娘芦姨更加没有表情，跟她拜的关公相貌仿佛。广式茶餐厅都有挎大刀的关公彩雕，意在牛鬼蛇神不要进来。收款台有招财猫。店很旧了，一直说要装修，好像也没钱装，黑麻麻的卡座伸手都可以撑住天花板，回头客不离不弃。芦姨说，怀旧？不好意思说省钱，当然怀旧啦，便宜味正而已。不装修也就没法提价，所以云集着一票不景气的人。

当然，周槐序除外，他其实是一个时尚青年，喝咖啡至少是星巴克，茶餐厅也得是永盈、表哥这一类香港人开的店。时代不同了，香港人也向大陆同胞低下了高贵的头，先搞起了豪华版的茶餐厅，Wi-Fi无限用。来到这种随时会关张的老旧茶餐厅，主要是前辈忍叔喜欢这里。

离分局近，抬脚即到。便宜就是硬道理。这是忍叔的价值观。

槐序喝了一口鸳鸯，把粗笨的白瓷杯蹾回桌上，"全是共犯，我一个都不原谅。"他气呼呼地说道。

忍叔喝的是柠檬茶，他永远喝柠檬茶，冬天是热柠，夏天是冻柠。芦姨说，你都不闷吗？忍叔目光祥和，微笑道，"白坐在这里，你肯吗？"言下之意是图便宜买个座位。芦姨白他一眼走了。对于这两个便衣警察，芦姨从来没有好脸色，她儿子丢过一辆摩托车，报案了也没有找到，于是得出警察都是饭桶的结论。禁摩都多久了？找回来又怎样？她还是记仇。

忍叔哼了一声，慢悠悠道，"你原谅人家，人家的人生就开出花来了。"

曹冬忍。这个人就是这样，整天说些让人顶心顶肺的风凉话。他老婆都说，好好说话你会死吗？忍叔回她，他们死，好过我死。潜台词是他心情不好会得癌。所以他升不上去，刑警老狗。他的徒弟都像"长二捆"，唰唰唰地飞上天，只有他剩下一张大蒜嘴。

槐序没有说话，他常和忍叔搭档办案子，早就习惯他轻慢不屑的语气。

忍叔清瘦，慢性胃炎，总是一副阴沉的表情，但目光中的疾恶如仇还是没有消失殆尽。

最近发生的一起命案，死者是一个78岁的老干部，痴呆症，但是身体非常健康。据说长寿都是和痴呆联系在一起的。他居然死在医院的病房里。不可思议，那么安全的地方。对于老干部之死，院方支支吾吾，老干部的家属和子女果断报警。当时头儿就特别嘱咐大家把该带的都带上，估计心里也是觉得老干部的家属和子女最难惹，必须让他们抓不到任何把柄或说辞。结果每个部门都好多装备，勘查车上坐满了人，好像是去医院大比武。

正经八百拉了警戒线。

老干部姓王，住单人病房。护工是一个中年西北男人，不说话的时候表情凝重。人死了，他更加表情呆滞。这个人称老严的人，第一时间被侦查员带走作笔录。

每个部门的工作都做得周到细致。大家都戴好帽子、口罩、手套和脚套进病房干活，拍照，甄别出物证。虽然大家心里都明白十有八九是医疗事故，因为不像有不相干的人进来过，老王全身上下又无伤痕，神态是一种解脱后的坦然；但是医患双方无法对话，该做的事情就一件不能少。

老严一遍一遍地回忆，死者老王前一晚还好好的，两个人看完电视，洗洗睡。半夜并没有什么动静，不过老严也承认，虽然没动静但似乎有一只手拍过他的额头，他以为做梦，翻身又睡过去了。他的陪床紧靠着老王的病床，首尾的方向一致，估计老王曾经有过本能求救的信号。但是说这些都太迟了，待他早上六点打好水准备给老王洗脸时，才发现情况不对头。

有经验的医生说，老王大致是凌晨3点至4点走的。

值班的医生护士也有责任，但又可以证明，一晚上老王的病房并没有按过急救灯，护工也没有报告有何异样。反而是其他危重病人忙得他们团团转。

初步判断，既不是自杀，也不是他杀。想要得到进一步的结论就要作尸体解剖。老王的老婆和两个儿子以及儿媳商量了一阵，铁青着脸同意了。

尸体被抬到本院的解剖科，由科里的大夫和法医共同参与，以求结果公正。

忍叔掏出一盒红双喜牌香烟，小周便起身到茶水柜处拿来一只烟灰缸。茶餐厅另外一个特色是偶尔服务自理。芦姨的脸色分明写着：又没有什么消费，还差着服务生走来走去。

"可以结案了吗？"小周望着忍叔问道。

"不知道。"

"根本问不出什么来啊，就算我觉得他们是共犯。"

"人心案讲的是道德，又不归我们管。"忍叔的鼻子嘴巴一起冒出白烟，香烟顿时没了半截，他说是企图戒烟时落下的毛病，复吸就像报仇一样。所以做不到的事情还是不要许愿。

"死者家属好像不肯罢休似的。"

"他们当然想敲医院一笔。"

"扯皮啊？"

"一定的。"

两人都不再作声，烟雾环绕着。

周槐序是单眼皮男生，典型的五官端正，头发剃得很短，右侧一边的鬓角上方还剃出一道闪电的纹路，配合他小麦色的皮肤，外加两成天然呆萌，还真是帅得惊动了党中央。他一米八七的个子，一直坚持铁人三项的训练，六块腹肌、人鱼线什么的都有，一眼看上去醒目标青。

小周的年轻不在于岁数，虽然已近而立，但眼中的世界只有黑白两色。所以是早晨的阳光，灿烂通透。一个人，若是明了了这个世界大致的状态是灰色，那得多老？多沧桑？像没有朋友的忍叔。

虽然高大威猛，小周也有心细如丝的另一面。他第二次来到医院之后，就发现了护工这个群体比较复杂，自成江湖。

首先是人物众多，应该是大量的需求决定的。内部又分两类人，一部分是病人自带的，属于生护，只占少数；另一部分是护士长手下的护工队伍，这个队伍才是真正的生力军。通常人们因为各种疾病住进医院，一时间到哪去找有一些护理常识的保姆？求助科室理所当然，护工队伍也就日益成熟。他们看似松散却有无形的组织，有统一的价格，当然医院要抽成，拿不到全额报酬。好处是熟护，知道医院的各种规矩和门路，有欺生的本钱。

护士长并没有时间管人，这样就有一个熟护头目上通下达。而具体到死者老王这个科室，熟护的头目是护士长的远房亲戚，因为工伤跛足，干不了重活只好做小头目，吃点小钱。但他能量还蛮大，沾亲带故地招呼来好多人。这些人看上去并不怯场怕生，自在很多，可以互相照应，以院为家，跟城里人的关系有点反客为主。生护的出路，要么巴结熟护，请求指点；要么搞不清状况，处处碰壁。

老严是熟护这边的人，但是刚来不久。

而且他接手老王才第三天。之前的男护工是生护，据说跟着老王5年了，陪着住院也有两年上下。人称老刀，不知是姓刀，还是脸上有一道疤痕的缘故。有疤痕就一定是刀疤吗？这个想法曾经在小周的脑子里一闪而过。当然这并不重要，只是便于记忆，尤其是对一个不曾谋面的人。老刀回老家四川了。

尸检报告出来了，结果出人意料。

老王是急性肠壁坏死、穿孔、破裂大出血，整个腹腔都是屎。说白一点就是憋死的。后来，听说解剖科的走廊恶臭了三天，气味始终挥之不去。

跛足人说，老王生前的护理，有一项就是要用手给他抠大便，因为他有严重便秘，都是老刀做这件事。但是老刀因为工资的问题跟老王的儿子小王大吵了一架，就生气说不干了。本意是想拿住小王，逼其让步。没想到小王转身找到跛足人，叫他另找一个护工。老刀当然生气，两天没给老王抠大便，然后就走了。新接手的老严，是那种失去土地刚刚进城的农民，不怕苦活累活，就是大老爷们儿抠大便，自己过不了这一关，虽然戴一次性塑料手套，也不是一般男人能干的活啊。于是也两天没抠，人就憋死了。

小周对跛足人道，"你这不是知道得挺清楚的吗？为什么不跟医生说啊？"

跛足人道，"也没有人问我啊。"

"也可以跟护士长说啊。"

不语。

护士长也说，这是太简单的事了，如果我们知道这个情况，就会给老王灌肠，不至于搭上一条人命。

老王的家人对于这个结果非常愤怒，医院这一头当然是护理和管理上的责任，另一头牵扯出护工这个群体的黑暗、复杂。可以说熟工部分的人，多多少少都知道这件事，但是他们一律闷声不响。就是仇富心理嘛，报复城里人，情绪杀人嘛。一开始，小周觉得病人家属悲愤交加，言重了。但是找熟护工一个一个了解案情，还真让他无语。

科里有会议室，宽大的黑色实木桌椅，小周和忍叔并排而坐，面前摊着笔记本，神情严肃。隔着办公桌，对面孤零零地坐着调查对象，应该有一种无形的心理威慑力。第一个正式谈话的就是跛足人。

可他表现得很轻松，眼珠乱转，嘴角还有一丝隐蔽的笑意。

问他老刀的情况，他说，这有什么意义啊，难道找到四川去问他抠大便的事吗？问他为什么知情不报，他说，每天发生那么多事，谁知道哪些该报，哪些不报？不按时给病人翻身就会长褥疮，报不报？一次两次死不了，但总有一天伤口会恶化感染，人也一样死掉。还不是跟你们一样，民不举，官不究。

乡里乡亲的，你就不怕老严吃官司？

怎样？过失杀人啊？

而且你还连累了护士长，说不定要查你们这一块儿到底怎么回事。

怎样？间接杀人啊？

小周一拍桌子，火道，你想怎样？到底是谁在办案子啊！人都死了，你们怎么一点都不愧疚呢？

跛足人翻了个白眼，闷头不语。

忍叔用眼神制止了小周。他从头到尾一言不发，好像小周在和跛足人演对手戏似的。

后面进来的人，就是那些沾亲带故的熟护工，也是满脸的讳莫如深，装无辜、冷漠、沉默，看到别人家倒霉莫名惊喜的那种表情，关我屁事的死样子等等。仿佛他们的人生充满暗语和故事。对面的那两个人才是傻瓜蛋。

这个社会，还有善良的劳动人民吗？

一股咖喱特有的香味飘了过来，这让小周从沉思中回过神来。

茶餐厅的壁挂电视正在插播新闻，有一段视屏触目惊心，只见一个原配夫人把一桶汽油泼在小三身上，打火机一闪，当街爆出一个火球。所有的人都目瞪口呆。原配夫人干完这事，歇脚一般地坐在马路牙子上，喝下一瓶"毒卒"，然后口吐白沫，一边失去意识，一边亢奋地喋喋不休。因为拒绝救治，在急救室里，两个警务人员还分别按住该夫人的左右手。

太过决绝，众人已经忘记评判和谴责，统一的神情是傻掉。

隔了好一阵，只听见忍叔咕咚喝了一口柠茶。

凝结的空间终于恢复了嘈杂。这样的社会新闻已然是咖喱里面的薄荷叶，绝配的谈资。无论是食客还是服务生都有自己的感慨。女的一边，大多认为应该把那个男的也烧死；男的一边认为那么神经质的女人怎么可能不离婚？

半天不出声的芦姨突然一声叹息，熟人们都看着她等待高见，她欲言又止，又不愿辜负大家，只得小声又无奈道，"好多事，也不是你们看到的那样。"

忍叔咕咚一声又喝了一口柠茶，抹了一把嘴对小周说道，"听到没有？不要相信你看到的。"

小周愣了一下，以为自己听错了。

2

微信上说，赖床是对周末最起码的尊重。

一觉醒来已是上午 10 点 40 分，柳三郎仍旧不想起身，紧闭双眼沉浸在自己的伟岸之中。

昨晚做了一个美梦，自己摇身一变成为西门庆西大官人，丽春院的粉嫩名妓一脸娇羞地对他哭诉，自他走后小女将息了半个多月都还不能接客呢。三郎莞尔，但内心狂喜而醒。

微软还是松下？

大夫头都没有转过来，这样说。柳三郎只能看到电脑的侧面，他的眉头微微皱起，不过很快又平复了。他没有作声，心想，开什么玩笑，我跟你很熟吗？大夫还是没转过头来，好像是要敲完最后几个字。

公立医院人满为患，这里又太过冷清。公立医院总有一堆患者围着医生，根本没有人有隐私观念或意识。医生都是当着人问，大便干不干？小便黄不黄？有公费医疗吗？有钱吗？有家族史吗？

这些问题都让三郎困扰。

因为他是一个内向的人，相比起时兴的各种晒，他认为他们有暴露癖。生活中无处不在的光和影，他都厌恶。

他从来不跟人讨论自己的私生活，包括用什么品牌的牙膏、护肤品、枕边书，订阅什么类型的报刊，吃的、喝的，更不要说那些深度忌讳的问题。家族史？当众宣布我来自癌症之家阳痿之家心血管短命之家吗？但是更多的人觉得，这没什么。

如果不是鸡汤，人们歌颂的一直是野草和胡杨，裸露着生命忍受沙化的环境，那种枯竭之美一直是被夸张的。可是从一开始，柳三郎就希望自己精致、隐蔽，不被任何东西打扰，像死去一样活着。

像他这样的人，在公立医院的诊疗室根本没法开口。

但是坐在这间明亮整洁的诊室，三郎已经后悔了——也不是看病的地方。男科医院，应该是被它铺天盖地的广告洗了脑，终于出现质的转变。

"抱歉抱歉。"大夫终于忙完了，他转过头来，长得有点像马季，一张充满喜感的脸，"说说看嘛。"他鼓励地望着三郎。

"不太好。"三郎不便马上离开，只好含糊其词。本来他幻想碰到一个极有职业尊严的大夫，可以坦荡地交流一下医学问题。

"当然不好。太好你就去东莞了，怎么会到我这里来呢？问题是怎么不好法？早泄还是不举？所以啊……"他没有说下去，耸了耸肩膀。总之他说话做事，包括他的长相都像开玩笑一样。

谁的痛苦在别人眼里都是一个笑话。

三郎的婚姻，开始是黄金档的正剧，后来以惊悚恐怖片收场，令人始料不及。他跟苞苞是相亲认识的，父母之命，媒妁之言。双方的家境、背景、财力都还匹配，小两口也是郎才女貌，两家人体体面面沟通顺畅。于是在四季酒店宴开 20 席举行了隆重的婚礼。

照说这本不是内向的人喜欢做的事，三郎的意见就是去一下马尔代夫，躲开这种雷同的表演。但女方的家长不同意，风光嫁女关系到颜面问题，对于中国人来说从来都是重中之重。另外，就是三郎的母亲坚持大办，她张罗这些事累得开心，三郎的处事原则就是凡事要让母亲开心。直到婚礼现场，三郎还一直看着笑逐颜开的母亲。三郎工作室的成品推手朱易优曾经俯首低语，注意你的表现，今天不是娶你母亲吧？

医生开始讲男性生殖泌尿系统是一个装置极其精密的器官，这些还用他说吗？三郎都百度过。

苞苞皮肤白皙，身材娇小玲珑，照说也是个美人。如果光溜溜地躺在身边，正常男人应该都会有所反应吧？本来，三郎认为按照正常人那样过日子是没有问题的。可是不知为什么，一开始他的身体就没有任何动静。以为诸事繁乱累的，苞苞也好生安慰。结果一直不行下去，苞苞也有点无精打采起来。

三郎的反应没有想象中那么焦躁，也许是苞苞的父母太俗气了，一直开口要这要那，永远都能提出想要的东西。直到婚礼当天收份子钱还是严防死守，生怕三郎的朋友把红包交到三郎母亲的手上。三郎看在眼里，心里只有冷笑。

不过病还是要看的，每个男人心里都住着一个西门大官人。

"你们家有日本人吗？"医生突然问了一个专业以外的话。

"没有。"

"那怎么起这个名字？"

"我爸起的。"

"希望你成为拼命三郎吗？"

是的，他认为我一定会有出息。三郎没有说出来，定睛看着医生，眼光有些凌厉，明确表示不想谈这个话题。医生也没有问家族史什么的，只是东拉西扯问一些住在哪里、开车来没有这一类的话题。

火力侦察。

在一楼的计价处，这些单据打出来的药费共计一万八千元，有口服、外涂和静脉吊针。三郎的嘴角上扬了一下，把单据揉成一团后扔进垃圾箱。再想一想刚才医生的样子，感觉他满身铠甲坐在诊疗室里开药方，背着两把交叉而立的青龙偃月刀。

终于可以离开这个地方了。三郎暗自吁了口气。

从门诊大楼到医院门口还有大约100多米的距离，大楼修得像个没有节制的胖子，肚子部分就是门诊大厅，俗称"土肥圆"。花园里的树木倒是修剪得有形有款、错落有致、青翠欲滴，像一个傻帽刚从理发店里走出来。然而三郎无暇多想，只是快步向医院大门外走去。跟来的时候一样，他微低着头，惴惴不安怕遇到熟人。反正只要离开这里就永不回头，没有理由会碰到鬼。

男科医院门外就是一条车水马龙的主干道，高分贝的噪音不绝于耳。这时三郎感觉有人拍他的肩膀。

他愣了一下才转过头来。

是小叔叔柳森，一脸惊讶地看着他，"看着像，还真的是你。"柳森说。

三郎感觉脑袋在飞速空转，想不出一条合适的理由说明自己为什么会在这里出现。然而不等他说话，柳森用眼神示意他跟着走。之后柳森自顾自地在前面走，头都没回。

三郎只能紧随其后。

临街有一间清吧，是自助服务。三郎去买了两杯拿铁，端着托盘看见小叔叔已经在角落位坐了下来，神色严峻。

三郎刚一坐下，小叔叔的宽脸就逼到近处，声音不大却咬牙切齿，"三郎啊，你怎么能得性病呢？"

又说，"没女人也不能胡来。""你这样对得起谁？对得起你爸吗？"

三郎心想，为何那个喜感大夫一眼就知道我是不举呢？应该也有两把刷子吧？都不治病那土肥圆是怎么建起来的呢？

"是尖锐湿疣吗？"柳森叔叔还在追问，又翻他的包，"怎么没有药？

就知道你面子薄，开不了口。"他拿出自己包里的药放进三郎的包里，"都要吃先锋。"他对他这样解释。

镇定下来之后，柳森叔叔开始自我解围，"我就算了，你也知道我就好这一口。可是你不行，你的前途不可限量，我还指着你过好日子呢。"

三郎开始放心地喝咖啡。

的确，从年轻的时候开始，柳森叔叔就色瘾不断。如同有些遗传病经常犯，怎么治又都断不了根。奇怪的是，这一习性并不妨碍他有情有义，比如他对小婶婶，工资上交，任其乱骂，家里的脏活重活抢着干，星期天带孩子上动物园，陪小婶婶逛街也都任劳任怨，还鼓励抠门的小婶婶买贵的东西，说贵东西穿得用得久。他跟单位的会计好，东窗事发，女会计就像算账一样把过错都归在他头上，他一句都没反驳，挨了个处分。和小保姆有一腿，被小婶婶发现，把小保姆赶回乡下，小保姆还写信跟他要钱顶下一个小卖部。他汇了钱又忘记毁尸灭迹，被小婶婶拿到汇款凭证追杀他。这样差不多闹了一辈子，小婶婶也只是没收了他的工资卡。但当时小叔叔在民政局负责复员或转业军人的安置工作，是个肥差，断不了红袖添香。时至今日，比起用公款养情妇的官员，这点爱好就连小瑕疵都算不上。三郎就听到小叔叔的手机里总有一把女人的豆沙喉说，"你有没有挂住我啊？"据称是一个开糖水铺的女人，还是挡不住他流连欢场，否则不至于得性病吧。

父亲一直看不上小叔叔，一提到他就如坐愁城，满脑门官司。见到他就是训斥，有一次长达两个小时。曾几何时，三郎对小叔叔也有所鄙夷，抬着下巴跟他说话。可是好人有什么用呢？

只有烂人才能救命。

幸亏有柳森叔叔的资助，三郎才读完了理工大学。

"不要让你妈妈知道，不然她会怎么想？"分手的时候，柳森这样叮嘱三郎，还拍了拍他的肩膀。

"嗯。"

傍晚，三郎去母亲那里吃饭。

不仅因为是周末，平日里也会时常回去。他曾希望母亲搬到珠江新城来住，但母亲总是婉拒。她目前还是住在老城区，那一片叫作教员新村，位置是在越秀山脉的西侧，陈旧的红砖平顶楼房，没有电梯。不过附近的店铺林立，生活起来还是很方便的。

这是父亲当年分到的房子，他是一所中学的校长。三郎 12 岁的时候，父亲因病故去。在这之前，三郎有一个灿烂的童年，似乎一切都顺风顺水，主要是父亲对他毫无要求，只是说你要多看一些经典名著。

三郎至今记得，在父亲小小的书房里，仅有的一扇窗户永远敞开着，因为窗外就是越秀山脉稀疏的绿树，偶尔还能听到越秀公园游客的嬉戏声。父亲是个教育家，他性情温和，是因为正直才对柳森叔叔不满，恨铁不成钢。对于三郎则是寄予厚望，是真正的素质教育。成绩，其实没有那么重要。父亲这样对他说，你要能够找到你自己，才是独一无二的。他们还讨论政治和时事，父亲还总是问他的观点。

他才多大？能有什么自己的观点？母亲当时这样说。父亲就会微笑地说一句，我们三郎是最棒的。

父亲的教育是只摆事实，不讲道理。

父亲的教育是发自内心的平静和自内而外的两袖清风之感。

但是他的工作繁累，走出家门也还是有压力的。然而他不说，也没有人知道他的繁累和压力有多大。他得的是肝癌，从发现到住院，3 个月就走了。

也许是父亲的气息尚未散尽，每当内心烦闷的时候，三郎都会到母亲这边来坐一坐。说来奇怪，同样都是一个人居住，三郎住的是高级公寓，偶尔会感觉犹如烟火置顶，有一种说不出的灼热感。只有见到母亲，他才能平静下来。

一如过往，母亲见他进屋，端出饭菜。不会特别准备什么，盐水菜心，蒸一碟马蹄咸鱼肉饼，还有一个豆腐。就是这样。

当然会有一个老火汤，今天是西洋菜煲生鱼。

甚至也不说什么话。

电视机开着，都是电视在说。

三郎知道，对于他和苞苞的离婚，母亲受到极大的打击。但是她什么也没说，不问也不责怪，只接受结果。

狐步杀

"妈，你快过生日了，"三郎说道，"我想给你做一件衣服。"

"这样啊。"母亲笑了。

她不可能不笑，因为母亲就是一个裁缝。从小，三郎就看见母亲脖子上挂着一条软尺，就像其他女人的项链一样。

自父亲走后，三郎都是在缝纫机脚踏板类似小马达的声音中入睡。

以前，母亲只是正常地做衣服，她还在服装研究所工作过，可见有过成为设计师的梦想。但是要以做衣服为生，这种梦想必须破灭。

父亲是大哥，四个弟弟妹妹中，也只有父亲最看不上眼的小叔叔成为他们孤儿寡母的庇护人。其他的亲戚都渐行渐远，很快就没有了来往。

三郎现在也是裁缝，往好里说是时装设计师。不太有名，但还是蛮有钱的。比较起盛名但是缺少银两的人，目前的状况更合适三郎的性格。

他起身给母亲量尺寸，袖长、领口、腰身等等一项一项记在纸上。这让他想起小时候，他跟着母亲到顾客家里去量尺寸，顾客一家大小都被喊到母亲跟前。母亲拉下脖子上的软尺，一边量一边报出尺寸，三郎便将那些数字记下来。那时候他习惯紧跟母亲，买菜、做饭、到顾客家里去，只要是放学在家，母亲必须在视野之内，生怕一不留意，母亲也走掉了。

小小的内心充满了恐惧。

甚至有过不再去上学的念头，被母亲锋利的眼神制止了。

一旦精确地量尺寸，才能感觉到母亲的清瘦，含胸、后背微弯，个子也明显矮了不少。

近距离看到白色的鬓发，脸上细密的皱纹，胳膊上没有张力的塌陷的皮肤，手上暴起的青筋和寿斑。她才多大年纪啊，即使熟悉如母亲也还是惊心动魄的。曾有一瞬间，三郎很有抱住母亲痛哭一场的冲动。当然他没有。

一切都平静如水。

在父亲的葬礼上也是如此，他很想抱住沉沉睡去的父亲，想亲吻一下作最后的道别。当然他没有，甚至也没有哭。

之后。好像是太阳落山的时候，借着暮色，他一个人在公园围着北秀湖疯跑，一圈又一圈不知跑了多久，只记得眼泪不是唰唰唰地往下落，而是从两侧横着飞了起来。

3

　　如果不是见到这个女人，周槐序并不相信一见钟情。
　　除了精悍俊朗的外表，家世是现代人的另一副容颜。如果有一个大款爸爸，儿子们没有不张狂的。狗屎一样的组合，得到的是黄金一般的仰慕。小周不是，小周的家世是非常体面的富贵。父亲是一个眼科专家，母亲是一个歌唱演员，才华和才华，儒雅和美丽在一起的组合也是可以相当富有的。这是一个现实，却又是一个秘密。
　　私营医院请父亲做一台手术的费用，也不会比演员走红毯少吧？
　　都是别人对他一见钟情。
　　8台跑步机上全部有人占着，从背后看这些奔跑的人，身材还都健美匀称。偶尔见到一个胖子，通常一周之内就会消失。意志这个东西还真不是想有就可以有的，向这些背影保持敬意吧。
　　小周所住小区的马路对面，是一家正宗专业的健身会所。标准就是所有设施和场地都还朴素适中，面对跑步机的是整面的落地玻璃窗，窗外是宽阔的庭院，绿色的灌木中有一个标准的长方形游泳池，池边是成片的耐水木平台，四周散落着深玫红色的遮阳伞和白色的躺椅。
　　音乐就差一点，不是《向前冲》，就是《爱天爱地》，听得人想吐。
　　小周找到与跑步机并排而立的"云中漫步"，手脚并用地划拉起来。反正要热身20分钟才可以做增肌训练。
　　这时，他的私人教练小赵笑嘻嘻地走过来，赵教练是那种师奶们尤其喜欢的英俊暖男，倒三角的身材，两臂是饱满的腱子肉，运动装和运动鞋什么时候看都是一尘不染。
　　"最近好像没有那么忙了吧？"赵教练说。
　　"嗯。"
　　"一会儿上课吗？"
　　"当然。"
　　"那你热身吧，我去把你的训练表格拿过来。"赵教练转身离去。
　　小周心想，连赵教练都能感觉出他来健身会所有些勤了，以前他一个月也就来个一次两次，他又不想当肌肉男，而且忙，通常是在雕塑公园夜跑，

10 公里下来，汗出得像从水里捞出来一样，有一种酣畅的快感。

坚持健身绝对不是为了更帅，而是对职业尊严的守护。像发糕一样怎么追得上犯罪嫌疑人？

然而就在两个月前，那是一个星期天的下午，天色阴沉，有零星小雨，这种天气在户外干什么都不方便，小周来到健身会所。

可能是因为下雨，那天人不多，一排跑步机只有两个人在用。

小周把白毛巾搭在脖子上，开始枯燥地跑步，自然而然望着玻璃落地窗外。只见游泳池的左侧，搭着一个临时但还标准讲究的弓道场，唯一的女学员，上身穿一件棉布和服领的白衣，下身是及踝的黑色折裙。手上的弓大约有两米多高，黑箭笔直，屁股上有 3 根羽毛。女学员的右手戴着护指护腕的护手袋，箭上弦后，只见她以两只手分别把搭好位置的弓与箭高举过头，然后缓缓地一手托弓，一手拉箭，直至把弓箭拉到自己的视线水平。

就是这个女人，当时就把小周惊着了。

她的头发一丝不乱，全部向后束成马尾，神情因庄严肃穆而更显精致。上身微微前倾，襦袢式筒袖双双退下，露出柔软纤细的手臂。凝眸间的片刻，远观更似一幅水墨丹青。

那种遗世孤立之美，令小周足足跑了 50 分钟都不觉得。

赵教练走过来说，可以训练了，吃大餐了吗？有罪恶感吗？跑了这么久。

哦。小周惊醒，笑笑。

后面的训练活动，小周都尽可能掩饰自己语气里面的好奇心。

他说，原来你们会所还有弓道，以前好像没有。

赵教练透过玻璃窗望了一眼弓道场，示意那个瘦高个子的女教官从日本留学归来，要求在会所包课。小周这才发现还的确有一个女教官，对唯一的女学员有时说教，有时比画。刚才他居然没有意识到她的存在。

赵教练道，刚开始还有 8 个人报名，现在就剩下这一个学员了，那些人交了钱，买了弓道衣，也不来了。

为什么？

非常的枯燥和乏味啊。一个基本动作要千百次的重复练习，直到"矩"的精确无误，其实是心的磨炼。

也是静功的一种吧。

嗯，属于安静的运动，没有对手，是自己跟自己较劲。通过强身健体来进行精神修行，提升自己的人格品位。说是这样说，可是谁做得到？我就一个女学员都没有，虽然带她们不费力，挣私教费容易，可是我嫌烦。她们根本不训练，几乎是找个陪聊。所以这个女的，我还蛮佩服她的。

话说到这个节点，小周极想顺势问问女孩的名字，在哪儿工作？话都到了嘴边还是咽了回去。男人之间也有敏感区域，或者开不了口的理由。现在想来是心里有鬼。

他开始做"TRX"训练，两脚被尼龙带吊在半空中，双手着地，但因为腰部没有半点依托像蛇身一样绵软无力。这个训练几乎是全身发力，尤其侧腰。几分钟，人就汗如雨下。

其实小周平时都很少做这套训练，难道要扮演007吗？就算隐瞒心意，有必要做成这样吗？

然而回到家之后，这个年轻女子的身影挥之不去。她习射的动作总是在脑海里徘徊，动作沉稳，节奏清晰。

周槐序至今没有女朋友，以他的条件，都说他是挑花了眼。也只有他自己知道不是那么回事。目前社会上最受欢迎的两种女人，对他来说都是超免疫。一种锥子下巴配两个铃铛眼的萌萝莉，另一种前凸后翘风情万种的性感女郎，他都毫无感觉，一点兴趣都没有。唯有全神贯注，神清气定专心于一件事的女人，会让他产生追随的敬重和情欲。

只有男人明白，冲动是怎么一回事。

所以在那次惊鸿一瞥之后，小周到健身会所的次数明显增加。

只是在游泳池畔看到的与游泳不相干的活动，两次朋友聚会，一次生日聚会。白天水池绿树，晚上烛光水色，都还颇有情调。唯独那个弓道场再也没有重现过。今天也是一样，游泳场一个人也没有，异常安静。

走了20多分钟的"云中漫步"，小周开始根据赵教练的示范做引体向上。他暗自下决心，呆会儿必须开口问问到底什么时间开弓道课？不可能所有的时间段都撞不上。

经过委婉的东拉西扯，赵教练说，会所开设每一个项目的原则是3个学员以上才开课，跆拳道、肚皮舞、瑜伽、民族风等等全部一视同仁。于是弓道课的老师、学员只好一块儿撤离，合并到其他会所去了。

具体的去处，赵教练也不太清楚。

这个结果令小周非常失望，可以说实在有些沮丧。

看来一见钟情还真不是空穴来风啊。

晚上有一个聚餐，是跟警校的同学吃火锅。班长马达喜欢张罗，仿佛一日班长终身班长，大家也就助兴在一起热闹热闹。

周槐序在会所洗了澡，少有的，他的白色蓝边的健身提包里，一早起来就放进了行头，看上去是普通的休闲装，米色配深灰，但因为纯棉的质地好，筋道，越旧越立得住，不会软绵绵地趴在身上。这个牌子是小众中的小众，品牌名称叫作"死人杰克"，没有实体店，只能在网上购买。长处是没有什么设计感，柔软，还有就是对穿它的人有要求，如果体格健美，乘十乘百的舒服、顺眼。反过来说，你差劲它就什么都不是。缺点是小贵。

作为时尚青年，小周从来不喜欢满身"搂够"的大品牌，上次抓两个坏人，全是爱玛仕金扣的皮带，又假又碍眼。

不过不是一律不喜欢大牌，手表就是绿表盘的水鬼。

所以从盥洗室出来，小周焕然一新，头上还抹了点发胶，清新俊朗，脚上是一双黑白回力球鞋，属于武中有文的混搭品位。

好吧，的确是以为今天或许会有艳遇。

离开的时候，小周锲而不舍地扫了一眼游泳池畔，有一群孩子跟着游泳教练在水里扑腾。他想见到的场景似乎从来没有发生过。

火锅店的名称叫作四方九格，是重庆风味的，也比较好找。

周槐序到达包房的时候，同学们大致聚齐，都在互相热情地打招呼。因为是穿便衣，感觉还是制服比较有说服力，否则就变得高矮不齐胖瘦不等，还不止一个人穿假名牌，放眼望去，情调是一塌糊涂。不过彼此之间的感情还是一如既往地好，大伙说话还是嘻嘻哈哈口无遮拦。

班长马达最后一个赶到，他群发通知的时候说要一醉方休，所以谁都不许开车过来。结果只有他一个人是开车来的，可以理解，赶时间嘛。

他带了两瓶"闷倒驴"。

大伙开怀畅饮。酒过三巡，加上正方形的多格锅底，除了一个格子免辣涮菜用的，其他均是从微辣到劲辣，可以涮的牛羊肉海鲜之类五花八门，所以聚餐很快就进入了高潮，有激动的，有发牢骚的，有伤心落泪的，有滔滔不绝的。马达的毛病是喝多了就近抄椅子，人瘦得像吸毒人员，力气却大得惊人。也只有坐在他身边的小周能够抱紧他。想当年在警校擒拿散打的专业课，期末考试实战对打，挡不住大伙同室操戈，相煎凶残，不见红哪来的好成绩？小周和班长打红了眼，眼冒金星，鼻血飞溅，班里也只有他们两个人90分。

情感肯定是一个话题，有人说小周需要私人定制，有人笑话他"也只有小周还相信爱情"。马达说，你们懂个屁，也只有我们小周配相信爱情，就像我们没有青春只有岁月一样，相亲也只能谈条件。只有我们小周，任何一个物质女孩在他面前都会清纯可人，没有婚戒也想嫁他。他不相信爱情还有谁配相信爱情？周槐序笑，反正每次他们都会这么说。

只是马达心里不痛快，他的第一任女朋友，因为12万的见面礼金，被丈母娘生拆了，还到处说马达不配她的女儿。这令马达没面子。

照说，礼金也就是行价，并没有多要，据说随后也都会花在小两口的身上，属于正常的民间习俗。可是公序良俗也要命，马达没有12万，又不肯去借。然而说得出来的理由是抄椅子。

你想干什么？你想敲死我吗？你是警察还是流氓？你一直都有暴力倾向吗？总之在准丈母娘的厉声呵斥下，什么花好月圆都没有了。两个人山盟海誓地分手，都说彼此在心里扎了根，永不相忘。有什么用啊，小周的爱情观里没有这种深灰色，要么深爱，要么路人。

马达现在已经结婚了，跟一个各方面都平庸的女孩子。女方家曾住在城中村，属于当年的郊县菜农，国家征地补了不少钱，所以日子过得相当殷实。

不知为何，小周的脑海里居然飘过那个练习弓道的女子。

却又没有什么现实感，如梦似幻，仿佛有人在他的生活里轻轻吐了一口烟雾，造成迷离的效果。

他突然有些落寞。麻辣香锅浓重的味道，在空气中积累、飘散直至饱和，嘈杂的声浪喧嚣起伏不绝于耳。然而，热火朝天一瞬间对他不起作用了，似乎那些人都不存在，只是一些欢快绚丽的影像在四处翻飞。

他远远地看见他一个人守着一口大锅狂涮。

片刻，他又变成了一杯闲置的清茶，没有人要喝。

或者是失物招领处落满尘土的旧皮夹。总之他以前从来没有这种感觉，一直是明亮、阳光、元气满满的。

人有心事，就像破案找不到思路。

散场之后，大伙匆匆道别。周槐序扶着深醉的马达下楼梯，这时他抬起手腕看了看水鬼，将近晚上12点钟了。

夜幕浓重。街道上仍旧车水马龙。

饭店的门口有一个女孩子背对着他们站着，穿灰蓝色百伦运动鞋，洗得发白的破洞牛仔裤，淡粉色的棉衬衫松松垮垮地塞进裤腰里，衣袖高挽，露出纤细的手臂，头发随便低束在脑后。白色的耳机线令人联想到她可能在专注地听音乐，又有一点点特工上身的味道。

女孩转过头来，小周当场就惊着了。

他感觉虎躯一震。

"是你们叫的代驾吗？"女孩见到两人的模样，迅速摘掉一侧的耳机，微笑着柔声说道，还报了一串车牌号。

周槐序不知所措，嗯啊一番显得茫然愚笨。

他也喝了酒，但仅两三杯而已。女孩又重复了一遍刚才说过的话。

没错，就是那个练习弓道的女孩。他太记得她瘦削的脸颊和刀锋一样挺直的鼻梁。而且她休闲的素颜让人惊喜，清薄干净，眼睛就更显得碧水深潭。也许是因为大喜过望，小周感觉比喝了酒还要眩晕，脑部缺氧，有窒息感。一时间更不知道说点什么。

马达的车是一辆悦达起亚，女孩熟练地开车，小周负责指路。

幸亏马达住在市郊，这样车可以开得远一点，久一点。并且目前马达是昏死状态，也不可能搅局。可是小周就是不知道说点什么，而女孩也是个少话的人，只专注地开车。

不过小周的内心还是礼花频频，称心如意的感觉真好，如果他穿着一身运动服就过来了，再如果他也喝得不省人事，或者他没有坚持送马达……总之一切都恰到好处。顺便，他也想到了几个自然场景，他和女孩停好车，把马达交到他老婆手上。之后两个人一块儿去搭地铁，地铁本身就是许多故事发生的地方。再如，两个人都想走一走，边走边聊也很不错。

如果住的大方向背道而驰，小周想好务必说自己跟女孩同一个方向。这次绝不能让她溜走了。

没有人说话，显得车轮沙沙作响。

小周嘴角上扬地望着窗外，少言，安静，也是他喜欢她的原因之一。夜晚原来可以这样温柔。

4

柳三郎的设计工作室在耀中大厦 23 楼，轻奢风格，一侧是体育中心，这样避免了鳞次栉比的林立楼群恐惧症。窗外相对空旷，俯瞰是绿色的草坪。工作室陈设简洁，基本是黑白灰的基调，没有其他色彩。

除了一个与乒乓球台大小相近的硬木桌子之外，其他的书架、文件柜、窗棂等处都挂着木制衣架，上面是成衣或者半成品成衣，下面是裤子，还有鞋。不同的崭新精致的鞋子永远都在高高摞起的书堆上。有些衣领上还挂着墨镜或饰物，鞋子旁边有不同的箱包，总之搭配得当，独具整体感。又仿佛总有一个人准备出发或者刚刚归来。

门口的标志是一张黑桃 K，扑克人闭着眼睛。

感恩。

三郎一直这样告诫自己。他的同行们如今还都在红砖厂、东方红等创意园苦苦挣扎呢，就因为那些远离市中心的地方房租便宜。而他，也曾在那里打拼。只不过他凡事不强出头，默默坚持自己的主张。

首先他是一个本土设计师，从未有过远赴重洋欧洲求学的经历。不过他追随山本耀司，赞成他的酷毙风格，对面料执着的讲究。母亲也曾经说过，好菜是吃食材，好衣服是穿面料。三郎寻找面料非常挑剔，像普洱茶一样必须陈年，经年的棉布如同山本所说，是有生命力的，放上一两年，经历自然收缩后，日见生长、成熟，呈现出深藏不露的美丽。其次就是技术上有挑战性细节，在最不起眼的地方精工细作，然而整体无设计，设计师就像不存在一样消失在细节里，哪怕是一粒扣子，或者一个褶皱，必须亲密而体贴。

这也是他对自己的期望，在他制作的衣服上看不见时间、价格和对手。

在流花国际服装节上，三郎也坚持不用模特儿，或者说也没钱吧，就电召那些买过他们服装的普通人，直接走T台。反正他的衣服只做到中号，能穿的粉丝应该身材都不差。

他还是蛮幸运的，有风投公司独具慧眼，认为他有走出国际范儿的潜力。

眼下，三郎端坐在电脑前工作，他的工作台就是"球台"的一隅，不再有另外的桌子，他一直喜欢大而无当的工作台面。

朱易优则坐在同边的球台上，两条腿因悬空而摇摇晃晃。

"不以盈利为唯一目标，我当然同意，也是别人没法取代的特色。但也不能以赔本为目的吧？"朱易优说道。

"我们赔本了吗？没饭吃了吗？"

"可是她是豪客啊，又兼时尚杂志的艺术总监。"

"那又怎样？"

"网开一面啊，难道把所有的路都堵死吗？"

朱易优提到的女豪客，非常喜欢三郎做的衣服。但是三郎的品牌成衣，全部只做到中号，没有大号，加大更是天方夜谭。朱易优作为营销推手当然要跟方方面面的人打交道，而且市场这个东西，有残酷的另一面，叫好不叫座的东西多了去了。多一个有能量的脑残粉不能说不重要吧。

但是三郎不肯破例，"好的品牌是对客人有要求的，"他这样解释自己的坚持，"她完全可以减肥，这样才可能把喜欢的衣服穿得漂亮。这有什么不对吗？"并且，三郎还真不是针对哪个人，他亲眼所见的一个还不错的品牌，居然答应顾客做出4个加的大号成衣，"你认为这衣服还能看吗？"很快，这个同行辛苦打造的品牌就消亡了。

三郎很害怕经受这种惨痛的教训，再说坚持，曾经让他尝到甜头。

然而对方也是坚持的人，她手上不但有一本时尚杂志，还有一个会员制的高级会所。她提出可以让会所的工作人员全部穿三郎品牌的制服，这是什么含金量的订单？朱易优没法淡定。

"拜托，制服？"三郎用鼻子哼了一声。这个肥女人有什么时尚水准？主动制造撞衫现场？

朱易优当然知道三郎在想什么，冷眼相对。

这一眼意味深长，好吧，市场最需要的不就是傻子吗？朱易优熟悉三郎的不妥协，但也不能让他觉得一切都那么理所当然。三郎明白他的意思，所有的品位其实都是商品，设计师千万不要以艺术家自居。

三郎嘴角上扬似笑非笑，"你还是考虑给大号女顾客找一家靠谱的减肥中心吧。玛花？必瘦站？"

"你知道的还真多。"

"那个人很难缠吧？"

"你有多讨厌，那个人就有多讨厌。"朱易优没好气地回道。

不过两个人还是会心一笑。

三郎和朱易优是高中的同学，严格地说，朱易优也是单亲家庭，他父母离异后，父亲又给他找了个后妈，后妈对他还可以。但这并不妨碍朱易优性格谦让平和，幼年时就懂得察言观色，做事情也是身段放得最低的那种人。虽然两个人性格迥异，但是形成互补也颇为合拍。最困难的时候，两个人在红砖厂一间简陋的厂房里，自己粉刷工作室，深夜席地而睡，盖着厚厚的报纸。

那时候吃了多少泡面和包子？

据说泡面都比包子有营养，怎么有人会做这么无聊的研究？

这时有人敲响了工作室的门。

朱易优跳下球台去开门，进来的两个男人都穿着警察制服，令朱易优颇感意外。这两个人分别是老曹和小周，三郎认识他们。只是仅有的几次见面都是在警局，他们突然到工作室造访还是头一次。

这两位的出场是典型的老少配，枯黄嫩绿，阴阳相济。

老曹是那种不叫的狗，眼神犀利但又猜不透他在想什么。这个人总是故作漫不经心，第一次见到他时，他手里卷着一本《科学之谜》杂志，这不是儿童科普读物吗？

那个小周毫无城府，倒是可以忽略不计。

三郎站了起来，双方微笑地打招呼。朱易优见他们互相认识，也松了口气，为两位客人泡好茶之后，就知趣地到另一个房间去了。

三郎并不知道这两个人专程跑来的用意，尤其是他昨晚在雕塑公园夜跑，还碰上了小周，两个人都跑得大汗淋漓，还搭讪了几句。小周什么都没有说，也没有问，今天却一本正经地出现在工作室。

谈话其实相当轻松,老曹就是问三郎有没有端木哲的消息?还有就是苞苞的消息?三郎一律回说没有。也的确是没有。

其间,小周一直在环视工作室里的陈设与环境。

黑色的水晶吊灯和整整一面墙的设计图纸,对于时尚感十足的小周来说,仍有被瞬间征服的威慑力。这从他微张的嘴巴可以看出来。其实三郎见过小周穿他设计的衣服。

终于,小周忍不住指着黑桃尖说,"是死人杰克吗?"见三郎点头,小周有点兴奋道,"衣服的里面都有这个标志呢。"他指的是闭眼睛的扑克脸。

老曹背着手四周巡视,信手翻看了挂在衣服纽扣上的价格牌,有点吃惊的表情。小周没头没脑地说道,"好品牌是骄傲的,连用户都是骄傲的。"老曹横了他一眼,哼了哼鼻子,"问你了吗?"

小周尴尬地笑了笑,还挠了挠脑袋。

两个人坐下来后,老曹仔细品茶,"嗯,不错,金山时雨。"

我靠,他怎么什么都知道?这种安徽茶应该是小众茶吧。三郎在心里骂了一句,他其实没有原因地非常不喜欢老曹,阴森森的一个人,似乎每句话都是陷阱,让人防不胜防。

果然,他不经意道,"听说端木哲和苞苞并没有在一起。"

"怎么会?"三郎的眉毛挑了起来,难以相信的神情。

接下来是好一阵莫名的沉默,三郎以为老曹会接着说下去,但是老曹并没有说话,好像在等待三郎会说点什么。

我该说的都重复无数次了,三郎这样想着,目光露出明确的漠然。

两年前,三郎发现了新婚半年的妻子苞苞在跟端木哲幽会。

那天苞苞在洗手间打电话,门虚掩着,刚好三郎路过,听见苞苞压低嗓音说,讨厌。讨厌是个语气词,如果女孩子柔软娇羞地说,什么意思不言而喻。后来苞苞进了衣帽间,手机随手放在客厅的茶几上。三郎回拨过去,是一个既熟悉又陌生的男声,又怎么了?宝贝儿,等不及了吗?

三郎挂断电话,这才看了一眼来电显示,通讯录上只一个字"哲",自然是端木哲无疑。

端木哲曾是苞苞的前男友,是个凤凰男。以苞苞父母嫌贫爱富的本性,根本不可能答应这门婚事,百般抗争而仍无结果的苍茫时刻,端木哲主动打电话给三郎希望见一面。

两个人约在丽兹酒店的咖啡厅,空气中弥漫着复调的玫瑰加野柑橘的香气,耳边环绕着莫扎特的钢琴协奏曲《秋日私语》。五星级酒店的茶具总有一种装腔作势的洁净高雅。

三郎点了水果红茶。

端木哲来得稍迟一些,一眼看上去,他还真不像农家子弟,虽然是休闲的打扮,但是颜色的搭配恰到好处。他是一位化学老师,聪明和知识的熏陶令他变成去掉憨厚气息的闰土。看来他很重视这次见面,神情稍稍有些凝重,但又不想在气势上输给对手,便努力作出不在乎的样子。

我就直说吧。他这样说,显现内心的自信和力量。

三郎定定地望着他。

端木哲讲了他与苞苞的相识相恋直至如胶似漆,重点在于他们已经同居了一年又八个月。这种事情哪个男人听了都不那么好受。

他的目的很明确,希望柳三郎悔婚。一切就变得简单了。

三郎平静地听着端木哲的述说,像是在听跟自己毫不相干的故事。直到端木哲讲完,三郎仍旧安详地看着他。

讲完了?

这种平静显然超出了端木哲的生活经验,他下意识地点了点头。

那就埋单吧。三郎扬手示意了一下服务生,并且掏出一张银行卡放在雕栏玉砌的花梨木餐桌上。

令他印象深刻的是,一丝狠毒的怨恨之光在端木哲的眼中闪过。

发现他们又搞在一起,三郎没有想象中那么愤怒。毕竟,只结婚而不圆房是对女人的一种精神摧残,令她们自愧性别模糊,欠缺吸引力。苞苞就穿过性感内衣,满身蕾丝却又三点毕露。在昏暗朦胧的灯光里,他也努力把她想象成自己喜欢过的人,但是身体不配合,始终是休眠状态。

三郎也想过离婚,这对他来说算不上特别痛苦。

不过苞苞虽然物质,并不是没有优点,她的天性活泼善良,遇事也不会纠缠不清,而且她非常孝顺,对待老人是无条件的周到体贴。结婚之后,每次回家去探望三郎的母亲,她都呆在厨房里能跟老人聊两三个小时,叽叽咕咕还常有笑声溜出来四处回荡。每当此时，三郎都对苞苞心存感激。

离婚对母亲的打击肯定会更大。

再说离婚也要有所准备，脑门一热的结果可能是无法穷尽的首尾、善后等事宜，心思缜密如三郎，他当时就想到，如果苞苞不承认红杏出墙，那么分财产就变成了一件麻烦事。

他决定此事按下不表。

但是在客厅和卧室，他都安装了隐蔽的针孔摄像头，只要拍到这两个人在家中幽会的画面，就什么都不用解释了。

渐渐地，他出差的次数增多，潜意识里是给他们创造机会。有时是真的出差，有时则是假借出差其实住在工作室里。当然他也去看过正规的中医院，那些昂贵且神秘的小药丸对他没有半点功效。

然而端木哲最终出事，并不是被三郎拍到了艳照门。

那一次三郎"隆重地"出行，漂洋过海去观摩伦敦时装周，那里有众多独立设计师引领的前卫、实验的品牌，又独具充满活力和创意的极致魅力，相比纽约、米兰和巴黎等地时装周的过度商品化，还是最老牌的资本主义更懂得天马行空和优雅清新并不矛盾。

他发出大量的现场图片，也包括景点和美食。

归来之后，并无斩获。每次查看录像都是既忧心又失望，干净的画面就跟洁本的《金瓶梅》一样。

也许是受了刺激，端木哲太想挣到钱了。他利用自己的化学知识，在网上购买药粉、原料、合成机等，经过周密调制做成一款减肥胶囊，取名叫作绿色闪电，简称"绿闪"，意思是绿色减肥瘦成一道闪电。一系列的包装和营销之后，他把这些成本低廉的胶囊批发到各地的减肥网站，由那些人卖药。价格奇高却还受到热捧。

怪不得他根本不屑跑到三郎的家里来，而是在外面租了个小公寓，从此告别学校的集体宿舍，在那里一边制造假药一边密会女友。

然而，梦到好时容易醒。浙江某高校的一位 21 岁的女大学生，由于服用了"绿闪"意外死亡，尸体解剖查出胃容物里含有氟西汀，这是一种抗抑郁症的药，有明显抑制食欲的作用。谁都知道，减肥的要素就是和旺盛的食欲作斗争。但就是因为氟西汀对身体的毒性大，会造成全身器官衰竭，所以国家明文禁止将它加入减肥药之中。但是绿闪里氟西汀的成分惊人，服用者也瘦得飞快，自然卖药的网站频繁进货。后来死了人，也纷纷剑指。经过警方查明，"绿闪"就是端木哲一个人、一间房、一台电脑，配制后贩卖。这一结论在他租住的小公寓内被勘查和证实，却没有抓到人。

端木哲人间蒸发。

同时消失的还有苞苞。

在调查这两个人的社会关系时，三郎被请进警局协助调查。他表示知道他们过去的关系，但并不知道苞苞婚后仍与端木哲有染，当然也不可能知道苞苞的去处。对于当众戴绿帽这件事，三郎显然感到大失脸面。所以他超出寻常地寡言，回答问题多是点头或者摇头，没有一句废话。

为了尽早抓到犯罪嫌疑人，也为了拯救广大嗜瘦成癖的文艺女青年，此案被拍成电视节目播放，并悬赏提供重要线索者。

热闹了好一阵子，各个方向的侦查思路全部此路不通，折回原点。

警方初步判定，这一对野鸳鸯无论是私奔还是逃离，已经浪迹天涯，其中端木哲这个人具备一定的反侦查能力。

整整两年零三个月，苞苞到哪里去了呢？又是怎么被警方翻出来的？

三郎当真有些好奇。

5

这是一个街内的酒吧，又是下午时分，所以相当冷清。

推门进去，最为醒目的是废置的旋转木马台，镶嵌镜面的圆顶还在，下面换了桌椅，但是飞奔姿态的小马都在，蛮抢风头的。

音响里放着一首经典的狐步舞曲，旋律摇曳虚渺，让人想到狡猾的舞步你退我进我进你退煞是湍急。只见小王先生独自坐在一张旧得发毛的皮沙发上喝啤酒。离他最远的吧台是旧红砖砌成的，分行挤满了奇形怪状的酒瓶。年轻的酒保坐在金属支架的高凳上看 Iphone 刷屏。

周槐序向小王走了过去。

老实说，小王打电话给他约见面，实在出人预料。

或者说简直令人愤怒。前一天晚上，小周和神秘代驾顺利地把马达送到家，马达的老婆早早地就在楼下等候，小周把马达架下车来，这时他的手机响了，小周依稀记得女代驾从驾驶室跑出来帮忙扶人。于是小周接了这个电话，正是小王先生打来的。

总共说了三五句话。小周挂线之后，发现身边空无一人，马达的空车停在路边。小周上楼敲开马达的家，马达的老婆说代驾并没有上来，她付了钱之后，代驾就走了。

下楼以后，小周在悦达起亚旁边发了一会儿怔。

随即拿出手机打给同学，问代驾的电话号码。

当时他极有冲动，必须找到这个神秘代驾，约她第二天晚上见面，随便找个地方把自己喝高不就好了。

同学说，我发给你吧。

隔了两分钟，短信来了，是一个400开头的服务电话。

所以今天见到小王，小周还是在心里骂了一句妈蛋。之后他暗自做了一个深呼吸，和颜悦色地走了过去。真是内心戏够多。

虽然有些背光，但是小王颓废加劳累过度的神色还是令小周有点吃惊。老王的死亡原因查清之后，应该没有警察什么事了，但是无论老王的家属还是院方，都希望警方不要撤离得那么彻底。因为现在医患矛盾日益恶化，沟通不畅就会动手。有警察在场彼此略为安心。

然而短短几天时间，小王就已经被折磨得胡子拉碴，憔悴不堪，眼神显得格外浑浊无力。本来就不年轻的他一下子又老了10岁。

这也难怪，他们家四处找人，同时也请了律师，要跟医院打官司。院方感受到压力，最终让步到私下调解，医院付10万元人道礼赔金。但是这个数目离小王的心理预期相差太远，所以老王仍旧没有火化。双方还得坐下来进一步商讨，小王先生变成这样也就不奇怪了。

小周坐了下来，点了一罐苏打水。

小王懒洋洋地抬起眼皮道，"我是没有力气了，就直接讲重点。"

这当然也是小周希望的，于是认真地看着小王。

"这么说吧，"小王挺了挺腰身，似乎要把自己调整地更舒服一些，"我终于想明白了，其实是我哥杀死了我爸。"

周槐序愣了一下，脑海里浮现出大王先生的模样，他们两兄弟长得还挺像，中间相隔4岁。大王不太爱说话，有点闷闷的，相比起来小王更灵活，样子也更讨喜一点。

小王说，本来家丑不可外扬，但现在也没办法了。主要是父亲死得蹊跷，令他深受打击。说到家里的状况，一直是大王在外面闯荡江湖、结婚生子，而小王则离了婚，陪着父母住。后来母亲的身体也不太好，家里的财政大权就交到小王手里，一切由小王支配。

最初的几年一切安好，看上去一片祥和。后来搬进了新房子，整层楼的面积就有200多平米，地段是寸土寸金的天河商圈，父亲的工资补助又都有所增加。大王的心理就开始不平衡，回家的次数也多了，又带母亲外出旅游什么的。母亲马上就说房子太大，不如让你哥也搬回家住吧？小王坚决反对才没搞成，但却埋下了祸根。总之，当大王发现父亲以什么方式活下去，他都沾不到半点光，自然一直怀恨在心。于是整天跟老刀在一起嘀嘀咕咕，肯定是他跟老刀策划了整件事。

小周心想，这不就是家庭矛盾吗？跟案子没有半毛钱关系。

当然他不能这么说，便道，"当时你为什么事跟老刀吵了一架？"

小王沉默了片刻才道，"这个人抠门，每一分钱都恨不得挤出水来，我明明给他发了当月的工资，他非说没有。好几大千交到他手上，红口白牙地说没有。这跟明火打劫有什么区别？仗着我们家离了他不行，现在穷人都变得很坏，我看他当时手上有刀非砍了我不行！"

小周也不好发表意见，只能不作声。

小王又呷了一口啤酒，把跷着的二郎腿交叉换了一个方向，涣散的眼神流露出老牌公子哥儿的一丝余韵，或者说就是落寞。

他说，这就是一根导火索，大王看准了时机，自掏腰包给老刀补上了那个月的工资。按正常人的想法，老刀是不是应该风平浪静地干下去？但是没有，他说辞职不干了。这不就是大王的授意嘛。

"这只是你的想法，但不是证据。"小周听完述说，这样解释。

"你们只要抓住老刀，先打他两个耳光，一审，必定是这个结果。"

其实，苍老的小王给小周留下的印象就是一个自说自话的人，这种人是没有临床症状的自闭者。

凌晨4点钟，会议室里云蒸霞蔚，几乎每个人都在冒烟。没办法，提神。

例行的，出完现场铁定开会，小现场小会，大现场大会。假币案当然是大现场，机器还是热的，上千万的百元大钞堆积如山，据称以每张3毛2分的价格出售，颇有市场。但警方赶到时这里已作鸟兽散，所以各个部门分别汇报、分析、探讨，然后领导布置下一步工作。

忍叔是不抽烟的，闭着眼睛养神。

散会之后，头儿又把小周和忍叔留了下来问端木哲的陈案。

忍叔仍旧半闭着眼睛，小周汇报了案情：整整两年，有关端木哲和苞苞的踪影没有丁点儿线索。终于，技术部门传来消息，尘封已久的苞苞的银行账户有了动静，并没有取钱，而是一个查询余额的客服电话操作。经查，电话是由银川市区打出的，是一个公用电话。

小周和忍叔赶往银川，在当地警方的协助下，根据这条线索，查到了苞苞的行踪。她投奔了住在这边的一个同学，目前在一个小区内的幼儿园当老师。案发前苞苞就是幼师，她在小区内租了房子居住。

为了找到端木哲，小周和忍叔并没有惊动苞苞，而是日夜蹲守监控。但是将近一周都是苞苞独往独来。

只好把她带回广州协助调查。

问来问去，苞苞坚称两年前就没有跟端木哲一块儿逃离，他去了哪里她完全不知道。既然把自己说得这么无辜，为什么还要跑到那么远的地方藏匿起来？苞苞的解释是她也在躲端木哲，不想让他知道自己的下落。

为什么？

沉默。

长时间的沉默之后，苞苞说是她和端木哲之间的感情出了问题，她不想多说，也跟任何人没有关系。

最终只好放人。监视居住。

明知道去柳三郎的工作室不会有什么收获，但还是去了，果然是徒劳。但忍叔坚持这么做，他说办案的法宝就是不厌其烦，你永远不知道在下一个路口会遇到什么。

说了半天等于什么都没说。头儿板着脸坐着，微微侧目，表情就是这个意思。

"这个案子上升到督办，要查出端木哲的下落。目前外省发生的一起大案，有证据表明，端木哲做绿闪只是面子工程，重点是他在感冒药里提取冰毒，然后通过秘密途径卖到外省去。"

头儿说到冰毒这两个字的时候，忍叔的眼睛睁开了。

头儿也见怪不怪，冲他们厌烦地挥了挥手。

出了工作大楼已是旭日东升，两个人先去芦姨的利群茶餐厅吃早饭。忍叔径自找到一处卡座坐下，小周去了收款台点了两个套餐，分别是粥粉和馄饨。芦姨收款时不抬眼皮道，"日子过得好喧嚣哦。"

小周愣了一下，"什么意思？"

"夜生活啊。"

小周脸一沉，夜你妹啊差一点脱口而出。

不等他说出话来，芦姨懒洋洋道，"不要告诉我开了一晚上的会。"

小周也懒得解释，自己拿着托盘领取两份套餐。总之，男人晚上不睡，在芦姨眼里都是去了夜总会。

要忍耐，出来混就是让人误解的。忍叔一直这样教导小周。

吃饭的时候，小周问道，"一会儿回去看'大片'吗？"

"大片"是指监控录像带，苞苞说她最后跟端木哲约在一家建设银行的门口见面，但是她并没有赴约，而是自己去了长途汽车站离开了。有关端木哲最后出现的录像带他们反复看了多次，从家里出来之后上了出租车，但完全是那家建设银行相反的方向。也就是说端木哲同样没有赴约。

这都是什么情况啊。

"不，一会儿去大王的单位，看他怎么说。"忍叔说道。

小周嗯了一声，心里又觉得有些多余，小王约他的事告诉忍叔之后，他当时什么都没说，似乎并不重要。小周同感，毕竟是他们的家事，此案也只好搬个板凳备好瓜子看热闹了。这是小周的真实想法。

看似无用的走访和询问，忍叔比较坚持，而且一丝不苟。

每一个细微的发现，存在着上千种可能的原因。刑侦工作不是想当然的推理，只有多角度多层次的观察，线索才可能慢慢显露出来。

这是忍叔坚持的一贯风格。

和小王先生完全不同的是，大王先生可以说是一位成功人士。他在一家大型国有企业做资金部部长。到达他们公司之后，有秘书模样的人把忍叔和小周带进小型会客室，为他们倒好香茗。

不一会儿，大王先生就匆匆赶来了，穿着正装，彬彬有礼地打招呼。

待他坐定之后，忍叔先开口询问他对父亲事件最真实的想法。大王先生表示他是同意 10 万元的协调费的，并且都给妈妈和弟弟，他不参与分配，只是希望父亲尽快火化，入土为安。

关于家庭矛盾他只字不提，包括他跟老刀的关系他也不想解释。

最后他说，我父亲这辈子太不容易了，尤其是脑萎缩以后，每次见到他其实都是一种折磨，现在他走了，还要继续折磨他吗？

他说不下去了，微低着头，眼圈微红，看得出来，他在竭力克制自己。

小周的鼻子有点酸酸的。

兄弟两人的品行立见高下。他想。

对于任何问题，大王先生的回答都是终结式的，绝不展开，直奔结果。所以谈话期间会有一些小冷场，直到忍叔和小周不得不客气地起身告辞。

重新回到大街上，两个人沿着骑楼往回走。

"你相信阴谋论吗？"小周问道。

"当然不信。"

小周没有接话，只是看了忍叔一眼，意思是有必要跑这一趟吗？

忍叔道，"我也不知道为什么要过来。可是有一个人说话了，总要听听另一个人怎么说。好多事都是这样，你以为结案了，结果是刚刚开始。"

小周点头。

"只是一种预感，说不清楚。"忍叔下意识地回头望了一眼大王工作单位伟岸的大楼，"这个人的性格还蛮刚烈的，但是刚则易折。"

"嗯，我也觉得他挺正直的。"

"真困啊。"忍叔捂着嘴打了一个哈欠。

雨滴撞碎在玻璃窗上，像一场奋不顾身的爱情。

晚 9 点的中山大道两旁，因为下雨行人稍少，但是霓虹灯和滴水灯依旧相映生辉。太古汇像一只巨大的丝绒首饰盒，灰白的颜色沉默富丽。在它对面的正佳广场前，汽车商修了一个英伦范儿的摩天轮，整整一圈的各色 MINI 轿车登高落低地旋转，给人的信息是豪华生活触手可得。一条充满欲望的大道，由于夜，由于雨，也由于玻璃的幻化，加上一定角度时各种灯光十字形闪耀，宛如一节堂皇深邃意味无穷的电影片断。

苏而已开着一辆辉腾。这车结实、厚重，就像开着一所小型住宅。

找她代驾的是一对年轻的热恋男女，估计都是富二代，穿着时尚而不廉价，这从女孩脚上的香奈儿茶花拖鞋上可以看出端倪。女孩是插画师，喜欢下雨天夜游车河激发灵感，而且是酒后。苏而已已经不是第一次为他们服务了，除了车技的平静平稳，主要是苏而已设计的自选路线总是能让女孩满意。

上一次，她选择了花城大道区域，可以看到博物馆如月光宝盒一样晶莹剔透，有层次地散发酒红色的光芒，纯白色的音乐喷泉时而曼妙时而舒缓，引而不发是为了直上云霄。苏而已带来的音乐碟片是席琳·狄翁的《爱的力量》，配合辉腾在夜幕下驶上猎德大桥，有一种临风海上的穿越感。当席姐姐飙高音的时候，车已经驶到大桥的中央，是乘风破浪一般的豪迈与超然，灵魂出窍。

女孩拉开天窗，把头伸出去哇啦哇啦乱叫。富二代的品位也不过如此。

桥上桥下，各种桥的循环，真感谢这座城市有那么多桥，可以给心灵枯乏的都市人一点点微妙的刺激。

那一晚的代驾费是 1000 元。

代驾，首先是需要钱。这当然没有问题，但是对苏而已来说，还有一个原因是不想丢掉开车的技能，她是在国外考的驾照，回来以后没有车，她认为总也不做的事情就会机能退化。

再说，她还蛮喜欢开车的。

雨天配巴赫的音乐比较合适，旋律重复，略显沉闷，但是会让人心安。麦斯基的大提琴对巴赫的演绎浑然天成，混搭在"电影片断"里是西红柿炒鸡蛋式的经典。

车内的后排座上，两个年轻人开始卿卿我我，发出非同一般的声响，应该是那个男孩子更主动一些，他的样子干净而青涩，有着英俊的脸庞和令人捉摸不透的吸血鬼气质，格外喜欢这个大眼睛细长腿又有点心不在焉的女孩。

如果苏而已不在车上，估计得来一场车震吧。

但这丝毫不会引起苏而已的不适，或者脸红心跳。好吧，她承认自己患有"爱无能"，对 A 片情节缺少正常的生理反应。

她也有过甜蜜的过往。

当时在华南理工大学读纺织与制作专业，年轻貌美还是次要的，关键是她有一个殷实的家庭背景，她的父亲从事印刷业，生意颇有规模。有钱令苏而已可以像男孩子一样，想干什么就干什么。

大二的时候确定了男朋友，当然是同班同学，他的样子平常，性格怯懦。可是他有才华，他的作业或考试每每都是于无声中听惊雷。

两个人的理想是一块，去伦敦读中央圣马丁学院，据称那是时尚鬼才频出的地方。但就个人风格，苏而已非常喜欢川久保玲，就是那个"乞丐装"的妈祖，她的理念反叛，大胆强暴了斯文得体的高级品位，以宽松、立体、破碎、不对称、不显露，以至于无美感而胜出。其实还是一个先有鸡还是先有蛋的问题，是修饰肉身还是想象人体的千古一问。自然令川久饱受争议又备受推崇。

如果顺理成章，那应该是另外一个故事，另外一种写法。有时候，要想成为一个庸俗的人，一个大团圆结局里的配角，是相当不容易的。

22 岁那年，大学毕业前夕，作为奖励，苏而已参加旅行团去了巴黎。这一直是她的夙愿，感受真正的时尚气息。就像大陆的文艺青年没去过北京，操着家乡口音怎么谈艺术啊？而一个有情怀的设计师没去过巴黎，也是不可思议的吧。

在左岸喝咖啡，在普罗旺斯采集薰衣草。然而那一年的法国对于苏而已来说，不再是每一天都生活在电影里的游人心态，不再是一掷千金买下圣罗朗配饰的公主情怀，罗浮宫的堂皇和地中海黄金一般的阳光都在瞬间黯然失色，变成浮云。留下的只是沉重的伤痕。

旅行即将结束的时候，她接到父亲的电话，叫她不要回国，就在法国找个学校念书。父亲说会通过香港的朋友给她汇钱。

父亲说，家族生意已经彻底破产了。大环境是一个方面，金融风暴就像龙卷风一样，所到之处洗劫一空，几乎无人幸免。偏偏父亲不甘心，又一直太过自信，听不进劝说，犯了一个又大又低级的错误——去地下钱庄借了高利贷。以为自己靠苦撑就能力挽狂澜，结果可想而知。

苏而已大三的时候,家里的经济已经出现问题,但父母怕影响她的学业,对她一瞒到底。性格粗枝大叶的她竟全然不知,还吵着欧洲游。

父亲是深爱她的,希望她能够实现自己的梦想。

她当时就哭了,她说,我没有问题,我要和你们在一起,我也可以不当设计师,打工赚钱帮补家用。

父亲说,别傻了,又不是演电影,在一起只会产生怨恨。

他说,本来以为可以陪你久一点,走得远一点,现在不行了,到此为止。你自奔前程自求多福吧。

事实证明父亲是对的,他卖掉公司、工厂和几处房产,包括自住的大房子,跟母亲去了乡下投奔远房亲戚,却仍有讨债的人千里迢迢找上门来。他也只能东躲西藏,最终彻底失联,直到现在都下落不明。

母亲从此一病不起。

父亲只汇过一次钱而且数额有限,谁都知道在国外读艺术是最贵的。苏而已来到法国高级时装艺术学院,在校园里伫立良久,算是向这所1841年创办的号称时装界的哈佛致敬,并且痛悼自己玫瑰色的梦想。

她还没有傻到真以为靠自己打工就可以把艺术文凭读下来,她的人生遭际了巨大的转折,从此认识到钱的重要性,也知道了钱被万人膜拜的原因。以往她对钱几乎没有概念,态度无比轻慢。

她决定把自己安置下来,打工赚钱,幻想着有一天腰缠万贯回国搭救父母。

然而生活的课业,就是先养活自己都困难重重。在一个陌生的国度,语言不通,没有亲人,两眼一抹黑。所幸她是一个男孩子的性格,她找到唐人街,找到教会,寻找面善的同胞请求帮助和指点。她相信人在异乡多少都会滋生出一点恻隐之心,是"沦落人"之间特殊的情愫。

即使如此,没有身份,她也只能做最底层的工作,洗碗,看护老人或者残疾人,在艾滋病患者专诊牙科负责挂号,为此患上洗手强迫症。

她洗碗洗到腰都直不起来,被残疾病人暴吼,甚至扔东西砸破了头。所有这一切摧残的都不是她年轻的身体,而是崩溃和坍塌了她的精神世界。她的梦想,她的文艺小心灵,她的自尊心,包括爱情或者貌似爱情——她也想过用婚姻来解决困境,所能碰到的对象除了老者、中餐馆的胖厨子,还有一个流浪汉（法国人，可以解决身份）。每一次的答案都是绝望。

常常在深夜里惊醒，尤其是寒冷的冬天，老旧的出租房间里跟没有暖气一样。在她脑海里飘过的全部是被训斥、被咆哮，然后是无边的茫然和无助。

她学会了忍耐、麻木、硬冷和顽强。

某一天，她走在香榭丽舍华丽的街道上，看到一个中国游客在边走边吃肉夹馍。不知他是从哪里买来的，应该是不雅的行为，但是他吃得十分泰然。这原不是南方的食物，面饼烤得焦黄，夹在馍里的腊汁肉色亮红润，肉香扑鼻，突然就让苏而已热泪盈眶。

想家。面对离着最近最清晰的实物，随之而来的不是食欲，而是掏心挖肺一般的思念。

她一夜无眠。猛省自己为何要呆在这里？贵妇还乡的美梦早已渐行渐远遥不可及，然而在内心深处，她无颜面对过往的一切，也不想面对。哪怕留下的只是一个远在巴黎的背影，还是希望能撑住这个面子。

两年前，她回国了，用存下的钱租了房子，又租了车子连夜接回住在乡下亲戚家的母亲，改名苏而已，悄无声息开始重新生活。

不希望再有债主上门，她原来的名字叫苏立。

她开了一家网店卖童装，隔三岔五地去白马批发市场背回名牌高仿制品，这在内地还算走俏，而且为孩子花钱是年轻父母最容易想通的一件事。那些带有她审美理念的童装寄往全国各地。

母亲也在她的精心照料下，身体慢慢好些了，至少胖了一点。刚见到母亲的时候，见她瘦得惊心动魄，只剩骨架子。亲戚说，因为没钱，她不肯去医院看病，熬成这个样子。苏而已惊骇地哭不出来，根本没有眼泪，心想幸亏自己赶回来了，否则母亲该有多凄惨多可怜！

对于她在国外的一切，母亲一无所知。还问她文凭拿到没有？她平静地回说拿到了。这是许多大陆父母的误区，认为还有勤工俭学这么一回事。

母亲也很少抱怨父亲，她说，都已经这样了，还有什么好抱怨的？

实际上，她是连抱怨的力气都没有了吧……

这时，苏而已感觉到有人拍了拍她的肩膀。她转过头来，是那个男孩，他说他们要去吃私房菜，喝红酒。他说了一个餐厅的名字。苏而已掉转车头，向着那个餐厅的方向驶去。

滚滚的商业狂潮中,速度与激情肯定是不俗的经济增长点。但是,人都会饿啊。爱情是不可能饮水饱的。

恰似复古、精致、美轮美奂的蕾丝花边,爱不释手又无处安放。

那间私房菜深藏在一个普通小区拐角的民房里,门口没有醒目的招牌,细雨中可以看见一只昏暗的灯箱,映着"私享"二字。除了一只粗笨的风铃在风雨中纹丝不动,其他如常,半点装饰也没有。这家店以虐心出名,没有菜单,以店家当天的采买为准。食客对于食品必须如初恋情人一样全盘接受,不能挑肥拣瘦妄论咸淡。不合口味,请滚,下次就不用来了。他家只做晚餐和消夜,适合小资与文青。

两个年轻人一头钻了进去。

苏而已坐在车里,一边吃自制的蛋腿三明治,一边喝矿泉水。每每这样宁静的雨夜,都让她有一种苦尽甘来的庆幸。心如止水,拼命赚钱又没有一个熟人的日子,就是她希望的幸福生活。

她最不害怕的就是孤独,因为受过严苛的训练。

友谊这个东西,说得好听一点是累赘,实际上根本不存在。父亲的朋友还不够多吗?春茗美点,菊花蟹宴,无穷无尽的狂饮或雅聚,还不是一个人亡命天涯不知所终。当然这也怪不得朋友,本来就是吃吃喝喝的一群人,哪里经得起托付?在这个铜墙铁壁的世界,还是别作幻想,独自上路。

直到深夜两点,那两个醉醺醺的摇摇晃晃的身影才重新出现。

6

中午吃饭的时候,周槐序接到医院科室里打来的电话。是护士小李,她的声音里明显带有情绪,"周警,你赶紧过来一趟吧,小王把我们护士长打了。"

小周三口两口吃完饭,本想好好享受一下食堂并不多见的红烧带鱼,但明显费时间,因为带鱼小,刺太多,只能随便吃两口就倒了。他打电话跟忍叔说了一声,就直接开着警车去了医院。心里对小王越发不满意,啃老还不够,还要啃死人吗?吃了父亲一辈子,最后还要吃个大的,老爷子还躺在冰冷的柜子里,你钱钱钱的还有完没完?居然还敢打人,简直无法无天了。

　　这一次绝不客气，要好好教训他几句。

　　高干科的氛围有一些怪诞，本来应该出现的吵得不可开交的场面完全没有。科主任办公室的门开着，周槐序一眼就看见了小王，因为脑袋上的绷带像包粽子似的五花大绑，所以格外醒目，包扎也绝不是夸张，额头还有些渗血。办公室里除了主任和医生，还有院长和医务处的工作人员。小王沮丧地坐在桌边，桌上放着冒气的热水，还有人在他身边小声劝着。

　　到底谁打了谁？

　　小周出现以后，也没有人理他。大概是已经脸熟就习以为常了。

　　幸好打电话的小李护士在走廊路过，见到小周使了个眼色。小周出了办公室，在走廊拐弯的地方，小李对小周说，本来是小王推了护士长，护士长没站稳坐在地上了。跛足人肯定不干了，就把小王给打了，但是小王也没有示弱，用椅子砸了跛足人。

　　人呢？

　　于是小李带着小周去护士值班室。路上她小声跟小周说，并不是因为打架的事院长才到科里来，是小王托了人，老王的一个老部下，目前位高权重，亲自过问这件事，院长当然坐不住了，只能硬着头皮来处理这件事。

　　值班室的门虚掩着，小李在前面推开门，两个人都进去了。本来就不大的值班室顿时满满当当。护士长躺在床上，面色苍白，见到小周勉强坐了起来，还叫了一声周警。床前的一把椅子上坐着跛足人，脸上有抓伤，一只手臂全部是淤青，他闷着头不说话。

　　没有人开腔。

　　小周想起刚才走进科室，碰到的医生护士都是一副远远地谨慎观望的神态。

　　只好还是小李说情况，她说，因为老王的事，护士长已经压力很大，院里科里都有点埋怨她，因为再怎么说，这也是护理方面的问题，加上跛足人喊她六婶，八竿子打不着也是沾亲带故，总有说不清的嫌疑。而另一头，小王又不是省油的灯，善后工作变成烂尾。这还不算，小王的妈妈身体不好，护士长也怕她在这个节骨眼上出什么意外，每天还要利用休息时间跑到夫人住的地方给她吊水，总之精神和体力都严重透支，累出了二型糖尿病。

其实小王妈妈也同意10万元和解费，尽快让老王入土为安。她自己的身心也拖不起了。今天小王带着律师又要继续扯皮，护士长就多说了一句，小王顿时就咆哮起来，还激动地推了护士长一把。小李说完，垮着一张脸不再作声。

护士长低垂着眼帘，始终一言不发。

跛足人突然说道，"他爸爸过世，能怪别人吗？每次我们一把屎一把尿的，他们都离着一米远捂着鼻子，他们是真有感情吗？当他爸是银行吧。"

"大王先生也是这样吗？"小周问道。

跛足人哼了一声，"不是这样还会怎样？不然他爸会死吗？他有揭开被子看过一眼老人吗？摸过老人的肚子吗？胀胀的硬硬的像门板就是有问题。他们碰都没碰过老人，他们都这样，还想要求护工怎样？都是狼崽子。"

"你摸到老王肚子硬硬的，为什么不报告护士长？"

"我讨厌他们，怎样？"

"你给我闭嘴。"小周给噎得没说出话来，护士长及时冲着跛足人呵斥道，"你还嫌不乱吗？"她因为生气，脸色更加苍白，但是目光犀利，恶狠狠地瞪着跛足人。

跛足人一声不吭地低下头去。

小李走过来碰了碰他的胳膊，把他带出去了。

值班室里只剩下护士长和小周。护士长叹道，"什么六婶七婶，就是老家一个村的，我都不知道为什么管我叫六婶。乡政府不是把地都卖了嘛，他们没有地了，只好到城里来讨生活，一个托一个，蹲在医院里不走，我能怎么办？不出事还好，出了事还以为我在里面做了什么手脚。护工抽成也是交到科里，跟我没半点关系，现在可好，所有的压力都得我一个人扛。"

本来护士长是一个温柔、谨慎的人，估计实在被搞疯了，才终于开口抱怨。谁都有下雨天没带伞的时候，在雨地里奔跑难免不狼狈。

小周回道，"这事的首尾还真是长，也牵扯我们好多精力。"

"但是上面很小心，总是嘱咐我们工作过细，不知道哪只脚会踩到雷。"小周又补充了一句，算是一种安慰。

果然护士长脸上的神情有了稍稍缓和。

这时小周问道，"就算儿子都靠不上，老王的夫人难道对他也不关心吗？"

"关心还是关心吧，就是没那么细致入微。"

小周一脸的问号。

护士长道，"老王是个文化程度很高的官员，据说是手不离卷的读书人。样子又那么周正，你说这样的人能没有红颜知己吗？"

小周抿着嘴点头。

"那个女的在少年宫教画画，早年离异，长得挺漂亮，又会弹钢琴，这不就是妖孽吗？把老王迷得神魂颠倒的。夫人也知道这个女人的存在，可是人家根本不要名分，也没逼过老王离婚，你能拿她怎么样？老王当然就觉得对不起她，给她换过一架三角钢琴，发票叫夫人看到了。你说没看到的，男人为了女人把家搬空了也不奇怪吧？"

诛心之痛，夫人也是"不用心"杀人啊。

"那老王病了，那个妖孽出现了吗？"

"怎么可能出现，你傻呀？"护士长鼻子哼了一哼。

"不是老相好吗？难道没有一点感情？"

"有又怎样？游戏规则就是没有名分，不问生死。"

原来护士长每天到夫人的住所输液，女人之间说一些贴己的话也是很正常的。小周暗想，这件事情从老刀开始，卷进去不少人，环环相扣仿佛神的周密安排，哪怕有一个人稍微走点心也就天下太平。

可惜没有，没有一个人那么做。

从科里出来，已经是下午4点多钟。

了解的情况就是这样，既杂乱琐碎又罗生门，每个人都有自己的立场和说法。但既然都来了，小周还是问小王是否和跛足人一块儿去警局作笔录？

小王说算了，就带着律师离开了。

周槐序有点纳闷，本以为小王又会大做文章不依不饶。还是医务处的一个男助理点醒了他，他望着小王的背影叹道，"这件事总算结束了。"

"怎么讲？"

"院长一锤定音，和解金赔40万。高干科所有的护工一个不留，全部开掉,另外再组织人。这下小王就彻底满意了。"

小周哦了一声,虽然也不满意小王的敲诈勒索,但一想到这个荒诞的案子终于收尾,从此不再麻烦,也算长吁了一口气。

想到这里,两条腿像明白他的心意一样,轻松了不少。

高干科离停车场还有好长一段距离,其间要穿过大大小小以白色为主的若干楼房,如果不是来过几次,说大医院像个迷宫也不为过。接近大门口的地方,还有一节长长的曲曲折折的回廊。

到处都是人,医生、护士、护工、陪人,还有来探视病人的亲朋好友等等。明显是病人的身穿白底竖道的病号服,走得缓慢,也有陪人举着竹竿,上面挂着输液瓶。若不是这些人的出现,把医院说成庙会也恰如其分。回廊两旁也坐着病人,或是停着轮椅。

小周想到跛足人刚才对大王的评判,大王先生的形象又开始减分,主要是没有自己想象的那么好。

跛足人也说,夫人不常来,来了神情也是没油没盐,不见得多么挂心。怎么可能摸老王的肚子?

满脑子都是一些无聊的感慨,不得不说忍叔是过来人,过来人都不滥情,迅速整理掉与案情无关的枝枝蔓蔓,也不相信眼睛看到的。这才是好警官必备的素质吧。

周槐序感觉自己动不动就天人交战感情戏太多,面对无奈和冷漠总是无法平静接受。是不是成熟了疲惫了就好了?

这时,他突然感觉有人抱住了他的双腿。

低头一看,是一个小男孩,五六岁的样子,仰着头忽闪着大眼睛巴巴地看着他,估计是认错人了。缓过神来的小周,看到面前有几个成年人在笑。这里是回廊到头的地方。

那几个人说,这个小孩肯定是病人家属,跑出来玩找不回去了,一个人在这里抹眼泪。碰到这几个好心人就问他要不要帮助?他不但死都不说话,还抱着回廊柱子不跟任何人走,防范意识还真强。现在见到警察叔叔了,急忙扑过去求救。不管是家长还是幼儿园教的,应该是成功的教育成果,现在拐卖儿童的事件太多也太可怕,这孩子够聪明。

小周向那几个好心人道谢,然后牵着小孩子的手,去了医院门诊大厅,离下班时间还有 1 小时 20 分钟，居然这里还是人流滚滚。父亲的眼科医院他都没去过，也是这么多人吗？震撼。

小周在服务台找到医导小姐，其中一个弯弯眼睛总是笑模样的小姐走出服务台，蹲下身去跟小男孩沟通，没说几句话就起身告诉小周，小孩子的家长应该在泌尿外科。

小周道，"这么快就问出来了？够专业啊。"

医导小姐回道，"他说他姥姥开刀，开刀肯定是外科嘛，我又问他开哪里，他说是胆，那就是泌尿外科嘛。我们有 5 个外科。"说完之后，又告诉小周泌尿外科在工字楼。

一路上，男孩都紧紧拉住小周的手。

"你叫什么名字？"小周不希望他那么紧张。

"大溪。"

"大河的大，西边的西？"

"大海的大，小溪的溪。"

"那你到底是大海还是小溪？"

"不知道。"

"你爸妈够纠结的。"

"我没有爸爸，只有妈妈。"

"你爸爸呢？"

"我妈妈说他是一个很好的人，但是不能跟我们生活在一起。"

"你见过他吗？"

"没有。"

又是一个失婚女人的悲情故事。小周暗自神伤，所以他才更相信爱情吧，没有爱情的婚姻能维持多久啊？

小周的脑袋里又一次飘过练习弓道的女孩，本以为彻底放下的念头总是这样漫不经心地被想起。也许她就是一个妖孽，甚至都不知道他的存在，却又一直在他的头顶盘旋。

"你几岁？"

"6岁。"

"你的防范意识是谁教给你的？"

"什么是防范意识？"

"就是不要随便跟着生人走。"

"姥姥教我的，她说我们家就我一个男子汉，以后就全靠我了。"

大溪不仅没有爸爸，也没有姥爷。想到这里，小周心里酸酸的，他侧过头去看了一眼大溪，孩子神情平静，长长的睫毛覆盖着眼睛，一派呆萌令人格外怜惜。

他握紧了孩子的小手。

寻找工字楼，小周牵着大溪走走停停，又问了两个人才找到。靠一个小孩子的记忆力是不可能找回去的。

起风了。

两天前，各大媒体都在预警台风的到来，"舍琳娜"号台风小姐并不矜持，果然如期而至。

小周用钥匙打开家里的门，母亲的歌声飘了过来。母亲黄莺经常在客厅边弹钢琴边唱歌，有时也要带一带学生。所以客厅的装修材料是吸音墙壁，还装有厚厚的隔音玻璃，以免影响他人。

今天并没有学生，黄莺在自弹自唱《塞北的雪》，歌声舒缓动人，她冲着小周点点头，算是打了招呼。

终于唱完了，但她仍坐在琴凳上。她穿一件酒红色旗袍领的短袖衣，下面是黑色的合体的绸裤配绣花鞋。骨子里文艺的人都不觉得自己文艺，她家常的时候就是这个样子。

母亲和气地问道，"这是谁家的孩子？"

"同事的，家里有人做手术，顾不上他。"

"哦，欢迎欢迎。来唱个歌吧。"黄莺弹起了《我爱北京天安门》。

周槐序苦笑道，"谁还唱这个歌啊？"

"那唱什么？"

小周看着大溪，"你会唱什么？"

大溪想了想，道，"《小苹果》吧。"

什么小苹果？黄莺不仅不会弹，连听都没有听说过。她去了厨房，跟保姆说多蒸一个炖鸡蛋给孩子吃。母亲就是这点好，性格温柔又没有什么废话。就那么口吐兰香，父亲待她也是恭敬有加的。所以小周内心柔软，本质上是个暖男。幸福的家庭都同样幸福。

　　家里并没有孩子的玩具，小周跟母亲说完话，正准备给大溪开电视，却见大溪双腿跪在窗前的椅子上往外看。小周走过去，窗外也没有什么好看的，就是狂风恣肆，即使有隔音窗户也仍然依稀听到一声紧跟一声的呼哨。所有的树枝大幅度地前仰后合，一些轻的纸片或者塑料袋迎风飞舞，飘得老高。舍琳娜小姐还是发威了。

　　遇到这样的天气，来到一个陌生的地方，孩子都会想妈妈吧？

　　小周不知道该怎么安慰大溪，而大溪突然开口说话了，"风的嘴在哪里？"他眼睛一直盯着窗外，这样说。

　　"什么？"

　　"风的嘴在哪里？"

　　"你还真考住我了。"小周想了想，还是无从解答，因为也没有研究过风的产生。是啊，它乱叫一气，它的嘴到底在哪里？

　　小周给忍叔打电话，"风的嘴在哪里？"

　　"说人话。"

　　"风是怎么产生的？"

　　"我怎么知道？"

　　"你不是科普达人吗？"

　　"嗯，让我想一想。"他想了片刻，"通俗地说应该是空气在运动吧，总之风的形成就是空气流动的结果。怎么了？突然这么无厘头？"

　　"没什么。"

　　"你刚才在微信里晒咱们的二手警车，说跟开飞机一个动静，有那么破吗？"

　　"还不破啊？"

　　"要有集体荣誉感，别有的没的都往外说。"

　　"嗯。"小周关上手机，心想，忍叔就是提拔不上去，还是爱岗敬业如初恋。容易吗？头儿都知道吗？都不感动吗？

　　父亲因为工作的关系，按时回家吃晚饭的时候比较少。所以晚饭的餐桌上相对轻松，保姆有意特别照顾大溪，事实上完全不需要，大溪规矩吃饭，只夹面前的菜,掉在桌上的饭粒主动捡起来放在嘴里,一看就是有家教的孩子。但是他也真饿了,吃了三碗饭。

"看把孩子饿的。"母亲怜惜地说道,又不满意地看了小周一眼,"同事的孩子都这么大了,你看看你。"

小周莞尔,"就是要找像妈这样的媳妇,才不容易啊。"

"不要乱说话。"母亲笑道。

与韩剧场景不同的是,我们的保姆都上桌吃饭而且还插话,"我看也没有谁配得上我们周警官。"保姆笑嘻嘻地说道。

大溪看上去不那么紧张了,小孩子其实很会看脸色。

躲过了下班堵车的高峰时段,小周还是要把喷气式二手警车开回刑警大队。一路上飞沙走石风雨交加,天也黑得墨团一样,跟这种大动静的破车还真是遥相呼应,再没有那么匹配的了。

说是过了高峰时段,但因为天气恶劣路况变得更加糟糕,由于害怕立交桥下的积水,所有的车都在立交桥上挤着,根本开不动。

雨刮器跟疯了似的来回摆动,前挡风玻璃仍没有片刻的清晰。

小周想不到自己会如此平静。

看来还真是——人生所遇到的每一个人都不是闲笔,只不过和有的人没来得及展开一段故事,而与有的人是注定要悲欣交集的。

即使是一个孩子。

是的,周槐序牵着大溪的手到达泌尿外科的时候,大溪明显地恢复记忆,非常熟悉这里的环境,变成他拉着小周的手,快捷准确地找到病房。

是一个8人大病室,每个床上都有病人,加上护工和前来探视的访客,以及推着治疗车的护士,感觉满眼凌乱尽是进进出出的人流,病房内显得拥挤不堪又互不冒犯。

进门靠墙的位置,一位老人躺在病床上,双目紧闭,像是睡过去了。有一个纤瘦的女人在给老人用湿毛巾擦手,非常细心的样子。大溪叫了一声妈妈,那个女人转过头来,当时小周就给惊着了。

竟然就是那个他苦苦寻觅芳踪的女生,是的,那个练习弓道的女生。

准确无误,是她。只是比见到她时还要瘦,同时满脸疲惫,额发凌乱,有几缕低垂至脸颊。但不知为何,这张脸对于小周来说有一种魔变的效果,仍感觉她美丽如初。

大溪告诉妈妈他迷路了，是警察叔叔带他找回这里。练习弓道的女生急忙向小周致谢，完全没想起他们曾经见过。代驾的那个晚上，小周穿的是便衣，正常情况下应该是没有记忆的。

"天都黑了，你都没找他吗？"小周开口问道，心里想的却是居然以这样的方式相遇，真是想不到啊。

练习弓道的女生温柔地看了看大溪，摸着他的脑袋，有些惭愧道，"我妈妈一会儿手术，今天满脑袋都是手术的事。"

"这个点手术？"

"开刀房空不出来，上一台还没有开完。"

"哦。"

"可能是不太顺利，护士说也常有这种情况。"

小周想都没想就脱口而出，"如果你相信我，就让大溪到我家住两天吧。"

显然她愣住了，"这样真的可以吗？"紧接着她小声道，"我妈妈手术后的护理，还真是没有人跟我换班。"

小周拿出警官证，"我叫周槐序。不是坏人。"

她还真把警官证拿过去看了看，然后递还给小周，"应该是阴历四月出生的吧，嗯，槐序。"

"是，爸妈当年都是文艺青年。"

她莞尔一笑，伸出手来，"苏而已。"

他们握手，算是正式相识。

那么浪漫瑰丽的开头，让人想不到会是如此充满烟火气的重逢。网上怎么说的？距离产生的不是美，是现实的不堪一击。

于是周槐序把大溪带回了家。

说来奇怪，遇到这样的情景，十个男人十个都会默默走开吧，所有的幻想都在瞬间破灭，一个有六岁孩子的母亲身上，业已发生过多少悲欢离合的故事？再美好纯真都有限吧。周槐序也觉得自己应该默默走开，理智这样告诉他，人的正常反应也这样告诉他。

可是他的行为就像例牌行动中突然脱离指挥中心的命令那样，在需要危机处理的时候脑子空白。

命悬一丝

在塞车的路上,他一直安慰自己,这也没有什么,就像在非上班时间非管辖区域抓了一个扒手,或者扶一个老奶奶过马路一样,只是为群众排忧解难。不必想那么多,自然地结束就可以了。

不过转念即是,我这是在说服自己吗?谁要听我的解释啊?

应该是没有缘分,否则怎么会一次又一次错过?可是她是唯一知道槐序是阴历四月别称的人。

又有些庆幸于如此情境下和她相识,那么可以自然地显现出自己的英雄本色。转念又想,她怎么比自己还要自然、淡定?难道他对她就没有半点杀伤力吗?这让他的自信心大打折扣。

脑袋里乱七八糟的,周槐序决定什么都不想。

刑警队所在的办公楼灯火通明,周槐序停好了车,只见大雨已经变成了小雨,他懒得撑伞,几大步冲回楼里。

果然忍叔还没有下班,在办公室重看几乎翻烂了的端木哲的案卷,包括一些当年有限的视频。估计是累了又毫无斩获,小周进门的时候,他正在点眼药水,想不到干这行还真费眼睛,而且小周从父亲医院拿回办公室的眼药水,总是被忍叔藏得谁也找不到,没人的时候自己享用。

小周把医院的情况三言两语说了个结果,忍叔嗯了一声,表示知道了。

忍叔仰头靠着椅子背,闭着眼睛等待药水的吸收,道,"老王总算可以入土为安了。"

"是,今天我看小王还挺满意的。"

"不说他了,还真够难缠。"

"可以集中精力对付端木哲了。"

"还是零线索,我就奇了怪了,如果不是水汽蒸发,怎么可能一点生活的痕迹都没有?何况还有贩毒的嫌疑,就算为了赚钱也该浮头才对。"

"我觉得苞苞不可能不知道端木哲的下落。"

"我觉得她还真不知道,因为听说我们找了他两年,她一脸茫然,这是装不出来的。她不想说的是他们两个人的爱情故事,实不相瞒,我还真没什么兴趣,我就是想抓到端木哲这个嚣张的家伙。"

忍叔睁开眼睛,滴过药水的眼睛显得明亮了许多。

桌上散落着几张端木哲的照片,其中一张应该是刚参加工作不久,还不知道时世艰难，有一点意气风发的味道。他穿了一件白大褂式的实验服，白口罩吊在一侧的耳边，面前是各种烧瓶、各色溶液和实验架。嘴角机敏地微微上扬，无论从哪个角度看都能感觉眼神相交，标准的小镇青年野心照。

小周拿起这张照片端详一阵，感觉端木哲正在对他说，笨蛋，你根本找不到我。小周把照片扔回桌上，暗自叹了口气。

前前后后，光端木哲的老家就去了3次，那个稳戴贫困县帽子的广西小县城。这家伙大学毕业以后就没回过家，工作挣钱了也没给家里寄过钱，十足的白眼狼。情感线索根本无迹可寻。

忍叔什么也没说，整理案卷后放进铁皮文件柜。

"饿了。"他说，"去吃碗云吞吧。"

两个人撑着一把大黑伞去了利群茶餐厅，因为下雨，餐厅里人不多，芦姨难得空闲，支着下巴在看壁挂电视。

感情剧，女演员哭成一个大花脸。

"就这么好看吗？"忍叔说道，既像打招呼又像是自语。

芦姨的眼睛没离开电视，回了一句，"不然看你吗？你又没什么看头。"

忍叔自讨没趣地笑笑，找到平时难得有空位的卡座坐了下来，适时闭嘴，否则又是摩托车失窃案发布会。

小周去买了两份双拼饭，都是叉烧拼油鸡，利群最贵最经典也最可口的招牌碟头饭。忍叔见了，一副好饭不怕晚吃的样子，"吃这么好，今天有什么好事吗？"又看到另一份饭是打包，奇怪道，"你不吃吗？"

"现在不饿，一会儿当消夜。"小周答道。

"哦。"忍叔低下头去，吃得津津有味，转眼间就消灭了半盘子。

病床空着，周槐序有些意外，他抬腕看了看手表，已经是晚上10点42分了，难道苏而已的妈妈还没从手术台上下来吗？

他找到护士站询问。

护士也是一脸无奈地解释，医生和患者都有够悲催的，先是患者已经打好麻药，可是医生突然要处理一个急诊，赶回头麻药都过劲了，又打了一次麻药，手术一直拖到现在。

她陆续说完之后，给小周指了手术室的方向。

雨一直也没停，风雨之夜总让小周决心过来看看，但其实买双拼饭的时候，很确定是给谁买的，真是既纠结又拧巴。

手术室的红灯亮着，外面是空旷的走廊，贴墙的两侧都是金属的长条椅子，雨夜的日光灯显得格外阴森清冷，偌大的走廊里，只有苏而已一个人坐在长椅上，单薄并且安静。

周槐序走过去，把饭递给她，"吃点东西吧。"

她看着他，仿佛知道他会来似的，并不显得十分意外。她接过饭盒，却没有马上打开。

周槐序道，"胆切除也不是什么大手术，何况还是微创，你就放心吧。"

"如果有意外发生，还是要做传统手术的。再说时间有点长了。"

"不会有事的，大溪在我家挺好的，晚餐吃了三碗饭，我妈在家，还有阿姨，估计现在已经睡了。"

"谢谢。"她有气无力地说。然后慢慢打开饭盒。

为了避免她的尴尬，小周故意走到窗边去看外面的雨。其实是他自己尴尬吧，在她面前总有些不自在。

身后一点动静也没有。

等他回过身来，看见她在慢慢吃饭，但是吞咽动作有点生硬，或者说艰难，一颗泪珠掉了下来被她飞快地抹去了，她咽下去的不是饭菜而是哽咽。的确，送亲人进手术室如同上战场，没有人知道下一分钟会发生什么，也许刀锋起舞却安然无恙，也许细微闪失却夺走性命。

恐惧与担心无异于一种煎熬。而她只能承受，没有人可以分担。

就在这一瞬间，周槐序有股扑过去搂住她的肩膀的冲动，接过她身上一半的担子，传达他心底的意志和力量。当然，他没有。

但是他相信了，这个世界上真的有奋不顾身的爱情。

7

鹿儿岛的卤猪肝看上去干燥、紧实，暗沉而让人放心的颜色，切成薄片之后可以看到肉质的细密，像大理石的切面。刚一入口是一派木然，渐渐地，猪肝特有的香气会在嘴里缓缓散开。与肉质轻盈、入味透彻然而有些偏咸的西班牙黑椒火腿肠，堪称一对就红酒的优质小菜。

每隔一段时间，柳森就会约三郎到珠江新城吃富隆酒膳。这个店的风格并不张扬，私密度比较高，虽然没有会员制，但无形中只接待熟客。

店里的面积适中，装修洋派但不虚华，一楼除了迎宾的柜台，便是整齐密集的酒架，恒温的酒窖在地下，可以随意参观。二楼才是品酒吃饭的地方，隔成大大小小的房间，统一的巴洛克风格，没有厅堂也不造成干扰。

他们被安排在一个熟悉的小间，一侧的落地玻璃可以看到繁华的街景。

好的下酒菜就跟老情人一样，不见会想。这是小叔叔柳森喜欢说的一句话，而且他这个人豪迈，通常都是对着装笔挺、相貌堂堂的经理说，根据今天的食材看着办吧。彼此都给足了面子，还可以享受到贴心细致的服务。

今天自然也是如此。

又上了一瓶红酒，是按照"渐入佳境"的路数安排的。经理戴着白手套，神情恭敬地倒酒，又狠狠说了一通这一瓶的身世、来历和特色，几乎让人穿越到阳光明媚的法国瑰丽的葡萄园中。在他的引领下，三郎谨慎地喝了一口，依旧是微酸微涩的感觉。再怎么高级的红酒，对他来说就是这种境界，太甜或者拉扯嗓子就是不好，但说什么好的红酒口感层次分明，舌尖味蕾绽放翩翩起舞之类的简直就是扯淡。

当然，这也许是他一个人的问题。

他讨厌所有的装腔作势，有一次朱易优提醒他，接受采访不要跟媒体说喜欢吃红烧猪大肠，这不是一个艺术家该吃的东西；要说吃素，偶尔清修辟谷。他终于明白自己是怎么变分裂的。

但大家都这样，若不拿着水晶夜光杯晃圈儿，这个世界就不对了。

所以啊，只有面对沉默的布料，他才会真正心动。肃穆的质地和纹理，对他而言是魔、是妖，是一生唯一的伴侣。

一股清新的蒜香味道扑鼻而来，紧接着，侍者便呈上了两盘煎烤得恰到好处的日本带子，乳白色的肉身硕大肥美，浸在精心调制却并不着色的料汁里，十分诱惑。柳森一边用刀叉切开带子，一边说道，"一个都没看上吗？"

"没什么特别。"三郎假装想了一下，这样回答。

自从在男科医院偶遇之后，柳森开始了新一轮给三郎介绍对象的狂潮。他曾经把三郎约到美术馆，观察一个知性女孩的背影和体态，介绍他们认识。也拉着三郎一块儿去看内衣模特儿展，完全可以找到一览无余的性感女生。他的理论是男人心底的欲念其实高度一致，就是开着奔驰，旁边坐个大胸模特儿。

还有公关公司最新的录用人员简历，厚厚一沓放在牛皮纸的卷宗袋里。但其实三郎根本没有打开，数日之后又原封不动地还给了柳森。

柳森开始吃带子，美味却不能抵消伤感，"我觉得特别对不起你父亲，你这么优秀，为什么最基本的问题解决不了？"

"有点累了。"

"所以才说找个平常人过日子。"

"苞苞还不平常吗？"

柳森停下手中的刀叉，正色道，"不要提她好不好？"

沉默。餐刀在陶瓷盘子里发出细微的声音。

打破沉默的还是柳森，"你还想着她吗？"停了片刻，他才说下去，"我说的是苏立。"

"哪有？"他这样回答，显得漫不经心。手中的刀叉把带子切成一小块一小块，却没有一块放进口中，索性把刀叉放下。

苏立是他在大学时的初恋，他至今还记得她的经典特色的样子——紧贴头皮的马尾，松松垮垮的运动服，麦色的皮肤，一字眉。然而一切寻常都挡不住她的明亮和俏丽。

也许是由于家庭条件优渥，她的性格一派爽快透明，没有半点杂质，三郎第一次见到没有忧伤和烦恼的人，她的善良、快乐、乐于助人，自然天成。重要的是，苏立没有看中本班或者别班上的高富帅，而喜欢他这个相貌平平又有些腼腆的男孩子。

那段时间，在每个月第一周的星期日，他们在学校附近的小区广场上摆"自由空间学生墟"，几乎全系的同学都会拿出自己的手工作品出来卖，做法是简单的席地摆摊，或者自带绳索、木架，把各种衣物挂起来展示。有衣服、裤子、裙子、饰品，也有明信片、皮具、香熏、手工皂等等。三郎那时候做的衣服就深得人心，不仅本校的同学，就连路过的居民也会停下来左挑右选。只要有人还价，三郎的脸就成了红布并且说不出一句话，都是苏立出面解围，谈恋爱也好，谈钱也好，她都无比坦诚、直来直去。

学校里号召给地震灾区捐款献爱心，各个班集体闻风而动，她偷偷塞给三郎 200 元钱。她知道他爱面子，也只有她能看出来他已经两周不怎么吃早餐了，每次递给他馒头、包子或者粽子，她都会说吃不下了，别浪费好不好。

母亲也喜欢她，说她是好人家的好女孩。甚至有时候，得知她节假日不到家里来，便放弃买鱼，只买一节猪肠子回家。毕竟鱼还是太贵了，她只想买给苏立吃。

大二的一个暑假，他们结伴去了西南云、贵、川一带的边远山区，以最节俭质朴的方式，调查和认知了中国民间传统手工艺。农民身上老土布的缝缝补补的旧衣服，充满了故事和诉说，坚持着一种内心深处永恒不变的东西。那时候的苏立就有这样的认识：一件衣服的价值不在于动用的科技手段有多高，只有体现出它的精神价值才是真正的奢侈和昂贵。

他们住在农民家里，夜晚在黑暗中听着隔壁传来织布机单调而有力的声音，会让人产生无以言说的感动。在他们到来的之前之后，这声音伴随了人类数千年，并将依旧陪伴下去，是代代相传的儿女心头永不磨灭的记忆。

她曾说过：我非常迷恋手工，将来我们一定要有自己的品牌，我们所有的出品全部是纯手工制作，包括从纺纱到织布，从缝制到最后的染色，全部采用手工和纯天然方式。目的就是坚持和传承传统技艺，让人们从对于华丽、奢靡与性感的渴望，转向对含蓄、原生态以及细枝末节的体验。

她是一个坚定的理想主义者。

这让他相信年轻时的富有，有时候反而可以抵御金钱对于人性弱点的侵蚀，反而可以并不需要沾染过多的铜臭气。

他对她的仰慕之情超过了爱，后来他的创业之路，一一见证了她果然是他的缪斯，有着旗帜一般的感召力，包括以放弃的姿态进入，像死人一样没有观点绝不做作，无一不是来自她的灵感。

她就像钻石一样，其中有一面的光芒竟然是与父亲旗鼓相当的那种关怀。那种发现太奇特了，是自从父亲走后再也没有出现过的，令他发自内心的自信。

他们也是在那样的深山老林里自然地在一起了，日出而作，日落而息，满心憧憬地相拥而眠。他喜欢看她织布、绣花、坐在火塘边添柴的样子，歪着头，聚精会神，直到额头一边的头发慢慢垂落下来，她却仍可以一动不动，脸上升起淡淡的温柔。

她不化妆，甚至连口红都不搽。头发也因为疏于打理梳成一根毛茸茸的辫子，猫尾巴一样低垂或者趴在她的肩上。在他的眼里却是少有的干净、清秀，令人无法忘怀。

当然，他也要去打柴、挑水，她总是夸奖他真不愧是裁缝的儿子，每一件格衫都那么合身，因而干粗活的时候也韵味无穷呢。

用现在的话说，就是标准的技术宅男或暖男吧。

仿佛从天而降，如回归田园的董永和七仙女，你耕田我织布，相视一笑万物生辉。原来那些艳俗的成双成对的喜鹊、牡丹并蒂而开的图案，也是源于生活高于生活，是真实心境的写照。

那时候以为，幸福和美好是绵绵无期的。

可是突然，她就从他的视野和生活中消失了。开始只是说利用假期到法国旅游，后来变成游学，最后听说直接在法国的时装学院留学了。他一直觉得她会跟他联系，而且学校里的同学突然离开出国留学也不是什么新鲜事。奇怪的是，她一直都没有跟他联络。教室里她经常坐的位置总是空着，如果坐着女生，背影又有一点像她，他的心会一阵狂跳，手脚却动弹不得。

一个学期很快就过去了，他忍不住跑到她家去找她，他知道她父亲是个成功的商人，果断并且严厉，他只在她父亲出差的时候去过她家两次。

然而，她家住的一线江景的复式豪宅已经卖掉了。

直到大学毕业，他才确认，她的确是用断崖式的决绝方式与他彻底告别。也只有这时，他才警醒他是那么爱她，就是那种单纯的男女之爱，因为曾经像空气一样，所以没有珍惜，以为她永远无处不在。

"爱是可以杀死人的。"柳森冷冷地说道，并且刀叉并用，在切一块侍者刚刚呈上来的牛排，应该只有四成熟，每一刀切下去都沾有血丝。柳三郎尽可能不去看那只盘子，有一摊红色的黏液让他反胃。他点的是小羊排，要求烧透并且入味。后厨做得不错，真的是入口即化。

柳森微皱着眉头，切好牛排才抬起头看了三郎一眼，"我说多少遍了，要面对现实啊，就是她甩了你。富人家的孩子都这样，可以任性啊，可是你当真了。干吗要当真？她就是玩玩的，别说她找不到你，现在资讯那么发达。"

因为心又死了一次。当然他什么也没说。

"什么爱不爱的，找个人结婚、生孩子，总比胡来强吧？你不要看着我，我心里分得很清楚。"

"难道我不想吗？"三郎无力地说道，索性放下手中的刀叉，眼睛望向窗外。夜幕降临，对于许多人来说生活刚刚开始，一群红男绿女路过，夸张地打闹；一个老男人牵着两只不同品种的宠物狗出来遛，其中一只泰迪张开后腿撒尿，男人停下脚步等待，一边听电话。三郎继续说道，"我现在羡慕任何一个人，哪怕是一条狗，因为有权利庸俗。"

"把过去的一切都忘掉。"柳森几乎是用命令的口气打断三郎的话，他目光如炬盯住三郎，直到他重新拿起刀叉。柳森的口气和缓下来，"被一个姑娘甩了，你看看你那副样子，你正常过吗？我说的是大学毕业以后，千万别跟我说你是什么艺术家，先把日子过起来再说。你知道我这辈子听到的最深刻的一句话是什么吗？"

三郎抬起头来，望着柳森，洗耳恭听。

"节哀顺变，处理后事吧。"柳森有些蔑视地扫了三郎一眼，把一块饱蘸黑胡椒酱汁的牛肉块送进嘴里。

有时候，人生就是一个接一个的饭局组成的。

星期五的下午，柳三郎和苞苞在街道办事处办了离婚手续。之前两个人相约、碰头都很平静、准时。但是因为排队，还有一些拉拉杂杂的程序，办完之后已经是下午 5 点 40 分，因为是小周末，下班高峰提前而至，大马路上已经铁流滚滚，远观几乎是水泄不通。

柳三郎有密集型恐惧症，加上也许事情办得比较顺利，心情不错。最重要的是，无论苞苞这个人多么不堪，但是口风紧却是许多女人做不到的一个长处。至少她跟柳森那么相熟,关于他们的私生活她都没有漏过半个字。

"在附近找个饭馆吃饭吧。"三郎对身边准备离开的苞苞说道。

很明显，苞苞愣了一下，估计感觉实在是意外吧。但很快她看了他一眼，微微点了点头。

这还是他们两年后的第一次见面,说好在街道办事处的宣传窗处碰头。当时三郎暗自吃了一惊,因为苞苞小脸蜡黄,眼神也相当萎靡。要知道当年的她脸色红润,思维简单快乐。有一次她在家里放录音机,给小朋友编舞,一本正经跟着音乐跳幼稚的舞蹈。三郎很想笑,说,怎么从头到尾就一个动作啊?她回说,哪里是一个动作,分明是四个动作啊。一边还分解给他看。

他其实并不后悔娶了她。人都是这样,如果不能如愿以偿,就选择最不累心的生活方式。苞苞有时候还蛮可爱的,若能够十指相扣手拉手地睡觉该有多好?然而年轻的身体里情欲涌动,谁会陪着谁岁月静好?

终于有一天晚上,苞苞打扮成童子军模样,一身蓝白相间的海军服短打扮,刻意营造制服诱惑。在这之前她也穿过透明蕾丝扮性感,总之足以看出她用心良苦。熄灯之后,她抱住他,亲吻他,还轻轻咬他的耳垂。他也很想做点什么,内心翻江倒海,然而万事向衰无药起,一身躺倒任花埋。

什么都没有发生。苞苞转过身去。

她在黑暗里说出了一直没有勇气说出的话:我知道你不爱我,但没想到你还嫌弃我羞辱我,跟我结婚但是不圆房,对我性封锁。我觉得我都不是女人了,就像做了变性手术一样,长出了胡子和喉结,就连最后一点自信心都没有了。她越说越伤心,忍不住失声痛哭,之后她用被子蒙住了头,哭声变成了哽咽。他冲动地伸出手去抱住她,可是他能说什么呢?

幸亏他们都是最好的演员,联袂演出默契地秀恩爱。本来嘛,人活的是一张脸,一个面子,一副令人羡慕的景象。越虚幻便越逼真。

白天他是多金的才俊,晚上扮演冷漠的国君。

尽管后来发生的事不可收拾,但无论如何冲着曾经的抱歉与愧疚,三郎还是开着他的宝马车进入了最近的一家五星级酒店停车场。

酒店的三楼是潮菜馆,贵到空无一人。装修风格是潮式的亭台楼阁,利用小桥流水作为间隔,夹杂着展示潮绣、木雕和陶瓷。一个女孩子在凉亭里弹奏古琴,音色暗沉如梦中自语,亭匾草书着两个字——尽南。

一个穿着黑制服的女部长微笑着走过来,"柳先生,您来了。"

三郎心底一惊,他真的不记得自己什么时候光顾过这里,根本一点印象也没有。女部长提醒了两句,还说酒柜里存有他大半瓶洋酒"杯莫停"。三郎哦了一声,做出想起来的样子,但其实脑袋里仍旧一片空白。有一段时间跟着朱易优为了风投出入各种酒场，具体的地方他是绝对想不起来的。

但是女部长的记忆力实在了得。

两个人在大堂靠窗的位子坐下，三郎点了鲍鱼和冻蟹，"杯莫停"自然也拿上了桌。经过了一番磨难如今终于分手，反而可以聊一些家常话了。苞苞问了他母亲的近况，身体可好？他问了苞苞，警察找她都问了什么？她又是怎么回答的？但是并没有提到端木哲的名字，他不想提到那个肮脏的名字。

其实柳三郎并不喜欢喝洋酒，对于他来说，无论多贵的洋酒都是后劲十足，快速上头，令他萌生醉意。

"真是让人难以捉摸啊。"酒过三巡，苞苞也微微泛红了脸颊，她望着眼前的酒杯，不禁感慨起来。

"什么意思？"

"我说的就是你啊，还以为你一辈子都不会原谅我。"

"现代人没有隔夜仇。"

"还请我吃这么贵的潮菜。"

三郎想了想，脱口而出道，"感谢你的不杀之恩啊。"

这无疑是酒后真言，两个人同时都吓了一跳。三郎当然不会再说下去了，苞苞的脸色也从苹果变成了秋梨。

短时间的清寂、沉默。

"我承认我出轨，但是，我真的没有……"苞苞没有说下去，因为三郎用手势制止了她。

他不想听任何解释，如果看着她当面撒谎就更加不堪。他在针孔录像机里看到了她的一举一动：她谨慎地往他的曦露香槟里下药。在他看来，香槟原不是酒，口感就是肤浅芳香，用它开胃也还好。

他从来就不是一个君子，在此之前趁她洗澡时偷看过她的手机，本以为都是一些油腻腻的男女情话，然而没想到的是，苞苞和端木哲之间的短信量少字也少，有一点惜字如金的味道。其中有一条令他印象深刻，"勇敢一点，全部都是我们的。"当时实在想不明白是什么意思。

结合她的行为，一切都变得简单明了。

一开始，他的确是不同意离婚的，因为保全面子，也因为母亲的心情。

但是后来他想明白了,向苞苞表明态度同意离婚,但是苞苞开始兴高采烈,不过后来就变得态度迟疑暧昧。看到她的举动,恍然大悟之后惊出了一身冷汗。一连数日他无法成眠,但白天仍旧要装得若无其事,只有深夜在床上望着她的背影,没有一点真实感。然后有一团东西在胸口聚集,慢慢膨胀直到塞满胸口,顶住咽喉,极端的愤怒和仇恨令他喘不过气来。

然而最终,这一瓶曦露香槟都没有出现在餐桌上。

他再一次发现它的时候,是在一个黑色的垃圾袋里,整个袋子里都是空置的瓶瓶罐罐,有些是酱油瓶、咸菜罐,而有些是护肤品、洗发液、香水瓶之类,猛一看,这一类生活遗物出人意料地繁多而庞杂。这个酒瓶便置身其中,但里面已经没有酒,估计是倒掉了。

他将最后一个底儿的液体,倒进另一个茶色的小药瓶里。朱易优找到一个熟人,在某大学司法鉴定中心工作,请人作了化验。结果是含有大剂量的甲基苯丙胺类的毒品。

当时他就傻了,跌坐在沙发上。

本来离婚这种事,为争夺财产撕破脸也不出奇。端木哲是疯了吧,一个穷疯了的钱串子,居然要置他于死地,或许还有夺妻之恨。

良久,恢复意识之后他才想明白,那条励志的短信"都是我们的"是什么意思,为什么急于离婚的苞苞后来又不提离婚了,而一个披着艺术家外衣的服装设计师磕药过量导致死亡,是再正常不过的一件事了。

实在要感谢高科技,冰冷的电子产品有防身衣般的温暖,就像DNA测试拯救了整条公安战线。

三郎家客厅的墙上有一幅油画,画面是一正一反两个金发碧眼的天使,他们在花园里飞舞,肩膀上长出毛茸茸的翅膀,正面的那个肉肉的男孩,肚脐眼就装着针孔录像机,俯瞰着这个布置典雅而温馨的房间。

油画的品位乏善可陈,是苞苞买的。可见那时候的心情,她是希望尽快生孩子的。她喜欢孩子。

在酒精的作用下,三郎的意识开始渐渐模糊。但他仍旧记得,在他轰然倒下之前,苞苞再也没有喝酒,只是怔怔地看着他,眼神中充满狐疑,意思是这一切你是怎么知道的?

她瞪大了眼睛,但根本想不通。

那种样子，还是蛮讨喜的。

凌晨 1 点 10 分，苏而已赶到了酒店大堂的门口。服务生把车钥匙交到她手里的时候，埋怨了一句，"迟到了 5 分钟啊，客人都等好久了。"苏而已点头致歉，抓过车钥匙向轿车奔过去。

她打开驾驶室的车门，一股刺鼻的酒气扑面而来。她也顾不上这些，急忙把头伸进去说了句，"不好意思，叫你们久等了。"

说完这话，她顺势坐在驾驶的位置上，这才着实一愣，刚刚反应过来轿车的后座上坐着什么人。她忍不住再一次回过头去，由于轿车被服务生停在大堂门外，在酒店大堂内辉煌的水晶灯的映照下，后座上的两张面孔清晰可辨，一个是柳三郎，双目紧闭地靠在一位年轻女人的肩膀上，那个女人则目光平和地望着窗外，似乎在想自己的心事。

世界真小，小到一抬头便看见了你喝醉的脸。

苏而已这样想着，尽可能从容不迫地打开引擎，一系列熟悉的规定动作之后，豪华轿车悄然无声地驶离酒店。

身后的女人说了一个地址，苏而已嗯了一声，表示明白。

深夜的道路清静了不少，只要正常行驶就好。随着道路的细微起伏，只有好车才懂得在平稳中顺势呼应随即还原，让人感到知性、贴心的抚慰。没有声音，整个世界都知趣地静默。

苏而已抻了一下脖子，这样便可以从后视镜里清楚地看到后座上的那两个人。柳三郎一直在睡，年轻的女人则一直看着窗外，她的轮廓柔和，眼梢微微上翘，鼻梁挺拔，细看是个美人。为何在看到他们第一眼时没有惊到手忙脚乱？那是因为苏而已并不是第一次看到这一对璧人了。

回国之后，她曾经一个人去过一次教员新村，只是想去柳家看一看。她作好了充足的思想准备，柳三郎或许已经结婚生子，那是再正常不过的一件事，他们应该是互不相欠的吧？作为老同学登门探访，她说服自己的理由是，走完整理好情感的最后一步，凡事都应该有始有终。

她承认有过一些时间节点，她想过联络他，可是她又能说什么呢？而他，又能为她做什么呢？特别年轻的时候，他们就是性别置换的一对情侣，遭遇一个大时代便经不起任何风吹草动。

那是一个星期天，她抱着承受一切现实的心态前往柳家，没有提任何礼品、果篮之类，只带了一瓶法国葡萄酒，希望自己显得优雅而礼貌。私下里，应该是跟岁月有一个了结。

但当她看到柳家的那座陈旧的楼房时，还是犹豫了，是近乡情怯的那种体会。说句老实话，如果不是因为大溪，她一定选择一个转身就是一生的结局。这便是她的性格，她的决绝，她就是这样一个人，曾经多么恣意生长无所顾忌，如今就有多么淡然处之不谈风月。

然而大溪是她和三郎的孩子，她到法国之后才发现自己怀孕了。以她的性格，身处那样的困境，打掉孩子是唯一的选择。她去的是一个华人诊所，那个女大夫为人友善，她说，你确定拿掉孩子吗？她还说，你的子宫严重后倾，以后再想怀上孩子也不是那么容易的事。

苏而已诉说了自己的难处，女医生思考了一下，决定把她介绍到有教会背景的庇护所。可以说是大溪指引她走上了一条生路，她在庇护所里住下，并找到可以维持口粮的工作。先是在庇护所做清洁，后来身子重了就去厨房，总之那里的人都很友善。她也是在生下大溪之后，才知道女医生是一个虔诚的基督教徒，但这已经不重要了，包括她的子宫是否后倾也不重要了。

有了孩子，父亲这个称谓就绕不过去。

也不是没有侥幸的心理，万一他还记得她，或者因为各种原因依然单身。总之那一天内心里百味杂陈。

也就在这时，一对年轻的夫妇从她的身后走过，熟门熟路率先进了单元的门。说他们是小两口，因为自然地挎着胳膊，男人的另一只手提着精致的参茶礼盒。女的不知道在小声说什么，两个人都笑嘻嘻的。

苏而已一眼就认出了那个男人是柳三郎，女人的正面没看清楚，穿了一件玫瑰红的外套，肩上背着一只圣罗兰的坤包，黑色的透明丝袜紧包着纤细修长的小腿，脚上是一对经典款的黑色高跟鞋，鞋面的标志是口字形金属大扣，是女明星的最爱。

女人一身名牌，也一身的喜气洋洋。

也许刚结婚不久吧，怎么看都是高度和谐、相称的一对。苏而已感觉自己若此时上楼拜访，不仅不合时宜，简直有点像来砸场子的小丑。回到家里，心情仍然失落，就把法国红酒给打开了。

母亲说道，闲着没事，喝什么酒啊？不过，隔了一会儿，也拿了个杯子过来跟她对饮。深夜里的母女在酒精的作用下有些怅然失神，但是什么也没有说，更没有长吁短叹，氛围是闺蜜一般的心心相印。

所以今天再一次看到他们，苏而已并没有想象中那么吃惊。

轿车驶进一个高尚小区，是风格沉稳绝不张扬的小型楼盘，只区区4幢相似的公寓楼。停车的那一栋，透过玻璃门可以看见门厅的仿古灯、油画、黑皮沙发连同男管家一应俱全，毫不含糊。

三郎的太太在车上就掏出皮夹子把费用付了，她这一次的装束虽然没有上一次那么醒目，倒是一身黑更令她显现几分雅致。

她架着三郎，腾出手来接过苏而已递到面前的车钥匙。

"谢谢。"她说。

"需要帮忙吗？"

"不用。"

他们走了，三郎的步子深一脚浅一脚，重量几乎都压在太太身上。苏而已在黑暗中站了好一会儿，直到男管家见状跑过来搀扶三郎。他为什么喝那么多酒呢？而太太也是异常的平静，可见是他们生活的常态。然而，所谓的醉生梦死不这样又哪样呢？被人们羡慕又肯定的人生不这样又怎样呢？

其实在这之前，苏而已在网络上已经看到了三郎的成功，他已经成为这个时代货真价实的青年才俊。

三郎居住的小区在优质地段，临街是一条主干道，沿着人行道独自行走并不会感到不安全，反而因为深夜人流和车流的减少，别有一番清静。苏而已决定步行回家，好在离她家也不太远，大约四五站的距离。

至于她的心情，她想起那次跟母亲对饮之后，她们乘着酒意聊了两句从不愿意触碰的话题。

"你想爸爸吗？"

"想有什么用？可能没有消息反而更好吧。"

"我想爸爸了。"

"只有亲人才会把事情搞得一团糟，"母亲浅浅地呷了一口红酒，眯起眼睛，半晌才道，"其实妈妈最感激的人是你，要不我可能就病死在乡下了。"

"你恨他吗？"

"谈不上，就是耽误了你。"母亲的眼圈微微发红。

"哪有，我这不是很好吗？"

"找个合适的人吧，我可以跟你分开住。"母亲淡淡地说道。

她的内心陡然一阵酸楚，但也只是一滑而过的忧伤。这个世界从来都不相信眼泪，当时她什么也没说，甚至莞尔。但在心底决心做一个女汉子，照顾好母亲和大溪。

疏星点点的夜晚格外清明幽寂，然而在她的眼中却是一片肃杀。回想起昔日的轻狂甜蜜，爱，根本什么都不是。

苏而已开始慢跑，希望尽快离开那些"草色遥看近却无"的记忆。

手机传来信息进入的提示音，她边跑边打开手机，"睡了吗？"是周槐序发过来的，他知道她晚上常有代驾的工作，所以不太忌讳时间有多晚。而且，他是唯一没有对她做代驾指手画脚的男人。她也被某些男人追求过，一听说上有老下有小立刻闪人。如果是小老板，一定说，才挣几个钱？一个女人家不要做了，需要多少我给你。她总是在心里冷笑，我凭什么要你的钱？接受周济也是面子，我凭什么给你这个面子？

苏而已想都没想就关掉了手机，继续慢跑，后背可以感觉到一点水蒸气般的细汗。

就让他觉得自己睡了吧。不然呢？一块儿去消夜？喝一碗虾蟹海鲜粥在漫漫的雾气间四目相望？然后手拉手地走一段夜路？她不是不知道他的心意，但是那又怎样？就算她在他心目中是一朵白莲花，在他的那个锦绣家庭里，在众人的眼光中也还是"拆烂污"。

她再也不要演悲情剧，哪怕是当女主角。

母亲手术后只观察了一晚上，没有发现意外，就决定立刻出院，回到家里休养，等到伤口拆线的时候再到医院去处理一下即可。毕竟住院的费用太高了，每天送到病房来的打印的医疗支出一览表，密密麻麻，长的时候单据可以拖到地上。苏而已还好，母亲根本躺不住了，一心只想出院。

这就是现实的焦虑，她要卖掉多少童装才能把手术费用赚出来？想到狭小客厅里一地的等待快递的包装盒，满桌子的等待填写的邮件单，她根本没有一点力气用来感伤。去年的"双十一"，他们一家三口忙了整整一天，母亲累得胳膊都抬不起来了,大溪到楼下买的盒饭。

把母亲接回家安置好以后,苏而已便买了果篮去周槐序家拜谢并接回儿子。对于素昧平生的周警官的帮助,在她的内心除了深深的感激,而后升起庄严的敬重,似乎那些非分的理解都是一种轻慢。

苏而已也很喜欢小周的妈妈,感觉她优雅、和善。

这是一个典型的锦绣家庭,就像高尚小区的样板房一样,供大家观摩、仰慕和学习。

当时的大溪正在玩着遥控器,指挥空中的鹰嘴热带鱼氢气球游来游去,眼看着圆滚滚的氢气球越来越不受控制,飘到了阳台上,再飘就有可能随风而去。大溪大声喊着:小周小周!陪坐在客厅的小周只好起身去搭救大溪。

在回家的路上,苏而已批评儿子太没有礼貌了。

大溪默不作声,只是诡异地笑了笑。

你笑什么?

没什么。

照说,这种"无下文的回应"她也不是第一次做了,可是周槐序还是会像老熟人那样偶尔给她发个信息。尽管她对他印象不错,但也绝不会接受他抛过来的任何一个彩球。

她想。

并且她一直也没有停止奔跑。

8

他努力想睁开眼睛,但是眼皮就像岩石一样,一动不动。

是延续性动弹不得的沉睡。其实周槐序感觉自己早就醒了,而且意识相当清晰、活跃,完全知道是跟忍叔在外面执行任务。他们轮流开车,可是后半夜他实在困得抬不起头来,忍叔已经开了超长时间,陈旧的二手车开得累心累人,他必须尽快替换忍叔。

就是睁不开眼睛。

一周前,技术部门传来令人振奋的消息,端木哲的手机沉寂两年之后,居然开机启用了,虽然只打了一个电话,还是被查到是在广东汕尾陆丰打出的。这是一条有价值的信息,因为那里有猖獗的"毒品村",当地甲子、甲西、甲东三镇已形成产销一体的"毒品经济产业链"。去年年底，广东方面还出动三千多警力清缴毒品，仅一个博社村就查获冰毒近3吨。然而深层的制贩毒网络并未被彻底铲除，如果端木哲万人入海一身藏，应该算是最安全的地方。

于是忍叔和小周立刻开车奔赴汕尾。

端木哲的这部手机，只在他失踪后的一个月，给他堂哥发过一条短暂的信息，说他只是外出避一避债务，希望堂哥帮他照顾一下自己的父母。信息是在东莞发出的，此后一直关机。这让忍叔和小周在东莞一无所获。

现在信号重新出现，想是端木哲以为避过了风头，可以浮头了。

根据这一信号的指引，忍叔和小周一路追踪日夜颠簸到山西临汾，最终查到这只手机在一位运煤的载重卡车司机手里。他承认是运煤至汕尾，其间曾经有过两男一女搭过顺风车，具体是谁把手机掉在他车上了，他也不知道，因为那三个人互不相识，在不同的地段搭车。他捡到手机的时候是开机状态，见里面还有钱他便照常使用。

忍叔把协查通缉上的端木哲正面免冠照片拿给开车的师傅看，师傅肯定地说，搭车的两个男人都不是这个人。

同样这张照片，初到陆丰的时候，也在当地作过调查和研判，并没有搜集到有价值的线索。得知陆丰近一年来抓获制毒贩毒的犯罪嫌疑人共322名，其中也没有端木哲。

不过忍叔还是耐心询问了两个男人的长相，又问了他们分别从哪里上的车，又从哪里下的车，认真地记在笔记本里。

小周的眼前再一次浮现出端木哲那张小镇青年的脸，仍旧是嘴角上扬挂着隐秘的笑意，双目低垂却暗藏野心。一身白色的实验服令他超有自信。你们绝对找不到我。他的神情就是这个意思。

他们收缴了这部手机。

归队。

终于，周槐序被自己剧烈的咳嗽惊扰得坐了起来。汽车里弥漫着一股浓烈的辣椒的气味，是他们在车上用来醒神的，想必是忍叔为了让他多睡拼命地嚼辣椒。所以啊，那种公安干警雷霆出击的场面，实在是征婚广告。

而他们真正的生活就是奔波、蹲守、日夜兼程、饥一顿饱一顿，总之是辛苦的煎熬。

周槐序干搓了一下自己的脸，"让我来开吧。"

"我还以为你死了呢。"

"不好意思，这回我开到底。"小周胡乱地抓了抓脑袋。

忍叔两眼布满血丝，道，"算了吧，马上就到加油站了，找点吃的吧，我饿昏了。"

"哪有钱啊？这些地方又不刷卡。"

"我有。"

"不可能啊。"

"警官证夹层。"

周槐序急忙扬手抓过后座上揉成一团的忍叔的外套，摸出警官证，果然找出二百块钱来，当即恨不得亲吻一下半旧的纸币。现金总是最好用的，他身上的现金早用完了。内地的吃住小店，只认钱不认卡。借记卡也不行，据称发现过假卡，也能打印出凭条，但是钱永远不会到账。

"嫂子监管不力啊。"

"是她给我放的，每次没了就会放两百，说是救急，总会用得上。"

"好女人啊。"

"有什么用？跟着我也没过上好日子。"

"听说新调来的正头儿是你的老同学，鸿运当头啊，你不是还教导我人生就是低头服软吗？"

"可是人生也要自在啊，我懒得开会。每天一大早，吹个大背头正襟危坐，讲些有的没的，真的假的。还不都是狗屁人生。"

小周笑了起来。

一直以来，小周都视忍叔是一高人，平平淡淡过着草根生活，又与世俗保持着有效距离。他的话未必细思极恐，却总有一种盛世危言的味道。两个人一路闲聊着驶进加油站，里面停着大大小小的车辆，从车况看也可以想见开车或乘车的，业已是人仰马翻。

离加油站不远的地方，有一家无名大排档，门口醒目地贴着招摇的大红纸，上书"农家菜，柴火饭"，对于饥饿的人来说具有强烈的吸引力。

大排档肯定是占道经营，档内档外全是简易的折叠桌、塑料凳，能省即省。虽然不是饭点，但食客委实不少，全都吃得热火朝天百无禁忌。店主与小二也是神情冷漠见怪不怪，看到他们的表情就知道此处别无分店。

两个人找位置坐下来，小周点了一个农家小炒肉和一个炒土鸡蛋，问忍叔还要不要点个青菜？忍叔说青菜回家吃。这也在意料之中，有一次两个人在外面执行任务，也是吃大排档，一碟青菜和一条清蒸鱼的价格一样，忍叔就点了两条清蒸鱼，还是这句话，青菜回家吃。

店里的柴火饭装在一个大木桶里，放在店中央的地上随便添。有些人吃饱以后还装一些在自带的饭盒里，店家也熟视无睹。

也许是饿的原因，小周感觉这一顿实在是人间美味，并且转眼间就吃了三碗饭，自然是狼吞虎咽。相比之下，忍叔就吃得从容不迫，一边还若有所思，吃完饭的碗和碟子干净如洗。

小周再一次想起他们有一回一整天没吃上东西，最终碰上一家麦当劳，小周吃汉堡包吃得差点咬到自己的手指，实在是太饿了。忍叔居然不吃洋快餐，坚持要找面条吃。真够能忍的。

他说自己天生是干一线警察的料，说到破案抓人，无非是比谁更沉得低，耐得久，忍得住。

沿着107国道一路狂奔，下午4点10分，泥猴子一样的二手车驶进了市区。周槐序感觉周遭的车流明显稠密了不少，主干道呈现微拥堵。

身边的忍叔一直以后仰的姿势闭着眼睛，但不知道他睡着了没有。他睡眠不太好，有时候越累越睡不着，所以有养神的习惯。这时他的手机响了，他摸出手机接听，听了一会儿才睁开眼睛。

是支队的萧锦打来的，萧锦是队里唯一的警花，竹竿一样的身材，性格细致高冷。她告诉忍叔目前正在处理一起命案，骨干全部都在现场。片刻，她把命案地址发到了忍叔的手机上。忍叔立即打开导航仪搜索到位置，并叫小周在前一个路口掉头。

"马上就是下班高峰了，必须尽快穿过天河北路。"忍叔说道。

"嗯。"小周向左打着方向盘，心想，千万别在天河北卡住，上下班高峰时这条路水泄不通，如果是在附近聚餐，午餐变晚餐，晚餐变消夜。本来，按照他们的打算，是想把车放回队里，然后回家洗澡睡觉休整一下。但从忍叔瞬间肃穆的眼神中，可以感觉到事态的严重。

"你都想不到是谁把谁杀了。"好一会儿，他才开口道。

小周侧目，看了忍叔一眼。

"大王把小王砍死了。"

小周吃惊地睁大眼睛。

隔了一会儿，眉尖拧在一块儿道："是小王把大王砍死了吧？"

忍叔的表情也开始含糊，回想是不是自己听错了？"去了就知道了。"他也只能这么说。

"这事还没完了？"小周嘟囔了一句。

"针大的孔，斗大的风。"

"看上去还都是体面的人。"

"暗物质啊。"

"什么意思？忍叔，我现在跟你比起来就是文盲啊。"

"现有的物理学假设认为，人类目前所认知的物质世界大概只占宇宙的40%，暗物质却占了23%，还有73%是暗能量。"

"什么是暗物质？比如——"

"是一种人眼看不到的物质。在1930年左右，科学家就发现有一些星系团中的物质，产生的引力要比其他可以看到的星系多一些，但是这些物质不发光也不发热，所以就起名叫暗物质。我相信证明它的存在是早晚的事。"

"你是说没有犯罪可能性的人犯罪，不会比指纹库里那些有前科的疑犯更少。是这个意思吗？"

"你说呢？"忍叔透过前挡玻璃直视前方，"无论是谁砍谁，本来他们都是这个社会的上游家庭，也是离我们工作职守最远的家庭。"

小周想了想颇以为然，不觉带有敬佩之意地点头。

然而不知为何，他的脑海里突然飘过端木哲那一张欠扁的脸，本来嘛，他老家的乡下，好像就出过他这么一个大学生，光宗耀祖，父母亲很有面子，十年寒窗都已经熬出头了，成为受人尊重的化学老师，却要去碰毒品。他应该也属于暗物质那一类的人吧。

车轮飞转，二手车又开始像喷气式那样喘着粗气，轰鸣作响。

还好，因为反应迅速，他们的车顺利地通过天河北路，然后一路向北又行驶了将近40分钟，到达了目的地"芳慧苑"。

这个小区最大的特点就是宽敞气派，园林打理得十分考究。相同的6幢楼房看着中规中矩，外墙颜色陈旧暗淡，虽然是老房子但仍旧气势伟岸，超大阳台最少也有十几平米，透着昔日特权的优越感。不用问，是老王生前分到的房子，相比之下，普通的商品房格局永远是小鼻子小眼儿。

其中的一幢楼房下面拉着警戒线。

有警车和值勤警员。

死者是小王没有错，他横躺在客厅的中央，地毯、茶几、沙发上全部都是血迹。忍叔打开裹尸袋，小周看见那张曾经相当俊朗的面孔已被砍得面目全非。"公子金貂酒力轻"，这样一张脸毁于乱刀之下，尤显触目惊心。

大王显然不是职业杀手，没有一刀毙命的本事。

斧子就扔在尸体的左侧，萧锦跟在忍叔身边小声报告，说小王上下共有37处伤口，有的部位露出了骨头。

勘查现场的工作已经收尾，完成工作的部分同事陆续撤离。

客厅里呈现出激战后特有的冷清，品位上乘的青砖地上，推倒的、破碎的、翻天覆地的，所有的一切统统是静止的状态。由于是老派、西式的装修风格，场景反而显得有些不真实，有一种老电影的制旧和隐晦。又仿佛事件之外，有一双眼睛在静静地注视，暗含忧伤。

虽然行凶后大王没有离开，并且是自己报的案，然而第一现场仍旧需要保留，需要解释杀人动机。

大王被带到另一间小会客室里，他有些木然，神情松懈地坐在那里，一言不发。

讯问笔录上一个字也没有。

萧锦对忍叔说，唯一知道的信息是出事的前三天，大王小王的母亲因心脏病复发住院，目前还在监护病房，不方便告诉她实情。

至于事态是怎么恶化的，接手的刑警一无所知，一头雾水。

是头儿交代给忍叔打电话，尽快让此事有个头绪。

忍叔用眼神示意萧锦离开小会客室。萧锦走后，忍叔把讯问笔录纸卷了卷插在上衣口袋里。他四下环顾小会客室，小周也感觉到隐形图案的壁纸是米色的三叶草，西式餐桌上的英国陶瓷茶具等细节，都显示出曾经的主人希望过精致生活的良苦用心。

家庭装修的风格也坚持整旧如旧，小周这还是第一次见识到。内心感慨老王的审美情趣。

屋子里有一丝时隐时现的檀香，清淡而绵长，餐桌下的丝质地毯是粉蓝的底色盛开着白百合，与客厅里厚重的羊毛地毯不同，小会客厅散发着私密的温馨。墙上的油画是一位正在梳妆的裸露背部的女人，从她丰腴的腰身和凝脂般的肌肤可以想见是个美人，她卷曲的长发瀑布似的倾泻。

"这套房子真的不错。"忍叔望着天花板上的羊皮吸顶灯，由衷地感慨道，还一边微微颔首。

大王先生下意识地四下里望望，并无惋惜之色，满脸仍旧写着：不用审了，我什么也不想说，就把我直接毙了吧。他的眼神里有一种无所畏惧的光芒。

空气越来越沉闷，整个房间像一张满弦的弓，绷得紧紧的，似乎时时刻刻都可能"嘭"的一声断裂或坍塌。

萧锦重新走了进来，与忍叔低声耳语，但因为房间里异常安静，她的话小周听得一清二楚，想必大王先生也同样听得真切。萧锦说医院给大王的母亲再一次下了病危通知单，已经是入院后第三次下达了。

这时大王突然冷笑了一声，面色铁青却轻松道，"死了也好，老王家就可以销户了，挺好。"

忍叔和萧锦怔怔地看着大王，周槐序感觉后背一阵凉意。

小王的尸体被运走了，勘查现场的工作也全部结束。但是忍叔和小周还是等到上下班高峰过去。押解大王的警察下楼后才给他戴上手铐，坐进警车离去。

直到晚上11点多钟，大王的情绪才渐渐从制高点回落下来。他被带进提审室之后，忍叔并没有让人在椅面上锁住他的双手，反而亲自递给他一杯热水。这让大王的脸色有些缓和，毕竟这么长时间了，急火攻心，嘴角一圈燎泡，从中可以看出他内心的煎熬。他连续喝了大半杯水。

忍叔又叫小周去买了三个盒饭，三个男人不言不语埋头吃饭。

是四大民间名吃之隆江猪手饭，另外三样是兰州拉面、桂林米粉和沙县小吃。开店开得全国上下遍地开花。白米饭上肥美的猪蹄肉搭配解腻的酸菜异常美味，犹如羽泉不能分离。房间里飘散着猪油特有的香气。

"世界上还有这么好吃的东西，我怎么不知道？"大王突然说道，还笑了一下，整张脸像暗灰的顽石突然裂开了一道缝。

忍叔和小周吓了一跳，下意识地互望一眼。

"隆江猪手饭你没有吃过吗？很出名的。"忍叔道。

"我连听都没听说过。"大王眯缝着眼睛，显现出享受美食后的陶醉。

小周心想，这个世界有太多的不可思议，无论科技多么发达，人类膨胀到以为自己无所不能，还是找不到一架失联的客机。大王所生活的阶层不仅没有民间疾苦，同样也没有世俗之乐。

他活在自己的世界里，情绪失控也不出奇吧。

饭后，大王开始诉说，他的语气平淡，像是在另一个空间遇到了另一个自己。

按照与医院达成的协议，小王顺利地拿到了赔偿款，科室里的护工，当然主要是以"跛足人"为首的熟护也全数遣散，据说另外组织了新护工。这些都是护士长对老王夫人说的，希望夫人宽心，早日恢复健康。

老王的遗体告别仪式设在殡仪馆的青松厅，遗体上覆盖着党旗，他十分庄严地走完了自己的人生历程。

全家人都感觉松了一口气。

这时老王单位老干处的工作人员来找老王的夫人，说老王大约在五年前，还没有脑萎缩的时候，曾经写了一份遗嘱，由老干科的科员陪同去了市里的公证处，不仅对遗嘱作了公证、存放，还全权委托了老干处负责在他死后，通知家属并且共同查阅遗嘱。

于是某一天的下午两点，全家人跟着老干科的工作人员去了市公证处，在那里排队叫号，等了一个多小时才叫到号，可见业务之繁忙。

公证处的工作人员郑重其事地拿出了老王的遗嘱。

遗嘱的内容想象不到的简单，就是那套芳慧苑的房子归大王所有，由大王带着妈妈居住，但是芳慧苑书房里全部的书都归小王所有。

其实老王的房产并不止芳慧苑一处，只是这边算是祖屋，最大也最讲究。

其他的房子投资也好自住也好，分散在不同地段，当然不如芳慧苑。而且大王小王各有居所，老王患病期间，夫人也是住在离医院最近的自家的小单元投资房。芳慧苑一直闲置在那里，静如处子。

轮流看完遗嘱之后，大王和小王都惊得说不出话来。

大王先生感到意外的是，从小到大，父亲都深爱风流倜傥的小王，嫌弃他的木讷愚笨，怎么可能把芳慧苑留给他呢？所以他去公证处的时候没抱任何希望，一切顺其自然。父亲给什么就拿着，不给也在意料之中。

当天晚上，在家里的餐桌上，小王就炸了。在公证处时，他还算顾忌有外人在场，忍住怒火没有爆发。

他劈头就说，这个遗嘱是伪造的。

他说，爸爸一直最爱我，怎么可能给我书？都什么年代了？谁还要书啊？直接拉到废品站都嫌累得慌。好吧，就算遗嘱造假也拜托有点专业精神，文件也写得逼真一点，不要烂成一个笑话。

大王实在听不下去了，因为小王显然不是针对妈妈说遗嘱有假，目标非常明确，是冲大王来的。大王当然急了，就说，你有证据吗？

小王说，还用证据吗？从一开始你就跟老刀搞在一块儿，从精神到身体胁迫了父亲，一手导致了父亲的死亡。面对明显存在过失的医院，面对那些有邪恶心态的护工，你没有作过半点抗争，包括对医院赔偿的40万不屑一顾。现在一切都合理了，因为你希望这份假遗嘱早点兑现，你等不及了。

小王对大王说，这根本就不是爸爸的思维，是你的思维，你要羞辱我，你要报仇。

对于小王的狂想症，大王无言以对。

从此，家庭大战不宣而战。那段时间每天都是在吵架、动手或者推推搡搡中度过的。

大王的性格也有偏的一面，他把母亲接回芳慧苑，心里想着，父亲生病前，心里还是非常明白的，只有把母亲和房子交到他的手上，这个家才不至于败干净。他的内心充满了对父亲的愧疚，那些曾经令他伤感的往事仿佛作了一道柔化处理，变得温馨和意味深长，里面其实有他没有发现的浓浓爱意。他想，他绝不会辜负父亲的重托。

至于小王的指责，他说，既然我们吵不清楚那就打官司，怎么判我都没意见。小王没有证据，官司没法打，就一直胡闹。

由于小王不分昼夜地前来骚扰，大王换了芳慧苑的门锁。小王提着斧子就来把门和锁都砍烂了。

这样的事小王干了三次，大王对那把斧子简直太熟悉了。

因为巨大的动静，因为报警，也因为呼叫的救护车拉走晕倒的母亲。在整个芳慧苑里，王家成为人们议论的中心事件，成为茶余饭后最好的消遣，是且听下回分解的连续剧。就是这一点深深地刺伤了大王的心。

他一直是个内向的孩子，脸皮薄，面子大于天。哪怕是晋升、职称、利益这一类别人无比看重的事，只要伤及面子，他都会选择隐忍。对于暗恋的人，无论多少机会降临，他都开不了口。

可是现在他成为电视剧的男主角，口口相传，任人评说。

终于，他决定妥协。

他对小王说，遗嘱的事先放一边，你也搬到芳慧苑来住，反正房子够大，我们还可以一起陪伴母亲。

但是小王并不同意。小王的意见是他和大王还是各住各的，母亲也住回那个小单元。芳慧苑由他抵押给一个朋友，他要跟人家成为合伙人一起做生意，肯定发大财。大王当然不肯，因为自改革开放之后，小王涉足过的若干生意，结局总是惊人的一模一样，那就是血本无归。

卖掉祖屋是绝对不能应承的一件事。钱，没有人不计较，更重要的是这样的行为如同农村砸锅一样忌讳。大王尤其讲究这一点，相信做伤害祖辈的事会殃及家人和孩子，大家都过不好。

战争进一步升级。

压倒大王的最后一根稻草，是一天傍晚，小王又找上门来闹得不像话。一直缄默不语的母亲实在忍不住说了他两句。小王不仅顶嘴还用力推倒了母亲，母亲摔倒在地，额头碰到茶几上鲜血直流。急救车再一次哇啦哇啦开进芳慧苑拉走了母亲，这一次医院下达了病危通知单。

大王最后一次换了芳慧苑的门锁，然后像武士道中的"士"一样，神情肃穆，正襟危坐，等待小王提着斧子上门。

周槐序不记得大王什么时候停止了诉说。

因为讯问室里异常寂静，没有人说话，只有一点淡淡的隆江猪手饭的余香。

9

眼前一片漆黑，黑暗中，一首节奏分明，铿锵有力的狐步舞曲飘然而至，音量如寒汀竹影般影影绰绰，时而流畅时而渐消，更增添了些许神秘。那是一个巨大空旷的舞台，一束柔和的追光亮起，紧跟着起舞的男女，他们礼服加身，妆容精致到可以看清楚每一根上翘的睫毛，光洁的额头大理石一样平滑，下颌微微扬起，神情漠然如结起薄冰的湖面。

怎么看都是绝配型佳偶。

他们的腿部也密不可分，潇洒灵动之中杀机四伏，你进我退，我退你进，心思缜密却波澜不惊。将所有的刀光剑影暗藏于无限优雅之中，一切算计都在步伐的方寸之间，慌者输，乱者杀。音乐声渐渐震耳欲聋。

三郎惊得一下子坐了起来。

都是端木哲种下的祸根，他在心里骂了一句。

更让三郎吃惊的是，在一侧台灯的微光里，苞苞安静地靠在床头，慢慢地吸着薄荷烟。

挂钟指向凌晨4点36分。

什么情况啊？三郎的脑袋一片空白。直到这时，他才发现自己赤身裸体，一丝不挂地坐在被子里。

床下的衣服裤子凌乱地摊了一地，全数带着当时急于扒下来时的痕迹。

他懊丧地闭上眼睛，缓缓地倒回床上。

最近发生的事只能说是一连串的不可思议，他的记忆开始慢慢恢复，头脑清晰如刚刚清理过的抽屉。昨晚也没有喝酒，发生的一切都在自我掌控之中。苞苞对他的怨恨和失望也都是必然。

数天前的一个下午，他在24小时银行自助服务厅里取钱，那是一幢大厦的一楼，并不当街，要拐几道弯才能见到。但是令人称奇的是门前少有的自备停车位，居然常有空置，所以他常到这个服务厅来，算得上驾轻就熟。自动提款机吐出钱之后，他数都没数就卷进口袋。机算永远大于心算，这是他的信念。最后一个动作是收回银行卡。

刚一转身，他就愣住了。

排在他后面的站在黄线之外的人居然是苏立，他当时就石化了，以为自己出现幻觉，或者穿越到了不知什么地方。

但真的是苏立。

苏立比他平静多了，因为等待操作个人业务的人还有六七个，他们在苏立后面排队，其他的机器前面也有若干人，总之这是一个公共场所。所以苏立微笑地示意之后，还有条不紊按照语音提示取了钱，收回了银行卡。

淡定啊，取钱还重要吗？他暗自想到，像移动的泥塑一样走出服务大厅，在门外等待苏立。

满脑袋疾风骤雨，九级狂澜。

他曾经无数次地设想过他们的重逢，最称心如意的，是在一次国际春季时装发布会上，他们都带着自己的作品，在繁忙的后台意外相遇。当时无比混乱的后台陡然间静默无声，进入默片时代，时间变成固体，形成抽象的雕塑，在他们的身边勾勒挺立。他们四目相望，彼此熟悉而又惊讶，然而那是激战前夕，他们只是用眼神、气息、温情，还有他们的淳朴无华、高级灰色调的作品相互关照。其实什么都没有改变，他们心灵相通。只有华丽的相见才不枉当初在深山老林里的缠绵，名利的确让他们变成了当今时代的楷模。

没想到他们的重逢这么平常。

他们都穿着休闲装，神情散淡，俗气地取钱，跟这个世界交易。

还是她先开口说道，你……还好吗？

他想说，不好，或者很不好，或者你到底跑到哪儿去了？为什么不跟我联系？难道我就那么不重要吗？这一句就算了，有点像韩剧台词。你知道我等你等得多辛苦吗？他妈的生活简直来源于港台剧。

凌乱。

最终说出来的是：还好吧。

他看着她，目不转睛。仿佛她会瞬间消失，"你呢？"他说。

我还好。

他想说我们找个地方坐下来聊一会儿吧。可是他看见她飞快地看了一下手表，他马上说，你赶时间吗？我送你过去。顺手指了指停车场上的宝马。

她说，不用了，我搭地铁很方便。

哦，他只好这样说，不过并没有忘记互留手机号码。只是苏立报号的时候有一丝不为人觉察的迟疑。

就像清风拂面，只有片刻的欣喜。

后来的若干小时，他都不知道怎么过来的。没有办法工作，也没有办法集中精力，翻杂志那些华服红唇变得惊悚，溢美的词藻像聚集在一起的苍蝇，在脑袋里嗡嗡作响。喝咖啡烫了嘴。然后莫名其妙地希望天黑，好像天黑就能掩盖什么似的，或者带给他多大的勇气。

最终他忍不住给苏立发了信息："今晚8点之后我在花园酒店大堂吧等你，你慢慢来，我会一直等下去。"

花园酒店的位置就在地铁上面。

苏立没有回复。

三郎还是推掉了晚上的应酬。他感觉她会赴约，否则她就拒绝了。但是她有些犹豫，或许她有家庭、孩子了，不想再翻陈糠烂芝麻。但是他不行，必须知道她的一切，至少对自己是个交代。否则他就完了，他陷在一片看不见的沼泽里，她是他的光。

五星级酒店有一种独有的香氛，属于暗香浮动，借以启动客人神秘的大脑，记住每一次的入住，像幽会一般贴心又不动声色。

三郎点了一杯软饮料，坐等苏立的到来。

8点45分，苏立的身影匆忙地出现在玻璃门处，她下意识地四处张望。三郎站起来对着她挥手。

还没等她坐下，三郎便省略了所有的寒暄，直道，"我离婚了。"苏立的表情明显僵住了，一时不知该怎么接话，她望着他，慢慢坐下。"我其实过得很不好。"三郎补充了一句，有一种如释重负的坦然。苏立点了榨鲜橙汁，静静听着三郎的陈述。三郎说，"我跟前妻就是不合适，责任主要在我。"其中的细节当然不提，也没有必要提。

然后满脸写着：你呢？该你了。

苏立想了想，好像不太想谈自己，沉默了片刻才淡淡说道，"我们家破产了，我爸欠了高利贷，现在还不知道躲在什么地方。"说到这里，她居然笑了，"怎么这么不真实？像剧情简介一样。"她不往下说了，或者是说不下去了，笑容变得苦涩，清澈的眼神掩饰着沧桑。然后她就闭嘴了，什么都不想说，她脸上写的就是这个意思，眼睛望着别处。

他特别有抱住她的冲动，然后对她说，你的情况还能更糟糕一点吗？好让我能够配得上你。当然，他没有。他们是熟悉的陌生人，是高冷的羞于表达情感的都市人，必须坚强到牙齿。

"一个人吗？"他小心翼翼地问道。

她点了点头。

他的内心一阵狂喜。以前的事就不提了，让我们从现在开始。当然他仍旧沉默，但是已经感觉到久违的激情与冲动正在重生。

男人对这种能力需要病态的认可。

这也是三郎深感对不起苞苞的地方，昨晚给母亲过完生日，那是一个完美的夜晚。他回到家中依然兴奋不已。这时的苞苞正在卧室收拾她的衣物，她自己有单独的柜子，两年了，他碰都不想碰。终于在平静分手之后，苞苞可以把她的东西全部拿走了。三郎也是想等这之后再把大门的锁换掉，所以他并不知道苞苞会在这个晚上来收拾衣物。

一个巨大的黑箱子摊在卧室的地上，猛地看上去满床满地都是女人的各种衣服、裙子，还有轻薄质地的性感内衣，带有情趣意味的小护士制服。苞苞在低着头收拾，见到他，用无奈的眼神打了招呼。

几乎是在一瞬间，他冲上去抱住了苞苞。

二话不说，将她按倒在地，在那一堆垃圾品位的衣服上，苞苞显得颇有诱惑力。他像疯了一样，把这件事做得地动山摇。实木的大床轻飘如一叶扁舟，肆意撞击在墙上发出咚咚的声响。苞苞完全是被吓住了，任其摆布，没有呻吟也没有喜极而泣的机会，意想不到的风暴将她彻底淹没了。这时候的三郎像换了一个人，没有理智，没有思维，脱缰野马一般地奔驰。

身体的语言却在提醒他，一切的症状都是心因性的，他不能停止，他可以，他完好如初。

"这算什么呢？"苞苞在他的身后幽幽地说道。

薄荷烟的味道一重又一重地袭来，既清凉又刺鼻，"就算是夫妻一场吧。"她仿佛自言自语道。

幸福使人慈悲。昨天傍晚，母亲的每一条皱纹都是舒展的。此时他最

狐步杀

希望自己做的就是转过身去，对苞苞真诚地说一句，以后无论碰到什么困难，都可以来找我，我们的恩怨就此扯平。当然，他没有。他一动不动背对着她躺着，这个世界没有也许，没有以后，即使是所谓周济，你乐意，别人未必乐意。所以，他什么也没有说，什么也没有做。

天快亮的时候，三郎又沉沉地睡去。

再一次睁开眼睛，天已经大亮，阳光从月白和雪青相间的厚厚的窗帘缝里挤进来，令静美优雅的融色披上了霞光。三郎还是第一次感觉到日光并不是那么可憎，他起身拉开了窗帘，仿佛拉开了新生活的序幕。

苞苞并不在床上。

地上的大黑箱子也变魔术一般收拾妥当，靠墙肃立，外加两个大环保手袋。这么大的工程他毫无知觉，可见睡得多么死。

天色湛蓝。

远处，以西塔为代表的一重又一重的高楼大厦像青山峻岭一般错落有致，看着让人心里踏实。如果是晚上，就变成集成电路板那样星星点点光束密布。三郎喜欢繁华，没有繁华就没有繁华中质朴的自己。

洗漱完毕之后，三郎换上干净的衬衫来到客厅，听见厨房里传来炸鸡蛋的声音。看来苞苞也不准备兴师问罪，他也想把这个尴尬的早上礼貌、谦和地混过去，从此劳燕分飞各奔东西。正是因为从此再无挂碍，现在才要表现得体面一点，不必面目狰狞。

三郎在餐桌前坐下，像两年前任意的一个早晨。

所不同的是，此刻他的脸上，挂着一丝智障人士特有的那种既诡秘又发自肺腑的笑容。

手机的铃声响了，果然是母亲，只有她会这么早打电话。

"我一晚上没睡。"她说，"当然是高兴的，大溪跟你小时候一模一样，就像饼印，想不认都不行。"

他仿佛看见母亲的笑容。

昨天傍晚，他回家给母亲过生日，母亲穿上他亲手做的衣服，稀罕地来回摩挲，这布料太好了。她赞叹道。你儿子是布痴啊。他说。手工也周密，是个好的手艺人。这已经是母亲对他的最高夸奖。他很想说，这里面有爱。

当然，他没有说，如果心里有千言万语，那就什么都不用说了。

母亲盛好汤，就是普通的胡萝卜玉米排骨汤。她是一个家常惯了的人，不喜欢夸张。她说，做衣服就是不要夸张，布料好、沉静的颜色，哪里需要设计？加上纯手工，就是上等的货色。

吃饭也是，不会夸张地操办。

这时有人敲门。

会是谁呢？母亲的眼睛在问。这时三郎才说，我还约了苏立，妈，你还记得苏立吗？

母亲有点吃惊，但还是点点头。

想不到苏立带来了大溪。看到大溪第一眼的时候，母亲就热泪盈眶，所谓血脉相连是最骗不了人的。这是苏立送给母亲最大的礼物，也让三郎如坠梦中，根本无法相信这个世界上会有如此神奇的事，并且不偏不倚就降临在自己的头上。所以，他的目光从始至终都没有离开过大溪，满脸写着不可思议。因为这件事完全超出了他的经验，他的想象。

母亲一夜未眠是很正常的。

"我记得苏立是有钱人家的女儿。"母亲一直絮叨，她的担心可以理解。她与其他母亲不同的是，总觉得自己的孩子不够好，家境不够好，特别是苞苞坚决要离婚，应该是对母亲最沉重的打击。

"她家破产了。"他只能这么直接地安慰母亲。

"哦，那就好。"

怎么能这么说？母亲也真是的。所以说这个世界上根本没有客观的母亲，只要对自己的孩子有利，哪怕天崩地裂洪水滔滔。

"她也一直没结婚，你看大溪教得也很好。"他继续给母亲吃定心丸。

母亲一连串的嗯嗯嗯。

这时，一碟煎鸡蛋、培根和涂好花生酱麦包的盘子放在了三郎面前，三郎急忙向苞苞点头示意。

"妈，您放心吧，我会把事情处理好的。我还要上班，挂了啊。"

苞苞一言不发，平静地倒奶。两只玻璃杯变成宁静的白色。她在三郎的对面坐下，面前放着同样的西式早餐。

两个人默默地吃早餐，刀叉的声音反而有些刺耳的锐利。

"一会儿我开车送你吧。"三郎打破沉静。

"嗯。谢谢。"

"还是回你妈那里吗?"

"嗯。"

"如果你不嫌弃,就到淘金路那套公寓去住吧。"

三郎当年曾经投资一个62平米的小套房,因为地段还不错,放租比较方便。

"不是租给人家了吗?"

"租约到期,那个客人搬走了。现在空着,不过要自己整理一下。"三郎是真心同情苞苞,她那个妈,怎么一起住啊。

"真的可以吗?"苞苞沉默片刻,看着盘子说道。

"都说了你不嫌弃就去住,客人不租了就是说那条街上住了黑人,还有好多洗脚妹。"

"没关系,我想去住。"

"那一会儿我们就过去,我帮你把箱子提上去。"

"房租怎么算啊……"

"房租就算了,你想住多久都行。"三郎也看着盘子说。

"哦,那就谢谢了。"

吃完早餐,苞苞洗完杯子和碟子。两个人提着箱子出了门。临走的时候,苞苞环视了一下客厅,三郎装作没有看见。

车子开在环市路上,没有人说话,静悄悄的,再往前开右转就是淘金路了。苞苞坐在后座,一直用手撑着脸颊望着窗外,这时像是偶然想起一样突然说道:"两年前的5月12号,你跟端木哲见过一面吧。"

"怎么可能?"三郎脱口而出。

苞苞没有理会他,继续说道,"5月12日很好记啊,是汶川地震纪念日,你用我的手机给端木哲发过一条信息,叫他到我们家来一趟。

"那两个警察又来找我了,他们不知道在哪里找到了端木哲的手机,里面有我发给端木哲的信息,我告诉他们那不是我发的,他们不相信。我只好告诉他们,当我知道端木哲要害死你的时候,我害怕了,想到他有一天说不定会杀掉我,再说他搞的减肥药又吃死了人,警察到处抓他。所以说好一起逃跑，但是我并没有跟他约好碰面的地方，就更不可能给他发信息了。

"谁能拿到我的手机发信息？你还是想好怎么跟警察说吧。"

三郎一个急刹车，苞苞的脑袋碰到前座椅背上，啊了一声。因为听得太过入神，汽车差点追尾。

她是幼儿园老师，但不是幼儿园智商。永远不要小看任何一个人。

三朗本能地开着车子，右拐后驶进淘金北路。许久没有过来，曾经充满小资情调的街道和铺面有一种时过境迁的破败。

他再一次想起了薄荷烟细腻的慢慢弥散开来的烟雾，像花一样在眼前绽放，生机勃勃的太阳蛋在白色瓷盘里微微摇晃，苞苞最后环视客厅时目光中的淡淡忧伤。为什么每一个画面都显得意味深长？

本来，这是一个轻松、休闲的周末。

为了去听晚上的音乐会，黄莺女士从下午就开始梳洗打扮。傍晚出门的时候，她穿着香奈儿的外套，配戴镶嵌山茶花标志的珍珠项链，整个人还要香喷喷的，打上蝴蝶结就可以送人那种。每次都是这样，除了盛装，晚饭还要去西餐厅。她老人家的意思是这样的享受才算完整，要对得起这个美丽的夜晚。

周槐序陪母亲去了三兄弟西餐厅，这个店铺并不精致奢华，反而有些过分随意，桌椅、桌布、布置、摆设都是有年头的陈旧感觉。然而菜式非常地道。如果用餐时兄弟中的老大一高兴，还可能拄着拐杖慢悠悠地走过来奉送一道价格不菲的甜品，然后聊上几句。每次黄莺女士都可以享有殊荣，因为老大喜欢老派而盛装的女士，感觉与他的铺面相映生辉。

是苏格兰交响乐团在大剧院演奏古典音乐。

他们的位置在楼座一排。小周也喜欢交响乐，至少可以闭上眼睛休息脑袋。最近发生了太多的事。

观众在陆续进场，各色人等。有人平静，有人异常兴奋。有女人化着大浓妆，穿着比黄莺女士夸张多了，也有人随便得像上街买菜一样就来了。有人一直歪着头在欣赏大剧院的建筑特色。

这时他的眼神停留在楼下大约15排的位置，他看见了苏而已和柳三郎，中间的座位上坐着大溪。

苏而已在看节目单，柳三郎的一只手搂着大溪，不知在说什么。

小周掏出手机打给苏而已，他看见苏而已接听了。

"你在哪里？"他说。

"我在大剧院，准备听音乐会。有事吗？"

"跟谁在一起？"

"大溪的爸爸。"

"哦，没什么要紧的，我再找你吧。"

周槐序收起手机，他可以绝望了吧——她甚至连骗他的心都没有，如实秒回他的问题。就像他因公调查柳三郎，很正常地牵扯到苏而已，苏而已也必须回答他和忍叔提出的问题，哪怕是触及隐私。

那天他们就约在利群茶餐厅谈话，一人一杯柠檬茶，都是公事公办的表情。因为不是开饭时间，所以店里清闲，客人不多。他和苏而已非常默契地表现出素不相识的样子，事实上他们也的确没有什么可圈可点的交往。这是他们唯一可以选择的最佳态度，必须承认，小周的内心不可能波澜不惊，也有一点点掩饰良好的尴尬。不过苏而已还是平静地回答了他们所有的问题，包括她和柳三郎的情史，以及柳三郎是大溪生父的事实。

小周暗自叹了口气。

"嗯，她的确是个好女孩。"这时黄莺女士在他身边感慨了一句。

"你说谁？"

黄莺女士往下努了努嘴。原来她也看到了苏而已。

"你跟她又不熟，怎么知道她好？"小周有些丧气地说道。

"因为她不接你的球啊，你喜欢她，谁都看出来了，可是她装傻，而且装傻到底。"

小周的内心大为惊讶，但还是假装若无其事，却又不知如何作答。

母亲说道，"她来我们家的第一天我就看出来了，你看她的眼神很不一样。你懂什么叫母子连心吗？傻儿子，是你以为别人都不知道。"

小周一直以为妈妈是思维简单的女人，喜欢鲜花、香水、唱歌、听音乐会的女人就简单吗？这是偏见，要改变。

"可是你们不合适。"

"为什么？比起那些世俗的想法，真爱才最难求吧。"

"爱情非常短暂,但是人最终都是普通和现实的,你的条件那么优秀,应该想得长远一些。"

"那你还说她好,言不由衷,这不是你的风格。"

"我真心觉得她不错,只是她不合适你。"

"听不懂。"

"因为她也喜欢你啊,傻儿子。"

"哪有?她根本不太理我。"

"如果她喜欢你,就会跟你谈一场轰轰烈烈的恋爱。可能是她真的爱你,所以远离,她希望你好,希望你完美,世俗的东西总是更长久。"

不知为何,小周像是被点中穴位一样,鼻子一酸。

"再说了,人家是一家三口,你不觉得你是多余的吗?"

死结。

灯光渐渐暗去,在海潮一般的掌声里,满脸慈祥的老外指挥走出前台,与首席小提琴家拥抱致意。随后,他站上指挥台,背对观众。良久,他才确认身后如沙漠一样空廓冷寂,指尖一点,音乐声响起。

周槐序对于音乐的天然感受力应该来源于黄莺女士,从小到大,因为陪伴母亲,他成为优质听众。他可以清晰地感受到旋律中的乡村、田野、雨过天晴、翠堤春晓,也有疾风骤雨、悲痛和哀伤以及克制的叹息。但是此刻,他闭上眼睛,交响乐的宏伟磅礴化作绵柔的背景音乐。

他的脑袋里只有一个问题,那就是坐在楼下的柳三郎到底是一个什么样的人?

技术部门恢复了端木哲手机上的数据。

苞苞不承认她给端木哲发过信息,理由令人信服。那么谁比较容易拿到苞苞的手机,在苞苞离家前发信息给端木哲?当然是柳三郎。

他为什么要发这个信息?他叫端木哲到家里来想说什么?

这些疑问都很正常,但是忍叔后面的话,令小周的后背有一种触电的感觉,只有0.2秒钟,但绝对是惊着了。

忍叔说,老王的案子里,谁最不可能杀人?小周回答,大王。忍叔说,对,小王或跛足人都是有理由激情犯罪的,一个贪财,一个被砸了饭碗,但是没有。那么,忍叔继续说道,端木哲的案子里,谁最不可能杀人?

小周没有说话，但是给电了一下。

忍叔说，我想了很久，这一次端木哲手机的出现，和他两年前发给他远房亲戚的短信，有同一种故意，就是提示我们端木哲在逃。但事实上，端木哲这样一个上了大学就不认父母的人，工作这么久，有钱没钱都从来没有回老家探望过父母，而且有一次他父亲病重，亲生父亲啊，给他打电话，他都没有回家看一眼，你说这样的人，怎么可能想到把对父母的挂念托付给远房亲戚？根本不可能，完全是另一个人的思维推论。

这一次手机的出现，显然是有人放到货车上的，这个人知道我们一定会以此为线索追踪这个案子。

生的对面是死。

活跃的在逃对面是什么？是彻底的消失。

端木哲这个人有野心，像他这样贫寒又欲望强烈的人，上了大学，有了文化，有时反而是罪恶助推器。他不可能跑到非常偏僻的地方隐姓埋名地做苦力，他想过好日子，也吃不了那份苦。他如果去制冰毒反而是合理的，去寻找苞苞也是合理的，怎么可能连一点生命的迹象都没有？

串案思维，逆向侦查。忍叔说这是他认同的一种思考案子的方式。

毫无关联的人和事，看似两个独立的案子，有时候会突然打通脑袋里的死疙瘩。每一个职业里的人都会修炼出特有的直觉，其实他一直都在否定这个直觉，但是它仍旧顽强地冒出来。

这种感觉有点像下盲棋，这也是小周最佩服忍叔的地方。他不动声色，但是前棋走的每一步从未忘记，后棋无论如何是一种下意识的关照。虽然不知道对手是谁，棋路却一直都在他的心中。

小周想了想，觉得有道理。而且他跟柳三郎夜跑时撞上还不止一次，发现他还真是穿衣显瘦脱衣有肉那种，绝对不缺力量。不过转念想想还是不对，好吧，就算大胆设想柳三郎杀了人，怎么处置尸体？这可是个技术活，应该是一个人不可能完成的任务。

秘密搜查柳三郎的家和宝马座驾并不是一件难事，但结果像用漂白粉擦过一样，就算过去了两年的时间，还是有可能发现微量证物。然而事实证明想法就只是想法，多半是站不住脚的。

忍叔轻易不下判断，一旦认准的事就会直奔南墙。他决定秘密调查柳三郎所有的社会关系。

于是，柳森浮出水面。

柳森是柳三郎的亲叔叔，自柳三郎的父亲过世以后，柳森对柳三郎疼爱有加，视如己出，资助他完成学业包括他的毕业典礼，都是柳森热泪盈眶地参加，两个人感情深厚。

柳森现任民政局副局长，两年前曾任殡仪馆的支部书记，这是一段让人浮想联翩的经历，以往不为人知的杀人焚尸案在这一类人手上也发生过，并不出奇。

于是，忍叔和小周去了殡仪馆，调查了两年前端木哲失踪那段时间的火化名录，反反复复，每一个死者都进行了核准。误差率是零。关于柳森的性格和为人，他们也调查了他曾经的同事，都说他这个人还不错，豁达开朗，乐于助人。优点是果断，有能力也有魄力，很务实的领导；缺点是好美人美酒，见到漂亮姑娘迈不开腿，喝酒容易喝高，有一次喝高了放狠话，说他一辈子不印名片不主动跟人握手，但是谁敢惹他就只好风烟滚滚送英雄了。

柳森的酒后戏言加深了忍叔对他的怀疑。可惜疑案从无。

终于，潮水一般的掌声让周槐序睁开了眼睛。黄莺女士一边鼓掌一边斜了他一眼，表达了心中的不满。

"这都是第三次返场了，你才睁开眼睛。"

"三次了还要别人演奏？买白菜一定要白搭萝卜吗？"

"讨厌。"黄莺女士噘起小嘴，继续鼓掌。

外籍指挥还是被热情所屈从，《茉莉花》的旋律宛如湖心的涟漪，缓慢地静如莲花般地荡漾开来。

10

为什么年轻的妈妈们都是半夜买童装？也对，只有半夜熊孩子才是没法折腾的，妈妈们才有时间逛淘宝。

凌晨两点，苏而已还在电脑前处理订单。只要起身决定睡觉，就有一声猫叫的提示音把她拉回来。订单这种事就是这样，你不处理，妈妈们可没耐心傻等，转眼就找下一家，海淘呗，不缺你那一件。所以一听到猫叫，苏而已就没法睡觉，乖乖坐下来处理订单。

房间里总算暂时安静下来，苏而已得空急忙站起来伸个懒腰，然后重重地倒在沙发上。

腰部被硌了一下，她用手一摸，抓出来一只毛绒叮当猫，张着嘴傻笑。是大溪从三郎家里揣裤兜拿回来的，洗衣服时她把它扔在沙发上，现在依然是扔到脚下那一头。

需要这么拼吗？她想。换作任何一个人都会关上电脑睡大头觉吧？她应该学习那些游手好闲的女人，吃茶点，做头发，涂涂指甲，买买名牌才对。自从三郎来找过她之后，几乎是一天一个头彩，所有的担心和麻烦都烟消云散。三郎成功地挤进了成功者的队列，他是真正有才华的，他离了婚，关键是他对她的感情没有变。这样的一家团聚是她从不敢想的结局，完美得让人害怕，更像是一个精心策划的圈套或者陷阱。

更没想到的是，问题竟然出在自己身上。

不知为什么，她没有想象中的那么高兴。

人生中注定要遇到什么人，真的是有出场秩序的吗？看似不经意的一个相识或者相遇，或者成为故事，或者变成沉香，以一种美丽伤痕的形式在心中隐痛地变迁。人的一生都有一些说不出的秘密，有一些触及不到却又忘不了的爱，总是在夜深人静的时候轰然来袭。

这个发现很不好，在跟三郎共同奔向幸福的日子里，苏而已发现她莫名的心虚和烦躁都是有原因的，她无法抑制地爱上了周槐序。

这种感觉太奇怪了，她发现是小周治疗了她的"爱无能"。这个阳光干警的小宇宙够强大，而且没被污染过，总是清澈透明的。他的笑容可以灿烂到刺痛她内心最柔软的部位，让人失神落魄，让人无力挣扎，无处逃遁。

也许是她厌倦了，厌倦了她和三郎苦哈哈的、年纪轻轻就历经沧桑守着一颗千疮百孔的心，努力要过上人见人羡的生活而付出的那种沉重。她可以感觉到三郎也是冷血的，尽管他对自己的过去不愿多说，但完全可以体会到他阴郁的另一面，她常常看着他望着窗外发怔，并没有发自内心的苦尽甘来，或者突然紧紧地抱着大溪，令大溪有些不适应。

小周什么都没有，可是他保留了一个男生最纯正的天性，善良、自然、不会算计地去爱。

她的手机就扔在桌子上，如果再收到小周的短信，哪怕是深更半夜，她一定会打过去，然后相约一起去喝砂锅粥、去吃云吞面，一起去江边散步。即使什么都不说，只要可以在一起，感觉他白衬衣一般的洁净，春天一样的温暖，也是她所盼望的。

但是她知道，她再也不可能收到他的信息。他从来就不是一个暧昧的人，自从知道她与柳三郎的关系之后，他便没有给她发过任何信息。而在他的眼神里，她看到了只有她明白的忧伤和做错事似的自责。

本来以为一切都结束了，没想到却是另一个排山倒海的开始。

她怎么会不明白，每个人的面前都有两条路，一条是想走的路哪怕山高水远，而另一条是对的路，是必须往前走的路。她跟三郎曾经那么相爱，时至今日，所有的障碍都像变戏法一样化为乌有，走下去就是花好月圆。

可是爱这个东西太不可靠了，时空、心境、际遇，甚至出场先后都可能产生无法控制的化学反应。

她知道她应该走对的路，可是精神出轨对于女人来说既可怕又残酷。并且所有的力量都在迫使她远离那个虚幻的所谓真爱。黄莺女士满脸都写着"不"，她只要有半点不淡定都会被视为"侵入者"。还有母亲和大溪，人生之旅不是江湖古道，不是铁剑柔情快意恩仇，而是扶老携弱，慢吞吞地倚杖前行。

缺乏美感的都不是爱，更像是一种无奈。而挫折和变迁也可以把曾经相爱的人变成铁哥们儿。

苏而已在沙发上昏沉沉地睡了过去。

一觉醒来，天已大亮。她的身上盖着毯子，耳畔听到细碎的压低嗓音的说话声。她坐起来揉眼睛，看见母亲和三郎坐在餐桌前剥豆子，不知在说什么，还是笑模样，大溪坐在地上，在玩三郎给他买的游戏机。阳光从窗外射进来，这样的场景有一种油画般的质感。

母亲对于三郎的现状自然是十二分满意，尽管过去对这个腼腆的不起眼的穷小子压根儿都没正眼看过。财富可以重新雕塑一个人的气质，两周前，三郎登上时尚杂志的封面，母亲买菜时在街上的报刊亭发现，郑重其事地买回家，放在苏而已的工作台前。

杂志封面上的三郎微低着头，侧光，冷漠的神情，酷。封面称呼他极简大师，介绍他的品牌"死人杰克"，风格是干净、沉默、举止高贵。

封面上还印有他的金句：少，就是多。我从不谄媚客户。

母亲说，她现在每天的心情都像过年，下雨天也都觉得天是光的、亮的。又夸苏而已当年的眼光神准。

总之每一句夸张的话都让人接不住。

见她坐起来，母亲笑道，"三郎都等你两个多小时了。"

"干吗不叫醒我？"

三郎道，"反正也不着急，今天我带你去个地方。"他走过来，捏了捏她的脸蛋，"你到底醒了没有？"他总是记得当年他们在山村调查的时候，叫醒她，看着她坐起来他才离开，可是她又倒下去睡了。

她只好笑了笑。

三郎继续道，"本来想给你一个惊喜，可是今天天气太好，就改变主意了。"

苏而已还是笑笑，并不想作好奇状。她走到窗前，天气果然很好，蓝天四挂，连半片云朵都没有，美得无法无天。

洗漱之后，已经快中午12点了，两个人吃了苏而已妈妈下的面条，然后开车离去。一路上，都是三郎在说话，东拉西扯的。但是苏而已从心里感谢他，如果让她演，该是一件多么辛苦的事。

驾车往连州的方向开了两个多小时，便到达粤北山区。这一带虽然贫穷，但还是山清水秀，深藏在山里的某一处农庄，三郎说已经被他用合适的价格盘下来了，这地方还真不错，山上遍种毛竹，还有一圈荔枝树。蓝天之下，清风掠过，远远望去就像一幅清新的水墨画卷。

空气如矿泉水一般没有杂质，负离子爆表，深呼吸的时候有醉氧的感觉。

住人的平房修得朴素、宽敞，除了厨房和起居室，还有一处庭院。庭院的设计偏暖色，空间层次丰富，将人们的活动空间从室内延伸到室外，完全是自然过渡。室内有生态棚架，藤蔓植物，高挑的房梁上，原色系的手织布倾泻而下，在日光中纹理细密，柔软绵长。

室外是30亩有机农业体验区，另外还有有机蔬菜种植园和精品水果采摘园各50亩。一派小富即安自给自足的田园景象。

农庄里还有小溪，若是美女蹲在溪边也可算作"西施浣纱"写真版。据说曾经的庄主是个文化人，但三郎给的价钱好，时髦的解释是有钱才有资格任性。并且三郎提着一皮箱的现金作为诚意定金，庄主思来想去，就以托孤的心态含泪把这里卖了。三郎说，在合同上签一个数字和见到现金，感觉完全是两回事。真心想得到什么，不要调情，直接开房。

永远不要小看现金的震撼力。

苏而已承认这个地方令她眼睛一亮，但是派什么用场一时也想不好。不见得现在就来这里养老吧。

农庄里的另一侧正在大兴土木，朱易优穿着一身工作服带着工人盖厂房，见到三郎和苏而已，笑嘻嘻地走过来，"我跟民工站在一起还分得出彼此吗？"他看上去的确又黑又瘦，跟农民工没什么两样。

他管苏而已叫苏局长。

原来，三郎要把农庄改建成工厂，死人杰克的出品就是用最商业的手法来包装纯天然的手工制作，他将从西南山区请来一些掌握传统女红技术的手工艺人，从纺纱织布的组织纹样开始，通过手工缝制和植物染色，令那些手造之物成为真正的有生命的衣裳。

其实，人们对于商业的理解有失偏颇，商业不一定是快，也可以是慢；不一定时尚而流行，也可以精良成为少数人的恩物。时代不同了，工业机制品永远不可能同时兼备深厚的情感和用心的灵性。随着人类的欲望急速膨胀，华丽的炫耀的稀奇古怪的衣服已经堆积如山，分秒之间就可能失去价值。无论如何，纯手工和纯天然的方式已经成为这个世界真正的奢侈品。

三郎知道苏而已迷恋手工，迷恋用心，不想当设计师或者艺术家。她需要的是清晨鸟儿的鸣叫，风穿竹林沙沙作响，细雨无声，屋檐上的积水滴滴答答。她需要的是不想说话的时候可以寂静无声。

这里取名华南织布局，将作为礼物送给苏而已。

苏而已的内心不是不感动的，但是她不敢看三郎一眼，很怕跟他的目光对上，不然她会对他说，你干吗要对我这么好？我并不值得你对我这么好。当然她什么都没说，只是双颊渐渐地泛起桃花。

这是沉浸在爱情里的女人才有的美丽，是这个时代的稀缺物质，犹如干净的空气和水可遇而不可求。

然而只有苏而已自己知道，她的内心非常羞愧，所以才会脸红，才会不敢看三郎的眼睛。对于自己的精神背叛，她深深地自责，同时也深深的明白,在这个世界上,三郎绝对是最懂她的人。

清晨,也只有清晨你才能感觉到这个城市在沉睡。

只要是夜幕降临,它永远是不夜、不眠、不休,多晚都不算晚。天亮了,它便开始沉沉睡去。

不到早上6点钟,小周就饿醒了。昨晚跑完现场又开会,晚了,他和忍叔都睡在队里。昨晚吃的是盒饭,根本不顶事。他起身穿上衣服,忍叔翻过身来说了一句,"这么早?"他们昨晚快4点才睡。

"我饿了,你要吃什么我给你带过来。"

忍叔起身道,"算了吧,我跟你一块儿去利群喝碗皮蛋粥,再来一碟牛肉拉肠。别跟我提包子,听着都饱了。"

小周也不想吃包子,吃伤了。

街道上的交通早高峰要到七八点钟才开始,所以到处都还是沉睡状态,一切安静有序。洒水车叮叮当当走走停停,路边的灌木和柏油路一片一片地湿了。城市也需要苏醒和洗脸,这种感觉还不错。

两个人走在去利群茶餐厅的路上,因为辛苦和晚睡,都是面色灰暗,目光呆滞。怎么这么饿?不是得糖尿病了吧?小周想。

此时忍叔懒洋洋道,"你看我们混的,跟犯罪嫌疑人也差不了多少。"

"什么意思?"

"他们背着命案,不就是我们背的命案吗?他们打劫金店,我们就背着黄金首饰要多沉有多沉。就说那个假币案,现在连点头绪都没有,不还得我们扛着,逃都逃不掉啊。"

"怎么听着有点沾沾自喜啊。"

"我哪有。"

"别管多么现代化的城市,都少不了我们呗。"

"你不觉得吗?"

忍叔就是这样一个人,内心跟福尔摩斯一样骄傲,像公安局长一样威风,嘴上死也不肯承认。把自己说的,多么微不足道似的。

但只要是风餐露宿艰难困苦的时候,他总是会说,我们是心里有蛟龙的人。算是最励志的一句话了。

茶餐厅里已经有不少食客了，都是一些年纪偏大的老者在吃早餐。因为是相熟的街坊，又大声地打招呼，个个都好精神。小周只想吃饱肚子再去睡一觉。

两个人找了位置坐下，因为离收银台近，小周喊了一句，"报告芦姨，两个A套餐。"

芦姨眼睛都没抬地嗯了一声。

她在包三鲜馄饨，守着一盆馅，一摞面皮，一只手一捏一个。反正她不是包馄饨就是剪虾须虾线，很少看她闲坐着，老百姓讨生活着实不易。客人多的时候才专事收银。

不一会儿的工夫，服务生就送上来两碗皮蛋瘦肉粥，两碟牛肉拉肠，外加每人一个热柠茶和一个煎鸡蛋。实在是豪华早餐。

两个人闷头开吃，吃得有滋有味。

再平常不过的一个早晨。

也就在这时，发生了意想不到的事。

只听见芦姨"嗷"地叫了一声，随即大喊，"假币啊——"小周抬起头来放眼望去，芦姨拿着一张百元大钞指着门口，只见一个穿白衣服的精瘦青年已经闪出茶餐厅的门外，拔腿就跑。小周下意识地从座位上弹起，扔了筷子追了出去。但此时的忍叔一声未吭，带倒了两张椅子，跑在小周的前面。

白衣青年一路狂奔，丢掉了手上一兜子的菠萝包，这是一种茶餐厅最受欢迎的面包，酥皮，里面夹一片黄油，菠萝包滚了一地。

白衣青年风一样地飞跑，他回望了一眼，发现紧随其后的忍叔并没有停下的意思。这时，更加意想不到的事情发生了，只听"砰"的一声枪响，忍叔应声倒下。小周当即就傻了，想不到用假币的小毛贼手上有枪。

他俯下身去一把抱住忍叔，子弹打在忍叔的大腿根部，鲜血像打翻的红油漆一样在地上弥漫开来。

就在这仓皇的一瞬间，小周听见忍叔冲他喊道，"追啊！"

是竭尽心力的一声呐喊。

顿时，小周像得到指令一般放下忍叔，冲着白衣青年奔跑的方向追了过去，他不顾一切地跑着，第一次感觉到灵魂出窍，天和地，偶尔的人群，

狐步杀

早班的车流,所有的一切都在晃动,拼命地晃动,他什么也听不见,只有自己呼呼的气喘声十倍百倍地放大,什么也挡不住他疾风骤雨般的奔跑,根本忘记了白衣青年手中有枪,心里只有一个念头——一定要抓到他。

这样不知跑了多久,眼见着白衣服飘在眼前触手可及,终于,小周像猎狗那样飞扑了上去。

几乎是同时,又一声枪响划破漫长的迷惘。

这个城市,醒了。

周槐序醒来的时候,发现自己躺在医院里,满眼都是白花花的,几张影影绰绰的脸庞全部关切地面向他,有父亲、母亲、身穿警服的大头儿和小头儿,为什么这么混搭呢?一时想不明白。

他又昏睡过去。

再一次醒来,已经是晚上,不知道几点钟,窗外一片漆黑。

只有萧锦一个人在病房陪伴他,见他醒来,给他喂了水,吞咽的动作都会带来刀割一般的腹痛。

"你伤到肚子了,"萧锦轻声道,"好在是肚子受伤,不危及生命,就是流了太多血,所以你会感觉到意识模糊。"

"不过你好厉害,"她继续说道,嘴角满含笑意,"受伤之后还踢飞了嫌疑人的手枪,把他和自己铐在一块儿。"

听她这么说,小周才渐渐恢复了一点记忆。

印象最深的还是那一摊红油漆似的浓厚的血,快速地漾开。

"忍叔怎么样了?"他的声音十分微弱。

"还好。"萧锦答道,同时正背对着他拧了一把热毛巾,然后转过身来,走近床边,慢慢地给他擦脸和手,又道,"医生说你要少说话,睡吧。"

他也觉得忍叔应该没事,腿伤,离心肺还那么远呢,肯定没事。

萧锦告诉周槐序,白衣青年是个吸毒人员,当时吸食的毒品是新型麻果,这种毒品会令吸食者产生幻觉,或者精神异常。这个人就是这样,吸食之后相当兴奋,揣着枪出来买吃的,还敢大模大样用假币。

据称他们那个窝点买了几大箱假币,正是队里在追查的批号,应该是很有价值的线索。

这一伙人，假币是在网上买的，仿 77 式手枪是在网上买的（3 把，子弹 62 发），就连毒品也是网上买了之后快递（量大，1 公斤以上），甚至同伙之间都不太知道真名和底细，因为也是靠网络纠集在一起的，全部是年轻的男性，其中两个人是艾滋病毒携带者。

那个白衣青年，吸食麻果之后，曾经跟父母动过刀子，还把家里点火烧了。四次强制戒毒，这次复吸之后更是变本加厉。

周槐序并没想到案情会这么复杂。

这时，病房的门被推开了，只见黄莺女士带着保姆走了进来，保姆手里提着装汤水的保温壶，还有夸张的果篮。黄莺女士直扑到床前，见到小周醒了，虽然舒展了眉头，但是眼圈还是红了。

趁着萧锦端着脸盆出去洗毛巾，黄莺女士小声埋怨道，"当初就该听你爸的话学医的，多么现成的条件。你看看你这一行，也太危险了，真是太可怕了，跟警匪片里演的一样……"

小周没有说话，用眼神制止了母亲。

黄莺女士仍旧忍不住道，"这一枪真是打在妈妈的心上，如果再往上面偏一点点，哎呀我都不敢想……以后妈妈都随你，你想干什么都行，我说的是真的，绝对不当你的对立面。"她又是一副要哭的样子。

小周轻声回道，"你别在萧锦面前说这些，很丢脸的。"

"我知道，我知道，我有那么傻吗？"黄莺女士一个劲地点头。

正说着，萧锦又端着脸盆回来了。黄莺女士急忙客客气气地跟小萧寒暄了几句，主要是感谢她日夜守在小周的病床前。

萧锦说，"这是应该的啊，阿姨，我和小周有战友之情，保不准以后还是搭档呢。"

当时听到这句话，小周并没有觉得有任何不妥。

仗着年轻的身体血气方刚，三天之后，小周就可以下床了，虽然走路缓慢，但毕竟可以下床走路了。

第一件事自然是要去看忍叔。

萧锦没有办法，只好告诉小周，忍叔已经牺牲了，吸毒者的那一枪打在忍叔腹股沟的主动脉上，救护车到达的时候已经血尽人亡。但是医院还是坚持心肺复苏术 40 多分钟，其实心电监护显示器一直是一条直线。

狐步杀

周槐序不敢相信这一切都是真的，神情甚是迷茫。

所谓搭档，通常是指因为各种原因而在一起密切合作的两个人的工作关系，看上去毫不相干，事实上血脉相连，是荣辱与共的兄弟，是比和家人在一起的时间还要多得多的人。

何况，他们是没有代沟的两代人，在一起的感受是自然舒适，犹如一个人的两只手。

深深的自责感乌云压顶一般向着周槐序的心头袭来，他如果当时不去追人，而是替忍叔包扎，叫救护车，忍叔就不会走吧？那些小毛贼还是会冒出来的，他相信还是可以抓到他们的。可是……他们也仍然带着枪啊……并且，那真是忍叔希望的吗？他的耳边还响着"追啊"那一声泣血的呐喊，忍叔就是那种不抓到坏人比死还难受的人啊。

心里面翻江倒海，腹部的伤口开始隐隐作痛，后背也冒出了一层虚汗。

看见他面色苍白，神情黯然，萧锦道，"不如我陪你去看看忍叔的爱人吧，嫂子听到消息，当场就昏过去了，三天不吃不喝……"萧锦说不下去了。

她扶着小周来到走廊顶端的病房，忍叔的爱人半靠在病床上，两眼并未落泪，而是枯槁地望着窗外。也有一名女内警陪伴忍叔的爱人，她坐在病床边上，握着忍叔爱人的一只手，默默无言。

小周一眼看出嫂子披着一件忍叔生前的旧毛衣，榨菜色，天冷了，忍叔永远是这件起球的旧毛衣。

我们是心里有蛟龙的人。想到这句话，小周忍住了要滴落下来的眼泪。

嫂子见到小周，什么话也没说。她只是看着他，是他熟悉的，每一次嫂子看着忍叔的眼光，是淡淡的深情。

嫂子的床头，放着忍叔的遗物，没有什么值钱的东西，居然还有眼药水之类的杂物，有一本黑色人革面的老土笔记本，的确是忍叔常用之物。时代发展到今天，有电脑有苹果6，但是忍叔一直有记工作笔记的习惯。小周拿起这个笔记本下意识地抱在怀里。

嫂子轻声说道，"你留个念想吧。他这样的笔记本有16本。"

小周点头，内心一派凄惶。

原来，以前那些再平凡稀松不过的日子，才是山水同宽日月同辉的灿烂时光，是夕阳无语壮志凌云的默默相守。身边的人，只有走了，离开了，没有了，所有的珍贵与珍惜才会涌上心头。

小周出院以后，又在家休息了一个多月才归队上班。

办公室里一切如故，什么都没有改变。只是没有了忍叔，这里再也不会出现他的身影，难免又是一阵阵茫然。

他现在跟萧锦搭档，还有些不习惯。

小周变得有些沉默寡言，这一点大家都能理解，也不在他面前提前尘往事。对于小周来说，最大的改变是忍叔治好了他的失恋症。以前再怎么克制，总会有一些想法飘过，现在彻底断了根，什么想法都没有了。一想到忍叔用手捂住伤口，鲜血洪流一般从他的指间涌出，而他只大喊了一句，追啊——！这一幕铭心刻骨，令他永生难忘，如何还能够风花雪月，想那些有的没的？

那应该是对忍叔最大的不敬，如果他真的从心里悼念他，最该做的，就是把他未做完的事情做好。

他最后一次见到苏而已是在健身房，当时远远看到赵教练陪着一个女孩子打拳，女孩子背对着他，瘦削的一条，戴一双大红色拳套，并且每一拳都打得发泄一般地有力量。赵教练的两只手臂上都戴着长方形的足有6到8寸厚的拳靶，一边后退一边抵挡，嘴里还念念有词，纠正动作。

他走了过去，意外发现女孩是苏而已。好好的，为何又不练习唯美的弓道了？是要发泄什么样的情绪呢？

苏而已见到他，像不认识一样，扭头就走。

小周问赵教练，她怎么了？赵教练笑了笑，做了一个不知道的表情。

所有的欲念成灰。

周槐序一个人拿着忍叔的黑色笔记本去了天台，天台空旷，有一些粗生粗养的植物和石桌石凳，经得起风吹日晒。

偶尔，会有一个半个犯瘾的警察跑上来吸烟，今天还好，一个人也没有。是一个常见的阴霾天，月朦胧，鸟朦胧，远处的楼群和街道犹如罩在一个毛玻璃的罩子里。

有时候天气就是心灵的写照。胸闷，气短。

他找了一条石板凳坐下，打开黑色的笔记本。

这是一本工作笔记，笔迹仓促、潦草，陈述简单扼要，没有半点抒情和感慨。但因为是共同经历的案子，那些熟悉的平凡的日日夜夜扑面而来，忍叔的音容笑貌栩栩如生，竟然比他活着的时候生动一百倍。他是大忍之人，却因为有情怀，有担当，一双眼睛格外清澈。

周槐序忍不住泪如雨下，伤心之余又深感天地庄严。

良久，他的心情才平复下来。

他把工作笔记翻到有字的最后一页，只见上面写着：端木案，周边？深圳、佛山……

什么意思？

想了一会儿，无解。再想，还是无解。

另外一页，没有写字，只有一个电话号码，后面写着一个人名，高首谦。小周想了想，也不认识这个人。

他拿出手机，把电话打了过去。

铃声响了三次长音之后，有人接听了，是一把朝气蓬勃的男声，"你好，这里是上书房藏书馆。"

"藏书馆？是书店的意思吗？"

"也算是吧，请问有什么事吗？"

"我想找一下高首谦先生。"

"哦，高首谦是我爸爸，我是他的儿子高飞，我爸每周只上两天班。请问你是哪位？"

"我是分局刑警大队。"

"哦，请问是曹警官吗？"

"不是，我是曹警官的搭档周警官。"

"你好，你好。"

"你好。请问你知道曹警官找你父亲什么事吗？"

"不知道，只知道他们约好了要见面，我父亲一直在等他的电话呢。"

"对不起，非常抱歉，曹警官出差去了，因为走得急，一时还联络不上。他要办的事情由我接手。"

"哦。"

"请你帮我联络一下你的父亲，尽快见个面。只要他有空，我随时可以配合他的时间。"

"好的。我再联系你。"

周槐序给高飞留下了自己的手机号码。

高首谦是一个童颜鹤发的老头，相貌和善，精力充沛，头发稀疏，全部向后梳得一丝不苟。周槐序按时来到上书房的时候，他已经泡好了陈年普洱茶，茶水醇厚、端庄，而且温度刚刚好。

他戴一块老版的超薄浪琴，是个讲究人。

上书房藏书馆在市中心步行街第二个路口，门脸很小，收拾得古色古香，一点都不着急的样子。这在寸土寸金的黄金地段并不出奇，出奇的是招牌比手掌大不了多少，上书店名，字体是魏碑，旁挂在店门一侧，存心让人看不见似的，属于那种多迈一步便一定错过的店铺。

不过走进店里还是给人别有洞天的感觉，比想象中大很多，外间全部都是书架，各种不同版本的书，大部分是旧旧的颜色。高飞介绍说，书店虽小，也还是按照经史子集排列。进门处还有一溜可以随便翻的书摊，大部分也是旧书旧杂志，其中还有外文画册。居然一个客人也没有。

内间便是办公场所，全部都是红木家具，打扫得一尘不染。

高首谦介绍说，铺面是他很早以前买的，所以压力不算大，否则以现在的租金看，根本是撑不下去的。

并且，他这里就是一个中转场所，有朋友拿东西过来，无论是旧版书、书画或是其他，无外乎请他掌掌眼，因为他做这一行资深，加上认识的人多，有时候一个电话就有客人飞过来见宝，寻个下家什么的，他也赚一点差价。不过坊间对他的口碑还行，大伙也比较相信他。喜欢古籍书的人倒是越来越少了，现在的知识分子也不好这一口，靠买卖古籍书吃饭纯粹是中国梦了。

落座之后，两个人相对品茶。

高老先生说道，曹警官来电话，主要是想了解老王藏书的事，因为是在老王的书柜里看到过高首谦的名片。曹警官的意思是谨慎处理老王的遗物，也是对死者的尊重和交代。只是后来可能曹警官一直忙，也就没来电话。

小周没作解释，就说是曹警官出差了，交代他把这件事做好。

高首谦介绍说，他跟老王的确是20多年的老朋友，是老王到店里淘东西，一来二往就熟悉了。后来有了交情，就会偶尔喝茶聊天，但是高老的习惯是从不打听客人手上有什么东西，反正说多少听多少。若是在名人手上收了东西也不外扬，越是威震江湖的人，他越是不提。五俗之首，他就是这么认为的。老王是个官员，自然喜欢口紧的人。

近几年老王生了病，慢慢就断了联系。现在人都过世了，也是不胜唏嘘。

高老说，古籍善本的收藏大致分为刻本、墨迹本、碑帖、信札和其他文献。墨迹本一直比较抢眼，又分抄本和校本两类，并且墨迹本大多是孤品，如果出自名家之手就会引起激烈争夺。平时与老王聊天，他倒是对墨迹本颇有一番心得。高老就猜他是收藏墨迹本的。

但是他对于文人画也深有研究。高老吃不准，又认为他是杂家。

时间长了，才慢慢了解到，老王是典型的"干部收藏家"，早年在部队，当过营部文书、指导员什么的，转业以后呆过图书馆、银行、文化官员，就因为有文化，没有辜负那些收藏的黄金时代。他的收藏法则就一条：眼界高。但也只有他这样走南闯北的人才做得到啊。

小周忍不住插话道，"收藏这些东西，真的有盈利空间吗？"

"以前还是默默无闻，但是千禧年上海图书馆斥资450万美金从美国买回翁万戈家藏的80种542册藏书，应该是触动了市场神经。2012年过云楼藏书的拍卖，使古籍善本一步就迈进亿元时代。"

"这么厉害？"

"举个例子，就'广东题材'而言，梁启超1916年作的《袁世凯之解剖》，成交价是713万，成为那一场拍卖会的标王。"

"那老王到底是收什么啊？"

"我也不是特别清楚，但是他的视觉涵养很高是没有问题的。不过……"

高老突然停顿，半天没说下去。

小周看着他，并没有催促的意思。

高老继续说道，"不过同时，老王还有对特殊收藏品感兴趣的癖好。"

"特殊收藏品？"

"嗯。"

小周直直地瞪着眼睛，不明白是什么意思。

高老说，特殊收藏就是想法奇特异类，不同于普通人。譬如国外就有藏书家，分类是符号学、奇趣、空想、魔幻、圣灵，总之涉及隐秘和虚假科学就是收藏的标准。

"这有什么深奥的意义吗？"

"没有意义就是意义。"

"老王也有这么不靠谱的一面吗？"

"那倒不是。"高老解释说，他之所以跟老王的关系比一般朋友还要密切、绵长，是因为一直有人托他在老王手里买具有收藏价值的前苏联色情作品。

20世纪20年代，布尔什维克初创时期，将曾经的鲁缅采夫艺术博物馆改为国家图书馆，其中收藏了有伤风化的材料，来源于充公的贵族图书馆。热爱淫秽内容是当时上流社会的一种风潮。1910年的俄国老百姓对色情作品也是情有独钟，比如《十日谈》的插图小册子，还有1927年的"性罪犯的社会构成"图表，都是当年的抢手货。

这些珍稀的俄国资料，至少具有社会学价值。

"请问有过成功的交易吗？"小周问道。

"有过两单，其中一单还是18世纪的日本版画。不过我也没有见过东西，东西全部是密封的，两头不见人，一切意愿都由我来传达。那时候银行还没有实名制，汇款都用假名，避免出事和尴尬。"

"这叫视觉修养高吗？"

"海咸河淡，鳞潜羽翔，收藏就是收藏，跟随心性，肯定有高下之分，但那是客观标准，不是道德标准。退一万步，也是李银河说的，耻感也是快感的一部分，至少不是洪水猛兽。"

"是极度的压抑感造成的特殊癖好吗？"

"那是社会学家的事吧，我们就活在当下。"老人的语气散淡，倒是蛮有职业尊严的。

离开的时候，高老把小周送到门口。

小周突然停下脚步，想了想道，"高老师，我还是有点晕乎……怎么跟听故事一样，不像真的。"

高老没有说话，等着小周往下说。

"比如，我听我爸妈说，过去有很多政治运动，还有'文化大革命'的洗劫，这种东西怎么可能保存下来？"

"是个好问题,"高老下意识地抚住小周的肩膀,"你说得没错,当年私藏一本外国书籍就会被送往古拉格劳改营,怎么可能收藏这些物件?但是也总有人小心翼翼把藏品套入有共产主义意识形态的文章中,还有《毛泽东选集》里,黑胶革命歌曲唱片的封套里,密封在大缸里埋在后院。总之——"他又一次停顿下来。

这时他们已经不知不觉走到步行街口。

小周歪着脑袋看着高老。

"有需求就一定有暗渡陈仓。"老人语调平静地说,但是脸上闪过一丝诡秘狡黠的笑容。

暗物质啊,忍叔的话在小周的脑海里划过,留下印痕。

他把所了解的情况如实向队里领导作了汇报。

领导商量了一下,决定由高首谦父子为主导,带领助手来完成老王藏书的清理工作。高飞是北京大学图书馆学系古典文学编目专业毕业的,无论家传和深造都可以胜任这项工作。

作为收藏家的老王的确是一个杂家,他的书房整整一面墙的顶天立地的书柜,全部装了锁。透过玻璃柜门,里面并非有条不紊,而是横七竖八堆积着各种各样的书籍,但是混乱中自成体系,别有一番气场,令人生畏。诚如高老先生所言:纸寿千年,一是寂寞,二是壮观。

在一个不起眼的地方,小周看到了玻璃门里面用透明胶粘贴的高老先生的名片。暗黄的底色上有一本打开的线装书。

也是公安局长期合作的开锁佬上门配了钥匙,算是打开了尘封的历史。经过整整一周夜以继日的清理工作,高老和高飞都累得疲惫不堪,负责搬书的助手共计三人,登高爬低,尘粉一身。

一天,高老先生对小周感慨道,老王还真是有城府之人,他在我面前从来不提刻本,但实际上他就收藏了宋刻巾箱本,简直让我大吃一惊。要知道刻本现在可是按页码计价的。

小周茫然。高老先生戴着白手套拿出一套书给他看,小周感觉品相一般,实在没看出有什么特别。高老先生解释说,巾箱,是古人放置头巾的小箱子,巾箱本指开本很小的图书,意谓可置于巾箱中,携带方便,也可以放在衣袖中。老王私藏的这套宋刻巾箱本，由于名字太长，小周没记住，共13卷，此书甚是珍罕，为铁琴铜剑楼旧藏，一函六册。2003年，嘉德公司的古籍专场秋季大拍，高老先生曾经有幸见过这套书，但因自己鼠目寸光而失之交臂。记得当年的成交价是170万，现在想来便宜到难以置信。

小周听了，更加云里雾里，真是隔行如隔山啊。

高老先生脸颊泛红，目光如炬，可见他的兴奋程度。他笑言，每一个藏书家心里都有一个梦想，就是找到一个老太太，她要卖掉家中的一本书，可是她根本不识字，而要卖掉的这本书竟然是古登堡《圣经》。在告知实情和自我珍藏之间，无论经历怎样翻江倒海和涅槃重生的内心戏，藏书家最终选择后者是独一无二的答案。

两个人都笑了起来。

不过小周当时并不知道那本《圣经》的珍贵程度，后来到网上去查，才知道这本书世界上现存不足50本。

高老先生说，收藏古书和收藏其他艺术品有很大的不同，除了价格，还有一段过往的时光，书籍里的印章、批注、钤印和不同的刻本，里面全是故事，蕴含了无数经手人的精神世界。

为了慎重起见，最后两天，高老先生请来某资深拍卖公司古籍善本部的职业经理人，对于老王的藏品一同鉴别和判断。这个经理人年富力强，超爱嘚瑟，满嘴挂着名人后代，不吓死你不算完。

艰巨的工作终于告一段落，共整理出包括刻本、墨迹本、信札、文人画、特殊收藏品等在内的重要分档，共计146件，总价值初步估算为3700万元。

这个结果让周槐序暗自吃惊。

书中自有黄金屋，书中自有颜如玉。一个父亲的苦心孤诣也莫过于此了。老王难道不知道小王的品相吗？然而正如鸡汤君所言，不设前提的宽容，就是爱啊。他还是希望小儿子读书学习吧？还是希望他不要不学无术吧？希望他在发现珍宝的时候理解父亲的期许吧？

大王杀小王的案子还在审理中，这样的结果实在让人无语。

但是老王还是爱小儿子多一些吧。

队里的人都在议论这一起杀人案的戏剧性，周槐序又是一个人去了天台，又是一个阴霾天，虽然没有下雨，一切尽在烟雨中。

有几个警察围成半圈吸烟、闲聊，见到小周，有人递给他一支烟，以往他会夹在耳朵后面，他是不抽烟的。但是这一次，他点燃了，浅浅吸了一口就咳起来，但他还是又吸了两口，走到天台的边缘，怔怔地站了一会儿。

怀念忍叔。

<h2 style="text-align:center">11</h2>

星期天，小周在房间里补觉。

周末的晚上又是加班，他是清早回到家的。黄莺女士刚起床，他对妈妈说，不要叫我，包括吃饭都不要叫我，睡到几时是几时，实在是太困了。

黄莺女士一个劲地点头。

所有的警察都一个毛病，缺觉。

周槐序的脑袋一挨到枕头，顿时昏死过去。人像掉进了黑洞，消失在无边无际的银河系。

岁月静好。

不知过了多长时间，有人轻轻说了一句，"周边……"

周槐序的眼睛像听到指令一样，唰的一下睁开了。前一秒钟他还睡得跟铅块般沉稳。尽管脑袋并未清醒，甚至在几秒钟内不知自己身在何处。但是他敢肯定，他听到了一个神秘的指令。

他开始习惯性分辨。

他房间的门虚掩着，床头柜上有一杯水。肯定是黄莺女士进来送水，走时门没有关实，留有一条缝隙。

小周从床上跳起来，冲出门去。

坐在客厅沙发上的母亲，刚好挂断电话，有些惊奇地看着儿子。

"醒了？"她说。又看了看挂在墙上的时英钟，是下午2点10分，"吃点东西再睡吧。"她继续说道。

"你刚才在说什么？"

"没说什么，跟朋友通了个电话，是马阿姨。"

"跟马阿姨说什么？"

"说皮肤护理的事，她知道一个美容店，店里用的产品和小姐的手法都非常地道，价格也合适……"

"不是这些，还有？"

"还有？嗯……他们的面膜是黑色的，据说是火山泥……"

"不是，你刚才说周边什么的，周边。"

"哦，那个店离我家太远了，不方便去。她说这是一家连锁店，我们家周边肯定有，我正说要百度一下呢。"

那种感觉又出现了，小周的脊背仿佛触电一样，电流直达头顶，背部渗出细汗。参悟一瞬，刹那花开。他一声不响扭头回到自己的房间，穿好衣服。穿裤子的时候，用脖子夹着手机打给萧锦，叫她开着二手车立刻过来接他，并说好在楼下的银行门口碰头。

萧锦最大的优点是不啰嗦，从不多问一句，也不会大惊小怪，像机器人一样按照指令行事。

黄莺女士说，"我给你下一碗面条吧？"

"不用。"

"就算是警车也飞不过来啊。"

不是时间的问题，他心里有事，胸口就会满满的，什么东西都吃不进。他还是摇手，穿好鞋子走出家门。

他站在银行外面的马路牙子上等待萧锦。

街道上车流滚滚，穿梭不息。

每个人都在忙着发财，或者糊口。他想起一个僧人的话，我们的结局都是奔赴死亡。他终于明白了忍叔提示的意思，殡仪馆是全国唯一一家最正规最繁忙也最烟火不熄的连锁店。

柳森在周边地区的殡仪馆肯定也是驾轻就熟，每一个系统都是一个坚不可摧的圈子，在中国。

和估计的时间差不多，萧锦开的车停在了小周面前，小周打开门跳上了副驾驶的位置。这么短的时间，萧锦还给小周买了一杯咖啡和一份辣鸡翅，怎么做到的？真是贴心服务。"去哪里？"萧锦面无表情地问道。"深圳。"小周答道。萧锦一踩油门，二手车向着广深高速的方向绝尘而去。

在当地警务人员的配合下，工作开展得十分顺利。

但是深圳殡仪馆里，一无所获，并没有任何异常。

疑点，出现在佛山殡仪馆，两年前那个特殊时段登记死者的花名册里，有一个名字引起了小周的注意。

这个死者的名字叫仇知，34岁，中山大学在校博士生，死于脑癌。

一模一样的登记，小周曾经在广州殡仪馆的花名册里见到过，因为查过若干遍，几乎每个名字都有印象，尤其是年轻人，越是低龄便匆匆告别人生，越是让人印象深刻，难以忘怀。他记得当时还跟忍叔交流过，"怎么会起这种名字，仇恨知识吗？"

"那个字念'求'。"

"哦。"

"是求知的意思吧。"

"这么年轻，真是可惜啊。"

"嗯，谁说不是呢，当了父母就更见不得这样的事了。"忍叔一边说着，一边在笔记本电脑里寻找仇知的户籍资料。

这是内部掌握的综合信息查询系统，他们核对每一个死者的身份，必须准确无误。

当时换小周起身点眼药水，长时间看着屏幕，眼睛真是又干又涩。

离世的人可真多啊，当他们变成密集的名单和数字，让人感觉生命好虚无，轻松如黄泉路上的结伴而行。

仇知的户籍资料中，的确有死亡、销户的记录，但是他的照片还在，看上去英气逼人，青春不可方物。

想到这里，小周打开笔记本电脑，核对广州殡仪馆留存的资料。果然，他的记忆准确无误——仇知的记录一字不差地赫然在目。

难道他被烧了两次吗？

当然不是。

第二天，小周和萧锦一起走访了仇知的家，仇知的母亲是一位机关干部，端庄而有礼，不到60岁的年龄，银发如雪。她家客厅的墙壁上，并没有挂着仇知的黑框照，而是一幅放大的生活照，照片上的仇知在绿草茵茵的球场上，一身运动服，手里还抱着个足球。

蓝天白云之下，他神采飞扬，微笑着看着这个世界，洁白整齐的牙齿在阳光下闪闪发亮。

"我只想记住他完美的样子。"说这话的时候，仇知的母亲显得十分平静，然而仍旧可以感觉到话语后面的不易察觉的颤音。

小周和萧锦齐齐望着照片，不知如何回应。

"我们每天都在一起。"仇知的妈妈慈祥地看着儿子，淡淡的辛酸，淡淡的深情。两年了，对于一个母亲浩瀚的思念实在是微不足道啊。

仇知的母亲确定孩子的后事是在广州殡仪馆办的，她拿出了骨灰证，也的确是广州殡仪馆签发的。

两个人重新返回佛山殡仪馆，继续寻找相关资料。

毕竟是两年前的事了，查起来没那么容易，新人问老人，不断重复简单的需求，还要耐心等待。还好功夫没有白费，终于找到了死亡证明，派出所销户证明，当然全部是仇知的资料，领取仇知骨灰证的原始记录也找到了，经办人一栏里写着——柳森（代）。

可以想象他是不经意的。

也可以想象他是托熟人办事，因为这么近的距离要异地火化，总得有些理由，也不方便用假名。

但是这一切都不重要了。

火化车间的烧人师傅说，这个年轻人他确有印象，倒不是因为年轻，黄泉路上无老幼嘛，而是这个仇知满头都缠着绷带，后来说是脑癌也就合理了。比较奇怪的是家人都没有来，说是在国外，告别室里只有一个兄弟，不知是哥哥还是弟弟，神情呆如木鸡，所以给他留下印象。

"仇知"火化的这一天是5月13日，正是端木哲收到苞苞信息的第二天凌晨5点。有这么巧合的事吗？

然而，就算柳森在两年前私烧了一具无名尸，也不能确定那就是端木哲。

一只黑色的、体格健硕的重磅哑铃，被高高举起，向着那个年轻男人的头部猛然砸了下去，动手之狠，之没有丝毫的犹豫，之坚定果敢，让人倒吸一口凉气，根本无法相信自己的眼睛，以为是在看恐怖片。

苏而已当时就傻了，片刻间石化。

她依然是在深夜处理童装订单，累了就靠在沙发上，一只手揉捏着叮当猫，一边想着三郎跟她商量结婚事宜时的情景。

说是商量，语气毋庸置疑，就是织布局开张的那一天，请来有限的小范围的家人和好友,用农场菜园里的菜做沙律,请"胜日门"的法国厨师去做西餐,包括牛扒和甜点,畅饮葡萄酒,田园露天的形式。

两个人也都是白色手纺、样式简单的布衣布裙。用纯色纪念我们单纯的爱情。他说。

不是不动心,旧病痼疾,是没有那么动心。

苏而已叹了口气,三郎的兴致和情绪让人不好意思打击他,真的是痴情和天真。苏而已说过,不需要任何形式。三郎说,为什么不需要?有时候形式就是内容,不是吗?我们记住的几乎都是形式。

每当此时,思绪就像营养不良的发梢,开叉。

最后一次见到周槐序是在健身房,她打拳是因为有深切的罪恶感,看上去是发泄,其实每一拳都打在自己身上,希望减轻内心的不安和自责。见到小周就更让她无地自容迅速离开了。

她没法面对。

还是赶紧结婚吧,人生总有一些矛盾或者问题是无解的,一生永无答案。如果你的心足够柔软,那么每一拳都砸在棉花上。

这时她捏到叮当猫坚硬的心。

仔细一看,叮当猫还真是有心的,圆圆的肚子上有一条细致的拉链,拉开,一个优盘露了出来。

她有些好奇。

把优盘插进电脑,显示出来的视频是三郎家的客厅。

过了一会儿,看见苞苞在编舞,一看就是儿童舞蹈,动作简单、重复,苞苞跟着音乐一遍一遍练习。

接下来的一段还是苞苞,她在往酒瓶里放白色粉末一样的东西。

神色十分紧张,不时张望一下门口。

最后一段,就是三郎用哑铃砸人的情景,他的脸上一点表情、一点畏惧都没有,那个人吭都没吭一声就倒下了。但他仍然在砸,一下一下的,只是那个人倒下时就离开了画面,三郎也跟着离开了画面,只有那个黑色的哑铃,一扬一扬的,下面砸成什么情况,看不见。

苏而已倒过去辨认了一下,确定被砸的人是端木哲,三郎跟她说过这个人,说他是个化学老师,苞苞的前男友,说他制造假的减肥药吃死了人,也制造过冰毒。他的样子，苏而已是在网上追逃通缉令上看到的。

木然的脑袋慢慢像要炸开一样。

苏而已一夜未眠，本想找到三郎家里去，又没想好说什么。应该怎么做？她倒在沙发上，烙饼一样辗转反侧。清晨迷糊了一会儿，醒来心里野草丛生，还是一片混乱。

然而她再也呆不下去了，心被提在嗓子眼儿随时可以蹦出来。

所以电话都没打，直奔柳三郎的工作室。

离开家门口的时候突然脚软，差点没坐在地上。

朱易优到纺织局搞基建以后，工作室这边多请了一个窗口小姐，主要负责接待客人，端茶倒水。

小姐告诉苏而已，三郎在办公室里跟客户谈事，好像是要决定进口哪一家的织布机。最近这段时间一直都在忙这件事，因为代理商很多，价格的差异也很大，还真不好作决定呢。

苏而已在会客室等了3个多小时，一口水也没有喝。

将近中午1点钟，三郎才送客户出来，见到苏而已，眉毛跳了一下，实在感到意外又有些惊喜，赶紧送走了客人，拉着苏而已进工作室。

关好门之后，先是一个大大的拥抱。

苏而已的手迟疑了一秒钟，但还是紧紧抱住了三郎，不知为什么，眼泪不受控制地滴落下来。

"你怎么知道我也在想你？"他低声说道。

她什么也没有说，埋头在他的胸口，唯一害怕的是他突然消失，从此再无踪迹。过了好一会儿，她才把头探出来。

越过他结实的肩膀，工作室最醒目的是一块大面积的吊装，感觉成百上千的空衣架升浮在空中，偶尔会挂上一两件最新设计的衣服，绝大部分是空置，给人虚位以待的期望值，那些木质的，沉甸甸的超宽衣架悬挂着他任意驰骋的梦想。三郎是前途无量的设计师啊。

她的心一直往下沉，她是唯一可以安慰他的人。

当然，她知道她不是来温存的。她竭力平静心情，轻轻地推开他，"我们去吃饭吧。"她说。

"我还真是饿了，早上就没吃东西。"

"走吧，就去二楼吃自助餐，不用等。"

"算了，叫比萨吧。"他转身打开门，吩咐接待小姐打电话叫一份12寸的海鲜比萨。关好门以后笑道，"我一分钟也不愿意离开你。"

"那我来泡茶吧。"苏而已莞尔，虽然有一些勉强，但也不落痕迹。

她到烧水的吧台前洗杯子，找茶叶，把电水壶里灌满纯净水烧上。三郎再一次从后面拥抱了她。

除了爱，那是一种深深的依恋。

曾有若干次，在三郎的家中，夜晚，他恳切地央求她留下来。她有些抱歉，推说单身的时间太久了，还没有准备好。三郎笑道，我们还需要准备什么？大溪都能上街打酱油了。但即使如此，还是高高兴兴地送她回家，仿佛又格外喜欢她的自重和矜持。

而她，也喜欢这样的三郎。

看来他真是饿了，大口大口吃着比萨，一时噎着了，苏而已帮他拍着后背，又把茶杯递给他。可是她自己，吃不进任何东西。

"说吧，什么事？"三郎用纸巾擦了擦嘴，一屁股坐在工作台上，微笑地看着苏而已，"我知道你不会轻易来找我，而且是上班时间。"

苏而已拿出叮当猫，放在工作台上。

时间突然像混凝土搅拌机，滞重而缓慢。工作室里没有一点声音，两个人仿佛同时被吓住了，都屏住了呼吸。当然仅是片刻。

"看过了？"三郎看上去并没有情绪失控，像是说看过一本时尚杂志，或者一场时装秀。

苏而已点了点头。

长时间的沉默。海鲜比萨浓厚的烘焙香味还没有完全散去，俗世的人间烟火前所未有地令人眷念。

"你想我怎样？"他说。

无语。

"想让我自首，是吗？"

还是无语。

"我最讨厌你这个样子，干吗不看着我的眼睛？每次都是这样，拒绝交流，你在逃避什么？"

她看着他,他的脸色暗沉,死灰,"我问你,苏立,你还爱我吗?"

迟疑了半秒,"当然。"

"当然个屁,你早就不爱我了,从我们相遇开始,我做了我所有能做的事。你呢?你做了什么?"这时的他完全变成了另外一个人,高高在上,恶气满盈,还有一份对全世界不满的凛然。

"如果你爱我,"他继续说道,"你根本不会来找我,而是为我保守这个秘密,帮我扛住身上一半的担子。"

他逼视着她,一字一句道,"一辈子都不说出来。"

她实在有些吃惊,他竟然是这么想的,而且理直气壮。

"我们真能跑得掉吗?"

"坚信,就可以成功。"

他越是坚定,就越是令她惊恐。

"如果当初我怀疑自己的设计,也不会有今天。"他的脸上浮起一层浅浅的笑意。

"可是这个世界是有是非的。"她说。

"有个鸡毛是非,贪官污吏横行,全民腐败猖獗,我们都在一个臭水沟里混着,傻逼才仰望星空。"

"可是我们心里是有星空的啊。"

"我没有,你也没有。你爸爸欠人钱跑了,你怎么不去举报他?"

"你知道这不是一回事,如果你觉得这样说话痛快,那我可以跟你一起去,我可以举报我的父亲。"

"你什么时候变成一个正义的人了?"

"我从来没有怀疑过,我们是一样的人。你知道吗?三郎,我们的心每天都会受到煎熬,就像生活在地狱里。"

"别说得那么诗意,你为什么就不能承认已经不爱我了呢?为什么不能够诚实一点。"

"这是两回事。"

"就是一回事。"三郎脸上的笑意变成了一丝冷笑,肯定地回了一句,突然又话锋一转道,"我知道你喜欢周警官,大溪跟你说小周叔叔为什么不是我爸爸?我都听到了。什么意思?什么意思都有了。大溪住过他们家,好身世啊，富贵之人，所以一脸的无欲无求。"

"我和周警官之间，什么事情都没有发生过。"尽管没有底气，但是苏而已只能这么说，她不希望三郎的处境雪上加霜。

"发生过什么，你知我知。"

"如果你愿意，我们现在就去登记。"

"干什么？爱情大放送啊。"

"三郎，你非要这么说话吗？"

"然后呢？我们度完蜜月，你送我去自首？少演这种舍生取义的戏码，真让人恶心。你成全的是你自己，不是我，你知道吗？苏立。"

"那你希望我怎么做？"

"你出局了，没有任何机会了，你那么冰雪聪明，会不知道怎么做吗？"

"乱世是有乱相，但是也真的是有是非的，我们跑不掉。"

"没有是非，只有立场。你不想那么做而已。"

苏而已彻底蒙了，这才是最真实、最赤裸裸的柳三郎吗？

"我才不会去自首，你死了这条心吧。是端木哲要杀我，我自我审判了一万次也是防卫过当。你可以去举报我啊，去跟那个周警官，说不定是我成全了你。"说这话的时候，他还有一点沾沾自喜，并且，看了看工作台上的那只叮当猫。

她真是痛彻心扉，她知道这个世界丑恶，万没想到是她心爱的三郎，为她演绎了这个可怕时代的一代人的写照——决绝的自私，冷漠兼无情，把以暴治暴当作替天行道。他再也不是那个穿着格子衬衣给老乡挑水的憨厚青年，不是那个遇到还价的人就会脸红的学生哥。他那么成功，又那么可怕；那么热情如火，又那么冰霜似铁；那么坚持，又那么脆弱。

才华并没有使他更快乐，也没有使他更高尚，而让他平添了一股为所欲为的勇气。

她再一次泪如泉涌，唯一的愿望就是走过去紧紧地抱住他。

他不是这样的，这不是他。其实他的内心害怕极了，胆怯极了，他被这件事折磨了整整两年，根本就扛不下去了。

但是，她知道她不能走过去，目前的他像一个爆炸物，发热发光极度膨胀，吱吱冒着白烟，随时都有可以四分五裂。

"我们都冷静一下，好吗？"她轻轻说道，让声调尽可能平缓，"其实我也没想好应该怎么办。"

"你走开，滚！"他也是语气平缓地说道，没有再看她一眼。

一连数日，柳三郎每天晚上都泡在"酒幕"。

是两个台湾人开的酒吧，男的老老实实开店，女的是半仙特质的说话软绵绵的无龄妇人，名字叫作泓禧，人称禧姐姐。她会算紫微斗数，在巫术界有一点小小的名气。

三郎喝着金门高粱，一条火龙直钻肚肠，着实过瘾。社会飞速发展，绝望的时候也还是古老的酒朋友最贴心，最牢靠，不离不弃。卤猪蹄、香豆干和盐水煮花生米，一切都是现成的。

不知是不是想赚三郎的酒钱，禧姐姐皱着眉头算了几天"紫斗"，还是没有结果。

三郎独斟独饮，心情烦闷。

他对自己的表演非常羞愧，又没有喝雄黄酒，为何暴露出自己是蛇蝎之人？就连他自己都不知道竟有这样惊人的一面。犹如端木哲附体，他终于理解了他的敌人，他们是一样的，无论是为了钱，还是为了报复。他们的成长之路，应该说都是成功和幸运的，但是也都没有办法超越自己。

他怎么会不知道自己穷途末路？唯一能抓住的就是苏立，他的女神，他的缪斯，他的"父亲"，他的才智和力量的源泉。

偏偏就是她，他看着她渐行渐远。

像风一样，抓不住。

"才俊，你喝得慢一点，"不知什么时候，禧姐姐走过来，她管年轻的酒客都叫才俊，亲切而温暖，"不然会烧坏胃哦。"

她笑嘻嘻地坐在三郎的对面。

她的妆容精致，你永远想象不出她洗尽铅华的样子。她多少岁？别猜了，她也永远不会告诉你。禧姐姐穿一件铁灰色的对襟中装，盘扣，两只宽大的马蹄袖上绣着艳丽的玫瑰红色的牡丹花。女人总是觉得带一点点风尘气会更吸引男人，其实狗屁。

男人心底的选择永远是纯真。女人就是80岁了，如果眼白仍有淡淡的蓝色，还是可以令男人动心。

禧姐姐给三郎倒酒，"是失恋了吗？"

"嗯。"

"没有在酒幕里痛哭过的人不足以谈人生。"

"非要现在植入广告吗？"

"我不是那个意思，男人嘛，没失恋过怎么叫男人呢？"

一千万只草泥马从三郎的胸口奔过，赚酒钱还不够，还要谈人生啊。真他妈的想吐。

"你到底给我算出来没有？"三郎的舌头已经大了，木木地问道。

"当然算出来了，才俊，我就是过来告诉你结果的，你有白手起家之相，少有的聪慧多艺，财富可以迅速积存，已经挤到富人堆里去了。"

"完了？"

"要注意肝火旺盛，还有泌尿系统的毛病。"

三郎抬起头来，醉眼蒙眬，茫然四顾。

"总之是四个字。"禧姐姐的眼神吊诡。

"哪四个字？"他的眼睛一动不动地看着禧姐姐。

"风鬃雪蹄。"

三郎有些不解，禧姐姐用食指点了一点金门高粱，在桌子上写了笔画多的那两个字。

三郎还是不解，"我是马吗？"

"你是不一般的马哦，所以说你是真正的才俊啊。"

到底什么情况啊？他的意识渐渐模糊，禧姐姐那一张猩红色的肉嘟嘟的嘴唇也开始模糊，她说了什么，完全听不见了。

等他清醒过来，已经是深夜时分，他躺在自己卧室的床上。

床边的椅子上坐着柳森，阴沉着一张脸，两只手臂在胸前扭成一个麻花，没有表情地注视着他。

三郎硬撑着坐了起来，头很沉，隐隐的炸裂的那种痛。"抱歉，又让你送我回来。"记忆中，他似乎拨过柳森的手机号码，但是没有意识，舌头木到动弹不得，根本说不出话来，应该是禧姐姐叫叔叔柳森把他接走。

柳森叹了口气，"去喝一点蜂蜜水吧。"

他把三郎扶到客厅,给他倒了一杯调制好的蜂蜜水,"还要这样下去吗?周期性发作。"

"对不起。"

"我明天还要上班。"

三郎看了看挂钟,凌晨1点55分。他低下头去。

"这样能解决什么问题?"柳森的语气异常冷静,"我们能不能就事论事,不要演得这么累?"

"我想去自首。"三郎冷不丁地冒出这句话。

"你说什么?你疯了吗?"

"我扛不下去了。"三郎的话音未落,脸上就挨了狠狠一巴掌。

柳森厉声道,"那我怎么办?跟着你一起去死吗?我上有老小有小,还有好多女朋友是跟着我吃饭的,你替我想过吗?"

脸颊一阵火辣辣的又麻又痛,三郎说不出话来。

"拜托你醒一醒吧,扛不住也得扛,是狗屎你都给我吞下去!"柳森厉声道,怒不可遏地看着三郎。

三郎也没想到事情会变得这么糟糕,自他知道端木哲要害他以后,整个人都不对了,因为生性自卑、敏感、玻璃心,不然也不可能做设计师。应该就在那段时间,他几乎患上了被迫害妄想症,开车、吃饭、坐电梯,哪怕是散步,无不感觉有人要加害于他。

在大街上,行走在人群中,无数穿心裂肺的目光,全都令人生疑。或者在不经意的片刻,有他不知道的跟踪,更不知道下一分钟会发生什么。

他开始拧巴,内心一直恐慌不定,本来被风投看中,品牌意外成功让他产生过暴发户的焦虑,感觉忽然而来的财富也会忽然消失。现在又多了一重恐惧,每一次离开家和工作室这两个熟悉的地方,心里就开始七上八下,如果就此别过,再也没有回来,也不一定吧。

这种感觉对他来说是致命的,严重影响了他的工作和生活,尤其是他根本没有办法思考和设计。于是从记恨到憎恶直至愤怒,可以说端木哲深刻地激怒了他,这一切化作一股强大的力量如火山爆发,终于上升到你死我活的程度,满脑子都是"干掉他"这三个字。

"我是真的知道错了,我也说不清当时为什么会那么疯狂。"他气若游丝,

狐步杀

221

出现濒死的状态。

"因为你认为自己神圣不可侵犯，但其实，你又有什么不能侵犯的？那就是你爸爸一直坚持的精英教育啊，只有他的价值观是正确的，别人都不入流。这一点也深深地影响了你。可是你想一想，你爸爸他一辈子看不上我，难道不是一种冒犯吗？我难道就没有自尊心吗？可是那又怎样？我还不是那么爱你。没有谁是不可侵犯的，要懂得做人的卑微，每个人在别人的心目中，都可能被杀死一千次、一万次了。"

的确，柳森叔叔对他是极好的，出事以后，他冷静下来，才感到害怕、恐惧和不知所措。面对着血淋淋的现场，他瘫软在地板上，不可收拾。也只能给柳森叔叔打电话，他来了之后，当然也惊到了，可是他没有埋怨他一句，而是想尽一切办法令他摆脱干系。

"如果当初你能忍一忍，不那么做……"柳森叹道，"现在警察不是在满世界找他吗？会放过他吗？"

可是当时的他，认为干掉端木哲是对自己的"靶向治疗"。

三郎悲从中来，失声痛哭。

片刻，柳森才呵斥他道，"你给我打住，哭有个屁用，这种事当初就不能做。做了，刀架在脖子上也不能往后退。"

"真的能扛过去吗？"

"别忘了端木哲是一个坏人，警察抓到他也不会放过他。"

"可是我心里越来越没有底……"

"事在人为，人定胜天。"

"难道这个世界真的是我们来定义是非吗？"

"命都没有了，是非有什么用？能扛过去的都不是事，能回头的都不是浪子。有些事，查不出来就是没发生过。"柳森语气坚定地说道。

柳森走了以后，三郎的心境渐渐平复下来。

相信我，一切都会过去的。柳森叔叔的话言犹在耳，也许这就是血亲的力量，令他重生。

他回到卧室，靠在床上。客厅里的灯有意没有关掉，仿佛柳森叔叔还在那里。他睡意全无。

手机里面有一串留言，他慢慢看着。

其中一条是酒幕的禧姐姐发过来的："才俊，其实一共有七个字，风鬃雪蹄狐步杀。想来想去还是告诉你，请好自为之。禧。"

什么意思？

是说他和端木哲吗？然而他们谁是风鬃谁又是雪蹄？还是禧姐姐不想明说，她已经看到了一场阻止不了的血光之灾？

酒醒之后，三郎再也睡不着了，他不是害怕，他知道苏立并不会去告发他；告发不是她的哲学，也不是她的性格。叮当猫肚子里的秘密也已经被他删除干净，当初他为什么会留下证据？他想证明什么？不知道。但是他明白，他彻底失去了苏立，没有周警官，这也是他们的结局。

所以他才会恼羞成怒。

沉默，是苏立对他最后的守护。今夜始知，所谓最好的时光，就是回不去的陈旧时光。寻常、缺憾、不完美，才需要回忆去雕琢和升华。

他躺下来，侧卧并蜷曲着躯体，这样会感觉安全。

突然，他非常想念父亲。

12

空灵缥缈的旋律仿佛从天际款款而来，袅袅娜娜，似有若无。远远望去，丹峰林立，满眼苍翠。

这是小周熟悉的班得瑞乐团演奏的《寂静山林》，以来自瑞士一尘不染的音符而著称。真正的寂静并非全然无声，名曲之外，这里有来自阿尔卑斯山原始森林的鸟鸣，还有罗亚尔河的溪流声，令人瞬间温和下来。

山林的确是寂静的，田野、山谷和清清的溪水，是天然的露天广场，一群年龄各异的瑜伽和太极的舞者，穿着简朴的全无装饰的原色系土布衣裙，随着纯净辽远的音乐，在落日余晖下冥想般缓缓起舞，宛如身处梦境中的东方净土。甚至连一丝多余的表情都没有，素颜而端庄。

今天是华南织布局开业，首场秀的名称是——清贫的奢侈。

小周在山庄的门口，看见了电视台时尚栏目的采访车和录像车，于是叫萧锦把警车停在了山庄外面，两个人徒步走进华南织布局。

艺术家从来都不缺朋友，这里云集着数目不少的豪车，自然也有相貌姣好的俊男美女，他们的气质和风采，总是散发着古玉一般的光芒，吸引着平凡普通的路人希望与他们亲近。

小周和萧锦是来逮捕柳三郎的。

他们在柳森的别克房车上,在前排椅背的最下方勘查到了陈年的血滴,经过DNA鉴定,确认是端木哲的血迹。

逮捕柳森之后连夜突审,他承认是柳三郎砸死了端木哲,他去帮忙处理尸体,没有乘坐电梯而是从楼梯把端木哲背下来的,放到他的别克车上离开的。那个楼梯的出口,隐藏在不起眼的楼侧,只有清洁工会偶尔出没,这也是所有小区监控录像并没有拍到任何可疑画面的原因。

为什么没有换车呢?

柳森的解释是,因为刚换了别克房车,突然又换车担心会引起关注。一切如常反而是最安全的。

对于端木哲的手机所发出的信息和游走汕尾,柳森并不知情,只是冷漠评说:多此一举。许多事都是死在多此一举上。

不过柳森强调,柳三郎的举动是他授意或者暗示的,当他得知端木哲要加害于三郎,他不止一次在三郎面前提出过必须干掉他。他深感自己太不冷静了,即使是对待恶棍,也应该相信法律,相信天网恢恢,疏而不漏。完全没有必要从一个受害者变成一个加害人,实在辜负了党对他多年的培养和教育。

从始至终,柳森的神情都异常淡定。

逮捕柳森的那天下午,他还在办公室里处理公务。他的办公室用间隔柜分成接待区和办公区,办公区在里面,有大班台和文件柜,因为间隔柜上端是通透的格子,所以看得见里面的大致摆设。外面的区域是一套深棕色的皮沙发,茶几擦得纤尘不染,上面摆着水果托盘。

沙发旁边另有茶水柜,杯子、各种茶叶以及饮水机,排放得井井有条。

秘书叫小周和萧锦两个人坐下,正要泡茶,被小周打手势制止,便礼貌地离开了。

柳森在办公区背对着门口打电话,听上去是让他批一块墓地,"……我真的没有这个权力,要再等两个月我们会统一放号,根据网上报名的秩序排位……一切都是透明的,经得起检查的……现在没有,真的没有。红线女旁边还有?你去现场看过?拜托,那是统战区和社会名流的位置,那是不可能的……不能这么说，不能这么说，都是党的好儿女，盒子上都盖着党旗，简单地说就党员和党员在一块儿呗……"

解释了好一阵，他才挂上电话走出来，嘴里嘟囔了一句，"人都走了还跟我讲级别。"这时才定睛看到今天的客人非同一般。

但也没有惊慌失措。

一起离开之前，还有下属进来请他在文件上签字。他的手并没有抖一下，在茶几上一笔一画签好交给下属。从侧面看，他方脸目深，有官气。虽然眼光阴鸷却又有一种革命者的祥和。

这种神情，给小周留下了深刻的印象。

舞者的表演在一片热烈的掌声中结束了，这时天色已暗，陡然间，一串串，一团团，还有隐藏在树梢和灌木丛中的射灯依次亮了起来，在人们的惊呼声中，露天广场一时间明亮如白昼。

这时，柳三郎走到了广场的中央。

他戴着精巧的耳麦，穿着也十分简洁、利落，这种风格反而突显了他的俊朗和与众不同的气质。

"我希望让服装回归它原本朴素的魅力中，回归平凡中再见到的非凡。奢侈不在其价格，而应该在其代表的精神，所以才会有清贫的奢侈。"他说。

他还说，"如果我们能跟大自然的关系好一点，如果我们对周遭的万物珍重和友善，如果我们能从高度的自我中出离，那就是我想表达的一种生活态度。谢谢大家。"

三郎深深地鞠躬。

他得到了更加热烈的掌声，周槐序也忍不住鼓起掌来，萧锦侧目看了周槐序一眼，面无表情。

小周也感觉到自己的荒诞，秒回到先前的状态。

"但是你必须承认，他是一位优秀的艺术家。"周槐序小声说道。

萧锦点头，但仍旧不以为然道，"那又怎样？他现在是犯罪嫌疑人，只不过更让人惋惜罢了。"

"不瞒你说，我一直粉他，买过不止一件他设计的衣服。"

"相比之下，我会喜欢柳森多一点。"

"那个人啊，为什么？大叔控？"

"比较现实版,这个柳三郎更合适呆在杂志里。你看他那些朋友,哪有一点清贫的味道,他也蛮享受被他们包围的嘛,总之他是个矛盾体。"

"人生本来就是很纠结的啊。"

"都说奢华没办法掩盖品格的缺失,清贫也一样吧。"

他们的目光并没有交流,脸上保持着职业的肃穆,一直并肩看着眼前这个精心策划,设计一流的名利场。

现场又一次出现惊喜,重重叠叠摆成塔形的高脚杯在一个四轮车上,被朱易优推了出来,每一个玻璃杯里都注满淡黄色的香槟,人们围拢上去,形成一个新的小高潮。

这时小周发现,整个山庄并没有苏而已的身影。

秋天最干燥的时节,利群茶餐厅进行了整体大装修。大概用了两个多月的时间,装好之后重新开张,小周还曾远远看到门口放着半圈花篮。

可是他一直没有时间过去坐一下。

柳三郎归案以后,他写完案情报告,须臾间想起了忍叔,于是决定去利群茶餐厅坐一坐,喝一杯鸳鸯。

芦姨又是在剪虾须虾线,见到他像是见到鬼,有一种夸张的热情,急忙擦擦手,亲自从收银台跑出来接待他,把他带到最好的卡座。一路念念叨叨,"不用说了,我知道你是鸳鸯走糖。你先坐,歇一下,马上就给你端过来。"

说完屁颠颠地去张罗饮品,大叫了一声,"飞沙走石。"

"改名字了?"

"不改怎么涨价。"她小声解释。

小周在卡座坐下,环视焕然一新的茶餐厅,收银台的上方挂着"财源广进"四个大字,下方的关公牌位和招财猫一应俱全。鲜红色的人造革座椅,窗户上镶嵌黄绿蓝三色的仿古玻璃,有一面墙壁的贴纸是旧广州骑楼的景物,始终追求怀旧的理念。整体风格尽显市井风格,俗得丝丝入扣,夺人心魄。

有人穿着拖鞋进来喝一杯奶茶,实在是浑然一体。

店小二拖着成箱的啤酒和饮料进店卸货,后厨有采买出出进进,都是新鲜的鱼肉鸡蛋蔬菜等十分丰富，可以判断生意比从前好了许多。

芦姨端了一杯鸳鸯走过来，放在小周面前，又放了一杯热柠茶在他对面的空位前，什么都没说，走了。

热柠茶的水蒸气虚虚渺渺地飘浮起来。

怀念忍叔。

他是一个专注到极致的人，尽可能穷尽的拆分，直到案情成为粉末状态。他说，我不是神探，我只是有一颗匠心。直觉从不撒谎，反而是聪明会混淆我们的合理判断。

他还说，我对于犯罪嫌疑人没有偏见，每个人的处境不同，有犯罪心理的人未必会犯罪，我只是要搞清楚，你做了没有？做了就跑不掉，没做，也绝不会冤枉你。最需要警惕的应该是那些没有犯罪心理的人吧，如果他们无法控制自己的激情，有可能铸成大错。

这个社会有贪污，有贿赂，有迫害，有谋杀，却几乎没有诗歌、音乐、品质和纯粹的爱，没有远方和梦想。但是无论如何，请不要触及底线，因为总有一些笨人是忠于职守的，总有更多的人选择正直、善良、是非分明。

这是一个特殊的时代，每个人都在跟自己斗争。

他说过的话还有很多，时不时就会闪现在周槐序的脑海里。然而此时，他一言不发，只是默默地坐着。

茶餐厅的音响里播放着美国乡村歌曲，正是抒情王子汤·威廉姆斯的经典曲目《你是我最好的朋友》，低沉的音色如阵阵钟鸣，清澈时如墨绿色的石头沉在溪底，温暖时如冬天燃烧着蓝色火苗的壁炉。

他们就这样，默默地诉说。

小周一口一口慢慢喝着鸳鸯，沉思良久。

人，都是要盖棺定论的。忍叔这个人，有信念，所以活得充沛从容，忠于职守却不强求他人，一直与这个时代保持着不对称的物质匮乏和经济拮据，但其言行举止，尊贵而有尺度。是真正的奢侈的清贫。

现在他走了，如蛟龙归海。

每年春天，季节转换的乍冷乍热，使街道两旁的大叶榕树居然落叶纷纷，仿佛秋天一样，但其实是嫩绿的新叶挡不住地要冒出来装点春天，几乎一夜之间新叶足以遮天蔽日。

所以，周槐序看到满地的落叶，这才意识到三月份已经落幕了。

这是一个春风沉醉的夜晚，依然是小周架着醉得不省人事的马达，站在路边等待代驾司机的到来。还是那辆悦达起亚。

时间过得真快，新一轮的同学聚会如期而至。这一次的聚会地点是在禄鼎记，不吃麻辣火锅你们会死吗？小周说，这也太重口味了。马达非常讨厌粤菜，他说清水菜心、清蒸排骨，吃这么清淡那还叫下馆子吗？在家吃不就好了？你看这健康老油，满满的朝天椒挑战味蕾，那叫一个辣得荡气回肠。

这一次的聚会，是小周拿了父亲的一瓶3斤装的轩尼诗，搞不清多少钱，反正不便宜，大家喝得畅快淋漓。

许多往事和牢骚都在一遍一遍重复，然而日光之下，能有什么新鲜事？都是彼此的见证人，都要抓住转瞬即逝的存在感。

代驾司机还没有来。

都说时间可以抹平一切，可以淡化所有的伤痛。但有些伤痛却会随着时间的延伸，不知在什么时刻隐隐袭来。

小周不由得想起上一次同学会后与苏而已的相遇，不知她现在人在哪里？过得还好吗？思念像一只小手在远处轻轻摇摆，像一个孩子眼中没有落下的泪珠，柔软中是尖锐的思念。原来在他的心里，她并没有离开。

可是爱情需要奇迹。

奇迹并没有发生，匆匆赶来的代驾司机是健身房的赵教练，两个人都感到有些意外。

"你也兼职了？"小周一边把马达扶进车的后座上，一边问道。

"我老婆生孩子了，要赚奶粉钱啊。"

赵教练手脚麻利地坐进驾驶室，发动了引擎。

小周坐在后座上，一边的肩膀扛着马达沉重的大脑袋。

两个人开始聊一些闲话。赵教练这个人最大的优点是不多嘴，不多话。小周不开口，他就默默地开车。

"苏小姐还去打拳吗？"小周自认为不经意道。

"再没来过，自从上次你遇到她，就再也没来过。"沉默了一会儿，赵教练继续说道,"她在我这儿买了一组课,是付了费的,我打电话想叫她来上课,可是电话是空号,也不知道是怎么回事。"

车内一派安寂。

虽然不是小周打的电话,但心里还是有些落寞。

花叶千年不相见,缘尽缘生舞翩跹。一直以为,即使断了联系,在这个偌大的城市,在熙熙攘攘的繁华中,电话的那一头始终有一个熟悉的人,一个他喜欢的女子。

原来那一头是什么都没有啊。

或者她会迁怒于他,憎恨于他也不一定。

鸡汤君说,没有理由的心疼就是爱。那么,当他知道她的全部,还是想念她,也是爱吧。小周望着窗外的街景,灯红酒绿。夜色甚是温柔,心底却是遗珠失璧般的怅然和无奈。

车速变得越来越慢,终于彻底停了下来。

半个多小时仍然一动不动,小周把马达的脑袋放在后座椅背上,这家伙早已呼呼大睡,鼾声震耳。

小周下车,向前方走去。

大约 100 米开外,便看见车祸现场,是令人吃惊的惨烈,根本混乱到看不出情况是怎么发生的。

满地都是玻璃碴子,还有各种汽车零件的残骸或碎片,另有一个孤零零的汽车轮子躺在马路中间。说这里是爆炸现场也不为过,挂彩的当事人惊魂未定,看上去衣衫不整,狼狈不堪。

小周给值勤的交警看了一眼警官证,交警解释说,一个 16 岁的小男孩把他爸的大奔偷开出来,高速驾驶,因为避让其他车子,从对面车道撞烂护栏飞了过来,这边七辆车被他撞得乱七八糟。

"不过大奔还是结实,烂掉也没起火。"

"人呢?"

"这个家伙死不下车,说要等他爸爸来。"

熊孩子。

小周跟着交警去看那辆奔驰,小孩半开着车窗,一脸不知天高地厚的倔强。小周道,"他哪有 16 岁,最多 12 岁。"

"满嘴瞎话，我也要等他爸过来。"

"又是把油门当刹车了？"

交警撇了撇嘴，耸耸肩膀表示无可奈何。

小周说道，"伤亡情况怎么样？"

"还好没有死人，但也有人伤得不轻。"

小周回望了一眼，伤者七零八落分散在路边，席地而坐，肯定衣衫不整，目光呆滞如刚从噩梦中惊醒，而且或多或少都挂了彩。道路中间还有一部分人靠在侧翻、稀烂的越野车前等待救援，估计是无法搬动的人，他们互相照顾，看上去情绪已渐平稳。

"我现在能为你做什么？"小周收回目光。

交警把一个哨子放到小周手里，"刚把通道清理出来，你就把车流疏导过去。我到对面叫同事警车开道把救护车引进来，好多伤员都是简单包扎的。"

另一个交警一直在拍照。

小周说，好。开始吹哨子打手势指挥车流尽快通过，其中也包括赵教练开的车，小周打手势叫他先走，赵教练心领神会，驾车全速驶过现场。忙活了好一阵，情况总算得到缓解。

这时3辆救护车都已经赶到现场，医务人员各行其职，救护伤员。

周槐序束手而立，终于感觉筋疲力尽，恨不得席地而坐喘一口气，正想用手背抹一把额头的汗。

这时，他的左手像被电了一下，电流迅速通遍全身，是有一只手握住了他的手。低头一看，现场所有汽车的大灯都开着，但还是灯下黑，眼前的担架上躺着的人竟然是苏而已，她的脑袋被一个方框一样的医疗器械固定着，大夫说她胸骨骨折不能说话。

她握着他的左手看着他，星星般玲珑的眼神，柔情似水。

附 体 |田 耳|

原载《北京文学》（精彩阅读）2016年第12期

1

家庆那年去韦城，已二十一岁。他感觉兴奋，这是他头次独自远行。他看过一本小说叫《十八岁出门远行》，讲什么记不清了，他总是记不清。他头次出门远行，比小说里的人大三岁。相同的是那种兴奋，想象远方，总有不一样的事情等着自己。是坐火车，买硬座票，88块，是好数字。火车开进夜里，视野中偶尔有灯火，有时候巨大的一片黑，里面夹杂一星灯火。他想，那盏灯下，是不是只有一个人住着？有时候眼角晃过一片城市，灯火辉煌，他心里会在瞬间一暖。

家庆把窗外的夜色，看了一整夜，巨大的黑，偶尔的灯火，就是全部真相。天已放亮，火车习惯性晚点，拖到中午才到站。没人接站，家庆记得换乘的公汽车次。209路车空空荡荡。时而，窗外一片碧绿，家庆以为是出了城市，到了农村，但转眼间又切换出一片崭新城市。一路都这样，韦城仿佛是个拼盘，城市与田野杂然铺陈其中。家庆感到一阵阵荒凉。

如同熟人们所说，家庆总是一脸很无辜的模样，读初中像小学生，读中专像初中生；现在二十一，看上去就像十四五岁，因为小鸡鸡刚长毛而不断害羞的男孩。其实，家庆已有一把经历。他十四岁去读技校，是父母的意思。他本想往上面读，高中毕业，考考大学。当时大学升学率不足十个点，说是千军万马过独木桥，更准确地说，有点像摸彩票。父母说，你成绩没有姐姐好,别到时两个人都考不起大学,都堆在家里,不好处理。于是姐姐读高中,家庆读中专。对于这些生命中重大的抉择,家庆选择沉默。他是想读大学。父亲跟他说,我有关系,技校毕业就去烟厂,早点上班早赚钱。伹城烟厂当时效益好,出产二十多种烟。主产一种女式雪茄,叫"乔治岛",据说俄罗斯娘儿们最是喜欢,一天到晚夹着这细长麻杆似的香烟,吧唧吧唧地喷。伹城烟厂日夜不停的机器,其实是在印卢布。厂方还计划生产适销对路产品,打入美国市场,印完卢布,再印一印美元,为国创汇。家庆听过这些传闻,挺当真,心里就想,分进烟厂倒是不坏。读书时候,烟厂子弟个个横着走路,斜眼看人,集体舞弊,打群架人聚得齐,放了学有统一接送的厂车。车身上,喷着毛体大字:"好好学习,天天向上。"几年后,姐姐大专都考不上,在家里哭好几天。伴着哭声,父母又行教导,你看你看,当年好悬嘛。家惠都考不上,你怎么考得上?姐姐高考落榜那年,家庆就从技校毕业,顺利分进烟厂。母亲本来还担心,说分进烟厂,那指定抽烟。父亲说,不分进烟厂,难道就不抽烟?父亲用天生来说服母亲,母亲只好无奈地看一眼家庆。家庆进到烟厂,十七岁干上了副操作。十九岁,他又经历了声势浩大的下岗。县城效益最好的一个厂,县域经济支柱,说垮就垮了。据说当时全省有八家烟厂,政策一变,只能保留两家。八个厂长去抽生死签,最后是最大两家烟厂抽到了。这真他妈像开玩笑,但又千真万确。下岗太早,家庆并不忧伤,心里还小有得意,自己只二十一,倒有一把人生经历。他老是被人看不上眼,所以,内心向往着一份沧桑。其后的两年,也有烟厂一起混事的师傅师兄,邀他一块儿往福建奔,进到那些埋在鱼塘下面的烟厂,工钱不会低。父亲不答应,说宁愿看你在家里荒废青春,也不让你帮人造假烟,谋财害命,祸国殃民。又说,鱼塘要是有漏眼,水往下灌,跑都跑不脱。家庆心想,这造假烟谋财害命,造真烟未必就益寿延年。纵有异议,表面还是服从。后有一个亲戚开饭馆,生意慢慢有起色,需要帮手。父亲打算让家庆去学掂勺。省内也有不错的厨校,但父亲找了韦城新实力厨校。在韦城,有家庆一个表哥。

在这个世界上,父亲相信血浓于水,有亲戚,好办事。

家庆几乎没怎么见过那个表哥,只一年,表哥回家结婚,他去吃过酒。记忆中,表哥个儿很高,表嫂是北方人,也很高,伹城几乎很少见到这么高的女人。结婚当时，表嫂又穿高跟鞋，身体一直打晃，表哥必须守在一旁，随时将她扶正。按当时俚城人古怪的审美趣味，作为新娘，表嫂两边脸颊还染有两团腮红，很红，很圆。唇膏的颜色要与腮红加以区分，更红，近乎紫。新人逐桌敬酒，穿着高跟鞋的表嫂摇摇晃晃地过来，甚至比表哥还略高，要在一米八五以上。个儿高的表嫂成为当天喜筵最大的看点，她每走到一桌，都会招至赞叹，这么高哇，赞松（表哥名叫夏赞松）真有福气。这是农村人的观点，找老婆要找大高个儿的，可以和男人平肩挑重物，干活肯定也不赖。但这表嫂，走路都晃，要叫她干活可能勉为其难。这是家庆的父母在一旁窃窃私语，家庆听在耳里，又朝那表嫂看去一眼。无须费力，在整个喜筵大厅，表嫂都是最引人注目的存在，抬眼必然看见。多年以后家庆游台北，不管在哪个角落，抬眼看见101大楼，仍会想起表嫂。但是，当时家庆看着表嫂，两团画得很圆的腮红，发紫的嘴唇，不断晃动的身体，中式对襟的婚袍……他忽然想到电影里的僵尸。谁叫当时僵尸片正红得一塌糊涂，电视里也随时跑出僵尸，大都穿清代官袍，不好好走路，就喜欢蹦跳。家庆暗骂自己一句，你怎么能这么想，你对得起表哥表嫂的好日子么？

表哥表嫂结婚那天，还有人议论，这两口子都这么高，叠在一起能顶穿屋顶，那他俩生小孩，会不会一生下来就有一米长？两个高个儿结婚，看点多多，婚还没结完，人们已经找出了下一个看点。

过一年，表嫂在韦城顺利产子。家庆不能亲临现场，只听大姨带来远方的消息，表哥想拿字辈给小孩取名，表嫂不同意，她怀孕期间，已想好一个名字，叫海程。家庆没忘了问大姨，海程生下来有多长？大姨说，48厘米。

怎么只有48？

就48厘米，怎么了？

我生下来都有53。家庆记得清楚，母亲总提起这事，家庆生下又长又大，53厘米，八斤半。每当别人提到家庆个儿矮，母亲就会用数据说话。

父亲岔进来说，生下来是长是短，能说明什么问题？你看没看过狗生崽？一窝狗崽好几只，最后生出的那只往往最小，但长到后头，肯定是最大个的一只。

母亲说，你怎么能这么讲？

附体

大姨就笑，说，我家以前也养狗，是这么回事。

家庆想着乱七八糟的往事，公汽猛烈一晃，停下，自动报站的女声说，"终点站机场镇到了。"表哥来接，脸上微笑高高挂起，隐藏不住一丝憔悴。家庆不记得多久没见他，有些生疏。表哥大家庆十七岁，一直被视为家里的骄傲。家庆还小，表哥便考上一家航校，以为是要当飞行员，在这小县城引发一场轰动，不啻于考取清华北大。航校毕业，表哥却被分配到韦城一家工厂，没厂名，只以数字编号，七七一厂，据说生产飞机零件，以及别的神秘军械。某年表哥写信回家，说军工企业要图生存，也产日常物件，新近试产一种压力锅，没有品牌，一如他们工厂，是用数字编号，质量不是一般的好。军工技术，在那年头几乎就是最大的保证，他可以代购。又说，这好事只限亲戚，一家只需买一只。若买两只，这辈子再不操心买压力锅的事，也是闷损人。

表哥接过家庆的行李，一只拉杆箱。他个儿高，手又没过膝，拽那只拉杆箱微微地屈起腰，嘱咐家庆，等会儿见到你表嫂，主动打个招呼。你也知道，我家里出了那种事，有时候她的反应会有点迟钝，并不是不理你……

我知道。

那好，我就放心了。在韦城，房子不好租，租到也贵。尽管到我这儿住，你来给我搭搭伴。我在这里，一直孤独。走一阵，表哥又说，家里会有两个女的。有个年轻女的，是林黎怀的女朋友——小李。林黎怀你还有印象吗？

见过这个人。

那好，他是我二姑的儿子，比你小。这一阵，他和小李都住我家，我家两室一厅，要住五个人，我来调节，大家将就一点，会相处得愉快。你见到小李，不要错喊成嫂子，是弟媳。

遭遇那事以后，表哥就有些神经质，变得啰里八嗦，说话细细地讲，看谁都像幼儿园小朋友。来之前，大姨给家庆提了醒，要他及时适应表哥的变化。家庆也无所谓，因为表哥他本来就陌生，有无变化都要适应。至于表嫂，他知道自己不会认错人，并暗自想，能把这个表嫂也认错，需要天赋。

2

　　转眼家庆已在韦城一周,每天往返于葵圩和机场镇。新实力厨校在葵圩,他坐229路公交,单趟要两个小时,每天六点钟早起,赶头班车;下午放学又搭车回,到机场镇已是八九点。搭乘229路,家庆看见窗外一片一片灰扑扑的稻田,偶尔会展露城乡接合部的一角,会出现成片的商品房,会远远看见一片工厂,巨大的烟囱喷出浓鼓鼓的黑烟。汽车继续往下开,又进到田野。所以,这一周里,韦城留给家庆的印象,始终是一片荒凉,实际上他一直未得进入城市,229路基本勾勒出韦城的一段边缘轮廓。而机场镇,数百万人城市的远郊,无非就像摊开打散了的小县城。

　　在表哥的宿舍,家庆只看见表哥和小李。这有些古怪,在这逼仄的屋内,经常看见的一对男女,却不是夫妻。作为女主人,表嫂却一直没有露面。没见着面,本不奇怪,只是,人又近在咫尺。表嫂足不出户,始终待在自己的卧室,房门紧闭。表哥要进去,敲敲门,木木地站着。好半天,锁舌一响,表哥把门推开一条缝,侧身而入,又赶紧关上。

　　表哥跟家庆解释,你嫂子怕风。说话时,表哥一张苦脸稍微伸展,勉为其难地一笑。这样的解释,他自己也不信。

　　家庆没多话,小李更厉害,除非表哥问她,她嗯啊作答,能省的字尽量省掉,脑袋也勾得很低,似在示意表哥不要再问。表哥很想调节气氛,尽量多说话,但这屋子里的气氛始终沉闷。家庆找了找原因,他认为还是那间紧闭的卧室,压抑着人的心情,捂住了嘴。表嫂不愿见人,家庆心里想,她总归是要上厕所的。有一晚故意不睡,侧着耳听,果然,半夜里有窸窣声。他听着脚步,比表哥要轻盈,应该就是表嫂。这显然是她精心挑选的时间,不与任何人照面。而且,一整天就这一次,就这一次要排解一整天的废物,这是一般人做不到的。于是,家庆想到电视里演的道士闭关、辟谷。什么叫作辟谷,他搞不清,就觉得表嫂的行为像某种神秘的修行。

　　好在林黎怀过几天就来。林黎怀是个活灵活现的人,家庆不记得以前是否见过。他这边是表亲,林黎怀是表哥的堂弟,按讲也是亲戚,实际隔得很远,形同路人。林黎怀在一天晚上出现,当时三人正沉默地吃着晚饭,门被敲开,林黎怀一脸泛起油光的笑,立时让气氛变得不一样。

表哥介绍说，这是家庆，我小姨的儿子。

啊！家庆，你又长高了。林黎怀想摸一摸家庆的脑袋，家庆躲开。

家庆比你大。

是吗，不好意思，家庆哥，家庆哥。林黎怀又伸出一只肉手，找握。于是就握，林黎怀暗下一把狠劲，捏得家庆手骨咔咔有声。

林黎怀肯定没吃饭，他七点下的火车，再打个车到机场镇，中间留不出吃饭时间。他看看桌面上三菜一汤，眉头一皱，说，你们先吃，我坐这么久的车没了胃口。稍后林黎怀独自跑出去，再回到屋内，左手提了一摞便当盒，是在附近夜市摊买来的烧烤。当然，右手提了一打啤酒，用尼龙绳逐只绑起来，绑成一捆。屋里热闹起来，家庆发现自己喜欢这热腾腾的气氛，屋里本有一股阴郁之气，林黎怀正好来冲一冲。林黎怀将烤串一串一串地递出，主打菜是油炸的蚱蜢，在机场镇偏要叫成"炸飞机"，很应景。酒一喝，林黎怀就不递了，把签子直接杵到表哥嘴边，杵到家庆嘴边，再递给小李，一人撸一串炸飞机，匀着分。小李不敢吃，闭紧了嘴，林黎怀也有办法，去捏她的腮帮子。他显然惯于此道，一捏，小李两排牙轻启了一线，一只蚱蜢就活鲜鲜地钻了进去。

……敢吐出来，我就休了你。林黎怀严肃地说，说完便笑，表哥陪着笑，家庆觉得不好，还是笑出来。

表哥的宿舍，属于传说中的七七一厂。这片舍区不显眼，没有围墙，与周边的房舍融为一体。七七一厂的工人宿舍不搞集中建设，都打散了，零零碎碎分布在韦城东南一片的郊区。表哥说，这是基于战略考虑。说起来又是一嘴的神秘，但这房，确实小，当年是按"最少的空间装下最多的人"这种设计理念建成。说来也是有房有厅有厕有厨，全是螺蛳壳里做道场。厕所顶多两个平方，人胖一点就蹲不下去，厨房也好不了多少，只能一个人干活，再挤一个人，就像鲮鱼挤进马口铁变成了罐头。刚来那天下了小雨，气温还好，一旦天晴，韦城便热得令人心憷。待在家里，必须时刻开着空调。林黎怀一来，房子更挤，气温更热，但家庆觉着日子比前一阵好过。

家庆每天很早出门赶去葵圩，天黑回机场镇。葵圩那边有住宿，最低的床位每晚三十八块。家庆厌倦了每天奔波，感觉成天都在路上，昏昏欲睡。他去跟表哥打个招呼，此后想住在葵圩。

在这里，很多人要坐一辈子公交车，你也就三个月时间，多坐几趟，你才知道活在大城市是什么滋味。表哥鼓励家庆，又说，再说我们一起住大卧室，也热闹。你来，小林来，凑齐三个人，才斗得起地主。

小李可以打。

不行，斗地主，他小两口对付我一个，吃不消。你住那边一晚三四十，住我这里来回只要四块，三个月下来……这笔账，也不用我帮你算。

表哥苦苦相留，家庆只好点点头。

所谓大卧室，也就七八平米，睡三个男人（表嫂将表哥赶出来，不许他近身）。小李只好睡客厅沙发，没法和林黎怀挤到一堆腻歪。而那间从未打开的卧室，据说里面只五六平米。门上钉着海程从前得来的一些奖状，密密麻麻，一张叠一张，每张顶上只留两厘米宽，标注着时间、奖项名称和奖次，以备检索。在这里，每寸空间都精打细算，充分利用。海程得过很多奖状。海程无疑是个乖孩子，身体也一向很好，奖状里有"健康儿童"称号，还有一张是"健美少年"。忽然有一天，海程被查出骨癌，简直毫无道理，却是千真万确。

那扇门一直没开，以致家庆不想往那边看，但房间如此狭小，只要一走进这屋子，目光就没法绕开那扇门。有时门上钉的奖状被风翻动，鳞片一样纷乱地抖起来。家庆要离开这里，住到葵圩，又多一个理由，但讲不出口，表哥会哀怨地看着他。儿子没了，表哥似乎愿意家里多住一些人，即使拥挤，也可从热闹中榨取一丝安慰。

转眼，家庆在表哥家已住十来天，仍没见过表嫂。他就想，是不是我去厨校上课的时候，表嫂会出来坐坐，这样就一再错过与她撞面？

有一天，厨校放休，家庆决定成天待在屋里，看看表嫂是不是露面。客厅没空调，他们全都挤进大卧室，那台古老的空调黑洞洞的风口吹出凉风，几个男人便打牌。小李不在，到市中心溜达。她罕见地耐热。林黎怀打着牌，嘴也不闲，说自己是个倒霉之人。大学时，他胡乱地找小李谈回恋爱，毕业后想甩她，分配好的单位不去，跑来韦城找工作。小李被分配到佴城一中当老师，韦城离佴城足够远，小林以为两人就此分开。没想小李也是一条狠人，辞去教职，跑到韦城铆定林黎怀，脸上时刻摆出嫁鸡随鸡嫁狗随狗、从一而终无怨无悔的表情，虽然林黎怀根本没打算娶她。

世界上的女人太多，但小李要让我以为，只有她一个女人。林黎怀感叹，这怎么可能呢？

那是你人才好，个子又高，嘴巴还会哄。表哥就夸。

林黎怀说，家庆哥，你怕是还没谈过吧？真想匀你几个。

表哥说，家庆也讨女孩子喜欢，你不知道的。

家庆说，没有。

哪能没有？

真没有。家庆下了一张草花Q。他想起很久以前，杨采妮在一个MTV里拿着一张红桃K亲来亲去，搞得自己有了最初的梦中情人，在梦中将自己变成一张红桃K。

那天斗地主到天黑，家庆一直分神，侧起耳朵，听听隔壁房里有无响动。表嫂像一只冬眠动物，激起观察者的兴趣。响动没听到，运气却来了，一块钱起底，一炸翻一倍的小彩，家庆也赢了一百多。他只能将理由归结于运气，要不然就是骂另两人白痴。家庆执意请客，表哥终于不拦，带他出门买消夜，当然少不了一手把"炸飞机"。家庆想要20串"炸飞机"，3斤小龙虾，还买了响螺和串烤时蔬，再要两打听啤。那时物价还没起来，这一大堆东西，也没用完赢头。回到住处，推开卧室门，小林小李备好了嘴和肚皮，等待家庆。酒一喝，有同甘共苦，甚至相濡以沫的滋味。和俚城一比，这城市如此巨大、广袤、热闹、拥挤、荒凉，但在一扇小小的门后面，还有那么几个人，陪你一块儿喝酒，和你随意说话，这显然来之不易。

听啤喝了半打，林黎怀冲表哥说，要不要请嫂子过来？

不好，她一般都……

还是叫一叫，我来那么久也就见她一两面。小林又说，事事有例外，万一，嫂子今天愿意出来见人呢？

表哥一想，也是，表弟堂弟来这么久，老婆躲屋里头，招呼还没打。表哥为难地说，我去叫她，她不一定过来，你们一定要理解……

林黎怀说，去叫一叫，什么情况我们都理解。

家庆也说，去叫一叫，不怕一万，就怕万一。

过好一会儿，门外脚步声重叠，表哥真将表嫂带过来了。进门时并无异常，表嫂的神情一如想象，呆滞而忧伤。家庆和林黎怀一齐站起迎接。

家庆矮林黎怀近一个头。表嫂脑袋抬高看一眼林黎怀，又低下来看看家庆，眼神立时有变化。她目光不再游走，定定地落在家庆身上。家庆只好勾头看看自己，并无异常，再一抬头，表嫂眼光还粘在自己身上，竟有几分温热。

你是……

是家庆。表哥作介绍，小姨家的家庆。

我是傅家庆。

还记得不？我们结婚时候，他还点点大，喜欢捡鞭炮，被炸伤了手指。

记得……不记得。表嫂眼光终于撤走，忽然噙满眼泪。

表嫂坐下，表哥劝她吃点东西，如有心情，不妨喝一喝啤酒。啤酒分冰镇的和不冰的两种，冷热由君。表嫂白眼一翻，幽幽地说，毛坯松（表哥诨名毛坯），你讲，我哪来的心情？我哪能像你一样，竟然还有心情吃夜宵喝酒！

表哥愧疚地说，那是那是。

几个人喝酒，吃菜，表嫂独自发呆；过好一会儿，表嫂独自发呆，几个人喝酒，吃菜。油炸的飞机，一只只飞进肚皮，冰啤酒一浇，冒出一个个暖嗝。那气味，像是油炸的飞机又在房间中飞舞。空调嗡嗡嗡地响，一刻不敢停，凉意却显虚浮。窗外，不远处那一片辽阔的机场，飞机频繁起落，红红绿绿的灯光，从地到天，从天到地。

3

天没亮，家庆走到公交站，迎面一根灯柱，新贴了讣告，说七七一厂五车间老职工某某去世，相熟的人明日傍晚在此集合，有车送去殡仪馆，多少号厅，追思、悼念，恕乏介催。他看这里环境，宽敞广阔，处处方便停灵，但一个规定下来，死人只能摆在特定地方，大家履行程序送一程，开个追悼会，死去的就进了炼人炉。死在城市，悄无声息，仿佛越大的地界，死这回事越小。

家庆踏上开来的公交车，投了币，伴着那一声当啷，背心忽然泛起凉意。

一年前，表哥的儿子海程也那么烧掉。自后表嫂不能上班，成天窝在房间里，伤心又烧脑，慢慢变得痴呆。海程才十一岁，有一天说自己脚疼，又说也不算太疼。小孩爱踢球，要说脚疼也不奇怪，表哥抽时间带海程去厂医院，查来查去，疼的部位拍了片子，医生对着光使劲看，不说结果，建议去市一级医院检查。"当时我心里就咯噔一响，头皮开始发麻！"现在，如果谁愿意陪着表哥说话，表哥就会把相同的话一讲再讲，每个起承转合，都有了固定的表情。果然，到更好的医院一查，查出骨癌。

为什么一查就是骨癌？为什么前面没有一点迹象？为什么一搞就把人搞上绝路？起初面对儿子的病情，表嫂更多的是不相信，不接受，一张口就有一通天问。

没有为什么。忆美，这个世界从来就没有公平，好事落在谁头上谁就笑，撞上坏事只好去哭，不管好事坏事，我们只能面对现实。

毛坯松，你说说，为什么不是你得癌？

忆美，我也巴不得是我。

你是讲风凉话。

你觉得我还有心情讲风凉话吗？确实，你是海程的妈妈，但是，我也是海程的爸爸，只有你或者只有我，海程都不会生出来，不是吗？作为一家之主，表哥既要承受儿子的病痛，也要承受老婆的宣泄。他又说，好吧，忆美，无论你要我说什么，我都按你的意思说。总之，我们要面对现实，我们要坚强！

表哥神情忧伤，但讲起往事又丝丝不乱，绘声绘色，讲自己曾经说的话，是自己嗓音；复述老婆讲的话，就稍微捏起一把嗓子。讲到"我们要坚强"，表哥右手还一捏拳头，每次讲到这里都一捏拳头。

面对海程的病情，表哥表嫂倾尽全力，要钱就卖了老家的房，要药就上天遁地到处找，仍不能挽回。据说这儿子极聪颖，又懂事，临死并不惧怕。到最后一刻，海程从病痛中挣扎着清醒过来，冲父母说话，字字清晰：爸爸妈妈，我对不起你们，不能陪你们。赶紧生个弟弟，一定长得像我，来陪你们。

表哥复述儿子的遗言，嗓音捏得更细，眼泪也一次一次夺眶而出。他个子高，脸显得很长，泪滴也颗颗饱满。

家庆记得，海程走之前一个月，在佴城，大姨也是进入一种谵妄状态，想将海程挽回，于是什么都信。街边摆地摊老头抻起一块条幅，上书"专治晚期癌症，三天见效"，大姨走过去仔细地问，爽利地掏钱。家庆父亲不经意提起，哪旮旯有个草头医，据说能治晚癌。大姨要父亲一定想起这人在哪儿，一定要找到。于是，家庆借个车，和父亲、大姨找寻半天，找到偏僻角落那家神草堂，买了三千块钱神药，全都打成齑粉，装袋，塞满两只 8 磅的水壶，再用 EMS 寄往韦城。街头有 EMS 打的巨幅广告，某短跑名将永远定格在跨栏的一刹那。家庆那一阵止不住地想，这名将一手一个 8 磅水壶，像寄读生下课抢开水。

在海程活过的十来个年头，也有一两次回到佴城，自然都赶过年时节。家庆陪着父亲去了老家农村，和这表侄错过见面。他只在大姨家里看了海程的照片，一岁的，四岁的，六岁的，开着裆，拿着枪，还是拿着枪，再往下就是坐在钢琴前，鼻梁上架上眼镜。在大城市，每个小孩都不会浪费，会有特长，会得到极好的教育，也更容易成材。家庆在大姨家里看到照片，就很喜欢这个表侄，海程一看就是好孩子，好学生，必然有着远大前途。后面听说海程查出绝症，表哥两口子伤心欲绝，家庆也跟着难过。但这难过，仿佛轻描淡写，表哥一家是在遥远的地方承受着苦痛，家庆身在佴城，即使难过，也只是出于礼貌，并不能感受他们的痛苦于万一。他觉得这种难过透着虚伪，只好安慰自己，人不都是这样？欢乐和痛苦，哪能真正分享？

这次他来韦城，见着表嫂以后，再一次打定主意，不住机场镇，就在葵圩找个日租房，把在韦城剩下的日子对付过去。他也跟自己说，不管表哥怎么劝，都是要走，待在表哥家里，那种虚伪的难过就缠绕着自己。

那一晚打牌，家庆又提这事，说还是决定以后一个多月就住葵圩，遇到厨校哪天放休，再赶过来看望表哥表嫂。

那怎么行？表哥把牌一扔，脸色焦急，一时竟无语凝噎。林黎怀也参言，家庆哥，你没看出来，这几天堂嫂的情绪都好起来了？

哪能没看出来？这几天，表嫂每天都现面，昨天还进厨房弄菜，等着家庆赶回。小林说，昨天堂嫂随时都盯着门，盯着墙上的钟，坐立不安，等着你回。

表哥搂着家庆肩头，嘴贴着他耳，问他，在哥这里住有什么不舒服？

没有，没有！

那好，就算哥我求你，你嫂病了一年多，自从见了你，这几天精神就好起来。你不要再说走不走。你在厨校结业，我都想就近帮你找个事，机场镇房子建得稀稀拉拉，人数不见得比俚城少，毕竟是省城郊区，也好发展事业……

不了不了，结业我要回去，帮毛脸大伯做事。家庆说，这一阵，我每天还住你这里。

那好，说定了，以后不要再变。

家庆重重地点头，心里明白，看这情况，留下来仿佛积德行善，离开就是见死不救，天打雷劈。他又想，待在韦城只有三个月，就当是坐牢，咬咬牙也要挺过去。

私下里，家庆跟林黎怀交流更多。林黎怀虽年纪稍小，这些年到处游走，脑袋里装的事情比家庆多，办法自然也多。某天两人躲在房里吹空调，林黎怀就说，家里遭遇大变故的人，特别是碰到亲人意外离世，就喜欢亲人陪在身边，聊天作伴，是一种安慰。我今年年初就来过这里，早就看出堂哥有这心思，对我越是热情，我就越感到压抑，说实话，我早想离开，但还坚持下来，那一次住了半个月。这次小李跟过来，你也住进来，你感受的压抑，比我上次来要轻很多。我们三个人一起分担。

你是好人！我心里也清楚。表嫂对我的热情，也让我心里面……古怪得很。你说这是什么原因？

我也老在想这事，着实蹊跷。那天晚上，嫂子一见你，眼神就不对。讲到这里，林黎怀把家庆上下打量一番，又问，你说说，你个子多高？

一米六七。

体检表上的数字吧？把鞋跟刨一刨。

林黎怀目光如炬地看着自己，家庆无奈，报出准确数字，一米六四。

这就对了。海程个儿高，才十二岁，看上去跟你差不多高。他又细又长，你又瘦又矮，身形有几分像，穿着打扮也撞上了，小翻领T恤，七分裤。

很多人都这么穿。

当然，这也不是穿什么的问题，那天晚上，堂嫂只是盯着你的脸。

那天晚上，我也觉得古怪，她一直盯着我看，我就有些紧张。

为什么紧张，其实你也感觉到了，她看着你，却像看着另一个人。

家庆回忆嫂子那晚的眼神，不甚清晰，既然林黎怀这样说，言之凿凿，家庆就认为他讲得没错。家庆说，你是说，那天晚上嫂子看到我，就像看见海程？

　　是的，那天晚上堂嫂盯着你看，我就盯着你俩观察，我有这个嗜好，喜欢观察。我当时就有这念头，又拿不准。你和海程长得不像，两张脸，各七个窍，没有哪两窍撞山。海程是捡堂哥的模样，我们这边亲戚家里，还有几个小孩，长得跟海程很像，比如鸿宾，还有鸿石，身形、高矮、气质都差不多。堂嫂要找个小孩寄托哀思，按道理，看外貌，不应该找上你。你也就是身高差不多，上下身比例还不一样哩，海程四六，细腿长身；你嘛，典型的五分腿。但那一晚堂嫂一看到你，那眼神流露出来，分明就是看见海程了。

　　这就是没道理了？

　　也是，你想想，一米六出头的成人不多，但这个头的小孩到处找得到，要多少有多少。为什么堂嫂一看见你，眼神会这么古怪？

　　林黎怀一张损嘴，有意无意要来点冒犯。家庆无暇顾及，接着问，小林，你脑子好用，再想一想，到底会是什么情况？

　　这几天我也一直在想，为什么堂嫂偏偏能从你身上看见海程？如果这情况发生在鸿宾、鸿石他们身上，那仅仅是因为相像，看见他们，自然而然就像看见海程，这并不奇怪。但你完全不像海程，堂嫂偏就从你身上看见海程的影子，那应该是……附体。

　　附体？小林，恐怖片看多了吧？你说点有用的。

　　真的，想来想去，暂时还没找到别的解释。林黎怀龇起尖牙，表情一坏，又说，当然，我只是提出我的看法。你要不认可，也来讲一讲。

　　为什么是附体？

　　为什么不是附体？

　　到底什么是"附体"？

　　林黎怀用力想了想……在我看来，有些现象用常规的思路解释不过去，就要找出一个词进行模糊的归纳。就像"命运"——我们对很多现象完全没有把握，说也说不清楚，就只好笼统地说，这是命运。同样，发生在堂嫂和你之前的情况，我们也讲不清楚，但要说是附体，本来没道理的事情，仿佛就有了道理。

4

本来,"附体"只是一件无形无体的东西,一个莫名其妙的说法。家庆当然老早就听说过,应该是在鬼片里。很久以前,那些粗制滥造的港产鬼片,时不时扯到"附体",一个人无缘无故变成另一个人,说另一个人的话,做另一个人的事,人不像人,鬼又不像鬼,让身边的人提心吊胆。现在想想,那都是港产片节约成本的搞法,以最少的钱制造出最廉价的惊悚。家庆从没想过,"附体"这种事情有一天沾在自己身上。林黎怀说起,家庆只是随意听听,看他表情,也是半带戏谑,未必当真。当晚,家庆被林黎怀的鼾声灌醒,再也睡不着,脑袋里老是想着"附体",想起记忆中和附体有关的电影片段,半夜想起这些片段,会比白天多几分惊悚。

窗外很亮,有很多月光或者灯光涌入,照亮窗口不远处一面椭圆形的镜子,泛起一片冷光。借这片光,家庆的目光可以看清房间每个角落,除了自己,还有林黎怀。表哥本来也睡里面的,这时却找不见。家庆侧耳一听,隔壁的小卧室里有窸窣的声响,再一听,有隐隐的哭声。表哥表嫂仿佛习惯了在夜里说话,也许这个时候,他们更容易想起海程,或者离海程更近。

家庆变得清醒,明亮的夜晚让他产生丰富的想法。后来他一点一点盯紧那面镜子,看那片椭圆的暗白的呆钝的光,他忽然感受到一股力量,要把自己拽起,牵引自己走到镜子前面照一照。他拼命打消这念头,也在抵抗着这股力量,摁住自己,不肯起身。他害怕走到镜子前面,照一照,镜子里会变成另一个人。

他知道另一个人是谁。这人印象已有些模糊,他害怕在镜子里陡然清晰。镜子散发的光,是一种冷冷的诱惑,他用力地闭紧眼皮。这夜色让他胆小如鼠。

终于睡去,闹钟响起时,他睁开眼,白天的光芒替换了夜色,充斥整个房间,那面镜子不再显眼,只是房间里一件摆设。家庆站起来,走过去,照照镜子。他当然还是自己。

晚上再回这里,表嫂弄了满满一桌菜,等着家庆进门再开餐。家庆晚归,一桌饭菜横在眼前。林黎怀的目光率先递过来,仿佛是说,你干的好事,让我好等。家庆赶紧说,厨校有吃的,白天练手艺,弄各样的菜,晚上必须吃掉，我肚皮都已经撑得滚圆。当然这是借口。在新实习厨校的课堂上，学员练切工用树叶，所以学校周边的树都倒了霉。或用橡皮泥捏了切，切了再捏成萝卜或者黄瓜，反复使用；练掂勺是用河沙，别的项目也尽量找出代用品。如果全用真材实料，那就不是穷小子学厨艺，而是败家子烧钱找开心。

林黎怀说，肚皮翻出来，看看圆不圆。

表嫂说，学校有吃的，少吃一点，回到这里当是消夜。我们都等你。不等家庆搭话，表嫂一只手又抚摸过来。大夏天，隔着衣衫，家庆能够感觉这手纤细且冰凉。表嫂又说，你还在长身体，不怕消夜长胖。

林黎怀说，人矮，吃胖一点也好，才有体积。又矮又瘦，太不显眼，走在路上你自己不走丢，别人容易看丢。

表嫂杵表哥一眼，表哥也必须发言，便说，是的，我们一定等你。大家凑齐了吃，这才热闹。

于是只好埋着脑袋吃。表嫂坐对面，自己不吃，频频往家庆碗里夹菜。她恨不得家庆的饭碗大如斗箕，怎么夹都夹不满。家庆一开始还挣扎，脸上挂出苦相，求情讨饶，嫂子，真吃不了，肚皮已经撑起来。表嫂一个劲劝菜，嘴上说，你总是这样，要你多吃点，像是害你。家庆还要坚持，肚皮确已撑得难受，特别在这溽热的盛夏，胃口本来就不振奋。

你怎么总是这样？

我本来就吃不了多少。嫂子，我已经二十多岁，不长身体，没那么多消耗。

你怎么总是这样？我讲什么你偏不听。你怎么老喜欢跟我作对？

我、我哪里跟你作对了？家庆这时听出来，表嫂话音已经异样，抬眼一看，她眼里再次噙满泪水，怔怔看着自己。她委屈、无奈、失望，随时准备大哭一场。在她身旁，表哥和林黎怀齐齐抛来怪罪的眼神。

什么都不说了，家庆赶紧往嘴里扒食，梗起脖子往下咽。

连着三天，家庆都吃得撑，肚皮滚圆，躺床上不好动弹。

这天睡前，表哥进来跟他道歉：家庆，你不容易，但要理解表嫂。她的情绪，始终走不出那层阴影，容易歇斯底里。

家庆说，知道。

也就几个月时间，家庆，大哥拜托你，一定要帮这忙，不要跟你嫂子犟，不要抵触。你就当她是一个病人,她也确实……

不说了,哥,我心里明白。

表哥已经无语。这一年来,他也下岗,七七一厂不再生产军械,也不造压力锅。表嫂原本在外企上班,海程死后辞职在家。现在两口子有外债,无收入,这样的日子还不知要持续几时。一想想表哥面临的困难,家庆就骂自己,你每天晚上把肚皮撑圆,又算多大的事?

那天临睡时,表哥塞家庆一个小盒,说,这东西管用。家庆一看,是健胃消食片。林黎怀还没睡,探头探脑地看。家庆吃了三片,将小盒递过去问,你要吗?

健胃消食片?林黎怀摇摇头说,我的妈,我哪有资格吃。

家庆也不理会。林黎怀说话总是这副腔调,哪天他讲话与人为善,没了尖酸气味,那肯定是被别的人附了体。

其后几天,家庆及时赶回机场镇(说及时也是很晚),吃那顿丰富的晚餐,成了必须完成的任务。每次推开门,看到他们四人等待自己,家庆心底也有感动,更多了五味杂陈。他有一种脱不了身之感,表嫂的眼神,表哥的无奈,小林时时翘起的嘴角,都在这小小的房间里发生某种化学反应。一上桌,这种难以脱身的痛苦,就变化成为一种使命感,往嘴里扒饭,要用力,嘴要张大,还要显得挺享受。即使有空调,家庆额头也不停地沁出汗,用力、张大嘴、显得享受……每一份故意,都消耗着体力,增长了体温。表嫂眼尖心细,守在一旁给他擦汗,一有就擦,还有再擦,擦得家庆甘心情愿淌出更多汗水。

隔得近,家庆也不时闻到表嫂身体的气味,最容易分辨的,是有一股伤湿膏的成分。伤湿膏的气味,是一种异常忧郁的气味。

表嫂给家庆擦着汗,他眼睛却看向林黎怀。还好,小林在跟小李撇嘴,因为小李打算将食物喂给小林。

每晚吃饭时候,表嫂都要问,什么时候,你们那里放假?一个星期?家庆摇摇头,说,没个准,要看学校安排。每个月,也就两天休息。大家老远赶来韦城,多待一天,多一天花销。表嫂失望,说,那就等吧。定下来,告诉我。

有事?

我们一起出去走走。表嫂说，整天闷在镇上，不行的。有空我们一起出去走走，包括小林，他倒是随时有空，就等你。

表哥的眼神又杵过来，生怕家庆不配合。现在，表哥总是忧伤又满含期待地看着别人，怕他们忤逆表嫂的心愿。表哥这眼神，已经操持得到位，适时地杵过来，如芒在背。家庆心里也说，拜托学校，早点给个假日。学校说是每月两天休，具体怎么安排却是临时决定。家庆也想到请假，但这念头总是一闪而过。

5

放休的日子，不急不缓地来临。表嫂起来很早，敲响这边门。那天林黎怀和小李也待在家，人全部被叫起来。早餐已经备好，整齐摆在桌上，每人一份。饭后，五人一齐出门，小李个儿也不高，整体看上去，是三长两短的格局。

表嫂将这天的行程作了精心安排，动物园、韦城海底世界、大韦山公园……行程安排紧凑，线路和时间表也合理规划过。表嫂恨不能执一面小旗，导游般地引领大家。

出门又是坐公共汽车，赶到动物园，下车。售票窗有长长的队列，大都是大人带着小孩，小孩小到可以扛着搂着，或者跨骑在脖子上。而他们五人，全都成了年，看起来颇有些不一样。家庆跟自己说，这么多人都是看动物，有谁又觉得你们五个不一样？你这是神经过敏！

从昨晚开始，家庆便开始紧张，知道放休这一天比上课还累。昨晚上表嫂将行程宣布，他只管听，根本没想到要提些意见。表嫂似乎还征求了他的意见，家庆，动物园去过吗？没去过？那一定要去，里面有懒猴、老虎、白狮子、山魈、长颈鹿和小熊猫。家庆点点头，他知道自己并不感兴趣，虽然他一次也没到过动物园。不一定每个人一生当中都要去一次动物园，人活着不是为了逛动物园！但家庆什么也没说。

表嫂见家庆点了头，又顺嘴来一句，对，都是你喜欢的。

都是我喜欢的？家庆稍微一愣，马上说服自己，喜欢就喜欢嘛，有什么大不了？于是，又把头点一点。

票自然由表哥买，他高高的个儿，在队列中缓缓向前。表嫂一把抓住家庆的手，拽他走到一棵细叶榕的树阴下，一绺绺气根垂在他头上。阳光浅浅地涂抹下来，有几个家长抱着几岁大的、娇嫩的小孩在树下躲阴。家庆稍用些力气，想将表嫂的手挣脱，表嫂似乎并不在意，但她的手却抓得更紧。林黎怀和小李站在两丈开外的地方，似乎一直盯着这边看，林黎怀嘴角似乎在笑。

表嫂手一扯，他就跟着走。

林黎怀和小李本来在后头，入园后就挤到前面。林黎怀冲着家庆认真地一笑，再郑重地拉起小李的手，前后摆荡，以吸引家庆的注意。随后，两人故意落到后面，拉开一两丈距离，一路跟随。于是，这五人就分成两拨，前面两长一短，后面一长一短。表嫂的手始终拽着家庆，还不时掏出纸巾，擦去家庆额头若有若无的汗水。表嫂指使表哥买冰激凌，说"就要一直吃的那种"。表哥转身待走，坚决执行命令。表嫂忽然想起什么，又说，算了，不能让他乱吃东西。表哥为难地看看家庆，家庆不看表哥。表哥凑近表嫂耳根说些什么，然后过去买了三个冰激凌。他两口子不吃。

表嫂一直拽着家庆。她这天穿了网球鞋，平跟，他仍是矮她差不多一整个头。在动物园，家庆没有期待，没有惊喜，一路跟随表嫂的牵引，她指到哪里，他就看哪里。他觉得那几只山魈看自己的眼神，也是有些古怪。而林黎怀和小李，似乎兴致不错，他们不看动物，而是盯着家庆。他俩时而交头接耳，主要是林黎怀讲些什么，小李负责咻咻地笑。他俩舔着冰激凌，也舔对方的冰激凌，仍然没闭上嘴。

家庆的头皮忽然就开始发麻。他把剩下的冰激凌一口吞服，一阵凉意冲上耳根，再到脑门，头皮瞬间一紧缩，仍是发麻。

出了动物园，快到中午，表嫂仍按原计划，去到相邻的海底世界，看完再吃午饭。家庆已经习惯了牵手，他俩时时牵在一起，有时是表嫂捏着他胳膊，有时两人的手像幼儿园小朋友一样拉起来，有时是两人的手指绞起来。她的手颀长，他的手粗短，这些手指绞得再紧，也没有亲密感。家庆感觉有些费劲，绞一会儿就绞出了油汗，把注意力放到别处，这时肚皮就饿出了响声。从头顶游过的那些斑斓的海鱼，让他不时想找一支大号铁扦，串起来烤。

表嫂严格按照计划好的线路走，当然，也有临时起意的决定，比如从海底世界出来，站台上等着公交，表嫂不经意看见马路对面有一家"伊纯"品牌店。

过去看看。她对众人说。

一路都是她在安排，别的人只管听从。家庆不关心服装，反正任何成品裤买到手里，都要剪老长一截裤管。他对伊纯这牌子还是略有了解，运动加休闲为主调，算是品牌，价格媲美地摊，半大不小的孩子专享。他心里还说，表嫂心态倒还可以，喜欢伊纯。正这么想，表嫂就在店门口冲他招手，叫他过去。家庆头皮又是一麻。这一阵，他像是被重庆火锅汆过，随时发麻。

家庆走进店里，表嫂行事麻利，挑好几件衣服，全都挂在右臂。她冲他说，这几件都好看，来，试试。

家庆摇摇头，说不用。

怎么不用？表嫂疑惑，又说，你一直都喜欢穿伊纯的衣服。

家庆想说我从来就不穿"伊纯"。话没说出来，左右各有一只手，按在肩上，掐在腰际，都是提醒他，讲话要注意。不需扭头，家庆已然感受到，表哥那两行满含忧郁、满带哀求的眼神又压了过来。他不但头皮发麻，脸皮还一抽一抽的。林黎怀弯下腰，扶着家庆的肩，亲密无间样子，轻声告诫他，你要记住，在嫂子面前，你会突然就不是你，你是另一个人。

那个词，此时在脑海中电光石火般闪过。家庆便告诫自己：这时候，你是另一个人！

于是，他接过表嫂递来的第一件衣服，稍微瞟两眼，就说行。表嫂照着家庆的身背比一比，显大，换成小号。表嫂替他逐件地试，表哥还有林黎怀在一旁不时点着头，说这件合适，这件也合适，仿佛家庆变成一个衣服架子。衣服挑出一小堆，表嫂毫不犹豫，一边掏钱，一边还说，伊纯就是适合你穿。

走出商店，前面铺出一条斑马线，那一头亮起绿灯，还跳秒，剩十余秒。表嫂转身向后，两眼焦急地寻找家庆。看见了，扬起一只手，急促地、用力地一招。家庆来不及想，来不及犹豫，赶紧往前蹿，老早把手伸长。表嫂拉着他过马路，两人一溜儿跑，表哥在前面带路，林黎怀和小李在后面掩护。那绿莹莹的表盘快速跳着字，六秒，五秒，四秒……最后一秒，过完马路,表嫂长长地吁一口气。这马路过的,简直是美国大片屡试不爽的最后一秒拯救。

马路已穿越,家庆用了些力气,要挣开表嫂的手。表嫂回过神还愣了数秒,才将手放开。到这时候,家庆认为自己已超额完成任务,已仁至义尽。接下来的时间,接下来的行程,家庆有理由拒绝表嫂的呵护,独自走路。

再一走,五人就拉开了距离,分成了三拨,队列变成:两长、一长一短、一短。

6

厨校很快又放休一天。每月两天放休,有时好久不放,有时连着放。

那天表嫂带着家庆去韦城市区逛了一圈,不管家庆心里对此保留了什么样的印象,表嫂倒是来了情绪,不几天就问家庆,你们学校哪时候放休?

刚放休。

哪时候放假,我们去远一点的秀灵寺,那里面很灵。

我们刚放休。

家庆讲话勾着脑袋,像做错事的孩子。他当然不会跟别人说,那天放休,第二天早起搭车赶去葵圩,心中竟是说不出的松快。早班公交很空,扭头往后看看,背景深处仍有飞机在灰蒙蒙的光线中起落,整个机场镇,此时都缄默地浸泡在清冷的晨雾当中。公交慢慢往前晃,拐个大弯,机场镇消失,家庆感觉是一场逃跑行动。他不想再回这里,但他只是想想,心里念着,毕竟是一天少一天,待在韦城统共也就三个月。

如果日后回忆,三个月的时间,瞬间就在脑海里过一遍。但在事发当时,每一天都要克服某种心理障碍。

这天放休,家庆照样早起,或许因为做贼心虚,晚上没睡好,起得比平时更早。表嫂帮他弄好早点,牛奶、鸡蛋和自己摊的锅块。他煞有介事地狼吞虎咽,然后出门去赶公交。车一动,他感觉仍像是逃跑。逃跑,以前他一直认为是一个狼狈不堪的词,专门贴在国民党蒋匪军或者日本鬼子的脑门上;现在才发现,里面竟有很多妙不可言的东西。

赶到葵圩,时间尚早。新实力厨校租用省农机中专的一幢教学楼开办,省农机中专放暑假,新实力才会显得较有实力,扩大招生。家庆赶到时,教学楼大门还没开，又等一等，门一开径直走向自己那班的教室。不光他，还有不少同学待在教室。他们可不像高中生，是温习功课，备战高考。每间教室里都开起好几桌牌，有的还买来塑料麻将，铺层报纸也能搓出哗哗的响。放休时的厨校，比平日更多几分热闹。家庆不常来，来了同学们也欢迎，打牌不愁人多，就怕凑不够数。家庆上哪桌都是一样，在这里打牌，虽然也有彩头，但输赢都很小，每手进出块儿八毛，一天下来进出不过几十。这点钱，相较于一个刚从苦难境地逃跑而来的人，实在是微不足道。甚至，家庆还感谢有那么一帮同学，适时地陪伴着自己。学厨师大都是读书成绩不好，家庭状况也不好的人，大家凑在一起，有那么点同甘共苦的意思。

家庆选择了三打哈。四个人抓两副牌，铺八张底牌，抓完叫分当庄，换那八张底牌，一人对付余下的三家。家庆脑子不是很聪明，打牌也不事声张，却打得很稳，多少还能赢几块。赢多了也没意思，要管盒饭。同学间打牌，主要是为了消磨时间，再就是一团和气，增进友谊。家庆多少也有算计，既要赢几块，又不能赢到管盒饭的地步，要把握好这个度。打牌便在一种欢乐祥和的气氛中进行，教室里有此起彼伏的叫嚣声，有人把牌砸得很响，有人输了会朝天骂句脏话，都无伤大雅。

这时，表嫂悄无声息地出现在桌边……当然，这么说并不准确，表嫂确实是不声不响地往外走，但她作为一个女人，长得像竹竿一样高，到哪里别人都不会熟视无睹。她一进来，很多同学就注意到了，家庆却没看到，他一门心思在把握赢钱和管盒饭之间的度。别的同学看到这个女人走到家庆身旁，他们都没看出这两人什么关系，家庆手中的牌被表嫂一手撸了过去。

……你骗我！

她无尽失望。她又伸出长长的手，一抹，桌上摆起的牌全被抹了下去。她冲另几个发蒙的学生说，你们怎么能这样？你们把他带坏了！

没人吭声。这女人个儿高，来历不明，表情凶狠，气势汹汹。这一帮二十来岁的愣头青，哪知道是什么情况。

表嫂！

家庆叫一声，别的人就更恍惚。这高个女人，女朋友不像女朋友，也肯定不是家庆的妈，没想到竟是表嫂。一想又不对头，一个表嫂哪会操这份闲心？其中必有隐情，年轻的头脑都喜好想象。平时在班上不显山不露水的傅家庆，此时忽然成为关注对象。而家庆，他没有任何选择，站起身往外走，又是一次逃跑，逃离同学们的眼光。他享受不声不响地活在人群当中，这一个多月时间，他也基本达到了自己的目的，但这一下，表嫂让他昭然若揭，前功尽弃。他走出教室，走出教学楼，直冲着校门而去，要把表嫂甩在后头。但这也不容易，虽然他频率很快，但他的腿短，表嫂跨一步几乎等同他跨两步。快到校门时，表嫂已经赶上他，手一伸，就抓住他一条胳膊。

他不敢用力挣扎。

你怎么能这样？

我怎样了？

你怎么能这样？明明今天也放休，你还偏要装作有课，起得比平时还早。你当我这么好骗？我只要给你们学校打个电话，什么情况就一清二楚了。

我过来找同学玩一玩，我不喜欢和你们待在一块儿。这有什么错？

不喜欢和我们待一块儿？表嫂剔剔眉，审视着家庆，操起愈发严厉的声音，你一直都不这样，你不能被那些野孩子带坏了。你一直都是最听话的。

我一直我一直，我一直怎么样，我到底是什么东西，你根本就不知道。家庆佘了佘嘴皮，没忍住，继续说，我又不是你家夏海程。

你不是……我知道我知道，你是毛坯松的表弟，你叫家庆。表嫂恍然大悟似的，而那张狭长的脸，像捏皱了的卫生纸，且在进一步变皱。家庆看着表嫂脸色变化的过程，忽然又涌上来一大片羞愧。他觉得自己对不起表哥，对不起表嫂，更对不起海程的在天之灵。再过一会儿，表嫂就抽泣起来。家庆想到两人还没有走出校门，站在这个位置，同学们趴在教室外的栏杆上，能清晰地看见。家庆赶紧挽住表嫂的手，想把她拉向外面。

当然，此时嘴也要予以配合。家庆说，我错了，我……

你有错没错，其实不关我事。表嫂停止了抽泣，身体随着家庆的牵引而动。只消几步，走出校门，再转个弯，家庆就放心了。

我跟你回去。

不要让你为难。那帮野小子还等着你回去，接着打牌，赌博，不务正业，荒废青春！

不，我跟你走！

你为什么跟我走？

因为、因为表嫂关心我。

这就对了，你是个明白人，我感到很欣慰。表嫂把手搭在家庆肩上，搂着他靠近自己。家庆很配合，像个孩子似的依偎着表嫂。他的脑袋几乎就在她腋窝下面，他的脸好几次撞到她的一排肋骨。表嫂很瘦，那排肋骨隔着单薄的衬衣，也能显露它的锋利。

两人刚走到公交车站，229路车就晃晃荡荡地来了。两人上了车，除了司机和售票员，就他们两人。这个时间真是不早也不晚，赶得巧，公共汽车都变成他们的专车。即使车内宽敞，座位到处散落着，她还是要半搂着他，似乎只有一刻不停地搂抱，她才感到安心。

7

离机场镇还有三站，表嫂把家庆肩头一掰，示意下车。这一站名叫"枧湖东"，下去走几百米有一片湿地公园，水中是莽莽苍苍的芦苇，岸边每一棵细叶榕都撑开巨大的伞穹，围着树干有一圈用角铁固定的木椅。表嫂又把手伸来，家庆接住。他已然适应了牵手，若表哥在一旁，尤其是林黎怀也在，心里多少会有疙瘩，而现在，只有他和表嫂。正午，阳光肆虐，湿地公园弥漫着一股水腥，视野之内只有他俩，没别人。两人在公园转了一阵，家庆看出来，表嫂一直在努力回忆着什么。当她走近一棵树，便眯起眼睛仔细打量，觉得不对劲，又挽着家庆走向另一棵树。终于，她找见了记忆中那棵树，尽管在家庆看来这些树本就长得跟国旗卫士一样雷同，还经过修剪，不让任何一棵树显露出特征。

表嫂坐下，无须指示，家庆也贴着她坐下。树阴浓密，湖面还有风吹来，竟是丝毫不热。

以前，你表哥喜欢带我来这里，那时候我们还没结婚，其实我有很长时间没打定主意嫁给他。

表嫂看着湖的远处，讲起往事。

追我的男人很多，甚至有矮我两个头的，也敢来追我。当然，也有很多比你表哥优秀，你表哥毕竟只是一个工人，但那时候，我们都很单纯。

她陷入往日的情绪，讲起初恋（并不是和表哥），她皱巴巴的脸就现出一丝甜蜜，甚至有了一抹红晕。转眼，她的表情又变得沉重，告诉家庆，后来海程也喜欢陪我来这里，他很喜欢这个公园，有时候，还能到水边翻出一两只螃蟹。他喜欢螃蟹，所以他从不吃螃蟹，大闸蟹也不肯吃，他是一个充满爱心的孩子，但是他为什么死得这么早？

表嫂眼角又噙起泪滴，翻滚欲出。

家庆坐直身子认真听，像是回到读书的时候，抢当好学生。表嫂絮絮叨叨地讲述往事，一下子是甜蜜的爱情，一下子又跳切到爱子不幸的经历，一下子又说起别的毫不相干的事。她似乎并不需要家庆的呼应，只要他作为一名听众，沉默地听下去。家庆既然坐在一旁，不搭几句下茬就会心虚，担心表嫂以为自己没有用心听。于是，他嘴里不断发出这样的声音：噢……哟……是嘛……噢……

风景纵是不错，在大太阳底下亮得团团发虚，盯着看一阵也累。无论家庆下了多大的决心，要将表嫂讲的话认真听下去，他还是不断走神。听着她讲表哥，家庆脑子里或许浮现某部恐怖片的场景；听着她讲海程，家庆脑子里没准出现的是《动物世界》里某种憨态可掬的动物。

很快，家庆就累得不支，想挺过去，愈发没有精神。没有办法，无论谁看着单调的风景，同时听着纷乱杂沓的叙述，都会很快进入睡眠状态。这或许是人必须具有的某种趋利避害的本能。家庆左右为难。睡，还是不睡？这真是个难题。表嫂此时情绪很是饱满，嘴皮一刻不停，还不知要说到什么时候。

你是不是累了，想睡？表嫂瞥了家庆一眼，知冷知暖地问一句。

家庆不敢跟她客气，顺势点点头。

是的，你一般到中午都要睡一会儿。

家庆仍是点点头。他没有养成午睡的习惯。他还年轻，这几年下岗闲在家里玩游戏，除了没钱就没别的压力，凭什么中午还要睡一把以补充体力？他体力有富裕，真想卖一些给那些成天忙得连轴转的人。

既然想睡，就睡，不要勉强自己。

家庆脱了鞋，要在长椅上睡下。表嫂又说，来，把头枕到这里。她还拍拍她屈起的长腿。

不了，就这么睡。家庆将手指交叉往后脑勺一兜，就成了个便携枕。

命悬一丝

他把两眼闭紧,似乎想抢得先机。但表嫂不是一个好糊弄的女人,她冲他说,你今天怎么搞的?

什么怎么搞的?

以前你最爱枕到我腿上,我好帮你撵蚊子。这里蚊子多,毒,一叮一个肉嘴,几天都消不了。

嫂子!家庆认真叫了一声。

又怎么了?

每个人有每个人的习惯,我不喜欢睡在别人腿上,也从没睡在别人腿上,我会感到很别扭。再说我脖子很短,枕高了,容易扭着脖子。

表嫂看着他,良久没有吭声。他意识到,人必须得清晰、准确、充分地表达自己的意思,这可以减少不必要的麻烦。总结完经验,家庆再次郑重地将眼睛闭上。凉风,蝉噪,适宜睡觉的环境,家庆却好一会儿没有睡。他慢慢放松了警惕,头脑中的意念刚开始转化为梦,果然,耳畔一声炸响,再过十数秒,家庆确定自己吃了一巴掌。

真的有蚊子。

表嫂摊开手掌,证据确凿,这一巴掌绝非寻衅滋事。

嫂子。家庆怔一会儿,又说,我们回去!

不行,你刚睡下。

表嫂一边说,一边贴着家庆头顶坐下,不容分说捧起他的脑袋,往自己一侧拨了拨,像是拨一棵大萝卜。于是,家庆顺这股力道挪了挪屁股,脑袋再往后一枕,准确地落入表嫂计划好的位置。这一切行云流水,仿佛彩排了很多次,以致家庆没能拒绝。表嫂的腿很长,且不粗,拿来当作枕头,弹性也正好,基本算得上舒适。家庆就这么躺了上去。小叶榕的叶片挤挤轧轧,密密麻麻,但仍漏下几丝光线,有绿豆大的一个光斑,正好贴到家庆左眼皮上,表嫂先是用手遮挡,然后将腿微微挪动,不让那点光斑干扰家庆睡觉。家庆一睁眼,表嫂的目光正居高临下流泻下来,慈祥地沐浴着他。家庆只好再次闭上眼。

大多数时候,表嫂身体向后靠紧椅背,但她显然没睡。夏天,飞虫如此之多,表嫂提高警惕,随时驱赶,不让任何一只侵犯家庆的身体,哪怕仅仅是降落到家庆肩胛上稍作停留。当她身体往前倾斜时,胸脯就顺势堆

附体

在家庆脸上。平日看上去,表嫂仿佛是个没有胸的女人,其实不然。当她这么坐着,身体再前倾,胸脯就随着自然下垂的力量,滚动而出。表嫂时而后仰,时而前倾,她的胸脯不时地贴过来,家庆感到一阵阵暖热。

　　反复几次,家庆再怎么闭眼,脸上的触觉已经变得敏锐。家庆等着感受那一份弹性,更多的,却是闻见伤湿膏的气味汹涌而来,漫无边际。家庆知道,此时想要睡着,几乎不可能。他不动声色地展开联翩的浮想:既然表嫂一定要把我当成她儿子,如果她一念恍惚,掏出一只乳房,递过来,喂给我,这如何是好?

　　这样的想法,纠缠着家庆,且有极强的自我繁衍能力。过了不久,家庆发现自己下身有了反应,脑袋嗡的一声就炸了。他穿着短裤,绷在肚脐眼下面。要是下身彻底地反应开,撑起来,这短裤遮挡的作用有限。更要命的是,他躺在表嫂的腿上,表嫂两眼探照灯似的盯着蚊虫,同时也紧密监视着家庆。如此一来,到时家庆想出手相救,将那东西掰弯了塞回去,也困难重重。家庆提醒自己,马上处理这个问题,刻不容缓。于是,他岔开心思想别的事,而且尽量要想难过的事情,以浇灭身体内这股不期而至的邪火。难过的事情倒有现成的,家庆去想那个海程。在表哥家里待这么久,他并没看见海程的照片,估计是故意收了起来,以免表嫂不经意地一瞥又翻起旧痛。因为记不清海程长相,家庆再怎么费力,这事情仍跟自己关系不大。人的欢乐容易传递,能说会道的人,讲讲笑话,很多人会捧起肚皮,前仰后合。但是,痛苦的感受却相对私人化,难以交流。比如谁得癌症,再怎么跟旁人描述他的巨痛,别人嘴上安慰,心里却还嫌他啰嗦。

　　家庆发现自己的阴茎在长,一点点生长,像一颗泡发的种子,遭遇适度的空气和温度。他思考良久,仍是不敢伸手去掩饰,他就让它这么长起来,身体的一部分,和整个身体形成了直角。他闭着眼,静静感受表嫂是否发现,有什么反应。她从未睡去,时不时又往前一仰,胸脯滚出来,然后,胸脯滚回去。

　　过了很久很久,家庆仍是未睡,但能感觉表嫂已经睡了。他微微睁开眼,表嫂是往前趴着睡着的,她用一截前肘,阻碍了家庆的脸和自己的胸发生直接接触。表嫂的不少发丝垂在家庆的眼前,家庆看得清楚,表嫂的黑发与白发缠杂在一起,花花麻麻,几乎各占一半。他眼角一抽,仿佛又看见几绺头发瞬间变白。

不久,表嫂就找到了事做。她已经辞职一年多,待在家里,什么也不想干。如果她想干活,有人等着聘她,因她看着像是打篮球的,其实是高级会计师,干份兼职也能赚钱。表嫂找到事做,倒不是挣钱,她去的那家公司离葵圩近,上班时间又自由,早上跟家庆一同出门,下午掐着时间搭公汽赶往葵圩镇,接家庆放学。

她第一次是径直走到厨校里面,家庆的班级门口,听一个姓蔡的师傅用嘴讲各式牛排的煎烤要领。没有实物,也没有替代物,只能纸上谈兵,所有人都昏昏欲睡,但表嫂站在窗外听得很认真,慢慢地,睡着的同学都睁开眼,齐刷刷往外面看。有人就冲家庆说,家庆,你妈接你放学。

家庆睁眼一看,笑一笑。这也没什么可解释的。

回去的路上家庆就和表嫂商讨,请她不要再来,他已成年,无须有人接送。表嫂脸色为难,说正好成天没事做,从机场镇坐车到葵圩,一路看看两侧的田野山岗白云清风,心情会好很多。她不说是接他。家庆没辙,只好说,那你就到学校外头,我到时走出来找你。

经过讨价还价,这事两人各让一步,每次放学在厨校大门一侧的烧仙草店门口碰头。表嫂每天都穿不同的衣服。她以前就爱买衣服,都堆在衣柜里,现在每天一换,把从前的自己找出来。她还去染了头发,全都染黑了,乌黑油亮,并扎成两条辫子,每一条都很粗。她往脸上描淡妆。所有的努力都不会白费,表嫂正一天一天变得年轻,本来凹下去的脸颊又弹回了原位。她时而哼起老歌,她喜欢哼"跑马溜溜的山上"。

于是,家庆心情也相应起了变化,某一天他突然发现,自己还是蛮享受表嫂来接放学。虽然这让自己显得小,毕竟是有人关心。他远远地看着表嫂耸立在那里,朝她走过去,心里偶尔会想,以后有了女朋友,她在某个地方等我,我走向她,心情将会是怎样?

如果时间早,公汽一路没挨堵,表嫂便会在"枧湖东"下车,去到湿地公园坐一阵,等到太阳落山,再带着家庆回家。这时节白天挺长,两人在湿地公园经常待上两小时。表嫂时而关切地问,累不累?家庆一般都说不累,偶尔心子一颤,说自己累。于是,他又可以拿表嫂的腿当枕头,睡一小会儿。表嫂的胸脯仍然会汹涌而来,弹在脸上,又退潮般消去。家庆早已适应，有时候会睁眼仰看表嫂，而表嫂回敬以慈祥的笑容。那个念头也反复出现多次：表嫂将外衣和乳搭子捏在一起，往上一撩，乳房就蹿出来。吃，还是不吃？这不重要，只要想想这个动作，家庆心底就会激起层层涟漪。

当然，家庆懂得自制，每次枕在表嫂的腿上，想象贴着表嫂的身体蔓延开去，稍过一会儿他脑袋便受冷似的抽一下，同时提醒自己打住。他跟自己说，女人的乳房，无非是一大坨肥肉上面点缀一丁点瘦肉，为什么老想噙在嘴里？即使有这想法，世间万千女人，我怎么能冲着表嫂来？即使她主动递过来，谁又能承受她如此忧伤的乳房？

道理一讲都通，家庆好不容易说服自己，打消脑袋里丑陋的念头。同时也悲哀地知道，只要跟表嫂在一起，只要还枕着她的腿睡觉，这些想法必然再次冒出来。

8

这天晚上林黎怀请客，不是买一堆油炸食品和听啤，而是要拉大伙出门，打车到30里外的阚角古镇吃臭鳜鱼。

林黎怀提前一天就打招呼，家庆哥你明天早点到，翘课也要早点，八点准时出发，喝个痛快。这是一场为了告别的聚会，林黎怀晋升为公司总部的销售主管，要去300公里外的宾城坐办公室，从此有小秘端茶倒水或者投怀送抱，再来几个小弟，当成狗一样呼来唤去。林黎怀自己讲的，这就是他的人生理想，庸俗，但那些高雅的东西，就像小李一样，天生跟他尿不到一壶。此次升迁，显然离他的猪栏理想又近了一步。小李不这么看，她坚信林黎怀有着高尚情操，只是理想未成之时做些玩世不恭的模样。林黎怀暗自跟表哥和家庆说过，看出来了吧？这个小李，她天天想着怎么挽救我，我逃出了老家，还是躲不开一个妈，你们说我日子苦不苦？

林黎怀要走，小李当然无怨无悔地跟上。虽然林黎怀一张臭嘴时而伤人，但他此时要走，家庆心里也是舍不得。有林黎怀在，有小李在，表哥家里的阴郁气氛就多几个人承担。

这天，表嫂照接家庆放学，两人跨进屋，七点半刚过。表哥和林黎怀、小李早已候着，等人来。马上要去夜宵，表嫂说累，不想去。表哥也不多劝，说，我们几个出发。事实上，表嫂不在，晚上喝酒肯定更有气氛，林黎怀可以尽情使坏,说话毫无忌口。表嫂往那儿一坐,眉眼中的悲哀幽怨,对别人的情绪总归是一种抑制。林黎怀拉开门,众人正要往外走,表嫂跟家庆说,你留下来陪我。

家庆不吭声。

表哥说,林黎怀要走,家庆跟他也相处这么多天,兄弟一样的,是要送送。

表嫂说,他还小,不要喝酒。你们不要把他带坏了。

林黎怀说,家庆比我大,我老老实实叫他哥。

表嫂说,都走吧,都走吧,留我一个人在家里。

表哥说,忆美,你也可以跟我们一起出去吃。

是啊,你天天都可以吃吃喝喝,我没有心情。

你最近一直都很有心情啊,今天怎么就……

我有什么心情?毛坯松,你家来这么多客,我强开笑颜,好好待他们。你摸着良心说说,海程一走,我哪还可能有心情?

忆美,你是不是累了?早点休息,我和他们出去一会儿。

家庆留下来陪我。

家庆为什么要留下来陪你?忆美,你要讲讲道理。

毛坯松,碰到你这么个通情达理的男人,我要太讲道理,简直让你没有发挥的余地!

小李赶紧插进来说,不去了不去了,今天我们都早点休息。

林黎怀把小李一扯,说,这儿有你什么事?说好的,为什么不去了?

他这话当然不光是讲给小李听。表哥一脸无措,搂着表嫂的肩,好说歹说把她哄进那间小卧室,关上门。两口子一阵密谋,房内的声音时而要爆响起来,却又一次次压下去。林黎怀、小李还有家庆,在门外面面相觑。此时,这屋子里气氛太沉闷,不出去喝喝酒消解掉,实在难以过夜。

终于,门开了,表哥径直冲着家庆说,家庆,你好好讲,你想不想去宵夜?

想!

看吧看吧,他自己就这么说,是你理会错了。

门虽然开了,家庆看不到表嫂的脸,也不敢看。

阆角的夜晚熙熙攘攘,是韦城著名的旅游景点。家庆也看不出有什么好,说是古镇,水面流溢着油彩,空气中有幽微的腥臭,还不能理会,越理会这股气味越是沁人心脾。再说，每一处古镇仿佛都是这种格局。

但是这夜，换一个地方，几个人心情一齐得到放松，喝酒也快，转眼啤酒喝下一打。表哥状态来得最早，酒嗝时不时喷出一个，难以自控。再有一会儿表哥脑袋一歪，趴桌子上便睡。趴着睡，也喷出鼾来，表哥的鼾声和臭鳜鱼的臭味相得益彰。本来这点臭是恰到好处，诱人食欲，但伴以鼾声，家庆老觉着这臭味是表哥鼻孔里喷出来的，自然就把筷头一甩。林黎怀要发动，便和他碰一杯。

家庆哥，我们一走，就剩下你一个人陪着嫂子了。

什么话？小李说，还有堂哥，你们三人。

是啊，你们一家三人，现在聚齐了，多我两人还碍手碍脚。我俩也该离开了，要不然真是自讨没趣。

你怎么这么讲话？

你心里巴不得我走是吧？林黎怀招牌似的坏笑，在酒精作用下更多一层夸张的效果，嘴角几乎能扯到耳根。

小李嗔怪地说，林黎怀，你又喝多了，人家为什么要巴不得我们走？

为什么？你们女人，真是看不出事情。林黎怀说，家庆哥，现在经常和嫂子去枧湖公园逛一逛吧？

你怎么知道？

要想人不知……呃，不是那个意思。我只听堂哥说，以前海程喜欢去那儿玩，表嫂就经常带他去。以前带海程去，现在带着你去。家庆喝了些酒，瞪着林黎怀，脸色渐变。林黎怀作着笑脸，尽管是坏笑，且及时地端酒找碰，并说，不要不好意思嘛。附体这种事，一开始总有些不适应，你毕竟是你，忽然要变成别人，有一个接受的过程；但一旦适应过来，发现当另一个人，就有另一个人的趣味，你就慢慢能够适应了。

家庆没再吭声。林黎怀讲的损话伤人，但又不无道理，他的阴损在于他有一种古怪而犀利的眼光，将人看穿。家庆知道，林黎怀和小李的离去，确实让他有了矛盾的心情——既感到孤独无助，又有一种说不出的轻松。不知不觉间，他已习惯与表嫂相处，比如在湿地公园里，他习惯了将头枕在她腿上，在夏日午后的阴翳和蝉噪中睡去。他知道表嫂对自己的关爱，出于一种病态，但毕竟是关爱，一种来自女性的特有的母爱。家庆也缠过自己母亲，那是很小时候的事情。后来，天天去别人家打牌的母亲，早就把母爱和钱一样，输了个精光。但表嫂毕竟不是亲娘，家庆和表嫂在一起时，老在疑心有一双眼睛，自某个角落长久地注视着自己，这双眼睛下面隐藏着一口坏笑。这个人，只能是林黎怀。

这晚的送别，家庆就始终没搞清楚，自己到底希望他俩走，还是不走。

在小李不断催促下，两人结束了喝酒，费尽力气将表哥弄上一辆的士车，回到机场镇。林黎怀所在的公司，指定了司机接他去宾城，这样，所有的行李都可以一并带去，减少转车搬运之苦。他们吃夜宵这晚，公司的司机正好从宾城来韦城。司机跟林黎怀打好招呼，次日尽早出发，赶回宾城还有重要的接待任务。

次日一早，林黎怀和小李起得跟家庆一样早，行李早已打点，司机也摸黑将车停到这幢楼下。彼此相处月余，这天分开真不知哪时能见面，有可能这辈子再不见面。家庆能做的，只是帮助搬搬行李。行李打包有五大箱，三人各搬一箱后，剩下两箱，自然成林黎怀与家庆的事情。楼道转拐的地方，林黎怀的嘴又控制不住，问家庆，你说说实话，是不是巴不得我走？

我为什么巴不得你走？

你现在有了一个妈，我们不在，你才好放心地吃奶，不是吗？

林黎怀也许是开玩笑，也许知道更多东西。难道他跟到湿地公园，暗中观察我？家庆脑袋嗡嗡地作响，又想，即使开玩笑，有这么开的吗？家庆想想这一段时间，既要承受表嫂变态的母爱，又要躲避林黎怀满是讥讽的眼神，心里忽然布满了委屈。他想，什么他妈的附体，要是海程在天有灵，为什么不附体到林黎怀身上？难道这鬼魂或者幽灵也看出来，就我最好欺负？

在他岔神想事的一刹那，林黎怀抢先一步走到前面。天还没亮开，楼梯里布满暗影。林黎怀走到楼梯拐角处，一转身，看出家庆脸色有变。

……兄弟，刚才算我瞎说。林黎怀意识到自己玩笑开得过分，想要缓和气氛，但所有的话从他嘴里迸出来，都免不了一股尖酸的气味。他又说，嫂子主动喂你吃，你不要客气，就当自己是海程，心安理得嘛。

林黎怀多下两级台阶，整个后脑勺暴露出来。家庆举起拉杆箱，朝林黎怀后脑勺砸去。家庆是个老实的闷人，以前很少将事情干得如此干脆利落。看着眼前的一切，家庆也感到不可思议，只是电光石火的一刹那，想停手都来不及,已然听到一声闷响。

拉杆箱又大又重,但砸到别人脑袋上,却只有一声闷响。箱子绷的革面,柔软,不是砸人后脑勺的理想工具。所以,林黎怀一时还不知发生什么事,嚷一句,你怎么……林黎怀一扭头,小个子家庆的脸色藏在晦暗之中,竟有几分狰狞。他又打来一拳,正中林黎怀脸面。这是在楼梯上,要在平地,家庆想比较准确地打中林黎怀的脸面,并不容易。但这一拳的分量不够,更重要的功能,是让林黎怀完全明白发生了什么。林黎怀虽然有些胖,以前打篮球的底子还在,反应灵敏,要来真格的,家庆不是他对手。不消几秒钟,林黎怀就将家庆双手反剪,轻轻一提,家庆脑袋便低得不能再低,伸伸舌头可以舔着地板。林黎怀将家庆牢牢控制住,家庆稍一挣扎,他就发力,并说,你再用力,我弄断你两条胳膊。

稍后又说,兄弟,不要怪我,这叫借力打力。

家庆没打过架,他以为打架会是电视里演的那样,主角和奸角,总有好一番缠斗,哪方即便赢了,也要付出好多鲜血和伤口。他没想到,林黎怀轻易就将自己搞得不能动弹,丝毫不能动弹。打架这事,原来也跟读书一样,要讲天赋。

林黎怀凑近家庆耳根,循循善诱地说,叫啊,叫啊,只要叫出声,你妈就会赶紧来救你。她多么心疼你!

刚才,表嫂已经弄了早饭,这时候应该在洗盘子。家庆将牙关紧咬,心里说,栽在你手上我认了,要我叫唤,那是休想!林黎怀来了兴趣,一点一点发力,把家庆胳膊关节拧出嘎嘎的响声,家庆强忍着,硬是不肯叫唤。林黎怀忍不住夸一句,好的,我没看错你。

平时,林黎怀稍微修理一下小李,小李便哭爹喊娘,即使这样,也阻止不了小李死死地跟着他。林黎怀又下一把力气。他要慢慢加力,因他搞不清家庆骨骼的韧性如何,缺不缺钙,如果将家庆胳膊掰折了,那就不好收场了。

还是小李上来解围。小李在屋底下左等右等,不见人下来,就往上走,看见这一幕,不消说,先来一声怪叫。又问,这是搞什么?林黎怀答,能搞什么,舍不得分开,闹着玩。小李一看家庆的脸都疼歪了,知道情况不对,冲过来用巴掌一个劲猛拍林黎怀的胳膊,并说,放开放开,他算是你哥,你怎么这样对他？

是我哥又怎么样？你是我妈，我不照样睡你？

我怎么又变成你妈啦？

不是我妈，怎么天天想着喂我奶？

你要死啊！小李娇嗔着，一溜粉拳砸过去。林黎怀还赶时间，把手松开，并跟家庆说，哎，别忘了帮我拿东西。

9

晚上家庆听得见钟的声音。其实那只钟挂在外面墙壁，不走针，当然也不会发出声音。但家庆就是听得见走秒的声音，他睡在那里，听见了走秒的声音，偶尔又怀疑是自己心跳。拿手去揣揣，节奏不一样，心跳没那么急促。当他要自己想一些事情，以掩盖耳朵眼里的声响，便想起了林黎怀。很奇怪，这时候他就一个劲想起林黎怀。

林黎怀才走了几天，家庆感觉他已走了很久。他知道，这说明自己想念这个人，时间才会被抻长。怎么会这样呢？他当然知道。林黎怀嘲弄的眼神，讥讽的声音，都抵不上幻听而来的嘀嗒声。

林黎怀和小李走后，表哥、表嫂之间似乎有了缓解迹象。照例，入睡的时候，表哥仍和家庆睡这边，过半个钟头，表哥会蹑手蹑脚地起身，敲那边的门，在门外用喘息般的声音喊着，忆美，忆美！门开门关的声音，隔壁还有了窃窃私语。这私语，到底要比嘀嗒声来得踏实。家庆这才入睡。但有两晚，隔壁吼叫骤起，将他惊醒。表嫂冲着表哥一顿咒骂，接下来便是哭。

死了孩子的女人，哭起来最是瘆人。哭至颤声断续之时，家庆的身躯便被带动，一阵阵抖。

又是门开门关的声音，表哥被推出来，但他没有再踅进家庆这一间。家庆知道，表哥是睡在客厅，在窄窄的长沙发上，将身子蜷起。幸好，表哥已变得很瘦，仿佛就为了蜷起来睡觉。家庆尽量不夜起上厕，那一晚憋得不行，出去，借着窗外一束冷光，看见表哥蜷起的模样，简直不是一个人的蜷缩，而像是折叠，或者将一个人拆开，再尽量节省地方地堆码一处。只在这时候，家庆忽然想起表哥也是有母亲的，他是大姨的孩子。他已成

附体

年，结婚，生子，并经历丧子。他有了足够多的经历，所以他母亲即使心疼，也不可能像他幼年时一样，不加掩饰地呵护他。从另一面讲，有如此多经历的男人，也无法再承受母亲的呵护。

再躺回去，家庆便浮想开来，睡不着。夜晚成为煎熬，窗外早已没有航班起落，他只得静静等待窗口发白。每次坐上公汽离开机场镇，都是一次逃离，只是一到下午，又得走上回程。开229路车的几个司机都已认得他，因为很少人像他那样，每天往返于起点终点，在这漫长的夏天不断展开漫长的旅程。有时候家庆上了车，某个一嘴胡须的司机还会冲他说同样的话：呃，你是最划算的啦。某天家庆下课以后，又走向公交点，远远看见那一堆车，还有司机聚在树阴下闲聊。他想起晚上耳朵里的嘀嗒声，想着随时可能迸发的凄惨哭声，心头便发怵。他放缓了步子，盯着草黄的车屁股，心头升起无处逃遁的悲哀。

我已会炒几个菜，他想，在亲戚家的店子里帮工，其实用不着文凭。何况，厨校的结业证，也根本算不得文凭。

正这么想着，那个络腮胡的司机站起，呷一口茶，远远地冲他招手。他说，就等你了，你上来就开车！于是他加快脚步，心里古怪地一暖。车又晃荡起来，横梁上的吊环在零乱地摇摆，被人拿捏好间距，所以不至于碰撞。车里的人很少，窗外仍是如此明媚的黄昏。

这一晚，还算平静，表哥又进到那间小卧室，没有私语，两人仿佛早早入睡。家庆放松了心情，正待睡去，灯忽然被扭开，他看见表哥狭长的脸贴着门框。

家庆，你起来一下。

于是他就起来，将T恤胡乱套上身。

你过去陪你嫂子睡。

表哥是那么说。家庆一愣，却也不意外，像是早有预感。其实，这些日子他躺在床上睡不踏实，胡思乱想，当然是把什么情况都想到了。

我为什么要过去？

你嫂子搂着你才踏实。你知道，她已经失去海程了……

我又不是你家海程。

我知道……但是……

她是你老婆!

我知道……但是……没关系、没关系!

表哥的长脸又扭结出了哭相,眼底那份央求之意,如此明白无误,又满含了委屈。家庆想再跟他交流一些意思,比如说,表哥的老婆,通常情况下,是不可能让给表弟睡的。这话自然讲不出口,再说,两人都心知肚明,此"睡"非彼"睡",表弟固然不能睡,儿子却可以睡。家庆有很多理由,都塞在嘴里,就像很多电影,歹徒将臭袜子塞进人的嘴里。空气沉滞,空调嗡鸣,窗外有飞蛾撞向玻璃。

突然,表嫂出现了,她向前走一步,一把拽住家庆的手。她说,快去睡!家庆就被拽着走,仿佛她力气很大,其实她的身体像纸一样轻飘。他若不被她拽走,她就会被他的反作用力带出踉跄。

表嫂不由分说将家庆带进那间神秘的卧室,除了那种熟悉的伤湿膏气味,还有一股檀香味,还有别的杂乱无章的气味。表嫂搂着他,将他搂在怀里。他的脸贴着她的胸,他感觉到她的乳房不大,但很长,像两只丝瓜。她经历了漫长的忧伤,心跳竟是异常缓慢,像是不足每分钟六十次。因为他在心里默数一声嘀嗒,她的胸腔内,那颗心还没跳动一下。现在家庆对一秒钟的把握很精准,他每天晚上都听怕了这个声音。她的心跳,一次接不上一次,仿佛随时会偷停。他不敢贴着表嫂的胸,脑袋往后挣扎,越是这样,表嫂搂得越紧,还说,你怎么又不听话?好好睡,明天还要上学。

天毕竟热着,这间房又不开空调,很快家庆的脸和表嫂的胸襟都捂湿了,一股咸涩的气息混入本就杂乱的气味当中。表嫂扇动扇子。家庆看不见,但感觉得到那是一把古董似的蒲扇。

扇了一会儿,表嫂说,睡不着是吧?妈妈给你讲故事。

家庆不应。表嫂又说,《白雪公主》听过吧?

听过。他赶紧说。

《海的女儿》呢?

听过。

《三只小猪》?

《三只小猪》听过。

《小蝌蚪找妈妈》?

听过听过。

你怎么都听过？你有什么没听过？

……没听过。

这就对了。她徐徐地松一口气。

于是讲了起来，小蝌蚪不停地找妈妈，这个不是，那个也不是。家庆就奇怪，海程死的时候也十二了，他不可能再躺在母亲怀里听这些故事。表嫂此时魂不附体，到底游离到她人生哪个阶段？家庆本就累，听这样的故事更是心力交瘁，很快脑袋里幻化出一些事物，却又不是梦境。他仿佛看到了一群蝌蚪，在找妈妈，就像一群精子，轰地一声往前蹿跳，去寻找唯一的一枚卵子……这样的比喻，显然不恰当，为什么脑袋里会生成这样的画面？家庆想要弄清楚，伤湿膏的气味又再度袭来。

睡了吗？

表嫂的声音从遥远的地方飘来。家庆仿佛回答一句，表嫂便没有再问。

家庆很早就醒了，很奇怪自己竟睡着了，但这一夜分明没有睡踏实，他还思考了许多问题。他很少在一个晚上思考这么多问题，这一夜应是效率奇高，醒来时家庆感觉自己有了一种通达的态度，但已想不起来那些问题到底是什么。只有一个问题，醒与睡时都一样明确，就是今天必须要走。

他没有任何理由不走。

表嫂和表哥起得更早，在厨房里弄起早餐，听见煎蛋的声音。他们用很多油煎蛋，家庆得以听见煎蛋在液体中翻滚的声音。又听见表哥说，今天你一定要去检查一下身体。表嫂说好。表哥说，早点走凉快。等会儿家庆去上学，我就带你去医院。表嫂说，我一个人去就行。表哥说，反正我也没事。另一只鸡蛋又下了油锅，蛋腥味活力四溢，钻进这间卧室，让伤湿膏的气味显出了疲沓。

家庆再次坐在229路车上，心情是前所未有的轻松。此时他想到的不是逃离，而是越狱，也突然明白自己何以如此喜欢看和越狱有关的电影，比如说《基督山伯爵》，还有《肖申克的救赎》。但他此时还不敢掉以轻心，三站之后他在一个叫石埠的小镇停下，钻进一家早餐店，磨磨蹭蹭吃了两个小时，喝了几杯豆奶，一走路肚皮沉甸甸，豆奶仿佛结成了豆腐花。他趁一家超市开门，进去买了两三个盒子，有牛奶，有营养麦片。父亲跟他讲过，离开表哥家的时候，一定要送点礼物，是个意思，毕竟在人家屋里打扰了这么久。

家庆拎着盒子，又搭上229返回机场镇，上车正好看见那个络腮胡。络腮胡还夸他，好家伙，今天敢逃学。络腮胡盯了盯家庆手里拎的盒子，又说，好家伙，今天是要相亲。其实并不好笑，两人同流合污地笑起来。

家庆找定一个地方，坐下来。这个地方正好看见表哥家的楼道口，同时又能保证从楼道出来的人，看不见这里。家庆发现自己喜欢这种感觉，一躲进暗处，就仿佛能操控局面，而不是被人玩弄于股掌。他一刻不停地盯向那边，九点刚过，果然，表哥表嫂就出门。阳光已然很毒，表哥撑起阳伞给表嫂，表嫂不要。表哥要帮她撑，表嫂推开他，自己一个人走在前头。表哥心疼地跟在后头，阳伞又不好给自己打，就歪斜地举着，让伞穹耷拉在身体一侧，让自己一同接受暴晒。

两人已经在路尽头一拐不见，家庆还嘱咐自己要小心，小不忍则乱大谋。他数了一百只羊，又数了五十只狗，站起身子，往那边走。洒在脸上的阳光，仿佛现出六边形的棱角。他上楼，准确地找到那扇油绿的门，用钥匙打开，走进去。自己的衣物和行李都散放着。

家庆把买来的几个盒子放在客厅茶几上。走到自己睡觉的那间房，他没心思把衣物折叠，一个劲塞进皮箱。他瞟了一眼镜子，觉得有点狼狈。他知道其实自己可以从容一点，可以把每一件衣服叠得方整，在箱子里摆得纹丝不乱，这会给"越狱"增加成就感，就像他的偶像蒂姆·罗宾斯，不但要逃出去，还要逃得漂亮，逃得荡气回肠，逃得令人叹为观止。家庆心里这么说，但手脚还是没有放慢。他将最后一件衣服塞好，还从床头找出属于自己的几本书，他将书也放进箱子。

门锁一响，表哥走了进来。

你怎么又回来了？

今天……不用上课。

表哥走过来，看看家庆的箱子。他是有文化的人，知道不能随意揭开表弟的箱子。但是他可以往周围的地方瞟一圈。这一段时间的相处，表哥知道家庆的东西都是在房间中散乱放开的。于是，表哥明白了。

你要走？

是的，我学会炒几样菜，够用了。家庆觉得也用不着骗他，又说，早点回去，早点赚钱。

你怎么能这样？

我为什么不能这样？

家庆拎着箱子，朝门口走去。此时，他心里想到一个词语，夜长梦多。他知道，许多电影都是这样，在事情眼看要成的时候，会岔进来一个捣乱的，要不然，电影就没那么多故事好讲。表哥却拦在了门边。

你这么走，我跟你表嫂怎么交代？

我走我的，跟她要什么交代？

不告别吗？我们再请你吃一顿。表哥又拖出哭腔说，好歹我们在一起那么久，不能说走就走。

家庆就摆明了说，现在就走。我怕看见表嫂挽留我。我做梦都怕。

你有什么好怕的？她又不是坏人。

对的，她当然不是坏人。家庆说，可是，我也不是海程。

表哥一愣。这正是家庆预料中的一愣，趁机往外走。表哥只是发愣，并非痴呆，动作忽然就快起来，从后面抱住家庆。家庆猛烈地挣扎，稍后，两个人便倒在地上。表哥手上不敢用劲，但可以用身体压住家庆。他虽然瘦，但骨架子毕竟比家庆大得多。瘦死的骆驼比马大，表哥压得家庆不能动弹。于是家庆只有吼叫，放开我，放开我！

门没有关。有邻居拎着菜篮路过，此时停在门口，循声往门里张望。邻居看见伏在地上的两个男人，一个压着另一个，眼里有了惊恐，不敢多管闲事，捋回自己的目光继续下楼。

家庆渐渐没有力气挣扎，但还余韵徐歇地让身体颤抖一阵。后来，家庆变得一动不动，表哥的身体也得以放松。再后来，表哥坐起来，问家庆，家庆你说，你走了，我怎么办？

你也走。家庆很铿锵地说，你欠她的，早就还完了。你是个人，你还可以另外找个女人，给你生孩子。

表哥喃喃地说，怎么可以这样呢？怎么可以？

怎么不可以？

我怎么能对不起忆美？

来你家这么久，鬼都看得明白，有谁对不起谁？家庆又说，那是你们的事，反正我要走。

家庆又走向公交车站，像往常一样，他看见好几辆229路公交车首尾相连，停在那里。又是络腮胡，站在车门处抽烟，朝他招手。太阳在那头，家庆看着公交车，看那个司机，皆是逆光的效果，有些睁不开眼。这样很好，他往有光亮的那头走去，像是一步一步回到了人间。

10

韦城的机场镇，也可以去玩一玩。他跟妹子说。

妹子将手绘的韦城旅游图翻找一遍，噘起嘴，说这上面根本没有提到机场镇。他就说，地图是死的，我是活的。我在这里待了好一阵，哪里好玩哪里不好玩，我比这张地图清楚。

机场镇有什么好的？

有一种小吃，叫"炸飞机"，很有名。家庆说，当时是我同学带我去机场镇，吃"炸飞机"。我敢说，那是我这辈子吃过的最好的东西。

到底是什么东西？妹子的兴致毕竟吊了起来。这几年央视有一档节目，叫《远方的家》，给无数观众反复灌输一个道理：走到哪里，一定要吃到哪里。这妹子也已形成了这样的观念，各地特色美食，走过路过，千万不要错过。

到时你就知道了。他把她胃口进一步往上吊。

家庆再来韦城，算一算距学厨正好十年。那时候往后想十年很长，现在往前捋十年很短，时间就这么个玩意儿。他刚结婚，妹子是他老婆——宁雨婷。他在旅游区有个门店，什么好卖卖什么，即使这样，钱赚得也不是很多，但日子毕竟还好打发过去，大钱没有，小钱不缺。人面上往来，有的叫他傅老板，有的叫他傅总，他也习以为常。结婚以后，小宁说要去旅游，没有理由拒绝，去了新马泰，又去台北，返回时先在广州落地，小宁在那里读的大学，要约一伙闺蜜。之后，家庆就想到韦城。广州和韦城通了高铁，只两小时路程。他想当年从侱城到韦城，路途遥远，在绿皮火车上要坐一整晚。现在倒好，两个小时也就一顿饭的时间。

小宁说，韦城有什么好玩？确实，韦城是个不起眼的城市，从没听说，哪个朋友的新婚旅行往那里去。去那么个冷僻地方，回来跟人讲都像是笑话。于是家庆跟她说，你是在广州读书，我是在韦城。小宁说，三个月的厨校你还肄业，现在想起来要回母校看看？家庆说，时间不在长短，是有感情。小宁便笑，说，倒要看看，到底有多少感情留在那里。

高铁站是在葵圩，葵圩变成热闹的地方，以前读过的那所学校已经并入一处巨型的楼盘，旁边还有以摩天轮为标志的儿童公园，找不出一丝旧日的遗迹。家庆也并不在乎，他对厨校早已没有记忆，当年一块儿打牌的同学，也从未联系。229路车还在，公汽起点站位于交运枢纽大楼，随了无数标牌指引，才上到车里。车也是全新，走在宽阔的马路上一点也不晃荡。马路扩了，车速提了，一个多小时就到机场镇。机场镇却还是老样子，位于整个韦城发展规划的反方向。七七一厂古旧的楼群仍在，有的已经修葺，至少是重新粉刷了外墙，依然住满了人；有的楼房太旧，住户已悉数搬离，但尚未拆除。家庆感到意外，十年后还能看到整个区域不曾变动，在当下，简直有如奇迹。他带着她在古旧楼群里穿梭，她不停地问他，你来这里干什么？你到底想干什么？他总是回答，等会儿你就知道了，你会不虚此行。他神秘地瞥她一眼又一眼。

这样，两人在一幢幢旧楼之间穿梭，家庆没有看见任何一张熟悉的脸。忽然他想，他其实也不是来寻找熟悉的脸，他来这里，也许根本就不是怀旧。那是什么？他自问，没有回答，反正生活当中总要有些说不清道不明的事情。街灯已然亮起，不是同时点亮，而像一种传染一盏一盏地亮，很快蔓延了一条街。跟十年前一样，夜市摊就在这个时候搭起，摊主在路边支起支架，盖上毡顶的雨布。

你到底要找什么？

好了，现在应该有地方吃"炸飞机"。

小宁奇怪地看着他。以她的了解，家庆绝不是一个有趣的人，更不要说有情趣。他又带她往回走，说是想找当年那家夜市摊。家庆说，我记得那家夜市摊是叫"怪难吃"。

小宁说，敢取这个名，一定好吃。

喏，你就是有眼光。家庆见缝插针地夸。

把她胃口吊起，终归是要给个说法，好在现在家庆已经有很多办法，他不再是当年那个不知所措的小孩。到机场镇以后，他一直在想，为什么要来这里？为什么？仿佛是鬼使神差。这些年，很奇怪，他对韦城那两个月的记忆犹深。这么多年过去，最美好的事，和最痛苦的事，他都已淡忘。当初在韦城的两个月，既没有快乐，和日后的一些遭遇相比，也算不得如何痛苦，但不知为何，那段日子在他记忆里闪烁着某种金属质地的黑色光泽。

天已黑，家庆仍然在找那家"怪难吃"夜市摊，当然找不到，这是他现诌出来的。他还装模作样找了几个路人打听，竟然有一中年男人回忆一番，然后答说，那家摊子好久前就关掉了。

关掉了？

嗯，关掉了。中年男人很肯定地点点头。

关掉了呀。家庆万分无奈地看看小宁。

后来，家庆像是随意挑选了一家夜市摊，其实正对着当年住过的那幢楼。他看得清楼道，楼房已是十分残破，楼道口相应也有盏昏黄的灯。两人坐下，家庆就一直盯着那边。他知道，其实表哥两口子都已离开这里。

那次家庆离开以后，不到一年，表哥表嫂就离了婚，事情还出在表嫂那头。她上网，搞起网恋，后来嫁到杭州。据说嫁得不错，男人是个老板——可不是家庆这种，空有老板之名的。那老板很疼她。他很矮，每次饭局都把她带出去，让她穿上旗袍或者别的显身材的衣物。两人并排地走，她比男人高一头还多，男人倒觉得这正是财富和体面。男人需要的正是这些，而前表嫂也甘之如饴，经常用手机给表哥发来照片，主要是让表哥看手饰、坤包上的标志和手中牵着的血统高贵的洋狗。

后来表哥回到佴城定居，养上一年，脸色就好看起来，熟人见他就夸"脸上有肉了"。在一些离了婚的女同学看来，他仍是当年那个帅哥。围着他的美女不止一个，也不止两个三个，她们不会叫他"毛坯松"，而是叫他老夏。大姨跟他说，你也不小了，不要老想再找个年轻的没结过婚的。这几个条件都好，有能耐，搭个伴的事。表哥不吭声。两年后他挑了一个并不起眼，但身材近乎粗壮的妹子。妹子年纪稍大，但没结过婚，生孩子肯定没问题。小孩很快生下来，又是男孩，在妇保站生产时量一量身高，也是 48 厘米。表哥眉头一皱。头几年里，表哥一刻不停地把这小孩抱在怀里，别人偶尔抱一抱，他就寸步不离，守在一旁，额头沁出汗。久而久之，别人不敢再去抱这小家伙。

家庆只有一次和表哥聊到表嫂。当时表哥正犯神经性皮炎，痒得死去活来，每晚入睡都想扒掉自己的皮，后来服用了激素类药物才缓和一些。表哥看上去胖了些，气色就显好，其实是激素把他闹的。

忆美嫁给一个有钱的男人，个儿矮，比忆美矮差不多一头。

那就是和我差不多？

比你应该还……高一点。表哥用手在家庆头顶比画，开心起来。

两人在阳台，看着屋里活蹦乱跳的小家伙，闲扯开来。表哥换了过来人的语调说，难得有那么个男人喜欢她，我也就放心了。

离都离了，有什么不放心？你牵肠挂肚都习惯了。

你不知道，忆美严重性冷淡，一想起那事就会恶心，绝对不能用来上床。男人确实是喜欢她，不为别的。

家庆不这么看，也许表嫂在表哥面前表现出性冷淡，拒绝同床，但被另一个男人激发，可能会有完全不同的表现。当然，家庆不会明讲，因为他知道表哥未必不知道。这时，他十分具体地记起来，表嫂胸前那两只状如丝瓜，富含忧伤的乳房。于是，家庆又改变了看法。他暗自想，在那个有钱的老男人看来是遇见了爱情，而在表嫂看来，会不会又是一次附体？附体真是一件毫无道理的事情。

表哥把儿子抱到五岁，仍舍不得送幼儿园。他没有工作，靠那点下岗补助过活，父母仍要贴补他生活费用。朋友都劝他，小孩要跟别的小孩在一块儿，这样才能健康成长。表哥又想了一年，终于送儿子去幼儿园，直接去读大班。但没过几天，小孩被别的小孩打，破了皮，哭得死去活来，不愿再去幼儿园。表哥便下了决心，儿子由自己带着，一刻不停地带在身边。儿子去幼儿园的几天里，他也是坐卧不宁，虚汗要湿透几条内衣。

"炸飞机"弄好，放在不锈钢的盘里，端上桌。小宁一嚼，粉末满嘴乱钻，干巴无味。小宁只吃半只，便往外狂吐。她说，你敢说，这是你以前觉得最好吃的东西？

家庆解释，老板不一样，味道也不一样。

再不一样，也不可能一个地下，一个天上。

以前"怪难吃"那个老板,他的蝗虫是自己去抓的,纯天然无污染。现在可能都是冷鲜货,用料就大不一样……

我打死也不相信,油炸的蝗虫,能好吃到哪去。

萝卜青菜各有所爱,我觉得还是不错的。

小宁赌起气来,又买20串。以前一串有5只,现在只有3只。幸好现在只有3只,但20串共计也有60只。她说,全都吃下去,我就相信你不是讲鬼话。

家庆本想再找个什么理由,继续往下搪塞,一想老是找话讲,也费脑,于是决定把20串全都撸光,省得多费口舌。蝗虫无肉,只是难以下咽。他将虫子嚼成粉,这不难,难的是一口一口往下吞咽。家庆只好把头抬起来,把脖子仰起来,用力地分泌唾液,或者用王老吉送服。

算了算了。小宁说,你吃得这么难受,不要再跟我装了。

家庆停下来,他实在不想再多吃一只。

今天真是邪门,你带我坐这么久的车,到这鬼地方。小宁忍不住抱怨,新婚旅行十多天,显然这是最失败的一天。她又说,这地方没有景点,油炸的蝗虫不可能是你真正想吃的东西。

都逃不过你的火眼金睛。

当然也不会是邂逅老情人。傅家庆,我认识你这么久,打死也不相信你会有念念不忘的老情人。

那是为什么呢?家庆便也装出很感兴趣的样子。

我说不上来。刚才,我甚至怀疑你是不是被什么附体,完全不受自己控制,才会来到这个莫名其妙的地方。

你说是,那就是。家庆打了个呵欠。

别的东西又端上来,炭烤生蚝、烤鱿鱼、蒜蓉花甲还有辣酒炒香螺。走了这么一阵,两人确实感到饿,再说有前面的"炸飞机"作比较,别的东西似乎都比以前好吃。小宁闭上了嘴,小心地嘬花甲螺上那一点点汤汁。家庆喝着冰凉的啤酒,抬头看向那一侧的天空。和十年前一样,飞机还在夜空中频繁起降,从天到地,从地到天。

短篇小说

欢笑夏侯 |陈世旭|

原载《北京文学》（精彩阅读）2016年第5期

一

夏侯阳光是开学好几天以后出现的。

我们学校是全省最牛的重点高中，中考录取分数线、高考升学率从来都是全省的至高点。每到中考招生，校领导那儿就明里暗里挤破了人头。有带着上至中央下至顶头上司的批条的，有带着大大小小的红包或银行卡的，有批条、红包、银行卡一样不少的。之前，主要次要的校领导栽了好几任。现在的校长在品行上也是全省最牛的，除了中考成绩，天王老子也不认，威武不能屈，富贵不能淫，整个一铁打金刚。

夏侯破了例。照他的中考成绩，家里如果不破大财，连一般高中也进不去。但他却进了我们学校。不久全校就知道了，是老省长危老硬把他塞进来的。

危老在省政府工作的时候，夏侯老爸——大家喊老夏——在机关当勤杂工，十几二十年间，每天都是最早到，最晚走，永远都是在闷头做事。机关里大大小小的干部走马灯似的来来去去，换了一拨又一拨，他从来没有麻烦过任何一个人。危老从省长的职位上离休后，有一次在机关大院的小树林遛弯，看见老夏在大树下拔石凳边上的杂草，走过去打招呼，受了惊吓的他猛一抬头，来不及抹去眼角的泪水。

危老回去就给当时的省长写了信，说，考虑再三，还是决定打扰您一次。

他恳切地请求省长亲自过问一下一个普通工人儿子的升学问题。他与这位在省政府机关兢兢业业工作了多年的工人同志非亲非故，甚至喊不出对方的名字，更谈不上关心对方的生活。他为此很惭愧。

老夏前面生了两个女儿，赶着计划生育政策下来之前生了夏侯阳光，得了儿子，从此一心望子成龙。老夏上初中时全国学雷锋，给他留下了终生坚持不懈摘抄名人名言的习惯。有了儿女之后，他把那些名人名言用大字抄出来，贴满了家里的墙壁，每天让儿女们早晚背一遍，背熟了，再换一批。

在这些名人名言的熏陶下，儿女们读书都特认真，上课做笔记恨不得连老师的喷嚏也记下来，在家里手上永远抱着课本，每天趴在桌上做作业不到半夜绝不起身。可不知为什么，学习成绩就是上不去。大女儿好歹念完初中，死活不肯参加中考。二女儿干脆就没念完初中，半道退学了。轮到夏侯，宝全押在他身上。中考那天，家里专门给他炖了一只老母鸡，老夏头天悄悄跟人换了班，把一辆动不动就掉链子的单车仔细检修了一遍，早早地载着夏侯去赶考。夏侯上了考场，他就两只手抱着膝盖，一直在校门外的一个角落蹲着，低着头念念有词。他的父亲是水灾后进城要饭的农民，从小没有进过学堂，就指望儿子有一天能出人头地，为夏侯家争气。但他当年没有考上高中，在家待了两年，只好去劳动局登记，报名就业。面相、性格有遗传，过不了中考应该没有遗传！

但夏侯的中考就是没有过。复读了一年再考，还是没有过。

老夏上班，止不住背着人偷偷抹泪，却让危老撞上了。

危老是全省上下知道的人个个敬畏的老领导。"文革"中他的两个儿子一个自杀了，一个下乡插队，后来就一直在公社中学——后来是乡中学教书。不是县里不使用，是危老一直压着：你们要动他，事先必须请示我，这是纪律！每次儿子回家，危老就叮嘱：就你那水平，就在基层老实待着，爬得高，摔得重，不是什么好事。他唯一的孙女很争气，高考被省里的重点大学录取，她放弃了；第二年再考，如愿考进了全国名头最大的大学。危老自己一离休就交出了办公室，搬出了独栋庭院，让办公厅给他在省政府干部大院找了套单元房。请众秘书、医护、警卫、司机吃了一顿饭，感谢他们多年的辛苦，谅解他对他们的种种过失，告诉他们，我这里没你们什么事了，组织上已经同意他的请求，请他们回各自的主管单位另行分配工作。多年来他从不干政，散步遇到跟他一样退下来的老同志发牢骚，他立马脸色铁青。他们只好赶紧住口，从此见了他就远远避开。

对危老的信，省长不敢怠慢，立刻呈报给了书记，书记立刻就批给各位常委传阅，指出，这应该是一个特例。危老的信实质上提出了我们执政方向的命题。落实危老的要求，上升到了政治高度。我们校长再牛也只有执行的责任。

夏侯很对得起这个来之不易的学习机会。他每天最早到校，最晚回家，上课坐得端端正正，一动不动。但让人难以相信的是，他好像是个聋子，什么也没有听见。老师每次点名他发言，总不见回应。必须旁边的同学推他，他才好像是猛然惊醒，一下站起，然后就像棍子一样杵在那里。不管哪一课的老师，也不管提的什么问题，让他回答，他都一概张口结舌。

但夏侯比所有人都优异的地方是他的表情——笑，而且是欢笑，绝对是夏侯的标志。他那张娃娃脸永远是血色丰润，鼻头沁着细细的汗珠，头发里冒着热气，就像刚从桑拿房出来。明亮灿烂的笑容随时随地都挂在上面，黑白分明的眼睛微微眯着，血红的嘴唇里露出整整齐齐的小白牙。不论面对谁，也不论遭遇什么，都永远那样害羞似的笑着，亲切而真诚。凝神听课是那样，回答提问是那样，我老使阴招让他出丑是那样，像棍子一样杵在那里还是那样。课间，教室、楼道、操场，夏侯的帽子或书包，随时有可能被人抢走，然后在大家的手上传球似的抛来抛去。站在人堆中的夏侯，头像拨浪鼓一样转来转去，眼睁睁地看着自己的帽子被踩烂，书包里的东西被抛得散落一地，始终明亮而灿烂地笑着，手舞足蹈，乐不可支。仿佛他不是被游戏的对象，而是游戏中的一员，帽子或书包也不是自己的，是公共玩具。

我们班主任是教生物的，很为夏侯着急。常常把从不举手的夏侯喊起来：夏侯阳光同学，你看见我出的题没有？连问几遍，夏侯才结结巴巴回答：看、看见了。

看见了那就回答。班主任和颜悦色地走近他。

夏侯别过涨得通红的笑脸，去看周围的同学。

我跟夏侯同座。我轻轻提示：

选 C。

夏侯很警惕，之前我老骗他。迟疑了一会儿，他说：

选 A。

全班哄堂。

班主任出的不是选择题，而是一个填空题。

班主任让夏侯站着，自己回到讲台，说，今天的课先不讲了，给大家讲讲人的一种常见的生理现象——笑：

在人的各种表情中，笑，无疑是最受欢迎的一种。但也不尽然。有些笑是很不好接受的——这还不是指那些同贬义词连在一起的所谓阴笑、奸笑、贼笑、淫笑、狞笑之类——比如广播和电视里的有些广告的笑就很可怕：因为叫卖的常常是假冒伪劣产品，情节编得又很拙劣、很不自然，那些代言的明星笑得很夸张、很没有来由，使人浑身起鸡皮疙瘩。

笑都是有来由的。即使假笑，也有必须作假的理由。演员在演出中的笑大都是为笑而笑，但也有明确的目的性——一是将笑作为艺术，二是将笑作为商品。该笑的时候不笑，或者笑得不合情节的要求，就有可能被导演炒鱿鱼，拿不到表演酬金。

自古以来，无数哲学家和生物学家对笑作了多方面的探究。法国哲学家、物理学家、数学家、生理学家笛卡尔对笑作了一丝不苟的剖析：

笑是这样发生的：血液从右心室经动脉血管流出，造成肺部突然膨胀，反复多次地迫使血液中的空气猛烈地从肺部呼出，由此产生一种响亮而含糊不清的嗓音。同时，膨胀的肺部一边排出空气，一边运动了横膈膜、胸部和喉部的全体肌肉，并由此再使与之相连的脸部肌肉发生运动。就是这种脸部运动，再加上前述的响亮而含混的嗓音，构成了人们所谓的笑。这段话同学们课后可以在笛卡尔的《论情感》里找到。

显然是由于笑容受到欢迎的缘故，自古就有"卖笑"一说，现如今提倡"微笑"，更是成了一种时尚。服务行业甚至将"微笑"列入规范化管理的重要内容。对于看惯了盾牌似的冷脸的消费者，这无疑是一种福音。然而——我要强调的是然而——有些漂亮小姐俨然如同达·芬奇的《蒙娜丽莎》，不管你有没有心情，是不是需要由衷的关切，永远是一副一成不变的"永恒的微笑"，你受得了吗？

笑，一旦固态化了，其真实性就大可怀疑了。最起码，人家会以为你面部神经麻痹了，就僵死在那一种表情上。

当然啰，笑到底还是比哭好，笑相到底还是比凶相好。德国哲学家叔本华说过很多错误的话，也为我们奉献了这样一句精彩的格言："愉快随时带来益处。它好比幸福的现金支付，而其他都不过是一张支票。"只不过，我们对笑寄予了一种期望。期望所有的笑都能像雨果说的那样："当我们笑的时候，内心深处应该是仁慈的。"法国作家拉伯雷是创造笑的巨匠。在笑的历史上，拉伯雷历数百年而不衰，始终是无可置疑的楷模。因为他的笑纯真、朴实。当一种文明趋向于伪善的时候，拉伯雷的笑因其保持自然的风格而受到千古传颂。

的确，我很愿意像挪威作家韦塞尔那样恳求：请允许我自己选择唯一的一件好事，那就是永远和笑者在一起。

但那笑者必须是真诚的而不是虚伪的，是智慧的而不是愚蠢的——而愚蠢的笑简称为"蠢笑"或"傻笑"，就是我们现在看到的夏侯的这种笑。

全班再次爆发哄笑，这一次连桌椅楼板也"咚咚"乱响。

在一片混乱的笑声中，夏侯的笑容没有任何变化，无声而明亮，平静而欢快。似乎在执拗地告诉班主任，他的笑不是蠢笑或傻笑，就是欢笑，发自内心的欢笑。

不知为什么，我们在忽然之间都相信了夏侯，相信了那样的笑不论是尴尬，是紧张，是窘迫，是委屈，都不是伪装。那样的笑是装不出来的。那差不多就是婴儿的笑，表明着心地的纯洁无瑕。夏侯的心理世界就停止在婴儿时代，像中国古代哲人孟子说的"不失赤子之心"。

也许就是这笑容征服了大家。

时间一长，大家再不忍心拿夏侯开涮。再毒舌的老师，也不挖苦他了，像我这么贼的人也不给他使坏了。尤其每次家长会，他老爸每次都来，从来没有缺过席。每次都坐在最前面一排的一个角落里。轮到家长发言，他就头一个站起来，先向讲台上的老师90度弯腰，说：拜托！再向学生座位上的家长90度弯腰，说：拜托！然后声音颤抖地连说几声：千万千万拜托！完了就哆哆嗦嗦地坐下来，再没有话。大家开始还觉得好笑，很快就严肃了，这有什么可笑？辛酸还来不及呢，中国的父母有几个不是为儿女活着!

而且,除了学习成绩,夏侯的优点是特别明显的。最大的优点是嘴甜和勤快。他管男生一律喊"哥",管女生一律喊"姐";见到同学的家长,不管是不是与他相干,他都会凑上去喊"叔叔""阿姨"。他最乐意的事情是给人帮忙,而且是给所有人帮忙,不管其中是不是有人之前欺负过他。只要有人使唤,他立刻就满脸放光,浑身是劲,像是获了大奖——单是论功课,他什么奖也得不到,大家有需要,对他多少是一种补偿,证明自己还不是那么被人看不起。每天中午给班上不回家的同学买盒饭,一次拿不下就跑两次;大雨天一趟趟地把不想让裤腿和鞋子浸湿的同学背过积水的马路;每天卫生值日的同学有事或借口有事不想干了,他就踊跃替代打扫教室;篮、排、足三大球他一样不会,但每次他都从头到尾陪着,给大家看守扔在场边的衣服书包,买水递水,鼓掌喝彩。

头一个学期结束之前,心有疚愧的班主任提议让夏侯进班委,得到了全班的一致拥护,选他当了劳动委员。

让人惋惜的是,他的学习就是跟不上,怎么给他单独补习、吃小灶也不行。高三,进入高考备战,教室里一片死寂,偶尔有人咳一声,偶尔有一支笔掉地,都会让人心惊肉跳。教室的气氛压抑得像是一口活棺材。夏侯一如既往,一动不动地坐着,偶尔看一下周围。他的一贯的笑容,在不了解他的人看来,会以为是睥睨和嘲笑,但我们都清楚,那是无奈、茫然和寂寞。

因为一直同桌,我更清楚他心里的苦。他压根儿就不是大家在表面上看到的那么混沌未开,死心眼儿。测验和考试的时候,只要有可能,我就给他看我的答案,他从来没有拒绝过。他利用自己桌面上一个节疤脱落空出的小洞,把书本贴在底下偷看,只是每次他都不知道该抄哪一段、哪句话,或是哪个得数。

二

夏侯的高考结果可想而知。他老爸很绝望,差点自杀。我们校长出面,把夏侯弄进了一所私立职业技术学院。校长在大学当教授的一位老同学,兼任着这所学院的院长。夏侯很顺利地毕业,很顺利地拿到了大专文凭。

因为跟危老的那一段渊源，省市机关的后勤部门几乎没人不知道他和他爸。省政府办公厅给市政府办公厅打个电话，人家一见夏侯，马上就聘用了。

市政府有一个专门给一批副市级以上领导盖的"818院"，管理处特需要高等学历又有服务精神的青年人。因为是政府机构，工资有严格的限制，应聘试用的员工在没有考上公务员之前，收入跟厨房洗碗的农民工大妈差不多。连着几年，前来应聘的大学生问清了工作性质和收入待遇，有的扭头就走了，有的最多干几个月就跳槽了。但对夏侯来说，这是天赐良机！

再没有比这样的工作更适合夏侯的了。他不忌讳被人笑话"伺候人"，整天忙前忙后、跑上跑下，被人使唤得陀螺一样团团转，他只会快乐无比。他给人办事，从来不计较人家的语气，温和也罢，粗暴也罢，亲切也罢，鄙视也罢，讲理也罢，蛮横也罢，平易近人也罢，居高临下也罢，他都一样笑嘻嘻地接受。他觉得，能在这样一个有武装警卫、一般人不得擅入的大院里服务，即便是最普通的服务，也是一种莫大的荣幸。

夏侯很快就成了818院管理处、甚至是整个818院最受欢迎的人，人见人爱。他的脸上永远是大晴天，他的嘴里永远在哼抒情歌，这个跟他名字一样的阳光男孩，从外到里热得像团火，见谁亲谁，冷饭冷菜吃得，冷言冷语也听得。只要谁家有事，他忙起来就没日没夜——半夜起风，没关的窗户玻璃碎了；出门忘带钥匙，要着急开锁；老太太菜买得太多了，拿不回家；下水道突然堵了，卫生间屎尿横流；车在路上跟人撞了，赶不回去接幼儿园的孩子；手机掉抽水马桶了，要伸手去掏……这些不在他职责范围的事，只要找上他，他都干得特带劲，从来不厌烦，不抱怨，相反，屁颠屁颠地很享受。

夏侯是个念旧的人。他那儿很自然成了老同学的联络站，隔三岔五他就组织个饭局。本来大家说好了AA制，他很委屈地笑问：你们这点面子也不给我吗？大家说，不是不给你面子，你哪来的钱买单？你一个月那点工资还不够我们搓一顿的。他释然，说，哦，那你们尽管放心，等着掏钱的人有的是。大家起先还狐疑，想想也就作罢。夏侯是818院的人，水应该很深。没有秘密，那就不是他了。

我因为在外省读本科，毕业后接着读研，囊中羞涩，有几年没回家。这次回来，夏侯高兴得很，说是一定要最隆重地聚一次。可时间到了，人到齐了，独不见他人影。几个人连着给他打电话，他连声答应"就来就来"，可是等饭局完了，一帮人闹闹哄哄地涌进 K 厅包房，鬼哭狼嚎了好一阵，他才满头大汗地赶到，满脸堆笑，一个个地跟人弯腰、握手，一口一声"对不起"。"对不起"了一圈，忽然不见了，再出现的时候，领着几个服务生，抱来一堆零食、卤菜、大果盘、整箱的酒。然后，他一杯酒一杯酒地满上，把所有人敬了一遍，摇晃着身子，露出雪白的牙齿，醉眼蒙眬地说：对、对不起，我去机场接我们老板的小姨子了，没有陪、陪好哥哥姐姐，给各位赔不是，请包、包涵……

他还是老样子，一点没变，娃娃脸上挂着害羞的笑，永远长不大。几个走得近的同学中，有人总觉得他弱智：什么年代了，还有这么不要命的人，就算学历条件差点儿，也不至于做牛做马啊。

你们这是什么话，讲点良心好不好！有人当场驳斥，没有夏侯"做牛做马"，又是在那样一个地方"做牛做马"，我们能得到那么多方便吗？

这倒是真的，夏侯太大的忙帮不了——比如升官发财，或是去号子里捞人，但解决小难题则是分分钟的事——其实对我们这样的平民百姓，这些难题说是小并不小，没人帮你，那个坎你就是过不去——

报上发布了政府告示，祖父母如果是省城正式居民，其省城以外的未成年孙辈可以有一人把户口迁入祖父母家。一个师范学院毕业分到外县中学当老师的高中同学，欣喜若狂地带着那张报纸和刚满月的儿子的户口赶到父母所在地的派出所，问遍了所有人：有这事吗？所有人都回答：上面不都写着吗。又问：那我们能办吗？又答：你们自己应该知道。再问，就没人接腔了。

旁边有人指点，兄弟你连条烟也送不起吗？这年头有你这么干手沾芝麻的吗？

那同学在我们班上是出了名的二杆子，天王老子也不买账的，虽然到了底层，好歹也是人民教师，却教养不见长，倒是长了江湖气：卧槽，政府不是明明有法令了吗？草泥马戈壁！

甩甩手扬长而去。

中午，在夏侯那里用餐，说起上午在派出所的遭遇，夏侯说，看把你气成这样。随手抓起拍在桌上的手机，拨了个号码。一会儿把手机拍回桌上，说：吃完饭，你先在我这儿的酒店睡个午觉，下午三点，你再去那个派出所，直接找他们所长给你办。

卧槽，神了！那同学后来跟大家说，那天他按时去了派出所，所长又是让座，又是泡茶，一再叮叮：您跟我们局长是朋友为什么也不说一声啊？临走，还从文件柜里抓出两条软中华，硬塞进我的烂包里！草泥马戈壁，他在河里捞，我在他箩里捞！

知道了夏侯的神通，高中就出了名的几个赌鬼也有恃无恐。有天半夜他们鏖战正酣，忘乎所以，实在不堪其扰的邻居打了举报电话，一帮警察突然袭击，把桌上的赌资一扫而光。赌鬼中一个人冷冷说：收好了，别急着瓜分，明天一分钱别少给我送回来。一个警校刚毕业的小警察哼了一鼻子：那你好好等着吧。

小警察打死也不肯信，那帮赌鬼还真是一分不少地等回了那笔钱。

扭转乾坤的自然是夏侯。几个赌鬼办了饭局感谢夏侯。夏侯难为情地笑着：莫、莫，是你们给我面子。

倒成了他该感谢那班赌鬼了。

有了夏侯，K歌就没意思了。

老板的小姨子？你摸人家手没有？

没有摸手。

那是摸胸了。

没有摸胸。

那是摸哪儿了？你倒是说明白啊。

没有摸哪儿。

问题的出处明显是"领导吃饭你转桌，领导小蜜你乱摸"。但夏侯是直肠子，吃什么拉什么，根本没有幽默感。你怎么逗他，他都是正面回应。

别逗老实人，不好玩，言归正传，听夏侯的吧。

众人等不及了。每次聚会最大的热点就是听夏侯讲官场八卦。一帮人围定了他，众星捧月。每到这时候，夏侯就格外意气风发，本来就通红的脸更是艳若三春桃花。不远的几年前，他还是大家寻开心的对象，现在他是大家的中心。

夏侯最崇拜的官员是市委况书记，夏侯口口声声称作"我们老板"。

"我们老板"是有生活厚度的人，举重若轻，时不时会发些短信给包括夏侯在内的年轻人，诸如：

群处守嘴，不惹祸；乱处守心，不出错；抬头做人，俯身做事；修好自己的心，立好自己的德；思想要丰富，心灵要纯净；让别人幸福，让自己优雅！

越是有故事的人越沉静简单，越是肤浅的人越浮躁不安；成功不仅是才华横溢，更是平和低调诚实让人信任。

不要总显示比别人聪明，敬人等于敬自己；树一个敌，等于立一堵墙。

能干事不是本事，不出事不是本事，能干事、干成事、不出事才是本事。

一等人有本事没脾气，二等人有本事有脾气，三等人有脾气没本事。

自然界里的一切都是相互依存的，一荣俱荣，一损俱损。在这个世界上，人与人之间无非就是一份缘、一份情、一份心、一份真。风轻云淡时，一句问候；细水长流中，一个惦记；郁闷困惑时，一丝安慰；穷困潦倒时，一些给予；孤独无助时，一臂之力；落魄失意时，不离不弃。

还有不少，都是金玉良言。夏侯奉为人生圭臬，并且连同他激情点赞的"我们老板"的所有讲话和文章要点及时转发到微信的朋友圈，让大家共享。

每次八卦，"我们老板"都是"三突出"的形象——所有人物里突出正面人物；正面人物里突出英雄人物；英雄人物里突出一号英雄人物。

"我们老板"是从中央机关空降的，一开始许多人不鸟他。夏侯刚到大院管理处上班，遇上抗洪，"我们老板"让市委市政府机关凡能抽出的人都上第一线。那天，况姨——就是"我们老板"的夫人，让夏侯顺便带点东西给几天没回家的"我们老板"。夏侯坐快艇上了指挥船，正赶上"我们老板"在拿手机打电话，一船人静悄悄的，大气不敢出。

"请您放心，我现在就在第一线，人在堤在！"

"我们老板"站得笔直，脸色严峻，声音坚定而柔和。按级别，他不可能用这种方式跟对方通话的。这一下，谁都看出，"我们老板"是通天的。从那以后，再没人敢在下边对"我们老板"阴阳怪气地说长道短了。

朝里无人莫做官。我们说。

夏侯没想到他本来以为的惊人内幕会引出这样负面的结论，急了，说，"我们老板"的领导魄力也是超强的。

年中，一位国家领导到基层考察新农村建设，头天下午省里突然通知，原定的考察点临时改变，第二天上午要去我们市下面最偏远县山区的一个村子。那个村恰好是我们市里最落后的一个贫困村。

"我们老板"晚饭前就赶到了那个村子，现场办公。一个晚上，那个村子所在的县乡几百干部把村子清理得干干净净，墙面粉刷一新；牌坊屋头树上装灯结彩；从市里直接调拨，给家家配上了电话彩电冰箱洗衣机；集中附近乡村的牛羊鸡鸭，填满了全村子的牛栏羊圈水塘……

早上太阳出来，一个焕然一新的村庄神话般地闪闪发光。

这不是骗人吗？

有人困惑。

是政治。

夏侯笑着点拨。

你们老板就靠这"政治"升官？一定还有秘笈。别跟我们保密啊。

夏侯低下头，犹豫了好久，终于抬起头笑得很紧张地看了一眼包房的门：我要是说了，你们一定给我保密。

那当然，弟兄们还能害你？

我们老板是有高人指点的。

夏侯吞吞吐吐，让他的笑看上去有些吃力。

夏侯说的"高人"叫"莫大师"，是个传奇人物。因为莫大师，夏侯见识了许多先前只能在电视电影里看到的气度不凡的高官，享誉世界的富豪，家喻户晓的明星，这些人一个个对莫大师恭敬得五体投地。也难怪，七十几岁的人了，平时住在深山老林的一个独院里修炼，汽车道蜿蜒通到山外的河边，河上特地架了一座汽车能过的木桥。桥头照电影里的样子挂着一排大红灯笼，数那些灯笼就知道平时有多少女人跟着他过日子。此外，还时常有从银幕银屏走下来的明星大美女找上门来，整天整夜跟他在床上修炼种种神功。

莫大师非佛非道，自成一家。早年在老家乡下跟人打赌，从远处遥控，让公社书记的老婆当街脱光了衣服。江湖上称作"仙人脱衣"。事后以流氓罪送去劳改。三年困难时期，连劳改农场的"政府"——就是管教人员都饿出了浮肿，他半夜出去拉尿，总是打着饱嗝喷着酒气回来。第二天，大家总是在屋角发现一堆吃剩的鸡鸭鱼肉骨头。跟踪了几天，发现他并没有走远，就蹲在屋角那儿"咯吱咯吱"大吃大喝。他背着身子，你也不知道那些香气扑鼻的酒菜是怎么来的。只好报告"政府"。

"政府"连夜审问，磨叽了好半天，他交代：你们保证，我坦白了你们不给我加罪——那些酒菜都是从附近城市的餐馆凭空搬运来的。

审他的"政府"拍案说：鬼信你的话！离劳改农场最近的县城也有好几十里呢。除非你当场表演，让我们亲眼看见。

莫大师说，"政府"桌上那只水杯可以借我一下吗？

"政府"说，可以。

莫大师伸手抓过那只杯子，问，这里是半杯凉白开，对吧？

"政府"说，不错。

莫大师又问，"政府"想喝点什么？酒，茶，还是糖水？

"政府"想了想，说，老三花吧。

"老三花"是劳改农场早年自酿的谷酒，因为粮食紧缺，酒厂已经有两年不酿酒了。

莫大师把抓在手上的杯子重新放回原处，说，请吧。

"政府"端起杯子，先前的那半杯凉白开一点没多，一点没少，只是凉白开已经不是凉白开，是度数极高、让喉咙火烧火燎的老三花了。整个过程也就是一两句话的工夫。

这是小意思。这样的小技只能在各种高级别的宴席上助领导的雅兴。

莫大师的绝技是通灵，草野生灵他一呼百应——铺满地毯的豪华宾馆，随手抓几张纸，用火点着，反扣在脸盆下面，过一会儿掀起脸盆，便有一群蛇四散窜出。那都是莫大师当场从山林召唤来的。

你亲眼见过？我们其实已经信了，只是习惯使然，忍不住质疑。

当然，我们老板带我去看过，夏侯说，每次有领导来市里视察，我们老板都会请莫大师来表演。回回满堂彩。我们老板跟莫大师交情很深，拜了莫大师为师。莫大师山里的房子、汽车道、桥，都是我们老板让当地政府修的。莫大师也给了我们老板特别的指点。这些年我们老板的运势很顺，步步登高，都跟莫大师的指点分不开。

怎么个指点，能举个具体的例子吗？我们追问。

大粒的汗珠从夏侯的额上滚下来。他终于鼓足勇气，说，你们千万千万别害我，这样绝密的事，传出去不是好玩的。反正出了这间房子我就不认账，谁传谁负责！

行行行，我们这帮屌丝谁也没有当官的命，晓得秘笈也用不上，决不会传的。一帮人信誓旦旦。

前年，夏侯压低声音，有位中央领导路过，在市里的宾馆睡了个午觉。我当时正在818院管理处上班，我们老板从那个宾馆给我打了个电话，让我过来盯着，中央领导离开后不准任何人进那个总统套房，一切必须保持原样。包括散乱的被子、床上的毛发皮屑、咳在地上的痰、喝剩的茶水、掀开了没冲水的马桶……都不准收拾，手指头碰一下也不行。房门必须紧闭，不让一丝气息透出来。干脆，你就端把椅子给我在那个门口坐着，不准任何人踏进那扇门一步。谁问你，你就说有特殊任务，什么也不准多说。什么时候见到我，什么时候你才可以离开。

这就是莫大师给我们老板许多指点的一个——在中央领导睡过的床上睡一夜，可以凭借中央领导留下的强大气场，大幅度提升发展能量。

当时我们老板还不是副省级。在那床上睡了一夜之后不到半年，就进省委常委了。

这类故事在社会上早已传得沸沸扬扬，现在听夏侯说出来还是不一样，夏侯毕竟是有现场经历的人，可信度高。一帮人听得入神，怔怔的，虽然半信半疑，心里还是怯怯的，似乎面对一种让人畏惧的不可知力量。这让夏侯有极大的成就感。接近权力让他觉得也拥有了权力，成了有分量的政治人物。他还是那样无邪地笑着，但那笑里多了内容。

三

读研毕业我就留在那个南方城市了。春节后回单位，正是春运高峰，火车站以及全市各个车票代售点人山人海，我唯一的选择就只有找夏侯搞票。夏侯那天酒喝得有点高，但心里跟明镜似的，清清楚楚地记着临别时对我的许诺，没问题，我来办。

夏侯第二天就给我来了电话：一块儿吃个饭，顺便把车票给你。就我们两个，好好说会儿话，人多太吵。

约好的那天，夏侯在门卫那儿等着我。我扶着单车随他进大门的时候，心里有点发紧，毕竟是头一回来这种地方，侯门深似海，挺森严的。没想到那个农村来的小兵腼腆地对我点了点头，很意外。夏侯说，我们刚才正聊你，他崇拜死你了。他们山里有个在外面读研的回去，全村办酒席，县长都来贺喜。

饭前，夏侯领着我在这个外界说得近乎缥缈的神秘大院转了一圈。的确是个好去处——一个清波粼粼的大湖，卧在一大片林木葳蕤的丘陵中间，湖对面是群楼雨后春笋般拔地而起的城市新区，请欧洲园林专家设计的浓密树林掩蔽着整个大院，树林外来来往往的人很容易忽略掉树林后面的那个世界。一栋栋间距很大的欧式小楼，各自带着小花园，悄无声息。

"这里居住的是我们这个城市的心脏和大脑。"这是我进来时听我们主任说的第一句话，夏侯说，笑容里充满了自豪。

看来你很喜欢这里。我说，心里有种小人物的泛酸。

当然。夏侯沉浸在自豪里，你肯定看过美剧《纸牌屋》，里面有句台词我觉得特精彩：权力就像房产，越接近中心就越有价值。

我一下站住，睁大眼睛看他。他的笑依然带着稚气，他的髭须依然是毛茸茸的，但我就像忽然听到一个幼儿园孩子嘴里说出的是老于世故的政客的心得。

夏侯完全没有注意我的表情，那顿饭他一直在跟我讲这些年他对权力的感受。

权力是很威严的。

夏侯应聘后接受的第一个工作任务是为将上任的市委副书记准备房子家具。提拔前他是县委书记，那个县在他的任期内变化很大，从一个穷县进入了省内强县行列。他由此成为政治新星。市政府明年换届，他是市长候选人。

省委任命的正式文件还没有下发，副书记就来报到了，还带了满满一卡车行李。夏侯这里的准备工作还没有完成，只好在管理处库房清出一块堆放行李的地方，副书记则暂时住进市政府的接待宾馆。

放下行李，副书记就给省委老大家里打电话。他的这次调动，是老大点的名，现在人到了，头一件事自然是给老大请安。得知老大昨天从基层视察回来受了风寒，吃过早饭上医院了，就向管理处临时要了辆车，紧赶慢赶跑去探望。

管理处送他去医院的司机后来回忆，副书记上楼不一会儿就几乎是像逃窜一样下来了，脸色惨白得跟死人一样，五官变了形，魂魄都散了，很吓人。

当天，副书记就带着那满满一车行李，回了他来的那个县。不久，就传说他生病住院了，肝癌晚期。

市政府换届前，没上任的副书记——先前的市长候选人死了。

关于他的市委副书记任命的突然撤销，正式文件的说法是纪检部门发现了他在县委书记任上有受贿贪污行为。同时，群众对他之前上上下下跑官的不正当活动反映强烈。下边的议论则很邪乎，说他报到那天在高干病房省委老大的专用套间猛然撞上了不该看到的事，或是听到了不该听到的声音。回到县里一直到死，他嘴里翻来覆去叽里咕噜就三句话：怎么会那么兴奋？怎么会那么冲动？怎么会那么冒失？

这在一定程度上加强了关于老大私生活的流言蜚语。

他其实是吓死的。

典型的官迷，笑死人。夏侯"哧哧"笑起来。

会所的小餐室其实是个书房，极简朴，除了兼作餐桌的茶几、沙发，就是一整面墙的书架。没有恶俗的名人字画、插花盆景、仿古瓷之类。外面是一个探出湖岸的水榭。一大群色彩斑斓的鱼在下面欢快地游动，不时"哗哗"地溅起水花。

我们老板好像有点洁癖，特反感花哨摆谱。我甚至觉得，他也很不喜欢官场应酬，这地方弄好后他来过几次，就想一个人清静清静。他难得清静啊。

我对官场毫无兴趣，每次听人津津有味地谈论官场，我总是找理由起身离开，实在不得不陪坐便直犯恶心。我打断夏侯的话头：

说说你自己吧，怎么样，是不是又有新欢了？

在大学里，夏侯特有艳福，每个寒假和暑假，都会有一个不同的女生做他的驴友。高中同学发给我的手机邮件每言及此事，我几乎都能听到他们羡慕嫉妒恨的切齿声：真是想不到啊，倾头鸡单吃谷头米啊，咬人的狗不叫啊，之类。

夏侯笑而不答。

哪儿的？

就这院里。

同事？

不是。

直接交代吧，别卖关子。

夏侯甜蜜地咧着嘴：

记得那天我跟你们说去机场接人吗？就是她。

你老板的小姨子？

我恍然大悟：

那我得好好听听，你怎么上人家的。

不是我上她，是她上我。

夏侯有老板家的钥匙，老板家的杂务都由他监督打理。老板小姨子接来的第二天，一上班他就过去，看看有什么需要。

客厅里只有老板的小姨子：

你叫我姐什么？况姨？她是姨，我是什么？

小姨啊。

小姨？我有那么老吗？你看着我！她在京城读大四，来姐姐家度寒假。

夏侯不敢看她，血一下涌上来，脑袋轰轰作响。

过来……过来呀……再近点……怕我吃了你啊……

她真的就吃了。

我不会把你啃得只剩骨头的。

她一边啃，一边忙里偷闲。

够劲爆的，我说，但这不像是一场认真的风花雪月啊。

为什么一定要是认真的呢？是一场风花雪月就够了。

夏侯很可爱地龇着雪白的牙齿，有些害羞地笑着，只是没有了青涩。

他去年提上了管理处副主任。主任是市政府办公厅一个副主任兼的，管理处日常的当家其实就是夏侯。他对"我们老板"直接负责，办公厅那个副主任兼的主任也就是个摆设。

那个帮你上高中的老爷子还在吗？

我突然问。

夏侯完全没有思想准备，愕了一下，说：

你是说危老吧？死好几年了。我爸在时每年清明都让我去扫墓，后来我爸也走了，我也忙，这两年就顾不上了。

也顾不上给你爸扫墓？

夏侯坦然笑着：

当然也不完全是没时间。危老这个人，怎么说呢，太高大神圣了。他这辈子多数时候都是各个级别的一把手，离休前还有一段是省长、省委书记一肩挑。可儿子退休前想调回省城，也方便照顾他们二老，求他给组织部门打个招呼。他说什么也不肯：我危某一生没向任何人低过头，别指望我打这样的招呼。

训儿子也就罢了，有些事做得太绝，很伤人——省里组织老同志出访，他从不参加，说把出国考察当福利是不正之风。有一次去法国，他破例参加了。到巴黎的第二天，他跟同行的一个人打了声招呼，说巴黎他来过，请转告领队不用找他，就不管不顾地独自去了日程上没有安排的拉雪兹公墓，在欧仁·鲍狄埃的墓碑前坐了差不多一整天，天黑才回到宾馆。当晚就让改签机票，一个人提前回了国。这样的不随和，没人情，把一个团的人弄得很不爽。

我们老板有回参加完一个捐款仪式，仰在车后座上，忽然没头没脑地问：看过清代小说《二十年目睹之怪现状》吗？我没作声，我知道这样的问题不需要回答，这是他思考时的一个习惯。他接着就说，书里第十二回有句话："真是人心不古，诡变百出。"太深刻了！看看现在，"玩高尚"也成了时髦——玩慈善，玩助人，玩见义勇为，玩高风亮节……不过也不奇怪，马斯洛的第四层次——"尊重的需要"，说白了，就是精神享受。

这样别致的高论，我头一次听到。看着眉飞色舞的夏侯，我瞠目结舌。

夏侯没有注意到我的惊讶：

危老走了，还有危阿姨。两口子一个脾性。这院里那栋副书记没住成的小楼原来是分配给她的，不用花钱买，将来子女也可以继承。她不要。给我们老板上书说："……我和我已故丈夫一生从来没有向组织提过任何与个人利益有关的请求，如果这封信提出的请求算是的话，那这是唯一的一次——我的请求是向领导表明：我不需要新房子，请组织上另作考虑。好心人劝我迁就，都接受了嘛！但人家是人家，我是我。迁就就等于自甘堕落。同时，我郑重声明：也决不许任何亲属打我的旗号，来要这栋房子。我现在住的房子在我死后也交回公家。我们留给后代的遗产是极为丰厚和宝贵的，那就是我已故丈夫的精神品格。此外，我还有一点点存款，全部用于我的后事开销，尽量不给组织增加负担。"

这封信里的别扭和较劲谁看不出来？可她不了解我们老板的水平。我们老板当即就在信上批示："老一辈革命家的高风亮节给我以深刻的教育，为她的无私精神深深感动。相信对于我们广大干部，这封信也会是一份思想道德的好教材。"并且用市委红头文件转发到市委市政府以及下面各县区的所有部门和单位。

危阿姨后来又自费出了一本书，是危老生前剪报编辑的一本诗集。我们老板又让办公厅通知市委市政府以及下面各县区的所有部门和单位订购，必须做到人手一册，让危阿姨得到一笔相当可观的正当收入。没想到危阿姨不但不接受，还大发了一顿脾气，当面让我们老板下不来台。事后，我们老板不但不介意，反而是一开干部大会就拿这诗集说事，对危阿姨大加颂扬。喏，就是这本。

夏侯从那整面墙的书架上取出诗集，递给我。

我一页一页翻着，心一阵一阵发紧：

……

范　园

武可安国文定邦，

千秋浩气立平冈。

范园存亡无足论，

山川大地共华章。

注:"范园",范仲淹祠。"华章",《岳阳楼记》。
……

焦 桐

手植焦桐五十年,
三人合抱已参天。
自是裕君人去后,
桐林漫漫阔无边。

注:"焦桐"为焦裕禄手植,后人名之。
……

本 质

质本洁来还洁去,
未肯逐流堕泥沟,
此去黄泉归旧部,
昂首挺胸自不羞。

……

作为当时在任的封疆大吏,如此的沉郁激昂,诗发表时如同电光火石,朝野震动,现在读来只能是历史的祭品了。

危阿姨为诗集写了一个后记:

  诗集即将付梓,我痛彻骨髓。死者长已矣,生者常戚戚。但我永远不会忘记老危弥留时抓着我的手说的话:我俩老骨头,即使顶着崩塌的泰山,也要走到正路的尽头。

我抬起头,对面欢笑着的夏侯的明眸皓齿一片模糊。我突然站起来说了声"告辞",就往外走。我不想让夏侯看见我失态。

四

夏侯出事是在他那个"我们老板"出事之后。我先是在电视下边的滚动栏看到那位市委书记被移送司法机关的消息，不久就收到老同学告知夏侯被捕的微信。

夏侯是那个案子突破的关键人物之一。单是经过他的手转给"况姨"的银行卡、支票上的数字就不是我这样的书生可以想象——尽管他当时并不知道那些密封件里装的是什么。他对领导忠心耿耿，做梦都不会觊觎领导的秘密，更不会想从中捞一把。最多就是让那些托他给"我们老板"传话的官员和企业老总报销他招待我们这些狐朋狗友饭局、K歌的费用。要不"我们老板"不会那么放心用他。

办案人员根本不信夏侯会那么干净。夏侯说，你们不信我也没有办法，反正我到死都只认我爸的话：在政府做工一定要记住两条，一不要多上级事；二不要沾冤枉钱。

夏侯交代的时候，脸上的笑容一如既往。让人觉得他嬉皮笑脸，狡猾。传出来的他交代时说的那些话，只有我们绝对相信，但法律无情。

我特地回了一趟老家。一帮老同学邀齐了去探监。

给夏侯判的刑很重。我们以为会见到一个萎靡不振的夏侯，没想到被警察领着出来的时候，他浑身上下收拾得干干净净，除了穿着囚服，除了隔着铁栅栏，除了有点老成，就像他最早被他老爸领着出现在我们班上一样，咧着嘴，露出雪白的牙齿，有一点害羞但绝对是灿烂地笑着。

一个女同学失声大哭起来，喊：

夏侯阳光，你个白痴，你只会傻笑啊？你不会哭啊？

铁栅栏后面一脸笑容的夏侯哽咽说：

我哪里笑了？我没有笑啊。

献给克里斯蒂的一支歌 |黄咏梅|

原载《北京文学》（精彩阅读）2016年第1期

    克里斯蒂对我唯一的一次拜访，是个礼拜六的下午。她的穿着跟平时上班风格不一样。裙子是裸色的，上边嵌着星星般的碎花。那本《圣诞忆旧》就压在那些碎花上边。那时候我们并不熟悉，我刚进公司不到三个月，而克里斯蒂已经在公司换了四个部门，第四个正好就是我在的那个部门。"萨宾娜，周末有空去你家玩？我租的房子也在环市东路上呢。"说实在的，对于她的来访，我一点心理准备都没有，就好像我还没适应"萨宾娜"这个英文名一样。

    是这样的，我们公司是一家外企，整个公司不见得有几个外国人，但每个人都必须要有自己的英文名，类似工号或者代码。我们得像背单词那样记自己的同事，没有一段时间是记不过来的。这里最资深的那个保洁阿姨，在讲大老板坏话的时候，也会说："杰姆很风流的，换女朋友比我们换卫生间的擦手纸还勤。"这个保洁阿姨最爱讲老板们的八卦，据说她曾经被大老板当众逮到将只用了一半的擦手纸换下来带走。别看公司里大家都穿着正装，一本正经，彼此都保持着一定的距离，其实各种小道消息、八卦传播得很快。在茶水间遇到几个人，挤眉弄眼地问我："萨宾娜，克里斯蒂去你家谈心啦？"我都还没能背出他们的英文名，他们居然能知道礼拜六我家发生了什么事情。

    克里斯蒂的来访并没什么目的，只是对同事中感觉气味相近的人作一次"投石问路"。她坐在我家那张沙发上，喝着我给她泡的铁观音，不时拈起一粒碟子上的葡萄干或者脆杏仁来吃。她给我带来的礼物，就是那本《圣诞忆旧》。她一多半都在讲这本书怎么怎么好，哪里打动了她。我没看过这本书，她的介绍也很凌乱，很没重点。一会儿讲这个离异家庭长大的作者卡波特跟父亲的关系，一会儿又讲卡波特身边一直相伴的那个独身老女人。看起来她真的很喜欢这本书。"你一定要看看这本书，里边那个叫苏克的女人，带着这个小男孩，圣诞节用辛苦攒起来的钱买材料，做各种口味的蛋糕，给左邻右舍一家一家地送，还突发奇想给总统寄了一个，她难道指望总统能解决她的独身问题吗……"说到这里，克里斯蒂哑然，晃晃脑袋，似乎想起了书里那些有趣的描写。"这个苏克，很 Sweet 的。"她几乎是笑着补充了这句话。我礼貌地报以一笑，并看向她。没想到，她的眼里竟然闪着泪光，我觉得有点尴尬。毕竟，我们那时在公司还没说过几次话。那一次看到我办公桌上那个切·格瓦拉头像的小铜笔架，她就停在我那格办公桌前，拿那笔架看了又看，说她家有一只切·格瓦拉头像的 CD 架，看手法很像是同一个人做的。接着她就说，要来我家玩会儿。

显然，她是想跟我走近的。她打算离开我家之前，礼貌地问我："以后有需要我帮的尽管说啊。"她环顾了一下房间四周。这间不到 50 平米的单身公寓，我只租下了一年，并没打算长住的，所以弄得很简陋，东西堆堆塞塞也没个章法。

"啊，想起来了，现在就有需要你帮我的。"我走进卧室，从壁橱里抱出一床棉被芯。"烦死了，这个世界上我最讨厌的事就是一个人套被子……"我一直抱怨个不停。从上大学到毕业工作，我还算是个蛮独立的人，找工作、租房子、搬家……这些都是我一手做完。可是，套被子这件事着实让我烦心，两只手对付八只角，大半个身子从被套口里钻进去，对齐前边四只，又游回来对齐后边四只，人钻出来，一扯，前边那四只又跑偏了，不得不又钻进去……如此往返几轮，勉强使得四角两两相对，最后拎起两边，高高站在床上，一阵狂抖乱颠，此时人已经披头散发，或者说怒发冲冠了。

克里斯蒂不需要我插手，她说要示范个标准动作给我看。只见她把长裙卷上大腿，在右侧打了只蝴蝶结。实际上她是虚张声势了。她轻盈地将被子在床上展开后，叠成春卷状。她坐在床沿边，跷起二郎腿。她的腿型很匀称，直而且白。除了偏瘦，她其实应该算是个美女的。她慢条斯理地将那整条"春卷"像酿肉一样,一点点塞进被套,手跟进被套里摸索几下,人再站起来,两手各捏着一侧,朝天空一抖,被子作一次优美的波浪运动,跌落到床上的时候,芯和套已是骨肉不分离。最后,她沿着床四周巡视一圈,四角各拉扯了一下。完活儿。

我像看一场表演,眼睛都没眨一下。

"以后你也会的,慢慢来。"克里斯蒂从容地解开那只蝴蝶结,长裙纷扬撒开,很仙的样子。

这就是我跟克里斯蒂的不同之处,当然,也是克里斯蒂跟很多人的不同之处。我是这种人——从小开始,喜欢吃西瓜就发誓要嫁个卖西瓜的,喜欢吃麦当劳又发誓说要嫁个开麦当劳的。为了摆脱一个人套被子这件烦心事,我已加快了找男朋友的进度。实际上,没多久我就谈恋爱了,并且我们很快住到了一起。套被子这种事自然就解决了。

克里斯蒂没再到过我家。

在我们这种外企,人和人之间本来就不容易走近,看起来我们共用一台电梯,其实我们每个人就是一台独立的电梯,升职、加薪、跳槽、"炒鱿鱼",这些,是每个人的楼层。"叮",门开那么一下,15秒后,关上。能者居其上,能上者捞大世界。在办公室里,我们除了完成手头的工作外,也会扎堆研究研究"能"这门学问。按照公司的升职定律,一般在三个以上部门待过的人,存在很大的上升可能性。比方说,那个复旦大学毕业的丽莎,五年内,从销售部跳到公关部,接着跳到人力资源部。据说,年底的迎新年派对,就要宣布她当副总了。这个消息今天早上从庄森嘴里走出来,简直就像开香槟的那一声"嘭",很快,言论像泡沫一样止不住,流窜在我们这个单元层里。

"丽莎?82年生的,比我还小三岁,凭什么?"亚力克愤愤不平,扯松了他的领带。

"早预料到啦,只有蠢人才想不到,她每换一个部门都升半级,钢琴家的手都没她那么快。"庄森不到四十岁,却过早地出现了中年胖,这种体型在公司被判决为"失觉型",迟钝、难爬、濒临放弃。相比那些弹跳力强的精干型人才,"失觉型"唯一的优势就在于,他们跟公司的转椅结下了深厚的友谊,他们能熬,就算熬得胖胖的也不会离开椅子半寸。

献给克里斯蒂的一支歌

"切，滚床单嘛，爱滚就会赢。"满脸雀斑的翠茜出了名的心理阴暗，在她看来，一切的成功都是交易，女人用身体埋单，男人则用金钱。

整个午休时间，他们都在研讨关于"滚床单"的学问，顺带还议论了公司其他几个以此"著名"的女人。我只有听的份。

在这期间，我看到克里斯蒂端着一杯冒着热气的咖啡，轻轻地从我们的圈子走过。那股香浓的咖啡味，过了很久才散去。

"美貌在公司就是升职器，杰姆那么好色，什么类型都不拘的。"接着他们又议论起了那几个红人的美貌特质。听上去，理论翠茜都研究得很透了，就是没有实践的能力。"唉，说到底，很多能力是天生的……"翠茜摆摆手，一副怀才不遇的委屈。大家都没接话，眼看这个话题就乏味了。

"唉，也不绝对的吧，资历不是也很重要嘛。"我想把这个令翠茜伤感的话题引开，这是我的优点。满一年见习期的时候，部门鉴定是这样评价我的：具有良好的工作素质和团队合作精神，性格开朗，善解人意。我对我的男朋友炫耀说，你看看我的人品！他很不以为然。他早就说过，我是个利己主义者。不过，他喜欢我，就在前边加了个时髦的形容词——精致的利己主义者。为了消除我的愤怒，他又说，我也一样，我们都是，精致的利己主义者。没有什么不好的，只要不是个损人利己主义者。我和男朋友相处得很好。

果然，翠茜不伤感了，现在，她把伤感投放在了克里斯蒂的身上。一谈资历这个话题，就必然会谈到那个老员工克里斯蒂。

据说，克里斯蒂已经四十多岁了，每换一个部门，列入电话通讯表格里，她的名字总出现在倒数的末几位。可是，从没见她有任何不满情绪。

"她不在意这些职位啊薪水啊什么的，反正她一人吃饱，全家不饿。"我真是这么想的。

"怎么可能不在意？她又不是上帝！"胖子庄森似乎在说自己。

"嗯，我想，是价值观吧。她看重的东西不是这些。"不知道为什么，那次克里斯蒂的拜访，一直留在我心里，她的膝盖上摆着书，眼含泪光坐在我的沙发上，这个镜头是那么文艺。在我眼前，这么特殊的镜头从此再没出现过。在某些无所事事的礼拜六，我也曾冒出过是否要对克里斯蒂进行回访的念头，我也可以轻松地走到她的办公桌前说，克里斯蒂，这个礼拜六我去你家玩玩？我还没看过你那只切·格瓦拉CD架呢……可是，这些计划经常会被一次次"消消看"游戏的方阵冲散。

年末的迎新晚会，主题是"blingbling"。大老板杰姆给员工群发邮件说，今年公司取得了好业绩，跟诸位的努力是分不开的，在我的眼里，你们都是一颗颗闪亮的宝石。希望在新的一年里，继续散发你们的魔法光芒，照亮自己，同时照亮他人。公关部的同事敏感地在他的邮件中摄到了"bling"这个词，于是，晚会上我们都被要求穿得像一颗颗闪亮的宝石。我那件黑色小礼裙，胸口上是一只用珠片拼缀成的大蝴蝶，灯光一照，他们都说，萨宾娜，我想变成那只蝴蝶。那只大蝴蝶趴在我足够辽阔的胸口，胖乎乎的。克里斯蒂对那些闪亮的材质发生了兴趣，用手捏了捏珠片，说："哇，起码得用一千片吧？"我打量一下她，差点没笑出声来。她还穿着最常见的那件白衬衫裙，腰上系了根细棕色皮带，但她确实很"bling"，因为她头上戴了一只会发光的发箍，上边的皇冠一闪一闪，就像圣诞树上的彩灯。

"克里斯蒂，这玩意儿会唱歌吧？"我还是没忍住，笑了。

克里斯蒂很惊讶，问我怎么猜到的。实际上，这种发箍，我在环市东路的夜市摊上，看到过很多回，那个小贩总在示范给扯着大人裤子不愿意离开的小女孩看，拨一下发箍后边的小开关，皇冠就跳啊跳地闪烁，再拨一下，音乐就响起来，是那种熟悉的洒水车的音乐。克里斯蒂让我转到后边去，看藏在头发里的那个小开关。她就是在那里买的，本来10块钱一个，她说服小贩，20块钱，买下了这个。

克里斯蒂频频点头。她告诉我，在世贸会期间，要50块一幅呢，那些"鬼"最喜欢买了。克里斯蒂还想说点什么，会场响起了掌声。只见舞台上，杰姆这只"鬼"挺着沉重的大肚子走向了话筒。

庄森的情报很准，丽莎果然被宣布就职副总。她穿着一袭华贵的超短旗袍登台，银光四射。整个晚会上，就她一个人穿旗袍了。我想翠茜肯定又会说："看吧看吧，我没说错吧，全世界都知道杰姆是个旗袍控的，说不定这旗袍是杰姆送的呢。"

丽莎上台发言，胸口都要碰到话筒了。她先说了一堆感激的话，说到后边，竟然哽咽了，不断向大家说抱歉。就在众人等着她整理好情绪说下去的时候，忽然，一阵嘹亮的音乐响起，仿佛一辆洒水车撞进了人群。我和大家一起朝声音的方向看去，只见克里斯蒂正扯起头发，用手摸索她的后脑——那只开关大概失控了，音乐响个不停。此时，不知谁带头笑出了声。我竟没想到去帮克里斯蒂搞定那该死的开关。

克里斯蒂在众人的目送之下，穿过人群，朝安全出口方向走去。

洒水车开远了，逐渐消失，等到完全听不到的时候，刚开始还星星点点"blingbling"般的笑声，变成了一阵集体大笑的高潮。我也笑了，杰姆在台上也笑了。只有那个刚才还哽咽着的丽莎，不知该摆出什么样的表情。

本次新年晚会最为bling的，不是那个哽咽的大胸脯丽莎，当然也不是趴在我胸口的那只大蝴蝶，正如大家所传来传去笑话的，是那辆洒水车。翠茜笑得气都要背过去了，她说现在只要一听到街上的洒水车，就会想到克里斯蒂的发箍。最让翠茜拍手称快的是，她看到丽莎站在台上，比克里斯蒂显得还尴尬。

"嗨，克里斯蒂，你是故意的吧？"翠茜打趣地问。

克里斯蒂刚进办公室那扇玻璃门，面无表情地走向自己的座位。我们注意到，她的短发下，伸出了两根白线，一根沿着她的肩膀垂挂下来，一根从她扁平的胸口横穿，最终都归入右边的那只口袋里。

那口袋里边到底有没有一支歌曲在播放？我们不得而知。

后来，我在下班路上遇到克里斯蒂。她换了双平跟鞋，走得慢悠悠的，被裹挟在方向一致的人流当中。她的短发下，也挂着两根白线。我赶上她，拍拍她的肩膀，她整个身子神经质地抖了一下，就差要喊出声来了。她摘下耳机后，才向我笑笑，好像戴上耳机之后，她谁也不认识似的。

从我们上班的地方到华侨新村，不到两站路，我们并肩一起走。

"这样走路不安全。"我指了指她的耳朵，"这条路上，很多小偷，抢包或者用刀割手袋，我就亲眼看到过。"

克里斯蒂歪歪嘴角，这笑容让我觉得刚才的话很多余。

"那感觉很好的，你的耳朵被音乐塞住，你眼里看到的东西，成了电影画面，就好比，嗯，你在给这个世界配音。你看，酒店门口那两个人在吵架，你可以认为他们是彼此热情地抢着付账呢……"克里斯蒂热情地笑了起来。

我早就说过,克里斯蒂应该去搞艺术,或者当作家,最起码应该去报纸杂志写写专栏什么的。她总是那么文艺。

好不容易将话题转到公司,我们才算有了些共同语言。在嘈杂的人群里,我们聊得像挤牙膏。我们从那个新年晚会聊到那个被洒水车冲乱了的丽莎。

"凭什么呀,她那么年轻就当上副总了。"我愤愤不平地说,还传达了那些关于"滚床单"的议论,期待引起克里斯蒂的一丝共鸣。

"这跟年龄没关系,想要得到什么,努力达到就是了。关键是要想清楚。"她还是那么平静。如果不是那个赶路的男人,手表撞到了她的手臂,她的眉都不会皱一下。

"想清楚就可以了吗?总还得想想别的什么吧?比方说,呃,道德感……"我对丽莎的升职一直义愤填膺,甚至还有——羡慕嫉妒恨。克里斯蒂的反应让我有点心虚。

"嘿,道德感……"克里斯蒂像跟一个老友打了声招呼。

快拐进华侨新村的时候,人群在天桥的东西两侧得以分流,我们走的是东边。人少了,华侨新村的阔叶榕一棵接一棵地迎面而来。克里斯蒂伸出了左手,眼睛并不去看那些树,那一棵棵树都准确地拍到了她的手。

"萨宾娜,我在这里一晃就快10年了,简直有点,可怕。"克里斯蒂轻轻叹了口气。

"克里斯蒂,你就没想过跳槽?"我的意思是,克里斯蒂在公司真的没前途。

"跳去哪里?我是个没File的人,去哪里都一样。"

我停下了脚步,睁大眼睛,看着她。

克里斯蒂也停下来。看着我,耸耸肩,好像感到对我隐瞒这些有点抱歉。"这不是个秘密。我跳槽来公司,就没带File。"

公司里总是有些不知道什么时候约定俗成的说法,有的东西,我们会直接用英语称呼,似乎它们的西方制式,在中国是无法转换的。例如把录用书称为"Offer",把命令称为"Order",个人档案呢,就直接称"File"。克里斯蒂嘴里吐出这个单词,那么轻描淡写,好像File是只小猫咪。

我的脑子开始转个不停，脚不知道什么时候开始跟着克里斯蒂迈开了。我们又沉默地走了一小段。我想得更多的是，克里斯蒂来公司前，发生了什么？一个不要档案的人，等于前边的那些人生，白过了。

"那是为什么？"

"萨宾娜，你今年多大？"克里斯蒂没头没脑地问我。

"25。"

"真是个小朋友，有些事发生的时候，你还没出生。"克里斯蒂摇摇头笑了。她又忽然挽起我的手臂，拉着我大踏步朝前走，就像要甩掉身后某个咳嗽鬼。

在一个十字路口说过"明天见"后，很快我又转回身。从她的背后看去，短发底下又垂下两根白线了，好在，这条小路很安静，周围只有几个拎超市袋子的女人在走着。隔着大约十来米的样子，我仿佛能听到她耳机里传来一阵音乐。

我悄悄地问过庄森，他是我们公认的"资讯台"。庄森的"情报"也不多，只知道克里斯蒂跳槽来公司的前一份工作，是政府的某个文化部门。

"公务员？"我吓了一跳。克里斯蒂哪一点像公务员？她充其量像个懒散的小职员罢了。

"就是因为不像才跳槽的嘛。"庄森不喜欢我一惊一乍的样子，总爱摆出个老资格来压我。

"不知道她怎么想的，公务员好难考的哟。"我撇撇嘴。

"嗯，公务员也不见得那么好，没上升空间的公务员，没地位也没实惠，还不如到公司，像我一样。"庄森习惯地又开始"审人度己"了。

我猜当年克里斯蒂一定没想清楚，头脑发热，什么都不要，一跳了之。

比起克里斯蒂的档案问题，我更多地纠结于她那个公务员的职务，事实上，我还为此跟我的男朋友吵了一次。

那天，男朋友下班回家。那件生日时我下血本给他买的 HUGO 西装还没来得及脱下，我们就吵了起来。我先是跟他说起克里斯蒂的事，然后说到我的一个念头——我现在要不要去考公务员？事关于己，男朋友马上从一个聆听者变成了一个辩论者。他从公务员的现状开始谈，谈到假设我现在是个公务员，要经历怎样的奋斗历程，他讲的关键在于——你知道，公务员的职数不是争取来的，是等来的，你怎么知道你就能等到？

男朋友是清华大学毕业的理科生，口才却不比文科生差，我自然辩不过。可是，我的脑子并不是一时发热。除了因为公司太辛苦，经常需要加班加点完成项目之外，更重要的是，我还有一个失败的秘密——当年同宿舍的8个女生，有5个都考上了公务员，我作为落榜者，才找到现在这家公司。一种莫名其妙的耻辱感让我到现在还不愿意去参加同学聚会。他压根儿不知道我的这个秘密，这家伙一毕业就毫不犹豫地进了现在这家很有实力的评估公司，哪里能体会到我的纠结？

我没有退步，念头依旧执着，大有你管不着我的姿态。

说不动我，男朋友转而开始讲考公务员之难。你知道吗，现在每年"国考"近150万人，这是什么概念？比考清华北大难多了，你想考还未必能考上呢！

这番话让我变成了一个泼妇，不管三七二十一，就是要考，就是要考。我这个样子，他并非少见，多半是在我想要买一件东西，意见不一致的时候，我会使出这招，每每令他屈服。

可是这次他没屈服。他扯下那件裁剪得体的西装，挂到衣橱里去了。他的腿很长，就像韩国电视剧里的那些哥哥。这是我喜欢他的一个重要因素。我看着他的背影，气有那么一点消，想从后背抱抱他。事实上，考公务员只是克里斯蒂带来的一个念头而已啦。

他换了家居服从卧室出来，斜靠在沙发上，长腿搁在茶几上。

我趁势坐在他的长腿上。

"最近公司很累？"他把我抱到怀里，放低声音。

我习惯地开始撒娇。发了公司一大通牢骚之后，我讲到那个坐"直升机"的丽莎，我竟然难以控制地愤怒，也不知道眼泪从哪里来的。同时，我对自己有那么一点惊诧，潜意识里，我原来竟如此在意丽莎的升职，甚至还感到了——委屈。

"你都不知道，她们多半都是靠滚床单！"我在"滚床单"这三个字加重了语气。

"那有什么用？升职有什么光荣可言？谁爱滚就让她滚呗。"男朋友抚

献给克里斯蒂的一支歌

摸着我胖乎乎的胸部，试图平息我的愤慨。

"月薪翻倍啊！这太不公平了，难道，难道我也得去滚床单？"话一脱口，我就有点后悔了。

果然，我的身子马上受到了重重的一颠，整个人被扔到了沙发上，额头磕到扶手上，带来一阵疼痛。我就势把脑袋埋在座垫里，屁股向上翘着。我这个滑稽的姿势不知道维持了多久，就像维持一个事故现场。

身后竟然一点动静都没有。我把眼睛从座垫抬起，那人不知什么时候离开了。我一跃而起，冲到门边，边穿鞋子边吼："好啊，我现在就去滚床单，现在就去滚……"我气得发抖，摔门的声音如此巨大，我还觉得力气不够用。

在小区的一棵棕榈树下，我被半拖半抱着回了家。这不是第一次了，吵架的结果几乎没什么区别，但是每一次吵架，都达成了不一样的目的，这大概就是恋人之间的升级机会。

我们在吵架的余怒中，做了一次满足的爱。男朋友光着身子跑下床，再钻回被子里的时候，手上多了一张银行卡。他说，这里已经储够30万了，我们商量一下，买日系车，还是德系车？

我们早就说好了，先买车，再按揭房子。同居时买车；按房嘛，就意味着要结婚了。

一切都在按我们的规划上升。我们共同的理想是，5年后，过上有车有房的精致生活。

第二天清晨，我们用亮晶晶的骨瓷杯子喝咖啡，又用亮晶晶的刀叉吃过煎鸡蛋和烤面包后，穿得体体面面地吻别。男朋友说，买日系还是德系，你想清楚了哦。我报以甜蜜蜜一笑，就像昨天的吵架从没有发生过。

仔细想想，对于目前这份工作，我没有什么可抱怨的。正如男朋友说的，好好干，在业内干出点成绩，即使大老板看不到，猎头总是会看到的。的确，隔三岔五，我们就会听到，公司某某主管又被猎头挖走啦。我铁下心来，打算在这里把自己干成一个资深"猎物"。这样，每天，启动公司电脑，第一时间看到大老板杰姆咧着嘴，竖起大拇指的形象，我不再觉得他是个色鬼。杰姆的形象在屏幕上只停留了几秒种，比电梯停留的时间还短暂，然后，电脑自动登录到公司的办公平台。总会有一只只小信封在屏幕的右下角跳动，群发的或者指定发送的，这些"Order"就是我一天的任务，我只要一件一件地干掉就是了。

我习惯性地打开一只信封，屏幕上只有一行字。我还没来得及抬起头找对面的翠茜，就听到翠茜先嚷了起来："发生什么事啦？丽莎要下来巡楼？"

整个部门就开始叽叽喳喳了。

自从升上副总之后，我们就很少能看到丽莎性感的身影，就算在电梯也很难邂逅她，仿佛她真的坐到了"直升机"上。我们只会在难得一次的巡楼中看到她。上一次丽莎巡楼，是因为公司楼下的绿化小区里，出现了一个变态。他躲在隐秘的灌木丛里，看到年轻的女员工路过，冷不防会发出猥琐的呻吟。丽莎亲自到每个部门，温馨提示，女员工路过的时候要注意安全，尤其是加班独自晚归的女员工，最好由保安陪护出去。

丽莎迈进我们部门的那一刻，庄森、亚力克以及蜗居在各个角落的男员工都离开了转椅，朝过道涌过来。这情状，丽莎是很自然接受的，从她自信的步态看来，若干年的女性成长历程，就是从这种夹道一路走来。

丽莎这次并没有停在过道上，而是径直走向过道尽头，步态摇曳。最后，她在克里斯蒂那张靠窗的位置，站住了。她微笑着瞄了眼正在装订文件的克里斯蒂，然后，才转过身面对大家。她先是慰问大家的辛苦工作，那老成持重的神态，颇有几分似杰姆，尽管一个中国人学老外的神情，看起来总有点出洋相，好在丽莎的确是个大美女。我一直在琢磨她戴的美瞳。

丽莎开始讲此行的重点。她把手撑在克里斯蒂办公桌的围隔上，说，大家可能也听说了，明天下午，环市东路会有一场游行，市民自发的保钓请愿，目的地就是我们楼下。公司希望大家不要参与，更不要闹事。

说实在的，我压根儿就没将这几天报纸网络上闹得纷纷扬扬的保卫钓鱼岛游行跟丽莎的巡楼联系在一起，似乎这两种行为之间半毛钱关系都没有。杰姆是个英国人。

丽莎宣布完后，又回答了几个男员工的问题。

"当然，这是自发行为，公司也不能强行限制，但是，杰姆不喜欢，很不喜欢。"

不知道为什么，我很不喜欢丽莎这种语气。我在心里暗自回了一句："杰姆算个屁啊，马屁精。"

丽莎又在簇拥之下走出去了。

办公室又出现一阵叽叽喳喳。

如果说，明天的游行跟我们公司能扯上点什么关系，多半因为，我们公司位于使馆区。在我们这座写字楼的背后，绿树掩映着几处小矮洋楼，都是各国的使馆楼。每天午饭后一个小时的休息时间，我们会三三两两结伴到后边的小花园里散步，运气好的时候，还能蹭到免费顺畅的Wi-Fi。由于前边有高楼遮挡，环市东路主干道上沸腾的车马声，一点也流不进来。这种特殊的幽静，的确给人带来些戒备森严的感觉。当然，另外还有一层关系，就是庄森说的："杰姆肯定不喜欢啊，他周末经常跟那些鬼去打高尔夫，如果公司有人参与，他会觉得尴尬。"庄森指指他身后的窗子，楼下那几幢红的黄的矮洋楼，像一只只文件夹子，各自夹住了一小片绿地。

下班的时候，我跟克里斯蒂搭同一台电梯。走出公司大楼，觉得门口格外空旷。多走几步便看见，在离马路几十米的地方，已经拉起了一排蓝色的防护栏。保安正示意大家绕侧边的小道离开。

实地的情景让我有几分亢奋，还有些许紧张。我跟着克里斯蒂，绕小道走上了环市东路。

由于大道被封，路上的人更拥挤了，克里斯蒂和我挨得很近。换上她那双舒适的平跟鞋，她只跟我的眼睛齐平。她不仅矮小，还很干瘦，白衬衫塞到A字裙里，像个没发育好的女孩。这让我想起她喜欢的那本《圣诞忆旧》。她送给我之后，我把它当睡前读物，零零碎碎读完了。说实在的，我并没有多喜欢这本书，不过，里边她喜欢的那个老女人苏克，大概形象跟她差不多。

人多，我们都没心思说话，只顾看眼下的路。走了一阵，冷不防我的右耳被塞进了一个东西，我还没回过神，就听到了那东西传来的音乐。我侧过脸去看克里斯蒂，她朝我眨了眨眼睛，恶作剧般笑笑，同时，用左手挽起了我的胳膊。她那么矮小，挽着我倒像个妹妹。

白线连着的另一只耳塞在克里斯蒂的左耳里。我们共享着她口袋里那只播放器。

"一首曲子反复听多了，那音乐会不时在你的耳朵里响起来。即使你没在播放，就算你很久都没听它了，但是，在某些时刻，紧张、快乐、悲伤……总之，就是某些时刻，它会自己冒出来，或者，你也会不自觉地哼出来。"我记得克里斯蒂上次对我说过这样的话。可是，我现在实在记不起那是一首什么歌。我们一起听的时候，是多么地熟悉，可我始终想不起它的名字。我们经常会有这样的时候，话到嘴边却忘言，或者说，指着某样东西，明明认识却硬是叫不上名字。这种时候，我们能做的就是着急地、不断地重复，哎呀，哎呀，那个，那个……这种时候，我们最需要的就是，有旁边的人，来那么一句提醒。可是，这首曲子注定无人能提示。我和克里斯蒂再没有这样一起走过。

我不确定，那次听过之后，我是否还遇到过这首歌；即使遇到了，我也不能确定。

第二天下午，比预报的时间提前了半个小时，3点不到，就听到亚力克在东边的窗口喊："来了，来了！"于是，我们扔下手上的工作，都挤到东侧的那几扇窗口看。

我们的办公室在12楼，窗户是那种密闭的落地双层玻璃，声音基本听不见。好在前边无遮挡，视野开阔，可以看到环市东路一整条游行队伍。

现在，环市东路整条主干道都封闭了，禁止车辆通行，整条大道上，密密匝匝的人潮，一点一点朝我们这边泛过来。拉着横幅的走在最前边，拿着扩音器的走在两侧。

"可惜听不见。他们在喊什么？"翠茜把耳朵都贴到窗户上了，"这就是丽莎说的闹事？他们很有纪律嘛。"

队伍走到那些蓝色的防护栏前才停下来。护栏的内侧，早就等着一大群穿制服的警察，盾牌一只只对应地排放在他们跟前。

那个穿着红T恤的男人大概是领队，因为，他挥挥手中的旗子，后边的人就一点一点地停下来了。绵延在环市东路的队伍，花了很长时间才停顿下来。

听不到窗外的声音，我们像看一场哑剧。太安静了，更没有我们设想的那种骚乱、激动。看了一会儿，翠茜没兴趣了，回到座位上。我给自己冲了一杯咖啡，边喝边看。

"庄森，你估计有多少人？"

"一万以上。"

"我看有三万。"

"夸张了吧？"

"打赌？"

"怎么赌？又没有准确数字。"

"明天看报纸新闻嘛。"

"报纸新闻？那也能信？"

亚力克跟庄森在争论。

"嘿，嘿，那是谁？"庄森猛地大叫了一声。

我顺着庄森的手指看下去，只见一个女人，从我们大楼的门口方向走了出来，一直朝防护栏走去。白衬衫，黑 A 字裙。

"克里斯蒂！"不知何时重返窗口的翠茜尖声喊了出来。

虽然看不到她的脸，但我们一致确定那就是克里斯蒂。

的确，她已经不在办公室了。我不知道她是什么时候走下去的。印象中，她刚才还站在玻璃前。

她一直走向队伍。她走得不快，像我下班时遇到的那样，好像踩着节奏去的。我不确定她有没有塞上耳机，有没有一首曲子在她的耳边响起，在这种紧张的时刻。

这期间，她跟阻拦她的一个警察说了些什么，警察就让她过去了。她走到那个红 T 恤的男子前边，犹豫了一下，手一伸，男子看了看她，也伸出了手。

"他们在握手吗？"

距离太远，我们实在看不清楚。

很快，克里斯蒂又朝我们大楼的门口方向折返，消失在我们视线内。

"搞什么啊？"翠茜仿佛被吓住了。

一会儿，我们大楼那两个值班的保安也出来了，他们各自扛着一箱东西，克里斯蒂跟在后边。在几个警察的护送之下，那两箱东西最后放到了护栏跟前。克里斯蒂蹲下去，将箱子里的东西取出来，一次又一次地，递给挨近护栏的队伍。

这下我们看清楚了，克里斯蒂在给他们发矿泉水。

"天哪，15楼不会也在看吧？"翠茜竟然担心起来。

天晓得，15楼那个大老板杰姆是否像只蜘蛛一样趴在窗前看？丽莎也看到了吗？

"即使看到了，也不一定能认出谁吧？"亚力克呆呆地看着窗下。

因为克里斯蒂，这场游行跟我们开始有了关系。我们没有离开窗边，眼睛只盯着下边那个小人。那个小人，最后被队伍中几个人从护栏的内侧拎了起来。她被放进了队伍里。

我们一直站在窗边，谁也没有离开过，直到再也找不见克里斯蒂。

不久之后，我们在公司也看不到克里斯蒂了。面对她空荡荡的桌子，以及她没有带走的那颗仙人球，我觉得有些愧疚。她是唯一到我家拜访过的同事。共事那么久，我竟然没有回访过她。

丽莎说，克里斯蒂是辞职，不是跳槽，因为没有一个人知道她去了哪家公司，跟着哪个老板。

我想，克里斯蒂大概又是没想清楚，脑子一热就跳了。

在某些时刻，克里斯蒂会忽然从我脑子里冒出来。下班的路上，在华侨新村那些阔叶榕树下，看见一个瘦小的女人，像散步一样缓慢，我的心就会加快跳动几下，确定那不是她，才松一口气。

我的男朋友果然实现了他的五年规划，我们共同按揭了一套公寓。那意思是，在这个城市里，我们共同享有固定资产。像大多数男人和女人一样，我们要结婚了。

结婚这样的事情，现在人们已经不再觉得有多重大。事实上，有很多跟自己无关的事情，现在人们都并不觉得有多重大。通常是，某一天回到办公室，保洁阿姨奉命在我们每人桌上放一包喜糖。然后我们被告知，某某结婚了，不摆酒。我们会把挑剩的那些糖送给保洁阿姨。可是，在我的心里，结婚依旧很重大。自从在网上预约了民政局登记以来，那个日子一直让我紧张。有几个晚上，睡到半夜我会中途醒来，摸黑到厨房拿牛奶喝。冰箱门被拉开的那一瞬间，我的眼前"哗然"一片光明。随即，我听到耳边传来了熟悉的曲调："5111，5271，513，531，6231……"是那首俗气

献给克里斯蒂的一支歌

的婚礼进行曲。我这么一讲，那曲调现在肯定在你的耳朵里响起来了。没错，就像克里斯蒂说的那样，在某些时刻，你的耳朵里会忽然冒出一些旋律，一句或者两句。

那旋律让我觉得，我拉开的，是一扇教堂的门。

万家亲友团 |黄蓓佳|

原载《北京文学》（精彩阅读）2015年第10期

　　陈坤和万艳是一对年轻夫妻，结婚已经三年了，还没有小孩子。倒也不是想当丁克族，就是怀不上。万艳妈妈逢人就说，现在的空气和食品污染太厉害，搞得怀个孩子好像中大彩。万艳知道这是妈妈在替她作解释。她觉得这完全没必要，有就有，没有就没有，干吗瞎操心！

　　陈坤小时候是弃儿，似乎亲生母亲是外来打工妹，一不小心生了他，扔在了公共厕所边。后来被当小学老师的陈家两口子抱回去，上了户口，精心培养，长成了现在气宇轩昂的模样。父母当老师，小孩子最起码在教育问题上能得益，所以陈坤一路走来，小学中学大学，一直到硕士毕业，顺风顺水。毕业后进了大公司做暖通，地道的技术人才，凭一张暖通工程师的执照吃饭，拿高高的薪水，做有趣的事情。只有一条，陈家人好像寿命都短，他的爷爷奶奶外公外婆都已经早早入土，他的父亲母亲也在去年和前年分别离世，剩下他孤零零一个，有时候举目四顾，未免戚戚恓惶。

　　万艳的家庭刚刚相反，祖父一辈就兄妹众多，到了父一辈，堂兄堂弟表姐表妹，数一数有二三十个；再到万艳这一辈，沾亲带故的万氏族人，上不了一百，至少也有七八十口，真的是热热闹闹，烈火烹油。好在从上世纪建国前后起，万家子孙们就南征北战，念书的念书，做官的做官，支边的支边，一家一家分布在大江南北。从前书信联系；后来出差和旅游的机会多了，彼此间偶尔能见个面，认认脸儿，亲密关系说不上，谈起来牵肠挂肚倒是真的。

生活就是这样，平平淡淡，无惊无喜。小两口工资不低，雇了个钟点工每周打扫一次房间，平常三顿在单位食堂和小区快餐店解决，周末出门吃一顿特色餐，看一场电影。陈坤爱看国内拍的春青片，因为女主角颜值高，坐在影院前排的话，似乎一伸手就能将她们延揽入怀，满足了他的想入非非。万艳对陈坤的小小心思心知肚明，但是她不说破，说破就没有意思了，人类总是要有幻想天空的权利吧。

这就到了互联网时代，微信技术一夜间火了千家万户。万艳的一个四川表妹有天到北京旅游，召集首都的亲友们聚会吃饭，席上都是年轻人，谈谈说说好不热闹，端茶递酒相见恨晚。趁大家兴致山高水长时，在座的一个大学生灵机一动，发起倡议，要在微信上建一个家族群，方便大家交换信息，沟通联系。议题一抛，众声附和。万艳的表妹说，群的名字就叫"万家亲友团"吧，简单、醒目，绝不会跟手机上众多的同学群同事群好友群搞混。

一语定乾坤，万家亲友团从此成立。当天晚上，聚会的一帮人各自将自己有联系的亲友们拉入群中，从爷爷辈的到子侄辈的，凡有手机者，一网打尽。那一晚，身在南京的万艳被表妹拉扯入群后，手机嘀嗒嘀嗒嘈呱了小半夜，尽是群里亲友们相互之间的问候信息，而且用词遣句高度重复，弄得她烦不胜烦，索性爬起来，把群聊模式设置成了"消息免打扰"。

陈坤，万艳的丈夫、万家的女婿、万家亲友团的一员，对这个庞大的微信群表现得无比投入，手机嘀嗒一响，哪怕他正在厨房里哗哗地洗碗，也会立刻关龙头，擦手，兴冲冲地奔进客厅，把茶几上的手机拿起来，第一时间开看。

他会敦促万艳："瞄一眼哎，你三姑转了个视频。"

万艳蹲在地上研究一台空气净化器的说明书，头都不抬："又是广场舞。"

陈坤大惊小怪："你怎么不看就知道？"

万艳"喊"一声，懒得回答这个蠢问题。她三姑从贵州的一家三线工厂退休后，迷上了广场舞，每天日场一次、晚场一次，跳得连饭都不做了，把三姑夫赶回工厂食堂吃饭，亲友团里都在当笑话讲。

有时候万艳正上班，陈坤嘀嘀地给她来个电话："你二哥家小孩，上海的那个万维维，托福刚考过，说是感觉还行。他这是第三次考了吧？也该修成正果了。"

二哥是万艳堂叔家的二哥，二哥家的万维维是堂叔的孙子，跟万艳八竿子打不着的远亲了，陈坤居然也关注，还操心，让万艳啼笑皆非。万艳忍不住在电话里教训他："上好你的班吧，不该管的你少管。"

陈坤不生气，乐呵呵辩解："家里人的事情嘛，人家既然说出来了，起码要点个赞是不是？"

万艳有次回娘家，跟父母说起陈坤，撇着嘴抱怨："这人怎么变得这么八婆？从前真没看出来。"

万艳妈妈想了一会儿，不无哲理地回答她："一个人要是在沙漠里渴久了，看见水源就会不顾一切地扑上去。"

万艳很佩服她妈妈，毕竟是做中学语文老师的，说话就是有趣味。

那一天夜里万艳做梦，果真看到了无边无际的灰黄色的沙漠，一个身影在高丘上奋力奔跑，每拔出一步都无比艰难。这个身影，有点像十来岁的稚气少年，又有点像七八十岁的龙钟老者。她很想超越上前看个清楚，却发现自己陷进了黄沙之中，锥子一样下旋，瞬间要遭遇灭顶之灾。她"啊"地醒来，一身冷汗，心脏狂跳。转头看陈坤，眉眼虽模糊，呼吸却恬然，皮肤散发出微微的温暖。她怜惜地想，陈坤要找什么水源？她这瓢水还不够他喝的吗？

陈坤做暖通，公司的楼盘遍及大江南北，他时不时地要出差，戴着安全帽上工地，检查图纸的落实情况，偶尔解决一两个疑难问题。工地上总是脏乱差，裸露的钢筋，深一脚浅一脚的泥泞，呼呼作响的水泥搅拌机，还有那些脑子不开窍的工程监理，陈坤想起来就头疼。他对万艳说："最多做到40岁，攒够了周游世界的钱，我们就辞职坐邮轮去。"

这样的时候，陈坤就要喝上一罐淡啤酒，庆幸他的家庭结构超级简单，将来若是周游世界，走到天边都没有牵挂。

出差在外的时候，他们一般不打电话，至多就是飞机落地报个平安而已。没有牵挂，也就意味着他们之间没有太多的共同话题，没有可询问的，也没有值得汇报的。万艳倒是喜欢这种状态。她看不起单位里那些开口菜价、闭口小孩的女同事们。

秋天,陈坤去上海松江。那里有他们公司做的一个酒店,就在未来的迪士尼乐园旁边。当初陈坤画图纸时,还兴致勃勃地邀请了万艳:"等明年乐园开业,我要带你去住这个酒店。"万艳嘴上没说,心里很不屑地想,又不是小孩子,谁会对迪士尼感兴趣?

陈坤出差坐的是高铁,也不过一个半小时的事,感觉上跟同城里上班没有太大差别,所以到达之后没有给万艳打电话。晚上八点钟,万艳一个人吃完了一碗速冻馄饨,打开电脑看美剧之前,顺手点开手机里的"万家亲友团",立刻看到陈坤的一张乐滋滋的笑脸,是自拍照,背景似乎在一个日式火锅店,桌上有热热闹闹的杯盘碗碟,身后还有几张挤作一堆的模糊不清的脸,个个竖着两根手指头,作兴高采烈状。万艳皱皱眉,心想同事吃个饭还值得发照片,一点没创意。刚想关微信,屏幕上出现了陈坤的第二条信息:"老婆,猜猜我身后都有谁?"

万艳不想猜。这太幼稚了,高中生才用这样的语气说话。

第三张照片跟着又过来,这回不是自拍,是陈坤用他的手机拍了别人:男人和女人、大人和孩子。万艳只瞥了一眼,瞬间明白,不是陈坤的同事,是她在上海的亲戚们,表姐、堂哥和堂侄。其中两个不认识的,一个是堂侄媳,今年刚嫁进万家的门;另一个还小,三四岁,或者四五岁?应该是哪位亲戚的孙子吧。

既是这样,万艳不能不作反应,否则要得罪亲戚。她点开亲友团里的回复栏,思忖着应该写上一句什么话,表现出恰到好处的惊喜和热情。

刚写两个字,群里的微信已经一条跟着一条蜂拥而出,挤爆了一版屏幕,蔓延至第二版第三版第四版……有竖大拇指称赞的,有矜持地发上一个微笑的,有热辣辣送上一个通红嘴唇的,还有手舞足蹈的卡通图像,满地打滚的光屁股婴儿,完全无厘头的搞笑动画。

万艳沮丧地抹去了回复栏里已经写好的两个字,深感自己反应迟缓,欠缺机智。

电话铃蓦地响起来,显示的头像是陈坤。万艳无可无不可地接了他的电话。陈坤的声音里透着激动,连音调都比平常高了几分,变得有点尖细。他语气急促地大叫:"听得见吗?喂喂,你听得见吗?"

电话里的确嘈杂，可是万艳这边却是寂静无声的，凭什么听不见呢？她有点哭笑不得。

"他们都问你好呢，你哥和你姐。"陈坤喊。

"哦哦。"万艳答，同时心里想，那不是我哥和我姐，那不过是亲戚，难得见面的人。

"要不要跟他们说话？我把电话给你姐啊。来来……"

万艳有点慌乱，都来不及组织词句，嗯嗯啊啊着，分别跟她的表姐堂哥们一一说了话。"挺想你们的""来玩""下次"诸如此类务虚性质的内容。

放下电话，万艳越想越恼火，觉得陈坤的行为简直就是越界，明明是她家的亲戚，陈坤怎么可以自作主张地跑去邀集一个饭局，还招惹了一帮亲友们微信参与，还措手不及将她一军，让她在电话里语无伦次像个傻瓜？

两个小时之后，估摸着饭局散场，陈坤已经回到酒店，万艳不依不饶地给他去了个电话："陈坤你听着，以后没有我的同意，不准你在外地见我的亲戚！"

陈坤喝了酒，脾气很好，嘻嘻哈哈："不见不见，坚决不见。"

"你要是背着我干了什么，我宁愿跟你离婚，把你踢出我们家的群。"

"宝贝儿，别生气，来来，亲一个，来嘛。"

陈坤之前很少会这么跟她黏糊，听得出来，亲友聚会让他心情大好。

这事过去之后，隔了一星期，万艳的单位组织秋游活动，就近去了东郊栖霞山。年龄相近的男男女女，爬山、野餐，各种自拍、互拍，还席地坐下来打了扑克牌，用手机软件测了颜龄，算了星运。万艳被算出来她年底会怀孕，怀的还是个小公主。同事起哄，说若是预言成真，要请在座的吃一顿大餐。万艳嘴里说不信，心里却开心。毕竟三十岁的人，要不要小孩子是一回事，有没有能力怀上，又是另外一回事。

第二天是周末，闲来无事，趁着余兴，万艳选出手机里拍得不错的几张栖霞山红叶照，发到了亲友群。不出所料，只片刻工夫，得到的又是一片来势猛烈的点赞，有叹红叶惊艳的，有夸万艳拍摄角度抓得好的，还有人更会说话，高调赞美"人比红叶更灿烂"。

万艳头一次在手机上收获到亲友团里漫溢的回应，默不作声地看了一遍,又看一遍,明白了一个道理,人活在世界上,被别人关注是需要的。吃饭的时候,她把这个发现告诉陈坤,陈坤哈哈笑着说:"你总算刷出存在感了。"

万艳在大西北有个亲戚,是她表叔的儿子,曲里拐弯也算是她的表弟,看了万艳的红叶图,心血来潮,在群里发了个号召:"我们去看红叶吧。"居然一呼百应,到晚上,天南地北已经有12个人报名参加。

万艳慌得要跳楼。她是独女,家务事上的操办能力一向偏弱。父母虽说同住一个城市,毕竟年迈,又住城郊,总不能闭着眼睛把麻烦推给老人。一想到十多个人的亲友团将会如蝗虫一般涌进她的城市,她就懊悔脑筋搭错发了那些图片,恨不得跺掉自己的手指才好。

没有料到的事情是,几乎不等她思考妥当,坐在卫生间马桶上的陈坤,已经在亲友群里抢着作了表态:欢迎加入红叶团!

万艳急赤白脸地冲进卫生间,对着陈坤大喊:"这是我们家的事,你能不能别替我代言?"

陈坤放下手机,很无辜地看她:"你们家的事,难道不也是我的事?"

万艳就噎住了,冷静了一下,觉得非但不该怪陈坤,还得大力表扬他才对。拿老婆的事情当自己的事,这么忠心又靠谱的老公到哪里去找?

万艳道歉说:"我是脑子里一下子乱了套。"

陈坤笑嘻嘻地:"你可以靠边,交给我就好。"

话虽这么说,毕竟作主拍板的还是万艳。两个人分工合作,在小区附近的"七天快捷宾馆"订了房间,在宾馆楼下的"大家乐"餐馆订了一日三餐,从两个人的单位同事手中分别借到了足够数量的"公共自行车租赁卡",还上网订购了成箱的水果和零食。

红叶团最后募集到的人数是连老带小15个人,分别搭乘飞机高铁动车陆续到达。陈坤和万艳一个开车一个打的,来来回回接了几趟,总算把一行人安置下来。亲戚见面自然是烧一锅浓汤,天南海北的口音像猛烈的柴火,让汤汁沸腾到咕嘟冒泡。仅仅是将这些熟悉和不熟悉的名字面孔及亲属关系对上号,就不知耗去了万艳的多少个脑细胞。亏得陈坤这个理科男的脑子,穿针引线适时提醒,没让万艳闹出太多张冠李戴的笑话。

为接待红叶团,万艳和陈坤真是使出了吃奶的力气。万艳负责后勤保障，吃喝拉撒睡。陈坤是优质导游，全程陪玩。三天时间里，陈坤活像一只领头的雁，带着一支声势浩荡的自行车队，早起晚归，南来北往穿行在城市的各个景点。到了晚上，酒足饭饱之后，亲友群里的信息量便会瞬间猛增，有当天拍摄的各种美景美食，有关于人文历史的专业性很强的讨论，有红叶旅行团成员的音容笑貌，自拍和互拍，段子和搞怪。群里余下没来的，不是后悔坐失旅游良机，就是天天伸长了脖颈使劲刷机，在线分享聚会的快乐。

这意味着万艳钱包里的钱像流水一样花出去。还意味着她在餐馆里张罗饭菜时，必须使足全力，喊出最大的音量，才能压过那些亲戚们激动到忘情的嗓门。当初加入万家微信群的时候，她根本没有想到会有如此精疲力尽的付出。

热点总是轮流转换，一波未平，另一波又起，这也是亲友群里持续热闹的原因。

万艳有个远亲的侄女，年纪比万艳还大了几岁，35了，儿子已经读到小学四年级，忽然还想要个女儿，就加入了赴美生宝宝的大军。怀孕7个月的时候，一件宽松的羊绒大衣帮她顺利过关，进入美国洛杉矶，在华人开设的月子中心落下脚来。

一场马拉松式的网上直播就此开始。赴美生子是新鲜事，新鲜事在微信群里最容易发酵，更别说这还事关万姓家人的生死安危。

星期天的时候，陈坤半躺在沙发上，嘴里含一支台湾黑糖话梅棒棒糖，手里举着"iPhone6Plus"的手机。顺便说一下，自从加入"万家亲友团"，陈坤发现自己的视力急速减退，为了保住一对画图吃饭的眼睛，他不惜血本更换了最靠谱的工具。此时，他躺着，头枕在沙发扶手上，手指不断地滑开屏幕，关上，再滑开，再关上，百无聊赖的模样。然后抱怨美国那边的孕妇太懒，两三天才提供了四张图片。

"时差12个小时，孕妇不能不睡觉。"万艳替侄女解释。

"发张图片费多大事啊？她难道不知道这么多人在关心她？"陈坤从嘴里抽出冒着热气的糖棒，脸上是掩饰不住的无聊和郁闷。

万艳心里，就有一股来历不明的火头，盘旋又盘旋，寻找突破口。

"如果怀孕的这个是我，恐怕你不会一刻不停地关注。"她斜睨着他手里那台被迫患上了多动症的手机。

"说什么呢？"他懒洋洋地回应，"人家不是在美国嘛。"

"我是说，如果在美国的是我。"

"事实上你在我身边，嗯，我们之间随时都可以谈话，甚至可以做点特别的事情……当然，前提是你愿意。"他嘻嘻哈哈，一边第100次地滑开屏幕。

对话就无法继续下去了。万艳起身，去厨房里倒了一杯水，咕咚咕咚地喝下去。其实她并没有那么渴。

然后，她回到客厅，站在博古架后面，透过稀疏的木格档，凝视沙发上的男人。她觉得他越来越陌生。他躺出这么一副癞皮狗的样子，还像小孩子似的吮一支棒棒糖，真丢人。

两个月之后，美国宝宝在洛杉矶的医院如期诞生，第一时间就睁开眼睛，啃了自己的拳头。一分多钟的视频发上来，亲友们大加赞许，都说，到底美国的空气好、食品健康，小孩子生下来就是皮实。

这事对陈坤的刺激就是，他开始比较勤奋地在万艳身上耕耘，希望也有自己孩子的照片发到亲友群，成为关注的中心。

黑暗的夜晚，他们汗水淋淋地绞缠在床上，你来我往，发出野兽般的喘息。他们的全部心思就是做爱，多多地、长时间地做爱，直到精疲力尽，陈坤手握着万艳的头发，婴儿一样甜熟地睡去。这时候，万艳会欠起半边身，一只手伸到肩头，掰开陈坤的手指，把他的胳膊小心放平。之后，她重新躺倒，翻一个身，背对陈坤，轻轻地呼出一口气，终于觉得自己不是个妓女，她是真正的自己。

春节刚过，亲友群里开始集中关注来自湖南的消息。湖南有万艳的伯父，是她嫡亲的大伯，父亲的大哥。大伯八年前就查出癌症，三次开刀手术，化疗的经历能写一本医学体验小说，病病歪歪坚持到今天，终于撑不下去了。先是癌细胞扩散，到了肝脏、骨头，痛苦到无以复加。再后来扩散到脑部，索性陷入了昏迷，倒也平静下来，苟延残喘，就等着咽气。

亲友群里的沟通加速，准备去湖南出席葬礼的同辈及子侄辈的人，互相联络，订机票、订宾馆，提醒要带上适合丧礼的衣服，商定各方出多少份子钱才是恰到好处，希望大家统一标准，以免有人过头或不足，造成不必要的尴尬。

万艳的父母无法出行，因为老两口不久前去新马泰旅游，乐极生悲，老爷子扭断了脚背上的一块小骨头，目前还打着石膏，不能下地，老太太必须在家寸步不离地照应着他的吃喝拉撒。父母缺席，万艳自然要替代出阵，事关礼节，面面俱到总是最好。

陈坤对万艳说："我陪你去。"

万艳说："求之不得。"

陈坤警惕："好像不愿意？"

"说什么呢？为什么不愿意？"

"口气不对，冷得很。"

万艳哭笑不得："拜托，这都什么时候了？我伯父都死了，明天就下葬了！"

网上订了票，两个人打车到地铁总站，再换乘轻轨往机场。半路上万艳摸到提包里的房门钥匙，忽然想起出门匆忙，忘了检查房门锁好没有。她"啊呀"一声惊叫。

"干什么？别吓人好不好？"陈坤责怪她。

"你看见我锁门了吗？"万艳煞白了脸。

"没注意。"

"再想一遍。"

"的确没注意，我负责拎箱子了。"

万艳越想越觉得慌——也许现在家里的房门还大开着；也许已经有小偷大模大样地进了门，正在起劲地翻箱倒柜；也许小偷正在眉飞色舞地打电话，从四面八方召来更多同伙，以便拿走她家里更多的东西。

万艳用劲地揪住提包把手："不行，我得回家一趟。"

陈坤叹口气："你要么是健忘症，要么是强迫症。"

"随便你想，我肯定要回家。"

他们在地铁总站下车。陈坤先去机场办票，万艳原车返回。

结果房门是锁了的。万艳舒一口气。她这么年轻，不可能得健忘症。

又打一辆车，还去地铁总站。下班时间到了，路上突然堵了起来，挤

万家亲友团

挤挨挨好不容易到达目的地，陈坤打来电话："到哪儿了？"

万艳告诉他："地铁电梯上呢。"

"别过来了，"陈坤说，"闸门关了，我已经登上飞机了。"

"不可能的，飞机从来没有准时过！"万艳快要哭出声来。

"你看，亲爱的，还就是不巧，偏偏今天准时了。"

"你真是讨厌！"万艳很失态地大叫，惹得旁边的行人纷纷对她注目。

陈坤笑嘻嘻说："别这么大声，你要感谢我才对，起码我们家里还有我做个代表。"

现在万艳跺烂脚也没用，葬礼是第二天一早，而当天已经再没有航班飞往湖南。

万籁俱寂，万艳孤独地闷坐家中。她没有回单位销假，怕同事笑话她。打开微信群，葬礼的照片一帧接着一帧在群里上传，一水的黑色，黑色中跳跃出黄色和白色的鲜花，场面肃穆，仪式周全。她看到其中一张，陈坤穿着黑色西装，打一条蓝白条纹领带，悲伤地站在亲友群中，高挑、挺拔。不能不承认，这么帅气的小伙子，即便穿着丧服，也是整张照片的亮点。

晚上陈坤给家里打来电话，说湖南的亲戚一家过于悲痛，得有几个人留下来陪伴几天。"他们说我留下合适，你觉得呢？"

万艳不觉得，尤其是本应该在场的她反而困守家中。可是如果亲戚真的挽留，她没理由开口说不。

三天之后陈坤才满脸疲倦地走进家门。他瘦了一点，眉眼显得忧郁。而且，关于葬礼，关于葬礼之后的种种，似乎也没有对万艳作太多交代。

微信群里，再没有人提到湖南。这个万艳能理解，经历一场丧事之后，人们总是避免触景生情的吧。

有一天，是在万艳生日的那天，吃过了一顿烛光牛排加澳洲红酒的浪漫晚餐，回家之后，趁着酒意，陈坤异常艰难地对万艳提起离婚。

"离婚？"万艳大吃一惊，差点儿把一杯滚烫的茶水打翻在地。

陈坤抢前一步，接过茶水，放到玻璃茶几上。"离婚。"他低声重复，不敢看万艳的眼睛。

沉默了好一会儿。有一股冰冷的气流在两个人之间来回穿梭。万艳喉头发紧,像有人卡着她的脖子,一门心思要让她窒息。

"谁?"她问,"从什么时候开始的?"

陈坤坦白:"你伯父的葬礼。那三天我陪的不是你伯母和堂哥们,是你伯母的外甥女,我们两个去了凤凰。"

万艳冷笑道:"凤凰!"

她心想,如果沈从文老先生还在,看到他的凤凰城成了情人幽会的缱绻之地,不知道会不会再写出一篇《边城》。

她给她的父母打了电话,哭诉了陈坤的负心;又给湖南的伯母打了电话,控诉了她那个外甥女横刀夺爱的可耻行径。当然,她想不出保留自己这段婚姻的理由。这世界总是这样,来来往往、熙熙攘攘,每个人都是过客,想得开就好。

陈坤倒是洒脱,选择了净身出户。既然他早已是一个孤儿,又有暖通工程师的资质,那么,在哪儿生活其实都一样。

倒是有一个要求,是他郑重其事、言辞恳切地对万艳提出来的,那就是:允许他继续留在万家亲友群里。他说,在精神上,在情感上,他跟这个微信群体密不可分,而且,作为历史,他存在过,这是无法抹去的事实。

万艳冷静思考之后,回答他说,她得把这个奇怪的要求发到微信群里,让亲友团成员充分讨论之后,决定他的去留。"这是最公平的。"她在电话里告诉他。

我们聚会吧 |范小青|

原载《北京文学》（精彩阅读）2016年第4期

　　校庆的时候，许多年不见的同学重新又见面了。先是参加校庆大会，然后各年级各班级分头活动，那叫一个热闹，那叫一个激动，差不多就是失散多年的亲人团聚那样子。

　　我和大家的情况略有不同，我是转学来的，转来时上五年级，到了该上六年级的时候，学校停课了，大家散了，后来就不知道了。所以我在这所小学其实只上了一年学。

　　可一年的时间也是时间呀，一年的同学也是同学呀，一年的时间里同学之间可以发生很多事情呢，何况五年级同学已不同于小同学，我们已经开始长大了。

　　我至今还记得我们班上的头面人物，一个叫刘国庆，一个叫王小兰，一男一女，两个人物，用现在的话说，那是两个魔头，专找同学的茬儿；连老师也敢欺负，老师也拿他们没有办法，只好用了招安收买的办法，叫他们一个当班长，一个当副班长。

　　人物也好，魔头也好，他们倒没有欺生，没有和我过不去，不知道是因为我这个人向来低调，不惹事，还是他们另有心思，没工夫和我计较。

　　这一说就好多年过去了。我听说母校校庆有纪念活动，我就来了。可奇怪的是，我没有找到我当年所在的五年级（5）班的同学，我在大操场的人群中挤来挤去，想看看有没有熟悉的面孔。可是我又想，怎么会是熟悉的面孔呢？我和他们只同了一年学，本来记忆就不够深刻，何况已经过去几十年了，那本来就不深刻的记忆，恐怕早已经淡出了。至于那两个人物，我虽然记得清楚，但记忆中的他们，还都是小孩模样，谁知道后来他们都长成什么样子了。

所以我猜想可能他们都来了，但是我认不出他们，他们也一样认不出我。

好在大会之后还有小聚会，一旦回到自己的班级，总会勾起一些沉没了的回忆。我只要找到我们班的活动地点就行。

这也不难，母校考虑得十分周到，在操场的入口和出口处，都竖起了巨大的指示图，从指示图上，可以找到自己所在班组的活动场所在哪里。

那许许多多的班级，被写在一个又一个的小框框里，由许许多多的线条牵扯着，很像一棵大树无数的树枝上，结了很多的果子，虽然有些凌乱，但毕竟是同根生的。

一开始我还是有点奇怪，为什么标明的班级都要用小框框起来呢？后来很快就发现了，写在框框里，让寻找的人注意力更集中，更便于发现。

我沿着这些线索，逐一认真搜索，一个又一个的框框从我眼下滑过去，因为指示图的高大，我必须得仰着脖子。

奇怪的是，我找了又找，却没有找到我的班级，五年级（5）班。

我停下来揉了揉又酸又胀的脖子，再耐下心来，沿着各条线索重新再找一遍，又找一遍，直找得眼花缭乱，头晕目眩，始终没有看到我的班级。

我忍不住问旁边的一个校友，他看起来和我年纪也差不多，他也在寻找他的班级。我说，怎么没有五年级（5）班？他朝我笑了笑，说，五年级（5）班？你这个说法不准确的，应该先找到年份，每一年都有五年级（5）班，你是哪一年的五年级（5）班呢？你看看这里，还有1951年的呢，如果是1951年上五年级，那是几岁？看起来你还没那么老呢。

我被他说得有点难为情，但也醍醐灌顶了，我赶紧搜索我的那个年代，果然有啊，五年级从一班到四班都赫然在榜，但是偏偏没有我所在的五班。

旁边那个陌生而热情的校友指了指大图，对我说，这些框框，都是由各个班级的同学中的牵头人牵出来的，如果同学中没有牵头人和校方联系，校方哪里考虑得到那么多届那么多班那么多同学？一百年了呢，好多班级肯定是全班覆灭了。

我又听明白了，也就是说，如果我们的班级没有出现的指示图上，就说明我们班没有人站出来做牵头人，没有和校方联系上。

这是群龙无首。难怪我在人群中找不到我的同班同学，他们不知道散落在哪个角落呢。

那个校友已经找到了他的班级，他高高兴兴地准备走了，可是看到我仍然傻傻地站在图前，一筹莫展，他又好心了，告诉我说，校方为了方便同学联系，特地建了网站，你可以到网上去发帖子，寻找自己的同班同学。有好多人，都是这样联系上的，也有是老师出面的，像班主任之类。总之，毕竟是母校，无论多少年过去，大家还是有感情的。他意犹未尽，临走时还说，你还可以在那里边建一个吧，这样就更方便，只要是你班上的，看到了，有人会到吧里来的。

校庆这一天，我没有碰到我的五年级（5）班的同学，也许他们都在场，也许我们擦肩而过，但是我没有和他们接上头。我回去以后，按照那个校友的指点，我上了母校的网站，发了帖子，并且建了一个某某年五年级（5）班吧。

没等多久，我同学就来了。

第一个进来的同学网名叫"吧里横"，按照他的自我介绍，因为经常出入各种贴吧，不是楼主就是沙发，有瘾，不抢会难受，这一次在同学中也依然抢了沙发。

我问他真名是什么，他还跟我调皮，说叫"李猜"。

他大概知道我想不起来班上有"李猜"这个人，才又说，李猜就是叫你猜呗。然后他反过来问我叫什么。

我才停顿了片刻，他那边已经有反应了，不亏是"吧里横"，速度够快，他说，你应该回答我，你叫李一猜，就是你也猜。既然我让你猜，你也得让我猜猜是不是？

我不觉得这样有意思，你猜我我猜你，这是要哪样，同学之间还捉迷藏？我直接告诉了他我的名字，我叫周子恒。

他立刻"哈哈"起来，原来是你小子，你小子那时候就是个人物，专门欺负女同学。

我有点疑惑，他说的是我吗？我只在那个班里待了一年，我有那么霸道吗？

我又想，我还是别瞎怀疑了，好不容易联系上一个同学，可别因为已经很久远的那一丝丝一点点的不确切，把人家给吓跑了。我赶紧承认说，嘿嘿，那时候，就那样，嘿嘿——

　　就这样，隔三岔五，就有同学进来，过了不多久，在我五（5）班吧里，已经有十来个同学了。同学集中了，就自然会想起老师，我同学说（5）班班主任是俞老师，叫俞敏秀。

　　紧接着出现了令我们十分欣喜的事情，俞老师真的来了。我虽然暂时还没有想起我班主任到底是姓俞还是姓什么，但是看到我同学都欢欣鼓舞，我也就毫无疑问地跟着我同学一起认了班主任。

　　对了，说到这儿，我记得的那两个人物还没有出场，我在吧里把这个事情牵了出来，为了唤醒大家可能已经沉睡的记忆，为了调动大家对于刘国庆和王小兰的兴趣，我把我所记得的他们的事迹夸了张后写出来，简直就是一篇乡愁美文。

　　我同学看了我的回忆录，认为我写得很传神，写活了那两个人，并且因为这两个同学的活灵活现，让大家重新回到了小学五年级时的情景之中。当然在某些细节上，我同学也会出现分歧，比如我一个同学说，我记得王小兰，别人都扎两条小辫，就她披头散发，像个鬼。

　　我另一个同学就不同意，说，不对吧，你记错了吧？我记忆中的王小兰才不像鬼。

　　再比如关于刘国庆的身高，有同学记得他长得很高，也有同学说他是个矮个子。

　　虽然出现几个不同的版本，但都是鸡毛蒜皮的小问题，所以我必须说，这都正常，很正常。

　　难道不是吗？

　　我相信关于刘国庆和王小兰的回忆，以后还会继续下去，因为他们两个始终没有出现在吧里。

　　我五（5）班吧并不是专门为他们两个开设的，他们不出现，自有其他同学出现，现在同学已经聚了一些，班主任老师也来了，很快我们就互相加了微信，而且肯定是要建个群的。为了取个不同于一般的群名，大家都很费思量，想了许多个，结果越多越觉得没有合适的，越多越觉得显示不出个性特点。有人提议用母校所在的地名,有人提议用母校的一棵树的名字,有人提议就用班级名,更多的同学想出很多成语,比如"情深似海",比如"情同手足",比如"情投意合"等,虽然情意浓浓,但水平实在一般。

最后还是老师胜我们一筹,俞老师建议叫"野渡无人"。

我同学很崇拜老师,他们也许并不太清楚用"野渡无人"做群名到底是什么意思,几个意思,但他们都无条件地纷纷点赞。其实我心里明白,这个群名好像是我老师从我的名字中衍生出来的,我叫周子恒,和"舟自横"谐音,野渡无人舟自横。

虽然人数还不够多,但已经是一个像模像样的组织了。我觉得时机差不多了,可以向母校报到了,下次校庆的时候,在指示图上,也会有我们的一个小框框了。

母校网站的首页上有"联系我们"这个栏目,我发帖上去,说我们五年级(5)班找到组织了,向母校报个到。今后母校有什么活动,可以直接和联系人我联系,附上了我的邮箱和手机号。

接下来的事情,就是相约聚会了。我同学热情高涨,都说可以AA制,但我说我的经济条件还可以,何况我是牵头人,所以最后由我订了饭店,发了通知。

虽然相逢不相识,但毕竟有隔不断的同学之情,我们像真正的老同学一样热烈拥抱。都见上面了,也不穿马甲了,真姓大名都坦白出来了,果然有时代特色,建国、卫国、爱国、爱民、爱平之类,我问他们哪个是让我猜的"李猜",就是"吧里横",却没有人肯认,都说不是自己,我也没跟他们计较。

女生的名字则是另一种样子,普通,而且带个"小"字的特别多,小萍、小燕、小红、小什么。

那时候做家长才懒惰,哪像现在的家长,为孩子取个名,都要把最难认的字找出来。

据说有一个孩子叫壐甀。

还一个叫赟蒽。

关我何事?

我还是关心我同学聚会吧。我同学纷纷回忆和诉说当年发生在班上的

328　　　　　　　　　　　　　　　　　　　　　　　命悬一丝

故事，一个同学想起了他把前排女同学的辫子绑在椅背上的事情，另一个同学又想起了用弹弓打了老师的脸，还有一个同学说她那时候已经知道暗恋，恋的就是班长刘国庆。

我同学嗓子都说哑了，眼眶也说红了，他们越来越投入，越来越像真的．我的眼睛却渐渐地模糊起来，心里也渐渐地疑虑起来。我在旁边细细观察，我一个同学的年纪似乎不太对，他比我们都年轻，脸上皱纹很少，难道他拉了皮？怪恐怖的。还有一个同学，他说他叫李小丽，能够吗，这不明明是个女生的名字吗？再一个更古怪，我注意到他一进门就很心虚，用慌乱的眼光对着每一个同学瞄来瞄去，不知道这又是几个意思。另一个女生也挺有意思，她端坐的姿势和她的眼神，不像是参加同学聚会，倒像是警察来查案，或者至少也是巡视组来巡视观察的。

就在我思想开小差的时候，不知道是谁起的头，我同学已经开始共同回忆当年发生的一个重大事件。

回忆总会有误差的，但是在刘国庆和王小兰打死俞老师的这个事情上，大家似乎都记得很清楚，差不多得出了完全一致的结论。

我同学一发而不可收了，我却成了旁观者，但毕竟旁观者清，我感觉他们记错事情了，这差错太大了！如果打死的是俞老师，俞老师怎么还会出现在我们群里，我们的群名"野渡无人"还是她给取的呢？

我小心提醒我同学，你们是不是记错了，被打死的是俞老师吗？

我同学异口同声地说，不会记错的，打死的就是俞老师。

我魂飞魄散了，赶紧躲到一边，用手机登上母校网站，向维护管理网站的老师求助。那老师说，这位同学，你怎么又来了，请你别开玩笑了，我只是兼职维护网站，维护网站也没有减少我的课时，我没有多余的时间和你们乱开玩笑。

我又奇了怪，向组织报到是乱开玩笑吗？

老师跟我说，你怎么不是乱开玩笑？我们学校，你的那个年级，根本就没有5班，总共招了四个班，哪来的五年级（5）班？

我晕了一会儿，慢慢清醒过来，不能够啊，难道我上的是一个不存在的班级？老师您可不带这么玩的。我理直气壮地说，老师，您一定是记错了，要不您再认真核查一遍，难道一个班级会平白无故地消失了吗？我怕这位老师又用什么话来堵我，赶紧又换了个思路以攻为守，我说，老师，如果真没有的话，那我是谁呢？我明明上的是五年级（5）班，5班却不存在？

老师说，同学，我又看不见你，我怎么知道你是谁？反正你那个年级就是没有5班，这是历史的真实，这是铁的事实，谁也无法改变的。

我必须强词夺理，我说，老师，据我所知，我母校每一个年级招生都是5个班，为什么到我们那一年，就只招四个班呢？

老师有备而来，才不会被我问住，他回复我说，他早就去请教过学校的老校友，老校友告诉他，那一年闹饥荒，饿死了好多孩子，招不满5个班，所以只有4个班。你刚才说得不错，每一年都是招5个班，但是你们这个年级，恰好是我们学校这么多年唯一的例外。

我好像听到"嗖"的一声，难道是我的灵魂出窍了？难道我们五（5）班的同学都是饿死鬼吗？

我赶紧说，老师，不对的，不对的，我们都好好地活着，我们不是鬼。

我虽然看不见老师，但我知道老师真生气了，我赶紧抬出另一个老师来缓和气氛，我说，老师，您别着急，我们五（5）班，不仅有同学，还有老师，俞老师，她也和我们在一起，难不成老师还会骗人吗？

老师立刻反问我，你说俞老师？哪个俞老师？

我更加理直气壮，俞老师，俞敏秀老师，我们当年的班主任。

页面上立刻出现了一个惊悚的骷髅头，同学，你吓死本宝宝了，俞敏秀老师？俞敏秀老师早就去世了，是被同学打死的。

幸好我已经习惯了老师的一惊一乍，我沉着地追问，老师，你说俞老师早已经去世，那是什么时候，老师你查到了吗？

老师说，这事情还需要查吗，你自己想想，就知道那是什么时候。

谁打的？

据说一个叫刘国庆，一个叫王小兰。

我又赶紧问，那，这两个同学被枪毙了吗？

枪毙？开什么玩笑。据说那是很混乱的时候，很多小孩子一起围上去打一个老师，打死老师后，大家都散了回家吃晚饭，谁也没法追究。

现在我越来越镇定了，说，老师，关于刘国庆、王小兰打死俞老师的事情，你的说法和我同学的回忆是一致的，这说明什么？这说明我同学是存在的，我5班也是存在的。

老师简直像是百度百科，永远都可以对答如流，他很快回答我说，这也不一定，我曾经在微信圈里看到过类似的故事，就是小学生打死老师的故事，所以我们现在说的这件事情，也可能发生在别的学校。

我又立刻顶上去说，老师，你只要查一查学生名册，有没有刘国庆王小兰，就知道了。

老师说，同学，你这是存心为难我，你让我怎么查？连你们这个班都没有，哪来的学生名册——最后老师终于怕了我的纠缠，他干脆到学校档案室，找出了那一年的班级名册，拍成图片发给了我。

有图有真相，也还是击不垮我重回母校怀抱的坚定意志，我说，老师，如果你坚持说没有五（5）班，那我呢，我到底是哪个班的？

我老师毫不客气地说，如果你坚持你是5班的，那么我得出的结论就是：你并不存在。

我这才相信了吗？

我相信没有我们这个班吗？

我相信没有我这个人吗？

我回到同学聚会的场景中，我再一次细细看着他们的脸，我发现他们有破绽，却没有发现他们都是鬼。

我要毫不留情地揭穿他们，我上前大喝一声，嗒，你们别造了，根本就没有这个班，没有五（5）班，你们都是不存在的！坦白吧，你们到底是谁？

我预测我同学都吓尿了，都吓得坐地上了。

可是没有。

我同学都很淡定，他们是淡定哥淡定姐，他们还说了淡定的话，看庭前花开花落，望天空云卷云舒，等等。

我却是上蹿下跳，狂风暴雨，我说，你们别跟我开玩笑，小心我让你们笑不出来！

我同学都笑出来了。

然后，然后，出乎我的意料，他们竟然挨着个儿，一个一个的，真的开始坦白了。

一个同学先说，我叫李小丽。

我们聚会吧

我立刻说，你明明是个男生，怎么叫个女生的名字？

李小丽说，李小丽不是我的名字，是我太太的名字，我太太死了，学校不知道，前几天还给她发了校庆的请柬，我很想替她参加校庆，可那天有事没去成，我就到她母校的网站上看看，看到了你5班——

我急切打断他说，李小丽说过她是5班的吗？

李小丽说，没有，我不知道她是几班的，因为你5班正在谈论刘国庆王小兰，我记得在哪里知道过他们的名字，但他们不是我的同学，想来就是我太太的同学了。

我继续追问，你既然进来了，为什么要扮高冷，一言不发？

李小丽说，我是代表我太太进来的，我太太是个孤独的人，尤其不喜欢和熟人打交道，所以我只看看，不说话。这样，她就算死了，也会很安心的。

李小丽说过之后，纪爱民说了，我坦白，我是4班的。

我气急败坏说，你是4班的，那你明明知道没有5班是不是，你还冒充5班的进来捣乱？

纪爱民说，我不是来捣乱的，我是来寻找存在感的，我在四班混得不行，人家一个吃鸡塞了牙缝，另一个人便秘了，都被狂赞，可我的信息永远石沉大海，无人理睬，在那个4班，我根本就不存在。

我尖刻地说，那你就干脆找一个不存在的班。

纪爱民说，可是我找了不存在的班以后，我存在了呀，我现在是"野渡无人"里的群红，难道不是吗？我不是你们的灵魂人物吗？

他是。

接着有一个叫杨卫国的坦白说，我记性不好，我不记得我是哪个班的，那四个班我都去认过，可他们都说我不是他们班的，那只有到5班来了，我不是来看热闹的，我是来认祖归宗的。

我嘲讽他说，结果认了个空。

杨卫国无所谓地说，认空就认空，反正我已经在这里了。

又一个女生说话了，她就是那个开始一直端坐着观察大家的同学，只是她现在完全改变了刚进来时的姿势，放低了姿态，她说，我承认我不是5班的，其实是不是5班我才不在乎，是几班我也不在乎。我在闺蜜群里，被闺蜜卖了；我在辣妈群里，被辣妈骗了；我进到同事群里，直接影响我升职了，所以我想到一个陌生的地方来看看。

这也可以算是一条逻辑。

可我不能服了他们这样的逻辑，虽然我同学个个振振有词，把一个明明不存在的事情造得那么有存在感。幸好我还有一个不知死活的老师呢，我得赶紧把她抛出来，我说，那俞老师呢，她早就被打死了，难怪她今天没来，但是她怎么会在我们群里呢，难道现在鬼也能入群了吗？

奇怪的事情发生了，那个脸上没有褶子的年轻的同学站了起来，沉沉稳稳地说，谁说我是鬼，谁说我死了，谁说我没来？

好像他就是俞老师似的。

冒充谁不好，要去冒充一个死人？

而且他都没有男扮女装？

我的年轻的同学把身份证拿了出来，说，我是路人甲，你们可以看看我的身份证。

其实他一开口，我就听出他的口音，不过并没等我戳穿他，他已经抢先说了，我从外地来。

真是闻所未闻，大开眼界，我说，你特地从外地赶来冒充俞老师？

我的年轻的同学说，我没有冒充，本来就没有俞老师，何来的冒充——接着他也和大家一样坦白了，他是输错了网址错误地进入了我母校网站，又误打误撞进入了五（5）班，发现我同学在吧里找俞老师，而且这个班上还有刘国庆和王小兰，他就直接用"俞老师"的名字进来了。

我追问他，你既然是路人甲，和我们完全无关，你进来干什么？

俞老师说，我认得刘国庆、王小兰和俞老师。

我气得大声叫嚷起来，你胡说，连5班都没有，怎么会有5班的同学和老师？你怎么会认得他们？

俞老师说，他们是我创造出来的，换句话说，就是我瞎编出来的。我是个作家，我写过一篇小说，小说题目就叫《五（5）班》，班上有刘国庆和王小兰，他们小时候打死了俞敏秀老师——我就知道，原来艺术和生活是完全重叠的。所以我当然要到你们这里来，你们这里的东西，就是小说嘛。

我同学兴奋起来，纷纷向俞老师请教胡编乱造的经验，我可着急了。

我怎能不着急，现在他们一个一个地露出了原形，只剩下我了。

我是谁呢，我怎么会出现在这个不存在的5班呢？

想到我，你们难道没有毛骨悚然么？

我是一个不存在的人？

我是一个鬼魂？

我是一个精神病患者？

我是一个穿越而来的古代人、未来人、外星人？

或者——

我是这个学校的学生？

我不是这个学校的学生？

我是五年级？

我不是五年级？

也或者——

我是刘国庆，我老婆叫王小兰？

我是刘国庆和王小兰的儿子？

我是俞敏秀老师的女儿？

我就是俞敏秀老师？

我问了自己无数个问题，可我发现我同学根本不关心我是谁。我忍不住责问他们，你们都知道自己是谁，你们难道不想知道我是谁吗？

我同学异口同声说，我们怎么会不知道你？你是群主嘛，"野渡无人"的群主。

我赶紧解释，我指的不是群里的我，而是真实的我、现实中的我，你们不想知道吗？即使你们不想知道，可我自己很想知道，你们不能帮助我把自己找出来吗？

我同学和我老师七嘴八舌：

你是谁不重要。

重要的是我们不知道你是谁。

更重要的是我们聚会了。

或者，我同学再进一步开导我，听说过一句话吧，不要和熟人打交道。

我说，我只听说过不要和陌生人说话。

我同学说，你那是旧社会的想法了。

总之吧，我同学我老师他们都不想知道我是谁，而且也不想让我知道我是谁。其实我很想知道我是谁，但是大家不这么认为，我也就从众了吧。

其实后来我也想通了，我到底是谁，确实不那么重要了，大家就不要追究了，我自己也不追究了。

重要的是我们聚会了。

更重要的是聚会成为我们班新的里程碑。

聚会以后，我们同学老师间的感情渐渐地深厚，互相间的了解也渐渐地深入。后来我们甚至越来越熟悉，越来越亲热，我们每天晚上睡觉前，都会狂聊一通，谁去上个厕所回来，至少又多了几百条。每天早晨大家都抢着升群旗，唱群歌，互祝早上好，互祝新一天好，在马桶上要坐一个小时，多人长了痔疮。

后来，我们真的成了像亲人一样的熟人了。

于是，再后来，就和许许多多的群一样，我们就渐渐地，疏远了；渐渐地，没有声音了。

过了不多久，"野渡无人"就真的无人了。

蔡屋围 |吴　君|

原载《北京文学》(精彩阅读) 2016 年第 10 期

　　有人认为，蔡屋围是深圳的二奶，虽然出身不好，却真实地存在着，谁也抹不掉。陈思年便是蔡屋围当年的村民，农村城市化后的特区居民。我们这件事情发生在陈思年做了安然后妈的第七年。

　　这一天的黄昏，安然的录取通知书，从半空中飘进陈思年的眼帘，陈思年激动得说不出话，她感觉再等上一小会儿，自己就会爆炸或倒在地上。她想让自己眼泪畅快地流，因为安然在她这个后妈的培养之下，修成正果，上了大学，可以免除安大山的后顾之忧，再也不用担心安然将来没有饭吃，没有好生活了。尽管医生在前几分钟还劝过她不要激动，因为眼下她还躺在医院的病床上。可陈思年能不兴奋吗？用安大山的话说，陈思年就是心里永远装着别人的天使，用蔡屋围人的话说就是神经，说她脑子搭错了线。接下来又说，谁让她那么串来的，言下之意，陈思年嚣张过，当然，对方指的是陈思年的过去，再说了，哪个人年轻的时候，没走过点弯路呢？

　　陈思年心脏出了问题，正在医院接受观察和治疗。她手上挂着吊水，便开始张罗为儿子安然摆上两桌，请儿子的同学过来庆祝一番。用电话订好了餐厅以后，她把安然叫住，想和他一道把菜单订好，免得到时手忙脚乱，影响了聚餐的质量。话还没出口，陈思年便发现安然的脸色异常不同。陈思年有些心慌，她笑着说："儿子你真的争气，给足了阿妈面子，说吧，想要什么礼物，新手机还是旅游啊？"安大山曾经说安然没有什么爱好，陈思年倒是觉得自己才是了解安然的人，安然喜欢一切刺激的游戏。

"不用不用。"安然把手里的购物袋交给陈思年,他说这次煲的是冬瓜老鸭汤。一周的时间里,安然竟然把陈思年教会他的手艺逐一展示出来,没有重复。

陈思年笑着问:"都是你一个人做的呀,老爸有没有帮你?"

安然脸上露出不屑说:"他怎么懂这种事。"

陈思年笑了,在整个蔡屋围,对她沾沾自喜的港式生活有兴趣的,还只有安然。其他人一律视而不见,也包括安大山。

和许多人不同,陈思年一出生就有钱花,有亚洲台、本港台、明珠台看;与内地人相比,陈思年很早便看过香港小姐的选美,各种明星都不在话下,她全部端着饭碗,近距离地从电视上接触过。她吃着港台食品,听着四大天王,看了王菲恋爱结婚离婚结婚离婚的全程,她很早便穿上了从罗湖桥那边带过来的服装,无须模仿,说话、做事便带着天然的港台风。如果换了其他地方,陈思年的优势会很明显,十足的港台范儿,而在蔡屋围这种怪地方,她的这一招一式不仅没什么用处,还显得古怪异常,让她变成了一个电影里的老派人物。很久以后,陈思年对自己的命运作过反思,她认为自己是被不断传来的炸山声和轰轰隆隆推土机耽误了,包括一夜之间进驻到蔡屋围的外省人,都是参与者。他们把空白的地方填满,搞好,弄乱,岭南乡原有的平湖秋月、雨打芭蕉不见了踪影,连永安酒楼的早茶也被湘菜、川菜取代了,取而代之的是墙壁上贴满各种小广告,低档的生活用品铺天盖地摊在蔡屋围。曾让阿妈和陈思年无比骄傲的粤语白话,不仅变得没什么人稀罕,反倒成了没人搭理和在乎的蹩脚土话。在深圳最核心地带——蔡屋围,陈思年拥有的优势成了劣势,让她活得别扭、生硬、迷茫,找不到什么人炫耀。很长一段时间,陈思年发现除了安然,再也没有什么人多看她一眼。作为小孩子的安然不仅喜欢广东美食、说话方式,还迷恋深圳人的气质。他曾经对陈思年说,你的衣服好看,说话好听,吃的用的比我们老家都高级。

那一年,安然10岁,只是他生得矮小、枯黄、文弱,像个六七岁的小女孩。

关于对安然眼下的这个奖励,陈思年豪爽地说:"怎么能少了礼物呢,说吧,想要什么?"陈思年喜欢这么讲话,她觉得自己的样子像是港产片里的侠客，杀富济贫，最终被那些弱小者所崇拜。总之安然的快乐比什么都重要。她像以往那样伸出手捏了捏安然的脸蛋，她发现安然脸上的肉厚了许多时说，"是不是又胖了？饮食上可要注意哦，少喝可乐，少吃炸鸡腿。"平日里她常常背着安大山偷着拿钱给儿子，尽管她知道这么做可能不妥，可是有什么办法呢，她就是想对安然好，让安然明白自己并不可怜。

"妈咪送我一座小木屋呗。"安然眨巴着眼睛，声音像是从另外一个地方传来，带着细长的回声。刚开始，陈思年还没有缓过来："小木屋？"陈思年恍惚回到了安然的小时候，那时候的她常常读童话给安然听，虽然她认为童话都是骗人的。

安然说："就是我们住的房子呀。"小时候，安然问过陈思年，我们家怎么会住进那么多的外人呀？陈思年告诉过安然，房子的用途可大了，能换学费、食物和我们身上的衣服，还有你手里的玩具。陈思年的阿妈是蔡屋围的房东，靠着祖辈留下来的房产养活了自己和陈思年。现在陈思年又用这个钱，救助了安大山和儿子。想到这里，陈思年脑子里会闪出当年的情景，那是一个站在窗口，可怜巴巴望着她，求陈思年过来抱抱的小男孩儿。这个小男孩曾经依在她的怀里，每晚黏着她，求她唱儿歌，求她对着书读童话，直到陈思年累成一摊泥，昏睡过去才罢休。也正是为了讲好故事，从来对文字就没有兴趣的陈思年开始看书了。她这副样子，在不擅读书的蔡屋围越发像个异类。她不仅看书，还会把自己想象成一个书里的人物。她会以自己的这间老屋为原型，比如她看见此刻溜出来的老鼠后马上有了故事，那是一个从桶里找出鱼翅并把它们排列整齐，用来吓唬女主人的鼠兄弟的故事。这两个家伙经常与蟑螂深情对望，时间长达一分钟，最后蟑螂的眼睛累了，张大了翅膀，赶走了老鼠，如愿地把自己的孩子安置在各处。她用这个故事安慰胆小的安然。包括一条被主人吃进肚里，碎块们凭记忆整合复原，不仅在主人的肚子里与主人对话，还威胁小主人，要吸收了他全部的营养，让他变成一个长不高的小矮子，身体得不到发育，永远六七岁的模样。陈思年这些话是针对不爱吃饭，不爱睡觉的安然，她觉得被需要的感觉太好了。

此刻，陈思年糊涂了："我们现在不是住在这间房里吗？"

陈思年不明白安然怎么会无端拐到这个话题上面，之前连个铺垫都没有。她一直觉得安然只是个小朋友，还不懂事。陈思年想这些的时候，把停在安然脸上的手，缓缓地放下。显然她已经明白了安然的意思，脊背发冷的时候，她后悔嘴贱提到了礼物之事，原来这祸是自己闯的。陈思年手脚发冷，强装笑颜给自己解围，她让油滑的这句话溜出了嘴："老房子并不适合你这种小鲜肉、阳光少年。"

安然低头看着自己的跑鞋，笑着，"留个纪念嘛！"

安然说话的时候，跷起了尾指，甚至尾音里还带有一点娘娘腔，这一刻他像极了安大山。陈思年缩回手，用牙签挑起一块切好的水果，还像以往那样，递到安然眼前。

要纪念什么呢？整条街都知道这房是阿妈留下的房产，除了陈思年，与别人无关。虽说是上世纪80年代起的老房子，已经破得经常要修，却早已经价值不菲，绝非什么小木屋之类。安然何时动了这个心思，并如此大胆贸然向她索要？陈思年希望这只是一个梦，梦中的男孩永远是那么小，那么让人怜惜，睁着一双无辜的眼睛，看着陈思年，让她无力逃脱，让她成为一个被套上绳的老牛，心甘情愿地耕种。

接下来，陈思年和安然都没有再提起这个话题。她发现安然连神态也在一夜之间发生了改变，像被施了魔术般，他过去那种尖细的女孩音儿突然没有了。在这样的夜晚，他的声音是那样的陌生。

早在十几年前，蔡屋围便已被外省人改造得面目全非，早没了原来的味道。尽管挨着伟人画像、京基一百、荔枝公园这些著名景点，依然没有改变蔡屋围是个城中村的事实。蔡屋围人除了高耸的颧骨、深陷的眼窝、冬天穿的人字拖，他们早已经和外省人差不了多少，一样活得土、懒、随便，无拘无束。街上常常看到男人穿着松松垮垮的短裤，女人着了鲜艳的睡衣，各自带着没有卸好的浓妆，头上别着卷发器，趿拉着鞋，在街上喝啤酒吃串，分不清招摇过市的到底是老街坊还是外省人。如果不开口，谁也分不清本地人还是外地人，虽然蔡屋围已被外省人同化得渣和影儿都快找不到了，白天破败，夜晚躁动，场景恍若80年代的内地县城。到了傍晚，各家门里窜出去的音乐各不相同，多半是些怀旧的老歌，伴着四面八方各家碗里的老风味。据有人观察，开餐饮和发廊的中午才开门，睡到下午的多半是KTV的小姐。凌晨出门的人偷偷来过夜的，躲开大婆的视线，他们把自己的相好安在了这里，除了省钱，还有安全。这些拐来拐去的街，会把做大婆的那位绕晕过去，索性死了心，让老公永远不要回来。潇洒的，顿时生出生活新希望，不再守活寡，索性趁早另作打算。晚上9点后出门的多半就是那些诱人的小姐们了。还有的人便是什么事情也不做，每天搬了红的或粉的塑料小凳子，叼了根劣质香烟，在太阳下裸着半个身子，愉快地摸着麻将，手闲出来的时候，还可以翻腾一下自家刚刚晒出的辣椒和萝卜干。没人知道这些人靠什么生活，凭什么不用做事儿反而活得潇洒自在。派出所、工商、城管每个月会突袭一到两次，吆五喝六踹扁踢齐了各家门前乱放的盆盆罐罐，再上下左右看上一遍，吩咐蔡屋围的人不要随便倒垃圾，免得生出苍蝇、蛀虫之类。他们最最担心的是这些脏东西飞上了深南大道，毕竟那块地界是国际化大都市的重要标志。用老人们的话说，那是一条镶了钻的大街，无论什么人走上去，都被显得寒酸、灰头土脸，宛若一个乡巴佬。

挨了训斥的老板娘咧开大嘴笑了，塞到工作人员手里的红包被打翻之后，她得意地撩了下染红的头发，扭动着肥胖却灵活的腰身，晃动着丰满的胸部，满口应下来，嬉皮笑脸地说："好好好！听政府的，一定不乱摆放，乱扔垃圾，即便有了苍蝇蚊子，我们留下来自己煲汤吃行吗？绝不会给政府丢脸，誓为大运会争光。"说完话，身边半裸的一个男人举起了右手，做出敬礼的动作，惹得围观的人笑起来。

穿制服的人见到，也被气乐了："什么乱七八糟的，什么年代了，还大运会，行了行了，别再给我惹事就好啦！"

租客们可不想听制服佬的话，他们认为这些人只会骗他们交钱，不管什么事儿，交了钱都好说。他们只服从内心，想几点出门就几点出门，爱几点吃饭就几点吃饭。他们任性的样子仿佛回到了小时候。租客们总是记不起今夕何年，以及身处特区的事实。深南大道和蔡屋围近在咫尺，却远在天涯，眼前的街景让他们生出恍惚。让他们心烦的是，没有在木棉花最盛的时候去拍几张照片，洗好寄回老家。后悔又被自己活活耽误了一岁，再也拍不出去年的俊俏模样。显然，这些小老板小伙计们都不是蔡屋围的本地人，而是背井离乡，从各种小县城过来赚钱的小户人家。他们没有背景，没有学历，有的就是走一步算一步，今朝有酒今朝醉的潇洒和无所谓。

他们也从不关心天鹅堡、前海的房价，对深圳需不需要填海，会不会吞并了惠州东莞成为直辖市这类传闻缺乏兴趣。当然，他们倒是希望房价涨到每平一百万，如果那样的话，又有乐子看了，他们最大的乐趣就是边生活边玩儿。在他们的心里，这始终是一座别人的城市。他们的理想是赚了钱回老家建个小二层，过上有吃有喝，舒服自在，花钱不愁，让村里人羡慕的生活。什么特区不特区的，对于房客们来说不过是个伪概念。在他们眼里，深圳就是蔡屋围，蔡屋围也就是深圳，充其量是个集市，亲切热闹，跟他们的老家差不多。作为走南闯北的过来人，他们摸清了本地人的脾气、秉性，来来回回不过也就那几招吗？完全不是电影电视里描述的那么坏，压根儿就不怕也不在乎。房客凭着他们经历过的大风大浪，在蔡屋围过得如鱼得水，一点也不胆怯，甚至比任何时候都安心和滋润。河南帮、湖南帮、四川帮、东北帮各有一席之地，他们认为这个地方比老家自在、逍遥，更像他们暂时落脚的游乐园。回老家之前，他们要让自己开心、自在，爱怎么折腾就怎么折腾。正是因为这样的一个蔡屋围，陈思年一直劝阿妈，早点卖了房离开，她可不想一辈子留在这样一个破地方。

陈思年原名叫赵思念，上学后总是被人取笑，连老师也很好奇，总是停下来多看陈思年几眼，他们不能理解这个普通的女孩，如何起了一个如此文艺的名儿。

到了初二，她原来的名字作废，改成了陈思年。改名之后的陈思年气质也发生了变化。像是要和过去一刀两断，在深圳这种炎热的季节里，陈思年穿着长衣长裤，活活把个女孩子身上的特点，强憋了回去。从小到大，陈思年没有缺过钱，初中毕业之后进了职业学校学习算账，读了不到半年便退学回家，替阿妈收租金。找物业，去银行，陈思年成了第二代包租婆。在蔡屋围，其他女仔从十几岁开始便压低了音调，用气声说话，极尽温柔。有的是得了父母姐妹指点，加上生来悟性高。而陈思年只有一个没有读过书的阿妈，所受的影响便是电影，那些戴着头盔，手拎棍棒开着摩托去救自己兄弟的女仔是自己的偶像，比如美丽的惠英红、梅艳芳。从发育那天起，陈思年的话音便抑扬顿挫，说出的每句话都能让人听清楚，甚至是心惊肉跳。比如她说："我阿妈又收了一沓钱。"对着客人好奇的眼睛，她用手比画着,"这么厚。"陈思年阿妈听见后,脸色苍白,对着身旁正等着借钱的熟人,不好意思地讪笑两声。作为可以享受分红的本地人,坚决排斥蔡屋围以外的男人、女人。陈思年还没有长大,阿妈便告诉她,不能在外面找男仔,不然村里的分红便没了。

陈思年盯着阿妈的眼睛,眼看一场不可避免的争吵就要发生之际,蔡屋围的街上突然出现了乞讨的妇女。她正远远地看着陈思年笑,嘴里嘀嘀咕咕地说着些讨好人的话,腿边的小孩子可怜巴巴地望着她。陈思年见了,跑前两步,拉住妇女袖口,那女人见状,吓得差点摔了个跟头。之前这女人常常在附近一带活动,都还比较顺利,她担心眼前是个来找茬的。于是她缓了下神,低声下气道,"小姐,不给就算了,别影响我给可怜的孩子讨口水喝,他已经饿了几天了。"陈思年听罢,看了眼睛还红肿的小孩子,手伸进口袋,掏出一张百元的票子。只见这妇女一把抢过钱,拉起孩子向马路对面飞奔。做阿妈的见了不断叹气,她觉得陈思年这么做还是没有释怀,故意在气她。

陈思年看见了自己的手势,这是港产片里大姐大们惯用的,她们就是那样的威风,杀富济贫,谁都不在乎,包括对自己的阿妈。你不是吝啬吗?那好啊,我就是要大把大把地花钱,让你心疼。

陈思年为何恨阿妈,原因是阿妈让她成为单亲家庭长大的女仔,然后又变成了无人问津的大龄剩女。阿妈也知理亏,偶尔才会劝劝陈思年别太挑剔,快点嫁了,不要把自己耽搁成老姑婆。当然说归说,面对资源匮乏的蔡屋围,阿妈也是无计可施。

直到见到安大山一家,阿妈的态度才有了变化,她放下手里的麻将,把老花镜推到头顶,扯住陈思年的衣服说:"那女人住得可是不远,不要去招惹他们。"阿妈眼睛望向巷子的尽头。她说的是安大山的前妻,她住在不远处的清水河市场。

见陈思年不语,阿妈又说:"晚都晚了,就不要着急,尤其不要跟那些外省人拉上关系,他们会把人拖成鬼,把你的生活变成地狱。这年头,什么都是假的,只有钱靠得住,其余都不能信。"阿妈反对陈思年和客人走得太近,她是这么说的,也是这么做的,平时,她不会跟客人聊天。阿妈说,只要自己愿意,多数客人都想过来套近乎,分明有目的。比如说有的客人心不在焉地夸过她的手指修长，适合弹钢琴。阿妈听了冷笑一声，她看着自己做粗活的手掌，说："连我老豆老母都没看出，还真得多谢你的眼光。顺便提醒一下，这个月的房租已经到时间了。"随后，阿妈继续低头做事，不再啰嗦半句，从来不会给租客多点笑脸。她愿意把这些事讲给陈思年，就是告诫女儿外省人不可信。她总是说，"动下脑子想想就知道了，什么人有钱还来租我们这种烂房子。"生病之前，只要有时间，阿妈就会唠叨一句，她提醒陈思年打起精神，不要上当受骗。阿妈对那些从外面过来的人看不惯，除了不讲卫生，还把好吃懒做的风气带到了蔡屋围。阿妈总是怀念没有外省人的蔡屋围，那时候多好啊，打鱼，卖虾，村里人互相帮忙，不像现在这个样子，都得防着。

陈思年不爱听这些，看着眼神越发飘的阿妈说："原来你也知道这些都是烂房子啊。"陈思年看不起阿妈那种小心翼翼，对谁都保持戒备的模样。陈思年认为，正是阿妈这个守财奴，才耽误了她的终身大事。多年前陈思年便求阿妈把老房子卖了，搬到那些整洁、干净的公寓去，变成一个新深圳人。陈思年觉得只要还留在蔡屋围一天，阿妈的思维就无法离开当年的小渔村。

"烂房子？还没到好的时候呢，房子和老公一样，千万不能急啊，急了就容易出错。"说完话，阿妈意味深长地看着窗外。蔡屋围外面的阳光正好，只有蝉在厉声嘶叫。房顶上的青苔和杂草泛着油光，墙壁上躲着大小壁虎，正准备养足了精神晚上出来寻食。

听到阿妈的话，陈思年来了气，"催我嫁人的是你，现在让我等的又是你，到底要怎样啊！"在安大山一家出现之前，陈思年与阿妈的矛盾不算明显，仅仅是斗嘴而已。陈思年的活动范围是荔枝公园、红桂路、老街，除了阿妈和租客，她与这个世界就没有联系了。很多时候，陈思年想要离家出走，走得越远越好，她忍受不了阿妈疑神疑鬼的眼神。

蔡屋围的房价似乎成了谜，除了政府和李嘉诚，没有多少人敢打这里的主意，连各种小道消息都很少，导致蔡屋围的房子闲置多时。大运会期间，政府部门的人进出过多次，大搞穿衣戴帽工程，只是很快又取消了这个计划。他们发现这个地方什么都不需要做，各种堂皇的建筑，早已把蔡屋围包裹起来，连汽车出入都困难，更不要说外宾。再说横七竖八的人和动物，谁知道是不是被主人安排过来碰瓷的。他们知道，如果不出大事，这条街上的人这辈子也不会跑进电视里，所以不必担心。蔡屋围的人深知旅游的人有大把钱，不可能住到这种地方，所以他们的老房子只能租给外省人临时落个脚，毕竟地段好，交通方便，吃的用的不算太贵，四通八达，去哪儿都方便。如果不愿意找活儿，可以到布吉市场，批些物品回来，直接摆在各家门前，打着牌，晒着太阳，青菜还没有晒蔫之前，货便出手了，这样一来，晚餐餐桌上便可加盘小龙虾和啤酒了。

陈思年家的老房子便坐落在南村，紧挨着著名的深南大道和京基一百。在南村生活的人，眼睛对着现代化都市，身体沿袭着深圳七八十年代沿袭下来的生活习惯。他们的后脚刚刚离开京基一百，前脚便已进了蔡屋围脏乎乎的巷子。作为房东，陈思年的阿妈生怕女儿受了租客的影响，沾染上晚睡、懒起、赌博、撒谎的恶习。她不厌其烦地告诫女儿，客人跟你聊家常，讨好你，目的就是借东西不还，或者拖欠房租。作为老板娘，总会遇到各种客人的搭讪。有时客人的老婆刚刚转身，媚眼就会飞过来，落到阿妈的身上。阿妈自然不会接招，她提醒陈思年，什么时候都得闩住门，免得受人欺负。生病之前，陈思年的阿妈常常在楼下溜达，眼睛盯着楼上楼下一些神出鬼没的客人。当然，有时候是为了与对面楼的老邻居说句话。不少的街坊都搬走了，剩下几个不愿意走的还在老房子里。彼此见了，会特别亲，常常忆起下海打鱼的日子。

遇上客人几天不下楼，不开门，阿妈会害怕，担心里面出了事。如果真有麻烦，她这个房东可就惨了，不仅挨罚，还要被差佬拉到派出所问话，影响了生意不说，将来房子很难使用，毕竟迟早是要留给女儿的。为此阿妈找人悄悄装了个监控器，楼上楼下尽收眼底。没事的时候，阿妈会坐在房子里边嗑瓜子边看屏幕。有次客人带个女人上来，等了很久还不见出去。只是在很远处便可听见房子里面的大呼小叫，如同放了三级片，连路上的行人都要停下脚步，抬头看上几眼。过了两天，两个人不仅没有出门，连声音也没了。阿妈盯住监控器的回放看，发现男人出来过一次，掐住女人的脖子，把挣扎的女人拖进房。阿妈先是愣了一下，猛然觉得大事不好，她急忙喊来对面楼的房东。闯进门时，看见赤身露体两个男人纠缠在一起，地上散落着女人用的假发套。

面对此情此景，陈思年的阿妈有些不好意思，掩上门，连说两句对不起，退出了身子。这一切被陈思年看在眼里，恨在心上，她对阿妈的举动很是鄙视，觉得不仅仅是礼貌问题，还侵犯了客人的隐私。陈思年喉里卡着"八婆"两个字没有说出来。

阿妈倒是没有认错的意思，辩解道："什么隐私呀，这种人怎会在乎这个，只要这个月少收点，他们高兴还来不及呢。"当然，阿妈不会少收一毛钱。在阿妈的心里，绝不能跟这些人让步，尤其在钱财方面。

陈思年看不惯阿妈："钱钱钱，你心里只有这个。"

阿妈眼皮不抬，说："我做得对不对，将来你会知道，谁不爱钱呢，不然他们来深圳干吗？看风景啊！"阿妈一脸不屑。阿妈这些话跟西北风一样，从来只是刮来刮去，落不进陈思年的耳朵。陈思年用鼻子哼了声，并不理睬阿妈。她觉得阿妈缺乏同情心，尤其是对外省人没有好印象。陈思年眼里的安大山便是来看风景的，他说白天没意思，太阳明晃晃地照着，榨干了人的精神头，只有睡觉才叫养精蓄锐、韬光养晦。他认为只有晚上才是人间美景，尤其看到远处点点渔火，听到近处人声鼎沸，被裹在其中的蔡屋围像是这声浪中的一艘小船。

听了安大山这么一说，陈思年的心仿佛被拉上了船，摇啊摇啊，没了根。她感觉蔡屋围的白天确实没什么意思，脏乱不说，低矮、参差不齐的房子看上去让人心烦。到了夜晚，就完全不同了。地王大厦发射到天上的两道蓝光，把蔡屋围城墙上的土，还有石灰地都打上了厚厚一层蓝光。有些时候，陈思年似乎看见了自己的影子，像一只老鼠在街上挪动或奔跑，有时停在树下，有时藏在拐角处。有了这个发现之后，陈思年变得心思重重，她不敢把这些说给阿妈，她觉得阿妈脑子出了问题。晚上8点以后，陈思年站到阳台上去看在蓝光映照下，变了形，走了样，有了魂的蔡屋围。这样的时刻，陈思年很想找个人说说话。

安大山是蔡屋围的租客，长得细长白净，像个读书人。他看不起那些每天上班的小职员。如果不是为了儿子，门前铲刀刷子类的小生意他才懒得理。安大山平时喜欢看书，闲了唱几口京剧、昆曲，兴趣来的时候，写几笔书法。多数时间，安大山会泡上一杯清茶，在院子里走来走去，探究一些令陈思年望尘莫及的人生大事。比如，他问陈思年："作为一个有钱人，你幸福吗？"见陈思年摇头，他的目光越发锐利："你认为金钱可以买来友谊、爱情、亲情吗？"见陈思年摇头又点头，安大山的声音沉重起来："金钱已经令很多人变成了一个膨胀、冷血的动物。你去看看，到处都是暴发户、收租婆，哪个有文化有情怀了？本地人堪忧啊！"

安大山有次喝多了，给陈思年打电话，请陈思年讲点蔡屋围街上好玩的事，说他最喜欢的还是掌故。他说等回去之后，这些都将成为最美的回忆。陈思年听到安大山提到回去两个字，鼻子酸了。

对于安大山的各种问题，陈思年一时想不出答案，她怪自己读书不多，见识太少，眼里只有深圳香港吃的用的，其余的事情都不懂。

作为一个土生土长的本地人，看着眼前七拐八拐的胡同，陈思年想不起这条街上还有什么好玩的。80年代之后，这条街似乎就与外面隔开了，深南大道越是宽敞，蔡屋围的街道便越发窄小；外面越是繁华，蔡屋围便越发脏乱。有知识的、时髦的人都被挡在外面，而那些没文化、落后的人似乎全部挤到了蔡屋围，塞进各种阴暗潮湿的出租房里。陈思年被安大山说的话搞得心灰意冷。原来本地人没有什么了不起，住在深圳又如何，还不是有人富有人穷，有人幸福有人苦。她甚至觉得安大山故意奚落她，让她明白自己不过是多了几个零花钱的女人而已。陈思年头昏昏沉沉，似乎看到了自己的未来，便是守在这个老房子里。

有了这样的认识，陈思年不再狂妄自负，而自卑起来。这是她从没有过的感觉，她开始恨自己过去太自以为是了。

这样的时候，没有人管陈思年的死活，只有来自安大山的抚慰。他劝陈思年不必难受，要学会自己掌握命运。为了让陈思年好受点，他还采取自黑的方式，提到自己的不幸，在北方做过生意，欠了不少钱，现在跑到深圳是躲债的。说完这句，安大山把食指放在唇上，"嘘"了一声，好像担心陈思年听了会尖叫出来，把他扭送到派出所。不知何时，安大山突然又变成了一个弱者，长吁短叹，感伤自己的落魄，变成了穷人，成为社会底层，再也没有机会报效社会。安大山还讲了很多，到最后，安大山问陈思年会不会看不起他。

安大山说自己穷，没有车没有房，事业和婚姻都失败了。

安大山说，自己倒也无所谓，反正大不了就出家或者一死了之，最可怜的是儿子安然，遭遇这样的变故，成了穷人不说，还失去了家庭。

想不到安大山到了这一步。

知道安大山的前妻也在深圳，陈思年问过安大山："你会和她复婚吗？"安大山没有正面回答，说："她有她的生活，而我也有自己的追求。"他故意不说自己有没有女朋友。这么一来，身无分文的男人，变得有些神秘，很是吊人胃口。

过了两天，安大山在生了绿毛的墙边找到了正若有所思的陈思年，他咄咄逼人道："我是穷人，没有钱，没有地位，你愿嫁给我吗？"陈思年已经隐隐料到会有这样的时候，可她想不到，安大山把问题当成了自己的优势。陈思年沉得住气，并不说话。安大山又说："我知道，你肯定不愿意嫁给一个穷人。"陈思年说："至于穷人还是富人我没有想过。"安大山盯着陈思年说："因为我没有钱吗？"陈思年说："不是。"安大山继续逼她："那你为什么不同意呢？"陈思年说："不是这个原因。"安大山说："可是我首要的问题是没有钱啊！看起来你还是在乎这个。"安大山已经把她逼到了死胡同。最后，安大山一脸严肃地问陈思年，我当然不是为了自己，只想问你愿意收留一个孩子吗？他只会给你的生活带来烦恼，眼下只是个缺衣少食、差不多书都读不起的小孩。他指着远处发呆的儿子。

陈思年听了，心慌得不能说话。

把自己关了几天之后，不想说话的陈思年面部变得又黑又胀，眼睛倒是出奇地发亮。这种亮光引起了阿妈的注意。她对着陈思年上下左右打量一番之后，嗅出了不一样的东西，她忍不住回头看了眼正准备吃饭的那一间。

很快，陈思年便端着酒杯经过安大山身边，她这个样子好像是到另个房间去收租。平时她喜欢喝点红酒出门，这样会让她看起来大胆一些，而不会在客人那里白磨嘴皮子，浪费时间。此刻，她看见把饭桌摆到路边的安大山和儿子，他们正在吃一盆酸菜鱼，安大山翘着兰花指，抬起眼皮问了句陈思年："愿意委屈一下，尝尝我们穷人的饭吗？"

"好啊！"陈思年还没有确定对方的话是不是对着自己，便答应了。因为她看见了男孩儿安然求助的眼神。陈思年不明白，过去的自己是个成日无所事事的男人婆，突然间便转了性情，甚至连说话都会脸红。她把手里的杯子藏到身后，丢进门外的垃圾桶，随后小心翼翼挤到低矮的小方桌一角,像个小媳妇,给自己盛了半碗米饭,又在稀薄的菜锅里盛了汤,靠着碗沿洒进饭里,低垂了眼睛,小心地吃起来。她在这对父子面前竟然连手脚也不知放在哪儿合适。

发现路上有个熟人想要与她打招呼,陈思年用碗遮住脸,生怕有人嘲笑她,破坏了好气氛,让安大山父子扫了兴。

在陈思年为安大山求情减少租金的时候,阿妈一针见血:"你不会看上了那个外省佬吧?"

陈思年抖着二郎腿说:"是啊,我是想和他日日守在一起。"

阿妈说:"我跟你说了那么多年,就是告诉你不要被人骗啊!"阿妈怪自己反应太慢,女儿已经动了真格。于是阿妈说房子漏水很久了,得重新装修,她愿意免掉安大山两个月的租金,让他们早些离开。

听了这话,陈思年反应激烈:"我有什么好骗的,钱吗?不要认为有几个钱就了不得,你看看自己,守着一堆钱,什么都没有,连个男人都守不住。"陈思年说完这句,已经解恨了,小时候,她见过有人骂阿妈,也听过老人们从牙缝里漏出来的关键词。

阿妈第一次听见陈思年这样说话,受了刺激,坐在房里流泪。类似的吵架后来又发生了几次,阿妈口气才软下来,说陈思年提过的建议很好,她愿意这么做了,不用等拆迁,可先卖了房子,搬到外面去住或是周游世界。

见阿妈变得这样,陈思年冷笑了声,她觉得阿妈说这话太晚了,她早已心有所属。

被陈思年拒绝之后,阿妈终于住进了医院。出来后,她变成了老年痴呆,再也不肯开口说话。

陈思年常常想起安然,他们虽然同是单亲家庭的孩子,性格里都很敏感和孤僻,安然的表现却是那么的温驯听话。陈思年清楚记得,安大山带着安然从一楼搬上来的时候,怕得要命,哪儿也不敢去,每天小猫一样伏在陈思年身边,不离半步。后来别人家的孩子反叛得厉害,安然除了学习时好时坏,倒不叛逆。看着有的家长为孩子焦头烂额,陈思年庆幸自己的陪伴没有白费。虽说安然不是亲生的,可陈思年感觉跟亲生的没有区别。有了安然之后,陈思年常常会出现幻觉,觉得自己分明为安然哺过乳,想到这些的时候，总是有各种冲动，似乎还有奶水就要随时溢出来。包括安然的平静和身上的味道都是陈思年喜欢的。陈思年对安大山说："过去我睡觉跟猪似的，现在，安然打个喷嚏，也会吓得坐起来，生怕他冻着。"

陈思年想不到自己可以把继母做得这么好。她对熟人说："看见安大山打儿子我也受不了。"陈思年到学校开家长会，听见其他家长夸她会教育孩子，陈思年甜蜜地仰着头，很是自豪。陈思年和安然会对视而笑，这时陈思年感觉两个人长得已经越来越像。陈思年带着安然参加各种补习、夏令营，还去过一次泰国。陈思年嘴边总是挂着安然，甜腻肉麻得让人无法想到她女汉子的从前。

蔡屋围的老邻居一致认为陈思年遇上了高人，被施了法，催了眠，令陈思年从此脱胎换骨，走了一条与常人不同的路。否则陈思年怎么会看上一个流浪汉不流浪汉，生意人不生意人，留着长指甲，生了水蛇腰，说话酸溜溜的家伙，身边还带着一个满腹心事的孩子？老邻居摇头叹息，说："一物降一物，什么人都会变的。"还有更老的人，看了眼天，摇着头说："谁也抗不过命，这点事儿不新鲜，想想她原来的名字吧，就知道她走的不过是她阿妈的老路。"

有一次，安然惹了事，偷了家里的钱，看见安大山的拳头过来，似乎要狠狠教训安然。陈思年用身体挡着，脸和手臂都挨了打。第二天起床时浑身还疼，可安大山连句道歉的话都没有，一晚上不和她说话。陈思年心里很不舒服。她隐隐觉得安大山不是对着儿子。陈思年装作没事一样开导："不管是跟客人还是儿子，都要耐心，不然怎么做生意？"这时的安大山早已无事可做，家里的开销全部由陈思年出，包括安然高昂的学费。

安大山轻弹烟灰，淡淡地说："你不会还是嫌我穷吧？"

阵思年知道安大山有怨言，阿妈的原因，陈思年一直没有去办结婚手续。

为了安大山，陈思年与阿妈斗争，所做的一切，就是要让安大山明白，穷怎么了，又不是你的错，条件不好又如何？陈思年心生委屈，我作了这么大的牺牲你还不明白？安大山明白陈思年指的是什么。陈思年怀孕的时候，安然的反应很大，到后来连学校也不去了，天天抱着陈思年的手臂，不肯放手，一个男孩子竟哭得梨花带雨。安然说，妈咪这是不爱我不要我了。有很多次在梦里喊着妈咪妈咪。安然甚至连安大山也不理，每天跟着陈思年,叫得陈思年心乱如麻。

"怎么办啊!"陈思年拉着安大山的手,拼命摇着,希望他快些想个办法。

"你说了算。"安大山每次都是这个态度。那一天下着大雨,安大山的裤脚滴着水,拖到了地上,安大山端来的青菜豆干、桂花鱼,都是陈思年的最爱。这时的陈思年已经没有了胃口,不知为什么,她觉得安大山有事情瞒着她,他总是规律地出门,回到床上也是裹着被子睡觉,陈思年伸手的时候,安大山会把自己缩得更紧,像是有人在暗处监督着他。甚至偶尔还会离开几天,说到香港看货。他常常偷着带些奶粉或化妆品回来再转手卖出去,赚点零花钱。

直到做完流产手术才看见了安然的笑,放下心来的安然还像过去那样,靠在陈思年的身上。这时候的陈思年脑子里突然闪出阿妈的样子。陈思年拼命摇头,想要晃掉阿妈。陈思年对安然说:"父母是这个世界上对你最好的那个人,为了孩子,他们什么都会做的,所有的牺牲都是为了儿女。"直到看见安然红了眼圈,搂着陈思年的脖子说:"我当然不会离开妈咪。"

"分开是为了在一起。"陈思年被自己这么有文采的一句话吓着了,她完全不相信是自己说的。她认为自己说话的方式越发有了安大山的意味。

类似的话,陈思年还说过:"如果将来她还是一个人,安然如果愿意去服侍她,我不会反对。"陈思年指的是安大山的前妻。很多时候,她觉得那女人像是自己的长辈,需要她和安大山这样孝敬着。最早的时候,两个人做完了那事,陈思年还会跟安大山说几句,陈思年知道,那女人也在不远的地方打工。安大山听了,笑着说陈思年太傻了吧。再后来,他会披起衣服,下床,走到阳台上去吸烟,到了天亮才回到房里躺下。

陈思年除了证明自己爱安然,全心全意,没有一点分心,还要让安然明白,她有能力让安然过得更好。这个时候的陈思年已经依了安然的心思,每周陪着他去广州学习乐器。这是安然提出来的,有人告诉他,只有在音乐学院接受辅导,才能被顺利录取。

见陈思年人瘦了一圈,安大山拉着陈思年的手说:"怎么办啊,你不会抛下我这个老头吧?"陈思年咧开嘴笑,说:"看情况呀,如果你太老又太穷,我只有找个年轻又有钱的,不跟你受苦了。"

安大山听罢,搂着陈思年的腰说:"你不能丢下我啊,那可是要了我们的命！安然，你说是不是啊？"他对着床上的儿子。

安然似乎没听见，低着头，继续玩着游戏。陈思年隐约感觉到安然变了，至于什么地方，她还无法想出来。

多年以后，再想起当年的情景，陈思年才懂了安大山的一语双关。

很快，安然再次来到了医院，这一次他显然不是为了送饭。看到了对方，陈思年心跳加速，她的手悄悄移到枕下，房产证和户口本在里面，她不清楚这一次怎么会如此明智，带在了身上。

安然挨近了陈思年说："怎么样，帅吧？"安然拿出了一样东西，这是他的身份证。随后，他的脸也靠过来，挨在了陈思年身上，嬉笑着说："妈咪不要犹豫了，就用这个证件，也算是送给我的18岁礼物了！"

陈思年心头一颤，她发现安然这个样子，很是眼熟。陈思年装出若无其事："咱们还是换成其他好玩的吧。"

见安然没有回应，陈思年亲密地拍了下安然的手，说："对了，给你买个手机怎么样？"

"你还这么装，觉得有意思吗？"

陈思年沉默了，她想起了自己迷恋的那些女英雄，已经久违了。她已经很久没有给自己添置奢侈品了，为了补贴家用，她只得在保险公司找了份差事，工资不高，却每天要四处奔波。随着年龄增长，陈思年花钱早已不再像过去那样大手大脚了。

安然看着陈思年的脸："不要再玩了，相对于我一家的付出，那点小玩意儿算个屁！"安然从座位上腾地站起身，他已经彻底不耐烦了。

陈思年说："你说粗口了！"

安然眼神淡定，他看着陈思年："那又怎么样呢？告诉你，我受够了！"陈思年发现对方说话的时候，脸有些扭曲，甚至变形。这是安然第一次和陈思年发生冲撞，他连手势也是成人的。陈思年想起当年那个讨钱的女人，也是这样的一张脸，先是嬉皮笑脸，转眼便成了无赖。

为了藏起自己发抖的双腿，陈思年把自己挪下床，她发现安然比自己高出了半个头。陈思年已经控制不住好奇，她倒是想看看这个抚养了八年的孩子接下来会做出什么。陈思年说："我想过了，房子是阿妈留给我的，我还从来没有想过送给谁，我猜这也是她临终前的心愿。"

很快，陈思年便看见了这个男孩意味深长的笑。随后，他打开了门，放进两个邪恶的伙伴。

不知睡了多久，陈思年醒过来的时候，已经是深夜了。她的眼前浮现出安然的脸，他说："他们知道就是打工到死，我也进不了这里的学校，享受不到上等人的生活，喝不上地道的广东汤，实在是迫不得已喽。"很快，安然的声音便换成了得意："好在他们选人的眼光向来不错，没有失过手。不信，你去问安大山，遇到你之后，我们是打过赌的。"

晚上9点，陈思年抄了近路拐进蔡屋围，她爬上了自家对面的天台。有几次她忘记了手上的吊带，扯疼了自己，她没有想到安然的出手是那么的重。

天台上面有阿妈种了多年炮仗花，金黄色的一片，开满了半个阳台。她静静地去观看这重新团聚的一家人。安大山的前妻也老了，走路不再像以往那样轻盈。此刻，他们苦尽甘来，愉快地说着家乡话，显得格外亲切。安然坐在他们的旁边，样子乖巧，甚至有些害羞，他假装没有看见父母故意搭在一起的手。陈思年记起在电视上看到过的风俗，男女手上系着红绳儿，一定是家里有了喜事。那颜色分外刺眼，如同胜利的信号。女人坐到安大山不远处，偶尔起身到厨房，为她生命中两个最亲的人盛饭加汤。身边是他们打好的行李，吃完了这顿饭，他们将会离开深圳回到老家。安然告诉过她，原来的计划里还有两家，权当父母送给他的福利了。想不到，陈思年反应慢，人又太过善良，让他们犹豫了很久，拖到现在。

蔡屋围上空的蓝还在，有时会射到阳台上。陈思年打开手机，翻了很久也没有找到说话的人，她不禁抬头望向一个窗口，阿妈曾经睡在那个地方，直到离世。陈思年是这个世界上阿妈唯一放不下的亲人。陈思年记得阿妈临走前，突然从昏迷中醒过来，她一次次用手指向监控器，上面的红布落满了灰尘。她红着眼睛发出尖叫，企图喊醒被催眠的女儿。在那部落满灰尘的机器里，藏着出租屋的所有秘密，包括每次陈思年出门，这个女人都会来到这个家，为她的丈夫和孩子洗衣、做饭。他们无视阿妈的存在，在阿妈的面前走来走去，甚至是亲热，以此来折磨这个道破天机的老人。

据香港史料记载，早些年的蔡屋围住有吃苦耐劳的家族，后被一松岗帮工侵占并归为己有，从此蔡屋围易姓。陈思年看到这则掌故的时候，已经是 2016 年的夏天，蔡屋围的街上出现了身穿制服的工作人员，他们正反复测量、核准，并进行数据分析。他们的计划将安排在晚上，方式是静音爆破，采用的将是世界上最高端的技术。到时候，除了这个历史上的地名，也许一夜之间，脏乱的蔡屋围将会消失。除了史料，没有人可以记得它的来龙去脉，取而代之的将是一条高尚的街区，与旁边的深南大道、京基一百遥相呼应。

陈思年熟练地拨了号，对着话筒，她还想找回当年那份潇洒，她准备对阿妈说说这些外省人，真是了不起，贫穷不仅没有妨碍他们，反倒成了武器，甚至连个小孩子都知道把野心深藏多年，还会创造各种机会让父母团聚，我们本地人哪里是他们的对手啊！

除了远处的汽车声，蔡屋围这一刻开始安静了，四周野草丛生，有各种虫子在叫。

过了很久，陈思年听见拖着哭腔的自己，她的声音细弱无助。此刻，她只想藏进阿妈的怀里，重新回到小时候。

那时候的深圳，没有繁华，没有伤害，岁月是那样的静好。

新人
新作

扶 正 |张 奇|

原载《北京文学》（精彩阅读）2015年第2期

清早醒来，范耀祖想起昨晚喝多了，把自己即将扶正的事情提前说漏了嘴，似不妥，临时决定提前回特区。

范是特区下面一个新区的文联副主席，最大的心愿就是扶正。这次清明节回老家祭祖之前，领导已经找他个别谈话交了底，节后就要召开区委常委会，通过对他们这一批干部的任命。

范耀祖吩咐司机不要开得太快，打算在车上补补昨晚的瞌睡。但刚刚打盹，手机就响了，一看是小谢，就皱起了眉头。心想，这小谢就是不开窍，节假日居然打扰领导，遂干脆把手机调到振动，放进包里。

一觉醒来，司机在加油，范下车方便。重新上车翻开电话一看，居然有好几个未接电话，除了小谢，另外几个都是特区的座机号码。范耀祖不打算回电话，只把电话重新调到了正常状态。刚坐稳，又一个电话打进来，见是宣传部长的座机，立马接了，并且坐直了身子。部长很少亲自给范耀祖打电话，所以范耀祖比较激动，以为自己扶正的事情提前宣布了。部长问范耀祖什么时间回到单位？范说还有半个多小时就到了。部长说到了后先到我办公室来。范耀祖说是，然后催司机开快点。

40分钟后，范耀祖进了宣传部长办公室，除了部长之外，还见到纪委书记和几个表情冷漠的人。

这几日，区里发生了官场地震。震源是区委书记唐景。

唐被双规的当天上午，还主持召开了一个反腐倡廉大会，下午就联系不上了。据说是中纪委委托省纪委把人带走的。当晚，一条"一哥出事了"的短信，在某些干部的手机上传递。尽管没有官方的正式消息，大家仍然相信消息是真的。这年头，领导干部只要24小时电话无故联系不上，就基本上是被纪委"请走"了。可惜，这消息没能及时传递到范耀祖耳朵里。主要是他自命清高，不怎么和大家往来。另外，他是唐书记被抓之前钦点要提拔的人，别人不知道该不该告诉他这样一个不好的消息。

当范耀祖听纪委书记说"有一些情况要和你核实"时，蒙了，脑子一片空白。直到从纪委的车上下来，在一个房间坐下，喝了一杯水，才慢慢缓过神来。

范耀祖迅速回顾自己的工作和生活，想搞清楚纪委找他究竟是为了什么事。他判断眼下纪委主要是针对腐败的事情，文联既没什么拿得出手的东西孝敬领导，也掌握不了别人违纪违法的情况，充其量也就是他本人和几个文学女青年的暧昧关系，现在谁还有闲工夫管这等事？如此一分析，心里也坦然许多。

因为没问出实质性问题，而与文学女青年暧昧的事情纪委根本就没有问，范耀祖当然也没主动说，所以，他很快就恢复了自由。

全区干部大会宣布新书记到任的那天，范耀祖遭到了众人的侧目，他才知道自己的事情瞒不住大家。过去参加大会，没什么人搭理他，今天却引来了很多关注的目光，有的人还貌似热情，主动和范打招呼。范一边匆匆回应这些意外的招呼，一边赶紧在自己的位置上坐下来。

会议由市委组织部部长主持，副部长宣读任命文件，介绍了新书记的简历。范耀祖才知道新书记叫张大为，之前是市委副秘书长，再之前在京城某部委工作，当过部长办公室副主任兼部长秘书。

范耀祖表面上认真听讲，跟着大家机械地鼓掌，实际心思还在唐景的案子和自己不明不白被牵连一事上。他心里窝火，我做了什么啦？不过就是唐书记欣赏而已嘛，什么都没干，你们就把我带走，放出来之后却不给个说法，大家还以为我真有什么问题呢。

范耀祖知道有很多双眼睛在琢磨自己，他头也不抬，只盯着自己的笔记本，胡乱写点什么，好似记领导讲话，只盼着会议早点结束。突然，手机振动了一下,一看是风歌发来的一个短信,说在办公室等他。范耀祖有些感动。这个时候,很多人像躲瘟神一样躲着他,避之唯恐不及,风歌还主动联系自己,说明这个女人对自己真有情义。会议一散,范耀祖马上赶回文联。

风歌确实有点事情要和老范说,但主要想过来看看他。毕竟范耀祖帮过她,出了这么大的事,她理应来安慰一下。

风歌告诉范耀祖,她听到的传言是纪委怀疑他给唐书记送了钱,所以才叫他去问话的。

范说:"惭愧惭愧。你清楚,下级送给上级的红包是羊毛出在羊身上,其实是公款。文联经费太少,多了送不起,少了等于侮辱领导,所以根本没送。"

"那你有没有往书记办公室送过其他东西?"风歌提醒说。

范耀祖想了半天,说:"我只送过一首自己创作的歌曲给书记过目。半年前的事情。我从外地采风回来,有创作的冲动,就连夜写了一首歌,送给书记斧正,也是想借助书记的批示弄点财政拨款把歌曲制作出来。书记不在,我就给书记写了几句简单的话,和歌词一起装在信封里请秘书转交。后来书记还专门给我打过电话,说歌词写得不错,他就不署名了,经费的事已经交代财政予以适当支持。"

"看来就是这个信封误导了纪委的人。"风歌说。

范耀祖这才恍然大悟,感觉自己这个亏吃大了。

风歌对范耀祖多一层关心,是因为她是范引荐来新区的。

当年从艺术院校毕业后,父母为她找好了家乡中学艺术教师的工作,但风歌不甘心,选择留在北京,寻求更大发展。可京城的文艺北漂比麻雀多,即便她主动接受潜规则,也难获得出头机会。奋斗几年,除了参加一些小型演出和给歌手当伴舞,真正的大戏一场也没有接过。最后,硬撑着,为了生存也为了获得出头的机会,几乎沦为高级陪侍,经常代表邀请方陪被邀请的一方出席一些饭局和聚会。在一次这样的活动上,她认识了范耀祖。

范每年都要进京城拜见文艺名流刘主席,那晚刘主席带他出席一个圈内的小型聚会,恰好和风歌的座位挨着。当日刘主席不是主客,范耀祖更是"镶边"的,几乎没人搭理他,为规避冷落,范主动找风歌搭话。交谈中,范知道风歌是一名"北漂",当即获得一种优越感,马上表示:可以来特区发展啊。接着,范耀祖就喧宾夺主地说了一大套特区文化立市的大战略,还说自己任职的特区新区很需要风歌这样的艺术人才等等。

本是随口一说,没想到几个月后,风歌真的来特区找他。范耀祖骑虎难下,就把她引荐到新区自己曾经工作过的文化馆。后来,不知道风歌确实才华出众,还是把京城的潜规则带到新区,居然作为特殊人才引进正式调入,并当上了新区文化馆馆长。

对于范耀祖当年的引荐,风歌一直心存感谢,所以,今天她特意来文联看看范耀祖。

当然,她也真有事向范耀祖汇报。文化馆排了一个舞剧《舞起来》,剧名原来用的是唐景的题字,现在肯定不能用了。但唐书记的题字当时是范耀祖牵线的,所以现在要换,风歌觉得应该向范汇报一下。

"换。立刻换。"范耀祖说。

随后的几个月里,范耀祖目睹了新区官场的暗流涌动。开始,原先那些给唐书记送信封的部委办局的一把手都安然无恙。据说,一是涉及的人太多,不好打倒一片;二是基层逢年过节送点小钱的做法在全市各区都很普遍,区别只在于暴露与没暴露,所以见怪不怪,不了了之。最后,市纪委将涉案的部门领导交由新区纪委自行处理,新区纪委就以惩前毖后、治病救人的原则,挨个找当事人谈话教育一顿,仍然让他们各就各位继续工作。半年后,当人们的注意力淡化后,区里才真正有些动作。与此事有染的一把手,有的提前退休,有的改任非领导职务或被调整到闲置部门。就这样今天一个、明天一个,不显山不露水地把这些人消化了。

范耀祖的事情也被拿上了常委会。组织部长汇报了上次考察的情况,这回他没有隐瞒文联会员和协会主席们的观点,而是原汁原味说出了大家提的缺点和不足。分管文化的曾副书记还作了补充,说我以前就不看好他,文联被他搞得乱七八糟的。其他常委只附和了曾副书记不宜提拔的意见,没有人就这个话题继续发挥。毕竟,上次常委会上大家都同意过提拔人家的,没有必要说出前后完全不一样的话。张书记最后拍板时脸上不带一点表情,他同意了不宜提拔范耀祖的意见,但没有赞同曾副书记调离范耀祖的动议，建议继续留任，并请常委们表态。大家摸不清书记的意图，都表态同意。

会后张书记找宣传部长简单了解一下范耀祖的情况，多余的话也没有说。第二天，宣传部长就找了范耀祖谈心。范耀祖诚惶诚恐，以为又是一次审问。但部长却态度温和，往事只字不提，反而叫他安心工作。

原来，部长找范耀祖谈心，是为了试探范与张书记有什么关系。不然，一个新来的书记，全区几百名处级干部不问，怎么单独问范耀祖呢？

部长的态度让范耀祖很奇怪。回家与老婆小英一分析，小英提醒范耀祖，估计是柳学成打了招呼。张书记是从市里下来的，柳学成给副省长当过秘书，一定互相认识。小英一下子兴奋得眼睛发亮。她说，如果是这样，那么范耀祖不但不该消沉，反而要重整旗鼓，主动出击。

柳学成和范耀祖是同学，当初在清连县一中，他们都是学校的"才子"，同时喜欢上副县长的千金小英。但范耀祖更会装，显得文采高深莫测，最终博得小英芳心。而情场失意的柳学成只能发奋图强，考上大学，从秘书做起，现在当上特区中心区的区长。范耀祖虽然没考上大学，但在杂志上发表了作品，被招进清连县文化馆，借岳父的提携，顺利转干，并最终调入特区。如今，当年清连县一中的两大才子虽然都在特区，但来往并不多，主要是范耀祖自尊心强，作为一个副处级的区文联副主席，不想高攀正局级的柳学成，尤其是柳学成当年写给小英那些肉麻的情书，更成为范耀祖挥之不去的心结，对柳学成一直抱有戒心，敬而远之。没想到，关键时刻，老同学居然不计前嫌，与张书记打了招呼，弄得范耀祖心存感激，却又酸溜溜的。

小英要范耀祖马上给柳学成打个电话，范耀祖感觉，这个电话如果由小英打效果更好。但这样的提议他说不出口，迟疑片刻，终于拿起了电话。

柳学成很热情，告诉范耀祖，他认识张书记多年，特意向他介绍过范耀祖的情况，并提醒范耀祖找机会向张书记汇报工作。范耀祖自然千恩万谢，言听计从。

来到张书记办公室，范耀祖向秘书自报家门，请求见书记。

秘书小赵很客气地给范耀祖让了座，说书记下乡了，不知道什么时间回办公室，问范耀祖还要不要等？

范耀祖好不容易鼓起勇气来一回，就打算等下去。

赵秘书倒了一杯茶给范耀祖后，就在电脑跟前不再说话了。

秘书与范耀祖不熟，但关于范主席的趣闻轶事听过不少。最有趣的是范副主席有一次迎接新任的宣传部副部长兼文联主席的事情。范接到电话赶紧从家里开车到单位。出了电梯一路小跑到自己的办公室门口，连门都没进，就伸手去摘门框上"文联主席"的牌子，跳了几次都没够着，最后还是小谢搬了张凳子过来，才赶在副部长兼主席到来之前把"主席"的牌子拿掉。

范耀祖等了约摸一个小时，有点坐不住了，问赵秘书书记下午还来不来？赵秘书头也不抬地看着电脑说："可能来吧，但也不一定，领导开会或者下基层了，有时不回来。"

其实，书记就在里间和一个部门的领导谈话。

范耀祖从赵秘书的回答里听不到任何希望，想多问几句，又觉得人家不够热情，就拿出一些自己的获奖证书复印件和登载有自己内容的报纸，交给秘书，说："请转告书记，文联有重要工作想向书记汇报，等书记有空了我再来。"

赵秘书这才很热情地把范耀祖送到门口说："好的，书记同意了，我再通知您。"

范耀祖不好意思把没有见到书记的情况告诉柳学成，自己已经欠了老同学一个人情，再想到小英这层关系，就更不好再麻烦人家了。

范耀祖对文联的工作也不能像以前那样积极主动。协会主席们本来就不那么听招呼，刚刚经历这场不明不白的事故，还那么卖劲地干活，只会落得让人笑话。

在等待和不安中度日，一般都觉得时间过得太慢，加上出事后几乎没有会员登门，范耀祖更有度日如年之感。小谢与小红，看到单位无事可做，领导没有以前看得紧，便三天打鱼、两天晒网，文联的冷清更甚于前。经常只有范耀祖一人坐在那里喝茶看报，可嘴里喝着热茶，身上竟觉得冷。这半年多遭受的白眼和冷遇让他里外凉透。

春节前，范耀祖本来想召集各协会主席开个会，他想利用开会的机会收拢一下人心。不管怎么说，自己还在主持文联的工作，庙没垮，和尚还在，钟还是要撞。但各个协会都说他们已经准备开自己的年会,如果范耀祖愿意,请他出席,意思就是没时间张罗文联的年会。范耀祖听明白了他们的潜台词,觉得没必要自取其辱,便借故没有出席任何一个协会的年会。

春节只有几天,但挂在人心里却有一两个月,一个月前开始盼着过年,不到正月十五之后没人认为年已经过去,认认真真开展工作多半是三月份的事情了。三月开始,全市文联系统开始申报创作计划,区里会员申请市里的扶持项目需要区文联盖章。通常情况下,填报申请的人多,获得批准的人少,新区文联的项目获批的更少,往往都是范耀祖的作品才有机会。最近这几年,风歌和文化馆的项目开始超过范耀祖。但直到三月底,风歌才来交材料,说春节回老家过年了,所以没有给范耀祖拜年,年后有点忙,材料弄晚了。

范耀祖留风歌喝茶。风歌劝范耀祖说:"凡事也不要太悲观,事情也许没有那么糟糕,如果组织真的已经认定你不行,就该从现在这个位置上把你拿下,找个理由让你休息或者靠边站。可是现在事情过去这么久了,不还好端端地在这里主持工作吗?说明组织上认为您还是胜任这个职位的。"

风歌走后,范耀祖细细地琢磨了一番,觉得她的话很有道理,应该到省文联和北京跑一趟,这两个地方都可以找到打商量的人,也只有这些外地朋友还一如既往地让范耀祖感到温暖。

新一年清明节又要到了,范耀祖告诉小英,自己准备外出,今年就不回老家了,给父亲磕头就由弟弟一家代劳。小英猜到范耀祖是不好意思面对父老乡亲,去年这时候自己还意气风发,踌躇满志,那么多人的祝贺和道喜都笑纳了,结果却是被人抱起来摔了一跤,这面子往哪儿搁?今年与其回去接受大家的安慰,不如利用假期出去跑跑。

范耀祖心里有些纠结。过去找人,都是为了业务,这回纯粹是为了乌纱帽,等于很不情愿承认了自己也加入到了跑官要官的行列,等于多少有些否定自己的才华,也等于与那些一向看不起的人同流合污。

第二天正要出门时,接到了风歌的电话,告诉范耀祖一个很意外的消息,新的文联主席人选已经确定,最迟下周宣布。

怎么会这样?组织上突然往某个单位派领导是常事,但按惯例都会和该单位在职的主要领导事先通气。以前文联主席换人,每次都由宣传部长和范耀祖通气，这次居然连通气也免了，甚至风歌都知道了，自己还蒙在鼓里。

组织部在区委宣传部的会议室宣布了对肖寒的正式任命。范耀祖目无表情地坐在肖寒和组织部副部长的对面，听副部长宣读肖寒的任职文件。他发现对面这位新主席也面无表情，眼光空洞，根本不在乎这个场合。

轮到新主席的表态发言，肖寒说："来文联当主席我没想过，因为自己从来没有接触过这类工作，过去打交道的都是政府和经济上的事。既然组织上说我是合适人选，我想大概是因为自己在高校工作过吧，算有点文化。所以我只能说，努力适应新角色，配合同志们把工作做好，别的暂时没想好，就不多说了。"

前后不过两分钟的表态，参加会议的人都有点意外。因为肖寒的口才据说在全区的处级干部里是数一数二的，当年听过他公开竞选处级干部演讲的人都知道，今天这样的发言，只能说明肖寒对组织上的安排不感兴趣。

肖寒原本是新区一颗冉冉升起的政坛新星，不到40已经在正处的岗位上干了几年，就在大家一致看好他的政治前途的时候，却意外来到文联，原因当然不是组织部副部长说的因为他既懂理论又有实践，而是在一起重大的安全生产事故中负有领导责任，被组织上安排到了文联。

范耀祖一向闭目塞听，只听说过肖寒，却对不上名字，更谈不上了解。来新区电大工作前，肖寒在内地一所高校教书。电大校长是街道上来的本地干部，文化程度不高，组织上是为了让他弄个副处级待遇才提拔为校长的，自然是不太懂得教学，用对付基层群众的方法来管理电大的师生。肖寒哪里受得了这个，经常后悔不该为了几个臭钱到这样的地方来。后来，特区以新区为试点，搞起了干部人事制度改革，在全市范围内公开选拔处级干部。肖寒在几十名报考者中脱颖而出，意外地开始了从政之路。

肖寒很顺利地从副处升到了正处，并被作为优秀年轻干部选拔到了街道当主任，没有意外的话，很快就是街道书记。

特区街道办事处在级别和权力设置上与内地县级政权相同，党委、政府、人大、政协四套班子齐全，有独立的人事权、财政支配权。肖寒实权在握，每年能调动的流动资金就有几个亿。一个月前，他主政的街道发生一场震惊全市的大火，当场烧死12个人，上报到了中央。按照安全生产责任追究制度，一把手要就地免职。说起来，街道的真正一把手是书记不是主任，但历来追究责任时都只追政府一把手的责，真正拍板的各级书记没有一个被问责的，所以肖寒被打发到了文联。

真正的受害人是范耀祖。一直当主持工作的副职，等着扶正，都要上会了，却发生意外。现在，上面又给派个正职过来，等于给他的前途画了句号。范耀祖明知道这不是肖寒的错，却也本能地对肖抵触。

肖寒决定把文艺创作的业务工作全权委托给范耀祖，这样能体现对他的信任和尊重，多少抵消一点他对于自己的抵触心理。可共事一段时间下来，肖寒发现范耀祖好像完全没有机关工作的概念，干什么、怎么干，都是想到哪里做到哪里，半途而废的事情很多，从成立之初会员们就一直想创办的内部杂志，至今八字没一撇。大家盼望已久的文联丛书也始终没有编出来，说是会员有700之多，但连个通讯录也没有，也没个证件。肖寒工作这么多年，从来没有遇到过这样的怪事，不知道范耀祖这些人究竟是怎样做工作，怪不得外界都不知道文联在干吗，原来他们也不知道在干吗。

肖寒原本是带着情绪到文联休息的，但休息也不是混吃等死呀。他召集大家开会研究工作。

肖寒、范耀祖，加上小谢、小红四个人坐在一起开会，这种情况从上一任副部长兼主席离开后，还是头一回，另外三个人都不习惯。

肖寒让范耀祖先简单说说文联今年的工作想法，范耀祖就跟拉家常一样，没有头绪，也没有主次，话题跳跃得十分厉害。因为完全没有逻辑，肖寒竖着耳朵也没听明白他的中心思想。

范耀祖说完后，小谢、小红一言不发，都看着肖寒。

肖寒还在等范耀祖归纳总结，没料到范耀祖只说了两分钟就没话了，没头没尾，肖寒不能冷场，只好自己说了。

肖寒先说了一些谦虚的话，大意是请范耀祖支持工作，多出点子、想办法，文联的工作主要依靠他，自己不打算管那么细。接着肖寒说了一些自己的想法，希望尽快拿出一个今年的工作思路，然后就准备到协会去开展调研，最后问范耀祖这样是否妥当？

范耀祖没有接这个话题，却发了一大堆牢骚。说："文联最大的问题是没有经费和领导不重视。从来没有哪个领导主动到文联看望过我们,过年过节也没有人关心慰问艺术界人士。我们这么多年也获得过不少荣誉,但是区里都不奖励,说真的,我都没有积极性了。"接着,还如数家珍地说起了他历年所获的各种奖项,话题一打开,他就像洪水开了闸似的收不住,再也没法回到文联工作上去。

肖寒耐着性子听完范耀祖的光辉业绩,足足花了半个小时。小谢和小红跑来跑去,不是上厕所就是去倒茶,明显不愿听范耀祖的啰嗦。肖寒看这个架势,知道今天的会议不会有什么结果,草草收场。

散会后,肖寒把小谢叫过来,问了一些文联机关和各个协会的情况,小谢说:"肖主席您别介意,我们很少开会研究工作,都是范主席布置什么,我们就干什么。"

"那下面的协会怎样开展工作呢?"肖寒问。

小谢一脸诧异地看着肖寒,说:"他们搞他们的,文联不管。"又说好几个协会主席很久都没来过了。在肖寒的追问下,小谢说:"好像他们对范主席有意见。"肖寒想知道为什么,小谢却不想多说。在肖寒一再追问下,只得实话实说:"大家都觉得范主席有点自私,作为一个长期主持工作的专职副主席,只关心自己熟悉的艺术门类,其他的基本不过问,协会主席个个意见很大。"

肖寒虽然从今天的会上也看出范耀祖比较自我,但他不想这么轻易地下结论,自己刚来,又是外行,以后的工作还要靠范耀祖来推动。

但他很快碰壁了。先是内部刊物的事情,肖寒想把大家盼望已久的这个阵地建起来,在范耀祖的提名下,组建了一个编辑部。原定的季刊,过去半年了,第一期还出不来。肖寒问范耀祖怎么回事,范耀祖说没有稿子。肖寒找来作协的正副主席,要求他们加紧组稿。但他们说稿件多得很,是范副主席不让登。后来总算明白,范耀祖对现在的编辑部主任有意见,奇怪的是这个编辑部主任过去和范耀祖关系很好,不然也当不上。肖寒不想卷入他们个人的恩怨,只得亲自吩咐编辑部主任赶快把首期印好,然后搞一个发刊仪式,这事就算搞顺了。

接着是范耀祖兼主席的音乐协会内部的一件事。这本来是范耀祖的家务事,肖寒不想过问。肖寒来之前,范耀祖已经把今年文联的经费主要安排在出版音乐协会的一张光碟上，其中有一半都是范耀祖自己的作品。这种事情常有，别人也不敢公开提意见，肖寒更是不会过问。但有一天范耀祖突然带着负责光碟制作的小柯到肖寒的办公室来。进门就开始指责小柯不负责任，要肖寒批评他，马上换人。小柯一副可怜相，请范耀祖原谅自己，范耀祖死活不答应，反而更加大声呵斥他。肖寒觉得这是在办公室，怎么跟训家奴似的，太不合适了，就劝范耀祖消消气，有话好好说。范耀祖这才说，小柯把他作词的歌曲搞成了另外一个人。肖寒说那改过来不就得了，又批评了小柯几句，范耀祖才罢休。

肖寒并不想把关系搞僵，他也需要进一步观察，弄清楚范耀祖究竟是品质问题，还是个性问题。肖寒知道，文化人个性张扬是常事，只要不发神经病乱来就行。便找了个时间请范耀祖到自己的办公室，进行了交心似的聊天。

肖寒说自己是外行，文联的工作还请范主席多操心，并问范耀祖对文联目前的工作和对他本人有什么想法。范耀祖矜持了一下，还是把心里的想法说了。他说肖寒不该越过自己直接指挥下面的人，并夸大其词地说，自从肖寒来以后，下面协会的人都不听他的话了，这样下去没有办法开展工作。

肖寒觉得奇怪，问："这些人都是你自己推荐的，我以前都不认识他们，你如果不信任他们，何必推荐呢？"

范耀祖："我是推荐了他们，但是他们现在都不听我的了，都直接向你汇报，这样下去，他们不拿我当领导，以后我就没办法开展工作了。"

肖寒没想到范耀祖如此看重这个芝麻绿豆官手中的一点点小权。他当即表态，不但业务工作，从下月开始，文联的财务也交给范耀祖管，各个协会要用钱都找范主席签单。问范耀祖这样行不？范耀祖忍不住笑了。

安抚好了范耀祖，肖寒轻松了许多，感觉文联这地方也不错，比起忙得鸡飞狗跳的街道办，简直就是神仙过的日子。日常工作基本属于没事找事、无中生有，同级党委政府的工作与文联没有直接联系，有没有文艺作品不影响地方的GDP，标志文化繁荣的文艺演出和群众文化活动有文体局在负责，文联只需完成上级文联下达的任务，这些任务也都不是硬性的，完成了得个表扬,没完成也没人批评。所以,作为一个群团组织,如果不想自寻烦恼的话,文联主席可以将一年的大部分时间都用来看报、聊天、在酒桌上与同行送往迎来,以及等同于旅游的外出采风等。

但这样悠闲的日子过了个把月,肖寒又有些躁动不安。一个正在壮年又颇有才气的男人,整天像只老母鸡那样趴在窝里,的确不是个事儿。宣传部长也几次问到工作上是否适应,其实是在提醒他尽快进入角色。清闲的日子也让肖寒想明白了一些事。一个没有啥背景在官场混的人,如果受点委屈就消极抵抗,等于自绝于组织。肖寒不甘心就这样终结仕途,也不想就这样认输服软。连范耀祖这样的人都想着东山再起,自己怎么能趴窝呢?为了尽快熟悉业务,打入这个圈子,看来还是要抓紧先搞调研,然后再提出工作思路。

肖寒制定了一个调研计划,主题是如何大力开展文艺精品创作,同时兼顾文联的队伍建设,这既符合市委宣传部前不久召开的文艺创作会议的精神,也兼顾了新区文联目前的状况。

范耀祖心里想,什么调研,不就是装装样子,写写稿子,定个调子,最后还是回到老样子嘛。他一向讨厌行政部门装模作样的调研了,官员越大,调研形式越豪华,调研内容也就越空洞。往往是一个通知下去,下面的人就把调研路线、参加调研人员、现场提问、发言内容等全部事先准备好了,就连领导调研后的总结讲话稿都是事先写好的。他以为行政干部出身的肖寒,要把这套做法搬到文联来搞。虽然没有表示反对,但一点都不积极。各协会主席闻讯却很兴奋,这里多少包含了一点对范耀祖的不满,寄希望新主席拨乱反正。

调研的基本形式是到各协会开座谈会,由范耀祖主持,先汇报、后自由发言,最后肖寒讲话。参会人员是部分会员和各协会副秘书长以上的协会领导。肖寒发现,每个小小的协会至少都有七八个正副主席,加上正副秘书长,协会班子足足有10人以上,心想文化人的官瘾似乎更不得了。一圈下来,大家的发言除了谈文艺创作外,集中在两个话题,一是没有稳定的创作和表演队伍,二是缺乏工作经费。肖寒听得很认真,对于一些问题还作了笔记,当然不敢贸然表态解决问题,只说积极向区委宣传部反映。

协会主席在调研会结束后要求肖寒和他们一起吃顿便饭,看得出他们意犹未尽，肖寒没有推辞，想借机进一步拉近与大家的距离。喝点酒后，协会主席们的话题就不再顾忌，五花八门，有些话惹得范耀祖很不高兴。

在范耀祖兼主席的音乐协会聚餐时，有几个老资格会员给文联提意见，说文联机关没有起到会员之家的真正作用，反而让他们有家难回，在文艺创作上没有一视同仁，压制了大家的积极性。范耀祖终于坐不住了，反驳道：谁不让你们回家了？文联的大门什么时候都是开着的，创作方面谁有本事谁就上，真有水平谁也压制不了。肖寒赶紧打圆场，说过去的事情都别提，今后大家团结一心，共同努力，自己有信心为大家提供更好的创作环境。

一圈下来，肖寒基本摸清了家底，心中多少有些失望，像风歌那样科班出身的文艺专才并非多数，相当多的会员只是喜欢或者爱好而已，谈不上学有专长，但文人相轻的传统在他们身上却很专业，彼此攻击的事情常有发生。但不管他们的意见如何相左，说起范耀祖来看法惊人的一致，认为他很难相处共事，自私狭隘，在创作和经费使用上独霸天下。

协会主席们的言论让范耀祖很受刺激，更怀疑肖寒的目的就是想通过这种方式排挤和架空他。于是在调研结束后，当肖寒和范耀祖、小谢、小红四个人讨论如何写好这个调研报告的时候，范耀祖发难了。说文联的工作一向都是自己搞自己的，不用专门给部长送调研报告，部长也没有时间看我们的报告。会员们说的很多话都没有道理，我们文联是文化人的天下，文化人办事就要按自己的办法来，行政部门那一套不行，文人就是文人，文联的所有工作都是创作，创作的好坏就是看能不能获奖，不能拿奖就什么都没有意义。

肖寒听得出范耀祖话中有话，但他不想与范耀祖起事端，就说创作是文联工作的重点，艺术家确实要拿作品说话。不过文联机关，我们这几位，还有一个为大家服务的问题，是吧，范主席？

肖寒的脸上挂着笑容，范耀祖不好发作，但他没有报以笑脸，还是很僵硬地说，我是特区文艺方面的专家，从事创作多年，我的作品在全市、全省都是叫得响的，我以后要专心创作，没有意义的事情不要叫我参加。

这就是不给肖寒台阶下了，但肖寒一副见怪不怪的神情对小谢和小红说，你们都注意了，一般的杂事就不要烦范主席，让范主席多些时间搞创作，调研报告小谢你来完成。

硝烟弥漫，但仗没有打起来，并不是肖寒宽宏大量，而是他根本就看不起范耀祖这半吊子文人。过去听人家说起，只当个笑话，而今近距离接触了半年，更觉得外面的议论和描绘一点没有污蔑他，自己如果和他混战一场，太有失尊严和水准。对于范耀祖的自我标榜，只当他井底之蛙，肖寒曾经特意把范耀祖这几年来的创作成果找来认真拜读过一遍，实在看不出水平高在何处。心想这样也敢自吹代表新区艺术界，论广度只不过写歌词，论质量歌词里上乘之作不多，有点名气的几首还不是沾了人家作曲者的光？要在以前，或搁在别的与自己不相干的场合，肖寒早就要狠狠地说句恬不知耻了，但如今范耀祖是自己的搭档，即使厌恶，也要装得很欣赏似的。

范耀祖坚持认为文联的一切工作都应以拿奖为目的，拿奖又不是为了个人，而是为领导增光添彩。范耀祖的这套逻辑，与官场上多数人相反，别人明明在讨好领导，偏要说成为人民服务。范耀祖干的事情领导明明不在意，他偏要说是给领导帮忙。

对于肖寒强调的人才培养和队伍建设，范耀祖一点积极性也没有，心想，我们这些人早就是专家了，还要别人来培养吗？

区委给文联下达了一个任务，要他们在元旦前搞一台像春晚一样的大型演出，效果好的话，以后每年一次。这样的晚会，过去一直是文体局全权负责，不知张书记为什么点名要文联来搞。

肖寒不敢掉以轻心，担心范耀祖现在这个状态误事，决定让风歌唱主角，由她的文化馆为主力来承办。但宣传部长却把肖寒和范耀祖叫到一起研究，制定了肖寒统筹、范耀祖具体落实的工作方案。肖寒只当是部长帮助自己管理不听话的范耀祖，心里很高兴，便知道这台晚会可能很重要，不然部长不会亲自部署。

范耀祖接到这个任务，一反常态地热心和主动，肖寒也不知道他葫芦里卖的什么药。管他呢，只要能保质保量按时完成任务就行，便乐得让范耀祖去好好表现一番，也想借机改善和他的关系。

前后弄了两个多月时间，晚会终于可以带妆彩排了。肖寒陪同部长前去观看。彩排结束，部长表扬了全体演职人员，要求他们保持良好的状态，在正式演出的那天发挥最佳水平。肖寒觉得整台晚会的串词比较啰嗦和老套，本想提点修改意见，但刚一问到，范耀祖马上一脸得意地表白："我花了两个晚上才改好的。"肖寒也就没有再说什么。部长都没有发现的问题，自己何必节外生枝。

晚会在区里演出取得圆满成功。五套班子全部出席。这是肖寒上任后文联班子抓出的一个重大成绩，范耀祖逢人便说这是自己一手创作出来的成果。有好事者跑到肖寒那里学舌，肖寒听了有些不舒服，但也没太往心里去，毕竟这台晚会是范耀祖具体操作的，吹吹牛也没啥。可是，当他听说老范从中赚了一大笔钱之后，有些恼火。

第二天碰见凤歌，肖寒问她知不知道这个情况？凤歌见怪不怪地说："这有什么，实际费用当然没这么多，你想说很浪费是吧？那我要问你，政府工程动不动就几千万上亿，其中的浪费何止几十万，文化人的创意就不值钱啦？我看没有什么了不起。"

肖寒没想到她是这样的观点，一时竟也无言以对。但是心里还是不舒服。后来参加区内区外各种演出活动多了，发现这的确是个普遍现象。少数小有名气的导演也好，艺术家也罢，都是这样干的。他们能拿到各种创作或演出的大项目后，自己并不亲自动手，而是低价转手给那些拿不到项目的人，和建设工程承包转包没有什么区别。肖寒原以为只有那些唯利是图的包工头才这么干，没想到"文化包工头"一样心黑手狠，怪不得范耀祖那么想当主席，看来也不只是热爱文艺。

元月后，市委宣传部下文要求各区制定和上报文艺精品创作的计划，部长指定由文联具体落实这个工作。

肖寒认为精品的产生建立在文艺普遍繁荣的基础上，要求各个协会都开展这项工作。范耀祖却认定只有能拿奖的东西才能叫精品，提出将范围限制在以他自己为首的几个人身上。

各个协会接到任务都很积极，上报了一批音乐、舞蹈、小品小戏，还有书法、美术、摄影作品。肖寒很高兴，组织专家对这些作品进行了评审后，准备将其中质量比较好的一起上报。范耀祖不同意这么做，说评奖名额有限，必须有重点，不然到时候一个奖都拿不到。他还毫不谦虚地说，重点作品就是他自己创作的那两首歌。肖寒觉得范耀祖也太自以为是了，偏要坚持所有作品和范耀祖的作品都一起上报。范耀祖很不高兴，竟然说自己的歌曲不参加评奖了。

　　肖寒因为上次的成见，懒得和他打嘴仗，就将其余的作品都报上去了。其中也有一首歌曲，是请专业人士重点打造的，志在获奖，目的之一就是要打破范耀祖一言堂的格局。可是，评审结果却让肖寒很丢面子，新区文联上报的项目全军覆没，包括那首歌曲，而范耀祖以个人名义越过市里向省里申报的两首歌却都拿了大奖。当范耀祖掩饰不住得意，拿着两本获奖证书到肖寒办公室时，肖寒脸色阴沉，勉强表扬了几句就话锋一转，说获奖是好事，但不能认为其他的作品就都不好。不过说话的底气明显不足。范耀乘胜追击，提出要把这两首制作成MTV，拿到央视播出，准备参评全国的大奖。

　　肖寒压着内心的不满，说文联的经费紧张你又不是不知道，一首就要30万。制作一首就可以了，全国的大奖也不可能同时给予一个地方的同一个作者。范耀祖不干，说不支持自己的创作是小事，但影响了新区的文艺成果是大事，还说，就像上次你不让我的作品上报，结果一个也评不上，幸亏我给你们救了驾。

　　这话戳到了肖寒的疼处，他火一下子就冲上来了。这几天，肖寒也找音乐圈里的人咨询了有关评奖的情况，明白艺术行业评奖水很深，不但有作者之间的竞争，更有地区之间的竞争。大奖评审开始之日，便是恶性竞争展开之时。各路人马，民间的、官方的纷纷出动，找人的找人，送礼的送礼，完全是实力相当的各方势力混战一场。所以，凭的不是作品质量而是人脉关系，某些获奖专业户的东西在大众和消费市场并不叫好，甚至都没有什么人知道，但凡评奖都有份。肖寒认为范耀祖的获奖作品至少有一部分就属于这样的关系奖。但是这个话却不能说出来，不然就把大家都得罪了。但范耀祖这样肆无忌惮的挑衅实在是令人气愤，肖寒也不想讲什么大道理了，对着范耀祖毫不客气地说："获奖也罢，不获奖也罢，文联没有这么多经费。即使获奖了，也不能说明就一定是好作品。我看到一些获奖的歌曲，从来没有听到人唱过。"

　　范耀祖问："你这是在说我的作品不行，还是说评委和领导的眼光不行？"

肖寒站起来做出要出门的姿态，对范耀祖说："你不要曲解我的意思，也不要夸大其词，我只是就事论事。这件事情就这么定了，就制作一首。"然后不等范耀祖表态就往门外走。

肖寒在车里发呆，接到了风歌的电话，说要向他汇报工作，问他现在有没有空？

肖寒就把车直接开到了文化馆楼下。一个小姑娘早已等在电梯门口，将肖寒引到了排练室。

肖寒见到风歌心情就好了一半。风歌很少以今天这个样子见人。一袭紧身黑色排练服裹在一身曲线的身上，比平日里更加性感迷人，特别是两条大腿交汇处显示出的女性器官特征，差点让肖寒忘了自己来这里的目的。

风歌正在手把手地指导一个女孩子，看见肖寒进来，停下动作，跟艺术团的人交代了几句，招呼肖寒进了她的办公室。

他们之前就认识。当时肖寒在电大任教，参加朋友聚会，在一张桌子上吃过饭，也跳过舞，聊过天，但没有深交。直到肖寒调到文联后，成了风歌的上级，二人的关系才算续上。

主要是风歌主动，肖寒也确实需要一个有一定分量的知己，遇上拿不准的事，需要有一个能商量的人。

风歌给肖寒倒了一杯茶，问："你刚才好像有急事？"

肖寒简单说了一下范耀祖的事情。风歌说："事情不复杂，能帮范耀祖争取一点钱，多出一首歌也不是什么大逆不道的事情，相反还是你的政绩。至于范耀祖这个人，其实就两点，一是心理问题，出身低微总怕被人看不起的人，防备心理特别严重，用伤害别人的方式来保护自己，常常防卫过当；二是眼界和思路不开阔，胸怀和气量都很小。前一段我还担心他被唐景的事情牵扯，精神上会出状况，现在事情过去了，总算人还正常。"

风歌进而劝说肖寒："无论个人素质还是仕途前景，你是强者，他是弱者，何必与他一般见识？其实范耀祖本质不坏，至少他不像官场中的很多人那样刻意算计、陷害别人，他的全部心愿就是想当文联主席，你一来把人家愿望粉碎了，他给你找点麻烦很正常。"

"照你这么说，是我对不起他了？"肖寒说。

"当然没有。"风歌说："你们的问题是两个不同风格、不同思路、不同文化背景的人之间的正常分歧。你是知识官僚，身上文人气很重，喜欢较真儿，不会妥协，又看不起人家的水平；他是基层文艺人，眼界狭窄却自以为是，最担心被人轻视忽视。你迁就他一点，花精力搞点自己感兴趣的事情，和平共处不行吗？"

肖寒笑了，说："嘿，还真没看出来，你对他这么有研究，好像还很有渊源嘛。"

风歌的脸上掠过一阵不自然，说旁观者清嘛。

肖寒想起风歌原来说有事情的，便问是什么事情。

风歌这才说到正事。

两年前，唐景下令文联为新区打造一台在全市有影响的舞剧。当时区里下了很大决心，财政拨款 1000 万。风歌请了市内 4 大名导演共同努力打造了这台舞剧，也因此有了现在这个上百人的艺术团。现在唐景出事了，财政还会每年拿 300 万养这个艺术团吗？领导层和人大代表都有看法。她希望区领导能明确表态，可是领导要关注的事情太多了，谁也顾不上这件事。财政已经说了，下个月就断粮，叫艺术团自谋生路。

这事肖寒也知道。他个人倾向于保留艺术团，因为区里每年有很多台演出，没有一支专业的队伍，就要外请演出团队，每一次都要付钱，算起来也不比养一个艺术团少。问题是这样做不符合文化体制改革的大方向，上面成天要求文艺团体一律断奶，说政府只养项目不养人。在肖寒看来，养文艺团体是大多数人都实惠，养项目是少数人得实惠，因为，养项目更有"操作性"。但这样的话他不能说，他必须想出一个两边兼顾的办法来。

肖寒说现在孩子们的基础教育里缺乏真正的美育，虽然小学中学都开设了所谓艺术课或美术课，但在应试教育的体制下早就成了一个摆设，除了极少数特长生或从小受家庭熏陶者外，绝大多数孩子缺少真正的艺术修养。如果让区政府拨款，以艺术团为平台，在全区义务开展美育普及工作，既解决艺术团的生存出路问题，也为社会做点实实在在的好事。

风歌一听就叫好，还说自己的文化馆其实一直都想在全区做一些文艺推广工作，正好不谋而合。

过几日，肖寒和风歌到部长那里汇报了这事，部长表示支持，肖寒就张罗起美育普及工作。

范耀祖反应不积极,他猜想肖寒和前几任一样,只不过做个样子给人看,过一段时间拍拍屁股走人了,又给自己多留一个烂摊子。

范耀祖不作为,肖寒就亲自挂帅,大张旗鼓地搞起了美育普及工程。区财政给了200万专项经费,肖寒都支付给了文化馆的艺术团。艺术团根据文联的工作安排,深入各个社区开展美育普及工作,内容包括大众美育知识讲座、文艺表演辅导、行为气质提升、美的形象设计等多项活动。开始是一些中老年妇女感兴趣来听课,后来很多中小学生周末也加入进来听课。课程实用还不用花钱,比送孩子上兴趣班好多了。在有条件的社区,还办一些更高层次的乐器培训班、书法培训班、舞蹈培训班、声乐培训班、插花培训班等等,一时间社会各界反响十分热烈。

新闻媒体开始关注新区文联的这项工作,接连报道了此事。宣传部长很高兴,专门表扬说,这是新区文联成立以来做过的最有影响的大事情。

范耀祖没想到一个外行还能把文艺工作搞出效果,心里不得不承认肖寒还真是有点办法。但又有点不服气,如果给我当正主席,我也可以办大事,一个没有实权的副主席,当然只能搞自己的创作,这不能怪自己自私。

可是总被晾在一边也不合适,想求得官场进步,必须避免被边缘化,范耀祖必须主动出击。他提出去北京出差。

范耀祖到北京是觐见刘主席。当年,他的一首小诗在《中国诗歌》发表,如此才博得副县长千金小英的心,也因此被招进清连县文化馆,并最终调入特区,获得今天的地位。所以,他很感激当年的责任编辑刘老师,一直保持着联系。如今,刘老师成了北京的"刘主席",范耀祖也算有了靠山。只要遇到难题,不是刘主席发话,就是刘主席的朋友帮忙。他的歌词经常获得大奖,主要靠刘主席的提携。范耀祖很会利用这层关系,每次从北京回来,就像钦差大臣拿着圣旨似的,说刘主席如何如何欣赏自己的作品,接着就要求专项经费。宣传部的上上下下早就习惯了范耀祖这个套路,也不想与他纠缠不清,多数时候就由着他去了。

刘主席勉励范耀祖紧紧抓住文化大发展大繁荣的契机,努力创作几个可以唱响全国的好作品,并答应了帮范耀祖推荐参选国家大奖。

回到特区，范耀祖决定通过《特区晚报》宣传包装自己。他找舒杨帮忙。舒是新区文联成立时的发起人之一，当年在《新区内参》当记者，因为迟迟解决不了正式编制的问题，后来想办法调到了市里的报社工作。舒杨走得早，没有介入后来的窝里斗，就一直念着范耀祖早年对自己的帮助，答应帮忙。

一周后，《著名词作家范耀祖创作之路》的稿件见报，同时配发了一张范耀祖最喜欢的照片，黑皮衣配花格子围巾，是他所有照片中最具文艺范儿的那张。照片上的范耀祖表情淡定，目光深邃，连肖寒看了都觉得颇有几分风度，是一个文艺家的样子。

第二天，肖寒正在打算阅读报纸的内容，范耀祖敲门进来了。他瞟了一眼桌上的晚报，不等肖寒表态，再次提出要将自己创作的两首歌拍成MTV。

肖寒因为美育普及的事情进行得很顺利，心情不错，也不想再次和范耀祖吵架，就用商量的口气对范耀祖说："文联的经费你比我还清楚，哪里有60万给你制作两个MTV呢？今年先安排一首，等年后明年的预算下来了，优先考虑你这件事如何？"

范耀祖说："美育普及工作区里拨了几百万经费，拿出一部分支持精品创作完全可以。"并说，这两首歌一首是省里的王主席欣赏的，一首是北京的刘主席喜欢的，他们都表示制作出来在央视播出后，能拿到全国性的大奖。

肖寒想起风歌的提醒，强压着不满解释道："美育工作的专项经费是不能打主意的，即便自己同意，也不符合财务管理规定。"范耀祖认为肖寒是拿制度作挡箭牌，实际是不支持自己，不给自己面子，心里十分不快，言不择词地说："你经常吃喝请人的钱怎么就可以开支？"

肖寒终于忍不住了，说："我吃饭没有用公家的钱，你在签单不清楚吗？倒是你自己应该反省一下，不该乱花的钱究竟花了多少？"

范耀祖四处告状，逢人便说外行领导内行，外行压制内行。有人跑去学给肖寒听，肖寒懒得去理，说随他便，爱上哪里说就上哪里去说。这个鸟主席自己早就不想当了，最好组织上赶紧物色一个内行来取代自己。

范耀祖还在内部制造麻烦。肖寒不是把文联签单的财权给他了吗？他就拿这个做文章。看到哪些会员和肖寒走得越来越近，就在他们来报账的时候故意摆谱，不是不给及时签字，就是挑发票的毛病，看着他们来回奔跑有求于自己的样子，心里解气。回到家里对老婆说，对于这些势利小人就是要给他们一点颜色，不然就当我范主席不存在。

宣传部长找他俩谈了一次话。没讲大道理，语重心长像训自家孩子似的对范和肖说："知道人最后的归宿在哪里吗？都得去沙州殡仪馆。合作或者不合作，就那么几年，为了工作，有必要搞得这么紧张吗？到处去告状就可以解决问题？从来哪里出的问题，最后还是到哪里去解决，好好想想吧，几十岁的人了，还这么不靠谱！"

部长其实也不喜欢范耀祖，但范耀祖名声在外，想推销出去不容易。唐景出事后他提出把范耀祖交流到别的单位，比如残联，可是分管副区长说，不能让一个心理残缺者来领导广大身体残缺者。可是，官场就是这样，干部能上不能下，没有公然劣迹者哪怕他是不折不扣的蠢货也能一直干到退休，何况范耀祖还号称有贡献的艺术家。

市里召开了一个文艺创作的表彰大会，新区受到表彰的只有范耀祖的两首歌。按惯例，区里也要跟着再开一次同样主题的会。肖寒过去以为只有政府线的会议才多，到了文联才知道务虚的文化系统更喜欢开会。他请示部长这个会议如何开？部长说参照市里的做法，从新区的实际情况出发，该表彰的都表彰，由宣传部牵头，文联具体操办。

第一件就是统计全年全区文艺创作所获的各种奖项。文联给各协会下了文，要求一周之内上报，当然也必须告诉获奖大户范主席。范耀祖很失望，说省级大奖怎么可以和他们那些小打小闹放在一起呢？他不知道这是部长的意思，以为又是肖寒在捣鬼，故意把他与大家混在一起，目的是打压自己。

通知下发没几天，文联就接到很多电话，多数都是咨询上报的奖项是到哪一级？区级？市级？省级？还是国家级？有的还直接打肖寒的电话。肖寒把小谢找来问，为什么通知里面不写清楚？小谢说问过范主席，范主席说叫大家统统先都报上来再说。业务上的事情，小谢也是根据肖寒刚来就宣布过的规矩，直接向范副主席请示就可以了。

一周后，文联的办公室就堆满了各种获奖证书，起码有几百种。肖寒叫小谢把获奖证书都拿到自己的办公室来，说要一一过目。正在翻着一大堆花花绿绿的获奖证书时，有几个人闯了进来。

肖寒一看就知道是艺术家。一个长发齐肩的男性，一个目光流转顾盼生辉的女性，一个头顶发光的老者，好一个锵锵三人行组合。这年头，似乎艺术家们的外形比其内在更重要、更能标明他们是艺术家。肖寒非常客气地一边让座，一边问他们的来意。

三个人抢着要说，你一言我一句，先后说了半天，肖寒总算明白了他们的意思。一是来汇报他们的艺术成果，希望引起重视。二是反映范耀祖压制他们创作的积极性。后者是重点。他们各自还带来了一摞获奖证书，显示他们在自己艺术领域的水平。

肖寒不想就他们反映范耀祖的问题发表任何明确的意见，只好对着这些花花绿绿的获奖证书狠狠表扬了一通，并说以后专门找时间向他们讨教，才把这三位不速之客送走。

他们前脚才走，风歌后脚就到了，她也是来送获奖证书的。肖寒说来得正好，帮我看看这些东西该怎么处理。风歌笑道："我都快成了你的秘书了。"肖寒说："不敢不敢，怎么说也是个参谋长。"

风歌翻看了一下那堆证书，笑道："我得严肃批评你一下，都当主席一年了，还不了解这个事情，看来我得给你普及一些这方面的知识。"接着，风歌还真的给肖寒上了一课，告诉他这里面真正有价值和意义的奖项不多，有很多是民间企业或个人发起和操作的，意在商业利益。她指着一个盖着中华才艺大赛组委会印章的获奖证书对肖寒说："像这样的比赛，谁都可以举办，至于奖项，愿意怎么设就怎么设，一点价值都没有。"

肖寒又特地问了那三个人的情况。风歌说："你不问，我真不想说，你问了，我就直话直说。新区这地方，热爱文艺的人很多，沽名钓誉者也不少，有那么一小部分人，他们既不关心本职工作，也不是真的热心文联工作，只热衷于获奖。全部精力都在利用一切可以利用的条件和机会到上面去活动，以便拿到各种正规和非正规的奖项。再以这些获奖证书为资本，要官要钱要待遇，不满足他的要求就到处说不重视文化工作和文艺工作者。你接见的这三个人，就属于这类情况。"风歌还点评了他们获奖的几个作品，说从出生到死亡，除了主人就没见过生人，属于典型的"获奖是创作的基本目的、政府是作品的基本投资主体、领导是他们的基本观众、垃圾回收站是作品的基本归宿"的四项基本原则作品。

听了风歌的议论,肖寒说今天大长见识,原来文艺界的潜规则,并不完全指男女之事,还有这么多的文化内涵。肖寒又明知故问地问风歌:"我们这位范副主席的作品获奖又该如何评价?"

风歌说:"范耀祖的东西有好有坏,创作手法是属于老套路的,前几年写主旋律的几首歌还是不错的,问题是不能与时俱进。现在好像有点江郎才尽,东西越来越没欣赏价值了,可能跟他这几年心思主要用在升官上有关。他那几首获过大奖的歌曲,客观地说是沾了人家作曲者的光。"

肖寒说:"报上来的获奖证书里范耀祖的最多,如果全部表彰,那不成了他个人丰功伟绩的展示会了?风歌建议修改一下表彰方案,除了范耀祖所获的省级大奖外,其余的奖励一律不按个人而以协会为单位进行颁奖。理由是借此鼓励各个协会积极开展文艺创作,奖金也以协会为单位发放。"

范耀祖得知表彰大会是这样一个开法后,就没有来参加大会,说病了。

不管是真病还是假病,肖寒都必须要表示关心,他决定带小谢去看望范耀祖,做一个关心的姿态。但范耀祖却以正在外地接受中医理疗为由,拒绝肖寒的登门看望。肖寒便在电话里像安慰一个真正的病人一样问寒问暖,搞得范耀祖差点心一软就准备上班了。小英在一旁挤眉弄眼,范耀祖才语气重新变得生硬,违心地说:文联的一切工作由主席定好了,就是病好了以后也要潜心创作,对于行政事务自己向来毫不感冒。

放下电话,肖寒笑着摇头。毫不感冒?忘了去年怎么千方百计要争当文联主席了吧?不来上班也好,至少眼不见心不烦。

春节前的最后一周,机关楼道里的陌生面孔明显增多,既有基层到上级来感谢的人,也有来拜访领导的私人朋友。这样的小打小闹,上升不到反腐败的高度,真正的腐败,不会明目张胆。纪委也知道这个情况很普遍,每逢春节就发红头文件制止,但效果似乎不明显,年年发文就说明问题一直没有得到解决,甚至有人说,纪委发文其实是提醒又该送了。这当然是笑话。

文联是为数不多完全没有人送红包的单位之一。每年这个时候比平常更加冷清,范耀祖的牢骚也更多。按说在这个心里特别不舒服的时候,躲在家里图清净更好，范耀祖偏偏跑来单位。

看到桌子椅子上都落了灰尘，一种被人彻底遗忘了的感觉涌上心头。范耀祖自己动手打扫了一下，倒上一杯茶，没有急着喝，而是走到小谢小红的办公室转了一圈，隔壁左右单位老有陌生人进进出出，又看了看肖寒的门一直关着，问小谢，肖主席哪里去了？

小谢说，主席回市里了。还说主席以为你年前不来了，叫我们俩先顶着，他自己春节期间再回来值班。说着话，小谢又想起一件事，说主席走之前吩咐我们去看您，并递给范耀祖一个红包，里面有3000元，算是对老范生病的慰问金，是肖寒走之前安排的。

范耀祖说，快过年了，不会有人来文联办事的，你们也都回家去吧，这里有我就行了。

小谢小红高兴得合不拢嘴，给范耀祖拜个早年，就走了。

范耀祖一个人坐在办公室里，有些百无聊赖，接到老婆电话，说他弟弟来了，在家等他。

弟弟是为了儿子当兵的事情来找范耀祖的。弟弟书读得不好，初中毕业就回家种田了。范耀祖到深圳工作后，弟弟也跟着过来，想沾点他的光。范耀祖先帮他介绍了一份帮人开车的工作，攒下一点钱后自己开小店，慢慢扩展为超市，再后来买了房子，老婆儿子也随房入户，都过来了。弟弟的儿子像父亲，也不会读书，却不像父亲那么老实，喜欢和一帮小混混在一起，打架闹事是家常便饭。范母很担心这个孙子，叫范耀祖帮着管管。父亲去世后，范耀祖在家里一言九鼎，兄弟姐妹的事情都是他说了算，因为他最有出息。

范耀祖不知道当兵也要走后门，以为保家卫国的事情只要踊跃报名就行了。弟弟说，儿子符合条件，但被街道武装部卡着，他去找了几次，人家就是不理，看来还是要哥哥出面打招呼。范耀祖有苦难言，心里想，一个区文联副主席，打招呼有屁用？他想到了找柳学成，估计只要柳学成出面，问题就能解决。但一想到柳学成曾经追过自己的老婆小英，就开不了口。

他叫弟弟先回老家去过年，好好替自己照顾母亲。自己今年要值班，节后才能回去，孩子当兵的事情他会替他操心的。

春节期间，范耀祖硬着头皮给柳学成拜年。一是感谢他为自己在张书记面前打了招呼，二是为弟弟儿子当兵的事情。

柳学成状态很好，只是身体有些发福。他把范耀祖引到区委的接待酒楼，不问范耀祖喜欢什么，就点了几个菜，给范耀祖倒上一杯酒。说：你来得很巧，今天我正好值班，只要没有电话找我，咱们老同学就在这儿喝酒，好好聊聊天，你也别回去了，这个酒店有客房。

范耀祖来的时候还有些不自然，一见柳学成还是那么念旧，心就放下来了。范耀祖的酒量不是很好，高兴起来也就是个二三两。今天是老同学见面，柳学成的热情让范耀祖一扫这一年来郁闷的心情，两人就边聊边喝。话题自然会说到眼下各自的境况。

柳学成仔细听他讲这一年的情况，从唐景双规自己被牵连，到肖寒来后的种种不顺，范耀祖像竹筒倒豆子一样说了个痛快，其中夹着很多谴责和不满。

柳学成劝范耀祖说："你这个人什么都好，就是心思太多了，不要把别人想得那么坏。你刚才说的那个主席肖寒，据我了解，不是个小气之人，你应该努力配合人家的工作。你想想，你今天的处境是他造成的吗？与他无关嘛。他有他的前途，你有你的未来。他有前途了，你不也有希望了吗？否则，你坏他的事，他就走不了，你有什么盼头？"

要是在别的场合，别人和他说这番多少带着官腔的话，范耀祖肯定听不进去，但是现在是老同学既帮忙又给自己出主意，自然就听进去了。而且越听越有道理，发现自己过去太糊涂了。

春节过后上班第一天，范耀祖主动跑来给肖寒拜年，肖寒感觉范耀祖像变了个人似的，难道过个年就真的新桃换旧符，历史翻开了新的一页？

种种迹象表明，范耀祖又在做他的主席梦了。肖寒看在眼里，假装不知道，如果他真的成功篡位，自己也可以顺势挪窝，啥位置也不会比目前这个文联主席无聊。因此，不但没有给范耀祖设置障碍，还乐观其成。

接下来发生的一件事情，又把他和肖寒的关系更拉近了一步。

还是范耀祖弟弟当兵的事。本来柳学成给区武装部政委打了招呼，应该没有任何问题了，但侄子户口所在的街道武装部说孩子体检有问题，吸毒。弟弟和弟媳在家痛打孩子，孩子打死都不承认自己吸毒。他们就带孩子到别的医院复检，果然没有吸毒。再去武装部问，对方说当兵体检的试剂不同于平常的试剂，别的医院体检结果说明不了问题。弟弟又托人到指定体检医院打听，医院负责体检的医生告诉他，根本不存在吸毒，武装部录取谁，谁就合格。弟弟最终打听到是要送钱才能过关。范耀祖听弟弟说了情况十分气愤，打算再找柳学成。正好肖寒找他商量工作，见这副样子便问发生了什么事情？范耀祖连连说，腐败、太腐败了，参军还要送礼！

肖寒连忙安慰范耀祖说，别急别急，我恰好认识这个部长。说完便给武装部长打了个电话，部长答应可以帮忙，不过第一批来不及了，如果检查之后没有问题可以安排到第二批。肖寒明白对方在给自己找台阶下，就在电话里连声道谢。

这件事情之后，范耀祖和肖寒的关系进入了全新的阶段，可以说达到了同心同德，通力合作。范耀祖觉得团结起来一致对外真的无限美好，不但身心愉快，工作也很轻松；肖寒觉得范耀祖骨子里其实很天真，性格怪异但本质不坏，搞对路了合作起来也不难。

有一天快下班的时间，肖寒正在看一个电视剧，政法委的老马找上门来。

肖寒和老马是当年的党校同学，虽然只在一起学习过个把月，但关系好过一般，说话不见外。

老马见肖寒如此清闲，羡慕得一塌糊涂，说："我那里成天维稳，面对的都是刁民。老兄倒是有福，面对的都是美女不说，上班还有闲情看电视。"

肖寒说："文联主席上班看电视、听歌、读小说那都是工作，你要是觉得哪个文艺女青年可爱，我还可以牵线搭桥。"

老马却一脸神秘地说："你这里的美女我可不敢动，一不小心我这头上的帽子都叫人给摘了。"

肖寒听着话里有话，就问他啥意思，但是老马没有继续这个话题，却说起了另一件事。为了迎接上级的社会治安综合治理大检查，政法委要出一本大型画册和一盘光碟，请肖寒帮他从文联这里推荐几个搞艺术设计的人。

肖寒说："你们政法系统也搞这一套？"

"不搞，怎么应付检查？"老马说，"我们是替领导节省时间啊。"

肖寒当场打了一通电话，找了熟悉的几个高手，强调了重要性，就帮老马把这事落实了。还说保证印出来的宣传画册达到中国美协的艺术标准，做出来的光碟达到央视一套的播出水平。

老马这才报喜,说去年那场大火受的处分期限已经到期,政法委日前已经将一票否决解除了,预示着肖寒又可以大胆设想美好前景了。

肖寒还没有来得及反应,老马又用神秘的口气问:"如果你离开文联,你知道谁最有可能接替你吗?"

"应该是范耀祖吧。"肖寒说。

老马摇摇头,说,看来你是真不知情,还有一个人比范耀祖更有实力。

"谁?"肖寒问。

"凤歌。"老马小声说。

肖寒不信。说,论水平和实力,凤歌是比范耀祖更有培养前途,但是她的资历还不到,正科不能提正处吧?

"副主席主持工作可以吧?"老马说,"何况女干部还有破格使用一说呢。"

不久,肖寒就从文体局那边听来传闻。说文化馆的舞剧在全市公演后引起了热烈反响,凤歌想趁热打铁申报国家大奖,向分管副书记曾凯汇报,说文艺大奖一半是水平,一半是攻关。新区有这么一台舞剧很不容易,前期已经花了这么多钱,再出点钱到北京跑跑,拿个大奖回来,也算是一个交代。曾副书记采纳了她的建议,不但让区里增拨了专项经费,还亲自带了区文体局一个女副局长和凤歌等一帮人马杀到都城,公关主要手段还是请客吃饭。有一个晚上他们请了一位非常重要的客人,曾副书记亲自敬了三个满杯酒后,命令凤歌和女副局长轮番进攻,客人酒量真是了得,千杯万盏也不醉似的。曾书记没有办法就亮出杀手锏,叫副局长和凤歌与客人来个"三江并流",在客人两条腿上一边坐一个,同时连喝三杯三人的交杯酒,两个女人当场喝倒,一时场面有些混乱。第二天早上,有人看到曾副书记从凤歌房间出来。于是,凤曾二人的风流韵事就此传开。

肖寒想,假如真有此事,那么,凤歌被破格提拔就完全可能。

老马的话起到伟哥的作用,肖寒想,既然范耀祖朝思暮想当主席,既然凤歌也想破格,我让位时顺便捡个漏总可以吧。于是,就鼓足勇气找高副书记"汇报思想"了。当年街道发生大火的那个工厂是高书记的小舅子开的,肖寒因此受处分也有人认为是代副书记受过,他希望副书记能念旧情。

高副书记见到肖寒,果然很亲热,说:"你小子消息很灵通,昨天才开的书记会，今天就闻到风了？"

　　他亲自给肖寒倒了茶，又问了肖寒的工作情况。肖寒倒苦水，把这一年在文联的种种无奈大致说了一下。高副书记知道肖寒说的是实情，答应帮忙，但是他说自己分管的政法系统与肖寒现在的文化线差得太远，不能越过界，只能敲边鼓。肖寒要的也就是高副书记这个表态，区里一共5个正副书记，除了书记和兼副书记的区长，还有党群副书记、纪委书记，如果高副书记的这一票确保能投给自己，同时影响一下纪委书记的话，其他人只要不公开反对，换个岗位应该没问题。毕竟不是提拔，不至于引起太大的反弹。为保险起见，肖寒也到其他领导那里汇报了工作。做完这些外围工作，肖寒又找区委张书记汇报了一次思想，委婉地表达了想重回到经济线工作的想法。书记未置可否，只说了一句：统筹考虑。

　　从书记办公室回来，肖寒刚刚坐下，范耀祖就满脸喜气一脚跨进门来，手里还拿着一幅字，说是从市文联莫主席那里讨来的，送给肖寒。肖寒打开来一看，是龙飞凤舞的四个大字：鹏程万里。两人便坐下来喝茶聊天，心照不宣地憧憬着美好的未来，办公室里一派喜气洋洋的景象。

　　第二天上午快下班时，果真接到通知，组织部下午两点到文联进行班子考察。

　　范耀祖不满地说："考察干部越来越神秘，像鬼子进村，鬼鬼祟祟，搞突然袭击，让人一点准备的时间都没有。"

　　肖寒笑道："这是为了保密，怕我们提前知道了搞串联拉票。今天还不算太急，我在街道有几次接到电话，要求一个小时内赶到区里投票，那才让人着急。万一路上堵车怎么办？离得最远的那个海边街道书记发牢骚，说以后要我们一小时内赶到也可以，但必须给我配直升机。"

　　午饭时遇到宣传部副部长，肖寒顺便问了下午的考察内容，才知道这次突击考察是全区同时展开，组织部向各部委办局派出了5个考察小组，要在一周内全部完成。重要的是，为了全面准确地掌握领导干部的德才情况，对班子的民意测评要求下属单位一把手参加，也就是说，对肖寒和范耀祖的民意测评和考察谈话，要求文联各个协会主席都来参加。范耀祖知道了便有些慌。肖寒安慰他不要紧张，包在自己身上。下午考察组还没有到，各协会主席已经按小谢的电话通知提前10分钟到了，肖寒就跟他们说，请他们支持范耀祖的工作。大家都明白这个时候说支持是什么意思。

两点一到，考察组一行四人在组织部干部科科长的带领下，来到宣传部的会议室。肖寒和范耀祖早就毕恭毕敬地站在门口迎候。虽然人家只是科长，级别还低两级，但组织部的干部见官大一级，不认真对待不行。

民意测评进行得很顺利。一人一张表，当场填写。会议室很小，大家坐在一起，脑袋一偏就能看清旁边人的表格，加上肖寒事先的提醒，范耀祖的得票没有出现险情。

测评结束后的考察谈话马上进行，程序有点像医生看病，都在一旁等着叫号，叫到谁谁就进去谈。谈话的模式也是千篇一律，考察组要求谈话对象从德、能、勤、绩、廉五个方面评价被考察的对象。

机关的老油条对这样的考察谈话早就失去了热情，文联系统的文化人却有点小题大做。可能是因为平时说话的机会太少，如果不抓住这样的机会把自己知道的都告诉组织，就对不起组织的信任一样。何况他们都积累了一肚子对范耀祖的意见，早就想一吐为快。去年组织考察范耀祖时，他们说的那些话被组织部贪污，差点让范耀祖的阴谋得逞，好在唐景及时垮台，这次便要知无不言，言无不尽。

肖寒等到快下班，发现他们还没谈完，才知道范耀祖的担心不无道理。看来这几个主席在跟自己玩心眼，投票时没有使坏，个别谈话却尽情发挥，不等于推翻了前面的测评吗？肖寒不知道，他们给他也提了一条很尖锐的意见：不敢坚持原则，与范耀祖沆瀣一气，是非不分。

半个月后，尘埃落定。区委以快刀斩乱麻的魄力，用两周的时间搞完了考察、上常委会、公示三个环节，第三周正式宣布人事调整结果。各部委办局都有较大的变动，凡是在一个单位工作10年以上的处级干部统统轮岗，一批年轻有为的干部获得了提拔重用，一批闲置在二线的干部走上了前台。如人大的王主任到街道当了书记，政协的万主任到另一个街道当了主任，应验了先抢滩后着陆的说法。范耀祖属于必须交流的对象，平调到新成立的区文化产业发展办公室任副主任，肖寒转任宣传部副部长。文联主席空缺，提拔风歌为文联副主席，主持工作。

三个人的工作交接会议刚开完，范耀祖就跑到肖寒的办公室嘟嘟囔囔。肖寒知道范耀祖无非想说风歌这个女人不简单，把他们俩都给涮了。肖寒不愿意从范耀祖的嘴里再听到一遍关于风歌和曾副书记之间的传闻，就没给范耀祖让座，希望他快点走人。范耀祖只好回到自己的办公室，拨通了柳学成的电话，把自己的最新变化告诉了柳学成。柳学成好像一点都不感到意外，他告诉范耀祖，自己的事情也不顺利，因为雷副省长上个月退休了，柳学成想当书记的事情也没戏了。

范耀祖到文产办后心灰意冷，革命意志严重衰退。53岁了，离被组织判死刑的日子又近了一步，离开盘踞多年的文联，也等于失去了东山再起的根据地。哀莫大于心死，范耀祖再也不去告状申冤了。

文产办的魏主任比肖寒还年轻，刚刚35岁，是市里派下来的干部，自觉水平高人一等，常年拿一副鼻孔看人，用一双眼睛看天，身边总围着一些时尚女郎和前卫设计师。按他的说法，文化产业是新兴的朝阳产业，是引领时尚的先锋产业，和那些传统产业定位不同，发展模式不同，当然从事这个行业的人也格外不同，而范耀祖在他眼里就是个不折不扣的土包子。

范耀祖听说魏主任当过市领导的秘书，一了解，该副市长也已经退休，就觉得小魏狗仗人势，每次听他高谈阔论先锋产业、支柱产业，更是不以为然，心想就那么几个企业也能成为支柱？不过，范耀祖学乖了，啥也不说，反正是混日子，脚踩西瓜皮，滑到哪里算哪里。

偏偏魏主任不知天高地厚，经常安排范耀祖跟随调研和考察。一个53岁的人成天跟在35岁的人后面跑腿，别说在文联松散惯了的范耀祖有点吃不消，一般人干这样的副职心里也不得劲。范耀祖想故伎重演，带病休假，但年轻气盛的魏主任一眼就看出范耀祖的诡计，坚决不同意，说文化产业刚刚起步，正是大干快上的时候，请假就开医院的证明来。

每到一处，街道都召集了一批人陪着他们汇报、吃饭，有的还送个小礼物。文产办本来只是一个新成立的单位，究竟将来要干什么也没有几个人说得清楚，甚至关于什么是文化产业很多基层干部都还不清楚，不可能有多少实权，哪里能像财政局、发改局这些实权单位一样有料水。但是人家魏主任当过市领导的秘书，秘书都是有料之人，保不准哪天就成了区领导，所以各街道也不敢怠慢。

基层干部一般都有两个拿手好戏：察言观色和忽悠群众。前者是对付上级，后者是对付下级。他们中有不少人很喜欢陪上面来的领导。辛辛苦苦干了半辈子，不如陪领导一下子。

这天，他们一行人来到文化产业发展得最好的街道，街道主任毕恭毕敬汇报完后，魏主任一连问了几个问题，但书记自始至终没有露面，魏主任明显不高兴，故意拖延会议时间，突然点名叫范耀祖说说。范耀祖正在本子上画鸭子，被点到时吓了一跳。马上理一下思路，说文化产业很重要，是国家战略。你们看，孔子学院都开到全世界了，美国的麦当劳、肯德基卖的都是文化，电影院里放的大片除了赚钱，其实是一种文化渗透。所以我们也要多想办法，找出一些文化上的亮点加以包装推介，做成市场。

魏主任喝了一口茶，杯子重重在桌子上蹾了一下，范耀祖回过神来，赶紧打住。

区委张书记对文化产业很重视，要宣传部筹办全区性的文化产业发展大会。部长提议不如文化事业与产业放在一起，叫文化发展大会，书记觉得有道理。

开会的那天，范耀祖、风歌、肖寒三个人碰在了一起。范耀祖不想和风歌说话，肖寒则象征性地上前握手。只有风歌非常热情，主动和两人打招呼，好像大家从来不曾有过交集，又好似老朋友偶遇般喜形于色，搞得两个大男人惭愧得一塌糊涂。

会议期间，领导在台上讲什么，范耀祖和肖寒都没有听进去，两人在底下交头接耳。肖寒问范耀祖知不知道网络上有人反映文产办的事情。

范耀祖说没有，你知道我不上网的。肖寒就把网上说的三件事说给他听。一是文产办有人从奖励中华服饰文化有限公司的奖金里拿了回扣；二是有文产办工作人员的亲戚入股了这个公司；三是上次的服饰文化洽谈会期间有人在酒店开房鬼混。

范耀祖摇摇头说，魏主任这个人的确有些小人得志，但胆子不会这么大吧，他才到区里几天，就敢这么胡作非为吗？

没想到会议后的第二天，网上又上了新帖子，这回直接点了范耀祖的名，把三条罪状都挂在他的名下。肖寒开始很纳闷，从帖子的内容看，此人非常熟悉文产办情况，但如果真是内部人干的，把矛头指向范耀祖就很弱智，他一个新人，刚到个把月，怎么办得了这些事？明知不是范耀祖干的，却偏要指名道姓地陷害范耀祖，只能说明一个问题，项庄舞剑意在沛公。

范耀祖跑到肖寒这里求助，要他赶快帮忙弄掉这些帖子。肖寒笑话他说，你不是不上网吗？范耀祖说是老婆小英一早看到了告诉他的，要肖寒赶快想办法辟谣。

肖寒不慌不忙地说：“你怕什么，有什么谣可辟？你又没干这事！”

范耀祖说：“那也不能由着他们污蔑我吧，总得采取点措施。”

肖寒叫范耀祖只管坐下喝茶，说他们的魏主任自然会有措施，说完意味深长地看着范耀祖。范耀祖忽然明白了，就坐下慢慢喝茶。两人还回忆起文联的事情，忽然都想到了风歌，就不再往下说。正好部里有科长来请示工作，范耀祖就离开了。

范耀祖走后，肖寒把舆情科长找来，吩咐他把网上的情况通报给文产办，同时收集汇总相关情况后报部长阅。部长下班前打了肖寒的电话，要他认真研判有关情况，还说区委主要领导已经过问了。

第二天一上班，就听说文产办的领导出事了，肖寒心想这回出手够快的，就拿起电话要和范耀祖说话，电话里响起的却是秘书台。肖寒自言自语，叫你不急你还真放心，出这么大的事情还在家睡大觉，肖寒知道睡觉就转移电话是范耀祖的习惯。一会儿舆情科长过来，肖寒随意问起纪委是怎么带走魏主任的。科长很吃惊地看着肖寒，说："你搞错了，他们带走的是范耀祖。"

这下轮到肖寒的嘴半天张着合不上，他马上跑到部长的办公室，敲了一下门，不等里面说"请进"就推门而入，一副很急的样子对部长说，他们怎么抓范耀祖呢，应该抓姓魏的呀？部长瞪了他一眼："不要乱说，叫范耀祖去也只是问问情况。"又觉得奇怪，这两人过去不是很不对付吗？

肖寒回到办公室就接到了范耀祖老婆小英的电话，她哭着求肖寒帮忙，说她家范耀祖绝对是冤枉的。肖寒安慰她，把部长说的话说了一遍，劝小英冷静，情况很快就会弄清楚的。

果然，傍晚的时候，范耀祖就回来了。他第一时间跑来找肖寒，说纪委一大早就找他，开始他也有点紧张，问的全是网上的事情，自己就一点都不害怕了，知道啥就说啥。范耀祖还带着兴奋说，看来肖寒预料的事情要来了。说完，突然想起魏主任一大早接到市里开会的通知，好像到现在都没有回来。肖寒叫范耀祖打他的电话试试，一打是关机。

肖寒肯定地说，魏主任进去了。

后来得知，网上的事情引起注意后，区纪委找魏主任谈话，希望他说明有关情况。魏主任信誓旦旦地说，自己绝无问题，是有人故意整他。正在这时，市纪委也接到信访件，反映魏主任当秘书的时候假借领导的名义向别人索要好处。上下两级纪委一沟通，发现魏主任的确不干净，就由市纪委以开会的名义把他叫到市里给带走了。

这件事情虽然没有伤着范耀祖的皮毛，但范耀祖的气愤却是铺天盖地。他想起了上次唐景的牵连，想起了魏主任的飞扬跋扈，想起了自己多年来的追求最后落空，甚至想到肖寒的怀才不遇。一切的一切，都是因为像魏主任这样的败类得到重用，而自己这样的好人和肖寒这样的能人却总是壮志难酬。本已平静了数日的范耀祖在家里和老婆一起大骂官场腐败，社会黑暗，人心叵测。发泄够了后，老婆劝范耀祖说，以前我错了，总想让你追求前程，从今往后，咱们什么都不要了，平平安安混到退休。

再过半个月，肖寒被安排到了文产办，从三把手到一把手，算是重用。组织部副部长宣布时说，肖寒同志原来就是搞经济的，又搞过文化事业，从事业转到产业，文化和经济都内行，相信他可以把全区的文化产业抓出成绩。

范耀祖仍旧坐在他的对面，听着肖寒不冷不热的表态："上次组织派我到文联，我没有想到；这次组织派我到文产办，我也没有想到。组织英明，总是出其不意，我服从组织安排，一定在范耀祖同志的支持下，把工作干得比在文联还好。"副部长似笑非笑，有点不自然。

等副部长一走，范耀祖以难得的幽默对肖寒说："肖寒，你完了，一副死猪不怕开水烫的样子。"

肖寒大笑："那咱哥儿俩在一个猪圈里混吃等死算了。"说着，就搂着肩膀走下楼，说是一起去喝酒。

隔天，凤歌打电话告诉范耀祖，昨天在办公室接到一个北京打来的电话，开口便称范主席，说有一首歌准备发表，请范主席有空看看文艺报。

范耀祖早就忘记了有这件事。直到拿到报纸，才想起来这正是自己当时装在信封里拿给唐景斧正，后来却不知去向的那首歌。猜想，一定是唐景向文艺报的朋友推荐的。

范耀祖百感交集，拿着报纸的手微微颤抖。

肖寒准备下班时，经过范耀祖门口，发现他呆坐在那里，夕阳的余晖照在脸上，像一座雕像。

他走进去捡起地上的报纸，一眼就看到这首题为《风景》的歌：

在来来往往的人群中，我是你的风景；
在变幻莫测的时空里，你是我的风景。
我的存在，只是为了等待你的到来；
你的话语，总是在我耳边徘徊。
你，因何而来，你，是否存在？
莫非一切都是幻影，一切归于尘埃？

"这是你写的歌？"肖寒问。

范耀祖毫无反应，照在他脸上的最后一点阳光，正在渐渐消退。

伙 伴 |单丹丹|

原载《北京文学》（精彩阅读）2016年第3期

一

每天七点半，老张一定会准时出现在这片绿化带，走走停停，最后踱到踩秃了青草的松树林里，等着。

像年少时在村头麦场等放映队，这种等待其实是带着一些惊喜和希望的，并不焦急，很享受。

老张所站的这片松树林位于绿化带的南段，连接着绿化带和菜市场。这里是南四环，打开地图可以看到天安门所在的中轴线从北往南轻轻一画，正好穿过这里，中轴线以西叫和义西里，以东叫和义东里。不管东里还是西里，每天在这一片活动的都是老人和小孩，小孩和老人。年轻人只有在城市的西窗闪射着落日的余晖时才颠簸在各式庞然大物上回家。

老张就是这些老人里的一个。现在他正眯缝着眼四处打量，基本上看几眼就能找到自己正在等待的那个人，虽然彼此并不认识。然而今天那个人始终没能出现，说实话他有点无聊，就蹲下来，在阳光不错的松树根下，回忆着昨天的有趣儿。

昨天来的是一个江湖郎中，三十来岁的光景，人长得五大三粗，有一副嘶哑但穿透力强的大嗓门，像声嘶力竭的摇滚歌手，配着河南腔，声音就有了质感，严丝合缝地灌满你整个耳腔，倒也顺得很。

大家都被这份顺得很给粘过来，围成一团看他打开军绿色复古邮差包，摆出各色石头、两瓶矿泉水、一卷卫生纸、一个不甚干净的玻璃杯，还有一些装着貌似草药的小袋子。

这个大牛眼先是唱词，表示自己给大家送福来了，不像医院大夫用机器坑人，而是用国粹——气功，给大家看病，要的是诚心诚意，哪怕发功耗费了自己的心力。为了让众人信服，先是用右掌劈开两块木板，接着劈碎一斤豆腐大小的石块。大伙儿有些服了，好家伙是有真功夫的，石头都劈开了呢。当然蹲在里围的老张看到了石块上沾着血。

看到真功夫了，老头老太太们就开始掏钱了，多则一百少则一块，大牛眼收了钱继续唱词，扇了自己一耳刮说，给一块的叔叔阿姨们是瞧不起自己，街头卖艺的也没这行情，自己露的是真功夫，人穷志不穷，一块钱的请自行取回。

老张也掏了一百，他不计较功夫真假，看在石头上那团血，不容易。

接着大牛眼就给掏了百元大钞的发功，先用玻璃杯喂老张喝下一粒丹药，然后把老张的毛衣撩起来，在后背贴肉拍上一块巴掌大的锡纸，右掌对准锡纸发功，左掌顶住天灵盖，老张立即感到后背的火热和头顶的麻酥，几乎听到了后背那块肉在嗞嗞作响，于是挣扎着逃脱。大牛眼说，忍着忍着，这是为了打通任督二脉。慢慢地老张感到身子骨的确轻巧了不少，大牛眼拿出了几包草药，让老张带回家按日服用，打了八折，只收了三百块。

大家伙看到了老张的反应，都踊跃上前，人人都感觉到了疗效，六七十岁的人，谁没个腰腿疼风湿病，活动筋脉再好不过。结果每个人都打了八折掏了三百块买草药，只有子涵的奶奶掏了两百，因为赶着要去交电费。

大牛眼利索地收拾了家伙，喊一句散了吧，就重新装好复古邮差包，一眨眼的工夫消失在菜市场的人流中了。大家围拢一堆，纷纷交流着看法。

老张不说话，背着手听一个绰号叫总理的小老头发言。这个人呐，功夫是有的，假不了，就是那药啊，我看大伙儿别吃。小老头穿得讲究，一身绛紫色羊毛开衫、一顶深灰呢帽、一双锃亮崭新的牛皮鞋，总是要去吃喜酒的打扮和排场，最后得了总理的外号。

也许功夫也没有，就跟那块锡纸有关呢。附近羊蝎子火锅店的小伙计插嘴道。

怎么可能？试过功的老头们打断他的猜想，这个人功夫是有点的，至于那药就不好说了，其实啊，无所谓。

不都说了嘛，和义的老头和老太太最好骗嘛。老张作了最后的总结，西里和东里的老人们都笑了，也满足了，拿着菜纷纷回家，快到晌午该做饭了。

老张回去后把药搁在阳台的杂物筐里，热了热昨天晚上剩下的西兰花和大米饭，一边吃一边看大牛眼给他留的电话号码，老张没有打也不会去打，一般是假的，打它干什么？这片松树林里每天都有新鲜玩意儿，哪来得及深究消化。

老张这么想着就摸摸后背，锡纸还在，用食指抠了一角就势一揭，拿在手里看看怪恶心的，就丢了。再抬头看到一个瘦高个少年背着马扎和蛇皮袋走走停停，脸上闪烁着一种风尘仆仆的气息和跃跃欲试的精神头。老张一个激灵站起来，这就是今天要等的人。

少年过分地羸弱，头发老长，一件灰不溜秋的夹克，和昨天来的大牛眼一样，也是脏兮兮的牛仔裤和看不出原色的廉价球鞋。老张曾经想过，每天来到这里的人其实是有圈子的，他们可能租住在胡同里的一处，白天出去各奔门路，晚上回来一起交流。也不知道里面的哪一个有一天来到了和义西里的这片松树林，狠狠地捞了一笔，心满意足地回去，告诉了其他耍江湖的，接着口耳相传，几乎一天来一个，干什么的都有。老张感谢这个圈子的存在，他总结了，人最怕的是有大把的时间花不完，现在这片松树林就可以帮他解决这个问题。

少年选了背树向阳的地方，在地上铺开了一张大毡子，堆满麻将大小的木牌。老张发现一张木牌写着一个汉字，多看几张就发现是姓氏，看来这个少年是算卦的。待招牌摆出来，果不其然：一分钟算出命里注定你姓什么，三块钱一次，不准不要钱。老张就喜欢这种有点难度的。他先在旁边围观，几个眼熟的老汉上前试了一把，纷纷说准，都掏了三块钱，有的还想再试一次。老张有些按捺不住了，慢慢走近里围，半信半疑地说，真有那么邪乎？我也试试。

少年的眼睛在一缕刘海后面闪烁不定，透着狡黠，吐字急促，示意老张先从木牌里挑出自己的姓，看准了然后丢回去，随意搅和，随即拿出一把小黄尺丈量老张的右手纹路，嘴里念念有词，口述记下了某些纹理之间的宽度和长度。老张听不清少年嘴里的念叨，只看他这双微微发颤的手，骨节处并不像自己那样突出，指尖细长，指肚透亮，手掌柔软，一色地青白，秀气得很，像女人的手，表露出主人没有做过什么苦力，但灵活敏捷。老张注意到这些人啊，每一个都有自己的独特之处，像昨天卖假药的有一副大嗓子和气功。今天这个瘦小子，手指就灵活得超乎常人。

细长柔软的手丈量完了之后就伸到杂乱无章的木牌里扒拉了一番，食指和大拇指准确无误地捏住了老张刚刚拿出来的那张木牌，张姓。老张喜滋滋的，果然有意思，伸进上衣内兜里，掏了十块钱出来，用骨节粗大的手递过去。细长手擦了一下鼻子然后敏捷地收过去，拉开腰包拉链找零。大手伸出去摆了摆，不用找零，我还要算。然后又到木牌里大大方方地拣了一块再扔进去。

细长手再次灵活地在大手上丈量，老张注意到自己的手掌厚实宽大，其实不但骨节突出，哪个地方都突出，老年斑突出，老茧突出，纹理浓墨重彩，不动不摇稳扎稳打，就像颐和园的那座石舫，托住了少年的手指在其间跳跃。葱白似的不蔓不枝光溜修长的手指再次伸向木牌，捏了一块扣在厚实温暖的大手里。老张翻过来一看，尹姓。他默默地不说话。

大爷，你还可以再测一次，你给了我十块钱呢。少年说。

老张眨眨眼，再次从木牌里翻了一张。少年还是敏捷地翻腾一番，最后捏出来一张，李姓。

大爷，我测得准么？少年含糊不清地问，因为发音短促声音又轻又弱，几乎随风滑到南面的人工湖里。

你说这三个姓都是谁的呢？老张轻轻地问。

少年看着老张的神态，略略沉思了一下，老到地说，您姓张，您老伴儿姓尹，您的老人姓李，应该是老母亲吧。

老张感觉到鼻头的酸楚，嗓子的哽咽，哆嗦着一句话也说不出来，两只大手一撑膝盖，从马扎上立起来头也不回地走了。少年愣了一下，透过腿与腿之间的缝隙看着，这位大爷虽然步履矫健，但他的步子没有节奏，有些跟跟跄跄。

老张漫无目的地走着，没有发现自己不知何时已经老泪纵横，这么大的一个北京城，这么热闹的车水马龙，这么多漂亮的高楼大厦，有谁了解他老张，有谁知道他先走了一步的老伴姓尹，有谁知道含辛茹苦把自己兄弟三人带大的老娘姓李，哪怕儿子儿媳。老张想，自己如一粒芥草落到熙熙攘攘的这里，活这么大岁数干什么呢？叨扰了别人也难过了自己，走在了兄弟老婆父母的后面，无依无靠还赖活着，老张啊老张啊，你真成了老不死的。

老张实在太累了，他坐在马路牙子上，看着自己走了上千个早晨的草坪小径，有穿济公服给别人按摩的老头，也有正给别人剃头的中年妇女，更多的是在广场上吹拉弹唱的老人。这些面孔每天都见几乎很熟，但是他又好像一个也不认识。老张不太会说普通话，再加上本来就寡言少语，他几乎成了一个透明的存在。

以前村子里也有秧歌会，老张年轻时也爱看，但也只是看，二十二那年看中那个赶毛驴的姑娘，她梳着油光水滑的大辫子，脸颊上画着两个大红蛋蛋，驴头挂在身上，她踩着高跷边走边唱：正月初三回娘家，回去就不想回来啊，婆婆脸黑心更黑，想告诉亲娘又怕她心疼，难为死我这初嫁的新娘……少女明明嘴里怨着婆家，脸上现的却是对嫁人的向往，娇嗔动人，老张看呆了。家里穷，二十二了还没说上媳妇，跟老爹说了心意之后，老爹和老娘屋子里的煤油灯很晚才熄。托媒人打听了，姑娘是尹家村的一枝花，眼高，都二十了还没嫁出去。说来也怪，外面大红大浪，走了这一拨又来了那一拨，然而他们这个村子就像睡着了似的，地主的土地和和气气地拿出来了，批斗也是和和气气走了过场。老娘不久就回了一趟娘家，娘家以前也是小地主，土地没了，家私还有，老张的娘当初也是李家庄的一枝花，知道尹家村的姑娘要什么，托媒人送过去一对银镯子。兵荒马乱的时节粮食最珍贵，但老张的娘明白，这姑娘爱惜自个儿，自己嫁人了，粮食带不走吃不着，镯子可是实打实地戴在她手脖子上呢，还是美物，谁看见都爱不释手。

老张伸手到内兜里摸出一个布袋，把布袋褪去，露出一对儿有些乌黑的银镯子，沉甸甸的，花草浮纹，内刻"天顺中和足纹"，某些地方被布袋摩擦得微微光亮。老伴去世后，他就一直贴身带着。尹妹子走了五年了，生前吵了一辈子架，老张后悔光挑模样没有挑脾气，但是老伴撒手一走，老张才明白过来，吵架才会让日子过得有滋有味有起有伏。如果现在老伴活着，他才不会听儿子的话，房子拆迁后不会拿补偿金给儿子还房贷，最后老无所依地来北京让儿子给自己租了一间小房子，而是在老家挑个空气好生活方便的小区，买个小公寓，就自己和老伴住。好多次在梦里，老张都对老伴说，尹妹子，你和我吵完最后一架再走吧，我好久没有痛痛快快地和别人吵一架了，我每天说话不超过二十句，都捂成口臭了。说着梦话睁开眼，面对着还是那堵冷冰冰白煞煞的墙。城里没有月光。

老张被黑色音箱里传来的刺耳声拉回现实，他朝算卦的那个摊子望了望，人不多了。心想，这么大的一个城市谁也没这个小孩了解自己，要是儿子儿媳不当什么丁克族，自己的孙子也该有这么大了吧。算一算还真是，再细看少年的眉眼，和年轻时的自己未必不像，都是深眼窝狭长鼻梁。老张倾诉的欲望在慢慢滋生，他又折回去，找个不起眼的树根蹲下，等少年收摊。

临近中午，人们都急匆匆拎着菜回家，老张看到少年开始折起马扎，于是也站起来慢慢靠近。少年理好编织袋就往天桥走去，老张想果然不出所料，他要去乘快速公交。老张尾随着少年也上了快速公交一号线，直至终点站前门下车，然后转地铁二号线，最后转四号线，在魏公村下车。

地铁口的对流风呼呼地吹过来，老张经不住吹，眼前蒙了雾，又怕跟丢了，一边擦泪一边疾走，一个趔趄差点跌倒。在来来往往的人流中老张觉得有些难堪，抹干手背上的眼泪，盯住少年的身影，继续跟上去。少年七拐八拐走进了一个门口卖切糕和煎饼果子的小区，这倒是让老张有些意外，他继续跟着少年穿过两栋灰白高层，最后走进了一栋没有一丝光亮的五层公寓，一直爬到顶层，少年停住了，回头看着老张，老张也停住了。

少年蹲了下来，往地上扔了一张轻飘飘的东西，说，大爷，这是您的十块钱，别再跟我了，成不？

老张大口喘着气儿，说，你误会了，我不是来要钱的。

那你跟着我干吗？我没有抓你来我摊子，是你自己来的，我也是靠自己的本事吃饭。大爷，我一个人不容易，放过我吧。

老张喘匀了气，说，孩子，我就想和你聊聊天，没别的意思。我一个老头子，抓你干吗？你算得挺准的，我愿意花那十块钱。

和我聊聊天？少年迟疑地说。

对。我请你吃饭，成不？

一老一少又摸索着走出公寓，来到了附近一个家常菜火锅店。少年有些谨慎，还在考虑着要不要进来，老张拍拍他的肩膀，从里兜掏出了两百块，说，我有钱，放心吧，不是蹭吃蹭喝的骗子。

少年撇撇嘴，说，还不知道最后谁蹭谁呢。

老张点了羊肉时蔬和菌菇，店里的人不多，可以说很安静，冬日的阳光洒进来，照着温亮的不锈钢火锅，老张很满意，这可是他第一次和自己认识的朋友下馆子吃饭。

少年把编织袋放在脚边可以最快提起的位置，一副无所谓的架势坐好，两只手在桌子下缠绕打转，不说话。深眼窝直直地盯着老张。

老张说，我心脏不好，不能喝酒，你要不要来点？

不要，我也不喝。少年急忙摆摆手。

那好，咱就喝茶吧。孩子，你姓什么？多大了？

少年警觉地看着他，不说话。

哦，你别误会，我就想认识一下你。我姓张，就住在刚刚那个和义西里，来北京三年多了，住在儿子帮我租的房子里，没工作，用现在流行的话说，就是孤寡老人。

你这种情况不算孤寡老人，少年老练地说，孤寡老人是指完全没人照顾的老人，你还有儿子照顾，不算。

老张眼里闪过一丝失落，说，其实都差不多。

不一样，还有一种说法是空巢老人，你可能算那一种。

空什么？老张新奇地问。

空巢老人，鸟巢的巢，就是有子女照顾但是不住在一起，常年自己居住的那种情况。

哦，空巢，老张玩味似的又说了一遍，呵呵，这名字起得好，可不就是鸟从巢里飞走了，窝空了么。我周围几乎全是我这种空了巢的老人。

其实你还算有福气的，你没看报纸上说，好多子女不赡养老人，还把老人丢到天桥下呢。少年一边说一边往嘴里塞了一大口麻酱淋漓的涮羊肉。

那是作死。老张一生气，声音高了八度，引来其他人的观望。他自己也觉得有些失态，连忙补充道，一个人啊，连亲爹亲妈都不管，你说还能叫人吗？算了，我们不说他们了，来，吃饭。

少年觉得眼前的这个老头真真儿有趣，素昧平生却请自己吃饭，说起话来倒也实诚，于是也慢慢透露了自己的状况。他姓陈，今年十八岁，因为瘦弱未发育完全，看上去就像十五六岁。山西人，中学毕业后就退学了，来北京投奔姑姥家的二舅。

你二舅呢？老张问。

他啊，他出差了。小陈漫不经心地回答。

哦。老张本以为少年会说得再多点，有些失望。

我说大爷，小陈看看桌子上的菜说，我不爱吃蘑菇，就爱吃肉，能不能再点一盘羊上脑？

哦，行行，点吧点吧。老张记得羊上脑是四十多一盘，有些心疼，但是已经说请客了，不能小气，不就一个小孩儿，还不管人家饱么？

羊上脑来了，老张主动推到了小陈那一边，小陈也不客气，夹起一筷子就扔到锅里。热气渐白，老张透过氤氲水汽看着吃得正香的小陈，说，正是长身体的时候，得多吃点。

小陈愣了一下，没说什么，继续低着头往自己嘴里塞。

吃完饭老张结了账，一共236块钱，老张想，就当又买了七包草药。

站在火锅店门口，小陈说，大爷，我要回家了，天也挺冷的，你也回去吧。

老张看了看他，心想，吃完饭就要走，我要说的话还没说呢。

看到老张不想走，小陈就放下编织袋，搓一搓双手，说，大爷，你为什么请我吃饭呢？

老张想，你可是问了。酝酿了一会儿，看着川流不息的马路，说，你是这个城里唯一知道我老伴儿和老妈姓什么的人，我连我儿子都不敢打包票。冲这一点，我觉得请你，值。

少年有些意外，老头子还挺讲究，但是想到自己其实也是用了一些下三滥的手段，于是不想再在这个话题上纠缠，转而爽快地说，大爷，出来混口饭吃，都不容易，咱俩见着了也是缘分。这样吧，你请我吃了饭，你看看我能帮到你什么。有言在先，不准问我是怎么算卦的，这个我真不能说。

我不问，不问，老张摆摆手，我只管你知道就行，别的我不感兴趣。

至于帮忙，我倒真的想让你帮帮我。老张不好意思地说。

什么事？

我想找一份工作，也不在乎挣多少钱，就是想有点事干。

哦，这样啊，小陈算是看明白了，这个老头子，温饱不愁，病根就是闲得慌，于是想了想，说，倒是有一个去处，我之前在一家影楼做过一段时间的学徒，那里晚上需要一个人看门，我觉得你挺合适。

是么？在哪里，要不咱们现在就去看看？老张高兴地说。

也行，就在中关村步行街上，公交车不过几站路。小陈又略略思考了一下，说，可是吧，那家经理人不咋的，我当时就被他拖欠工资，要了好久才给我。

哎呀，不怕，我一个老头子，认真干活，他还能欺负一个老人？走，去看看。

影楼就在中关村步行街上，开在鹿港小镇和金钱豹之间，富丽堂皇。老张一开始有点胆怯，从外面看明镜似的落地大橱窗，里面灯光摇曳，好几个真人大小的模特儿穿着华贵的婚纱立成一排，派头十足。但是觉得在小陈面前不能露怯，转念一想，自己好歹也是从罐头厂的电工职位上退休的，来到北京后儿子还带自己去中央电视塔的旋转餐厅吃过两百多块钱一位的自助，有什么好怕的？这么一想就大大方方地进去了。

经理正发愁上哪儿去找合适的看门人，不想自动上门了。看看老张的外表，羽绒服前襟干干净净，手脚也利索，再一打听，孩子也在北京有稳定工作，就复印了老张的身份证，算是同意了，小陈帮忙签的合同。押金1000块，括弧里写的必须第二天补交，工资一个月800块，包住（完全是废话）。老张很满意，这是他在北京的第一份工作，还是签了合同的。

大爷，经理再三嘱咐，我们呢是因为认识小陈才没带您去体检，您晚上一个人看店要注意身体状况呀。

放心吧，我身子骨硬朗得很，再说了我还有小陈帮忙呢。说着向小陈眨眨眼睛。

小陈点点头。

你们这是什么关系？经理疑惑地说。

小陈看看老张，对经理说，您就当他是我爷爷好了。

老张开心地笑了。

二

老张现在是有工作的人了，他觉得走起路来都不一样，早上跟往常一样去松树林里转了一圈。今天什么人也没来，甚至连济公按摩师和剃头摊子都不在，只有那些吹拉弹唱的。老张第一次觉得无聊，于是快速离开了绿化带，回家收拾行李，直奔海淀去了。

老张想一个人去交押金不太保险，他还是想让小陈陪着，就当是见证人，可是上哪儿找小陈去呢？昨天只顾得高兴，和小陈分别后就坐地铁回家了，还没来得及留下电话号码呢。老张按照记忆从四号线的魏公村站下车，找到了门口卖煎饼果子的那个小区，快步走过去。再定睛一看，在煎饼果子摊前弓着背搓着手等着煎饼的人可不就是小陈么？老张高兴地走过去，说，小陈，你在这儿啊。

小陈转过睡眼惺忪的脸盯着老张看了一会儿，才想起来是昨天遇到的怪老头，于是笑笑说，啊，我买早点。

还没吃呐？老张说，我刚想去影楼付押金，觉得没你在有点心虚，就过来找你了。

哦，小陈只顾接过来热腾腾的煎饼，狠狠地咬了几口，满足地吞下去，把肠胃热乎熨帖了，才懒洋洋地说，其实没什么呀，你自己也可以的。

哎呀，我还是觉得有你在比较靠谱，你和经理比较熟。

小陈耐不住老张啰嗦，说，行了行了，我陪你去，走吧。哎快点，车来了。

付好了押金放好行李，老张就被逐出影楼了，按照规定，他只能每晚九点半打烊的时候进店。街上也没处可去，老张就一直跟着小陈走。

两个人走到了步行街南口的黄庄双关帝庙，倚着墙根儿晒太阳。一只喜鹊从他们头顶稳稳地滑行，俯冲到另一个枝头上。今儿是常见的北京天气，晴，却不明朗，天空是一种灰蓝色，但足够让人心情好。老张酝酿了一会儿，说，小陈，今天不上班吗？

小陈挠挠头，看了看太阳，说，时间都让你耽误了，我去哪儿开工？

哦，老张有些不好意思地说，那我请你吃饭吧。

小陈转过来看看他老实巴交的脸和被风吹乱的灰白头发，心想，这个老头，怎么就爱和自己凑一对。罢罢，跟着就跟着吧，也不是坏人，自己最近确实手头紧张，能跑的几个地儿都跑了个差不多，今天老陈不来，他也不知道该去哪里开工，城管抓得严，二舅发短信过来提醒过自己。

大爷，在外面吃太贵，买点打包回去吧。

老张一看小陈邀请自己了，很高兴，急忙说好。本来以为会买点蔬菜和肉什么的，没想到小陈就挑了些鸭脖、鸡翅、瓜子和几瓶饮料。

老张怎么也想不到小陈住的地方是这样的窘迫，就在小区最破的一栋楼的顶层，租了一间小屋，没有窗户，是厨房改成的，进门直接就是一张小床，油烟机也没拆，黑漆抹乌地吊在头顶。小床的一边堆满了各种生活用品，另一边辟出来细长的一溜，看来就是睡觉的地方了。要不是墙上挂满了小陈的素描，老陈怎么也不相信这就是他睡觉的地方。小陈不好意思地说，这里一个月只需要 750，没有更便宜的了，就将就着住了。

老张看了小陈的几幅画，说实话，他不懂美术，不会看，但是觉得画得像，只一支铅笔就把人画得活灵活现，那就是好。老张感到很意外，说，小陈啊，没想到你还会画画。心想难怪长了那么一双手。

嗨，画着玩的，咱又考不上大学，还能指望着走这条路么？小陈边说边把床上的杂物推开，辟出一块空地让老张坐，然后麻利地打开袋子，把零嘴儿摆得满当当的。

话可不能这么说，老张急忙说道，你有才华就不要浪费，现在不比以前，有书念就赶紧念，别忙着算卦的营生。

难道考上了就能去念？我早打听了，从学习到参加高考再到大学读完，10 万块只是个底数，我老家全部家当卖了也没有 10 万，想都别想。小陈满不在乎地说，吃饭吧，甭看了，我老早就不画了。

老张摇摇头，说，我觉得你应该读书，先别管花销，考上了再说。实在不行，我也可以帮你。

你帮我？小陈愣了，这个老头子会不会脑子有病啊，帮自己读大学？别说自己的二舅，就连亲爹亲妈都不支持自己学美术，当初的确是抱着这个梦想来的，但生活可不按照你给的剧情演，他小陈早就妥协了。

是啊，我可以帮你，借你钱，你读完大学还我就是了，如果那时候我还活着的话；要是我没撑到那时候那你可就赚了，可以不用还了。老张打趣儿地说。

小陈觉得老张人太善良了,说,大爷,出门在外不能太实诚,这样会上当的。

我这不就跟你实诚么,你知道吗?我没孙子,儿子儿媳不要孩子,我要是有孙子的话,该是你这么大了。老张感慨地说。

小陈默默地没有说话。

晚上老张正式上班了,影楼没有属于老张的单独的房间,九点半打烊了后老张开始履行合同上的义务,在大厅里铺开一张折叠床——睡觉。老张想,其实也就是换了个地方睡觉而已,以前是个小屋子,现在换成大屋子,以前小屋子只能搁一张双人床,现在大屋子摆满了高贵典雅的婚纱。老张想,要是老伴还活着,不知道喜不喜欢这些折折叠叠一层又一层的大裙子,看着的确挺美,还镶着钻石,被窗外的霓虹灯一照,亮晶晶的。

第一天难免新奇,老张和小陈细细地逛了一遍影楼的里里外外,影楼的家具看着是欧式的够高档,但是老张一掂量一敲打就知道是空壳子,空有架势。大理石台面倒是真材实料,楼上的摄影棚已经锁好了,里面是影楼最贵重的东西——摄影器材。老张的任务呢,就是看好了下面的这面落地大窗,没有上保险锁,晚上在模特儿头顶打下一束暗光照在高贵的婚纱上,从窗外看来,奢华梦幻又浪漫,符合所有女人对于婚纱的幻想,这也是经理所要达到的效果。

老张坚持让小陈回去,自己值班,说实话他几乎是带着雀跃的心情,小陈拗不过就走了。老张一个人在大厅里走了几圈,先走了一圈大踏步的,然后又走了一圈背着手踱步的,跟帝王巡逻一般检阅了一排排穿着婚纱的模特儿,看到哪个姿势不对了、婚纱礼服穿歪了就批评一番,然后细心地整理好。不知不觉过了睡觉的点儿,老张想,完了,亢奋了,恐怕要失眠了。于是赶紧到折叠床上躺好。这一躺下就知道糟了,首先是橱窗里的灯还亮着,然后是外面还闪着霓虹,圣诞树上的小灯泡全都亮着,闭着眼都刺得太阳穴疼,像有钢针在扎。老张只好把折叠床推到两排模特儿之间,在层层细纱的遮蔽下,慢慢睡着了。

第二天老张在迷糊中听到有人说话,是经理来了。经理找了半天,没看到老张的人影儿,于是就喊道,老张,老张!老张一个激灵爬起来,说,我在这儿。经理看到了被层层白纱掩映着的老张,立即大叫一声,哎呀,老张,这些婚纱可是很贵的,每一件都是从海外定制的,上千上万块,你怎么枕着婚纱睡觉呢?说完了用怪怪的眼神看着老张。

老张愣了一下,赤红着脸说,我没有枕着婚纱,晚上那边的灯晃眼,我就搬到这边来睡。

灯晃眼你可以戴眼罩啊,再说也可以转到不晃眼的一边呀,干吗一定要跑到婚纱里头?老张,咱们可是签了合同的,我每天早上一来都要进行清点,出了什么岔子你可要负全责的。

老张没有再言语,默默地收拾折叠床,心想给人家打工果然不是那么轻松的,老张啊老张,你这是打退堂鼓啦?可不能啊,这是你的第一份工作,才一天你就辞职了那谁还看得起你?难道你想回松树林里继续看那些骗人的把戏?

老张整理完折叠床,走到正在清点的经理旁边,说,经理,我今儿晚就挪到你指定的地方睡觉,不会再睡在那儿了。

经理点点头,说,行了行了,回家吧,马上就要开门了,你个老头子在大厅里晃荡也不太好看。老张转过身,收拾好东西往外走,只是觉得嗓子眼儿里拧巴得很,苦涩得很,使劲用力,吞下去了。

刚出来,小陈来了,手里还拎着两个煎饼果子,说,大爷,下班了,昨晚睡得好不?

哎,老张看到小陈觉得舒心多了,立即倾诉道,这个经理对待老年人也太不客气了,怎么说我也是长辈,他嫌我在婚纱里睡了一觉,把婚纱弄脏了,我哪能那么不知好歹呢?

您不用管他,小陈愤愤不平地说,我在这里当学徒的时候,他也是这副嘴脸,说到底他也是帮别人打工,夏天的时候没人看店,他只能亲自上阵,还穿着三角裤衩在婚纱里游荡呢。我从外面的落地窗看得一清二楚,裤衩还是红色条纹的。偷偷告诉您,他外号叫草莓鼻子。

哈哈,老张开心地笑了,这货,还有脸说我。

大爷,你来这里上班真不用告诉你儿子,他要是发现你不在家怎么办?

不用,老张很坚定地摇摇头,告诉他了这活我还干得成?反正他也不来我家里,每次来接我都是提前打电话,没事!

要是睡得不好就不要干了。小陈说。

不不，老张感慨地说，你想想我之前过得多闷，现在有份工作对我的心情啊健康啊各方面都好，还管住。我想好了，我每个月挣下的800块你就拿去买美术材料吧，不要考虑学费的事，先考上再说。

小陈一手捏着早点，怔住了，幽幽地说，我不用。

哎呀，没有白给你，就当我借给你，你以后有出息了还我。老张乐呵呵地说。

小陈实在不知道说什么好，默默低头吃早点。

可是我有个条件，老张说，你可不能再去摆摊算卦了，赶紧复习考试吧。说是不考，你那床头上摆着的复习资料，我全都看到了。孩子，考吧，我这辈子那是因为来不及了，你来得及啊，要抓住机会。人活着啊，总有那么一些时刻一些机会摆在你面前。但它不常来，你要抓住了，这辈子就行了；抓不住，这辈子也翻不了身。

小陈实在吃不下去了，哽在那里，眼前变得模糊起来。他一个人在北京，被人骗过被人打过被房东驱赶过，也有两天没吃东西的日子，但他从来不哭，都挺过来了，今天却挺不住，慢慢咧开嘴，哭了。

老张急忙拍拍他肩膀说，你这孩子懂事，也说大人话，但是要记住，男子汉大丈夫有泪不轻弹。

小陈赶紧抹干了眼泪。

在老张的鼓励下，小陈报了一个美术班。每天白天，老的就陪着小的去美术班上课，每天晚上小的就陪着老的去影楼值班。老张很喜欢画室的氛围，一堆孩子聚在一起，有的削铅笔，有的整理画板，地上到处都是铅笔屑和橡皮泥灰，空气里也充满了铅笔木屑的清香。准备工作就绪，一个中年大妈面无表情地坐在中间的椅子上，一坐就是老半天，大家围绕着她撑起画板，听完老师简单的讲解之后，就开始动笔了。很安静，只听得到铅笔滑过素描纸的声音，唰唰唰，像蚕宝宝在吃桑叶，怪好听的。老张就坐在小陈的后面，看他先是画了一个大体的轮廓，奇怪的是把人体分成好多个方块，然后一点一点地描啊描，渐渐地就出现一个头，然后是一个身子，慢慢地，眉毛眼睛嘴巴鼻子全出来了，也怪，就这么一张纸，瞬间就变得立体了。一晃快到中午了，老张一点也不觉得乏味，有滋有味地看着小陈画完了这幅人体素描。

中午两个人一起来到校门口的麻辣烫店吃饭，老张直夸小陈画得好，因为那些人都画得没他像，除了不是彩色的，就跟相片似的。

我画得不好，小陈脸红了，影子拖得太长了，有些假了。

下午是水彩，这是小陈的弱项，他认真地对着一块蓝布上的三个水果一张白盘子临摹静物写生。老张觉得这个也有意思，近看了什么也不是，得站远了才看得懂。

渐渐地，老张和画室里的学生老师都熟了，有时候还能说出点门道，指点一下大家的画作。跟着这些学生，老张知道了有一种东西叫微博，上面每天发布好多信息，学生们休息的时候都会读上面的新闻和笑话。老张还知道了有一家什么东西都卖的商店，叫淘宝，学生们为了省钱，都在上面买平时练习用的美术材料。小陈没有电脑，也让别的同学帮忙代买，快递直接送到门口，还是老张去签收的呢。有一天，有个同学读了一条新闻，特意点名让张爷爷听，原来是一个淘宝卖家，趁着"双十一"淘宝天猫网搞活动，进行新装上架，但是苦于没有模特儿，于是她就让自己身高170，体型瘦弱的外公担任模特儿，这位潮外公头戴假发，身穿粉色大衣和紫色丝袜，别提多有型了，连外国的大歌星都成了他的粉丝。

老张激动得不得了，赶紧让同学们把图片放大了给他看，可不是，这位潮外公比店里的那些假模特儿还带劲儿，穿什么衣服有什么样。老张想，了不得，与时俱进，自己要向这个同龄人学习。

不知不觉一个星期过去了，老张的儿子又打电话说，到了年末会议比较多，太忙了不能一起吃饭。老张其实巴不得，但为了不露出破绽还是假装心情不好很惋惜，儿子又说了好多好话然后挂掉了。这是老张第一次觉得无所谓，我忙得很呢，谁有时间陪你吃饭。半个月后，儿子又来了电话，说儿媳妇要来这边接他去吃饭。老张紧赶慢赶花了一个小时回到了和义西里，刚亮起屋里的灯，媳妇的车就到了楼下，老张又急急忙忙赶下去，跟演电影似的。老张可没想到会这么紧张刺激。

影楼那边倒也顺利，一开始老张晚上还是翻来覆去睡不着，小陈出主意说，就睡在婚纱堆里，第二天一定在那个草莓鼻子来之前把床移位，这样啊，他什么也没得说。

老张也觉得这个方法好，草莓鼻子又不会半夜来查岗。于是就用这个方式，果然安然度过了一段时间。经理早上一来就不停地扫瞄婚纱，但是老张早就整理好了，什么破绽也没落下。

终于到了发工资的那天，老张特意领着小陈去了影楼，刚到门口，发现自己的洗漱用品全部被堆在门外，草莓鼻子抖着一脸横死肉说，老张，你被解雇了，原因就是你没能遵守我们店里的规定。

老张蒙了，说不出话来。小陈反应快，一步上前，你什么意思，把话说清楚。

好，那我就说清楚一些，你这个不知道从哪里搞来的爷爷，天天睡在婚纱里边，说得不好听点，就是老变态，影响了店里的生意。

老张哆嗦着，说，你有什么证据？

证据？草莓鼻子笑了，你以为你每天早上把床移走我就不知道了，你身上那老人味儿可移不走，婚纱那边全都是这股味儿，我鼻子灵得很。

老张还没反应过来，小陈的拳头已经出去了，不偏不倚一拳打在经理的鼻子上，边打边骂，我让你灵得很，打死你这个草莓鼻子，我打死你！店里其他的人赶紧来拉架，草莓鼻子痛苦地捂着自己的脸，胖胖的短短的手指间有星点红色流出来。小陈还不解气，骂道，你敢骂我爷爷，我打死你这个死胖子！

老张怕小陈吃亏，毕竟是在人家的地盘上，于是一把抱住小陈说，好孩子，不跟他一般见识，不打了不打了。

小陈气呼呼地说，把工资和押金给我们，我们就走人！

还想要钱？经理擦干鼻子叫道，我现在就拨打110，你们动手打人，我要去医院作检查。还弄脏了我们的婚纱，好好算一算，该赔多少！

你，老张哆嗦着手指指着他骂道，你欺负老幼，丧尽天良啊你！

几个化妆师和摄影师全都冷冰冰地看着经理，经理有些心虚了，拉开收银台抽屉，点了1000块，说，算我倒霉，这是你的押金，拿了滚蛋，但是工资一分也没有，再多待一秒，连押金也没得拿！

小陈拿起押金，背起行李，就拉着爷爷走出去了。

一老一少哆嗦着沿着步行街走了100米，怎么也走不动了，全都一屁股坐在行李上，哭了起来。老张哭着说，人老了，废物了呀，让这么个矮胖子欺负了。小陈哭得更厉害,说,爷爷都是我不好,我不该冲动打他,让你一个月都白辛苦了。老张说,傻孩子,怎么能怪你,你是帮爷爷气不过啊,早知道我就用他的婚纱擦鼻涕擦脚趾。不尊老爱幼,会遭报应的。爷爷,你看店里的人都不帮他,大家都是站在我们这一边的。小陈扶着老张的背说。

俩人哭了骂了也累了,安静了下来。天黑了,新中关、欧美汇鳞次栉比的大厦开始灯火灿烂,行人如织,步行街上到处是卖儿童玩具和女人打底裤的小商贩。一老一少默默地看着小贩们头顶的魔鬼角发出好看的玫红色,手里的深蓝色打底裤经得住任意拉伸,柔韧而温暖。也不知道几点,他们一起回到了小陈的住处,好歹挤了一夜。

第二天还如往常一样来到了画室,结果模特儿不在。老师看了几眼老张,说,张爷爷,你愿意做我们的模特儿么?老张想这真是巴不得,自己还正在想下一份工作何去何从呢,就急忙点头答应了。起初有些累,老师就提醒老张不用把腰板挺得那么直。老张摇摇头,说,不累不累,你们画吧。要好好画哈,一会儿我看看谁画得最像,谁一定可以考上理想的大学。大家都笑了。

老张在唰唰唰的铅笔声中陶醉了,这是以前无论做什么工作都没有过的感觉,画板后面每一双黑亮的眼睛都在若有所思地盯着自己,眼神坚定,嘴角紧绷,神情专注而认真,从来没有人这么注视过自己。老张想,此时此刻,自己就是这间屋子的焦点,是这间屋子的主人,就算没有钱拿,也愿意。以前怎么就没想过这份好工作呢,白白受了草莓鼻子的气。越想越舒坦,下课后领了 30 块钱的报酬,立即带小陈出去吃了盘菜。两个人都很高兴,这样他们可以一起上课,还有收入,每天结账,真是不能再满意了。

第三天,老师趁大家在做准备工作时,把老张叫了出去,说,张爷爷,我这里有一份人体模特的工作,不知道你有没有兴趣?

老张认真地看着她。

这份工作需要你,嗯,全裸,就是不穿衣服,但是报酬特别好,一上午接近 100 块。这也是为艺术献身,我觉得你的外形特别好,领悟力也很强,体力也可以,所以向您推荐一下。

老张目瞪口呆地说,让我不穿衣服,然后被人来画我?这,不成不成。

老师也没有难堪，这份拒绝是她意料之内的，张爷爷，可是您如果去了，可以和那边的教授谈条件，他们是正儿八经的大学课堂，你可以开条件带小陈过去，让教授亲自指导他。小陈是棵好苗子，说实话待在我这里，肯定没有去大学课堂进步快。

老张心动了，但是这个条件实在是太难接受了，于是说，于老师，让我好好考虑一下吧。

一天下来，老张都心不在焉，小陈早就觉察到了，一下课就悄悄走过去，说，大爷，你怎么了，是不是哪里不舒服？

不是不是，我没事。老张摆摆手说，我们回家吧。

晚上两个人待在小房间里，老张看着头顶的油烟机叹了口气，说，小陈啊，你想不想到大学的课堂里学画画？就是让大学教授指导你画画。

想啊，当然想，小陈迫不及待地说，要不考大学干吗呢？

老张想了想，说，今天于老师找我说了件事儿，说有个大学课堂缺少人体模特儿，说推荐我过去，还可以带着你过去画画。

真的么？小陈兴奋地说，想了一会儿，狐疑地问，怎么会有这么好的事情呢？

因为啊，这个模特儿要不穿衣服，于老师说是去做裸模。

那可不行啊，爷爷，你可不要为了我做这份工作，你已经帮了我好多了，我都不知道该如何报答您。

老张摆摆手，说，你放心，我就是答应啊，也是我自己个儿想去尝试，你别老往自己身上扛担子，我挺喜欢做模特儿的。我就一直琢磨那天你同学给我看的微博上的那条新闻，那个穿女装的潮外公，你看不也得到一致的赞赏了吗？我觉得自己要跟他学学这种人生态度，反正都老成这么一把年纪了，还管那些陈规陋习干什么？

小陈陌生地看着老张，他觉得自己其实还没有完全了解眼前的这位老人。老张摸摸他的头说，我啊，是喜欢挑战的老头儿，再不挑战，就没机会喽！睡觉吧。

三

一老一小站在了美术学院的素描课堂上。事先经过了一番沟通，朱教授很认真地进行了清场,拉严实窗帘,20多个学生一字儿排开,撑好了画板,只等老张宽衣解带。老张先脱掉了上衣,然后是裤子,暖气开得很足,他一点也不冷。到了最后关头老张犹豫了,涨红了脸,停在那儿,这眼前就是一排女娃子,老张实在过不了这个坎儿。朱教授停了一会儿,走了过来,老张知道他要说什么,无非就是为艺术献身之类的话。他不想听,他要的是做自己,不为任何人任何东西献身,就是做自己。他朝朱教授摆了摆手,麻利地脱掉了短裤。仰起头,目不斜视地盯着远方。

一切太安静了,一开始老张觉得,他甚至听见了自己的心脏在胸腔里跳动的声音。后来暖气越来越足,热流一寸一寸地贴上来,老张慢慢放松了下来,听见了铅笔亲吻着纸张的声音,他感觉到全身的毛孔都舒展开了。小陈之前的老师说了,自己表现力好,线条也不错,天生就是做模特儿的料。老张想,我应该为自己感到自豪。只要一开始那道关过去,老张觉得下面的简直就是享受了,他甚至看了看小陈,小陈也正在专注地看着自己,认真地唰唰唰。大家都是专业的,没人会有怪想法,老张想,只要自己想明白就好了。老张又看了看被衣服裹好的银镯子,心说尹妹子你一定会了解我的对不对,我过得很充实很快乐,你就是要怪我啊,就怪你走得太早,你要是在,我可能也不会是现在这个样子,但我不讨厌自己现在这副样子。老张想到自己年轻时也大胆过,几个大小伙子割完麦子大叫着冲向河边,还没到河沿,已经扒得精光,洗衣服的几个女人先是尖叫,然后一边敲着棒槌骂,一边不住地拿眼瞟过来。河水暖暖的,老张他们打起了水架,把河水搅浑了,再惹得岸边女人们的臭骂,他们更舒坦了。老张想象着,一会儿大家会把他画成什么样子,会不会瘦了或者胖了。一会儿要先看看小陈画的,他手指灵敏,一定画得又快又好。

老张的儿子觉察到老爸最近的反常,很久没有给自己打电话了,那天开会经过和义西里,就顺便上楼去看他,结果没带钥匙,敲了半天门也没人开,打电话也没人接。下楼的时候,绿化带的老邻居喊住了他,说,好久没见到你爸出来溜达啦。老张的儿子瞬间心提到了嗓子眼儿,他立即找了开锁匠撬了锁,但是屋里空无一人。老爸去哪儿了呢?正想着,一个朋友打电话过来,说,建明啊,你爸最近是不是去做美术模特儿了?我看了我儿子画的素描,怎么跟你爸长得一模一样?张建明问清了地址,立即赶过去，女教师说，难道你不知道老张今天去学院做模特儿了吗？他和你儿子一起去的呢！我儿子？张建明糊涂了，这到底是怎么回事？他风驰电掣地赶到了学院的画室，轻轻地推开了门，看到了爸爸正骄傲地站在那里，一丝不挂，眼睛正望向什么地方。

张建明简直不能相信自己的眼睛，他轻轻地叫了一声，爸。真希望眼前这个人不是他要找的人。老张怀疑自己出现了耳鸣幻觉，他不确定地转过脸，看到了儿子五味杂陈的脸，老张所有的勇气如脆皮蛋卷，被轻轻一捏，碎了一地。他本能地遮住了自己想要遮住的地方。

大家都注意到了老张的异常，转过头看着张建明。朱教授立即站起身，说，这位同志，对不起，请不要打扰我们，工作场合不方便参观。

谁打扰你，要不要脸！张建明很冲动，他无法相信平时一向传统严肃的爸爸怎么会做出这样让自己难堪的事情，迫不及待地想让他穿上衣服和自己一起回家。

空气里飘荡着死一般的寂静。老张想了一会儿，放下了遮羞的手，轻轻地对学生说，你们继续画吧。

快跟我回去！张建明怒不可遏地说，他也没有叫爸，家丑不可外扬。

老张紧闭着双眼，仰起下颏，咬紧牙关，一动也不动，脸上是一种孤立无援的倔强。

张建明正要上前来拽，小陈站起来了，他不紧不慢地走到老张的右边，在大家的注视下慢慢脱掉了鞋子、外套、秋衣、秋裤直至袜子，然后一丝不挂地和老张站在一起。

他们是多么不同啊，一副纤弱白皙，皮肤紧绷，光泽盈润；一具佝偻发黄，皮肤松弛，暗淡无光；一具羞涩羸弱，如一张白纸等待被刻画。一副沧海桑田经历过世事变迁，如同一本发黄的线装书，正等待被阅读被阐释。他们并排站着，像橱窗里的展览品，空气里再次飘荡着铅笔摩擦纸张的声音，细腻柔软，轻抚过每个人的耳朵，画室的门轻轻地关上了。

幸福村 8 号 |张 岩|

原载《北京文学》（精彩阅读）2016 年第 10 期

1

　　这是淮畔小城。我的住处就在本城西部的幸福村 8 号。如果你愿意去参观一下，那么我会告诉你坐公交车的路线。是这样的：你从龙湖公园南门，坐 108 路公交车，沿着中山路往西，进入梧桐掩映的市区，北拐，上解放路；过了四道街，左拐，上和平路，往北，就进入市中心的改革大道了。沿着改革大道，一直往北，到淮堤转头向西，进入胜利路，顺着路跑，跑到尽头，水泥路就变成土路了。这时候，你下车，站在一处废旧的大铁桥下往西看，你会看到一个小汪塘子，那里漂满了垃圾，长满了菖蒲。你透过菖蒲修长的叶子看过去，对过有一扇生锈的铁门，那就是 8 号院的入口了。

　　我这样讲，你该明白了吧？是的，这是条我最熟悉的路线。因为我每天都要在这条线上来回跑几趟。请你不要误会，我不是开公交车的。我是干什么的？现在我就来告诉你：我每天天不亮就起来，吃一点昨晚剩的菜汤，然后就骑着破旧的三轮车，沿着 108 公交车的线路出发了。你猜我是捡破烂的？是的，我要恭喜你，答对了！我的确就是干这个工作的。每天黎明时分，我最爱做的事情就是沿着马路，左手手电筒，右手铁钩子，在一个个蓝色或绿色的垃圾桶里翻翻找找。我觉得我是充实的，并且是快乐的。每当我从垃圾桶里找到一些可以卖钱的垃圾时，我都会在心里情不自禁地笑两声。我自然也有灰心的时候，比如我翻捡垃圾，看到一个肯德基或者麦当劳的包装盒,我正高兴地捧起它,准备打开享用时,发现里面是肮脏的东西,一颗热情的心就会降到冰点。我觉得我的人格受到了羞辱。

当然这种不快很快就会像风一样过去。因为我想到了前头还有更多的垃圾等着我去开采。我可不能因小失大,让别人占了先机。我蹬着车子,来到了龙湖公园。这时候,天色放蓝、发亮了。我终于可以把手电筒关上了。那么多晨练的人,在龙湖广场上跳各种各样的舞。我不想跟她们跳舞,我对跳舞不感兴趣。我感兴趣的,是她们手中的矿泉水瓶子,我要监督她们,看她们手中的瓶子最终丢向哪里。还好,她们都是有素养的人,那些空瓶子并没有乱丢,最终都进了我的三轮车斗。

想我该吹着口哨,沿着108路公交车的路线返回了。我要回到幸福村8号。是的,那里是我的住地,也是我快乐的源泉。

这一说,你也许为我感动吧?其实不必。因为我知道,感动这东西太靠不住了。感动一下之后,你该干啥还干啥,根本不会给我一毛钱。就像我,你以为我是好人,其实你错了。你看到过本市哪条路段的窨井盖没有了吗?那事有可能是我干的。你听说过哪一段铁栏杆被拆坏了吗?我要不好意思地跟你说,那事大约与我也有点关系。这其实也没什么,干我们这行的都这么做。能搞一点,就搞一点。反正我们也不会那么贪。

现在,让我跟你说说幸福村8号吧。幸福村8号在一片老旧的小区内。你首先打开生锈的大铁门,然后,你顺着水泥路往里走,你会发现,路越来越弯、越来越窄,两边斜岔出几条小巷子,与水泥路构成了一个大大的"韭"字。房子低矮、破旧,房顶上竖着不少旧的电视天线,歪歪斜斜的,像冰雹袭击后的树林。无数条脏兮兮的电缆线横越巷道,在房子上空东拉西扯,织成了一张巨大的网。你像一条罩在网里的鱼,七拐八弯往巷子深处游弋,饺子铺、理发店、缝纫店、擦鞋店、足疗店、烟酒店、粮油店,一家家店铺从你身边过去,你终于停靠在巷子的底部。你抬头看看,就看到幸福村8号院了。

这是个不大的院落。房东是五十多岁的老两口子。男的络腮胡子,包金牙,在信用社上班,不问家里的事。女的是个瘸子,管理家务,负责为房客开条子,按月收房租。瘸子心善,虽然我们背地里都叫她瘸女人,可是见了面,我们还是都叫她大姨。年前,我灰头土脸骑着破旧的三轮车来这里租房子的时候,瘸女人跟她的络腮胡男人正在院子里打架。女人披头散发,对着男人破口大骂,说男人有外心,在外面找女人了;男人说女人满口喷粪,于是拳脚相加。女人就哭,就闹,要离婚,周围几个人拉着,才把他们拉扯开。我当时并不知道谁是房东,掉转车头正要走的时候,一个小女孩跑到我身边,扯着我的衣襟说,你要租房子吗?我说,是的。有房子租吗?小女孩说,有,还有一间,在我家隔壁。小女孩就对着院子里喊,大姨,有人租房子了!我看到瘸女人突然不哭了,我知道她就是房东。她让我进来,指着一间铁皮房让我看看。铁皮房大约10平米,北墙一个窗户,一面粉红色的窗纱上有几块污点,看着像是被风干了的浓痰。南墙贴着几张发黄的报纸,报纸下端被烧焦了一块。这些迹象让我想到了肺结核和中药罐子。我说,这房子租金多少?瘸女人说,月租金50。我说,没有好一点的房间了吗?瘸女人说,没有了。我假装委屈地叹了一声。其实我知道就算有好一点的房子,我也不会租的。因为我口袋里只剩一张面值50的票子了。就这样,我在这间有着肺结核和中药罐子迹象的铁皮房子里住了下来。

现在,我可以向你介绍住在这8号院的几位房客了。原来那天拉架的几个人都住在这院子里。你看,门东旁的这两间铁皮房,里头这间是我的。前头这间是在环卫所上班的老周,带两个孩子住的。那天扯我衣襟的那个女孩就是老周的女儿,14岁,叫小红,小红有个8岁的弟弟,叫小凤,在这城里上学。小红不上学,她在家做饭给她弟弟和老周吃。门西旁这间木板房是卖水果的小董住的。小董是单身汉,脸黑唇厚牙白,大家混熟了以后,都喊他古董。他不生气,反而大笑,笑起来声如洪钟。院子坐北朝南是两层小楼,一楼是房东两口子住的。二楼是个女的住的,女的三十多岁的样子,脸皮素净,胖溜溜的巧个儿,像个一咬就出汁儿的苹果。女人带着儿子在这城里上幼儿园,男人在外地跑运输,听老周说,一年回不了几次家。小男孩叫豆豆,我们不知道女人的名字,跟她说话的时候,都叫她豆豆妈。

显然,豆豆妈的生活条件比我们都好,人家一个女人,住在宽大的楼房里,而我和小董和老周,我们三个纯爷们儿,却住在憋屈的铁皮房木板房里,还好意思称是爷们儿!我们在院子里走动,尿尿刷牙洗脸,我就会发现,豆豆妈喜欢倚在二楼的护栏边,居高临下地看我们。那表情微微笑,挂着一缕优越感，看我们一定是像看皮影戏。

我们在心里，当然是自惭形秽的。可是自惭形秽过后，我们又都愿意跟二楼的微微笑的豆豆妈说话。说话自然是要仰着脖子的。小董说，豆豆妈，又凭栏想心事啊？豆豆妈笑起来，呸了一声，冲小董吐了一片瓜子壳。老周在洗脸，毛巾泡了水，从脸到秃顶一股脑儿地旋了一把，说，人家是想孩子爸呢。豆豆妈又红着脸笑起来。小董说，老周你咋知道的？我看豆豆妈是想你了。豆豆妈对着小董又呸了一声，说，死小董，看你狗嘴里吐不出象牙来！小红蹲在门外口，捧着碗往嘴里扒米饭，说，我看豆豆妈是想小董叔叔了！小董咧牙一笑，黑脸一红，跑过来要打小红，小红丢了米饭碗，爬起来拍拍屁股，嘻嘻笑着往外跑去。

因为是初来乍到，我没敢跟豆豆妈开玩笑。慢慢地都熟识了，熟成了一锅粥，我说话也就随便了。我们8号院的三个猥琐男人，要想作践自己，就会拿豆豆妈寻开心。因为豆豆妈是女人，缺少女人的男人总是愿意拿女人开玩笑，以让自己隐秘心灵里的某个动荡不安的地方有一丝自欺式的慰藉。我想这种自欺式的感觉，之于豆豆妈，应该也是一样的。

当然玩笑总是玩笑，谁也没有把它当真的。只是，当夜幕在幸福村的上空降下来，当我们和衣而卧的时候，我们还是希冀自己紧闭的心扉，能为一个女人闪开一线亮光，让她慢慢地走进来，然后把她奉为一尊小小的神。我想我的心里是有这个邪念的。不知小董和老周这两个家伙，心里会想到什么。

那天晚上，我照旧骑上叮当作响的三轮车，沿着108路公交车的线路出去作业。我打亮手电筒，追寻着垃圾桶，曲里拐弯地走着、找着，就来到龙湖西岸一片灯火通明的场地边。我知道这里是湖滨花园建筑工地。站在边上，我的心蠢蠢欲动。我首先想到一个字：铁。是和窨井盖一样可以卖钱的铁。看看周围，没人。我于是和我的影子一起，潜伏进了建筑工地围墙内部。我偷了两根钢筋。我往外拉它们的时候，它们在宁静的夜里发出了两声叮咚悦耳的声音。我于是先被狗发现了，继而被人发现了。我手里的钢筋被夺了回去，跟着，我听到巴掌打在我的脸上发出的两声清脆的"啪啪"声。

去了不远处的大排档，在那里，我像泄愤一般，为自己慷慨地点了三个菜和两瓶啤酒。我一边喝着酒，一边想，自己为什么挨打了？我猛然想到了来城里时俺娘给我说的话。俺娘说，去城里不能想女人，想女人晦气。可我偏偏昨个夜里想女人了。于是我挨打了。

我喝完酒，三轮车驮着我回到了住处。我往对过二楼看了一眼，二楼静静的，没有一丝亮光。我进了自己的铁皮房，在坚硬的木板床上躺下来，却睡不着了。后来好不容易睡着了，却做了梦。我很丢人地告诉你，在梦里，我又不争气地梦到了女人。我依稀记得，好像开始是我老婆。后来慢慢地，老婆不见了，换成了一身光滑的豆豆妈。

我听到豆豆妈尖叫起来。于是我被叫醒了。睁眼一看，尖叫继续。那原是隔壁疯丫头小红和她弟弟打闹发出的尖叫声。原来，天已经亮了。院子里嘈杂起来，男房东的摩托车启动声，水果贩小董机动三轮车的发动声，环卫工老周的自行车铃声，交织在一起，这是幸福村8号院每天清晨必奏的序曲。

我在回忆那个梦。我哑吧哑吧嘴，习惯性地往北墙看去。透过带着痰迹的粉红色的窗纱，我就看到对过二楼的晒台上，豆豆妈在那里洗衣服。她穿着简约的乳白色带帽衫，两边的袖子卷起来，两只手在洗衣机里捣来捣去，水声哗啦。哦，那女人！我梦里的女人！

我起了床，无事人一样，来到院子小井边刷牙。我装作没有看到豆豆妈，希望她能先开口，跟我说话。可是没有。豆豆妈似乎没有看到我，我终于还是仰起脖子，跟她打了两句招呼。洗衣服啊？洗衣服。起得早啊？不早了。吃了吗？吃了。豆豆呢？上幼儿园了。

就这些。意犹未尽，我却不想说什么了。一是我真的不想说什么了；二是我即便想说，也要克制些，要有垂钓者的素养，不能让她误以为我对她有什么想头。我刷好牙，脚步轻快地回到屋子里。回到屋里，心情忽然没来由地糟糕起来。看着丢弃在床上的脏衣服，我很不礼貌地把它们丢进洗衣盆里。

2

下雨天，不能外出作业，我喜欢上了在铁皮房里给豆豆讲故事。我说不清是从哪天开始的，应该是在那个梦之后吧。之前，我能够记住的，是和老周坐在我的木板床上下过几次象棋。也是下雨的时候，外面滴答着雨，雨点砸在铁皮顶上，乱七八糟地响。我和老周歪着头，抽着烟，想着怎么走棋。其实我俩都是臭棋篓子，老周赖，走错了棋，还要悔棋。我比老周还赖。我不光悔棋，趁老周不注意的时候，我还藏过他的一车一炮。结局自然是我赢了。老周说我赖，我一掀棋盘，就不跟他玩了。

从那往后，我就讲故事，一开始其实是讲给小红听的，小红喜欢到我屋里玩，她没有上过学，看到我捡垃圾捡来一些旧书本，她就缠着我，要我讲故事给她听。我好歹也是有文化的人，就讲给她听。讲皇帝的新衣，讲卖火柴的小女孩，讲阿里巴巴和四十大盗，也讲孙悟空三打白骨精……我讲给她听，其实也是为了排遣自己一个人下雨天难耐的孤寂和怅惘。就像下雨天老周总要找我杀几盘棋一样。没想到小红听上瘾了，听到卖火柴的小女孩的时候，她甚至流下了眼泪。小红把这些好听的故事跟小风讲，小风就跑到二楼豆豆家跟豆豆讲，豆豆不吃饭了，跑到我的铁皮房，缠着我讲故事。

豆豆来，我是欢喜的。我没有逗他来，他却来了。在我的意念里，他恰如其分地成了我和另一个人之间机灵跳跃的小天使，或者小信使。天知道我是不是想借给这孩子讲故事，从孩子这儿获悉另一个人的更多讯息。在他跳着跑到我的身边的一刹那，我就醒悟了，原来，我为小红和小风讲故事，不过是我为自己的某种期待预设的一个伏笔、一段铺垫。

豆豆听我讲一回，就喜欢上了。往后，只要豆豆放学回来，只要我在家，豆豆几乎不会忘记转过弯往我屋里跑。也不管我当时是在干什么，是在煮豆腐还是在炒青菜，他就抱着我的腿，要我讲狼外婆给他听。豆豆妈站在我的门边，微微笑着，有点歉疚的意思。煮豆腐呢？煮豆腐呢。少放点盐。嗯，放得不多。多放点葱花。嗯，放了不少。豆豆，俺们回家，叔叔做饭呢。豆豆说，不，我就听一点点。我轻轻笑起来，看她一眼，给豆豆讲了一点点。

豆豆妈牵着豆豆回家的时候，我就在自家的门边看看，看一大一小的背影相偎着上楼，看他们进屋，然后把门轻轻带上。

给豆豆讲故事，成了我继捡破烂之后，最爱做的第二件事。在周末，我把做夜活的时间改成了白天。晚上就不需要沿着108路公交车的路线蛇行了。我坐在床上，豆豆坐在我的被窝里，小红和小风坐在我的床前，我给他们讲故事。他们都喜欢听，眼睛睁得大大的，看着我信口开河。我其实并没有胡扯，我把自己想象成一个孩子，我在我虚拟的童年里，很陶醉地讲我小时候从奶奶那里、从妈妈那里听来的故事。讲人之初性本善，讲孟母三迁、孔融让梨，讲郑和下西洋，讲岳飞精忠报国……我看到小红和小风听得入迷了。我看到豆豆的眼睛亮亮的，大大的，想象的翅膀开始飞。我的口才居然很好，我甚至被自己讲出的这么好的故事感动得热泪盈眶。那一刻，我忘记了自己捡垃圾的身份，我想我应该是个演说家，或者是个故事家的。我相信，我这么好的口才一定被一个女人听到，而且，这个女人一定站在我看不见的地方，为我鼓掌，为我喝彩。

直到一种清脆呼唤的声音从外面飘进来：豆豆，回来吃饭了！我才从我虚拟的童年里滑出来，以三言两语的方式往故事的尾声靠拢。豆豆听到他妈妈的呼唤，哑吧一下嘴，像小猴子一样爬出被窝，跑了。小红和小风央求我接着讲，我突然就觉得累了。我说，不讲了，小红你也该做饭了，老周回来没有饭吃，又该揍你了。小红一龇牙，冲我做个鬼脸，拍拍屁股跑出去。

屋里只剩下我自己的时候，我又恢复了掏垃圾者腌臜、猥琐的本相。我想这应该也算是自由的，一个人去掉所有愁思和念想的最后的自由。我懒散地倒在床上，打算蒙头大睡。扭头看窗，就看到了对过二楼的灯影里，站着一个女人。她是豆豆妈。她好像往铁皮房这边看，安静得像个影子。她为什么在灯影里站着？她是在思念远方的豆豆爸？还是，看我呢？我灵光一闪，想到了曾经的那个梦，梦里那个洁白的身体。

这女人。她该不是思春了吧？我带着一丝美滋滋的念想，起床，走出来。我看到二楼的那个影子没有了。打出灯光的那扇门轻轻地关上了。

豆豆听故事上瘾了。每天晚上，他吃完晚饭就往我这边跑。先是调皮地躲在门边，把他的脑袋伸进灯光里，我装作没看见，他就一跳，跳进我的屋里，"嗨"的一声，吓唬我。我说，豆豆，叔叔今晚不讲故事了。豆豆嘟噜起了嘴，抱着我的胳膊摇，说，不嘛，不嘛，我就要听小胡叔叔讲故事。我转而笑起来，说，好！讲故事给豆豆听。豆豆呵呵笑，不由分说甩掉鞋子，爬到床上。我这次没有凭想象去讲故事，我在一堆烂书里找，找到一本《365夜童话故事》。我在读故事之前，往外面探探头，希望能看

幸福村8号　　　　　　　　　　　　　　　　　　　　　　　　　　　417

到一点什么,可是院子里黑魆魆的,什么也没有看清。老周在小董的屋里关起门来喝酒,猜拳声连同一抹橘黄色的灯光从门缝里挤出来。小董的水果车停在门外旁,灯光射在一筐苹果上,那苹果在暗夜与灯光的虚实里,逼真得像一幅静物油画。往二楼看看,就看到二楼护栏边静立着一个人。不知那人又在看什么,心里又在想什么。

在吆五喝六的猜拳声里,我声音朗朗地读起故事书来。潜意识里,我知道豆豆妈会来的。果然,在我读到第五页的时候,豆豆妈像个画中人,无声地穿过夜的显影液,在我的门边显现出来。

又给豆豆说故事呢。微笑。看着我。

豆豆喜欢听我讲故事呢。我说。

我也来听你讲故事呢。豆豆妈拿我逗趣。

我的脸有点热,也不知红了没有。

豆豆要听叔叔话哦,不能调皮。豆豆妈教导她的儿子。

豆豆说,妈妈,我不调皮。妈妈,你也到叔叔的床上来吧。

豆豆妈没有应声。我用眼角的余光偷偷地瞟了那女人一眼。

这个时候,小董跟老周红扑着脸进来了。他们看来是喝好了酒,小铁屋里一呼啦充满了酒气。我知道这两个家伙,吃盐不要钱——开始喘了。哟嗨!小胡给儿子讲故事呢。小董黑红着脸,斜眼看我,坏坏地笑起来。豆豆妈说,死古董,你就不能说一句人话?小董又哈哈笑了,看着豆豆妈,眼神里张扬着火旺旺的欲念。嫂子也来听胡老弟讲故事呢。小董鬼鬼地说。老周笑起来,说,豆豆妈,豆豆爸还没回来?豆豆妈说,没呢。老周打趣道,这都两三个月了,不会跟人跑了吧?豆豆妈笑道,跟人跑了我倒轻松了!突然脸色就正下来,说,豆豆,跟小胡叔叔再见,咱们回家睡觉。

豆豆妈抱着豆豆离开后,小董斜视着我,笑道,小胡,你小子有招儿!我说,哪里,这不是闲得蛋疼么!三个骚男人一齐嘻哈哈笑起来。

甩给小董和老周每人一支大中华。这烟是我在前头巷子里花四块钱买的。假的。

3

又是一个周末。我想着豆豆来,豆豆却没有来。小红说,豆豆感冒了。

我想我应该去看看豆豆。小凤却说,小胡叔叔,讲故事给我们听吧。我说,不讲了,今晚我要出去上夜班了。我就草草地喝了几口稀饭,骑上三轮车出去了。其实我并不是上夜班的,今晚,我为自己放了假,我要像市民那样,骑着车子在灯影横斜、梧桐掩映的马路上溜达溜达,然后回来看看豆豆。尽量不要让别人看到,免得招致不必要的猜疑和嘲讽。

我去了热闹的淮河路,在靠近百货大楼的小巷子里,我看到了小董。小董在路灯下卖水果,生意还不错,围了一圈人。两个女孩,一个哼着《千纸鹤》,一个跟小董讨价还价。小董笑着,大眼火旺旺地看着她们。

我又去了菜市场。我知道环卫工老周经常在那里扫地。到那里时,果然就见着老周了。老周在路灯下扫马路,慢慢地往前扫,很认真的样子。灯光先是把他的影子缩短,一忽儿又把他的影子拉长。我没有跟他打照面,我只是一脚踩着脚踏,一脚支地,躲在树影里看他。我觉得这个家伙也没有混好,跟我差不多。我叹了一声,同是天涯沦落人,相逢咱就不要重相识了吧。

我突然就掉转车头,沿着108路公交车的线路返回去。

是的,夜已经深了。我想我该去看看感冒中的豆豆了,不能再耽搁时间了。毕竟夜深了,而二楼窗口的灯还亮着!那橘黄色的灯光啊,那让人想入非非的灯光啊!我蹲在铁皮房前面,看着那灯光,一团乱麻地想着。月牙儿快要坠下去了,房顶谁家的猫也踱着步子走了。我必须行动了,小董和老周快回来了。我起身进了铁皮房,把两本旧童话书擦了又擦,连同两天前从小董水果车上顺手牵羊来的两个大苹果,一起放进一个布包里。我做了两个深呼吸,拎着包,出了屋,向二楼走去。在楼梯跟前,不知怎的,我胆怯了。我的两条腿有点发软,并且打战。我该不该上去?要不要上去?我像小偷一样看了看二楼,又看了看周围。周围静悄悄的,只有墙角的枯草在夜风里沙沙地响。我鼓了鼓劲,对自己说,你要勇敢点,不就是看看豆豆吗?又不是做贼的!就上了楼梯。上到二楼,又折身转回来了。转回来,在下面愣了愣,又上去。终于中指弯曲着,与那门有了第一次亲密接触。

谁啊?豆豆妈细雨一样的声音传出来。

我。我说,我,我是小胡,来看看豆豆。

就开了门。穿着睡衣的豆豆妈一半身子在门里,一半身子闪出来。她让我进去。说，小胡，进来吧。我就弓着腰进去。豆豆妈坐在床沿边，我坐在豆豆妈对面的木椅子上。电视放着，红红蓝蓝的荧光公平合理地分布在她的脸上，也分布在我的脸上。静静地，就有了一丝半缕的酒吧的味道。

豆豆爸没回来啊？我说。没回来。豆豆妈说。我以为豆豆爸回来了呢。我说。没回来。豆豆妈说。听说豆豆感冒了，我给豆豆买了两本童话书，两个苹果。我说。让你破费了，真是不好意思呢，谢谢你了。豆豆妈说。

豆豆妈把熟睡的豆豆叫醒了。豆豆，豆豆，别睡了，小胡叔叔来给你讲故事了。豆豆就爬起来，看看我，偎在他妈妈怀里。我的脸上罩上一层绿色的光。豆豆是不应该这个时候醒的。豆豆在床上安睡着多好。

小胡，家哪里的？豆豆妈跟我拉起呱来。

北方的。我说。

家里有老婆吗？

有的。

怎么不把老婆带来？一个男人，做吃做喝的不方便吧？

家里有地，有娘，还有孩子。

怎么想到来这个城里捡垃圾？

没有本钱做别的。

这城里还有你什么亲人吗？

有一个表哥。我年前就是奔他来的。他打电话给我，说在城里为我找到了一份好工作，让我抓紧过来。我就不干木匠了，带了几千块钱就来了。跟表哥进了大厂子，看到很多人在那里培训，我也跟着他们喊了几天"刘建刘建我爱你！"后来我发现一帮穿警服的来了，我表哥跟所有的人都跑了。我才知道我表哥搞的是什么传销。我的几千块钱都被我表哥拿走了，最后只剩下一张一百的，是我别在裤腰带里，都汗湿了。我用了五十，买辆破三轮车，又用五十，交了房租。我没有路费回家了，也丢不起那个人，就在这城里留下来，捡垃圾。

你老婆知道吗？

老婆不知道。我跟她说上班了，是个大厂子，比干木匠来钱快。

孩子多大了？

跟豆豆一般大，5岁，叫蛋蛋。也调皮，现在都知道爬树摸鸟蛋了。

我很想儿子，所以，我很喜欢豆豆。我说着，不知怎的，一滴眼泪掉下来。我惊讶自己，这个节骨眼儿上，竟然能掉下眼泪。

我知道。豆豆妈说。

其实……我说。

豆豆妈拿起遥控器，叭叭叭，不停地找台。我知道我该走了。就起身，看一眼豆豆和大床，往外走。豆豆妈微笑着送我。我出了屋，豆豆妈就把门轻轻插上了。

我小腿发软地下楼梯，往自己的铁皮房走。冷不防，一道强烈的光扫过来，打在我身上。卖水果的小董回来了。

4

一天晚上，我从龙湖回来，老周跟小董又在屋子里抱着酒瓶吹。小董已半醉，看到我，脸上现出鬼鬼的笑，向我勾起了手指。小子，敢不敢进来搞两盅？小董故意挑衅我。我笑道，有啥不敢的？你小子等着。我放下手电筒和铁钩子，到烟酒店买了一袋油炸花生，一袋怪味豆，一袋尖椒凤爪，拎着两瓶老村长，回来跟小董、老周摆开了阵势。

先是一齐端盅子走一个，然后跟老周干一个，跟小董干一个，小董就看着我笑，说，小胡，你小子得手了吧？我知道小董说的话指的是什么，就不再兜圈子，一副坦然的样子，说，你扯什么，豆豆感冒了，我去看看的。小董说，小胡，你小子就以为你是好孩子？我想我还真是好孩子呢，但是在他们跟前我又不能太像个好孩子。我就神秘地嘻嘻笑起来。小董说，说吧，让我和老周长长见识。老周在一边帮腔，小胡你就说说嘛，我们也好学习学习。小董怪里怪气笑起来。我装作做了好事之后的羞怯状，说，让我说什么？你们这不是逼良为娼嘛，我真没干那事呢。小董诡秘地看我，你小子真的没招？我说，没招。小董说，真的没摸？我说，摸什么？毛都没见一根。都笑起来，又干了一杯，小董说，去了不干事，那你半夜三更爬人家楼干吗？我醉乎乎地说，这不是儿子感冒了吗。小董说，说实话，是不是她没让你招？我说，你小子明天上楼问问。小董分析道，看来这女人还没开化！眼珠子一斜老周，依我看，老周你明晚儿去调教调教。老周说，留给你吧，我可不敢去，我怕掉进去出不来。仨人又都浪笑起来，我以为我恶心，原来老周比我还恶心。

　　我到院子里瞅一眼二楼，撒了一泡尿，回来扯下脸皮，跟他们开洋荤。扯着，说到了老周的女人。老周，媳妇的情况怎么样了？老周说，找不着了，跟人走了。一仰脖子，喝了半杯酒。小董说，不打算再找一个？老周晃晃脑袋。小董说，我看你天天到菊花饺子铺吃饺子，是不是看中菊花了？老周一笑，说，实不相瞒，我撩过那女人，可那女人不买我账。小董说，你是穷。你要是个百万富翁，看她买不买你账？他娘的，这世道我算是看透了，女人都势利，你有钱就有情爱；没钱，情啊，爱啊，统统都是扯淡！要我说，找什么媳妇，有了钱就干脆找小姐，你出钱，她出肉，公平交易，谁也不欠谁的，放完炮，提裤子走人，比什么都好！老周说，还是你潇洒。小董笑道，你想不想潇洒？有困难找警察，想潇洒就找我，我带你到野鸡店见识见识！老周说，你还是带小胡去见识见识吧，这小子几个月没尝荤了。小董说，得了吧，你真以为小胡是个好孩子？我早就看出来了，这家伙是有肉埋在碗底吃！我大笑起来，放下酒盅，跌跌撞撞往外走。小董说，小胡，你说、说、说，对不对？我说，对。小董说，告诉我，什么滋味？我倒在自己的木板床上，说，爽！

　　小董跟老周浪笑起来。小董突然脖子一歪，脸趴在盘盘碗碗中间睡了。

　　第二天，我就拉肚子了。

　　我想拉肚子是必然的事。因为喝酒太多了，听到的脏话也太多了。我一夜起来拉了几次，到天亮时，觉得自己几乎成了空壳人。

　　想喝水，发现屋里除了自己，没有别人。我的老婆和我的娘并不在我的身边。我昏昏欲睡，在昏然中，我听到小红在院子里笑，一定又跟卖水果的小董打闹了。这个少心没肺的丫头。我这样猜想着，果然，小董追着小红，跑到我的屋里。我看到小红试图把小董关在门外，可是小红在小董面前力气显然太小了，小董用脚一踹，门就开了。小董从后面抱住小红，挠她。小红拼命挣脱，小董说，拿不拿我苹果了？小红告饶说，不拿了不拿了。小红弯着腰，在我的床头，边笑边叫我：胡叔叔，救我救我啊！我看到小董在小红的身前身后乱挠，觉得这种行为不干净，我就很正义地喊了一句：小董！小董停下来，看看我，大笑着走出去。

　　小红被捏得眼泪涟涟。我不知此情景如果被老周看到了会怎么想。我看着小红说，你偷小董苹果了？小红说，闹着玩儿的，我故意拿他苹果咬了一口扔了，他就追我打我。我说，以后别跟小董这样玩儿了，你是孩子。小红点点头，抹了一把眼泪，说，小董坏。又看着我说，小胡叔叔怎么了？我说，拉肚子了。小红说，难受吗？我说，难受。小红看我难受的样子，有点心急，那种孩子般的心急。说，小胡叔叔，你要喝水吗？我说，要喝水。小红跑走了，从自己屋里端来一碗开水。我喝了开水，觉得我的胃连同肠子一下子熨帖多了。我表示出舒服的样子，小红笑了，说，小胡叔叔，你给我钱，我去给你买药。我听话地拿出几块零钱给了小红。小红马上跑走了。

小红回来的时候，就两手背在后面，调皮地跟我说，我给你买药，你怎么回报我？我说，小红是个好孩子。小红说，不行。我说，那怎么回报你？小红说，讲故事给我听。我轻轻地笑了，说，好吧，我先吃药，完了给你讲故事。小红也得意地笑了，就把背在后面的手拿出来。我看到她一手拿药，一手拿一支体温计。

在我服药的时候，小红就像我自家的女儿，把体温计摇了摇，塞在我的腋下。说，你别动，我给你量体温。我说我不动，你量吧。小红说，现在量不到，过了5分钟才量得到，医院的三疤眼说的。我看着小红，说，好吧，就听三疤眼的。小红，你真是个乖孩子，你怎么不上学？小红说，我爸不让我上。他疼他儿子，只让他儿子上。我说，你平时对你爸也这样好吧？小红说，我对他才不这样好呢。我说，就因为他不让你上学吗？小红说，不是。我说，那是因为什么？小红说，他不是我亲爸。我愣住了，说，怎么会呢？老周不是你亲爸？小红说，是的。我妈是改嫁给老周的，我跟我妈来到老周家，老周的前老婆死了，留下一个儿子，就是小风。我说，你妈妈呢？小红咬了咬牙说，她死了！

5分钟到了。小红准时从我腋下取出体温计，跑到院子里，对着天看了看，回来说，小胡叔叔，你有热。我正好不想讲故事，就顺着说，怪不得我不舒服呢，我要躺一会儿了。说着，钻进被窝里。小红说，你不能睡，说好了的，你要讲故事。我耍赖皮，说，我这不是有热嘛！现在不讲了，好了再讲。小红噘着嘴，较真起来，说，不行！你要不讲，我就去叫豆豆。我一愣神，说，你叫豆豆干吗？小红说，我叫豆豆来，你就讲了。我又一愣神，说，为什么你叫豆豆来，我就讲了？小红说，我知道。就知道！我说，你知道什么？小红说，我知道你看中豆豆妈了！我讶然地坐起来，说，你胡说！小红说，我没胡说。我要打小红，小红嬉笑一下，给我做个鬼脸，拍着屁股跑了。

这孩子真邪！我心里这样想着，就又在床上躺下来。习惯性地转过脸，往北墙窗户看，透过带着痰迹的粉红色窗纱，就看到对过二楼的护栏边，豆豆妈在那儿站着。没有人知道她天天在那儿站着，究竟是为了什么。

我在床上躺了两天半，没有吃一口饭。第三天晚上，我终于饿得受不了了，于是起了床，两眼冒着金星往外走。我从我破旧的三轮车边走过，对它深情地看了一眼，然后，我沿着上次老周跟我讲的饺子铺的记忆，去了我们幸福村生锈大铁门边的第一道巷子。

那里的确有个饺子铺，门脸儿不大，是一个戴褐色太阳镜的女人开的。我在靠里边的桌前坐下来，说，来一碗饺子。女人站在锅边包饺子，转过身，看着我说，吃什么饺子？肉的，还是素的？我对着女人脸上的太阳镜说，肉的。女人说，好的，你稍等一会儿。转过去，包她的饺子。一会儿，20个饺子，像20个光屁股的娃，纷纷跳进沸水里。女人一旁候着，等着煮开。好像煮开了，女人往锅里撩一点凉水，又撩一点凉水。我在肚子的咕咕抗议中，等待着。在这短暂的等待时间里，我看着女人浑圆的屁股想，她大概就是小董说的那个菊花吧？老周碰她，她不买账？这女人！

一碗饺子热气腾腾上来了。女人为我端来一小盘醋、一小盘辣椒酱。在我狼吞虎咽吃饺子的时候，她在我对面坐下来，往外看着，守株待兔的样子。我吃到一半，停了停，看着女人，说，你叫菊花吧？女人转过太阳镜，说，是的，你怎么知道我叫菊花？我说，我听8号院老周说的。菊花说，你认识老周？我说，我住老周隔壁。女人说，我没见过你呀，你才来的吧？我说，我都来几个月了。只不过我没有到你这里吃过饭罢了。菊花说，老周倒是经常来。我说，我听老周说了。菊花说，唉，老周也是个可怜的人啊，家在梅桥，家里穷，养不起女人，女人跟别人跑了，老周带着两个孩子，沿着铁路往南找，就找到这里。都很长时间了，也没找着个人，也是没有办法了，就不找了，在这里住下来。儿子上学，闺女做饭，他自己起早贪黑扫马路。我说，我也听说了，老周这人还不错吧？菊花没有回应我，起身到饺子锅边去了。

菊花说，你家哪儿的？我说，北方的。菊花说，咱这小区又脏又乱，你怎么想到住这里？我说，不是房租便宜嘛。菊花说，你干什么工作的？我说，做夜活，捡垃圾的。菊花太阳镜对着我，说，捡垃圾？你捡垃圾？你一个男人，好手好脚的，不能干点别的？我说，我是被搞传销的骗了，我没有钱，干不了别的。菊花说，你老婆跟你一起捡垃圾？我说，老婆在老家带孩子。菊花不再言语，扭过脸去包饺子。

吃完饺子付钱，菊花不好意思似的，说，就算了吧。我说不能。掏出一张十元的，她找我五元。我说，就算了吧。她说，不能。我小手指盖剔着牙缝中的肉丝，对她说，你家饺子味道不错。菊花轻笑起来，说，你说不错，以后就常来。

我说，以后会常来。我想深情地瞥一眼她的眼睛，可是她的褐色太阳镜把我的目光挡回来。

我说到做到，以后在老周不在饺子铺的时候，就经常来。有时是中午，有时是晚上。来了先跟菊花没话找话说两句，在桌边坐下来，剥几瓣蒜，说，来一碗肉的。菊花说，好。就给我下肉的。我吃着，她就在我旁边坐着，往外边看。

吃完饺子，我不太想走，又要了一碗饺子汤，其实为的是跟菊花再说几句什么话。菊花好像也愿意跟我说话，太阳镜看着我，我说什么，她答什么。可有可无的，我却喜欢听。她说这些，就像我老婆碎碎地说一些鸡毛蒜皮；她说这些，就会让我想到老家。闲暇里，我不再找老周下棋了。我爱上了给菊花剥蒜瓣。剥了一些，放进菊花的蒜臼里，菊花就握住蒜槌，上上下下捣将起来。这样捣着，让我心乱，也心安，眯着眼，看一会儿，想一会儿，我便咽咽唾沫，起身悄悄地走了。

来的次数多了，我发现菊花不论是晴天，还是阴天，总是戴着褐色太阳镜，这让我觉得有些奇怪。后来有一次，我帮菊花捣蒜泥时，就问了她，菊花，你为什么总是戴太阳镜？菊花一愣，说，你想知道吗？我说，我可不可以知道？菊花低头想着什么，然后，她慢慢摘下眼镜，把脸转过来。我一看，吃惊不小。原来菊花只有一只右眼，她的左眼是干瘪的空眶。

我说，对不起。菊花又把太阳镜戴上了。我说，菊花，怎么会是这样？菊花说，我男人打的。男人是个赌鬼，我要挣钱供他去赌。我跟他闹过，他把我左眼打瞎了。

菊花的眼泪流了出来。我看到，只有右眼的一行眼泪往下流。

菊花一哭，我竟有点无所适从了，就好像是我欺负了她似的。我撕了一张餐纸，递到她跟前，她接下了。她接纸的动作，让我恍惚了一下。恍惚间，我觉得我和菊花是同一条船上的人，我们之间没有落差，没有距离。如果说，豆豆妈是可以望梅止渴的，那么菊花就可以画饼充饥。在想老婆的日子里，我越来越喜欢在菊花这里吃饺子了。有一次，我还要了一瓶白酒，一边吃饺子，一边喝酒，一边喝酒，一边跟菊花说着家常的话。喝着，喝着，一瓶白酒见了底。我居然喝醉了。

是菊花把我送到铁皮房里。我记得，在我躺下的一刹那，我的手拂过菊花的胸。菊花没说什么，转过身，无声地走了。

我醉得较重，在床上躺了两天两夜。昏沉中，我依稀记得小红敲过我家的门，但我没有理她。后来我醒来了，睁眼一看，正是深夜。我欲起身到院子里撒尿，就听到某种暧昧的声音响起来。那是低沉的喘息和隐忍的尖叫，我知道这是怎么回事。于是我悄悄地起来，悄悄地开门。我判断了一下，那声音来自小董的木板房内。也难怪，小董几天前就把床上的脏床单洗了。

我听了一会儿，后来忍不了尿意，就到院子里小解。抬头往对过二楼看看，无意间看到了一个可疑的影子。那影子趴着，趴在东墙的窗户边。窗口亮着灯光，那影子在看什么？我擦擦眼，仔细分辨，才看清那黑影原来是老周。

我回到铁皮房，恶作剧地咳嗽一声，只见老周突然趴在水泥板上不动了；过一会儿，老周才提心吊胆地爬起来，我又咳嗽一声，老周又迅速趴下来。我钻进被窝里，蒙着头笑起来。

天亮了，我早早地起来了。我要看他们的笑话。我在小井旁刷牙，小董端着洗脸盆走过来，我斜着眼冲小董笑，小子，得手了吧？小董脸一红，笑了。我说，你也注意点影响，半夜里鬼哭狼嚎的，我以为瘸女人又挨络腮胡子揍了。小董又笑起来，满面红光，像一只洋种公鸡。哪里人士？我说。小董说，师范生。我说，学生妹呀，你小子有招儿。小董说，玩就玩学生妹。我说，小董，咱弟兄们关系不错，有福同享啊。小董说，你看，出来了。我往木板房那边看,就看到一清纯女孩花朵一样走过来。我回想起来了,原来就是那个唱《千纸鹤》的女孩。小董真有福气。我操。

回到自己的小铁屋,我忧伤起来。我觉得我的运气没有小董好,甚至连老周都不如。老周尚且能在半夜三更撅着屁股看二楼的风景,我为什么就没有这般运气?凭什么呀?我感到老天对我是不公平的。我这样夜以继日捡破烂,为国家回收可塑之材,老天为什么就不能平分一点秋色给我呢?

我是想不明白的。在床上翻来覆去的,我失眠了。原来,一个捡垃圾的人,居然也会失眠。

我深深地思念我的老婆。我想着老婆没有错吧?想我此时睡不着,不知老婆在家里睡得可好?我想听到那种销魂的声音,然而,夜,静悄悄的,静悄悄的。

我夜里起床撒尿,已经习惯下意识地往二楼的窗户看看了。然而那窗户总是黑的,像老太太的嘴。后来终于有一夜,二楼窗口的灯又亮了,我的心惊跳了一下。我往老周家的门看看,老周家的门关得很好,在朦胧的夜色里,像一张忧郁的脸。我想我该上楼看看了,看看老周那次究竟看到了什么。

我紧了紧裤带,屏住呼吸,往漆黑的楼梯口走去,慢慢爬上楼,就在原来老周蹲的那个窗前蹲下来。我斜着眼,往窗内看,就看到了里面的风景。豆豆妈躺在床上煲电话,一只手在身子上游来游去,我看愣了。后来是怎么离开那窗口,怎么身子颤颤地滑下楼梯,回到自己的屋里,我已记不清了。我只觉得豆豆妈那游荡的手,像蛇一样把我的心裹得紧紧的,以至于几天喘不过气来。

我想,在捡垃圾之余,我应该帮豆豆妈做点什么了。比如修个电灯开关,拉扯一下晾衣绳什么的。比如,我还要义不容辞地为豆豆讲故事。而且,我还要穿得好一些,像样一些。

我这样想,也就这样做了。每见豆豆妈在二楼的护栏边站着,我都会问问她,有什么要做的?豆豆妈微笑着,说,没有什么要做的,谢谢小胡啦!

后来有一次,豆豆妈站在护栏边跟我说,小胡,我洗衣机不转了,你来帮我看看。我说,好嘞。刷牙刷到一半,牙刷就被我扔了。我心里有某种幻想,颠颠地跑上楼梯,三步两步就到了豆豆的家。我为豆豆妈修好了洗衣机，打算到床前坐一会儿的，豆豆妈却送了我一条鱼，说，我买了两条鱼，豆豆吃不完，你拿一条去烧了吃吧。又送我一块生姜，几根香菜，几棵葱。我没有坐成，就端着鱼下楼了。我想，鱼跟豆豆妈一样，之于饥饿的我，同样很重要。

我想着如何回报豆豆妈。一天夜里，趁着小董不注意，我就从他的苹果筐里拿了几个大苹果。我用布包拎着，脚步轻轻地上了二楼。豆豆妈开门，我说，豆豆呢？豆豆妈说，豆豆睡了。我说，我给豆豆送几个苹果来。今儿在超市买的，红富士。豆豆妈说，谢谢小胡啦，让你破费啦。我说，没有。也谢谢你的鱼。豆豆妈的意思是让我在她对面椅子上坐下来，我却糊涂了一把，在床沿边坐下了。我看到豆豆妈往一头挪了挪。我们看着电视，像上回一样，蓝的或红的光，均匀地罩在我们的脸上。

豆豆爸还没回来？我想，不能总是沉默着，我要说话，寻找某种突破口。

还没回来呢！昨天来电话说过几天就回来了。豆豆妈说。

豆豆爸做什么生意啊，这么忙？我说。

是的，他整天忙。在浙江那边给一家大企业跑运输。他能干，能吃苦，听说老板快要提拔他了。豆豆妈看着我说。

那真不错，跑运输干的是大生意，赚大钱啊！我的语气里不由得带着一丝嫉妒。

也很辛苦的，一年回不了几回家。豆豆妈看着手里的遥控器说。

是的。我说，也是煎熬啊！我偷偷看一眼豆豆妈。豆豆妈把脸转过去，看电视。

一年回不了几回家，你就不想豆豆爸？我说。

豆豆妈没有直接回答我，却说，你来这城里也快一年了吧？想不想你老婆？

我说，想！又觉得这样说好像错了，又不知道说什么合适。

豆豆妈又把脸转过去，看电视。

我说，换个台吧？这节目不好看。

豆豆妈转过身，把遥控器给我。我接遥控器的时候，手往前握了一把，把豆豆妈的手压在了手心。豆豆妈看我一眼，她的手在我的手里停留了三秒，然后我们两个的手同时松开，遥控器哗啦一声掉在地上了。

我俩又同时捡起遥控器，我的手又握住她的手。我看她，我的眼里像在放火；她看我，她的眸子里好像充血。这个时候，响起了敲门声。

豆豆妈抽回手，惊慌失措地打开门。我以为肯定是小董恶作剧，进来的却是一个陌生的男人——他是豆豆爸。

豆豆妈惊慌道，你怎么回来了？

豆豆爸说，怎么？我来得不是时候吗？

豆豆妈说，你不是说过几天回来吗？

豆豆爸说，我不是想给你惊喜吗？怎么？吓着你了吗？

豆豆妈没有说话，我看到豆豆妈的脸色很不好看，她想解释什么，又不知道怎么解释，只好回身坐到床上去。我已经很狼狈，往墙边靠了靠，准备出去。豆豆爸愤懑地盯望着我说，你是谁？我说，我，我是小胡。豆豆妈说，我跟你说过的，就是给豆豆讲故事的那个叔叔。豆豆爸说,有事吗？我摇摇头。豆豆爸说，要不要再坐一会儿？我又摇摇头。然后我像可以缩骨的黄鼠狼一样从豆豆爸身边挤出去。

我慌张着下楼梯的时候，听到二楼的屋子里传来玻璃杯掷在地上的破碎声。

5

我把自己关在屋里，两天没有出去干活。

没有人知道我躲在屋里。小董跟老周诧异，在院子里刷牙的时候，小董说，小胡呢？这家伙跑哪儿去了？老周说，打野鸡去了吧？小董就笑起来。小红敲我家的门，说，小胡叔叔，小胡叔叔，天亮啦！我没有吭声。小红说，小胡叔叔真的不在家啊。房东瘸女人敲我的门，听不见回应，骂了一句，这死小胡死哪儿去了？房租又该交了，不会跑了吧？

我在床上躺着，饿了就吃开水泡面。两天里，我好几次往北窗看，终是没有看到豆豆妈的影子。我以为豆豆爸会在某个时刻露面，然后踢我家的门，找我算账，却也没有。其实我并没有做什么亏心事，我为什么那么心虚呢？

终究不是自己的女人，套个近乎也像是做贼啊。这样反思着，我又想自家女人了。那一刻，我居然想得刻骨铭心。我掏出手机，给红艳打了电话。我说,红艳。红艳说,哎。我说,老婆。红艳还说,哎。我鼻子有点酸。我说,你干吗呢?红艳说,我带蛋蛋睡了。我说,你还好吗?红艳说,好。我说,俺娘还好吗?红艳说,俺娘也好。你也还好吧?我说,我也好。红艳说,生意怎么样啊?我说,还不错。就是,就是,我想你……红艳说,蛋蛋也想你。我的眼泪几乎要流出来。红艳,没事你早点睡吧,别累着,立了秋我去看你。

我点点头,对着手机点点头。我说,好,你也睡吧。就挂了。

第三天晚上,我悄悄地开了门,出去了。依然是到菊花饺子铺,我少气无力地坐下来,说,来一碗饺子,肉的。菊花看着我,说,小胡这两天干吗去了?我说,有事去了。菊花说,发财去了吧?我说,发屁的财。菊花说,看你心情不好啊。我垂头不语。菊花没再说什么。到锅边,为我下了一碗肉馅饺子。

我吃饺子的时候,菊花就在一旁看我。外面不知什么时候,下起了零星小雨,小雨打在生锈的大铁门上,打在三三两两过路人的伞上,啪啪作响。菊花见我一个劲儿闷头吃饺子,就说,想家就回家看看,钱又不是一天挣的。我看一眼菊花,停下筷子不吃了。碗里还剩下两个饺子,躺在一块儿,像两个人。

我抽了一支烟。雨还在下着。烟抽完,我并没有走。我拿过蒜臼子,往里面放一把蒜,握着蒜槌,一下一下捣起来。

……

一天,我在铁皮房里睡得正香的时候,小红推开门跑进来。我说,小红,你又捣什么乱?小红湿漉漉地看着我,说,小胡叔叔你猜,我头发怎么湿了?我说,雨淋的呗。小红说,你猜错了,我洗澡啦!我夸小红,说,不错,小红爱干净了,是个好孩子。小红见我夸她,高兴地笑起来。小红两手放在背后,又要我猜她手里拿什么。我说,梳子。小红说,你又猜错啦,是两个苹果!小红把苹果拿给我看。又说,你再猜,这苹果哪儿来的?我说,你爸买给你的。小红说,错!是我偷小董的,你别告他说啊。我说,我不告他说。心里想,我也偷过小董苹果呢!小红给我一个苹果,我们吃起来。

吃完了苹果,小红转转眼睛,又说,小胡叔叔讲故事给我听。我说,不想讲。小红说,不行!你吃了我苹果了!我说,明天买一个还你。小红说,我现在就喊豆豆。我说,你喊豆豆,我也不讲。小红拿我没辙,就拉着我的胳膊,推来推去,说,要不,你带我到菜场去一趟。我说,去菜场干吗?小红说,买几样东西回来烧肉。我说,你爸爸买肉了?小红说,买了,我也不知道是什么肉。

我经不住小红这丫头纠缠,就带她去大菜场买大料。老周买的肉,小红打开塑料袋让我看了。我说是牛肉,其实是生牛鞭。半路上,我问小红,你爸最近身体不舒服吧?小红说,是的,我爸前两天去医院看了,医生说是肾虚。小胡叔叔,肾虚是什么?我说,肾虚就要多吃牛肉,所以你爸就买了牛肉。小红,你不能吃。小红说,为什么?我想想说,你吃了,夜里会做噩梦。小红吐一下舌头,说,那我就不吃了。小胡叔叔你能吃吗?我说,我能吃。小红说,小董呢?我说,小董也能吃。小凤呢?小凤也能吃。豆豆呢?豆豆也能吃。小红就开心地笑起来,说,那我就烧给你们吃。小红这样美滋滋想着,嘴里边哼起了什么怪怪的曲子。

我们在大菜场买了几两大料,又买了一瓶香糟卤,一瓶料酒。小红说,我爸喝白酒。我说,这料酒是烧肉用的,不是给你爸喝的。小红说,再买点红辣椒吧,我爸能吃辣。我就买点红辣椒。出菜场的时候,小红像突然想起似的,说,葱跟生姜还没买呢!我就又带着小红回菜场,买了几棵葱和一块生姜。

往回赶的时候,三轮车在拐弯处颠簸了一下,小红赶紧搂住我的腰,我说,小红,你搂好坐稳了,掉下来我可不负责。小红说,搂好了。小胡叔叔,我长这么大,还从来没有搂过别人腰呢。我说,没搂过你爸爸的腰?小红说,没有。我说,没搂过你妈妈的腰?小红说,没有,她早死了。小红说到她妈妈就不哼曲子了。过一会儿,小红又没话找话跟我扯,说,小胡叔叔,你老婆咋不来?我说,她在家带孩子,种地。小红说,你老婆漂亮吧?我说,漂亮。小红说,还能比七仙女漂亮?我说,比七仙女漂亮多了!小红说,你吹牛。怪不得我爸买了牛肉,那牛就是你吹死的。我呵呵笑起来。小红说,你老婆这么漂亮,你想不想你老婆?我说,想啊!怎么会不想?小红说,你想怎么办呢?我说,我一想她就做梦,梦里就见着她了。小红说,你胡说,我天天想我妈,做梦从来没见着过我妈。

我来到小红的小铁皮屋里,帮着小红烧牛肉。屋子小得可怜,一张大床占去了大半面积，剩下一小块，放着煤炉，锅碗瓢盆，一张简易木桌，三把小凳子。小红切好葱姜，我把牛鞭切了，然后放进锅里，倒了酱油爆炒。然后，加大料，加水，旺火炖起来。一时三刻过去，那浓郁的香味漫卷出来，窜了一屋。

小红闻着香味，馋得直咽口水。说，真香。小胡叔叔，我真想吃。我说，你又不肾虚。小红耷拉着眼皮不说话了。其实我也馋得直咽口水。肉啊！我有多少天没品尝过肉的鲜香了。我看到小红的口水顺着嘴角流了出来，忍不住的，我掀开锅盖，夹了一块肉，放进小红的嘴里。小红嚼着，那个香啊，简直快把小红的眼泪顶出来了。小红吃完，咂了咂舌头，看着我说，小胡叔叔，我不想叫你叔叔了，我想叫你小胡哥哥。我说，瞎说！你爸爸知道了不打死你。

晚上，老周和小董回来了，我出去买了两瓶老村长，那碗色香味俱佳的牛鞭，便成了我们酒桌上的美食。我记得那晚，我们都喝了不少酒，先是白酒，后来是啤酒。我们轮番着到院子里"放水"，然后接着再干。到最后，那碗美味被我们干得一干二净。

我已经记不清我后来是怎么回屋里睡觉的了。我只隐隐约约记得，睡到下半夜，我被拍铁皮声吵醒了。原来老周在那边打小红。我不知道为什么，小红在大声地喊我，像是做了噩梦。小胡叔叔，小胡叔叔……

我拿铁钩子砸墙，喊道，老周！老周……

突然寂静无声了。

第二天早上起来，我就看到了老周的铁皮房上了锁。我们都以为老周又按部就班地去扫他的马路了，都以为小凤又去上学了，小红又去玩儿了。事实上不是这样——老周走了。没有人知道老周带着孩子去了哪里。瘸女人看着老周锁着的门，骂道，他娘的，还差我三个月房租呢，怎么就跑了呢？

老周一走，在一段时间里，我的心情总是好不起来。我自己也说不清为什么。

我依然捡我的破烂。在小董不注意的时候，我也还会顺手牵羊地拿他两个苹果。

有一天，我留了一个大苹果，等着豆豆放学给他。可是我没想到，那天下午，豆豆家搬家了。我看到搬家公司的车停在大门口，几个人把豆豆家的东西往外搬。我站在铁皮房门前,面无表情地看着他们一趟一趟地搬。后来终于搬完了。豆豆爸和豆豆妈从二楼走下来,经过我面前时,他们连看都没看我一眼。我以为豆豆总要喊我一声叔叔的,可是没有,豆豆只看了我一下,就跟他妈走出去了。

二楼就这样空了下来。我想,我若再躺在床上,透过带着痰迹的粉红色窗纱往外看,肯定再也看不到对过二楼的豆豆妈了。

我蹲在门前犯傻。很快,我又觉得自己荒唐。我呵呵笑起来,人家走了,与一个捡破烂的有毛关系啊!

我有点饿了。我要带着钱,到菊花那里吃一碗肉馅饺子,甚至还要喝几杯。

我要了一瓶白酒。我没想到菊花给我拌了两个小菜:一盘盐水花生、一盘凉拌黄瓜。我自斟自饮着,菊花坐在对面看着我。也许是菊花担心我跟上一次一样会喝醉吧,她拿过一个杯子,跟我对喝起来。我们几乎没有说什么话,但是一瓶白酒还是被我们喝光了。

我喝出一头汗,而且,我感到我的两眼有点湿,是不是流泪了?

我说,菊花,再来一瓶!

菊花说,又想喝醉出洋相吗?

我说,我喝醉了与你有关系吗?"啪"的一声,我抽出一张大票子,压在桌上。

菊花从鼻孔里笑了两声,说,你有钱了?现在是大款了?我说,哥有钱了!你开个价吧!打算要多少钱?菊花说,一张不够,再掏!我又掏了一张大票子。菊花说,还是不够,你再掏!我"啪"的一声,把口袋里的一沓大票子都掏了出来,拍在桌子上。

我说,这总该够了吧?眼里冒着火,抓住菊花的手,想进一步抓她的胸。可是菊花抽出她的手,抓起钞票,向我的脸扇过来。我听到钞票抽在我的脸上,噼啪作响。

打完了,菊花吐一口唾沫,怒视着我,说,有了点臭钱,你就可以作了吗?我男人拿钱去赌,你现在拿钱来嫖我?你他妈的,男人都不是好东西!你辛辛苦苦挣了一点钱,这样花出去,你心甘吗?你对得起你老婆吗?滚!你给我滚!

我收了钱，看了看菊花，醉醺醺地晃了出去。
我听到菊花哭起来。
....

6

立秋那天，我老婆红艳来城里看我了。

红艳带来一个花布包。花布包打开来，我看到了娘的照片，看到了儿子蛋蛋的照片，我还看到一副崭新的布鞋垫，那布鞋垫是红艳用红绸子做的，红艳用金丝线在上面绣了三个字："我爱你"。

我的泪花在那一刻闪出来。

夜里，我们相拥着做爱了。

在交融的那一刻，我看到晶莹的泪花在红艳的眼里闪烁。
......

后来，我们搬出了幸福村8号院。

现在，那里除了小董，其他的几间房都空着了。我知道那些房子是好租的，我们走了，很快会有别的人进来。